RHETT

DONALD McCAIG

RHETT

ROMAN

Aus dem Amerikanischen von

Kathrin Razum

Weltbild

Die amerikanische Originalausgabe erschien 2007 unter dem Titel
Rhett Butler's People
bei St. Martin's Press, New York.

Besuchen Sie uns im Internet:
www.weltbild.de

Genehmigte Lizenzausgabe für Verlagsgruppe Weltbild GmbH,
Steinerne Furt, 86167 Augsburg

Übersetzung: Kathrin Razum
Umschlaggestaltung: Hauptmann & Kompanie Werbeagentur GmbH,
München – Zürich
Umschlagmotiv: Andreas Gaertner / www.gaertner-illustrator.de
Gesamtherstellung: Bagel Roto-Offset GmbH & Co. KG, Schleinitz
Printed in the EU
ISBN 978-3-8289-9283-2

2011 2010 2009 2008
Die letzte Jahreszahl gibt die aktuelle Lizenzausgabe an.

Für Paul H. Anderson, den treuen Fiduziar

Vor allem aber habt eine beharrliche Liebe zueinander; denn die Liebe deckt eine Menge Sünden zu.

1. Petrus, 4,8

INHALT

Teil 1

ANTEBELLUM

Kapitel 1

EHRENHÄNDEL

Eine Stunde vor Sonnenaufgang, zwölf Jahre vor dem Krieg, fuhr eine Kutsche eilig durch das Tiefland von Carolina. Auf der Straße entlang des Ashley River war es bis auf die Seitenlampen des Gespanns stockfinster, und durch die offenen Fenster wirbelte Nebel herein, der sich feucht auf Wangen und Handrücken der Passagiere legte.

»Rhett Butler, du bist ein verfluchter Querkopf!« John Haynes sackte auf seinem Sitz in sich zusammen.

»Ganz wie du meinst, John.« Butler öffnete die Klappe zum Kutscher und fragte: »Sind wir bald da? Ich möchte die Herren nicht gern warten lassen.«

»Wir sind gleich am Hauptdeich, Master Rhett.« Obwohl Hercules der Rennpferdetrainer von Rhetts Vater und Broughtons höchstrangiger Diener war, hatte er darauf bestanden, die jungen Männer selbst zu fahren.

Rhett hatte ihn gewarnt: »Langston wird zornig werden, wenn er herausfindet, dass du mir geholfen hast.«

Hercules war steif und förmlich geworden. »Master Rhett, ich hab Sie schon gekannt, wo Sie noch'n kleiner Junge warn. Ich, Hercules, hab Sie auf Ihr erstes Pferd gesetzt. Binden Sie Ihre Pferde hinten an, Sie und Mr Haynes. Heut Nacht kutschiere ich.«

John Haynes' Apfelbäckchen standen im Widerspruch zu seiner ungewöhnlich resolut wirkenden Kinnpartie. Er hatte den Mund bekümmert zusammengekniffen.

Rhett sagte: »Ich liebe dieses Marschland. Herrgott, ich wollte noch nie Reispflanzer werden. Wenn Langston sich über Reissorten oder die Führung der Neger verbreitete, habe ich immer vom Fluss geträumt und kein Wort mitbekommen.« Mit funkelnden Augen beugte er sich zu seinem Freund hinüber. »Ich ließ mich durch den Nebel treiben, steuerte mit dem Ruder. Eines Morgens überraschte ich eine Wasserschildkröte dabei, wie sie eine Otterrutsche herunterrutschte – einfach so, aus Spaß an der Freude. Hast du je eine Wasserschildkröte lächeln sehen, John?

Ich weiß nicht, wie oft ich versucht habe, an einem schlafenden Schlangenhalsvogel vorbeizufahren, ohne ihn zu wecken. Aber jedes Mal schnellte dieser Schlangenkopf unter dem Flügel hervor, scharfäugig und kein bisschen benommen, und schwupp«, Rhett schnalzte mit den Fingern, »schon war er untergetaucht. Die Sumpfrallen waren lange nicht so wachsam. Wie viele Male kam ich langsam um eine Flussbiegung getrieben, und dann stoben Hunderte von ihnen auf. Kannst du dir vorstellen, durch solchen Nebel wie jetzt zu fliegen?«

»Du hast eine zu lebhafte Fantasie«, sagte Rhetts Freund.

»Und ich habe mich schon oft gefragt: Warum nur bist du so vorsichtig, John? Für welche hehren Ziele sparst du dich auf?«

John Haynes wischte sich mit einem feuchten Taschentuch die Brillengläser ab, verschmierte sie jedoch nur. »An jedem beliebigen anderen Tag würde mir deine Sorge schmeicheln.«

»Ach herrje, John, es tut mir leid. Meine Nerven. Ist unser Pulver trocken?«

Haynes berührte den glänzenden Mahagonikasten auf seinem Schoß. »Ich habe die Pulverflasche selbst verschlossen.«

»Hörst du die Nachtschwalbe?«

Das Getrommel der Pferdehufe, das Quietschen des ledernen Zaumzeugs, Hercules' Rufe: »Na los, ihr Halunken, los!«, der dreitönige Ruf der Nachtschwalbe – hatte John nicht mal eine Geschichte über Shad Watling und eine Nachtschwalbe gehört?

»Ich habe ein gutes Leben gehabt«, sagte Rhett Butler.

Da John Haynes fand, dass das Leben seines Freundes ein einziges Tohuwabohu gewesen war, biss er sich auf die Zunge.

»Ein paar schöne Erlebnisse, ein paar gute Freunde, meine geliebte kleine Schwester Rosemary …«

»Denk doch an Rosemary, Rhett! Was soll aus ihr werden, wenn du nicht mehr bist?«

»Das darfst du mich nicht fragen!« Rhett drehte sich zu dem leeren, schwarzen Fenster. »Herrgott, John. Was würdest du denn in meiner Lage tun?«

Die Antwort, die dem stämmigen John Haynes durch den Kopf ging, lautete: »Ich würde gar nicht erst in deine Lage geraten«, doch er brachte sie nicht über die Lippen, obwohl seine Worte nicht zutreffender hätten sein können.

Rhett trug sein dichtes schwarzes Haar zurückgekämmt, sein Gehrock war mit rotem Seidenjacquard gefüttert, und sein Hut, der neben ihm lag, war aus Biberfell. Johns Freund war so vital wie nur irgendein Mann, den er kannte, so lebendig wie ein wildes Tier.

»Entehrt bin ich bereits, John«, sagte Rhett. »Was soll mir also noch Schlimmeres passieren?« Sein plötzliches Grinsen glitzerte im Dunkeln. »Da werden sich die alten Klatschweiber aber wieder die Mäuler zerreißen.«

»Dafür hast du ja schon so manches Mal gesorgt.«

»Fürwahr. Ich habe den ehrbaren Leuten ausreichend Gelegenheit gegeben, sich zu empören. Wer hat Charlestons Moralaposteln bessere Dienste geleistet als ich? Wirklich, John – ich bin doch längst zum Schreckgespenst geworden.« Er gab seiner Stimme einen mahnenden Ton: »Kind, wenn du dich nicht endlich besserst, wirst du noch wie Rhett Butler enden!«

»Ich wünschte, du würdest mit deinen Scherzen aufhören«, sagte John leise.

»John, John, John …«

»Darf ich ganz offen sein?«

Rhett hob eine dunkle Augenbraue. »Ich kann dich nicht davon abhalten.«

»Du musst das nicht zu Ende führen. Sag Hercules, dass er umdrehen soll – wir machen eine gemütliche Morgenpartie in die

Stadt und gönnen uns ein gutes Frühstück. Shad Watling ist kein Ehrenmann, und du musst dich nicht mit ihm schlagen. Watling konnte keinen von Charlestons Ehrenmännern als Sekundanten gewinnen. Er hat irgendeinen unglückseligen Yankeetouristen in seinen Dienst gepresst.«

»Belle Watlings Bruder hat ein Recht auf Satisfaktion.«

»Herrgott, Rhett – Shad ist der Sohn des Aufsehers deines Vaters. Sein Angestellter!« John Haynes machte eine abfällige Handbewegung. »Biete ihm eine finanzielle Entschädigung an …« Er hielt bestürzt inne. »Du machst diese … diese ganze Geschichte ja wohl nicht für das Mädchen?«

»Belle Watling ist ein besserer Mensch als viele, die sie verurteilen. Nichts für ungut, John, aber meine Motive darfst du nicht in Zweifel ziehen. Der Ehre muss Genüge getan werden: Shad Watling hat Lügen über mich erzählt, und ich habe ihn gefordert.«

John wollte so viel sagen, dass er kaum ein Wort hervorbrachte. »Rhett, wenn das mit West Point nicht gewesen wäre …«

»Meine Ausweisung, meinst du? Das ist doch nur meine jüngste, extravaganteste Schande.« Rhett packte seinen Freund am Arm. »Muss ich dir aufzählen, wie oft ich Schande über mich gebracht habe? Mehr Schande und Versagen als …« Er schüttelte müde den Kopf. »Ich bin die Schande wahrlich leid. John – hätte ich vielleicht einen anderen bitten sollen, mir zu sekundieren?«

»Verdammt!«, rief John Haynes. »Gottverdammt!«

John Haynes und Rhett Butler hatten sich in Cathecarte Puryears Schule in Charleston kennengelernt. Als Rhett nach West Point ging, war John Haynes bereits in der Reederei seines Vaters tätig. Nach Rhetts Ausweisung von der Militärakademie und seiner Rückkehr in die Stadt sah Haynes seinen alten Freund dann und wann auf der Straße. Manchmal war Rhett nüchtern, häufiger jedoch nicht. Es bekümmerte John, einen Mann von Rhetts natürlichem Charme in solch liederlichem, übel riechendem Zustand zu erleben.

John Haynes war einer jener jungen Südstaatler aus guter Familie, die sich das Geschirr der bürgerlichen Tugenden anlegen, als wären sie dafür geboren. John war Kirchenältester von St. Michael und der jüngste Ballmeister der St. Cecilia Society. Obwohl er Rhett um seinen Esprit beneidete, begleitete er ihn und seine Freunde – »Colonel Ravanels Korona« – nie auf deren nächtlichen Zügen durch die Freudenhäuser, Spielhöllen und Saloons von Charleston.

Dementsprechend erstaunt war John gewesen, als Butler in das Hafenbüro von Haynes & Son gekommen war, um Johns Unterstützung bei einem Ehrenhandel zu erbitten.

»Aber Rhett, was ist mit deinen Freunden? Andrew Ravanel? Henry Kershaw? Edgar Puryear?«

»Ach, John – du wirst wenigstens nüchtern sein.«

Nur wenige Männer und Frauen konnten Rhetts unbekümmertem Grinsen widerstehen, und John Haynes zählte nicht zu ihnen.

Vielleicht war John etwas langsam. Von amüsanten Skandalen erfuhr er immer erst dann, wenn die Gesellschaft von Charleston ihrer bereits überdrüssig wurde. Wenn John die witzige Bemerkung eines geistreichen Mannes wiedergeben wollte, verhedderte er sich unweigerlich. Mochten Charlestons Mütter ihn für einen »guten Fang« halten, die Mädchen hinter ihren Fächern kicherten über ihn. Doch John Haynes hatte zweimal bei Ehrenhändeln sekundiert. Wenn die Pflicht an seine Tür klopfte, war John Haynes immer zu Hause.

Der Hauptdeich der Plantage Broughton war ein breiter, aus Erde aufgeschütteter Damm, der die Reisfelder vom Ashley River trennte. Die Kutsche schlingerte, als sie vom Deich ins Inland abbog.

John Haynes hatte sich noch nie so hilflos gefühlt. Diese ganze Sache – diese scheußliche, tödliche *Sache* – würde ihren Lauf nehmen, was immer er auch tat. Der Ehre musste Genüge getan werden. Es war nicht Hercules, der das Gespann lenkte – die knochigen Hände der Ehre hielten die Zügel. Es waren keine Happoldt-Pistolen Kaliber .40, die in dem Mahagonikasten lagen – es war die Ehre, bereit, Vorwürfe zu speien. Ein Lied ging John durch den Kopf: »I could not love thee, Cecilia, loved I not honor more« – was für ein dummer, dummer Text! Shad Watling galt als der beste Schütze des Tieflands.

Sie bogen in einen selten befahrenen Weg, der so zugewachsen war, dass Spanisches Moos über das Kutschendach streifte. Manchmal hob Hercules tief hängende Äste an, damit das Gespann darunter hindurchfahren konnte.

Mit einem Mal fiel John Haynes die Geschichte von Shad Watling und der Nachtschwalbe ein.

»Ach«, sagte Rhett versonnen. »Riechst du das? Der Duft des Marschlands: Rohrkolben, Immergrün, Sumpfgas, Schlamm. Als Junge habe ich mich mit meinem Boot oft tagelang abgesetzt und gelebt wie ein Indianer.« Rhetts Lächeln erstarb mit seiner Erinnerung. »Ich möchte dich um einen letzten Gefallen bitten. Kennst du Tunis Bonneau?«

»Den freien farbigen Seemann?«

»Wenn du ihn siehst, frag ihn, ob er sich an den Tag erinnert, als wir zusammen nach Beaufort gesegelt sind. Und bitte ihn, für meine Seele zu beten.«

»Einen freien Farbigen?«

»Wir haben als Jungen viel Zeit zusammen auf dem Fluss verbracht.«

Ein diffuses graues Licht sickerte in die Kutsche. Rhett schaute hinaus. »Ah, wir sind da.« John blickte auf seine Sprungdeckeluhr. »In zwanzig Minuten geht die Sonne auf.«

Das Feld der Ehre war eine drei Morgen große Weide, die von düsteren Zypressen und moosbewachsenen Eichen gesäumt war. Das Ende der Weide verschwand im Nebel, aus dem eine heisere Vogelstimme drang.

Rhett stieg aus der Kutsche und rieb sich die Hände. »Dies ist also meine Bestimmung. So habe ich mir das nie vorgestellt, wenn ich als Junge von dem Ruhm und Glanz träumte, der mich erwartete.«

Im Nebel brüllte Vieh. »Wir sollten zusehen, dass wir keine Kuh erschießen.« Rhett reckte sich. »Mein Vater würde fuchsteufelswild, wenn wir eine seiner Kühe erwischten.«

»Rhett …«

Rhett legte John Haynes die Hand auf die Schulter. »Ich brauche dich heute Morgen, John, und ich vertraue darauf, dass du dafür sorgst, dass alles seinen geregelten Gang nimmt. Bitte erspare mir deine gut gemeinten, vernünftigen Ratschläge.«

John schluckte seine Ratschläge herunter und wünschte, er hätte sich nicht an die Geschichte von Shad Watling und der Nachtschwalbe erinnert: Nachdem Langston Butler das große Herrenhaus von Broughton erbaut hatte, zog sein Aufseher, Isaiah Watling, mit seiner Familie in das ursprüngliche Wohnhaus der Butlers, das in der Nähe der Reisfelder und der Negerunterkünfte lag. Riesige Eichen, noch Schösslinge, als die Butlers ins Tiefland gekommen waren, beschatteten inzwischen das kleine, schlichte Farmhaus.

In einer dieser Eichen nistete jene Nachtschwalbe, die die Watlings begrüßte – von der Abenddämmerung bis zum Morgengrauen.

Belle, die Tochter der Watlings, glaubte, der Vogel suche eine Gefährtin. Sarah, die Mutter, meinte, der Vogel trauere.

Gerade als sie die Frage, ob der Vogel wohl warb oder weinte, eines frühen Morgens nicht lange nach ihrem Einzug erörterten, erschütterte ein Schuss das Haus. Die Mutter eilte in Shads Zimmer und sah seine rauchende Pistole auf dem Fensterbrett liegen. »Dieser blöde Vogel weckt mich nicht mehr auf«, knurrte Shad Watling. Bei Dämmerlicht hatte Shad aus sechzig Schritt Entfernung der winzigen Nachtschwalbe den Kopf vom Leib geschossen.

John Haynes fragte Rhett: »Hast du von dieser Geschichte mit der Nachtschwalbe gehört …?«

»Nichts als Jägerlatein, John.« Rhett riss ein Streichholz an seiner Schuhsohle an.

»Shad Watling hat schon Menschen getötet, Rhett.«

Das Streichholz flammte auf und flackerte, als Rhett sich seine Zigarre anzündete. »Aber nur Neger und Männer seines Schlags.«

»Glaubst du denn, deine vornehme Geburt wird eine Kugel abwenden?«

»Aber natürlich«, sagte Rhett ernst. »Zum Teufel, natürlich! Für irgendwas muss eine vornehme Geburt doch gut sein!«

»Da kommt wer«, sagte Hercules von seinem Kutschbock herunter.

Ein junger Mann tauchte schwer atmend aus dem Nebel auf. Er trug seinen Gehrock zusammengelegt über dem Arm, und seine Hosenbeine waren nass, offenbar war er gestolpert. »Die verdammten Kühe«, erklärte er. Er legte den Gehrock über den anderen Arm und reichte John Haynes die Hand, überlegte es sich dann aber doch anders und machte eine ungelenke Verbeugung. »Tom Jaffery. Amity, Massachusetts. Zu Ihren Diensten, Gentlemen.«

»Tja, Tom«, sagte Rhett lächelnd. »Sieht so aus, als ob Sie Ihren Besuch in Charleston nicht so schnell vergessen werden.«

Jaffery war zwei oder drei Jahre jünger als Rhett und John. »Das wird mir in Amity keiner glauben.«

»Schauergeschichten, Tom. Schauergeschichten sind das Hauptexportgut des Südens. Wenn Sie Ihre Freunde über uns aufklären, heben Sie besonders den teuflisch attraktiven, galanten Rhett Butler hervor.« Rhetts Stirn legte sich in nachdenkliche Falten. »Die Kühe würde ich an Ihrer Stelle verschweigen.«

»Ist Ihr Duellant schon da?«, fragte John den jungen Yankee.

Tom Jaffery deutete in Richtung der Nebelbank. »Watling, und dieser Doktor Ward auch. Sie können sich nicht leiden.«

John Haynes nahm den jungen Mann beim Arm und führte ihn aus Rhetts Hörweite. »Mr Jaffery, haben Sie schon mal bei einem Ehrenhandel sekundiert?«

»Nein, Sir. Bei uns in Amity gibt es das praktisch nicht mehr. Also, mein Großvater hätte so etwas vielleicht noch getan, aber heutzutage macht das keiner mehr. Ich bin also ein Neuling, wenn Sie so wollen. Meine Tante Patience ist in die Ewigkeit abberufen worden und hat mir eine erkleckliche Summe hinterlassen, und so hab ich mich aufgemacht, um das Land zu bereisen.

›Tom‹, hab ich mir gesagt, ›bei meiner Seel: Wenn nicht jetzt, wann dann?‹ Und so stand ich also in Charleston und bewunderte Ihren Hafen, der, wenn ich so sagen darf, unserem berühmten Bostoner Hafen in nichts nachsteht. Na ja, und da kam Mr Watling auf mich zu und fragte mich, ob ich ein Ehrenmann sei, worauf ich erwiderte, das hoffte ich doch sehr. Und als Mr Watling mich fragte, ob ich bereit sei, ihm zu sekundieren, dachte ich mir: ›Tom, du bist gekommen, um das Land kennenzulernen, und du wirst es kennenlernen!‹ So eine Gelegenheit wird sich mir in Amity nie bieten.«

John Haynes sagte dem jungen Mann nicht, dass Shad Watlings Wahl eines fremden Yankees zum Sekundanten eine kalkulierte Beleidigung war.

»Sind Sie mit Ihren Pflichten vertraut?«

»Wir Sekundanten sorgen dafür, dass alles korrekt abläuft.«

John Haynes betrachtete den jungen Yankee nachdenklich. »Unsere vornehmste Pflicht ist es, zu versuchen, eine Versöhnung zwischen den Duellanten herbeizuführen«, sagte er in dem bedauernden Ton eines Mannes, der dieser Pflicht nicht hat entsprechen können.

»Oh, mein Duellant hat gar kein Interesse an einer Versöhnung. Er hat gesagt, er geht davon aus, dass er Mr Butler ins Herz schießen wird. Er und Mr Butler sind wohl alte Bekannte.«

»Es wird bald hell sein. Im Allgemeinen ist der Sonnenaufgang unser Signal.«

»Wenn Ihnen der Sonnenaufgang recht ist, soll er uns auch recht sein.«

»Sobald die Sonne über den Horizont steigt, wählen die Herren die Pistolen. Da Ihr Mann der Geforderte ist, wählt er als Erster. Wollen wir jetzt laden?«

John stellte den Mahagonikasten auf dem Kotflügel ab, öffnete ihn und entnahm ihm eine Pistole. Der schlanke, geriffelte Griff fühlte sich lebendig an, so als hielte John eine Mokassinschlange in der Hand. »Wie Sie sehen, sind die Pistolen identisch. Ich werde vor Ihren Augen eine Pistole laden. Sie laden dann die andere.«

John füllte Schießpulver in den Lauf, schlug eine Bleikugel in ein ölgetränktes Kugelpflaster ein und stieß sie mit dem Ladestock fest. Er legte ein Zündhütchen unter den Hahn und zog ihn in Vorderrast.

»Das wird mir zu Hause keiner glauben«, sagte Thomas Jaffery.

Der Morgen wurde lichter, der Nebel zerriss zu Schwaden, und auf der anderen Seite der Wiese kamen geisterhaft zwei Fahrzeuge in Sicht: eine einspännige Chaise und ein Maultierwagen.

Rhett Butler band sein Pferd von der Kutsche los und presste sein Gesicht gegen den mächtigen Hals des Tiers. »Du hast doch keine Angst, Tecumseh, oder? Das brauchst du nicht. Dir wird nichts geschehen.

Diese Wiese, John – zur Zeit meines Großvaters wurde hier Indigo angebaut. Im Wald gibt es einen Teich, wo Spießenten ihre Jungen ausbrüten. Bisamratten lieben Spießentenküken, und manchmal paddelt eine ganze Kükenschar friedlich vor sich hin, bis plötzlich eins nach unten gezogen wird, so schnell, dass sie gar keine Zeit haben, in Aufregung zu geraten. Unser Schleusenmeister Will hat hier schon Bisamratten in Fallen gefangen.«

»Rhett, wir Sekundanten werden gleich mit Watling sprechen. Was für eine Entschuldigung würdest du annehmen?«

Rhett kniff störrisch die Augen zusammen. »Shad Watling behauptet, ich hätte seine Schwester geschwängert. Ich habe gesagt, dass Watling ein Lügner ist. Wenn Watling seine Lüge zugibt, werde ich meine Forderung zurückziehen.«

»Wirst du eine Entschädigung anbieten? Geld, damit das Mädchen irgendwo hingehen und sein Kind zur Welt bringen kann.«

»Wenn Belle Geld braucht, werde ich ihr Geld geben. Geld hat mit dieser Geschichte nichts zu tun.«

»Rhett, als dein Freund …«

»John, John …« Rhett schmiegte das Gesicht an Tecumsehs Hals. »Ein Freund würde mir helfen, diese Sache zu Ende zu bringen.«

Shadrach Watlings Wagen war mit zerbrochenen Rädern, Naben und Felgen beladen. »Morgen, Mister Jaffery, Morgen, Mister Haynes. Wie ich sehe, haben Sie Butler mitgebracht.«

»Shad …«

»Heute bin ich ›Mister Watling‹.«

»Mister Watling, wenn's gefällig ist – wir werden gewiss zu einer Einigung finden.«

»Gefällig war Butler meiner Schwester, würd ich sagen. Und jetzt werd ich ihm gefällig sein.«

»Dass Rhett Butler Sie wie einen Gentleman behandelt, ist ein Kompliment.«

Shad spie aus. »Bin am Überlegen, ob ich in den Westen gehn soll. Ich bin dieses gottverdammte Tiefland leid. Reiche Säcke und Nigger. Nigger und reiche Säcke. Ich hab ein paar Vettern in Missouri.«

»Wo immer Sie auch hingehen, Sie werden Geld brauchen. Wenn Ihre Schwester Belle Sie begleiten würde, wäre der Skandal bald vergessen.«

Watling lachte in sich hinein. »Butler bietet mir Geld?«

»Nein, Sir. Ich tue es.«

»Letztlich läuft's doch immer aufs Geld raus, was?« Watling spie abermals aus.

Shadrach Watling war ein bartloser, untersetzter Mann. »Nee, diesmal nicht. Ich hab einen Groll auf Butler. Obwohl Pa Belle ordentlich das Fell gegerbt hat, hat sie bis zum Schluss nicht zugegeben, dass es Rhett war, der sie besprungen hat. Da geht man nicht grad mal so drüber weg. Ich freu mich drauf, eine Kugel in Butler zu versenken. Er hat als junger Herr nichts getaugt, und wie ich höre, hat er auch als junger Soldat nichts getaugt. Butler ist keinen Stiefel voll warmer Pisse wert.«

Shadrach Watling betrachtete den Fluss. »Es wird gleich hell sein. Ich hab vier kaputte Räder für den Stellmacher dabei, und der fängt früh an. Ich bin derjenige, der gefordert wurde, also lege ich die Entfernung fest. Würde mal sagen, fünfzig Schritte sollten reichen, damit ich treffe und er danebenschießt. Nicht dass ich noch 'nen Kratzer von 'ner verirrten Kugel abkriege.« Seine fleckigen Stummelzähne glitzerten, als er lautlos lachte.

Der Arzt, in dicke wollene Reisedecken gehüllt, schnarchte in seinem Einspänner. Als John Haynes gegen seine Stiefelspitze klopfte, öffnete Franklin Ward die Augen und gähnte. »Ach ja. Unsere Verpflichtung …« Er wickelte sich aus den Decken, kletterte hinunter und drehte sich weg; der Gestank seines Urins drang stechend in John Haynes' Nase. Der Arzt wischte sich die Finger an seinen Rockschößen ab.

Dr. Ward reichte Rhett die Hand. »Aha, der Patient, nehme ich an!«

Rhett grinste. »Haben Sie die nötigen Instrumente dabei, um die Kugel zu entfernen, Doktor? Sonden? Verbandsmaterial?«

»Sir, ich habe in Philadelphia studiert.«

»Philadelphia ist zweifellos eine ausgezeichnete Stadt zum Studieren.«

Shad Watling schlenderte hinter ihnen her und kratzte sich mit gedankenverlorenem Grinsen am Oberschenkel.

»Mister Butler«, fragte Tom Jaffery. »Warum ziehen Sie Ihr Hemd aus?«

»Nimmst du es, John? Ich ziehe mein Hemd aus, lieber Yankeefreund, damit die Kugel keinen Stoff in die Wunde drückt.«

»Vielleicht sind Sie einfach gern nackt«, sagte Shadrach Watling und beäugte den schlankeren Mann verächtlich. »Ich zieh nie mehr Kleider aus, als unbedingt nötig.«

»Meine Herren«, unterbrach sie John Haynes, »dies ist ein schreckliches und todbringendes Vorhaben, und ich muss noch einmal fragen, ob der Ehre nicht Genüge getan wäre, wenn Mr Watling seine Aussage zurückziehen und sich entschuldigen und Mr Butler eine Entschädigung zahlen würde.«

In der kühlen Luft waren Rhetts Arme von Gänsehaut überzogen.

»Fünfzig Schritt«, sagte Shad, »sollten reichen. Butler, erinnern Sie sich noch an Ihren Nigger-Kumpel Will? Und wie Will um Gnade gefleht hat? Wenn Sie um Gnade flehen, lass ich Sie vielleicht laufen.« Watling bleckte wieder seine Zähne. »Dann zeigt mir mal die Pistolen. Yank, haben Sie zugeschaut, als Mr Haynes die Pistole geladen hat? Er hat nicht zufällig eine davon doppelt geladen? Vielleicht hatte er ja schon eine Ladung im Lauf, bevor er die zweite draufgekippt hat?«

Der Yankee war schockiert. »Mr Haynes ist ein Gentleman!«

»Hat er die Kugel eingekerbt? Einen kleinen Ring reingeschnitten, damit sie ein ordentliches Loch reißt, wenn sie trifft? Haben Sie sich die Kugel angeschaut, Yank?«

Der junge Jaffery wiederholte: »Mr Haynes ist ein Gentleman!«

»Na klar. Na klar. Ein Gentleman kerbt keine Kugel ein, o nein, Sir. Ein Gentleman würde nie eine Pistole doppelt laden. Also, welche von diesen Pistolen hat Mr Haynes geladen?«

»Ich habe die vordere geladen«, sagte John.

Im Wald erklang ein Horn, ein langer, überschwänglicher Ton, wie man ihn hört, wenn Fuchsjäger ihre Beute entdeckt haben. Sekunden später klapperte ein offener Landauer auf das Feld hinaus, von dessen Rädern es tropfte. Zwei junge Stutzer standen zwischen den Sitzen, der eine mit einem Kutschhorn an den Lippen, das er fallen ließ, um sich an einem der Sitze festzuhalten, weil ihn der plötzliche Halt sonst vornübergeschleudert hätte. »Hallooo! Hallooo! Ist der Spaß schon vorbei?«

Ihr älterer Fahrer lachte meckernd. »Hab euch doch gesagt, dass wir rechtzeitig da sein würden!«, sagte er. »Hat Colonel Jack diese Spitzbuben nicht gut gefunden?«

Colonel Jack Ravanel war ein ehrbarer Reispflanzer gewesen, bis Frances, seine Frau, ums Leben kam. Ob das zügellose Leben, dem Jack sich daraufhin ergab, auf seinen Kummer oder auf den Wegfall ehelicher Verbote zurückzuführen war, wusste niemand zu sagen. In Charleston, wo gediegene Trunkenheit nur den Kirchenleuten untersagt war, bezeichnete man Colonel Jack Ravanel als Säufer. In einer Stadt, in der jeder Gentleman das Glücksspiel pflegte, hatte Jack in den respektablen Spielclubs Hausverbot. Doch Jack war ein Genie im Umgang mit Pferden, und dafür verzieh ihm das pferdenärrische Charleston so manches.

John Haynes trat zu dem Landauer. »Gentlemen, dies ist ein Ehrenhandel. Die Etikette …«

Die jungen Männer trugen kurze Brokatjäckchen, helle Krawatten und Hosen, die so eng waren, dass sich ein Hosenbeutel erübrigte. Obwohl Jack Ravanel alt genug war, um der Vater der jungen Männer zu sein, war er genauso gekleidet wie sie.

»Ein Ehrenhandel, weil so 'ne Landpomeranze einen Braten in der Röhre hat?« Der junge Mann stieß laut ins Horn. »Wooooah, Johnny Haynes. Das ist doch nur einer von Rhetts verdammten Witzen, sonst gar nichts.«

John Haynes bebte vor Wut: »Henry Kershaw, das ist ein Affront. Ihr seid hier nicht willkommen.«

Der große Henry Kershaw torkelte. »Soll das heißen, Cousin Rhett macht wirklich Ernst? Verdammt, Edgar, ich begleiche das morgen. Rhett, bist du das? Ist dir nicht kalt? Wir sind stundenlang durch diesen Sumpf gefahren. Colonel Jack behauptet, dieses Land hätte mal ihm gehört, aber damals muss er noch nüchtern gewesen sein. Edgar Puryear, jetzt rück endlich den Whiskey wieder raus!«

Tom Jaffery fragte: »Ist das korrekt, Mr Haynes?«

»Sind Sie der Yankee, von dem wir so viel gehört haben?«, wollte Henry Kershaw wissen.

»Ja, Sir. Aus Amity, Massachusetts.«

»Kann keiner was dafür, wo er geboren ist. Aber nicht so 'n verdammter Abolitionist, oder?«

Rhett Butler bedeutete John Haynes mit einer kurzen Berührung, zu schweigen, und fragte ganz ruhig: »Edgar, Henry, Jack – seid ihr gekommen, um mich sterben zu sehen?«

Edgar Puryear setzte eine entschuldigende Miene auf. »Jack hat uns versichert, dass es ein Jux ist, Rhett, ein Jux! Er hat gemeint, du würdest dich niemals mit einem Mann schlagen, nur weil … weil …«

»Ein Jux, Jack? Wenn mein Vater herausfindet, was dein Anteil an dieser ganzen Geschichte war, dann siehst du ihn das nächste Mal im Arbeitshaus wieder.«

»Lieber Rhett! Sprich nicht so grausam mit dem alten Jack!«

»Henry Kershaw ist betrunken – Henry tut alles, wenn er betrunken ist. Edgar Allan ist gekommen, um zuzuschauen. Edgar ist ein großer Zuschauer vor dem Herrn. Aber was hat den betagten Lump an einem kalten Morgen aus dem warmen Bett seiner Hure getrieben?«

Jack Ravanels Lächeln war schmeichlerisch. »Aber Rhett – der alte Jack ist gekommen, um dir zu helfen! Ich bin gekommen, um vernünftig mit dir zu reden. Wir werden freundschaftlich zusammen einen heben und glücklicherer Zeiten gedenken. Rhett, habe ich dir eigentlich schon mal gesagt, wie sehr ich Tecumseh bewundere? Bei Gott – was für ein Pferd!«

Einen Moment lang war Rhett verblüfft. Dann zuckten seine Mundwinkel, und er begann erst leise, dann lauter und schließlich so schallend zu lachen, dass er sich regelrecht krümmte. Sein Lachen steckte an, die Stutzer mussten lächeln, und auch der junge Yankee lachte still in sich hinein.

Rhett wischte sich die Tränen aus den Augen. »Nein, Jack, du wirst Tecumseh nicht bekommen. John, wenn ich sterbe, gehört mein Pferd dir. Also los, Watling. Wählen Sie Ihre Pistole.«

»Allmächtiger Gott!« Henry Kershaw stand mit offenem Mund da. »Rhett meint es wirklich ernst!«

Colonel Jacks Augen verengten sich zu Schlitzen. Er trieb sein Pferdegespann vom Feld. Tief im Wald klopfte ein Waldhuhn auf einen hohlen Baumstamm. Die riesige Sonne erhob sich dampfend aus dem Fluss und gab dem Land die Gelb-, Blau- und hellen Grüntöne wieder, die der Nebel ihm genommen hatte.

John Haynes schloss kurz die Augen zu einem stummen Gebet. Dann sagte er: »Meine Herren.«

Rhetts gewaltiges Gelächter hatte Shadrach Watling etwas genommen. Irgendetwas war ihm verloren gegangen. Seine Beute hatte den Mechanismus der Falle ausgelöst, doch die Falle war leer. Shad schnappte sich eine der Pistolen und inspizierte sie, als könnte sie defekt sein. »›Master Rhett‹ – mein Gott, wie die Nigger Sie umschwänzelt haben!«

Die andere langläufige Pistole lag locker in Rhetts Hand; sein Lächeln war so breit, dass es sich über seinen nackten Arm bis zur Mündung der Pistole zu erstrecken schien, so als lächelte die Pistole ebenfalls.

An diesem Morgen standen ein gedrungener, wütender Mann und ein halb nackter, lächelnder Mann Rücken an Rücken.

Beide würden fünfundzwanzig Schritte tun. Sobald die Sonne sich vom Horizont löste, würde John Haynes das Kommando geben, sich umzudrehen und zu schießen.

Die Duellanten taten ihre Schritte, dreiundzwanzig, vierundzwanzig, fünfundzwanzig ... Die Sonne klebte am Horizont.

»Das glaubt mir in Amity kein Mensch«, flüsterte Tom Jaffery.

Die Sonne mühte sich nach oben, bis schließlich eine schmale weiße Linie zwischen ihrem unteren Rand und dem Flussufer zu sehen war. Mit klarer Stimme rief John Haynes: »Gentlemen! Geben Sie Feuer!«

Ein Windstoß vom Fluss fuhr Rhett Butler ins Haar. Er wirbelte herum und hob die Pistole, sein Profil das eines Fechters.

Shadrach Watling schoss als Erster, und als der Hahn heruntersauste, quoll eine weiße Rauchwolke aus der Mündung.

Neun Jahre zuvor

Auf die ungeduldige Geste seines Vaters hin machte sich Langston Butlers ältester Sohn für seine Prügelstrafe bereit. Er zog sein Hemd aus und hängte es ordentlich über die hohe Lehne eines Stuhls.

Dann drehte sich der Junge um und stützte die Hände flach auf den Schreibtisch seines Vaters. Die feine Lederoberfläche gab unter seinem Gewicht ein winziges bisschen nach. Er heftete den Blick auf das kristallene Tintenfass seines Vaters. Ein kristallenes Tintenfass kann unendlich viel Schmerz in sich bergen. Der brennende Schmerz des ersten Hiebs kam völlig unvermittelt. Das Tintenfass war zur Hälfte mit schwarzblauer Tinte gefüllt. Rhett fragte sich, ob sein Vater dieses Mal womöglich nicht würde aufhören können. Das Tintenfass verschwamm hinter einem Tränenschleier.

Auch diesmal hörte sein Vater irgendwann auf.

Die Hände frustriert zu Fäusten geballt, schleuderte Langston Butler den Rohrstock zu Boden und rief: »Bei Gott, wenn du nicht mein Sohn wärst, Junge, würdest du die Peitsche zu spüren kriegen!«

Für seine zwölf Jahre war Rhett groß. Seine Haut war dunkler als die seines Vaters, und sein pechschwarzes Haar ließ einen indianischen Einschlag erahnen.

Obwohl sein Rücken von rötlich blauen Striemen überzogen war, hatte der Junge nicht um Gnade gebettelt.

»Darf ich mich anziehen, Sir?«

»Dein Bruder Julian ist pflichtbewusst. Warum muss mir mein Ältester trotzen?«

»Ich kann es Ihnen nicht sagen, Sir.«

Langstons Arbeitszimmer war so spartanisch, wie die Familienräume von Broughton opulent waren. Der breite Schreibtisch, ein hochlehniger Stuhl, Tintenfass, Eintragungsbuch, das war die ganze Einrichtung. An der Bilderleiste hingen keine Kupferstiche oder Gemälde. Die vorhanglosen, drei Meter hohen Fenster boten eine uneingeschränkte Sicht auf die endlosen Reisfelder der Plantage.

Der Junge nahm sein weißes Chambrayhemd vom Stuhl und legte es sich mit kaum wahrnehmbarem Zucken über die Schultern.

»Du weigerst dich, mich zu begleiten, wenn die gesetzgebende Versammlung tagt. Wenn sich prominente Männer auf Broughton treffen, verschwindest du. Wade Hampton höchstpersönlich hat mich schon gefragt, warum er meinen Ältesten nie zu Gesicht bekommt.«

Der Junge blieb stumm.

»Du willst unsere Neger nicht zur Arbeit antreiben. Du weigerst dich, zu lernen, wie man Neger zur Arbeit antreibt!«

Der Junge sagte nichts.

»Ja, man kann wohl sagen, dass du dich jeglicher Pflicht verweigerst, die man von dem Sohn eines Gentleman aus Carolina erwartet. Junger Freund, du bist ein Renegat.« Langston wischte sich mit seinem Taschentuch den Schweiß von der bleichen Stirn. »Glaubst du denn, mir machen diese Strafmaßnahmen Freude?«

»Ich kann es Ihnen nicht sagen, Sir.«

»Dein Bruder Julian ist pflichtbewusst. Julian gehorcht mir. Warum gehorcht mir mein Ältester nicht?«

»Ich kann es Ihnen nicht sagen, Sir.«

»Du kannst es nicht sagen! Du willst es nicht sagen! Genauso wenig, wie du deine Familie nach Charleston begleiten willst. Stattdessen schwörst du, dass du von dort weglaufen wirst!«

»Ja, Sir, das werde ich tun.«

Der zornige Vater blickte dem Jungen lange in die Augen. »So wahr mir Gott helfe: Dann sollen die Fieber dich erwischen!«

Am nächsten Morgen machte sich Familie Butler ohne ihren ältesten Sohn auf den Weg in ihr Stadthaus in Charleston. Am Abend rieb Dolly, die farbige Hebamme, die Striemen auf den Armen des Jungen mit Salbe ein. »Master Langston, der is 'n harter Mann«, sagte sie.

»Ich hasse Charleston«, sagte Rhett.

Auf den Plantagen am Fluss wurde im April die Reissaat ausgebracht, wobei man die einzelnen Reiskörner vorher mit Lehm umgab, damit sie nicht auf dem Wasser trieben. Dann wurden die Schleusentore für die erste Flutung geöffnet. Bis zur Ernte im September wurden die Felder noch drei weitere Male geflutet. Die Instandhaltung und Bedienung der größeren und kleinen Schleusentore war für das Gedeihen des Reises so wichtig, dass Will, der Schleusenmeister, in der Hierarchie der Sklaven direkt hinter Hercules kam.

Will gehorchte Master Langston und Isaiah Watling, doch sonst gehorchte er niemandem, auch Shadrach Watling nicht, dem zwanzigjährigen Sohn des Aufsehers.

Will hatte eine Hütte ganz für sich. Er besaß einen Tisch, zwei

Stühle, ein Seilbett und drei gesprungene spanische Schüsseln, die Rhetts Großvater Louis Valentine Butler einst von Bord der *Mercato* mitgebracht hatte. Nach dem Tod seiner ersten Frau führte Will nach einer Anstandsfrist von einem Jahr Mistletoe heim, eine hübsche Fünfzehnjährige.

Die Pflanzer des Tieflands hielten sich aus Furcht vor den tödlichen Fiebern während der heißen Monate von ihren Plantagen fern. Wenn Langston aus der Stadt kam, um seine Felder zu inspizieren, traf er nach Tagesanbruch ein und brach vor der Dunkelheit wieder auf.

Sein Sohn, barfuß und ohne Hemd, jagte, fischte und erkundete das Marschland entlang des Ashley River. Der junge Rhett Butler lernte von Alligatoren, Reihern, Fischadlern, Reisvögeln, Wasserschildkröten und Wildschweinen. Der Junge wusste, wo der Zaubermann der Neger seine Kräuter fand und wo die Welse sich versteckten. Manchmal blieb Rhett der Plantage tagelang fern, und wenn sein Vater während einer dieser Abwesenheiten nach Broughton kam, fragte er nie nach seinem Sohn.

Aufseher Watling überwachte das Fluten der Felder und das Behacken der zarten Reispflanzen. Watling entschied, wann die Bisamratten, die sich durch die Dämme buddelten, vergiftet und wann die Reisvögel erschossen werden mussten.

Zwar waren die Reisneger weniger anfällig für das Fieber als ihre weiße Herrschaft, doch da sie knietief in einem subtropischen Sumpf arbeiteten, wurden unweigerlich auch einige von ihnen krank. In der Krankenstation verabreichten Sarah, die Frau des Aufsehers, und die junge Belle den Opfern Rotulmen-Tee und Chinarinde. Die weiße Frau und ihr Kind halfen der Hebamme Dolly bei Entbindungen und rieben Männern und Frauen, die von ihren Vätern beziehungsweise Männern ausgepeitscht worden waren, den Rücken mit Salbe ein.

Einige Neger glaubten, Master Langston greife nicht so schnell zur Peitsche wie Boss Watling. »Einer, wo in der Krankenstation liegt, von dem kriegt Master Langston keine Arbeit.«

Andere hielten sich lieber an Isaiah Watling. »Boss Watling, der is streng, o ja. Aber der peitscht keinen aus, wenn's nich sein muss.«

Der junge Master Rhett plagte die Arbeiter seines Vaters mit praktischen Fragen: Warum waren die Schleusentore aus Zypressenholz? Warum wurden die Reispflanzen nach der letzten Flutung nicht mehr behackt? Warum wurde der Saatreis von Hand geworfelt? Die Neger aßen den Fisch und das Wild, das Rhett ihnen brachte, und der weiße Junge verbrachte den Sonntag, den Ruhetag der Neger, in deren Unterkünften. Rhett begleitete Will bei der Inspektion der Schleusentore, und oft teilten die beiden mittags am Flussufer eine Mahlzeit.

Wann immer er Drang verspürte, stattete Shadrach Watling nach Einbruch der Dunkelheit den Sklavenunterkünften einen Besuch ab. Meistens schickte Watling die Familie des jeweiligen Mädchens fort. »Vielleicht könnt ihr mal einen kleinen Spaziergang zum Wald runter machen.« Manchmal brachte Shadrach dem Ehemann oder Vater auch eine Korbflasche billigen Whiskey mit, mit dem er sich die Zeit vertreiben durfte.

Mistletoe, die neue Frau des Schleusenmeisters, wollte sich nicht mit dem Sohn des Aufsehers einlassen, und als Shadrach Watling sich dennoch weigerte zu gehen, setzte Will ihn vor die Tür, zum großen Vergnügen der anderen Neger.

Als Langston Butler hörte, was Will getan hatte, erklärte er Isaiah Watling, die Neger dürften nicht über den Sohn des Aufsehers lachen, denn sonst würden sie als Nächstes über den Aufseher selbst lachen und schließlich über ihren Herrn.

Dreihundert Neger lebten auf Broughton, zusammen mit nur einer Handvoll Weißer, darunter einige Frauen. Was hielt diese Neger davon ab, sich zu erheben und die Weißen zu ermorden? Langston Butler erklärte Isaiah Watling, wenn die Neger erst einmal anfingen zu murren und ihre Hacken und Reismesser zu schärfen, lasse sich ein Aufstand nicht mehr unterdrücken. Rebellionen müssten im Keim erstickt werden, indem man den ersten aufsässigen Blick, das erste freche Flüstern, das erste unverschämte Kichern niederschlug.

»Will ist ein guter Nigger«, sagte Watling.

»Ihr Sohn wird die Bestrafung übernehmen.«

»Shadrach?« Watlings Augen waren fast schwarz. »Waren Sie bisher mit meiner Arbeit zufrieden?«

»Sie haben Sie zu meiner Zufriedenheit erledigt.«

»Bevor ich zu Ihnen gekommen bin, war ich ein freier Mann.«

»Jetzt sind Sie es nicht mehr.«

Watling senkte den Kopf und murmelte: »Ich muss Ihnen eins sagen, Master Langston. Will hatte allen Anlass, so zu handeln. Mein Shadrach … Shadrach ist ein Taugenichts.«

»Aber er ist ein Weißer«, erwiderte Master Langston.

Der Himmel war an jenem Augustmorgen ungewöhnlich klar, die Luft reglos und schwer. Die Reismühle von Broughton war ein Backsteingebäude mit einem geschindelten, weiß getünchten Anbau, in dem der Reis geworfelt wurde. Molkerei, Negerunterkünfte und Krankenstation waren aus Tabby, einem Zement aus zerstoßenen Austernschalen, Schotter und Kalk. Und das Vorratshaus von Broughton, fensterlos, hoch und mit eisenbeschlagener Tür, war abweisend wie ein mittelalterlicher Bergfried. Jeden Sonntagmorgen stellte sich Aufseher Watling vor dieses Verlies der Fülle und verteilte die Wochenrationen an die Sklaven, die der Reihe nach an ihm vorbeischlurften. »Danke, Boss Watling.« »Vielen Dank auch, Boss.«

Isaiah Watling war sowohl derjenige, von dem alles Gute kam, als auch der, von dem alle Bestrafung ausging.

Der Stauppfahl von Broughton war ein Zypressenstrunk von einem Meter fünfundsechzig Höhe und fünfundvierzig Zentimeter Durchmesser. Ein eiserner Ring war darin eingelassen, an dem man die Handgelenke des zu Bestrafenden festbinden konnte.

Will hatte den jungen Herrn gebeten, sich für ihn zu verwenden, und Rhett trat dem Aufseher entgegen. »Watling, ich gebe Ihnen einen Befehl!«

Isaiah Watling musterte den Jungen wie einen eigenartigen Gegenstand, der von der Flut angespült worden ist. »Junger Herr, als Sie sich Master Butler widersetzt haben und hiergeblieben sind, da hab ich ihn gefragt, wer Herr auf der Plantage ist, solange er in der Stadt ist. Master Butler hat gesagt, ich soll seinen Befehlen folgen, Sie hätten mir keine Befehle zu erteilen. Also, junger Herr, die Nigger sind hier, damit sie sehen, wie Gerechtigkeit geübt wird, und um Respekt zu lernen. Will hat sich mit seiner Unverschämtheit zweihundert Hiebe eingehandelt.«

»Das wird ihn umbringen. Verdammt, Watling, das ist Mord!«

Isaiah Watling neigte den Kopf, als horchte er nach etwas Fernem, kaum Hörbarem. »Der Nigger ist Eigentum Ihres Vaters. Nur sehr wenige von uns können selbst über ihr Leben bestimmen.«

Die Peitsche seines Sohnes Shad schlängelte sich träge durch die Luft, ehe sie eine Blüte des Geißblatts am Brunnenhaus kappte. Die Neger standen schweigend da, die Männer vorne, Frauen und Kinder hinten. Die ganz Kleinen klammerten sich an den Hängern ihrer Mütter fest.

Als Isaiah Watling Will aus dem Vorratshaus führte, blinzelte der Schleusenmeister im grellen Licht. Und als der Aufseher Wills Handgelenke festband, leistete Will keinen Widerstand.

Rhett Butler hatte noch nicht den Mut erworben, der ihn als Erwachsener auszeichnete, und konnte nicht mit ansehen, wie sein Freund umgebracht wurde. Als Watling Wills Rücken frei machte, fiel Mistletoe in Ohnmacht, und Rhett flüchtete Hals über Kopf an den Fluss, verschloss die Ohren vor dem Knallen der Peitsche und vor Wills Ächzern, die bald zu Schreien wurden.

Rhett sprang in sein Boot, löste die Halteleine und ließ sich vom Fluss davontragen. Ein Regenguss ging nieder und durchnässte ihn bis auf die Knochen. Sein Boot trieb dahin, wie die Strömung es wollte. Regen trommelte in den Ohren des Jungen, und er blinzelte sich Tropfen aus den Wimpern.

Rhett Butler schwor sich, dass er als Erwachsener nie wieder hilflos sein würde.

Der Regen wurde immer stärker. Kurz darauf konnte Rhett den Bug seines Bootes nicht mehr sehen. Das Wasser leckte an den Duchten.

Plötzlich kam Sturm auf, und das Segel zerfetzte mit einem lauten Knall. Ein Ruder ging verloren. Als kurz darauf ein im Wasser treibender Zypressenstamm das Boot zum Kentern zu bringen drohte, zerbrach bei Rhetts Versuch, ihn wegzuhalten, das andere Ruder. Rhett inspizierte den Stummel, als könnte er, wenn er nur geschickt genug wäre, damit weiterrudern. Er schöpfte Wasser, bis ihn die Arme schmerzten. Als er schrie, um den Druck auf seinen Ohren auszugleichen, trug der Wind den Schrei davon.

Der Fluss durchbrach die Dämme und überschwemmte die Reisfelder, und Rhetts Boot trieb manchmal im Kanal, dann wieder lenzte es über Felder, auf denen noch kurz zuvor Carolinas bester goldener Reis gestanden hatte.

Urplötzlich, so als wären sie in eine andere Welt geschwemmt worden, hörten Wind und Regen auf. In dieser Ruhe glitt Rhetts Boot sanft durch Helligkeit: in der Spitze eines wirbelnden Trichters, der sich in einen Himmel von solch dunklem Blau erhob, dass Rhett meinte, Sterne darin auszumachen. Er hatte vom Auge des Hurrikans reden hören. Doch er hätte nie gedacht, dass er sich je in einem befinden würde.

Die Strömung warf das vollgelaufene Boot gegen das Ufer, an dem entwurzelte, zersplitterte Bäume wild durcheinanderlagen. Rhett vertäute sein Boot an einem Ast und kraxelte landeinwärts in die Richtung, aus der er Hammerschläge hörte.

Als junger Mann war Thomas Bonneau von dem Sklavenhalter, der ihn gezeugt hatte, in die Freiheit entlassen worden. Thomas Bonneaus weißer Vater übertrug seinem Sohn urkundlich fünf Morgen Land auf einer kleinen Anhöhe am Fluss, wo Thomas ein bescheidenes Tabby-Haus errichtete, dessen unansehnliche, dicke Mauern schon manch einem Hurrikan standgehalten hatten. Bonneau und ein Junge in Rhetts Alter hockten auf dem Dach und nagelten Schindeln fest.

»Guck mal, Papa, ein weißer Junge«, sagte Tunis, der schwarze Junge.

Die beiden ließen sich zu Boden gleiten, und Thomas begrüßte Rhett, der am Ende seiner Kräfte war. »Kommen Sie mit uns rein, junger Herr. Diese Mauern ham uns bisher am Leben gehalten. So Gott will, tun sie das auch noch'n Weilchen.«

In dem einzigen Raum des Hauses waren Thomas Bonneaus Frau Pearl und zwei kleinere Kinder dabei, Truhen, Fischreusen, einen Hauklotz und Geflügelkäfige zu einem wackeligen Berg aufzutürmen, über den sie zu den Deckenbalken hinaufklettern konnten.

»'s nich der Regen oder Wind vom Hurrikan, wo einen umbringt«, erklärte Bonneau, während er sich auf seinem Balken niederließ. »Der Hurrikan bringt 'ne gewaltige Flutwelle mit, und die kann einen ersäufen.«

Tunis half den beiden kleineren Kindern zu ihrem Vater hoch, der jedes auf eines seiner Beine setzte, von seinen starken Armen gehalten. Als kurze Zeit später alle rittlings auf einem Balken saßen, verfiel Bonneau in einen Singsang: »Und Gott sagte zu Noah: Die Menschen sind verderbt, und deshalb lass ich 'ne gewaltige Flutwelle kommen. Aber du und deine Familie, ihr werdet auf der Flut schwimmen …« Alles Weitere, was er sagte, wurde vom Lärm der Naturgewalten übertönt.

Krachend schlug die Sturmwoge gegen das kleine Tabby-Haus und durchbrach die Tür. Unter Rhetts baumelnden Beinen schäumte das Wasser, und er spürte, wie der Balken, auf dem er saß, zwischen seinen Beinen vibrierte. Thomas Bonneau legte den Kopf in den Nacken, schloss die Augen, und die hervortretenden Sehnen an seinem Hals zeigten an, wie inständig er Gott pries.

Das Schlimmste hatten sie hinter sich.

Wie alle Stürme musste auch dieser enden, das Wasser ging zurück, und wie immer nach solchen Stürmen beschien die Sonne eine strahlende neue Welt.

Thomas Bonneau sagte: »Wenn ich mich nich irre, is das ein Ara da drüben im Baum.« Ein durchnässter blaugelber Vogel klammerte sich mit letzter Kraft an einen blattlosen Ast. »Weiß der Himmel, wo's den hergeblasen hat.«

Sie schleppten die verschlammten Truhen und demolierten Reusen nach draußen, und Pearl spannte eine Leine auf, um die Kleider daran zu trocknen. Pearl trug ihren nassen Unterrock, während ihr Kleid trocknete, die anderen waren nackt.

Tunis und Rhett sammelten Fische ein, die der Sturm an Land gespült hatte, während Thomas Bonneau mit der trockenen Innenrinde einer Zeder ein Feuer anzündete.

Als sie um das Feuer saßen und die aufgespießten Fische darüber drehten, dankte Thomas Bonneau Gott, dass er seine Familie und den jungen Master verschont hatte.

»Ich bin nicht der junge Master«, sagte der weiße Junge. »Ich bin Rhett.«

Als Rhett zehn Tage später nach Broughton zurückkehrte, hatte man Will auf dem Sklavenfriedhof begraben und Mistletoe in den Süden verkauft. Die Plantage bestand aus Morgen um Morgen ersoffener, stinkender Reispflanzen.

Langston Butler überwachte persönlich einen Arbeitstrupp, der den Hauptdeich wieder instand setzte, während Watlings Trupp die inneren Dämme reparierte. Männer schafften in Schubkarren Füllmaterial heran, das die Frauen und Kinder mit Eimern und Kübeln in die Breschen kippten.

Die Stiefel von Rhetts Vater waren dreckig, und er hatte sich seit Tagen nicht rasiert. Seine weichen Hände waren aufgesprungen, seine Fingernägel abgebrochen. »Wir dachten, du seist tot. Deine Mutter trauert.«

»Meine Mutter hat ein zartes Herz, Sir.«

»Wo warst du?«

»Thomas Bonneau, der freie Farbige, hat mich vor dem Hurrikan gerettet. Ich habe seiner Familie geholfen, das Haus zu reparieren.«

»Deine Pflicht ist es, dich um deine Familie zu kümmern.«

Rhett sagte nichts.

Sein Vater wischte sich mit dem Unterarm über die schweißnasse Stirn. »Die Ernte ist zerstört«, sagte er abwesend. »Die Arbeit eines ganzen Jahres verloren. Wade Hampton hat mich gebeten, für das Gouverneursamt zu kandidieren, aber jetzt …« Langston Butler blickte in die unversöhnlichen Augen seines Sohns. »Nun, junger Freund, hast du irgendetwas aus dem Los des Schleusenmeisters gelernt?«

»Ja, Sir.«

»Demut? Gehorsam? Den angemessenen Respekt vor der Autorität?«

»Ich habe Sie oft sagen hören, Vater, dass Wissen Macht ist. Ich akzeptiere diese Erkenntnis jetzt.«

Trotz dringender Verpflichtungen in Broughton brachte Langston Butler seinen Sohn noch in derselben Woche nach Charleston, damit er dort die Bildung erwerben konnte, die einen Gentleman des Tieflands auszeichnete.

Cathecarte Puryear war Charlestons bekanntester Intellektueller, und die Stadt war stolz auf ihn – so wie sie auf jedes Kuriosum stolz gewesen wäre, ein zweiköpfiges Kalb etwa oder eine sprechende Ente. Während Cathecartes Studium an der University of Virginia war Edgar Allan Poe sein Zimmernachbar gewesen, und wie jeder weiß, ist Dichtung ansteckend.

Infolge seiner umstrittenen Essays im *Southern Literary Messenger* war Cathecarte Puryear zweimal zum Duell gefordert worden. Beide Forderungen hatte er angenommen, nur um dann, nachdem er seine Überzeugung kundgetan hatte, dass Ehrenhändel »von den geistig Unbefähigten für die geistig Unbefähigten« erfunden worden seien, seine Pistole in die Luft abzufeuern. Er wurde nie wieder herausgefordert. Es liegt keine Ehre und vielleicht auch keine Unehre darin, einen Mann zum Duell zu fordern, der das Feuer nicht erwidert.

Cathecarte war Präsident der St. Cecilia Society, die die Schirmherrschaft über erbauliche Konzerte sowie Charlestons beliebteste Bälle innehatte. Die meisten der Intellektuellen von Charleston waren Kirchenleute oder, wie der Unionist Louis Petigru, Juristen, doch Cathecarte hatte dank des beträchtlichen Vermögens seiner verstorbenen Frau sein Brot nie selbst verdienen müssen. Er unterrichtete eine Handvoll junger Männer vornehmer Herkunft, denn *noblesse oblige*, wie er oft erklärte.

Die 1836 verstorbene Eleanor Baldwin Puryear war Cathecartes bevorzugter poetischer Gegenstand. Einige Kulturbanausen vertraten die Ansicht, es sei töricht gewesen, Eleanors ansehnliche Mitgift gegen literarische Unsterblichkeit einzutauschen.

Ein müder, geistesabwesender Langston Butler gab dem künftigen Privatlehrer seines Sohnes eine Einschätzung des Jungen: »Mein ältester Sohn ist intelligent, aber aufsässig. Der Junge missachtet meine Anweisungen und leugnet die Unterscheidungen nach Stand und Rasse, auf denen unsere ganze Gesellschaft beruht. Rhett kann zwar lesen, schreiben und rechnen, doch ein Gentleman würde meinen Sohn nicht als seinesgleichen betrachten.«

Cathecarte strahlte ihn ermutigend an. »Der Geist eines jeden jungen Mannes ist eine *tabula rasa*, Sir. Eine leere Schiefertafel, die wir nach Gutdünken beschreiben können.«

Langston lächelte müde. »Wir werden sehen.«

Nachdem Langston gegangen war, sagte der Privatlehrer: »Setzen Sie sich, junger Mann. Bitte setzen Sie sich. Sie schleichen hier ja herum wie ein Tiger im Käfig.«

In dichter Abfolge sagte Cathecarte sodann: »Aristoteles hat welchen berühmten General unterrichtet, junger Mann? Bitte konjugieren Sie ›amare‹. Erklären Sie mir das Prinzip der Gewaltenteilung. Rezitieren Sie Mr Poes ›Der Rabe‹, Mr Keats' ›La Belle Dame sans Merci‹.«

Als die Stille beklemmend wurde, lächelte Cathecarte. »Junger Mann: Offensichtlich weiß ich vieles, was Sie nicht wissen. Was wissen Sie denn?«

Rhett beugte sich vor. »Ich weiß, warum die Schleusentore der Reisfelder aus Zypressenholz sind. Alle behaupten, dass Alligatorenmütter ihre eigenen Jungen fressen, aber das stimmt nicht – sie transportieren sie in ihrem Maul. Zaubermänner gewinnen vier verschiedene Heilmittel aus dem Stechapfel. Der Bau einer Bisamratte hat immer auch einen Eingang, der unter Wasser liegt.«

Cathecarte Puryear blinzelte. »Sind Sie Naturphilosoph?«

Der Junge verwarf diese Möglichkeit. »Nein, Sir. Ich bin ein Renegat.«

Nach seinem Gespräch mit Cathecarte Puryear ging Rhett Butler eine steile Stiege hinauf in die Hitze eines winkligen Zimmers mit Blick auf den Hafen von Charleston.

Eines der Betten war ungemacht und von schmutzigen Kleidern übersät, auf dem Kissen des anderen lagen blank gewichste Reitstiefel.

Rhett packte seine Reisetasche aus, warf die Stiefel vom Bett und setzte sich ans Fenster, um auf den Hafen hinauszublicken. So viele Schiffe. Wie groß die Welt doch war. Er fragte sich, ob ihm jemals irgendetwas gelingen würde.

Eine halbe Stunde später kam sein Mitbewohner die Treppe heraufgepoltert. Es war ein schmaler Bursche, dessen lange Finger nervös das helle Haar aus der Stirn schnipsten. Er hob seine Stiefel auf und inspizierte sie misstrauisch. »Sie sind Butler, nehme ich an.«

»Und Sie?«

Der Junge richtete sich auf. »Ich bin Andrew Ravanel. Was sagen Sie dazu?«

»Nichts. Sollte ich?«

»Das würde ich Ihnen raten!«

Als Andrew seine Fäuste hob, schlug Rhett ihm in den Magen. Andrew sackte auf sein Bett herunter und schnappte nach Luft. »Das hätten Sie nicht tun dürfen«, japste er. »Sie hatten kein Recht …«

»Sie wollten mich schlagen.«

»Tja«, Andrew Ravanel lächelte wie ein Unschuldsengel. »Vielleicht schon. Aber vielleicht auch nicht.«

In den folgenden Monaten erkannte Rhett, wie einsam er gewesen war.

Andrew Ravanel war ein Stadtjunge, Rhett hatte bisher noch nie irgendwo gelebt, wo Gaslaternen brannten. Rhett betrachtete die Dinge von ihrer praktischen Seite, Andrew war ein Träumer. Es schockierte Andrew, dass Rhett Klassenunterschiede ignorierte. »Rhett, man dankt einem Diener nicht dafür, dass er einen bedient – das Dienen ist sein Lebenszweck.«

Rhett brillierte in Mathematik, und Andrew prahlte gern mit seinem Freund, indem er ihn komplizierte Kopfrechnungen vornehmen ließ. Rhett wusste nicht, woher er das konnte, er konnte es einfach.

Andrew war ein gleichgültiger Schüler, und Rhett gab ihm Nachhilfeunterricht.

Weitere Schüler von Cathecarte waren Henry Kershaw, ein Hüne von einem Siebzehnjährigen, der seine Abende in der Stadt verbrachte, Cathecartes Sohn Edgar Allan, der Henry Kershaws Gefolgsmann war, und John Haynes, der Erbe der Haynes Shipping Company. Johns Vater, Congress Haynes, hielt viel von Cathecarte Puryears Pädagogik, doch nur wenig von seinem gesunden Menschenverstand. Daher wohnte Congress' Sohn zu Hause.

Wenn die Nacht die große Hafenstadt abkühlte, hockten Rhett und Andrew in ihrem Mansardenfenster und diskutierten über Pflicht, Ehre und Liebe – jene bedeutenden Fragen, die jeder Junge für sich selbst austüfteln muss.

Rhett verstand die düsteren Stimmungen nicht, die Andrew manchmal überkamen. Obwohl Andrew mutig, ja geradezu verwegen war, konnten ihn Kleinigkeiten niederschmettern.

»Aber Cathecarte behandelt doch jeden herablassend«, erklärte Rhett geduldig. »So ist er eben. Ignorier ihn einfach.«

Rhett gelang es weder durch Argumente noch durch freundschaftliches Zureden, Andrew aus seiner Verzweiflung zu reißen, doch da es zu helfen schien, saß er in Andrews dunkelsten Stunden ruhig bei ihm und leistete ihm Gesellschaft.

Obwohl Cathecarte Puryear gegen »die Pflanzer, diese Philister« wütete, stellte er die Charlestoner Tradition, dass junge Männer auf den Putz hauen sollten, bis sie in den Hafen der Ehe einliefen, nie in Frage. Andrews Vater, Colonel Jack Ravanel, machte Rhett mit dem Schnaps bekannt, und an Rhetts fünfzehntem Geburtstag geleitete er den Jungen zu Miss Pollys Freudenhaus.

Als Rhett wieder herauskam, grinste der alte Jack. »Na, junger Freund, was halten Sie von der Liebe?«

»Liebe? So nennt man das?«

Nachdem er vier Jahre bei Cathecarte Puryear studiert hatte, beherrschte Rhett die Infinitesimalrechnung, konnte (mit Wörterbuch) Latein lesen, kannte die Namen sämtlicher englischer Monarchen seit Alfred dem Großen und die Neigungen der hübschesten Huren von Charleston und wusste, dass ein Straight niemals, unter keinen Umständen, einen Flush schlägt.

Im selben Jahr, da im Senat der Vereinigten Staaten die Annexion von Texas debattiert wurde, veröffentlichte Cathecarte Puryear seinen berüchtigten Brief. Was Cathecarte Puryear trieb, seine Ansichten kundzutun, wusste keiner; manche glaubten, er neide dem Dichter Henry Timrod seinen wachsenden Ruhm, andere meinten, es liege daran, dass der *Charleston Mercury* seine Gedichte abgelehnt hatte. Und nun erschien in derselben Zeitung sein unflätiger Brief (von den Distanzierungen des Herausgebers flankiert).

»Die Nullifikation«, schrieb Cathecarte Puryear, »ist eine grandiose Dummheit, und die Anhänger der Nullifikation sind unverantwortliche Dummköpfe. Kann denn, wer irgend bei Verstand ist, wirklich glauben, dass die Bundesregierung einer Clique von ›Gentlemen‹ aus Carolina erlauben wird, selbst zu entscheiden, welchen Bundesgesetzen es ihnen zu gehorchen beliebt und welchen nicht? Einige dieser Gentlemen flüstern hinter vorgehaltener Hand das schreckliche Wort ›Sezession‹. Ich kann nur hoffen, dass Mr Langston Butler und seine Freunde, wenn sie denn schließlich Selbstmord begehen, dies privatim tun werden, ohne uns andere in ihre Torheit zu verstricken.«

Zwar konnte Langston Butler Cathecarte Puryear nicht fordern – »dieser Schuft hat den Ehrenkodex zur Farce gemacht« –, doch was er tun konnte und auch tat, war, seinen Sohn dem Einfluss Puryears zu entziehen.

Während ihre Kutsche die King Street hinunterrollte, teilte Langston Rhett mit: »Senator Wade Hampton hat einen Privatlehrer für seine Kinder angestellt. Von nun an wird Hamptons Privatlehrer auch dich unterrichten.« Er beäugte seinen Sohn mit skeptischem Blick. »Gib Gott, dass Puryear dich mit seinen verräterischen Überzeugungen noch nicht angesteckt hat.«

Rhett musterte das wütende, bittere Gesicht seines Vaters und dachte: »Er will, dass ich so bin wie er.« Rhett sprang aus der Kutsche, verschwand hinter dem Tafelwagen einer Brauerei und machte sich aus dem Staub.

Thomas Bonneau legte das Netz, das er gerade flickte, zur Seite. »Was machst du denn hier, junger Mann?«

Rhett lächelte vorsichtig. »Ich hatte gehofft, ich würde hier willkommen sein.«

»Tja, bist du aber nicht. Bringst bloß Ärger.«

Die schlenkernde Brille in der einen Hand, kam Tunis Bonneau heraus. In der anderen Hand hatte er ein Buch, *Der Freund des Seemanns*.

Verzweifelt verkündete Rhett: »In dem Buch ist die Ketschtakelung falsch beschrieben.«

Tunis verdrehte die Augen. »Daddy, ich glaub, der junge Master Butler will uns sagen, er wär 'n Seemann. Was meinst du?«

Rhett trug eine kurze blaue Jacke über einem Hemd aus feinem Wollstoff. Seine Hose war so eng, dass er es nicht wagte, sich nach vorn zu beugen.

Die Bonneaus waren barfuß, und Tunis' schmutzige Segeltuchhose wurde von einer Schnur zusammengehalten.

Leise sagte Rhett: »Ich weiß nicht, wo ich sonst hingehen soll.«

Tunis musterte Rhett lange, dann lachte er. »Acht Scheffel Austern hat mich dieses Buch gekostet, und der junge Master Butler behauptet, es wär verkehrt.«

Thomas Bonneau blies die Wangen auf und stieß die Luft wieder aus. »Ich nehm an, das werd ich noch bereuen. Setz dich, dann zeig ich dir, wie man ein Netz flickt.«

Die Bonneaus fischten vor Sullivan Island und fingen unterhalb von Morris Island mit der Dredsche Austern. Rhett stand tief in der Nacht mit ihnen auf, arbeitete mit ihnen, lachte mit ihnen, und an einem denkwürdigen Sonntag, als Thomas mit seiner Frau und den jüngeren Kindern in der Kirche war, segelten Rhett und Tunis mit Thomas Bonneaus Boot die Küste hinunter bis nach Beaufort.

Der junge Rhett Butler hätte nie geglaubt, dass er so glücklich sein könnte.

Jeder Neger am Ashley River wusste von Thomas Bonneaus »weißem Sohn«, doch es sollte dreizehn Wochen dauern, bis Langston Butler herausfand, wo Rhett sich aufhielt, und noch einen weiteren Tag, ehe die Barkasse von Broughton am wackeligen Kai der Bonneaus anlegte.

Langston Butler baute sich vor Thomas Bonneau auf. »Viele Mitglieder der gesetzgebenden Versammlung möchten die freien Farbigen Carolinas des Staates verweisen oder wieder zu Sklaven machen. Ich teile diesen Wunsch. Sollten Sie sich noch einmal in unsere Familienangelegenheiten einmischen, werden Sie, Ihre Frau und Ihre Kinder sich künftig unter Mr Watlings Peitsche abplagen, das schwöre ich Ihnen.«

Auf der langen Fahrt den Fluss hinauf nach Broughton sagte Langston Butler kein Wort zu seinem Sohn, und als sie anlegten, übergab er Rhett an Isaiah Watling. »Er ist ab jetzt ein Reisarbeiter wie alle anderen. Wenn er wegläuft oder einem Befehl nicht gehorcht, wird er Bekanntschaft mit der Peitsche machen.«

Watling wies Rhett eine Hütte bei den Negerunterkünften zu. Auf seinem Strohsack tanzten die Flöhe.

Das Reisfeld war zwei Wochen zuvor entwässert worden, und

der Reis gedieh. An seinem ersten Morgen auf dem Feld waren die Moskitos und Stechmücken so zahlreich, dass Rhett Unmengen davon verschluckte. Zwanzig Minuten nach Sonnenaufgang nahm ihm die glutheiße Luft schier den Atem.

Bis zu den Oberschenkeln im Morast stehend, hackte er, so weit seine Arme reichten, um dann mal das eine, mal das andere Bein herauszuziehen und eine neue Haltung einzunehmen.

Ein Mann auf einem großen Pferd beobachtete ihn vom Deich aus: Shadrach Watling.

Um zwölf Uhr machte der Arbeitstrupp Pause, um Maisbrei mit Bohnen zu essen, die aus einem großen Topf geschöpft wurden. Da Rhett weder Schüssel noch Löffel hatte, wartete er, bis ein anderer Mann fertig war und er sich dessen Geschirr ausborgen konnte.

An jenem ersten Nachmittag waren es 36 Grad, und Rhett flackerte es rot und violett vor den Augen.

Es war üblich, dass ein Arbeiter, der die ihm zugewiesene Arbeit getan hatte, über seine restliche Zeit verfügen konnte. Um drei verließen einige der kräftigeren Männer das Feld, und um fünf arbeiteten nur noch zwei Frauen mittleren Alters und Rhett. Als Rhett um halb neun fertig war, waren bloß noch er und Shad Watling da.

»Geben Sie auf die Schlangen acht«, sagte Shad grinsend. »Letzte Woche haben wir hier einen Nigger verloren.«

Rhetts Delirium aus Arbeiten, Essen, Arbeiten wurde durch kurze Phasen unruhigen Schlafs nur unwesentlich abgemildert. Als Rhett tatsächlich einer Mokassinschlange begegnete, sah er gleichgültig zu, wie die Schlange an seinen nackten Beinen vorbeiglitt.

Auf seinem großen knochigen Maultier ritt Aufseher Isaiah Watling von einem Arbeitstrupp zum anderen. Der Griff der Peitsche, die an seinem Sattelknopf hing, war vom Schweiß seiner Hand gebleicht. Trotz der Hitze trug der Aufseher einen schwarzen Gehrock, und sein Hemd war bis unters Kinn zugeknöpft. Sein breitkrempiger Strohhut umschloss seinen kurzgeschorenen Schädel.

Am Samstag zur Abendessenszeit winkte er Rhett zu sich.

Watling hatte große Ohren, eine große Nase, lange Arme, große Hände; sein Gesicht war von harter Arbeit und Verbitterung gezeichnet.

Watling heftete seinen blassen, leeren Blick auf Rhett. »Als ich bankrott war und nach Broughton kam, das ist viele Reisernten her, da waren Sie ein störrisches Kind, aber ich hab immer gedacht, dass es Hoffnung für Sie gibt. Es steht geschrieben, dass wir uns durch unsere Drangsal erheben werden. Butler«, der Aufseher setzte sein Maultier in Bewegung, »unsere Zeit wird kommen.«

In der zweiten Woche arbeitete Rhett so gut wie eine alte Frau, und am Ende der dritten konnte er mit einem zehnjährigen Negerjungen mithalten.

Abends hockte er zusammengesunken auf einem Hackklotz vor seiner Hütte. Obwohl die Neger von Broughton Anweisung hatten, sich von ihm fernzuhalten, steckten sie ihm Essen aus ihren eigenen mageren Vorräten zu.

Im September war Rhett schließlich zu einem vollwertigen Reisarbeiter geworden.

Als die Delegierten von Carolina an Bord des Schoners gingen, der sie nach Baltimore zum Parteitag der Demokraten bringen sollte, nahm Senator Wade Hampton Langston Butler zur Seite und fragte ihn, ob das Gerücht stimme, dass sein Sohn neben Negern auf dem Reisfeld arbeite.

»Mein Sohn braucht Disziplin.«

Wade Hampton war ein Riese von einem Mann, der selbst dreitausendfünfhundert Sklaven besaß. Jetzt runzelte er die Stirn.

Er erklärte, die Demokratische Partei könne sich keinen Skandal erlauben.

»Sir, mein Sohn braucht Disziplin.«

Und so arrangierte Senator Wade Hampton Rhett Butlers Berufung an die Militärakademie von West Point.

Als Isaiah Watling an diesem Abend zu den Negerunterkünften

ritt, saß Rhett Butler im Schneidersitz in der Tür seiner Hütte und sah den Reisvögeln über dem Fluss zu.

Isaiah Watling stieg ab. »Master Butler will, dass Sie in die Stadt kommen«, sagte er. »Das Boot wartet an der Anlegestelle.« Nach einer kurzen Pause fügte Watling hinzu: »Für einen weißen Jungen waren Sie ein ganz ordentlicher Neger.«

In Charleston wurde Rhett zum Barbier und zum Baden geschickt. Seine Kleider wurden geändert und seiner neuen Muskulatur angepasst. Noch ehe all seine Insektenstiche geheilt waren, ging er an Bord eines Schoners, der Richtung Norden fuhr.

Als der Schoner den Hafen von Charleston verließ, stand der junge Rhett Butler an der Reling. Seine Zukunftsaussichten hätten ihn in freudige Erregung versetzen sollen, doch dem war nicht so. Die Kleidung eines Gentleman fühlte sich an seinem Körper verkehrt an. Fort Sumter wurde immer kleiner, bis es nur noch ein winziger Punkt auf dem grauen Ozean war.

Kapitel 2

ROSEMARY PENELOPE BUTLER

Rhetts Schwester Rosemary war vier Jahre alt, als Rhett das Tiefland verließ, und wenn die Kleine danach versuchte, sich an ihren Bruder zu erinnern, hatte sie, egal wohin sie ihre Gedanken zu lenken versuchte, immer ein bestimmtes Bild vor Augen: den Wolf auf dem Umschlag ihres Märchenbuchs. Der Wolf war struppig, hatte eine lange Schnauze und große Zähne, aber er war so schlau!

In den Wochen, als Rhett sich bei den Bonneaus versteckt hatte, war jeder Winkel des Stadthauses in Charleston von Langston Butlers Zorn erfüllt gewesen. Die Bediensteten gingen auf Zehenspitzen, die kleine Rosemary versteckte sich im Kinderzimmer, und Elizabeth Butler zog sich mit Migräne in ihr Schlafzimmer zurück. Rosemary dachte sich, dass Rhett wohl sehr böse und mächtig sein musste, wenn ihr Vater ihn so furchtbar hasste.

Rosemary bekam Ausschläge auf Armen und Beinen. Sie wachte beim geringsten Geräusch auf und konnte nicht mehr einschlafen. Wenn sie doch nur nicht mehr an diesen struppigen Wolf denken müsste, sondern sich Puppen oder Tänzerinnen oder hübsche Kleidchen vorstellen könnte, dann würde der Wolf nicht mehr in den dunklen Schatten neben ihrem Fenster lauern und könnte sich nicht unter ihrem Bett verstecken.

Rosemarys Mutter, Elizabeth, war die geliebte einzige Tochter des äußerst vermögenden Ezra Bell Kershaw gewesen. Als pflichtbewusste, fromme Ehefrau vertraute Elizabeth darauf, dass die Bibel ihr Antwort auf alle Fragen bot und letztlich Gerechtigkeit herstellen würde. Sie betete für ihre Kinder und, ohne ihm davon zu erzählen, auch für ihren Mann. Elizabeth Butler tat nun einen ungewöhnlich mutigen Schritt und fragte ihre Freundin Constance Fisher – niemand in Charleston konnte es an Respektabilität und Reichtum mit Großmutter Fisher aufnehmen –, ob Rosemary wohl für eine Weile bei den Fishers wohnen könne.

Großmutter Fisher war sofort einverstanden. »Rosemary und meine Enkelin Charlotte werden sich gegenseitig beschäftigen.«

Noch am selben Nachmittag ließ man Rosemarys Kleider und Lieblingspuppen einpacken und in Großmutter Fishers Kutsche laden. Fortan verbrachte Rosemary mehr Nächte im Herrenhaus der Fishers an der East Bay als im Haus ihrer Familie. Ihre Hautausschläge verschwanden.

Die kleine Charlotte Fisher war ein ruhiges, verträgliches Kind, das von allen Menschen nur das Beste dachte. Charlotte wollte nicht glauben, dass Rosemarys Bruder gar so ein böser Kerl war. So böse *konnte* gar niemand sein. Charlotte beklagte sich nie, wenn ihr älterer Bruder Jamie sie neckte. Eines Nachmittags war Rosemary verstimmt und schnappte Charlotte ihre Lieblingspuppe weg. Später bereute sie es, doch Charlotte wollte die Puppe nicht wieder zurücknehmen. Weinend fiel Rosemary ihrer Freundin um den Hals: »Charlotte, es tut mir so leid, aber wenn ich etwas will, dann will ich es sofort.«

Drei Jahre nachdem Rhett nach West Point gegangen war, kam Charlottes älterer Bruder Jamie ins Familienzimmer gestürmt.

Charlotte legte einen Finger in ihr Buch, klappte es zu und seufzte. »Ja, Bruder …«

»Selber ja!« Mit verschränkten Armen lehnte sich Jamie ans Sofa, damit seine Hose vom Sitzen keine Falten bekam.

»Jamie …?«, fragte Charlotte.

»Rhett Butler ist relegiert worden«, platzte es aus Jamie heraus. »Er ist wieder in Charleston, weiß der Himmel, warum.« Jamie hob theatralisch die Augenbrauen. »Hier empfängt ihn doch kein

Mensch mehr – keine Menschenseele. Er wohnt beim alten Jack Ravanel. Er und Andrew waren ja immer dicke Freunde.«

Rosemary runzelte die Stirn. »Relegiert? Was heißt das?«

»Er ist in West Point rausgeworfen worden. Der Militärakademie verwiesen. Entehrt, endgültig und unwiderruflich.«

Rosemary war traurig. Wie konnte ein Wolf je etwas anderes als ein Wolf sein?

Jamie fügte rasch hinzu: »Du musst dir keine Sorgen machen, Rosemary. Dein Bruder hat hier eine Menge Freunde. Andrew, und dann noch Henry Kershaw, Edgar Puryear – die … na ja, diese Jungs halt.«

Was nicht gerade beruhigend war. Jamie hatte die Fishers beim Abendessen oft mit Geschichten über diese jungen Männer unterhalten. Alles, was Rosemary über sie gehört hatte, war entweder böse oder erschreckend.

Abends schalt Großmutter Fisher Jamie aus, weil er das Kind verstört hatte.

»Aber Rhett ist doch wirklich entehrt. Es ist die Wahrheit«, beharrte Jamie.

»Die Wahrheit, Jamie, kann manchmal grausam sein.«

Rhett Butlers Rückkehr beflügelte die Korona um Andrew Ravanel zu neuen Schandtaten. Irgendwie gelang es Rhett, zwei von Miss Pollys hübschen, aufgeputzten Metzen auf den Ball des Jockey Clubs zu schmuggeln. Ehe sie hinausgeführt wurden, »erkannten« die kichernden Mädchen einen der Kirchenältesten von St. Michael, einen bis dahin absolut unbescholtenen Mann.

Vor einer der Spielhöllen am Fluss stellten sich Rhett um Mitternacht zwei Räuber in den Weg.

Rhett sagte milde: »Ich habe nur eine Kugel im Lauf. Wer möchte die Kugel und wer das gebrochene Genick?«

Die Diebe kniffen den Schwanz ein.

Einmal trieben Rhett und Andrew innerhalb von vier Tagen ein Dutzend Pferde von Tennessee nach Charleston, wobei sie im Galopp die Reitpferde wechselten. Es hielten sich hartnäckig Gerüchte, dass sie den rechtmäßigen Besitzern nur knapp entronnen waren.

Und ganz Charleston war in heller Aufregung, als Rhett Butler für einen Wetteinsatz von zwei Dollar mit verbundenen Augen auf seinem Wallach Tecumseh über den anderthalb Meter hohen, von Spitzen gekrönten schmiedeeisernen Zaun des Friedhofs von St. Michael sprang. Am Sonntagmorgen inspizierten neugierige Gemeindemitglieder und der wütende Vikar die tiefen Löcher, die Tecumsehs Hufe im Boden hinterlassen hatten. Erfahrene Reiter überlief es kalt.

Jamie Fisher hatte ein besseres Herz, als er zugeben mochte, weshalb er diese Geschichte unterschlug. »Rhett spielt Poker«, verkündete er stattdessen. Er senkte die Stimme zu einem Flüstern. »Und zwar um Geld!«

»Natürlich«, sagte die vernünftige Charlotte. »Irgendwie muss er ja an Geld kommen.«

Auch wenn die Mädchen nicht von allen Sünden Rhetts wussten, so wussten sie doch, dass diese mehr als zahlreich waren. Als die mitleidige Charlotte ihre Freundin einmal zu oft »meine liebe, arme Rosemary« nannte, gab ihr Rosemary eine Ohrfeige. Das schockierte Charlotte so sehr, dass sie in Tränen ausbrach, worauf Rosemary ihr in die Arme fiel und die beiden einander trösteten, wie kleine Mädchen es eben tun.

Eines ganz besonderen Morgens, als Großmutter Fisher das Familienzimmer betrat, vergaß Charlotte den Toast, den sie gerade mit roter Johannisbeermarmelade bestrich, und Rosemary setzte abrupt ihre Teetasse ab.

Nicht dass Großmutter die Hände gerungen hätte, doch sie studierte Rosemarys Gesicht, als könnte sie darin die Antwort auf irgendeine Frage finden.

»Großmutter«, fragte Charlotte. »Stimmt etwas nicht?«

Constance Fisher schüttelte kaum merklich den Kopf und richtete sich auf. »Rosemary, im Salon sitzt Besuch für dich.«

»Besuch, Großmutter? Für mich?«

»Dein Bruder Rhett ist gekommen.«

Das Bild des Märchenbuchwolfs schoss Rosemary durch den Kopf, und sie warf Charlotte einen erschrockenen Blick zu.

Großmutter sagte: »Du musst nicht zu ihm gehen, Kind. Wenn du möchtest, schicke ich ihn wieder fort.«

»Rosemary, er ist entehrt«, warnte Charlotte besorgt.

Rosemary kniff den Mund zu einer entschlossenen Linie zusammen. Sie war jetzt alt genug, um einem Märchenbuchwolf gegenüberzutreten. Außerdem war sie neugierig: Würde man Rhett seine Sünden ansehen? Würde er behaart sein, einen Buckel oder lange Fingernägel haben? Würde er stinken?

Als sie durch den Flur gingen, murmelte Großmutter: »Rosemary, du darfst deinem Vater nichts von diesem Besuch erzählen.«

Rhett Butler war kein struppiger alter Wolf. Er war jung und hochgewachsen, und sein schwarzes Haar glänzte wie der Flügel eines Raben. Seine Jacke war rötlich braun wie ein neugeborenes Rehkitz, und der schwarze Pflanzerhut in seinen großen Händen schien vertraut wie ein alter Freund.

»Ja wen haben wir denn da?«, fragte ihr Bruder. »Du brauchst keine Angst vor mir zu haben, Kleines.«

Als Rosemary in Rhetts lächelnde Augen blickte, verschwand der Wolf für immer. »Ich habe keine Angst«, sagte sie beherzt.

»Großmutter Fisher hat mir erzählt, du wärst ein munteres Persönchen«, sagte Rhett. »Das scheint mir wahrhaftig auch so. Ich bin gekommen, um eine kleine Ausfahrt mit dir zu machen.«

»Wahrscheinlich werde ich das bitterlich bereuen, junger Freund. Wie es Ihnen gelungen ist, von West Point verwiesen zu werden, weiß ich nicht, und ...«, Großmutter hob abwehrend die Hand, »ich will es auch gar nicht wissen. Aber John Haynes spricht in den höchsten Tönen von Ihnen, und John ist ein vernünftiger Bursche. Wenn Ihr Vater allerdings erfährt, dass Sie hier waren, wird er ...«

Rhett grinste. »... toben? Das ist meines Vaters liebster Zeitvertreib.« Rhetts Verbeugung war ehrerbietig. »Ich bin Ihnen zu Dank verpflichtet, Großmutter Fisher. Rosemary wird zum Abendessen wieder hier sein.« Er kniete sich vor seine Schwester, damit er nicht größer war als sie. »Liebe Rosemary – ich habe ein feuriges Pferd und den leichtesten Sulky im ganzen Tiefland. Möchtest du nicht ein bisschen mit mir fliegen?«

An diesem Nachmittag lernte Rosemary Tecumseh kennen, Rhetts dreijährigen Morgan-Wallach. Der Sulky war kaum mehr als ein geflochtener Rohrsitz auf hohen Rädern, deren Speichen dünner waren als Rhetts Daumen. Tecumseh schwebte im Trab dahin, und als Rhett ihm zu galoppieren befahl, hob der Sulky ab.

Nachdem Rosemary so lange geflogen war, wie es sich für ein kleines Mädchen ziemte, brachte Rhett sie wieder zu den Fishers zurück und trug sie ins Haus. Rosemary hatte sich noch nie so sicher gefühlt wie in den Armen ihres Bruders.

Bei seinem zweiten Besuch machte Rhett eine Bootsfahrt mit Rosemary. Im Hafen schien ihn jeder zu kennen. Die Slup, mit der sie fuhren, gehörte einem freien Farbigen, der ihren Bruder beim Vornamen nannte. Rosemary war überrascht zu sehen, wie ihr Bruder einem Neger die Hand reichte.

Im Hafen von Charleston tummelten sich an diesem Nachmittag Fischerboote, Ketschen für die Küstenschifffahrt und Schoner fürs offene Meer. Fort Sumter, an dessen Brustwehr das Sternenbanner knatterte, bewachte die Hafenausfahrt. Außerhalb des Hafens waren die Wellen höher, und Rosemary wurde von der Gischt gründlich durchnässt.

Als sie zu Großmutter Fisher zurückfuhren, hatte Rosemary einen Sonnenbrand, und sie war müde und nachdenklich.

»Was ist denn, Kleines?«

»Rhett, hast du mich lieb?«

Ihr Bruder berührte ihre Wange. »So lieb wie mein Leben.«

Natürlich erfuhr Langston Butler irgendwann von Rhetts Besuchen bei den Fishers und holte Rosemary wieder zurück nach Broughton. Einen Monat später erwachte Rosemary nach Mitternacht, weil eine Kutsche – Großmutter Fishers Kutsche – die Auffahrt hochgefahren kam, und noch ehe sie ganz zu sich gekommen war, stürmte Charlotte in ihr Zimmer und warf sich in ihre Arme. »Ach, Rosemary«, rief sie. »Es tut mir so leid.«

Und dann erfuhr Rosemary Butler, dass ihr Bruder Rhett bei Tagesanbruch mit Shadrach Watling, der einst einer Nachtschwalbe den Kopf abgeschossen hatte, ein Duell austragen würde.

Der Tagesanbruch kam und verstrich. Beim Geräusch ferner Schüsse eilte Rhetts Mutter ans Fenster des Wohnzimmers und spähte mit kurzsichtigem Blinzeln angestrengt hinaus.

»Wahrscheinlich Jäger, die Wandertauben schießen«, vermutete Rhetts Bruder Julian. Dr. Wards Gattin Eulalia nickte zustimmend.

Charlotte Fishers warme Hand fand Rosemarys kalte und drückte sie fest.

Elizabeth Butler, der das Blut in die aschgrauen Wangen gestiegen war, klingelte nach einem Diener. »Wir möchten eine Erfrischung zu uns nehmen.«

Rosemary kniff die Augen so fest zusammen, dass sie kleine rote Pünktchen sah, und betete stumm: »Lieber Gott, bitte beschütze meinen Bruder. Bitte, lieber Gott. Mach, dass Rhett nichts passiert.«

Rosemary und Charlotte hockten still wie Kirchenmäuse im abgelegensten Winkel des großen, kühlen Raums, hinter der geschwungenen Armlehne einer Causeuse versteckt.

Constance Venerable Fisher räusperte sich und bemerkte dann: »Langston hat sich eine ausgesprochen ungünstige Zeit ausgesucht, um die Buchführung zu machen.« Mrs Fishers vernichtender Blick bohrte sich durch die Wohnzimmertür, wanderte den Flur entlang, die breite Treppe hinunter und durch den großen Salon hindurch bis in Langston Butlers Arbeitszimmer.

Julian erwiderte: »Vater ist ein Mann der festen Gewohnheiten. Er macht die Buchführung immer samstagmorgens.«

Miss Juliet Ravanel, die ihrem Jungfernstand gemäß auf einem harten, hochlehnigen Stuhl saß, sagte: »Manchmal überdecken

Männer mit peinlicher Korrektheit irgendwelche Ängste. Womöglich hat Mr Butler …?«

»Unsinn!«, unterbrach Constance Fisher sie. »Langston Butler ist stur. Stur wie ein Maulesel.«

Onkel Solomon, der Hausdiener von Broughton, brachte Tee und einen Teller voll Ingwerplätzchen, die die Köchin normalerweise nur zur Rennwoche buk. Als Mrs Butler um Sherry bat, antwortete Onkel Solomon: »Aber Missus, es is ja noch nich mal Tag. Die Sonne geht erst auf.«

»Wir werden einen Sherry nehmen«, beharrte Mrs Butler. Nachdem Solomon die Tür zu geräuschvoll hinter sich geschlossen hatte, sagte sie: »Wie Mr Butler zu sagen pflegt: ›Die Neger nutzen die Güte ihrer Herrschaft nur aus.‹«

»Wie jeder weiß, haben die Butlers dafür gesorgt, dass die Sklaverei in der Verfassung der Vereinigten Staaten verankert blieb«, frischte Miss Ravanel die Erinnerung an eine Großtat auf, mit der alle Anwesenden nur zu vertraut waren. Mrs Butler biss prompt an. »So ist es. Middleton, der geliebte Onkel meines Mannes, führte die Delegation aus South Carolina an.«

»Ja, meine Liebe«, sagte Constance Fisher nicht unfreundlich. »Das wissen wir alle. Aber Rhett hat überhaupt nichts von Middleton. Er kommt eher nach seinem Großvater Louis Valentine.«

Elizabeth Butler schlug die Hand vor den Mund. »Wir sollten nicht von ihm sprechen. Langston nimmt den Namen seines Vaters nicht in den Mund.«

»Mein Gott, warum denn nicht?«, fragte Constance Fisher munter. »Amerika ist eine junge Nation. Blutgeld ist nach einer Generation reingewaschen.«

Broughton war eine unrentable Indigoplantage gewesen, die für den Lebensunterhalt der beiden Brüder, die sie geerbt hatten, nicht genug abwarf. Louis Valentine Butler machte sich nach New Orleans davon, wo er ein lebenslanges Bündnis mit dem Freibeuter Jean LaFitte einging, während sich Middleton Butler für den Sklavenhandel entschied. Damals konnte man mit der

Einfuhr von Afrikanern ein Vermögen verdienen, doch Middletons Kapitäne bezahlten zu viel für kränkliche Exemplare, und die Neger, die nicht auf der Fahrt über den Atlantik starben, waren auf dem Sklavenmarkt nicht viel wert. Als der Stadtrat von Charleston ihn aufforderte, seine toten Neger weiter draußen ins Meer zu werfen, da vor White Point Gardens, wo die feinen Herrschaften sonntagnachmittags promenierten, immer wieder Leichen angespült würden, gab Middleton den Sklavenhandel auf.

Er bekannte politisch erst Farbe, als der Sieg im Unabhängigkeitskrieg gesichert war, und erhielt dreihundert Morgen von Loyalisten verwirktes, an Patrioten vergebenes Land. Als Delegierter des Konvents in Philadelphia sorgte Middleton Butler tatsächlich dafür, dass die Sklaverei in der frisch aus der Taufe gehobenen Verfassung der Vereinigten Staaten verankert blieb.

Louis Valentine dagegen kaperte 1810 vor Tampico die *Mercato*, ein spanisches Silberschiff, und kaufte daraufhin tausend Morgen erstklassiges Reisanbauland für Broughton. Langston Butler, Louis Valentines Sohn, überwarf sich schon früh mit seinem Vater und zog zu seinem Onkel Middleton, der Junggeselle war. Einige Zeit später erwarb Louis Valentine weitere zweitausend Morgen. Das Geld stammte von Prisen, Beute, die er vor der Küste von Texas aufgebracht hatte. (Obwohl Louis Valentine schwor, dass es spanische und mexikanische Schiffe gewesen seien, hielten sich hartnäckig Gerüchte, dass sie die amerikanische Flagge geführt hätten.)

Broughton entwickelte sich gut, was nichts daran änderte, dass diverse aufeinanderfolgende Plantagenaufseher größte Mühe hatten, den finanziellen Anforderungen von Middletons extravaganter Lebensführung in Charleston zu entsprechen.

Eines strahlenden Morgens im Jahr 1825 stach Louis Valentine Butler von Galveston aus mit der *Pride of Charleston* in See und ward nie wieder gesehen. Später im selben Jahr starb Middleton. Seine Gläubiger versammelten sich auf der Beerdigung und huldigten einem amerikanischen Patrioten, während sie zugleich bei

Langston Butler, dem Erben, ihre Ansprüche geltend machten. Langston Butler verkaufte zweihundert Sklaven, um den Forderungen der Gläubiger zu genügen, und ehelichte die fünfzehnjährige Elizabeth Kershaw, die einzige Tochter des vermögenden Ezra Bell Kershaw, eine junge Frau, die für ihre Frömmigkeit und ihr reizloses Äußeres bekannt war.

Als Elizabeth Butlers Erstgeborener, Rhett Kershaw Butler, zur Welt kam, hielt er seine Eihülle in der geballten Faust, was Broughtons Zaubermännern zufolge ein ungewöhnliches, machtvolles Omen war. Ob ein gutes oder ein böses, wollten sie nicht sagen.

Obwohl der Handel mit afrikanischen Sklaven schon seit zwanzig Jahren verboten war, fand immer mal wieder ein Sklavenschiff seinen Weg in den Hafen von Charleston, und Langston Butler war ein bereitwilliger Käufer von Angolanern, Coramantees, Gambiern und Ibo – Küstenafrikanern, die gegen Fieber resistent und mit dem Reisanbau vertraut waren. Er vergrößerte die Plantage um weitere zweitausend Morgen Land, die er Colonel Ravanel abkaufte (der nach dem Tod seiner Frau zu niedergeschlagen war, um hart zu feilschen).

Rhetts Vater gründete die Ashley River Agricultural Society. Nachdem er mit verschiedenen Reissorten experimentiert hatte, entschied er sich für Soonchurcher Puddy, eine afrikanische Sorte, die sich gut worfeln ließ und ein rundliches Korn hatte. Als Wade Hampton ihm vorschlug, für die gesetzgebende Versammlung von Carolina zu kandidieren, trat Langston damit dem reichsten, exklusivsten Herrenclub des Tieflands bei.

Am Morgen von Rhetts Duell trank Langstons jüngerer Sohn Julian Tee, während die Damen einen Sherry nahmen. Als Solomon ihr Glas nicht randvoll einschenkte, klopfte Constance Fisher ungeduldig dagegen.

Hinter der schützenden Causeuse roch Charlotte Fisher die Ingwerplätzchen, ein Duft, der ein warmes Kribbeln in ihrer Nase hinterließ. Mit einem Seufzer schob Charlotte ihr Gelüst beiseite. Wie konnte sie an Ingwerplätzchen denken, wenn Rosemarys

Bruder womöglich verwundet oder gar tot war? Charlotte Fisher hatte ausgemachten Respekt vor der Klugheit der Erwachsenen – dafür waren sie schließlich Erwachsene –, aber sie war zu dem Schluss gekommen, dass sich die Erwachsenen in Bezug auf Rhett Butler irrten.

»Belle Watling ist wirklich hübsch für eine Landpomeranze«, bemerkte die nicht sehr hübsche Miss Ravanel.

Elizabeth Butler schüttelte den Kopf. »Dieses Mädchen stellt die Geduld seines Vaters auf eine harte Probe.« Wenn Langston nicht da war, hielt Elizabeth Butler die Sonntagsandacht zusammen mit der Familie des Aufsehers. Irgendwie hatte das schlichte Farmhaus, wo sie sich einst ihren Hoffnungen – den übermütigen Hoffnungen der Neuvermählten – auf ein glückliches Leben hingegeben hatte, etwas Beruhigendes für sie. Und Isaiah Watlings grimmiges, unbeugsames Christentum war ihr ein Trost.

»Das Feld der Ehre – das ist eine hübsche Wiese unten am Fluss. Die Eichen dort sind von Spanischem Moos überhangen. Als wir heirateten, träumte ich davon, dass Langston und ich dort einst picknicken würden. Wir würden *wundervolle* Picknicks machen.« Mrs Butler senkte den Blick. »Was plappere ich daher; bitte verzeiht mir.« Sie warf einen kurzen Blick auf die Standuhr, auf deren Zifferblatt eine vergoldete Mondsichel langsam und friedlich in einem emaillierten Meer versank. Sie klingelte erneut nach Onkel Solomon. Ob er die Uhr kürzlich aufgezogen und, falls ja, ob er dabei die Zeiger berührt habe?

»Nein, Missus.« Solomon befeuchtete sich die Lippen. »Ich zieh die Uhr sonntags auf. Soll ich sie jetzt aufziehn?«

Sie schickte ihn mit einer mutlosen Geste fort. »Eine Entschuldigung«, sagte Mrs Butler. »Es erwartet doch keiner, dass Rhett das Mädchen heiratet!«

»Eine Entschuldigung – eine hervorragende Idee!«, lobte Miss Ravanel.

»Mein Bruder würde sich niemals entschuldigen!« Rosemarys Protest ließ die Älteren zusammenfahren, denn sie hatten die kleinen Mädchen völlig vergessen. »Shad Watling ist ein Lügner und ein Leuteschinder! Rhett würde sich niemals bei Shad Watling entschuldigen!« Obwohl Rosemary errötete, war sie nicht bereit, ihre Worte zurückzunehmen – nicht ein einziges! Als die vernünftige Charlotte den Fußknöchel ihrer Freundin drückte, schob Rosemary ihre Hand fort.

»Rhett hat es in Charleston nie gefallen.« Mrs Butlers Augen schweiften ziellos umher. »Er hat mal gesagt, der einzige Unterschied zwischen Alligatoren und den Leuten aus Charleston sei der, dass die Alligatoren ihre Zähne zeigten, bevor sie zubissen.«

»Rhett kommt nach seinem Großvater«, wiederholte Constance Fisher. »Dieses rabenschwarze Haar, diese lachenden schwarzen Augen.« Ihre Stimme nahm einen nostalgischen Klang an. »Gütiger Himmel, was konnte Louis Valentine tanzen!«

»Warum ist dieses Mädchen nicht einfach weggegangen!«, rief Elizabeth Butler. »Sie hat schließlich Verwandtschaft in Missouri.«

Miss Ravanel behauptete, in Missouri gebe es viele Bastarde. Womöglich gebe es in Missouri sogar noch mehr Bastarde als in Texas.

Julian Butler verglich seine Taschenuhr mit der Standuhr und stellte Letztere etwas zurück. »Wir werden die Schüsse nicht hören. Es ist zu weit weg.«

Seine Mutter schnappte nach Luft.

»Julian«, sagte Constance Fisher, »dein Bruder mag ein Spitzbube sein, aber du bist ein Dummkopf.«

Julian zuckte die Achseln. »Rhetts Eskapade hat unseren ganzen Haushalt durcheinandergebracht. Selbst die Bediensteten ziehen lange Gesichter. Ich dachte, die Köchin hätte diese Plätzchen für unsere verehrten Gäste gebacken« – Julian nickte ihnen zu – »und habe ihr ein Kompliment gemacht. ›O nein, Master Julian‹, hat sie gesagt. ›Die sin für Master Rhett. Für nach'm Kampf.‹«

Charlotte flüsterte: »Rosemary, bitte sag nichts mehr. Wir dürfen keinen Mucks von uns geben.« Sehnsüchtig fügte sie hinzu: »Ich hätte so gern ein Ingwerplätzchen.«

Die Standuhr tickte.

Julian räusperte sich. »Mrs Ward, ich kenne mich mit den führenden Familien von Savannah nicht so gut aus, wie ich es sollte. Sie sind, glaube ich, eine gebürtige Robillard?«

Miss Ravanel entsann sich einer Klatschgeschichte. »Gab es da nicht eine Robillard, die drauf und dran war, eine unpassende Verbindung einzugehen – ich glaube, mit einem Vetter?«

»Der gute Vetter Philippe. Meine Schwester Ellen fand Philippe hinreißend.« Eulalia kicherte (sie hatte inzwischen ihr drittes Glas Sherry intus). »Wahrscheinlich ist ein Löwe wirklich hinreißend – bis er einen frisst.«

Miss Ravanel erinnerte sich an Einzelheiten. »Haben die Robillards Vetter Philippe damals nicht fortgeschickt und das Mädchen mit einem irischen Ladenbesitzer verheiratet?«

Eulalia versuchte, die Familienehre aufrechtzuerhalten. »Meine Schwester Ellen hat einen erfolgreichen Mann geheiratet. Sie und Mr Gerald O'Hara haben eine florierende Baumwollplantage in der Nähe von Jonesboro. ›Tara‹ heißt sie.« Sie rümpfte die Nase. »Nach dem Familienbesitz in Irland, nehme ich an.«

»Jonesboro, das ist in … Georgia?« Miss Ravanel unterdrückte ein Gähnen.

»Genau. Ellen schreibt, ihre Tochter Scarlett sei ›durch und durch eine Robillard‹.«

»›Scarlett‹? Was für ein eigenartiger Name. ›Scarlett O'Hara‹ – also wirklich, diese Iren …«

Die Hände hinter dem Rücken verschränkt, stand Julian am Fenster. »Jetzt muss es vorbei sein.«

In Elizabeth Butlers Stimme schwang falsche Hoffnung. »Rhett und Shad haben sich bestimmt geeinigt und sind längst zu Mr Turners Schenke galoppiert.«

Constance Fisher sagte: »Julian, meinst du wohl, dein Vater ließe sich herab, zu uns zu stoßen, wenn er seine Buchführung abgeschlossen hat?«

»Langston Butlers Arbeit endet nie«, deklamierte Julian. »Vierzehntausend Morgen Land, dreihundertfünfzig Neger, sechzig Pferde, darunter fünf der edelsten Vollblüter …«

»Aber nur zwei Söhne«, versetzte Constance Fisher gereizt. »Deren einer womöglich gerade an einer Schusswunde stirbt.«

Elizabeth Butler schlug erneut die Hand vor den Mund. »Rhett sitzt in Mr Turners Schenke«, flüsterte sie. »Ganz bestimmt.«

Als Rosemary den Hufschlag hörte, rannte sie ans Fenster und riss es auf, sodass schwüle Luft ins Haus drang. Auf Zehenspitzen stehend, reckte das Kind seinen Oberköper hinaus. »Es ist Tecumseh!«, rief sie. »Seinen Galopp erkenne ich im Schlaf! O Mama, hör doch! Hörst du es nicht? Rhett ist da draußen! Er ist es! Es ist Tecumseh!«

Das Kind lief aus dem Zimmer, stürmte holterdiepolter die breite Treppe hinunter, am Arbeitszimmer des Vaters vorbei und hinaus in die mit zerstoßenen Austernschalen ausgelegte Auffahrt, wo ihr Bruder eben sein schweißüberströmtes Pferd zum Stehen brachte. Ein grinsender Solomon nahm das Pferd am Halfter. »Bin froh, dass Sie zu Haus sind, Master Rhett«, sagte Solomon. »Wir Farbige, wir sin alle froh.«

Der junge Mann glitt von seinem Pferd, stürmte auf seine kleine Schwester zu und drückte sie so heftig an sich, dass es ihr den Atem nahm. »Tut mir leid, dass ich dir Angst gemacht habe, Kleines. Das wollte ich nicht, um nichts in aller Welt.«

»Rhett, du bist ja verletzt!«

Sein linker Ärmel war leer. Sein Arm hing im Innern seines schwarzen Gehrocks.

»Es ist nur eine Fleischwunde. Bei Sonnenaufgang weht am Fluss oft ein böiger Wind. Auf Windböen war Watling nicht gefasst.«

»Oh Rhett, ich hatte ja solche Angst. Was hätte ich bloß ohne dich getan?«

»Darüber musst du dir keine Gedanken machen, Kind. Nur die Guten sterben jung.« Er ließ seine Schwester los, hielt sie auf Armeslänge vor sich, und es schien, als saugte er ihr Bild in sich auf, prägte es sich für immer ein. Seine schwarzen Augen sahen traurig aus. »Komm mit mir, Rosemary«, sagte er, und einen euphorischen Moment lang verstand das Kind ihn falsch. Für ein paar Sekunden dachte Rosemary, sie und Rhett würden zusammen aus diesem freudlosen Haus fliehen – noch ein letztes Abschiedswinken von Tecumsehs Rücken aus, und dann würden Bruder und Schwester gemeinsam davonfliegen.

Doch sie hatte ihn missverstanden. Rosemary folgte ihrem Bruder auf die lange, leere Veranda vor dem Haus.

Rhett legte seinen gesunden Arm um die schmächtigen Schultern seiner Schwester und drehte das Mädchen so, dass sie beide ihre Welt überblicken konnten. Auf dem Flickenteppich der sonnenbeschienenen rechteckigen Reisfelder brachten Arbeitertrupps Mergel aus und sangen dabei. Der Text war nicht zu verstehen, doch es war ein traurig-süßer Klang. Die Biegung des Tideflusses Ashley markierte den Verlauf des Hauptdeichs von Broughton. Auf diesem Deich galoppierte ein Reiter zum östlichen Reisfeld, zu Isaiah Watling.

»Schlechte Nachrichten kommen immer mit dem schnellsten Pferd«, sagte Rhett leise. Nach einer kurzen Pause fügte er hinzu: »Ich werde nie vergessen, wie schön es hier ist.«

»Ist er … Ist Shad Watling …?«

»Ja«, sagte Rhett.

»Bist du traurig?«, fragte Rosemary. »Er war ein Leuteschinder. Du musst nicht traurig sein.«

Rhett lächelte. »Du bist wirklich ein erstaunliches Mädchen.«

Mrs Butler und ihre Gäste warteten im Salon.

Als sie den leeren Ärmel ihres Sohns sah, schnappte Elizabeth Butler nach Luft, und ihre Augen verdrehten sich, sodass das Weiße sichtbar wurde. Julian geleitete sie zu einer Bank und murmelte: »Liebe Mutter. Mutter, bitte.«

Eulalias Augen waren riesig. »Franklin?«, quiekte sie.

»Madam, Ihr Franklin hat keinen Schaden gelitten, abgesehen von den Einwirkungen seiner Taschenflasche. Der gute Doktor goutiert solche Angelegenheiten nicht.«

Das Hauptbuch in der Hand, trat Langston Butler plötzlich in den Salon und schritt ans Regal, wo er das Buch zu den anderen Geschäftsbüchern stellte.

Dann wandte er sich um und betrachtete seinen Ältesten. »Ah ja, der missratene Sohn.« Butler senior ging zur Familienbibel und schlug den Teil des Buches auf, in dem seit dem Druck der Bibel im Jahr 1607 die Geburten, Hochzeiten und Tode der Butlers verzeichnet wurden. Er zog ein silbernes Federmesser aus der Westentasche und schnitzte rasch ein paar sich kräuselnde Späne von seinem Gänsekiel. Dann legte er die Feder auf das Pult aus glänzendem Walnussholz und spitzte sie mit einer so heftigen Bewegung zu, dass er dabei das Holz versehrte.

Mit zitternden Händen studierte Langston die Bibeleinträge. »Die Butlers haben Patrioten, treue Ehefrauen, pflichtbewusste Kinder und ehrbare Bürger hervorgebracht. Doch es zieht sich eine böse Ader durch die Familie, und einige, die in diesem Buch verzeichnet sind, darunter mein eigener Vater, hätten den Strick verdient.« Mit einem bösen Blick zu Großmutter Fisher verbat sich Langston etwaigen Widerspruch.

Langston fuhr fort: »Heute befassen wir uns mit einem ungehorsamen Spross der Familie, einem rebellischen, impertinenten jungen Mann. Als sein Vater ein akzeptables Betragen von ihm verlangte, bot ihm dieser junge Mann die Stirn.«

Elizabeth Butler weinte still vor sich hin. Julian Butler unterdrückte ein Husten.

»Als sein Vater, am Ende seiner Weisheit angelangt, den Jungen nach West Point schickte, vermochten ihn nicht einmal die berühmten Zuchtmeister dort zur Räson zu bringen. Der Kadett Butler wurde relegiert und kehrte ins Tiefland zurück, wo er sich als zügelloser Lebemann erwies und ein Mädchen aus der niederen Schicht schwängerte. Hast du Watling Geld angeboten?«

»Sie sind der reiche Pflanzer, Sir, nicht ich.«

»Warum hast du Watling gefordert?«

»Watling hat Lügen über mich erzählt, Sir.«

Langston winkte ab. »Ist Watling tot?«

»Er wird keinen Schaden mehr anrichten.«

Mit einer bedächtigen Bewegung strich Langston Rhetts Namen in der Bibel durch. Er schraubte den Deckel auf das Tintenfass, wischte die Spitze des Gänsekiels ab und legte ihn zur Seite.

Wortlos scheuchte Langston Butler seine Familie und Freunde durch die Doppeltür in die Familienräume. Julian nahm Rosemary bei der Hand, bevor sie entwischen konnte.

Langston Butler schloss die Türflügel aus Walnussholz und stellte sich mit dem Rücken zur Tür. Die Luft zwischen Vater und Sohn flirrte. »Da Sie mit der Familie Butler fortan nichts mehr zu schaffen haben, Sir, können Sie gehen.«

Kapitel 3

»Geliebter Bruder Rhett …«

In den darauffolgenden Jahren schrieb die kleine Rosemary ihrem Bruder regelmäßig. Sie erzählte ihm von ihrem gescheckten Pony Jack, das sehr artig sei. Sie reite auf ihm überallhin. *»Mutter meint, ich würde noch zum Indianer. Bist Du schon mal einem Indianer begegnet?«*

»Wenn ich will, dass er springt«, schrieb Rosemary, *»schwenkt Jack den Kopf, rollt mit den Augen und legt die Ohren an. Ich glaube, er ist dann beleidigt!«*

Als Jack von einer Mokassinschlange gebissen wurde, schilderte Rosemary, wie sie und Hercules die ganze Nacht bei ihrem sterbenden Pony gesessen hatten. Ihre Handschrift war fest, doch dieser Brief war voller Tränenflecken.

Rosemary war wieder zu den Fishers zurückgekehrt und berichtete von deren Haushalt. *»Charlotte denkt von allen nur das Beste. Ich glaube nicht, dass Jamie, ihr Bruder, grausam sein will, aber seine Freunde sind so gerissen und draufgängerisch, dass er es ihnen gleichtun muss. Einmal ist er morgens nach Hause gekommen, als Charlotte und ich beim Frühstück saßen. Jamies Kleider waren ganz schmutzig! Er stolperte und roch sehr schlecht. Als Charlotte ihn tadelte, nannte Jamie sie eine ›lästige Göre‹. Charlotte presste die Lippen zusammmen und weigerte sich, weiter mit Jamie zu reden. Tagelang hat Jamie so getan, als wäre nichts, aber schließlich hat er sich doch bei ihr entschuldigt! Charlotte ist genau wie Großmutter Fisher – eine wunderbare Freundin, aber unglaublich stur!*

Jamie ist von sanfterem Gemüt, als er uns glauben machen will. Wenn er nicht mit seinen Freunden zusammen ist, erzählt er uns amüsante

Geschichten. Manchmal stimmen sie allerdings gar nicht! Jamie liebt Pferde und ist der beste Reiter, den ich je gesehen habe. Bei Hercules darf er Gero reiten, obwohl Vater fuchsteufelswild werden würde, wenn er das wüsste! Habe ich Dir schon von Gero erzählt? Hercules meint, Gero sei das schnellste Vollblut des Tieflands.

Jamies Freunde sind Andrew Ravanel, Henry Kershaw und Edgar Puryear. Waren das nicht auch Deine Freunde? Jamie behauptet, John Haynes sei ein junger Langweiler, aber er wagt es nicht, John Haynes zu kritisieren, wenn Großmutter Fisher in Hörweite ist. John Haynes hat mich gefragt, ob ich etwas von Dir gehört habe, und leider musste ich nein sagen!

Wenn ich älter wäre, würde ich zu Dir kommen, und wir könnten zusammen nach Ägypten reisen. Ich würde zu gern einmal die Pyramiden sehen. Hast Du schon einmal die Pyramiden gesehen?«

So wie Rosemary wusste, dass Jesus kleine Kinder liebt, wusste sie auch, dass Abolitionisten böse waren und dass die Yankees die Menschen in den Südstaaten hassten und fürchteten, sogar Kinder wie sie. Aus persönlicher Erfahrung wiederum wusste Rosemary, dass Erwachsene sich über Politik erbittert stritten und dass Freundschaften geschlossen oder gelöst wurden, je nachdem, was andere, wichtige Erwachsene im fernen Kongress der Vereinigten Staaten taten.

Als Rosemary zehn war, verabschiedete der Kongress den Kompromiss von 1850, woraufhin die Anhänger der Nullifikation und die Unionisten sich eine Weile lang vertrugen. Langston Butler, der kein Wort mit Cathecarte Puryear gewechselt hatte, seit er Rhett dessen Obhut entzogen hatte, nickte Puryear auf der Queen Street wieder zu.

Als Mrs Stowes Roman *Onkel Toms Hütte* veröffentlicht wurde, verurteilte ganz Charleston das Buch. Großmutter Fisher sagte, es sei zu einfach für Rosemary und Charlotte.

»Wie kann es für Kinder zu einfach sein?«, fragte Rosemary, die dieses Buch, von dem alle redeten, unbedingt lesen wollte.

»›Einfach‹ im Sinne von ›einfältig‹«, brummelte Großmutter Fisher.

In ihrem nächsten Brief fragte Rosemary Rhett, ob er *Onkel Toms Hütte* gelesen habe.

Die kurze politische Ruhephase endete, als Rosemary vierzehn war und der Kongress den Kansas-Nebraska Act verabschiedete, der vorsah, dass die weißen Siedler der neu geschaffenen amerikanischen Territorien Kansas und Nebraska über die Sklavenfrage selbst entscheiden sollten. Im Westen brachten Sklavenbesitzer und Abolitionisten einander um.

Ungefähr um dieselbe Zeit begann Rosemary, den begehrten Junggesellen von Charleston etwas mehr Aufmerksamkeit zu widmen. *»Edgar Allan Puryear hat behauptet, Andrew Ravanel hätte beim Kartenspiel gemogelt, also hat Andrew ihn gefordert«*, schrieb Rosemary. *»Alle haben gedacht, sie würden sich schlagen, doch dann hat sich Edgar entschuldigt, und jetzt vermuten die Leute, dass er ein Feigling ist. Jamie Fisher hat Andrew einen ›schönen‹ Reiter genannt. Findest Du, dass ein Mann schön sein kann?*

Henry Kershaw hat einen freien farbigen Schneider vor dessen Laden mit dem Rohrstock verprügelt, weil der Mann ihn aufgefordert hatte, eine überfällige Rechnung zu bezahlen. Der Schneider ist an seinen Verletzungen gestorben. (Vater hat gescherzt, nun habe er bekommen, was fällig gewesen sei.)«

Rosemary beschrieb die Beerdigung von Congress Haynes: Es seien so viele Trauergäste gewesen, dass auf der Meeting Street zwischen Queen Street und White Point Gardens kein Durchkommen mehr gewesen wäre. *»John Haynes hat wieder nach Dir gefragt. Ach, lieber Bruder, ich wünschte so sehr, ich würde einmal von Dir hören!*

Weißt Du noch, wie Du mich besucht hast, als Du gerade aus West Point zurückgekommen warst? Ich war noch so klein, und Du kamst mir so groß vor! Weißt Du noch, wie wir segeln gegangen sind?

Letzten Sonntag beim Rennen hat Gero Mr Canbys Planet geschlagen, und Colonel Ravanels Chapultapec auch. Hercules hat den Ruhm ganz für sich in Anspruch genommen und versucht, einen Korb Champagner zu bestellen, um seinen Sieg zu feiern. Hercules hat gesagt, er wolle ›die weißen Gentlemen alle einladen‹. Was für eine Idee! Vater hat Hercules nach Broughton zurückgeschickt, damit er ›seine Manieren auffrischt‹.«

»Mutter liebt Dich!«, versicherte Rosemary Rhett. *»Das weiß ich!«* Es war reine Mutmaßung, denn seit der Verstoßung ihres ältesten Sohns brach Elizabeth bei den seltenen Gelegenheiten, wo Rhetts Name erwähnt wurde, jedes Mal in Tränen aus.

Durch die abolitionistischen Morde im fernen Kansas zerbrachen langjährige Charlestoner Verbindungen. Cousins sprachen nicht mehr miteinander. Charlestoner, die einst als extrem gegolten hatten, wurden jetzt als Visionäre gefeiert. Großmutter Fisher brachte Langston Butlers Freunde davon ab, Cathecarte Puryear aus der St. Cecilia Society auszuschließen. Als Antwort darauf entzog Langston Butler seine fünfzehnjährige Tochter abermals dem Hause der Fishers.

Danach sah Rosemary Charlotte und Jamie Fisher nur noch bei gesellschaftlichen Anlässen. An Rhett schrieb sie: *»Jamie und Andrew Ravanels Schwester Juliet sind Busenfreunde geworden. Sie und Jamie wetzen ihre Zungen aneinander, schärfen sie für ihre Feinde.«*

Rosemary erzählte ihrem Bruder, Andrew Ravanel habe Mary Lorings Herz im Sturm erobert. Ganz Charleston habe damit gerechnet, dass Andrew und Mary sich verloben würden, doch dann sei Mary Loring ganz plötzlich und von den anzüglichsten Gerüchten begleitet nach Split Rock in North Carolina gereist. Jetzt werbe Andrew um Cynthia Peterson.

»Mein Hausmädchen Cleo meint es gut, aber die kleinsten Kleinigkeiten regen sie auf. Sie ist ein richtiges Gänschen!

Erinnerst Du Dich noch an die kecke kleine Sudie? Nun, Sudie hat Hercules geheiratet und ihr erstes Kind zur Welt gebracht! Hercules ist stolz wie ein Gockel. Er lässt grüßen!«

Sie schloss ihren Brief mit den Sätzen: *»Bitte schreib mir doch. Ich vermisse Dich schrecklich und sehne mich danach, von Dir zu hören. Deine Dich liebende Schwester Rosemary«.*

Hercules sagte Rosemary, an welche Adresse sie die Briefe schicken sollte.

Als Rosemary ihn fragte, woher er wisse, wo Rhett sei, lachte Hercules. »Miss Rosemary, glaubn Sie denn, die Pferde reden nich miteinander? Egal wo sie hingehn, die reden, die Pferde. Und ich schleich mich nachts in den Stall und lausche.«

Also adressierte Rosemary ihre Briefe an »Rhett Butler, San Francisco, Territorium Kalifornien «, oder an »Rhett Butler, postlagernd, New Orleans, Louisiana«. Sie versiegelte sie sorgfältig und klebte das doppelte Porto darauf. »Bring das unbedingt heute zur Post, Onkel.«

»Ja, Miss«, antwortete Onkel Solomon, obwohl die Briefe dem alten Hausdiener aus irgendeinem Grunde unbehaglich waren.

Rosemary hörte nie von ihrem Bruder, und im Laufe der Jahre wurden aus ihren wöchentlichen Briefen vierzehntägliche und schließlich monatliche.

Ihren letzten Brief verfasste Rosemary am Abend ihrer Einführung in die Charlestoner Gesellschaft auf dem Ball des Jockey Clubs. Die sechzehnjährige Rosemary berichtete offen von ihren Befürchtungen, dass sich kein einziger junger Mann in ihre Tanzkarte eintragen werde und dass ihr weißes Satinkleid eher mädchen- als damenhaft sei.

Cleo schimpfte: »Wir wern nie fertig, Missy, wenn Sie nich mit Ihrm Gekritzel aufhörn und wir Sie endlich anziehn können.« Rosemary ignorierte ihr Hausmädchen und ging in den Hof hinaus, wo Hercules Gero striegelte.

Ohne jede Einleitung sagte Rosemary: »Es ist sinnlos, meinem Bruder zu schreiben. Mein Bruder ist tot.«

»Nee, Ma'am, Master Rhett is nich tot.«

Rosemary stützte die Hände in die Hüften. »Woher willst du das wissen?«

»Die Pferde, die …«

Sie stampfte auf. »Hercules! Ich bin kein Kind mehr!«

»Ja, Miss«, seufzte er. »Das seh ich.« Als Rosemary wieder ins Haus stürmte, striegelte er Gero weiter. »Ganz ruhig, alter Junge.

Miss Rosemary is besorgt, weil sie nämlich heut Abend zum Jockey Club geht und Angst hat, dass keiner von den jungen Herrn sie will.«

Rosemary schloss: »*Auch wenn einige meiner Briefe verloren gegangen sein mögen, müssen andere Dich erreicht haben. Dein Schweigen ist grausam. Wie sehr wünschte ich, ich wüsste, wo Du bist, wie Du lebst. Ich werde Dich immer lieben, Bruder, doch da Du so hartnäckig schweigst, werde ich Dir nicht mehr schreiben.*«

Rosemary blieb dabei. Sie schrieb Rhett weder, dass ihr Debüt bemerkenswert gewesen war und Andrew Ravanel ganz unerhört mit ihr poussiert und vier Walzer mit ihr getanzt hatte. Noch berichtete sie ihm, dass Großmutter Fisher gesagt hatte: »John Haynes ist völlig vernarrt in dich. Und eine schlechte Partie wäre John Haynes nun ganz gewiss nicht.«

Ebenso wenig schrieb sie ihm, dass sie daraufhin den Kopf zurückgeworfen und geantwortet hatte: »John Haynes macht keine gute Figur zu Pferd. Es ist ein Wunder, dass er sich beim Reiten nicht verletzt.«

»Macht Andrew Ravanel denn eine bessere Figur?«

»Er ist der bestaussehende Mann der Stadt. Jede Schöne in Charleston träumt von Andrew.«

»Ich fürchte, meine Liebe, während ihr jungen Damen träumt, folgen Mr Ravanel und die Korona schlicht ihrem Jagdinstinkt«, erwiderte Constance Fisher.

Kapitel 4

RENNWOCHE

Vier Jahre vor dem Krieg, neun volle Jahre nachdem Rhett Butler das Tiefland verlassen hatte, stand Rosemary eines Nachmittags im Februar unzufrieden vor ihrem Trumeau. Sie fand sich zu groß, insbesondere ihr langer Oberkörper entsprach nicht der Mode. Ihr ganz und gar gewöhnliches kastanienbraunes Haar war in der Mitte gescheitelt und zu Ringellöckchen gedreht. Ihre Gesichtszüge waren, so zumindest kam es Rosemary vor, zu stark ausgeprägt, und ihr Mund war zu ausladend. Das Einzige, was ihr gefiel, waren ihre ehrlichen grauen Augen. Rosemary streckte dem Spiegel die Zunge heraus. »Du bist nicht gut zu mir!«, erklärte sie.

Ihr neues Kleid aus strukturiertem grünem Chintz hatte Rosemary eigens für die Rennwoche bekommen.

Die Rennwoche war der Höhepunkt der gesellschaftlichen Saison in Charleston. Der Reis war geerntet, getrocknet, geworfelt, enthülst, verkauft und verschifft; die Neger hatten ihre jährliche Kleiderzuteilung erhalten und genossen ihre Weihnachtsferien. Die Pflanzerfamilien waren in der Stadt, und ihre Vormittage waren vom Tratsch über die Amüsements des vorangegangenen Abends und der Vorfreude auf den bevorstehenden Abend erfüllt. Nagelneue elegante sowie aufgearbeitete und auf Hochglanz polierte ältere Kutschen drehten die Runde, defilierten die East Bay Street hinunter, die Meeting Street hinauf und entlang der East Bay wieder hinunter. Auf den Bällen des Jockey Clubs und der St. Cecilia Society war die neueste Pariser Mode zu bewundern (nach Londoner Modellbüchern von den freien farbigen

Schneiderinnen Charlestons genäht). Yankeeausflügler begafften prächtige Stadthäuser, Scharen von Negern, glanzvolle Pferderennen und die bestrickendsten Südstaatenschönheiten.

Cleo kam händeringend in Rosemarys Zimmer gestürzt. »Missy, da is wer für Sie.«

»Ich komme sofort. Führ den Herrn in den Salon.«

»Er is nich ... Missy, er wartet im Hof. Er is ... kein Gentleman!« Cleo presste die Lippen zusammen. Mehr war ihr nicht zu entlocken.

Die Empfangsräume in Langston Butlers Stadthaus, das im Greek-Revival-Stil erbaut war, waren mit kunstvoll behauenen marmornen Kamineinfassungen und einer Kirschholztäfelung ausgestattet. Eine überdachte Veranda zog sich um den gesamten ersten Stock.

Die Gesindetreppe hinten im Haus war eng, steil und nicht gestrichen. Über diese Treppe brachten die Diener die Teller und Terrinen für Langston Butlers politische Diners hinauf. Auch Stapel frischer Bettwäsche gelangten über diese Stiegen nach oben. Hinunter brachte man schmutzige Laken, Kissenbezüge, Unterwäsche und Tischdecken. Außerdem – mit der gebotenen Vorsicht – die Bettpfannen der Familie.

In dieser Saison hatten die Butlers nur fünfzehn ihrer Bediensteten von Broughton mitgenommen. Onkel Solomon, Cleo, Hercules und Sudie sowie die Köchin bewohnten jeweils ein eigenes Zimmer über dem Küchen- und Waschhaus. Die rangniedrigeren Diener schliefen in einer engen Unterkunft über dem Stall.

Normalerweise ging es im Hof zu wie im Taubenschlag, Wäsche wurde gewaschen und gemangelt, Ställe wurden ausgemistet, Pferde gestriegelt. Doch heute lief Vollblut Gero in dem Rennen um zwölf Uhr, und alle waren auf der Rennbahn.

»Hallo?«, rief Rosemary.

Vom Stall her roch es nach Wagenschmiere, Klauenfett und Mist. Neugierige Pferde reckten den Kopf über ihre Standtür.

Rosemarys Besucher umklammerte sein Päckchen so fest, dass er es beinahe zerquetschte.

»Aber das ist doch Tunis? Tunis Bonneau …?«

Wie sein Vater Thomas hatte auch Tunis ursprünglich sein Geld als Fischer und Jäger verdient, doch mittlerweile arbeitete er als Lotse für Haynes & Son. Rosemary kannte den Mann vom Sehen, hatte allerdings nie ein Wort mit ihm gewechselt.

»Tunis Bonneau … hat mir nicht irgendjemand erzählt, Sie hätten geheiratet?«

»Ja, Ma'am. Letzten September. Meine Ruthie ist die Älteste von Reverend Prescott.«

Mit seiner Nickelbrille und seiner ernsten Miene wirkte Tunis wie die dunkle Ausgabe eines puritanischen Schulmeisters. Seine Kleidung war makellos sauber und gebügelt und roch schwach nach Seifenlauge.

»Ich soll Ihnen das hier geben.« Bonneau drückte Rosemary das Päckchen in die Hand, drehte sich um und wollte gehen.

»Einen Moment, Tunis. Bitte. Es liegt keine Karte bei. Von wem ist das?« Sie schnürte das Päckchen auf und fand darin einen riesigen gelben Seidenschal, der von exquisiten schwarzen Fransen gesäumt war. »Meine Güte! Was für ein wunderschöner Schal!«

»Ja, Miss.«

Als das jungfräuliche Mädchen sich die Seide über die Schultern legte und der Stoff ihre Haut streichelte, wurde ihr etwas unbehaglich. »Tunis, wer hat mir das geschickt?«

»Miss Rosemary. Ich kann keinen Ärger mit Master Langston gebrauchen.«

»War es … war es Andrew Ravanel?«

»Nein, Miss. Es war nicht Andrew Ravanel, der Sie beschenkt hat.«

Rosemary sagte bestimmt: »Sie werden nicht gehen, ehe Sie es mir verraten haben.«

Tunis Bonneau nahm seine Brille ab und rieb sich die Druckstellen an der Nase. »Er hat sich gedacht, dass Sie seine Briefe nicht gekriegt haben, deshalb hat er mich gebeten, Ihnen das zu bringen. Hab ihn in Freeport gesehen. Er hat sich überhaupt nicht verändert.« Tunis drehte die Brille in seinen Händen, als wäre sie ein ungewohnter Gegenstand. »Ich war als Lotse auf der *John B. Elliott*, Reis und Baumwolle haben wir verschifft und Lokomotivenräder für die Eisenbahn von Georgia zurückgebracht. Hab ihn sofort erkannt. Rhett Butler hat sich überhaupt nicht verändert.«

Rosemary spürte, wie ihr der Atem stockte, und griff haltsuchend nach dem Querholz eines Pferdestands.

»Rhett war in Nicaragua bei diesen Filibustern, aber das hat er wieder aufgehört.«

»Aber er … Rhett ist doch tot!«

»Oh nein, Miss. Mister Rhett ist nicht tot. Er is sogar sehr lebendig. Sieht an allem immer die amüsante Seite.«

»Aber … aber … ich habe neun Jahre nichts von ihm gehört.«

Tunis Bonneau hauchte auf seine Brillengläser und wischte sie mit seinem Taschentuch ab. »Miss Rosemary, Ihr Bruder hat Ihnen sehr wohl geschrieben. Oft sogar.«

Kapitel 5

FLASCHENPOST

Hotel Occidental
San Francisco, Territorium Kalifornien
17. Mai 1849

Liebe kleine Schwester,

obwohl ich vor sechs langen Stunden von Bord der Glory of the Seas *gegangen bin, schwankt mir immer noch der Boden unter den Füßen.*

Unser Kapitän und sein Sohn ruderten uns Passagiere an Land, aus Angst, dass sich die Glory *zu den hundert verlassenen Schiffen gesellen könnte, deren Matrosen beschlossen, Goldgräber zu werden. Ihre Masten bilden einen trostlosen Wald neben dem Kai.*

Auf diesem Kai, dem Long Wharf, veranstalteten die Anreißer von Gastwirtschaften und Hotels, Freudenhäusern und Spielclubs einen Höllenspektakel. Betrüger boten den Kauf und Verkauf von Gold an. Ein gut gekleideter Mann bettelte scheu um eine Mahlzeit.

Auf der Fahrt um Kap Hoorn habe ich Karten gespielt. Da sie ja bald reich sein würden, hatten die Goldgräber in spe für das Geld, das sich bereits in ihrem Besitz befand, nur Verachtung übrig und spielten, als hätte sich die Besonnenheit im Vertrauen auf ihre glorreiche Zukunft verabschiedet. Folglich bin ich mit einem stattlichen Anfangskapital (so nennen die Glücksritter das Geld, mit dem sie ihre Goldsuche finanzieren) in dieser Stadt eingetroffen.

Während unserer langwierigen Fahrt um das Kap erläuterten mir die Glücksritter, warum sie sich für diese gefährliche Reise in eine ungewisse Zukunft von Beruf, Freunden und Familie losgerissen hatten. Bis auf den letzten Mann versicherten sie, und zwar in vollem Ernst, sie täten es nicht für sich selbst. Aber nein! Sie wären dieses Abenteuer eingegangen für eben die Frauen und Kinder, die sie daheim zurückgelassen hatten … Sie hatten ihre Familien zum Wohl ihrer Familie verlassen! Anscheinend können amerikanische Ehefrauen und Kinder nicht eher zufrieden sein, als bis ein Glücksritter sie mit Gold überhäuft.

San Francisco ist nicht Charleston. Die Bohlenwege hier sind von schlammigen Straßen gesäumt, die mir die Stiefel von den Füßen saugen. Zelte und Holzhütten stehen Seite an Seite mit Backsteingebäuden, die so neu sind, dass sie noch glänzen.

Vor drei Jahren, bevor hier Gold gefunden wurde, hatte San Francisco achthundert Einwohner. Heute sind es deren sechsunddreißigtausend. Vom Kai bis zu den schützenden Hügeln hallt die Stadt vom Geklapper und Gehämmer der Bauarbeiten wider. In dieser Stadt, Schwester, haben es selbst Faulenzer, die nirgendwohin müssen, stets eilig.

Chinesen, Iren und Italiener, Yankees aus Connecticut und Mexikaner; die neue Stadt wimmelt von neuen Menschen und neumodischen Ideen.

Obwohl ich Dich und meine Freunde aus dem Tiefland vermisse, fühle ich mich nicht als Verbannter. Vielmehr empfinde ich das Frohlocken eines Gefangenen, der in das Sonnenlicht eines neuen Tages entlassen wurde. Es gibt noch andere Städte außer Charleston, und es lässt sich dort gut leben!

Bitte schreib mir an die Adresse dieses Hotels. Man wird meine Post für mich aufbewahren. Erzähl mir von Charlotte und Großmutter Fisher, vor allem aber von Deinem Tun und Treiben. Was ich aus meinem alten Leben am meisten vermisse, liebe Schwester, das bist Du.

Dein Dich liebender Bruder
Rhett

12. März 1850

Goodyear's Bar, Territorium Kalifornien

Liebe kleine Schwester,

Goodyear's Bar ist ein ausnehmend hässliches Goldgräberlager, eine von Unterständen, Zelten und fensterlosen Blockhütten übersäte schlammige Hochebene, wo Goldgräber, wenn sie Glück haben, mit einer einzigen Schubkarre der wertvollen Erde 2000 Dollar verdienen können.

Selbst reiche Gücksritter müssen essen, ihre Hacken und Schaufeln verschleißen, und der Anstand (von den bitterkalten Nächten ganz zu schweigen) verlangt, dass die Männer Hosen und Schuhe tragen.

Schwester, ich bin Kaufmann geworden – einer dieser langweiligen Kerle, deren Tätigkeit jeder Aristokratie zugrundeliegt. Von meinem Anfangskapital habe ich einen schweren Planwagen und vier kräftige Maultiere erworben. Dann habe ich für das Doppelte des Preises, den ich in Carolina hätte zahlen müssen, gepökeltes Rindfleisch, Whiskey, Mehl, Schaufeln, Hacken und mehrere Ballen Segeltuch von Levi Strauss, dem Stoff- und Kurzwarenhändler, gekauft.

Ich verlud mein Fuhrwerk und meine Ware auf einen Dampfer, der flussaufwärts nach Sacramento schnaufte, wo ich mich tagelang wartend ärgerte, bis endlich die Wege ins hoch gelegene Goldland einigermaßen passierbar waren. Dein Kaufmannsbruder, liebe Schwester, schaufelte sich durch meterhohe Schneewehen, um seine Waren nach Goodyear's Bar zu bringen!

Noch nie hat mir jemand einen so grandiosen Empfang bereitet. Seit Oktober waren keine Vorräte in das Lager geliefert worden, die Goldgräber waren völlig ausgehungert und fielen unter Hosiannarufen über Deinen Bruder her.

Sie hatten zwar Gold, aber keine Gelegenheit, es auszugeben! Binnen einer Stunde nach meiner Ankunft hatte ich alles außer meinen Revolvern und einem Maultier verkauft.

Durch die Schneewehen bahnte ich mir den Weg zurück, wobei ich mich oft wachsam umsah. Ich hatte viel zu verlieren.

Als ich meine Beute im Tresorraum von Lucas and Turner deponierte, hob selbst der gestrenge Mr Sherman, der geschäftsführende Partner der Bank, die Augenbrauen.

Obwohl ich Dir seit meiner Ankunft im Territorium mehrmals geschrieben habe, habe ich keine Antwort erhalten. Ich hoffe, es geht Dir gut, und sehne mich danach, von Dir zu hören.

Jetzt ist es Zeit für ein heißes Bad und etwas Schlaf.

Dein Dich liebender Bruder
Rhett

17. September 1850

Hotel St. Francis
San Francisco, Kalifornien

Liebe kleine Schwester,

erzähl Vater nicht, dass ich ein ehrbarer Bürger geworden bin. Zu »Butler General Merchandise« gehören ein Büro am Union Square und Lagerhäuser in Stockton und Sacramento.

Ob Du Deinen Bruder in seinem schwarzen Anzug, sauberen Gamaschen und dezenter Foulardkrawatte überhaupt erkennen würdest? Ich fühle mich wie ein Schauspieler in einem äußerst seltsamen Theaterstück.

Ich habe schon ein Händchen dafür – fürs Geldverdienen. Vielleicht, weil ich dem Geld keinerlei religiösen Wert beimesse.

Das Kartenspiel habe ich aufgegeben. Im Vergleich zu der Herausforderung, Planwagen zu Goldgräberlagern wie Goodyear's Bar, Bogus Thunder oder Mugfuzzle zu schaffen (Letzteres ist nicht eben eine Weltstadt, existiert aber tatsächlich), kommt mir Poker wie ein harmloses Kinderspiel vor. Warum sollte ich Nacht um Nacht in einem von Tabakrauch und -gestank erfüllten Raum sitzen, nur um betrunkenen Dummköpfen das Geld aus der Tasche zu ziehen?

Die Glücksritter sind toll vor Gier. Keine Versicherungsgesellschaft ist bereit, ihr Leben zu versichern. Sie sterben an der Cholera, am Alko-

hol, durch Unfälle. Da in den Lagern Gesetzlosigkeit herrscht, werden Streitigkeiten gewohnheitsmäßig mit Spitzhacken, Fäusten oder Pistolen ausgetragen. Wenn alles andere scheitert, bringen sich die Männer oft selbst um.

Die Glücksritter sind genauso schnell bereit zu kämpfen wie unsere Tiefland-Aristokraten, doch ihre Gründe sind durchsichtiger. Hier faselt keiner von »Ehre«.

Wir Kalifornier sagen »damals in Amerika«, wenn wir von unserer früheren Heimat sprechen. Mr Clays geschickter Kompromiss und Mr Calhouns Tod wurden hier kaum zur Kenntnis genommen.

Die Männer hier draußen handeln schneller, aber sie sind kein Deut klüger.

Ich habe noch keinen Brief von Dir bekommen und rechne auch nicht mehr damit. Verstorben kannst Du nicht sein, das würde ich spüren. Ich nehme an, Vater hat Dir verboten zu schreiben.

Womöglich entspannt sich die Lage irgendwann, selbst auf Broughton, zudem erfrischt es Geist und Herz, Dir zu schreiben. Ich spüre Deine Liebe, während ich Dir schreibe, und erwidere sie zehnfach.

Dein treuer Korrespondent
Rhett

19. Juni 1851

Hotel St. Francis, Kalifornien

Liebste Rosemary,

»Heute Nacht schnattern die Gänse aus Sydney wieder.« So sagen die Witzlinge in dieser Stadt, wenn ein ehrlicher Mann ausgeraubt, zusammengeschlagen oder erschossen worden ist. In San Francisco hat es immer brutale Elemente gegeben, doch durch die Einwanderung freigelassener australischer Sträflinge in jüngster Zeit ist die Stadt gefährlicher geworden.

Um mich selbst, mein Geschäft oder meine Kutscher mache ich mir keine Sorgen. Man sagt mir (völlig unverdientermaßen) nach, ein grausamer Mensch zu sein.

Wie wir von Mr Newton gelernt haben, gibt es zu jeder Aktion eine entsprechende Reaktion, und als ich kürzlich zu einem Abendessen mit drei aufrechten Bürgern eingeladen wurde, ahnte ich, welche Motive dahinterstanden.

Der Bankier W. T. Sherman ist älter als ich, er hat das dreieckige Gesicht einer Gottesanbeterin, einen kurzen Bart und unglaublich große Augen. Angeblich sind braune Augen ja sanft und offenbaren den Charakter, doch Shermans Augen offenbaren etwa so viel wie zwei Kohlenstücke. Er ist Asthmatiker, einer der bleichsten Männer, die ich je gesehen habe. Weder er selbst noch sonst jemand rechnet damit, dass er ein langes Leben haben wird. Er ist ein praktischer Mann, der vor Notwendigkeiten nicht zurückscheut.

Collis Huntington ist einer jener Männer, die meinen, ihre eigene Honorigkeit gebe ihnen das Recht, andere Männer kleinzumachen. Er ist Konkurrent von »Butler General Merchandise«, und wir haben schon das eine oder andere Mal die Klingen gekreuzt.

Dr. Wright, der Geringste dieses Triumvirats, ist nervös, gekleidet wie Beau Brummel und nimmt für sich in Anspruch, die Bezeichnung »Paris des Pazifiks« für diese Stadt erfunden zu haben. Andere Leistungen hat er, soweit ich es überblicken kann, nicht vorzuweisen.

Wir dinierten in einem separaten Raum im St. Francis, wo mir die drei nach dem üblichen Gedruckse und Gestotter vorschlugen, mich ihrer im Entstehen begriffenen Bürgerwehr anzuschließen, deren Aufgabe es sein soll, »jeden Dieb und Schurken auf dieser Seite der Bay aufzuknüpfen«, wie Huntington es elegant formulierte.

Mr Sherman erklärte, jede Störung der öffentlichen Ordnung stelle eine Bedrohung der Geschäftsinteressen dar. Er sprach von der »Notwendigkeit« zu handeln.

Ich erinnerte Sherman daran, dass Notwendigkeiten nicht immer auch gerecht oder ehrenwert seien.

Huntington und Wright waren aufrichtig gekränkt. Sie hatten mich für ihren natürlichen Verbündeten gehalten. Für einen Mann, der mit sauberen Händen tötet.

Ich habe weder ja noch nein gesagt.

Schwester, ich bin kein Mann, der viel nachdenkt, doch in dieser Nacht sann ich darüber nach, was aus mir geworden war. Was unterscheidet den Kaufmann, der einen Dieb erhängt, um seine Geschäfte zu schützen, von einem Pflanzer, der einen Sklaven wegen Aufmüpfigkeit zu Tode peitscht?

Ich beschloss, dass ich solch ein Mann nicht sein wollte. So wenig wie der Gehenkte will ich der Henker sein.

Ich habe mich entschieden, woanders mein Glück zu versuchen. Zurzeit sammeln sich Freiwillige, um die spanischen Oberherren auf Kuba zu stürzen, und vielleicht werde ich ihnen zur Hand gehen. Wenn Du kannst, schreib mir postlagernd nach New Orleans.

Dein verwirrter Bruder
Rhett

14. März 1853

Hotel St. Louis
New Orleans

Liebe kleine Schwester,

anständige Charlestoner Bürger wären schockiert von dieser Stadt. Sie ist so französisch. Die Bürger von New Orleans, diese guten Katholiken, denken vor allem ans Essen, Trinken und an die Liebe – wenn auch nicht unbedingt in dieser Reihenfolge. Im alten Viertel, dem Vieux Carré, mischt sich der Duft der Sünde unter den von Orangen- und Zitronenblüten. Ich kann jeden Abend einen Ball besuchen: einen förmlichen, einen zwanglosen, einen Maskenball oder einen von der Sorte, zu dem ich nur mit einer Pistole in der Tasche gehe. Ich spiele bei McGart's Perritts oder im Boston Club Karten. Ich besuche vier Rennbahnen, drei Theater und das French Opera House.

New Orleans ist der Heimathafen der Filibuster. Diese jungen Amerikaner haben die Idee des Manifest Destiny, der offenkundigen Bestimmung Amerikas, zu ihrem persönlichen Glaubensbekenntnis erhoben.

Ihre Bestimmung ist es ganz offenkundig, jegliches Land Südamerikas und der Karibik, das zu schwach ist, um sich zu verteidigen, zu erobern und zu plündern. Die meisten glauben, dass Kuba einen erstklassigen amerikanischen Staat abgeben würde, wenn wir die Spanier erst einmal vertrieben haben.

Ich habe in mehrere Filibuster-Expeditionen investiert – wenn die Nachfrage den Gewinn steigert, so lässt der Patriotismus das Rinnsal zu einem reißenden Strom anschwellen. Bislang war ich nicht versucht, mich freiwillig zu melden.

New Orleans ist eine Stadt der schönen Frauen, und seine Kreolinnen sind kultiviert, kosmopolitisch und klug. Sie haben mich viel über die Liebe gelehrt – ein Streben, das nur von der Sehnsucht nach Gott übertroffen wird.

Meine kreolische Geliebte Didi Gayerre liebt mich zweifellos. Sie liebt mich bis zur Raserei. Nachdem wir nun ein halbes Jahr liiert sind, möchte sie mich unbedingt heiraten, meine Kinder austragen und mein ungewisses Schicksal teilen. Sie ist alles, was sich ein Mann nur wünschen kann.

Ich will sie nicht.

War ich anfangs fasziniert, so empfinde ich heute nur noch Langeweile und eine milde Verachtung für mich selbst und Didi, weil wir uns wider besseres Wissen etwas vorgaukeln.

Die Liebe, Schwester, kann furchtbar grausam sein.

Ich werde nicht aus Mitleid bei ihr bleiben. Mitleid ist noch grausamer als Liebe.

Je weniger ich sie liebe, desto verzweifelter wird Didi, und nur eine räumliche Trennung wird unser Problem lösen.

Kürzlich speisten wir mit Narcisco López, einem kubanischen General, der gerade eine Expedition organisiert. Er hat schon drei- oder vierhundert Freiwillige zusammengebracht – genug, wie er mir versicherte, um jede spanische Armee zu besiegen. Wenn wir erst einmal gelandet seien, würden kubanische Patrioten unsere Zahl noch vergrößern. Mit einem Augenzwinkern erzählte er mir, der spanische Staatsschatz umfasse auch Gold von den Konquistadoren. Und Havanna, fügte er hinzu, sei eine schöne Stadt.

Didi ignorierte diese Flut von guten Gründen. Sie trug ein Brokatkleid mit hohem Mieder und einen erstaunlich roten Hut. Sie aß nichts. Sie schmollte. Unsere Omeletts waren perfekt zubereitet, und der Champagner war kühl, aber Didi war grantig und widersprach allem, was der General sagte. Nein, die Kubaner würden sich nicht erheben. Die spanische Armee sei weit gefährlicher als ein paar Hundert amerikanische Abenteurer.

López, der ein Wichtigtuer ist, erklärte, dass die Eroberung Kubas uns reich machen würde. »Es ist die Pflicht des weißen Mannes, Butler«, mahnte er.

»Reich zu werden?«, neckte ich ihn.

»Es ist unsere Pflicht, ein primitives, abergläubisches, autoritäres Land in eine moderne Demokratie zu verwandeln.«

Diese These zog einen wütenden französischen Redeschwall von Didi nach sich, dessen genaue Bedeutung López wahrscheinlich nicht verstand, wiewohl er die grundsätzliche Ausrichtung zweifellos erfasste. Er beugte sich vor und sagte mit herablassendem Lächeln: »Butler, sind Sie einer von den Männern, die sich von ihrem Mädchen sagen lassen, was sie tun sollen?«

Didi stand so abrupt auf, dass sie den Champagnerkübel umwarf. Sie stieß einige Nadeln in ihren leuchtend roten Hut. »Rhett …?«, drängte sie. »Bitte.«

»Sie müssen uns entschuldigen, General«, sagte ich.

Didi hatte sich bei mir untergehakt und war stockstarr. Der Türsteher des St. Louis winkte unsere Droschke herbei.

Eine schmutzige Bettlerin kam die Straße entlanggehinkt, eine kaum hörbare flehentliche Bitte auf den Lippen.

López folgte uns auf das Trottoir hinaus und entschuldigte sich. »Señor Butler, ich wollte Sie nicht beleidigen, und Ihre reizende Begleiterin ebenso wenig.«

»Madre de Dios!« Die Bettlerin war jetzt nah genug, um López' Nase zu beleidigen. Sie schien eine jener verzweifelten Gestalten zu sein, die irischen Schauerleuten hinter den Deichen zu Diensten sind. Ihre Hand zitterte flehentlich.

»Fort!« Der General hob seinen Gehstock.

»Nein, General.« Während ich in meiner Tasche nach einer Münze fischte, entdeckte ich unter der Schmutzschicht vertraute Züge. »Großer Gott, sind Sie … Sind Sie Belle Watling?«

Sie war es, liebe Schwester, eine Frau, von der ich geglaubt hatte, ich würde sie niemals wiedersehen. Bevor ich nach Kalifornien aufbrach, finanzierten John Haynes und ich ihr die Flucht aus dem Tiefland, aber ich hatte nicht gewusst, dass sie hier gelandet war. Als sie wieder zu Kräften gekommen war, erzählte sie mir: »Ich habe das Meer immer geliebt. Ich dachte, hier wäre alles anders.«

Anscheinend hatte sie sich mit einem Falschspieler eingelassen, der sie als Sicherheit einsetzte, wenn seine Karten ihn im Stich ließen. Belles Sohn ist im Waisenhaus für Knaben.

Ich werde versuchen, ihre Lebensumstände zu verbessern, bevor ich mich mit General López nach Kuba einschiffe.

Belle lässt Dich bitten, ihrem Vater Isaiah nichts zu sagen. Sie ist genauso unwiderruflich aus der Familie verstoßen wie ich.

Alles Liebe,
Rhett

Juli 1853

Kuba

Geliebte Schwester Rosemary,

einen so schönen Strand wie den in Bahía Hondo habe ich noch nie gesehen. Der silberne Sand und die lichtblaue See scheinen endlos wie die Ewigkeit – eine Destination, die ich nach dem Willen gewisser spanischer Offiziere schleunigst erreichen soll.

Die spanische Armee wurde nicht besiegt. Die Kubaner haben uns nicht als ihre Befreier begrüßt. Nun ja.

Aus Didis Armen in die eines spanischen Hinrichtungskommandos zu fliehen war nicht mein klügstes Manöver.

Eine Karte habe ich noch gespielt, durch die mein Schicksal sich mög-

licherweise wird abwenden lassen, aber die Chancen sind gering und desgleichen die Zeit, die mir verbleibt.

Ein Korporal hat mir versprochen, diesen Brief auf den Weg zu bringen. Wie ein gestrandeter Seemann, der eine Flaschenpost ins Meer wirft, flehe ich zu Gott, dass meine Worte einen Leser finden werden.

Wie kostbar ist weicher, warmer Sand. Wie zart die Wasserläufer, die in den Untiefen waten. Obwohl ihr Leben nur wenige Jahre währt, sind sie nicht minder Gottes Geschöpfe als wir.

Schwester, wenn ich Dir einen Rat hinterlassen kann, dann diesen: Leb Dein Leben. Lass nicht zu, dass ein anderer es für Dich lebt.

Die Spanier haben uns befohlen, zur nachmittäglichen Unterhaltung unsere Gräber auszuheben. Als amerikanische Gentlemen haben wir uns natürlich geweigert. Haha. Sollen sich diese Bauern doch selbst die Hände schmutzig machen.

Rosemary, von allen Menschen, die ich auf dieser gnadenvollen Welt gekannt habe, bist Du der einzige, den zu verlassen mich schmerzt.

Denk ab und zu einmal an mich.
Rhett

Kapitel 6

Eine Negerauktion

Rosemary schwirrte der Kopf. »Mein Vater hat all unsere Briefe verbrannt? Die Briefe von meinem Bruder? Und meine auch?«

»Ich hab den Solomon, Ihrn Hausdiener, mal im Fischmarkt getroffen, und da sind wir ins Reden gekommen. Der alte Solomon hat es immer schrecklich gefunden, dass er Master Langston die Briefe geben musste, aber er hat tun müssen, was man ihm sagte.«

Rosemary war übel. Sie stellte die Frage, die sie als Langstons pflichtbewusste Tochter nie zuvor gestellt hatte: »Tunis, warum hasst mein Vater seinen ältesten Sohn?«

Tunis Bonneau war ein freier Farbiger – er hatte die Freiheit, ohne Passierschein durch die Straßen zu gehen, sich mit anderen zum Gottesdienst in der First African Baptist Church zu treffen (sofern mindestens ein Weißer beim Gottesdienst anwesend war), eine freie Farbige oder eine Sklavin, die er freigekauft hatte, zu heiraten. Er durfte nicht wählen oder ein Amt bekleiden, doch man gestand ihm eigenes Geld und Grundbesitz zu, und er durfte ohne Passierschein reisen. Zudem hatte er das Recht, lesen zu lernen.

Da die freien Farbigen weder jemandes Eigentum noch Weiße waren, machten sie die Sklavenbesitzer nervös.

Deshalb sah Tunis Bonneau nicht, was er sah, sprach nicht von dem, was er wusste, und schützte eine grundlegende Unwissenheit vor, die undurchdringlich war. Wenn Weiße ihn irgendetwas fragten, antwortete Tunis: »Mr Haynes hat gesagt, ich soll das machen.« Oder: »Da müssen Sie Mr Haynes fragen.«

Zwar wusste Rosemary das alles ganz genau, doch sie war so aufgewühlt, dass sie nicht klar denken konnte, und so packte sie Tunis am Ärmel, als wollte sie die Antwort aus ihm herausschütteln. »Warum hasst mein Vater Rhett?«

Tunis seufzte und erzählte Rosemary alles, was sie bis dahin nie hatte wissen wollen.

Während Tunis Rosemary von Will, dem Schleusenmeister, berichtete, von dem Hurrikan und von jenem Sommer vor vielen Jahren, als Rhett eine vollwertige Arbeitskraft auf dem Reisfeld war, verlor ihr Vater ein Pferderennen.

Die Washington-Pferderennbahn war ein sechs Kilometer langes abgeflachtes Oval, das von Charlestons ältesten Eichen gesäumt war. Das weiß verputzte Clubhaus war Mitgliedern des Jockey Clubs vorbehalten, doch die geschindelte Tribüne und die große Wiese standen allen offen. Weiße und Schwarze, Freie und Sklaven wurden Zeugen von Langston Butlers Niederlage.

Rennpferde aus Virginia und Tennessee liefen in Charleston, das mit der schnellsten Bahn und den dicksten Portemonnaies des Südens lockte. Pferde, Stallburschen und Trainer wohnten in großen Holzställen, in deren breiten Mittelgängen Pferde- und Negerauktionen veranstaltet wurden.

Das Mittagsrennen war eine Revanche zwischen Langston Butlers Gero und Colonel Jack Ravanels Chapultapec gewesen. Die Pferde waren ungefähr gleich stark, es wurde eifrig gewettet, und beim Start erhob sich ein Tosen der Begeisterung auf der Tribüne. Obwohl Chapultapec an der hinteren Kehre zurücklag, überholte er den ermüdenden Gero auf der Geraden und gewann mit zwei Längen Vorsprung. Im Absattelring veranstaltete Colonel Jack einen Freudentanz.

An die Bande vor dem Clubhaus gelehnt, ergötzten sich drei junge Stutzer und Colonel Jacks ledige Tochter an der überschäumenden Selbstzufriedenheit des Colonels.

»Jackie, Jackie«, sagte Jamie Fisher schmunzelnd. »Überspann den Bogen nicht. Juliet, dein Vater kann sich herrlich angeberisch verbeugen.«

Edgar Puryear, ein aufmerksamer Beobachter mächtiger Männer, verfolgte, wie Langston Butler sich mit seinem Aufseher beriet. »Hmmm, was die zwei wohl im Schilde führen?«

»Wen interessiert das schon«, knurrte Henry Kershaw. »Leih mir mal ein Zwanzigdollarstück!« Henry Kershaw hatte den Körperbau eines jungen Bären auf der Höhe seiner Kraft und ein entsprechendes Temperament.

»Henry, mein einziges Zwanzigdollarstück hast du auf Gero gesetzt. Ich hab keins mehr.« Edgar Puryear stülpte seine Taschen nach außen. »Also, meine Herren – meine Dame: Wie wird sich Langston revanchieren?«

»Vielleicht wird er sich vor seinen Wettschulden drücken?«, schlug Juliet Ravanel vor.

»Nein, nein, liebste Juliet«, sagte Jamie Fisher, »da verwechselst du etwas. Rosemarys Vater, Langston Butler, ist der Leuteschinder. Für die Nichtbezahlung von Wettschulden ist dein Vater zuständig.«

Miss Ravanel rümpfte die Nase. »Warum ich mich mit dir überhaupt noch abgebe, ist mir ein Rätsel.«

»Weil du dich so schnell langweilst«, erwiderte Jamie Fisher.

Die scharfzüngige Jungfer und der zierliche Jüngling waren unzertrennlich, doch sie waren über jeden Verdacht erhaben. Was immer sie auch verbinden möchte, es war allen klar, dass nichts Amouröses im Spiel war.

Das nächste Rennen fand um zwei Uhr statt. Weiße und Farbige promenierten entlang der Rennbahn und auf der Wiese, während im Clubhaus Bedienstete Picknickkörbe auspackten und Korken knallen ließen.

An der Rennbahn kündigten Auktionshelfer lautstark die Negerauktion an: »John Hugers Neger. Reisneger, Säger, Baumwollpflücker, Mechaniker, Hausnigger und Kinder! Einhundert Exemplare erster Güte!«

Edgar Puryear erleichterte einen Auktionshelfer um einen Katalog und fuhr mit dem Finger die Liste ab. »Andrew will für Position 61 bieten. ›Cassius, 18 Jahre. Musiker.‹«

»Cassius wird einen Tausender bringen«, erkärte Henry Kershaw.

»Mindestens elfhundert«, korrigierte ihn Jamie Fisher.

»Wetten wir um zwanzig Dollar?«, schlug Henry vor.

»Du hast gar keine zwanzig Dollar mehr«, erinnerte ihn Jamie Fisher.

Obwohl er achtzig Pfund schwerer war als Jamie Fisher und es gewohnt war, seinen Willen durchzusetzen, lächelte Henry Kershaw. Was immer er geneigt war zu tun, angesichts von Jamie Fishers Reichtum lächelte sogar ein junger Bär auf der Höhe seiner Kraft.

»Juliet, was will Andrew denn mit einem Banjospieler?«, fragte Edgar Puryear.

»Wenn Andrew melancholisch ist, hebt Musik seine Stimmung.«

Henry Kershaw trank und bot seine Taschenflasche dann Juliet an, die schaudernd ablehnte. Henry sagte: »Ihr kommt nie darauf, welches Pferd ich letzte Woche den Fischwagen eines Niggers habe ziehen sehen.«

»Tecumseh?«, fragte Jamie Fisher. »Hat Rhett Butler sein Pferd nicht bei den Bonneaus gelassen?«

»Der beste Morgan-Wallach im ganzen Tiefland schleppt Fisch«, fuhr Henry Kershaw fort. »Ich hab dem Nigger zweihundert geboten, aber er hat gesagt, es sei nicht sein Pferd.«

»Tecumseh ist einen Tausender wert«, sagte Edgar Puryear. »Warum hast du den Nigger nicht gezwungen, ihn dir zu verkaufen?«

Henry grinste. »Du hättest das vielleicht versucht, Edgar, aber ich werd 'nen Teufel tun. Nachher kommt Rhett irgendwann zurück.«

»Wo ist Butler überhaupt?«, fragte Jamie.

»Nicaragua, Santo Domingo?« Henry Kershaw zuckte die Achseln.

Edgar sagte: »Ich habe gehört, er sei in New Orleans. Belle Watling, Rhett Butler, Rhetts Bastard … was für eine Mischung!«

Juliet Ravanel zog die Augenbrauen hoch. »Edgar, dir kommt

aber auch der faszinierendste Klatsch zu Ohren. Ist die Watling nicht zu Verwandten nach Kansas gegangen?«

»Missouri«, verbesserte Edgar sie. »Und, nein, ist sie nicht. Die Watlings aus Missouri können Abolitionisten nicht ausstehen. Lest ihr denn keine Zeitung?«

»Aber Edgar«, sagte Juliet kokett, »warum sollten wir unbedarften Damen Zeitung lesen, wo wir doch unsere Gentlemen haben, die uns alles erklären!«

Jamie Fisher hustete, um sein Grinsen zu verbergen.

»Ich finde ja«, sagte Juliet Ravanel, »dass die weitaus interessantere Frage ist, was Langstons Tochter mit meinem lieben Bruder anstellen wird. Rosemary wirft sich ihm ja regelrecht an den Hals.«

»Irgendein Mädel wirft sich Andrew doch immer an den Hals. Ich verstehe nicht, warum er sich das gefallen lässt«, sagte Jamie naserümpfend.

»Aus demselben Grund, aus dem er auch dich erträgt, lieber Jamie.« Juliet lächelte liebenswürdig. »Mein Bruder braucht seine Bewunderer.«

»Wie lange wird es wohl dauern, bis Andrew und Miss Rosemary liiert sind?«, überlegte Edgar.

»Höchstens bis zum Ende der Rennwoche.« Darauf setzte Juliet Ravanel fünf Dollar.

Im Schatten der Eichen jenseits der Rennbahn picknickten Großmutter Fisher, ihre Enkelin Charlotte und John Haynes. Haynes & Son annoncierten regelmäßig in Philadelphia und New York City: »RENNWOCHE CHARLESTON: HIN- UND RÜCKFAHRT, UNTERKUNFT, VERPFLEGUNG – ALLES INKLUSIVE!« Die Touristen brachte John im Hotel Mills in der Queens Street unter, wo Mr Mills die beste Küche Charlestons führte.

Ein Tourist aus New York hatte kein Hehl aus seinen abolitionistischen Ansichten gemacht und damit bei einigen Südstaatlern, die in Baltimore an Bord des Ausflugsschoners kamen, Anstoß erregt. Als der Abolitionist allerdings feststellte, dass Mr Mills ein freier Farbiger war, lehnte er das Zimmer ab und verlangte sein Geld zurück. Da es in Charleston während der Rennwoche keine anderen freien Unterkünfte mehr gab, akzeptierte er das Zimmer schließlich doch, bestand aber auf einer Rückerstattung. »Die Prinzipien der Yankees sind wunderbar flexibel«, bemerkte John Haynes. »Charlotte, du bist heute Nachmittag nicht du selbst. Wo ist das sonnige Lächeln unserer lieben Charlotte geblieben?«

»Charlotte schmachtet nach Andrew Ravanel«, sagte Großmutter Fisher. Sie klopfte gebieterisch gegen den Picknickkorb. »Unsere Köchin macht das beste Huhn in ganz Carolina.«

»Großmutter! Ich schmachte nicht!«

»Natürlich tust du das, Liebes. Andrew Ravanel ist galant, verwegen, gut aussehend, charmant und bankrott. Einen besseren Galan kann sich ein Mädchen nicht wünschen!«

Nachdem er das Huhn gelobt hatte, sagte John: »Ich hatte ja gehofft, ich würde Rosemary heute Nachmittag sehen. Gestern Abend wollte ich einen Walzer mit ihr tanzen, doch ihre Tanzkarte war schon voll.«

Ungeachtet der Bemühungen von Charlestons besten Schneiderinnen sah Charlotte Fisher nicht sehr attraktiv aus. Sie hatte mausfarbenes Haar, einen unvorteilhaften Teint, und ihre Taille erinnerte eher an die einer Biene als an die einer Wespe. Charlotte presste die Lippen zusammen. »Ich weiß nicht, ob Rosemary und ich noch Freundinnen sind.«

»Charlotte, sei nicht albern. Ihr zwei seid befreundet, seit ihr fünf Jahre alt wart«, widersprach Großmutter Fisher.

John Haynes seufzte. »Warum müssen Charlestons reizendste Schöne um denselben Gentleman wetteifern? Ein normaler Bursche wie ich hat da keine Chance. Ich habe nichts gegen Andrew, aber wenn er stolperte und sich seine aristokratische Nase bräche – nur eine leichte Entstellung, mehr wünsche ich ihm gar nicht –, wäre ich keineswegs betrübt.«

Großmutter Fisher sagte: »John, was reden Sie da!«

Haynes lächelte. »Sie haben recht. Aber ich muss die Damen fragen: Glauben Sie nicht, dass ich einen hervorragenden Ehemann abgäbe? … Danke, Großmutter Fisher, ich nehme gern noch einen Hähnchenschlegel.«

Zuschauer und Käufer begaben sich nach und nach zu dem lang gezogenen Stall, in dem die Auktion stattfinden würde. Drinnen mischten sich die Käufer ungezwungen unter die angebotene Ware. Die Negerinnen trugen bescheidene Baumwollkleider und zu Turbanen gewundene Kopftücher, die Männer halbwollene Jacken und von Stricken gehaltene Hosen. Ihre Schlapphüte waren je nach Laune des Besitzers in schnittige, zweckorientierte oder anrüchig-verwegene Form gezogen. Die Negerkinder hatten saubere, neuere Kleider an als ihre Eltern.

Die unerfahrenen Sklavenkäufer trugen die nonchalante, wissende Miene von Männern zur Schau, die sich ihrer Sache nicht sicher sind.

Cassius, der Musiker, den Andrew haben wollte, lehnte mit verschränkten Armen an einer Tür, das Banjo über der Schulter. Er war ein dicklicher, sehr schwarzer junger Neger mit glattem Gesicht und einer selbstgefälligen Ausstrahlung, die einige der Weißen als respektlos empfanden.

»Spiel uns mal ein paar Takte auf dem Ding da vor, Junge.«

Cassius tätschelte sein Banjo ehrfürchtig, als besäße es eigene Kräfte. »Geht nich, Master, Sir. Nein, Sir. Der Auktionator sagt, ich bin genau wie'n verwöhntes Frauenzimmer: Kann nix für nix weggeben! Wer mich kauft, kauft meine Musik … Master«, sagte er dann feierlich, »ich kann 'nen Presbyterianer zum Tanzen bringen!«

Die meisten Neger gaben sich möglichst gefällig, um freundliche Käufer zu finden oder solche, die eine komplette Familie kaufen würden. »Ja, Master. Bin ein vollwertiger Reisarbeiter. Auf'm Reisfeld, seit ich'n Junge war. Hab noch fast alle Zähne, ja, Sir. Meine Nase is gebrochen, da hat ein Pferd ausgeschlagen. Mit Pferden kann ich nich umgehn. Meine Frau is Wäscherin, und mein Sohn is 'ne Viertelskraft, der is noch nich ausgewachsen.«

Feldarbeiter mussten sich hierhin und dahin beugen, damit etwaige körperliche Schäden zutage traten. Einige wurden von ausgebufften Käufern aufgefordert, schnell auf und ab zu gehen oder auf der Stelle zu springen, um einen Nachweis für ihre Kraft und Ausdauer zu erbringen.

»Wie oft bist du auf der Krankenstation, Junge?«

»Du willst drei Kinder lebend zur Welt gebracht haben? Bei diesen Hüften?«

Der Auktionator war fidel und überschwänglich und verstand sich prächtig mit den Käufern. »Aber Mr Cavanaugh, bitte, für diese Position sollten Sie nicht bieten. Position zweiundfünfzig ist das Richtige für Sie: hellhäutiges Mädchen, vierzehn Jahre alt, Position zweiundfünfzig. Na? Denke ich nicht an Sie?

Mr Johnston, wenn Sie nicht mehr als siebenhundert Dollar für diesen Nigger erster Güte bieten, sind Sie weniger schlau, als ich dachte! Sieben, sieben, ich sage sieben. Wollt ihr mir nicht aushelfen, Jungs? Sieben, zum Ersten, zum Zweiten. Verkauft für siebenhundert Dollar an die Plantage Drayton!« Der Auktionator trank rasch einen Schluck Wasser.

»Hier noch einmal unsere Bedingungen, Gentlemen. Der erfolgreiche Bieter bezahlt die Hälfte der Ersteigerungssumme in bar und unterschreibt eine Verpflichtung, dass er binnen längstens dreißig Tagen die Restzahlung leisten wird, die durch eine Hypothek auf den erworbenen Neger abgesichert wird.«

Er lächelte breit. »So, dann wollen wir mal weitermachen. Position einundfünfzig: Joe, zwölf oder dreizehn Jahre alt, ein Knabe erster Güte. Steig mal auf das Podest, Joe, damit die Leute dich sehen können. Ja, Herrschaften, Joe ist keins von diesen storchenbeinigen Bübchen: er hat schon jetzt einen kräftigen Körperbau, und in einem Jahr ist er eine vollwertige Arbeitskraft. Wer schlau ist« – der Auktionator zwinkerte verschwörerisch –, »kauft Joe, päppelt ihn ein bisschen auf und hat schon nächstes Jahr einen Mann, für den er nur den Preis eines Kindes bezahlt hat! Joe, dreh dich mal um und zieh dein Hemd hoch. Sieht irgendwer Narben auf diesem Rücken? Mr Huger war ein Gentleman, doch er hatte keine Scheu vor der Peitsche, oh nein, Sir. Aber Joe musste nie ausgepeitscht werden, weil er ein respektvoller Nigger ist. Stimmt's, Joe? Höre ich da zweihundert, zweihundert Dollar? Zwei, zwei fünf, da höre ich fünf. Fünf fünfzig, fünf fünfzig, fünf fünfzig? Verkauft an Mr Owen Ball von der Plantage Magnolia.«

Andrew Ravanel lehnte müßig an einem leeren Pferdestand. Seine sehnigen Reiterbeine steckten in rehbraunen Hosen, der Rüschenkragen seines Hemdes wurde von den Aufschlägen einer kurzen gelben Jacke gerahmt, sein breitkrempiger Hut war aus Biberfell, und seine Stiefel hatten den tiefen, schimmernden Glanz, der durch häufiges Polieren entsteht. Andrew hob träge einen Finger, als Puryear und Kershaw sich näherten. Andrew hatte die Gesichtsfarbe eines Nachtschwärmers, seine blasse Haut war so durchscheinend, dass man nachgerade seine Launen darunter sehen konnte. Hinter der modischen Lässigkeit des Dandys verbarg sich allerdings die Spannung einer Sprungfeder.

Edgar Puryear zündete mit einem Streichholz Andrews Zigarre an und nickte in Richtung der hellen Negerin auf dem Podest. »Hübsches Weibsstück.«

Henry Kershaw reckte den Hals, um den Bieter zu identifizieren. »Das ist der alte Cavanaugh. Ob Cavanaughs Frau wohl weiß, dass sie ein Dienstmädchen braucht?«

»Wem immer es auch zu Diensten sein soll …«, merkte Andrew an. Henry Kershaw lachte schallend.

Edgar Puryear sagte: »Ist das nicht Butlers Mann? Isaiah Watling? Da drüben, hinter dem Pfosten.«

Andrew Ravanel bemerkte: »Man fragt sich ja, wie er auf Broughton bleiben konnte, nachdem Rhett seinen Sohn getötet hat.«

»Weißes Südstaatengesindel«, schnaubte Henry Kershaw. »Eine Stelle als Aufseher ist nicht so leicht zu finden wie ein Sohn. Wenn Watling mehr Söhne haben will, kann er jederzeit zu den Negerunterkünften und welche machen.«

Andrew Ravanel wandte ein: »Aber angeblich ist Watling doch fromm?«

»So heißt es. Er und Elizabeth Butler beten immer zusammen, wenn der alte Butler nicht zu Hause ist. Wobei es natürlich beten und beten gibt.«

»Henry, du bist vulgär«, sagte Andrew ohne jede Feindseligkeit. »Position einundsechzig. Das ist mein Cassius.«

Kershaw kratzte sich da, wo ein vulgärer Kerl sich kratzt, und sagte dann: »Meine Flasche ist leer. Ich gehe ins Clubhaus. Edgar?«

»Ich bleibe hier.«

Andrew machte das erste Gebot, vierhundert Dollar.

»Ich höre vierhundert … Sechs? Sind Sie sicher, Sir? Ja, Sir. Sechshundert für diesen prächtigen jungen Neger. Das Banjo gibt's dazu – ein Preis für beides.«

Bei achthundert waren alle Bieter außer Isaiah Watling und Andrew Ravanel ausgestiegen.

Isaiah Watling bot neunhundertfünfzig.

Als Andrew Ravanel tausend Dollar bot, hob Watling die Hand, bis er die Aufmerksamkeit aller gewonnen hatte. Er stieg auf eine Kiste, sodass er die Anwesenden mit Kopf und Schultern überragte. »Mr Ravanel, Sir. Ich habe Anweisung von Mr Butler. Ich soll Sie fragen, wie Sie diesen Neger bezahlen wollen, wenn Sie den Zuschlag bekommen. Wo ist das Bargeld, das Sie heute bezahlen müssen? Wo sind Ihre fünfhundert Dollar?«

Andrew Ravanel erstarrte, als hätte man ihn geschlagen. Auf seinem Gesicht jagten sich Überraschung, Empörung und Verlegenheit. Als er sich Edgar Allan zuwandte, war sein Freund verschwunden. Diejenigen, die in Andrews Nähe standen, taten so, als schauten sie ihn nicht an. Wer weiter weg stand, verbarg sein Grinsen.

»Verehrte Herren! Verehrte Herren!«, rief der Auktionator.

»Sie haben uns vorhin die Regeln genannt«, rief Watling dem Auktionator in Erinnerung. »Ich nehme an, Sie werden sich daran halten.«

Irgendjemand schrie: »Genau!«

Ein anderer: »Regeln sind nun mal Regeln.«

»Halten Sie sich an die verdammten Regeln!«

Andrew rief: »Watling, bei Gott, ich –«

»Mr Ravanel, ich spreche nicht für Isaiah Watling. Ich bin nicht mehr mein eigener Herr. Ich spreche für Master Langston Butler. Es ist Master Butler, der Mr Ravanel fragt: Wo sind Ihre fünfhundert Dollar?«

»Wollen Sie damit sagen, mein Wort, das Ehrenwort von Andrew Ravanel –«

»Sein *Wort*?«, eine anonyme Stimme.

»Das Wort eines *Ravanel*?« Ein anonymes hämisches Lachen.

»Wenn Mr Ravanel das Geld nicht hat, Herr Auktionator, dann gehört der Nigger für neunhundertfünfzig mir. Ich bezahle komplett in bar.«

Die Nachricht von Andrew Ravanels Demütigung (manche sprachen von seinem gebührenden Lohn) machte im Clubhaus blitzschnell die Runde. Jamie Fisher fühlte sich, als hätte ihm jemand in die Magengrube geschlagen.

Als Jamie seinen Freund fand, umklammerte dieser mit weißen Knöcheln die Bande der Tribüne.

»Mein Freund Edgar hat es kommen sehen. Edgar Puryear riecht solche Geschichten auf einen Kilometer. Aber als ich mich Edgar zuwandte, war Edgar nicht mehr da. Ich habe miterlebt, wie Henry mit dem Aufdecken einer Karte tausend Dollar verlor. Aber wo war Freund Henry?« Andrews gekränkter Blick schweifte über die Menge, der Andrew Ravanel gleichgültiger war, als der junge Mann es sich vorstellte. »Jamie Fisher, mein kleiner Freund. Es heißt, Jamie sei der reichste Herr von ganz Carolina. Für den jungen Fisher sind fünfhundert Dollar Kleingeld!«

»Es tut mir leid, Andrew. Wenn ich dabei gewesen wäre …«

»Herrgott, Jamie. Wie soll ich das ertragen! Vor aller Augen! Herrgott! Du hättest hören sollen, wie sie mich ausgelacht haben! Andrew Ravanel – Andrew bietet, obwohl er nicht bezahlen kann. Mein Gott, Jamie, ich wünschte, ich wäre tot.«

»Falls du Watling fordern willst, sekundiere ich –«

»Jamie, Jamie. Ich kann Watling nicht fordern.« Andrews

Stimme war so kraftlos wie das Pferd eines Lumpensammlers. »Isaiah Watling ist genauso wenig ein Gentleman, wie sein Sohn einer war. Wenn ich Watling fordere, kommt das dem Eingeständnis gleich, dass Andrew Ravanel kein Gentleman ist.«

»Aber Rhett hat sich auch mit Shad Watling geschlagen.«

»Ich will nicht über Rhett Butler reden, Jamie! Ich habe nie über Rhett Butler reden wollen. Ich habe mich wohl verständlich ausgedrückt.« Als er versuchte, sich eine Zigarre anzuzünden, zitterten seine Hände, und er warf das Streichholz weg. »Dieser verdammte Langston Butler! Ich kenne den Auktionator, ich weiß, dass er meinen Schuldschein angenommen hätte.«

»Es ist doch nur ein Banjospieler, Andrew.«

»›Nur ein Banjospieler‹?« In Andrews angespanntem Lachen lag Herablassung angesichts von Jamies Naivität. »Hat Langston Butler vor, einen Musikabend zu geben? Vielleicht möchte Langston Butler ja Banjounterricht nehmen? Glaubst du das, Jamie? Ich glaube, dass Langston Butler einen ungewöhnlich teuren Reisneger gekauft hat.« Andrew fuhr in einem Ton fort, als erklärte er einem Kind die Lage. »Langston Butler hat sich an Jack Ravanel gerächt, indem er dessen Sohn gedemütigt hat. Ganz Charleston hat Andrew Ravanel durchschaut. Andrew Ravanel hat sein wahres Gesicht gezeigt.«

Jamie Fisher schnürte es die Kehle zu. »Andrew, ich … ich weiß nicht … Andrew. Du bist so ein vortrefflicher, besonderer Mensch. Ich würde –«

Andrew schnitt ihm mit einer Geste das Wort ab.

Neger mit Armbinden des Jockey Clubs hatten begonnen, die Zuschauer von der Rennbahn zu vertreiben.

»Andrew?«

»Zum Teufel, Jamie. Sei endlich still.«

Als sich die Bahn leerte, trabte eine Reiterin zwischen den Ordnern hindurch und ignorierte deren Versuche, sie von der Bahn zu winken.

Andrew erstarrte: Ein Habicht, der seine Zukunft erspähte. Er hauchte: »Na so was, da ist ja Rosemary.«

»Sicher sucht sie dich.« Vor Erleichterung über die Ablenkung wurde Jamies Stimme eine Oktave höher. »Andrew, ich muss dir von Juliets lustiger Wette erzählen …«

»Ach je, Jamie. Irgendetwas stimmt da nicht. Rosemary ist außer sich. Schau nur, wie sie an der Trense zieht, ihr Pferd antreibt und es dann wieder zurückhält.«

Die Ordner des Jockey Clubs riefen: »Miss!« und »Das Rennen, Miss!«, sprangen ihr dann aber aus dem Weg. Rosemary ließ den Blick forschend über die Gesichter an der Bande wandern, ihr flatternder gelber Schal ein trotziges Banner.

»Meine Güte«, sagte Andrew gedankenvoll, »Rosemary ist ganz schön wütend, was?«

Rosemarys Pferd bäumte sich auf, als sie an den Zügeln riss. »Du gottverdammtes Pferd, runter mit dir! Andrew! Wo ist mein Vater? Haben Sie meinen Vater gesehen?«

Andrew Ravanel sank in eine tiefe, kühle Stille. Die Zeit hatte sich zu diesem schlichten Moment verlangsamt. »Schöne Rosemary«, sagte Andrew fast wehmütig, »Ihr geschätzter Vater hat die Rennbahn verlassen.«

Ein Mann von der Rennleitung, ein Weißer mit der offiziellen grünen Schärpe, eilte auf sie zu.

»Madam! Madam!«

»Du verdammtes Pferd! Verdammt! Bleib endlich stehen!« Rosemary setzte ihre Reitgerte ein. »Ich muss meinen Vater finden.« Rosemarys Gesicht verzerrte sich. »Ich habe Neuigkeiten. Heute habe ich erfahren, warum mein Vater wahrlich verdammt ist …«

Mit einer herrischen Geste hielt Andrew den Rennleiter auf, trat durch das Tor auf die Bahn, fiel dem aufgeregten Pferd in die Zügel und brachte es zum Stehen.

Ein Rennleiter, eine Reiterin, ein Gentleman, der ihr Pferd hielt – ansonsten war die Rennbahn leer.

Die Wut im Zentrum dieses Tableaus zog aller Blicke auf sich.

Auf der Veranda des Clubhauses wandte sich ein Yankeebesucher an seinen Charlestoner Gastgeber: »Was zum Teufel …?«

Sein Gastgeber antwortete: »Du bist jetzt in Charleston, Sam. Genieß das Feuerwerk.«

Wäre Rosemary nicht in hilflosem, sprachlosem Zorn befangen gewesen, hätte Andrews übertrieben liebevoller Ton sie gewarnt. »Bleiben Sie doch einen Moment, liebe Rosemary. Wir werden das alles klären. Kommen Sie, ich helfe Ihnen.« Andrew formte die Hände zu einem Steigbügel.

Hastig stieg Rosemary ab. »Muss ich Langston Butler immer noch ›Vater‹ nennen, Andrew? Er hat mich angelogen. Er hat meinen Bruder ruiniert. Er hat …«

»Langston Butler hat viel zu verantworten.«

Andrew Ravanel nahm Rosemary in die Arme und küsste sie vor den Augen von ganz Charleston heftig und ausgiebig auf die Lippen.

Kapitel 7

Die Ehe ist ein ehrenwerter Stand …

Ich glaube, Rosemary hat es durchaus genossen«, sagte Andrew Ravanel leichthin.

Andrew, sein Vater Jack und Langston Butler standen im Vorraum von Colonel Jacks Stadthaus in der King Street. Der Raum zeigte starke Abnutzungsspuren – die breiten Dielen waren von Sporen zerkratzt, die als Stiefelknechte missbrauchten Bänke zerschrammt.

Butler hatte weder seinen Hut abgenommen noch seinen Stock in den Ständer gestellt. Vielmehr umklammerte er diesen Stock wie eine Waffe. »Die romantischen Anwandlungen meiner Tochter stehen nicht zur Debatte.«

Langston Butler leerte einen Beutel auf dem Tischchen aus. Sein Zeigefinger fuhr verächtlich durch die überfälligen Rechnungen, Schuldscheine und Zahlungsversprechen. »Zwanzig Cent auf den Dollar, das ist der angemessene Marktwert der Ravanel'schen Ehre.«

»Vielleicht, Sir, möchten Sie, dass mein Sohn sich mit Ihrer Tochter verlobt?«, fragte Colonel Jack hoffnungsvoll.

»Ein Ravanel als Schwiegersohn?« Rote Flecken blühten auf Langston Butlers Wangen auf. »Ein Ravanel als *mein* Schwiegersohn?«

Andrew Ravanel tat einen Schritt nach vorn, doch sein Vater fasste ihn am Arm.

»Ich bin gekommen, um Ihnen mitzuteilen, dass ich Ihre Schuldscheine und Hypotheken aufgekauft habe und sie mit dem heutigen Tage fällig sind. Dieses Haus und Ihr restlicher Besitz werden verkauft, damit Ihre Schulden beglichen werden können. Und Chapultapec wird von jetzt an für die Butlers laufen.«

»Nun, Langston.« Colonel Jack grinste. »Sie sind bestimmt nicht in unser bescheidenes Heim gekommen, um es in Besitz zu nehmen. Jacks gutes Land hat Butler sich bereits unter den Nagel gerissen, und was ich noch an schlechtem Boden besitze, ist für einen kundigen Landwirt wie Sie uninteressant. Ich kenne Sie doch, Langston. Ich kenne Sie, seit Sie ein raffgieriger, hartherziger, arroganter Junge waren. Sie haben einen Vorschlag für den alten Jack, nicht wahr, irgendein kleines Arrangement, das den Klatsch unterbinden und womöglich auch die Geschicke der Ravanels in etwas günstigere Bahnen lenken wird. Habe ich recht, Sir?«

Langston schenkte ihm ein ausgesprochen unangenehmes Lächeln. »Ihre Frau Frances wurde weithin bewundert, Jack. Im gesamten Tiefland gab es keine kultiviertere Dame als sie.«

Jack Ravanel erbleichte. »Kein Wort über meine Frau, Langston. Sie werden ihren kostbaren Namen nicht besudeln.«

Langston klopfte auf den Stapel von Schuldscheinen. »Habe ich Ihre ungeteilte Aufmerksamkeit? Heute Abend auf dem Ball des Jockey Clubs werde ich die Verlobung meiner Tochter mit John Haynes bekannt geben. Danach wird Ihr Sohn sich öffentlich für jegliches Missverständnis entschuldigen, das durch sein ungebührliches Verhalten heute Nachmittag auf der Rennbahn entstanden sein mag.« Langston wandte sich mit kaltem Blick Andrew zu. »Vielleicht waren Sie betrunken, Sir. Vielleicht hat Sie auch angesichts der Nachricht von dem Verlöbnis meiner Tochter solche Freude überkommen, dass Sie sich vergessen haben.« Langston zuckte mit den Achseln. »Die Einzelheiten überlasse ich Ihnen. Falls Ihnen keine plausible Lüge einfällt, möchte ich stark annehmen, dass Ihr Vater Ihnen behilflich sein kann. Nachdem ich Ihre Entschuldigung angenommen habe, werden Sie Ihre Verlobung mit Charlotte Fisher bekannt geben.«

»Sir, selbst wenn jeder Makel im Gesicht dieses Mädchens zehntausend Dollar wert wäre, würde ich sie nicht heiraten.«

»Wie Sie wünschen.« Langston Butler wartete stumm ab, während Vater und Sohn all die hitzigen, hilflosen Worte ausstießen, die sie ausstoßen mussten, ehe sie sich in das Unvermeidliche fügten.

Angesichts der Freude ihrer Enkelin akzeptierte Großmutter Fisher widerwillig deren Verlobung mit Andrew Ravanel.

Und um dem Haus ihres Vaters zu entfliehen, erklärte sich Rosemary bereit, John Haynes zu heiraten; was Tunis ihr erzählt hatte, machte es ihr unmöglich, weiterhin in ihrem Elternhaus zu wohnen. Auf eine entsprechende Äußerung ihrerseits antwortete Langston: »Ich will nicht wissen, warum du gehorchst, ich will nur, dass du gehorchst.«

Als sich das Verlobungspaar allein in Langston Butlers Arbeitszimmer traf, sagte John Haynes: »Rosemary, das ist mehr, als ich je zu hoffen gewagt hätte.« Er kniete vor ihr nieder. »Obwohl ich deine Antwort fürchte, Liebste, muss ich es wissen. Ist unsere Heirat deine eigene Entscheidung?«

Rosemary zögerte und sagte dann: »John, ich werde mich bemühen.«

Der gleichmütige, ehrbare John Haynes wurde zu einem grinsenden glücklichen Jungen. »Na denn. Ach je. Na denn. Was will ich mehr. Liebste Rosemary. Meine allerliebste Rosemary …«

Charlotte und Andrew heirateten im April, und Charlotte war, wenngleich keine schöne, so doch eine strahlende Braut. Charlestons Matronen schnalzten mit der Zunge und hofften, dass die Ehe Andrew Ravanel zur Vernunft bringen werde.

Langston Butler schenkte Mr und Mrs Ravanel einen gewissen Banjo spielenden Neger. Nicht einmal Isaiah Watling war es gelungen, aus Cassius einen Reisarbeiter zu machen.

Zwei Wochen später standen Rosemary und John Haynes vor dem Traualtar, und John strahlte vor Glück. Rosemary war fahl und gab ihr Jawort mit so matter Stimme, dass es kaum über die erste Reihe hinaus zu hören war.

Als das Paar aus der Kirche trat, wartete draußen Tunis Bonneau mit einem Rotschimmel auf sie.

»Mein Gott!«, sagte Rosemary. »Tecumseh!«

»Den schenkt Ihr Bruder Rhett Ihnen und Mr Haynes, Miss Rosemary«, sagte Tunis. »Er schreibt, dass er Ihnen einen glücklichen Hochzeitstag wünscht.«

Langston Butler wandte sich an seinen frischgebackenen Schwiegersohn. »Sir, ich werde dieses Tier mitnehmen und beseitigen.«

John Haynes drückte die Hand seiner Braut. »Danke, Sir, aber, nein danke. Das Pferd ist ein Geschenk von meinem Freund und Mrs Haynes' Bruder, das sie und ich mit Freuden annehmen.«

Kapitel 8

Ein Patriotenball

Nur wenige Charlestoner glaubten, dass Andrew Ravanels Kuss auf der Rennbahn so unschuldig gewesen war, wie dieser Gentleman es hinterher behauptet hatte, doch die kompromittierten Parteien waren in den sicheren Hafen der Ehe eingelaufen. Kraft Andrews neuer Verbindung zu den Fishers stieß Langston Butler Colonel Jacks Schuldscheine still und leise für fünfzig Cent auf den Dollar ab.

Mr und Mrs John Haynes konnte man in einem stattlichen blauen Sulky, der von Tecumseh gezogen wurde, durch Charleston kutschieren sehen. John Haynes hatte dreihundert Dollar für das Gefährt gezahlt – auf eine Laune seiner Braut hin, wie man sich erzählte.

Einige Leute behaupteten, Rhett Butler sei in New York. Von einem englischen Kapitän hörte John Haynes, sein Schwager spekuliere an der Londoner Börse. Tunis Bonneau, der jetzt Oberlotse bei Haynes & Son war, sagte, Rhett sei in New Orleans.

Zwar brachten die Haynes Rosemarys Eltern den angemessenen Respekt entgegen und tauschten nach dem Sonntagsgottesdienst Nettigkeiten mit ihnen aus, doch das junge Paar hatte seine eigene Kirchenbank, und Rosemary besuchte ihre Mutter nur, wenn ihr Vater nicht da war. Mr und Mrs Haynes lebten zurückgezogen in der Church Street 46 und wurden zu gegebener Zeit mit einer Tochter gesegnet, die sie Margaret Ann nannten.

Mr und Mrs Andrew Ravanel etablierten sich im Haus der Fishers an der East Bay. Die Geldverleiher Charlestons erfuhren zu ihrem großen Bedauern, dass Constance Fisher nicht für die Ravanel'schen Schulden einstehen würde.

Andrew Ravanels neuer Hausdiener Cassius begleitete ihn überallhin, wartete bis tief in die Nacht vor Spielhöllen und Saloons auf Andrew. Oft führte Cassius das Pferd seines Herrn im Morgengrauen nach Hause, während sein Herr im Sattel einnickte. Wenn Andrew, Jamie Fisher, Henry Kershaw und Edgar Allan Puryear jagen gingen, bereitete Cassius ihnen einfache Mahlzeiten zu, wichste ihre Stiefel und spielte muntere Lieder. Henry Kershaw behauptete, Cassius' Aufenthalt auf Langston Butlers Reisfeldern habe dem Banjospiel des Negers gutgetan. Cassius' Musik komme so richtig »aus dem Herzen«.

Nachdem Großmutter Fisher einmal zu oft etwas an Andrews Gewohnheiten auszusetzen hatte, verließen Mr und Mrs Ravanel Charlottes Elternhaus und zogen in Colonel Jacks schäbiges Stadthaus, das sie fortan mit Andrews Vater und seiner Schwester Juliet teilten.

In glücklicheren Zeiten hätten all diese Gegebenheiten beträchtliche Neugier geweckt, doch es waren keine glücklichen Zeiten. »Sezession«, seit dreißig Jahren das geflüsterte Losungswort der Aufwiegler, war zu einem lauten Ruf geworden.

Am 16. Oktober 1859 machte John Brown dem Frieden den Garaus. John Brown brachte Friedensstifter in Misskredit, schied Familien in Unionisten und Sezessionisten und spaltete Presbyterianer, Episkopale und Baptisten in nördliche und südliche Gemeinden. Mit einer Handvoll Männer, vagen Plänen und der Bereitschaft, für Prinzipien zu morden, überfiel John Brown das Städtchen Harpers Ferry in Virginia, wo er einen Sklavenaufstand entfesseln wollte. Brown hatte tausend scharfe Spitzhacken dabei, mit denen sich die Sklaven gegen ihre Herren wenden sollten.

Die Pflanzer des Tieflands hatten eine tief verwurzelte Angst vor Aufständen. Die Franzosen, die vor dem Sklavenaufstand in Santo Domingo geflohen waren, hatten grauenhafte Geschichten von im Bett ermordeten Unschuldigen, Säuglingen, denen auf der

Türschwelle der Schädel zerschmettert worden war, und geschändeten Frauen mitgebracht. Die von Nat Turner und Denmark Vesey angezettelten Sklavenaufstände waren gescheitert, doch John Brown war ein Weißer, der von Weißen finanziell und anderweitig unterstützt wurde. Einige Yankees erklärten den Mörder zum Heiligen.

Nach Browns Überfall hatten die politisch Gemäßigten keine Chance mehr, und die gesetzgebende Versammlung wurde von Aufwieglern wie Langston Butler kontrolliert, denen nun Männer an den Lippen hingen, die normalerweise durchaus besonnen waren. Cathecarte Puryear wurde per Abstimmung aus der St. Cecilia Society ausgeschlossen.

Obwohl John Brown festgenommen, verurteilt und erhängt wurde, formierten sich im Tiefland eine Reihe von Bürgerwehren, noch ehe seine Leiche auch nur erkaltet war: die Palmetto Brigade, die Charleston Rifles, Charleston Light Horse und Hampton's Legion. An den Kais von Charleston löschten britische Schiffe Gewehre, Kanonen und militärische Uniformen. Junge Männer entsagten dem Alkohol, und für die Spielhöllen begannen schwere Zeiten. Cassius eignete sich täglich neue patriotische Lieder an.

Das Jahr zwischen John Browns Überfall und der Wahl Abraham Lincolns war voller Omen. Sieben Grindwale strandeten vor Sullivan Island. Die Gänse flogen zwei Monate früher als sonst nach Süden. Die Reisernte war die reichlichste seit Menschengedenken. Die Zaubermänner der Neger brummelten vor sich hin und prophezeiten ein Armageddon. Jamie Fisher vertraute seiner Schwester Charlotte an, er fühle sich wie das sprichwörtliche Kaninchen vor der Schlange.

Andrew Ravanel wurde zum Captain von Charleston Light Horse gewählt. Als man eine Sammlung durchführte, um diese Elitekompanie mit Uniformen ausstatten zu können, wurden alle Differenzen beigelegt, und Langston Butler beteiligte sich mit einem namhaften Betrag.

Eines Samstagmorgens Anfang November fand man auf dem

Wellenbrecher hinter Adger's Wharf Colonel Jack Ravanels Leiche. Zwar erwähnte Tunis Bonneaus Schwiegervater, Reverend William Prescott, das Ableben des alten Sünders in seiner Sonntagspredigt, doch davon abgesehen wurde von dem Hinscheiden des alten Jack keine Notiz genommen. Die Aufmerksamkeit der Charlestoner Bürger war auf die Präsidentenwahl gerichtet, die am folgenden Dienstag stattfinden sollte.

Von den vier Präsidentschaftskandidaten in jenem Jahr galt nur einer als erklärter Abolitionist, und obwohl dieser Mann fast drei Millionen Stimmen weniger erhielt als seine Konkurrenten und in zehn Staaten des Südens keine einzige Stimme bekam, wurde er zum Präsidenten gewählt. Viele Südstaatler waren der Ansicht, der einzige Unterschied zwischen Abraham Lincoln und John Brown bestehe darin, dass Letzterer tot sei.

Nur sechs Wochen nach Lincolns Wahl traf sich die Convention of the People of South Carolina, um nach kurzer Debatte eine Sezessionserklärung zu verabschieden. Die Kirchenglocken läuteten, die Bürgerwehren marschierten, und in den Straßen wurden Freudenfeuer angezündet.

Die neuen Milizen exerzierten auf der Washington-Pferderennbahn. Die Männer von Charleston Light Horse trugen graue Pantalons, hohe Stiefel aus Korduanleder und kurze grüne Jacken mit goldener Querlitze. Die Soldaten hatten graue Käppis, die Offiziere schwarze Pflanzerhüte, die mit einer Reiherfeder geschmückt waren.

Edgar Puryear und Henry Kershaw wurden zu Leutnants gewählt, und Jamie Fisher wurde Spähtruppführer.

Die Damen von Charleston erschienen, um die wohlig beängstigenden Drills von Charleston Light Horse zu bewundern: Die linke Hand am Zügel, die rechte am Säbel, galoppierten die unerschrockenen Reiter los, zogen mit silbern blitzendem Schwung die Klinge und brachen durch die Reihen von Strohpuppen. Die Strohpuppen waren mit Besenstielgewehren ausgerüstet und in Unionsblau gekleidet.

Die Damen blickten zu diesen jungen Männern auf, die das entehrte Rot, Weiß und Blau gegen das stattliche neue Palmetto-Banner ausgetauscht hatten.

Rosemary Haynes jubelte, bis sie heiser war.

Andrew Ravanel war wie ausgewechselt. Der einstige Melancholiker wurde fröhlich, der Krakeeler, der gegen die Empfindsamkeiten anderer blind gewesen war, wurde fürsorglich. Als Diener der neuen Republik wurde Andrew Ravanel zum König.

Die Unionsgarnison zog sich klammheimlich nach Fort Sumter zurück, in die mächtige Inselfestung mitten im Hafen von Charleston. Empörte Bürger protestierten gegen diese Aneignung von Eigentum des Staates Carolina, und Mr Lincoln wurde davon in Kenntnis gesetzt, dass man jeglichem Versuch, eine Ablösung oder Nachschub nach Fort Sumter zu schicken, massiven Widerstand entgegensetzen würde.

Wenn Rosemary wieder vor ihrer eigenen Haustür stand, nachdem sie einen Morgen lang den Kavalleriedrills applaudiert hatte, sank ihr Mut. Sie holte tief Luft und tröstete sich mit dem Gedanken: Margaret Ann, meine kleine Meg wartet auf mich. An den Vormittagen, an denen Charleston Light Horse nicht exerzierte, erwachte Rosemary mit Kopfschmerzen und blieb bis mittags im Bett.

Rosemary Butler Haynes wusste, dass sie ihrer Unzufriedenheit nicht nachgeben durfte. John Haynes war ein braver Mann. Hatte er je behauptet, ein guter Reiter zu sein? Im Gegenteil, er machte sich selbst darüber lustig, welch schlechte Figur er auf dem Pferd abgab. John Haynes' Finger mochten tintenfleckig sein, doch John war im Handel tätig – wie hätte es anders sein sollen?

Und dennoch wurde sie an manch einem Morgen, wenn ihr Mann zur Arbeit gegangen war und sie allein zu Hause saß, von der Erinnerung an Andrew Ravanels Kuss überwältigt. Eine tiefe Kluft hatte sich zwischen ihr und Charlotte aufgetan. Wenn ihre alte Freundin in der Church Street 46 vorbeischaute, bekam zu hören: »Miss Rosemary, die is nich zu Haus«, oder: »Miss Rosemary, der geht's nich gut.« Es war für Rosemary ausgeschlossen, mit der Frau zu schwatzen, die nicht nur Andrews Tisch und Bett teilte, sondern auch seine glänzenden Aussichten, ja sein Leben.

Rosemary gab sich alle Mühe, nicht um das Leben zu trauern, das zu führen ihr nicht vergönnt war.

Ihr Mann brachte ihr kleine Geschenke mit: eine silberne Kelchvase, eine rotgoldene Filigranbrosche. War es Johns Schuld, dass die Vase zu verspielt war und die Brosche zu keinem einzigen von Rosemarys Kleidungsstücken passte?

John sprach nie über Politik und sah auch nie den Drills der Charleston Light Horse zu. Ja, er verteidigte sogar die wenigen verbleibenden Unionisten Charlestons: »Können wir denn nicht unterschiedlicher Meinung sein, ohne deshalb redliche Männer zu attackieren?« Jeden Morgen außer sonntags ging John zu Fuß aus der Church Street in sein Büro am Kai von Haynes & Son. Den ganzen Tag verhandelte er mit Kapitänen, Spediteuren, Konsignanten und Versicherern. Eines Abends im Frühling stand Rosemary zufällig am Fenster, als ihr Mann die Stufen zur Haustür heraufgeeilt kam. Das freudige Lächeln auf seinen Lippen war ihr unerträglich. Danach hielt sie sich von den vorderen Fenstern fern, wenn mit Johns Heimkehr zu rechnen war. Rosemary blieb auf ihrem Zimmer, während John vor dem Abendessen noch eine Stunde mit Meg spielte.

Nach dem Essen hörten sie zu, wie Meg ihre einfachen Gebete hersagte, und brachten sie dann ins Bett. Danach las John Haynes Rosemary aus Bulwer-Lytton oder irgendeinem anderen erbaulichen Schriftsteller vor. »Es sei denn, Schatz, du würdest lieber etwas Leichteres hören? Vielleicht etwas von Mr Scott?«

John beschloss den Abend immer mit Gebeten für Charleston und den Süden. Er betete darum, dass ihre Führer klug sein möchten. Er betete für die Gesundheit und das Glück von Freunden und Verwandten, und zwar für jeden einzeln und namentlich. Wenn sie sich schließlich oben auf dem Treppenabsatz zu ihren getrennten Schlafzimmern wandten, fragte John Haynes manchmal hoffnungsvoll, wie seine Frau sich fühle.

»Nein, Schatz«, murmelte Rosemary dann. »Heute nicht.«

Manchmal hatte Rosemary ein so schlechtes Gewissen, dass sie übertrieben fröhlich sagte: »Oh, es geht mir gut, John!« Dann verbrachte ihr Mann die Nacht bei ihr und verließ am nächsten Morgen pfeifend das Haus. Rosemary wünschte sich verzweifelt, John würde nicht pfeifen. Sie bekam von dem Pfeifen Kopfweh.

Ihre kleine Tochter war Rosemarys und Johns gemeinsame Freude.

Der Vater erzählte: »Als ich die kleine Meg zum White Point Park gefahren habe, ist sie in ihrem gelben Umschlagtuch aufgestanden und hat die Soldaten gegrüßt. Ein Kavalleriemann zog seinen Säbel, um ihren Gruß zu erwidern, doch das Schaben der Klinge in der Scheide hat Meg so verängstigt, dass unser armes Schätzchen in Tränen ausgebrochen ist.«

Die Mutter sagte: »Hast du gesehen, was unser kleiner Schlingel mit seinen blauen Schuhen gemacht hat? Meg hat diese Schuhe nie gemocht, also hat sie zu Cleo gesagt, sie solle sie einem ärmeren Kind schenken. ›Ich hab zu viele Schuhe.‹«

Nach South Carolina traten nun auch Mississippi, Florida, Alabama, Georgia, Louisiana und Texas aus der Union aus.

Zwar war der Januar ungewöhnlich kalt – im Piedmont hatte es geschneit –, doch die Charlestoner ignorierten die Unbilden des Wetters und besuchten die erste Rennwoche, die jemals in einem unabhängigen South Carolina stattgefunden hatte.

John Haynes hatte seine Ausflugsschiffe aus New York und Philadelphia abgezogen, konnte die freien Plätze jedoch mit Touristen aus Richmond und Baltimore besetzen.

Pferdekenner meinten, das Kräftemessen zwischen Langston Butlers Gero und John Canteys Albine werde das spannendste Rennen seit hundert Jahren; es wurde gemunkelt, Langston Butler habe ein Angebot von 25000 Dollar für Gero abgelehnt.

Für den Ball der St. Cecilia Society hatte man die Hibernian Hall mit patriotischen Motiven dekoriert. Die farbenfrohen Fahnen der Bürgerwehrkompanien von Charleston schmückten die

Wände, und man hatte einen grimmigen (wenn auch etwas schieläugigen) Adler auf den Tanzboden gemalt.

Als Ballmeister trug John Haynes eine weiße Blume im Knopfloch.

Das Orchester der Gesellschaft bestand aus Hausdienern, die ihrer regulären Pflichten entbunden worden waren. Es war ein beständiger Quell der Heiterkeit in Charleston, dass Horace, der Orchesterleiter, keine einzige Note der Partituren lesen konnte, die er so umständlich vor sich arrangierte. Nichtsdestoweniger spielte sein vielseitiges Orchester gemessene Quadrillen genauso gut wie die überschäumenden Reels, die die jungen Leute bevorzugten – Reels, die von Cassius' blitzendem Banjo angetrieben wurden.

An diesem Abend kurz vor Kriegsbeginn waren Charlestons Schönheiten so hinreißend wie nie. Diese Jungfrauen waren das Gnadengeschenk, die Gottesgabe, für die tapfere Männer zu allen Zeiten gekämpft hatten und gestorben waren. Niemand, der an diesem Abend anwesend war, sollte ihre herzzerreißende Schönheit jemals vergessen.

Ihre Kavaliere trugen die ihnen auferlegte große Verantwortung mit Stolz und Feierlichkeit. Hinter dem Mut, den diese jungen Männer zur Schau trugen, verbarg sich bei jedem einzelnen die verzweifelte Hoffnung, er möge sich den Anforderungen gewachsen zeigen.

Das Kriegsfieber steigerte die Fröhlichkeit zu Hysterie. Würden die Unionisten Fort Sumter aufgeben, oder würde man sie durch Artilleriebeschuss in die Knie zwingen müssen? Würden Virginia und North Carolina ebenfalls aus der Union austreten? Langston Butler und Wade Hampton waren in Montgomery, Alabama, um sich an der Ernennung eines provisorischen Präsidenten für die neuen Konföderierten Staaten von Amerika zu beteiligen. Toombs, Yancey, Davis – wer würde der Mann der Stunde sein?

»Aber Jamie«, fragte Rosemary. »Warum trägst du denn keine Uniform?«

»In Uniform sehe ich aus wie ein emporgekommener Affe«, gab der schmale Jüngling zu.

Rosemarys Gesicht war vor Aufregung gerötet. »Werden wir in den Krieg ziehen, Jamie? Es ist schrecklich von mir, aber ich hoffe es!«

»Andrew ist auch so blutdurstig.« Jamie erschauerte. »Sieh ihn dir nur an. Mit Sporen auf dem Ball der St. Cecilia Society! Mein Gott.«

Andrew Ravanel lächelte sie an.

Rosemary wich seinem Blick aus. »Und du, Jamie? Wie steht es mit dir?«

Jamie Fisher zuckte die Achseln. »Ich bin nicht so kriegerisch veranlagt. Ich werde natürlich kämpfen, wenn ich muss, aber der Krieg wird ausgesprochen unbequem sein.« Das ironische Lächeln wich von seinen Lippen. »Was wird der Krieg bloß unseren Pferden antun? Was interessiert die Pferde schon die Politik?«

Juliet Ravanel tippte mit ihrem Fächer gegen Jamies Ellenbogen. Miss Ravanel war dieser Tage als Stickerin von Regimentsfahnen sehr gefragt, und ihre neue Prominenz hatte sie milde gestimmt. Ihr Ballkleid aus Taft war perfekt geschnitten und genäht, aber leider stand ihr Lila ganz und gar nicht. »Mrs Haynes.« Sie deutete einen spöttischen Knicks an. »Eine grandiose Festlichkeit, nicht wahr? Ist Ihre Tanzkarte voll?«

»Die Tänze, die John nicht für sich reserviert hat, sind von ältlichen Haynes-Vettern belegt. Halb kahle Männer mit Holzzähnen und widerlichem Mundgeruch, die höchst erpicht darauf sind, ihre angeheiratete Verwandte zu begleiten.«

Miss Ravanel studierte ihre Karte. »Jamie, ich hätte noch zwei Walzer und eine Polonaise zu bieten.«

»Wenn du versprichst, nicht zu führen.«

Juliets Lächeln hätte Salzwasser zum Gefrieren bringen können.

Sofern seine Partnerin während der komplizierteren Figuren auf ihre Zehen aufpasste, konnte John Haynes eine Quadrille tanzen. Während des Deux temps lächelte Rosemary starr. »Entschuldige, Schatz«, flüsterte ihr Mann. »Erbarmen. Was bin ich doch für ein Tollpatsch.« Johns Hand auf ihrem Rücken war flach wie eine

Bratenplatte, die andere Hand an ihrer Taille fleischig und besitzergreifend. Als John sich nach dem Tanz verbeugte, sagte er ernst: »Rosemary, du bist die schönste Frau im Saal. Und ich bin der glücklichste Ehemann von ganz South Carolina.«

Rosemary kämpfte gegen den Impuls an, ihre Hand zurückzuziehen. »Nur von South Carolina?«, gelang es ihr zu fragen.

»Der glücklichste Ehemann der Welt. Jedes einzelnen verdammten Kontinents der Welt.« Seine wulstigen, warmen Lippen küssten ihre Hand.

Ein weiterer Deux temps, eine Polonaise. Als sie sich für die Quadrille aufstellten, gab es eine kurze Aufregung an der Tür, und dann kam ein anderer Ballmeister zu ihnen geeilt. John lauschte dem Flüstern des Mannes mit geneigtem Kopf.

John Haynes wandte sich seiner Frau zu. »Liebste, ich muss an den Kai. Jemand hat dort Munition gelöscht, die möglicherweise für die Yankees gedacht war. Gib meine Tänze anderen. Lass dir bitte durch mich nicht den Abend verderben.«

Rosemary versprach es ihm. Zehn Minuten nachdem John Haynes gegangen war, stand Andrew Ravanel neben Rosemary. Er roch stark nach Pimentöl und ein wenig nach Schweiß. Seine Verbeugung war überschwänglich. »Rosemary …«

»Captain Ravanel, ich wüsste nicht, dass wir noch miteinander redeten.«

Andrews Lächeln war wehmütig. »Sie haben jedes Recht, wütend zu sein. Ich bin der größte Schuft des Tieflands.«

»Als wir das letzte Mal vertraut miteinander umgegangen sind, Sir, haben Sie mich kompromittiert. Wenn ich recht informiert bin, verdanke ich Ihnen meinen Familienstand.«

»Ist das denn eine Verschlechterung? John Haynes ist doch sicher ein … passabler Ehemann.«

»Sehen Sie sich vor, Sir.«

Andrews Augenbrauen hoben sich in gespielter Überraschung. »Sollte ich erneut Anstoß erregt haben …«

»Ich habe Ihnen für das erste Mal noch nicht verziehen«, sagte Rosemary.

»Ich habe mir selbst noch nicht verziehen! Ich liege nachts wach und frage mich, ob dieser wilde Kuss die Zeche wert war, die wir zahlen mussten. Aber war das nicht ein hinreißender Moment, Rosemary? Gott! Ich werde nie vergessen, wie … Rosemary, ich verabscheue Ironie. Sie nicht auch? Wie absurd, dass meine Liebeserklärung uns auseinandergetrieben hat – jeden in die Arme eines anderen Menschen.«

»Liebeserklärung? Captain, halten Sie mich für eine Idiotin? Glauben Sie wirklich, ich könnte das, was Sie getan haben, für eine Liebeserklärung halten?«

Andrew legte sich die Hand aufs Herz. »Wenn ich tödlich verletzt auf irgendeinem fernen Schlachtfeld liege, werden meine letzten Gedanken diesem Kuss gelten. Wollen Sie mich etwa ohne einen Walzer in den Krieg ziehen lassen?«

»In dieser extremsten aller Lagen, Sir, ist man mit seinen letzten Gedanken bei seinen Lieben. Wenn Sie in die Ewigkeit abberufen werden, wird Ihnen Charlottes Gesicht vor Augen stehen, nicht meines. Es sei denn, natürlich, eine Eroberung aus jüngerer Zeit verdrängt Charlottes Gesicht.«

Andrew errötete und brach dann in ein so ansteckendes Lachen aus, dass die umstehenden Paare lächeln mussten. »Rosemary – Treue kann ich Ihnen nicht geloben, aber ich garantiere Ihnen, dass meine letzten Gedanken allein Ihnen gehören werden.«

»Es wird ohnehin nicht zum Krieg kommen.«

»Natürlich wird es zum Krieg kommen, liebe Rosemary. Unsere Uniformen sind gebügelt, unsere Schwerter geschliffen, unsere Pistolen schussbereit. Hören Sie, das Orchester stimmt die Instrumente. Ich habe nicht vergessen, was für eine ausgezeichnete Tänzerin Sie sind.«

Mit Andrew Ravanel zu tanzen war eine brillante, gefährliche Konversation. Andrew sah jede Nuance in ihren Bewegungen voraus und griff sie auf; sein Rhythmus reflektierte den ihren und kommentierte ihn.

Die Musik – einer von Strauß' Walzern im Dreivierteltakt –

hörte zu schnell auf. Während sich die Tanzpaare neu zusammenfanden, wedelte Rosemary mit ihrem Fächer.

»Noch einen?«

Andrew Ravanel tanzte sämtliche von John Haynes reservierten Tänze mit ihr. Während der ersten Pause nahm Großmutter Fisher Rosemary beiseite. »Charlotte ist in Tränen aufgelöst gegangen! Rosemary, überleg dir, was du da tust!«

Aber Rosemary konnte nicht überlegen. Sie hatte zu lange Verzicht geübt.

Spät am Abend, nach der Quadrille, tanzten die Paare eine Polonaise ins Esszimmer, um dort einen kalten Imbiss zu sich zu nehmen. Die Männer traten auf die Veranda, um zu rauchen, und der Geruch ihres Tabaks zog in das zu heiße, hohe Esszimmer. Viele der Männer und Frauen, die Rosemary schon ihr Leben lang kannte, wichen ihrem Blick aus. Sie hätte unsichtbar sein können.

»Wenn schon, denn schon«, murmelte Andrew ihr ins Ohr und rief dann: »Henry Kershaw, du alter Gauner. Isst du mit uns?«

Mit uns? *Uns?* Rosemary hatte nicht vorgehabt, Teil eines »Wir« zu werden. »Nein«, stieß sie hervor und riss sich von Andrew Ravanels Arm los.

Die Herren traten zur Seite, als Rosemary auf die Veranda floh. Gegenüber auf der Straße, im Lichtkreis der Gaslampe vor Garritys Saloon, sangen einige betrunkene Milizionäre.

Verdammt, verdammt, verdammt!

Constance Fisher stellte sich zu ihr und hüllte sich fester in ihr Umschlagtuch. »Kind, wo ist dein Mantel?«

Rosemary schüttelte den Kopf.

»Ich muss schon sagen, meine Liebe …«

Tränen strömten über Rosemarys Wangen. »Oh Großmutter Fisher, ich bin ja so ein Dummkopf, so ein Dummkopf! Was habe ich bloß getan?«

Die alte Frau entspannte sich etwas. »Du hast dich ausgesprochen unklug verhalten, Kind.«

»Was wird John denken? Und Charlotte?«

»Wenn ich sie wäre …«, sagte die ältere Frau warnend.

»Ach, Großmutter Fisher! Was soll ich bloß tun?« Rosemary suchte am Verandageländer Halt.

Großmutter Fisher fasste sie an den Schultern. »Du wirst tun, was eine Dame aus Charleston in solchen Fällen tut. Wenn sie ein Mulattenkind sieht, das ihrem Mann wie aus dem Gesicht geschnitten ist, wenn sie von den Schritten ihres betrunkenen Mannes erwacht, der auf ihr Bett zukommt – du wirst tun, was die Damen aus Charleston immer getan haben: Du wirst ein Lächeln auf dein Gesicht heften und dich verhalten, als walte Gott im Himmel, und auf seiner Welt wäre alles in bester Ordnung.«

Den restlichen Abend saß Rosemary neben Constance Fisher. Wenn Andrew sich ihr zu nähern versuchte, schmetterte ihn die Großmutter seiner Frau mit einem bösen Blick ab.

Andrew wirbelte mit dem jüngsten, entzückendsten Mädchen des Balls vorüber. Während des ganzen Tanzes löste seine Partnerin ihre bewundernden Augen nicht von ihrem Galan.

Er ist ein Magnet, dachte Rosemary. Was interessieren einen Magneten schon die Folgen seiner Anziehungskraft?

An der Eingangstür entstand eine plötzliche Unruhe. John Haynes kam freudestrahlend auf seine Frau zugeeilt. Juliet Ravanels hartnäckige Hand wehrte er ungeduldig ab: »Ein andermal, Juliet, bitte.«

Der dunkelhaarige Gentleman, der John Haynes in die Hibernian Hall gefolgt war, reichte einem Diener seinen Mantel. Horace, der Orchesterleiter, kam aus dem Takt, und die Musiker gerieten ins Stocken. Nach und nach blieben die Tänzer stehen, drehten sich um und gafften.

Rosemary schnappte nach Luft.

Eine rote Nelke schmückte Rhett Butlers breite Samtaufschläge. An seiner Hemdbrust prangten üppige Rüschen, seine Manschettenknöpfe waren erbsengroße Goldstücke. Er hielt einen breitkrempigen Pflanzerhut an seiner Seite. Die Hände ihres Bruders waren viel größer, als Rosemary sie in Erinnerung hatte.

»'n Abend, Cap'n Butler«, sagte Horace. »Wir ham Sie lang nich gesehn.«

»'n Abend, Horace. Und du musst Cassius sein, der Banjospieler? Du bist bekannt, mein Sohn. Von deinem Banjospiel hat man sogar in New Orleans schon gehört.«

Cassius spielte drei hohe, einsame Akkorde. »Sir – danke, Sir. Und von Cap'n Butler hat man wohl überall schon gehört.«

Rhett hob die Hände. »Bitte hören Sie meinetwegen nicht auf zu tanzen. Ich will Ihre Festivität nicht stören. Es gibt viel zu viel zu feiern. Wer hätte schon vorhergesehen, dass das tapfere Charleston den schlafenden Unionsriesen wach kitzeln würde?« Als Rhett Butler sich verbeugte, schimmerte sein schwarzes Haar.

»Edgar Puryear. Du bist jetzt also Offizier. Und ist das nicht Henry Kershaw? Mein Gott – *Leutnant* Henry Kershaw? Und mein alter Freund Andrew …«

Andrew Ravanel war sprachlos, wie gelähmt.

Die Lachfältchen um die Augen ihres Bruders waren Rosemary lieb und vertraut. Wie hatte sie bloß vergessen können, welchen Charme er ausstrahlte! Rosemary ging auf ihn zu, wie in einem Traum befangen.

Das Lachen in Rhetts Augen verschwand.

Cassius schlug die ersten zarten Töne von Stephen Fosters »Slumber My Darling« an und hielt dann inne.

»Kleine Rosemary, meine geliebte Schwester.« Als ihr Bruder ihre Hände nahm, waren seine Augen feucht. »Darf ich um die Ehre dieses Tanzes bitten?«

Kapitel 9

Ein Gartenfest auf einer Plantage in Georgia

So machtlos hatte sich Rhett Butler seit jener Nacht vor zwölf Jahren nicht mehr gefühlt, als er auf Colonel Jacks Veranda Whiskey trank und nicht wusste, wofür es sich noch zu leben lohnte.

Fort Sumter beschossen! Was glaubten diese Dummköpfe eigentlich, was für ein Spiel sie da spielten!

Rhett sagte: »Ich werde die Lieferung am Ausladebahnhof entgegennehmen, Mr Kennedy. Meine Bank in Atlanta wird den Wechsel honorieren.«

Frank Kennedy strich sich über den spärlichen rötlichen Bart und drehte Rhetts Wechsel um, als könnte er der leeren Rückseite weitere Informationen entnehmen. »Ja, natürlich«, sagte er. »Natürlich.«

»Wenn Sie Bedenken haben …«

»Oh nein, Mr Butler. Nein, Sir.«

Die beiden Männer standen im Hauptraum von Kennedys Laden in Jonesboro. Sensengerüste, geräucherte Schinken und Heugabeln hingen von der Decke. In den Gängen stapelten sich Textilwaren und landwirtschaftliches Zubehör. Der Laden stank nach Einreibemittel, Kienteer und Melasse.

Die ehrbaren Bürger von Charleston, darunter auch Langston Butler, hatten einen Krieg vom Zaun gebrochen! Diese selbstgefälligen, tugendhaften, Kirchenlieder singenden – diese verdammenswerten Narren!

Ein im Laden angestellter Neger schöpfte vorsichtig Terpentin in einen irdenen Krug, ein anderer fegte den Boden. Ungeachtet seines wenig ansprechenden Äußeren war Kennedy ein durchaus bedeutender Mann, der fünfzig Sklaven, einen zweiten Laden in Atlanta und tausend Morgen Land besaß, auf dem Baumwolle erster Güte angebaut wurde.

Rhett hatte Kennedys gesamte eingelagerte Ernte gekauft und würde damit voraussichtlich ein Vermögen verdienen. Eigentlich hätte ihn das in gute Stimmung versetzen sollen.

Doch seine Stimmung war grauenhaft.

»Ihre geschäftliche Reputation ist ausgezeichnet.« Kennedy blinzelte und ruderte dann zurück: »Ich meine …«

Rhett starrte ihn ausdruckslos an: »Dass manche behaupten, ich sei ein Renegat?«

Kennedy fuhr sich durchs Haar. »Nichts für ungut, Sir. Ich habe es nicht so gemeint.« Er faltete Rhetts Scheck zusammen und steckte ihn in seine Brieftasche. Nachdem er diese verstaut hatte, klopfte er sich auf die Hosentasche.

Rhett Butler verkniff sich die Bemerkung, dass Renegaten einen vielleicht beraubten oder forderten, aber ganz gewiss nicht mit ihrer Umständlichkeit in den Wahnsinn trieben.

Dem verlegenen Kaufmann kam ein Gedanke. »Hören Sie, Butler.« Kennedy klopfte sich unbewusst erneut auf die Hosentasche. »Haben Sie heute Nachmittag schon etwas vor? Hätten Sie nicht Lust auf eine kleine Landpartie? John Wilkes' Sohn hat sich verlobt, und die Wilkes geben ein Gartenfest. Alle sind eingeladen. Die Gastfreundschaft auf Twelve Oaks … also … die kann ich gar nicht hoch genug preisen!« Sein Gesichtsausdruck wurde vage, während er nach dem angemessenen Lob suchte. »Die Gastfreundschaft von Twelve Oaks ist berühmt!« Er deutete grob in Richtung Norden. »Bis nach Atlanta hin. Wollen Sie mich nicht begleiten? Ich werde Sie rechtzeitig wieder zum Zug bringen.«

Da Rhetts Zug erst um zehn Uhr abends fuhr und der Nachmittag im Hotel in Jonesboro sich bei seiner trüben Stimmung ewig hinziehen würde, nahm Rhett Kershaw Butler die von Frank Kennedy eher zufällig geäußerte Einladung an. Viel öfter, als wir es uns eingestehen möchten, verändern triviale Entscheidungen unser Leben.

Kennedys Einspänner rollte an Dickichten zart leuchtender kanadischer Judasbäume vorbei. Der wohlriechende Fieberstrauch parfümierte die Luft. Hartriegelbüsche schimmerten wie Gespenster im Wald neben der Straße.

Das nördliche Georgia in seiner ganzen Schönheit, diese Pracht und Fülle, ging Rhett ans Herz. Er hatte den Winter in Manhattan verbracht, wo der Krieg das Gespräch in jedem Esszimmer, jedem Gentlemen's Club bestimmte. Rhett hatte Abraham Lincoln in der Cooper Union sprechen hören und bei sich gedacht, dass dieser schlaksige, langgesichtige Mann aus dem Westen einen furchterregenden Feind abgeben würde. Hunderttausend Yankees waren dabei, sich zu Regimentern zu formieren. Rhett war nach New Haven gereist, wo ein Gewehrbauer dem freundlichen Mr Butler mitteilte, dass er die Maschinen, die er brauchte, nicht finden konnte. »Ich habe mehr Bestellungen, als ich erfüllen kann«, klagte der Mann. »Butler, könnten Sie mir helfen, Drehbänke für Gewehrläufe aufzutreiben?«

Eines Sonntagnachmittags besichtigte Rhett die Marinewerft in Brooklyn, wo einhundert Kriegsschiffe ausgerüstet wurden. Es wurde gehämmert und geschmiedet, Rümpfe wurden mit Kupferblech beschlagen, Maler standen auf Gerüsten, und in den Segelmacherwerkstätten waren Hunderte von Frauen am Nähen. Und das an einem Sonntag.

Unterdessen bereitete man sich im Süden darauf vor, den Goliath durch Heldenmut zu besiegen.

Diese verdammten Narren!

Rhett Butler liebte den Süden: die Gastfreundschaft, die liebenswürdigen Verbindlichkeiten, das feurige Temperament hinter der trägen, gedehnten Sprache. Doch wenn den Südstaatlern eine Tatsache nicht genehm war, bestritten sie sie einfach. Was konnten Tatsachen schon gegen Heldenmut ausrichten?

Frank Kennedy missverstand Rhetts Schweigen als das Unbehagen eines Fremden, der im Begriff war, ungeladen auf einer Festlichkeit zu erscheinen, deren Veranstalter er nicht einmal kannte. Frank versuchte unbeholfen, ihn zu ermuntern. John Wilkes, der

Gastgeber, sei »ein Gentleman der alten Schule«, und sein Sohn Ashley sei zwar jünger, aber ebenfalls einer von der alten Schule Georgias. Ashleys Zukünftige, Melanie Hamilton, sei »ein zartes Ding«, doch zugleich, so versicherte Frank, ein »munteres Persönchen«.

Da sein Gast nicht reagierte, führte Frank als Nächstes all die jungen Aristokraten auf, die anwesend sein würden: die Tarletons, die Calverts, die Munroes und die Fontaines. »Als Tony Fontaine Brent Tarleton ins Bein schoss – die beiden waren voll wie die Strandhaubitzen! –, lachten sie darüber! Sie lachten!« Er schüttelte den Kopf: ein vorsichtiger Mann, der das Verhalten von Männern missbilligte, denen er selbst doch gern ein bisschen geähnelt hätte.

Rhett Butler war nicht zu sentimental, um aus den Fehlern der Südstaatler Profit zu ziehen. In den Südstaaten wurden zwei Drittel der weltweit produzierten Baumwolle angebaut, und Rhett rechnete damit, dass Abraham Lincolns Kriegsmarine die Häfen der Südstaaten blockieren würde. Wenn die Blockade erst einmal in Kraft war, würden die Preise für Baumwolle explodieren. Rhetts Baumwolle würde sicher auf den Bahamas lagern, noch ehe die Blockadeschiffe der Union in Stellung gegangen waren.

Das Geld bedeutete ihm nichts: nur Schall und Rauch. Rhett kam sich vor wie ein Erwachsener, der Kindern beim Spielen zusieht. Sie schrien, sie gestikulierten, sie taten so, als wären sie Indianer oder Rotröcke oder Yankeesoldaten. Sie stolzierten umher und spielten Krieg. Es war zum Heulen. Rhett Butler stand alldem machtlos gegenüber. Ganz und gar machtlos.

Das Schweigen seines Gasts war Frank Kennedy unbehaglich. Er plapperte vor sich hin: »John Wilkes ist kein Bauer, Sir. Oh nein. Die Wilkes haben eine umfangreiche Bibliothek – ach, John besitzt sicher Hunderte von Büchern! John Wilkes hat alles gelesen, was ein Gentleman lesen sollte, und sein Sohn Ashley schlägt ihm nach. Wie es so schön heißt: Der Apfel fällt nicht weit vom Stamm! Und Sie werden auch Gerald O'Hara kennenlernen. Ein feiner Kerl! Gerald kommt aus Savannah. Natürlich nicht ursprünglich, eigentlich kommt Gerald aus Irland. Nicht dass ich irgendwas gegen die Iren hätte. Ich pflege Umgang mit seiner Tochter Suellen, da könnte ich ja wohl schlecht etwas gegen die Iren haben, haha.«

Als er Rhett in Erwartung einer Antwort ansah, war dessen Blick reserviert. »Na ja«, sagte Frank Kennedy in das Schweigen hinein, »jedenfalls hat Gerald O'Hara eine Plantage gekauft, Tara, und so ist er nach Clayton County gekommen.« Frank warf seinem Pferd einen strengen Blick zu und schnalzte mit der Zunge. »Suellen ist ein Pfundsmädel.«

Sie fuhren schweigend weiter.

Rhett dachte an Charleston, wo Männer, die einst seine Schulkameraden gewesen waren, jetzt die Geschütze bedienten, die auf Fort Sumter abgefeuert wurden, während die Älteren Reden schwangen, die sich an Kriegstreiberei überboten.

Ob Rhett Rosemary und John würde überreden können, die Südstaaten zu verlassen? »Nur bis sich die Lage beruhigt hat, John. Kalifornien bietet einem Mann wie dir gute Möglichkeiten. Oder London, John. Würde deine Tochter nicht liebend gern einmal nach London? Und Rosemary …«

Andrew Ravanel und Rosemary hatten auf jenem Patriotenball einen Skandal heraufbeschworen, und seither redeten John und Rosemary nicht mehr miteinander.

»Meine Suellen kann manchmal ein bisschen scharfzüngig sein«, sagte Frank Kennedy gerade, »aber es tut ihr immer schnell leid. Sie sind ein Mann von Welt, Mr Butler. Sie wissen, was ich meine.«

Rhett hielt seine scharfe Zunge im Zaum.

Sie fuhren durch die Furt des Flint River und dann in flottem Tempo eine Anhöhe hinauf. Das Herrenhaus der Plantage mit seiner flachen Bedachung und seinen vielen Schornsteinen war kleiner als das von Broughton, aber dennoch imposant. Breite korinthische Säulen trugen das Dach, das auf drei Seiten des Hauses ausladende Veranden beschattete.

»Sie werden sehen«, beharrte Frank Kennedy. »Die Gastfreundschaft von Twelve Oaks – also wirklich, die ist legendär!«

Am Wendeplatz herrschte rege Betriebsamkeit, Reiter stiegen ab, und Kutschen spien ihre Passagiere aus. Negerburschen brachten die Pferde und Kutschen weg, derweil die weißen Gäste euphorisch Nachbarn begrüßten, die sie eine ganze Woche nicht gesehen hatten.

Der scharfe Geruch von gegrilltem Schwein vermischte sich mit dem Rauch der Hickoryfeuer.

Auf der Veranda poussierten hübsch aufgemachte Mädchen mit Beaus in engen grauen Hosen und rüschenbesetzten Leinenhemden. Ältere Leute unterhielten sich ernst über Krankheitssymptome und Therapien, während Kinder wie Rauchschwalben über die Wiese sausten.

War dies der letzte glorreiche, glanzvolle Südstaatennachmittag? Wurde hier der Süden zu Grabe getragen?

Auf der Veranda wurden Frank und Rhett von einem weißhaarigen Aristokraten begrüßt, der eine junge Frau an seiner Seite hatte. »John Wilkes, Johns Tochter, Miss Honey Wilkes – Mr Rhett Butler. Mr Butler und ich hatten heute geschäftlich miteinander zu tun, und ich dachte mir, wir entfliehen unseren Sorgen für ein Weilchen. John, ich hoffe, das ist in Ordnung.«

»Mein Haus steht jedem Gentleman offen«, sagte John Wilkes einfach. »Willkommen auf Twelve Oaks, Sir.«

»Sie sind zu gütig.«

»Ihr Akzent, Sir?«

»Aus dem Tiefland, Sir, bin dort geboren und aufgewachsen.«

Wilkes runzelte die Stirn. »Butler … Rhett Butler … Gab es da nicht … Ich meine, mich zu erinnern …«

Das kurze Flackern in den Augen des älteren Mannes zeigte Rhett, dass Wilkes sich sehr gut erinnerte. Doch Wilkes' Lächeln war ungebrochen. »Gleichviel, es spielt wohl keine Rolle. Tom! Bring das Tablett! Mr Kennedy und Mr Butler haben eine staubige Fahrt hinter sich.«

Honey Wilkes winkte eifrig. »Schau doch, Daddy. Da kommen die O'Haras. Frank Kennedy! Schämen Sie sich! Wollen Sie Suellen denn nicht aus der Kutsche helfen?«

Frank beeilte sich, seiner Pflicht nachzukommen. Mit einem höflichen Nicken zu seinem Gastgeber zog sich Rhett in eine ruhige Ecke der Veranda zurück. Er wünschte, er wäre Franks Einladung nicht gefolgt.

Twelve Oaks summte und schwirrte wie ein Bienenschwarm auf Hochzeitsflug. Hier würden heute Ehen gestiftet werden, und zweifelsohne würde sich auch der eine oder andere Skandal ereignen. Inmitten der Fröhlichkeit, des Scherzens und Poussierens, des Dufts von Blumen und Pariser Parfüms, wirbelte die Liebe durch die Luft, so jung und frisch, als hätte kein Mann oder Mädchen sie je zuvor erlebt.

Rhetts Bick fiel auf eine sehr junge Frau im grünen Ballkleid, und sein Herz machte einen Satz. »Großer Gott!«, flüsterte er.

Sie war keine Schönheit: Ihr Kinn war spitz und ihre Kieferpartie zu fest. Sie war der Mode entsprechend blass – Damen setzten ihre Haut nie der Sonne aus – und ausgesprochen lebhaft. Während Rhett sie beobachtete, berührte sie den Arm eines jungen Burschen, vertraulich und achtlos zugleich.

Als das Mädchen Rhetts Blick auf sich spürte, sah es auf. Einen sengenden Moment lang verweilten ihre verwirrten grünen Augen auf seinen schwarzen, dann warf sie abschätzig den Kopf in den Nacken und schäkerte weiter.

Vergessen war der drohende Krieg. Vergessen die bevorstehenden Verheerungen. Hoffnung wallte in Rhett Butler auf wie eine heilende Quelle. »Mein Gott!« Rhett befeuchtete seine trockenen Lippen. »Sie ist genau wie ich!«

Sein Herzschlag verlangsamte sich. Er wandte den Blick ab, schmunzelte über sich selbst. Es war schon lange her, dass er sich wegen einer Frau lächerlich gemacht hatte.

Rhett folgte seiner Nase durch das Herrenhaus hinaus zu dem Grillfest im Garten, wo unter schattigen Bäumen Picknicktische mit belgischer Tischwäsche, englischem Silber und französischem Porzellan gedeckt waren. Er setzte sich an einen nur halb besetzten Tisch, und ein Diener brachte ihm seinen Teller und sein Glas

Wein. Als Rhetts Gedanken erneut zu dem Mädchen wanderten, schüttelte er den Kopf und trank ein zweites Glas Wein.

Das Schweinefleisch hatte einen vollen, rauchigen Geschmack und der Kartoffelsalat genau die richtige Mischung von Herbheit und Süße. Zwei am Ende des Tischs sitzende, betrunkene junge Burschen starrten den Fremden so böse an, dass es nur eine Frage der Zeit war, bis sie eine Bemerkung machen würden, die er nicht ignorieren könnte. Also verzichtete Rhett auf den Mince Pie und verzog sich in den Schatten eines altehrwürdigen schwarzen Walnussbaums, um eine Zigarre zu rauchen. Als John Wilkes sich zu ihm gesellte, machte Rhett seinem Gastgeber ein Kompliment: »Gastfreundschaft wie die Ihre, Sir, findet man nur diesseits der Mason-Dixon Line. Diese Art von Gastfreundschaft ist nicht in der Lage, die Winter der Yankees zu überleben.«

»Zu freundlich. Mr Kennedy hat mir erzählt, Sie seien kürzlich im Norden gewesen.«

»Ja, Sir.«

»Werden sie kämpfen?«

»Oh ja. Abraham Lincoln wird nicht die weiße Fahne schwenken.«

»Aber sicher werden unsere tapferen jungen Männer …«

»Mr Wilkes, ich bin ein Fremder, und Sie haben mich in Ihrem Haus willkommen geheißen. So definiert sich, glaube ich, der barmherzige Samariter. Ich bin Ihnen dankbar, Sir.«

»Zu dankbar, um Ihrem Gastgeber zu sagen, wie Sie die Aussichten der Konföderierten einschätzen?«

»Mr Kennedy sagte mir, Sie hätten eine hervorragende Bibliothek. Vielleicht würden Sie sie mir später zeigen?«

Das Mädchen – das grünäugige Mädchen im Ballkleid – hatte sich im Kreis ihrer Beaus niedergelassen, und ihre Rosenholzottomane hätte genauso gut ein Thron sein können. Sie war eine Prinzessin – nein, eine junge Königin, umringt von auserwählten Kavalieren. Das Mädchen reagierte zu eifrig auf Komplimente und Scherze, fast wie eine Naive, die in ihrer ersten großen Rolle zu dick aufträgt.

»Ach Unsinn, dummes Zeug!«, tat sie spöttisch das unbeholfene Bonmot eines Verehrers ab.

Ungeachtet Suellen O'Haras offenkundiger Bestürzung holte Frank Kennedy dem Mädchen gerade ein paar Leckerbissen – obwohl jeder beliebige Diener der Wilkes diese unbedeutende Aufgabe hätte wahrnehmen können. Rhett hätte sich nicht gewundert, wenn der Mann als Nächstes vor ihr auf die Knie gefallen wäre.

Wilkes folgte Rhetts Blick. »Scarlett O'Hara. Ein schönes Mädchen, nicht wahr?«

»Scarlett.« Rhett ließ sich den Namen auf der Zunge zergehen. »Ja, wahrhaftig.«

»Ich fürchte, unsere Scarlett ist eine Herzensbrecherin.«

»Sie ist noch nie einem Mann begegnet, der sie verstanden hat.«

Wilkes spürte Rhetts Erregung und runzelte die Stirn. »Sind nicht Bälle und Beaus genau das, womit sich eine junge Dame beschäftigen sollte? Wäre es Ihnen lieber, wenn Scarlett sich ihren hübschen Kopf über Krieg, Armeen und Politik zerbräche?«

»Ich hoffe bei Gott, dass sie das nie wird tun müssen«, erwiderte Rhett. »Es gibt Schlimmeres als Schönheit und Unschuld.«

»Mein Sohn, Ashley, hat sich freiwillig gemeldet.« Wilkes deutete auf einen schlanken jungen Mann, der im Schneidersitz neben einem Mädchen saß, wohl seiner Verlobten. Ashley Wilkes war ganz der Sohn seines Vaters: groß, grauäugig und blond, mit der selbstbewussten Anmut des Aristokraten. Seine Verlobte lachte gerade liebenswürdig über einen Scherz.

Wilkes vertraute sich Rhett, einem Fremden, genau deshalb an, weil er ein Fremder war. »Einige meiner Bekannten – einflussreiche, weitblickende Männer – schicken ihre Söhne derzeit ins Exil nach Europa.«

»Mr Wilkes, für uns gibt es keine guten Entscheidungen mehr, wir können nur noch schmerzliche Entscheidungen treffen.«

Wilkes seufzte schwer. »Sie haben wohl recht.« Dann wurde er wieder der Gastgeber: »Entschuldigen Sie mich. Ich glaube, die Tarleton-Zwillinge halten sich schon etwas zu lang am Brandyfass auf.«

Scarlett hielt Hof, nahm Komplimente mit koketter Sittsamkeit an, verteilte ihrerseits großzügig Schmeicheleien, und von Zeit zu Zeit warf Miss O'Hara unter gesenkten Lidern einen verstohlenen Blick auf … den jungen Wilkes? O ja, genau das tat sie. Und Rhett ertappte sie dabei.

Während sie einem Bewunderer Vertraulichkeiten zuflüsterte, schaute Scarlett über die Schulter des Mannes zu Wilkes hinüber. Als sich ihre und Rhetts Augen trafen, lachte Rhett. Denn er begriff. O ja, er begriff nur zu gut. Die Herzensbrecherin benutzte die betörten jungen Männer, um Ashley Wilkes eifersüchtig zu machen. Wegen Wilkes hatte sie jeden verfügbaren Mann verhext – und zudem noch einige, wie etwa Frank Kennedy, die nicht ganz so verfügbar waren, wie sie es sich vielleicht gewünscht hätten.

Anscheinend hatte die Herzensbrecherin ihr Herz an die Eroberung einer anderen Frau verloren. Das arme, hübsche, unglückliche Kind!

Auf Rhetts Gelächter hin errötete Scarlett O'Hara bis unter die Haarwurzeln, ehe sie im Kreis ihrer Bewunderer Zuflucht fand.

Es war unvermeidlich. Irgendein Narr musste ansprechen, worüber man nicht sprach, was jeder hier zu ignorieren versuchte. Die fatalen Worte »Fort Sumter« erklangen, und die wohlig-romantische Mattigkeit dieses Frühlingsnachmittags schwand dahin wie ein Traum.

»Wir haben die Yankees in einem Monat geschlagen«, verkündete einer der Heldenmutigen.

»Drei Wochen«, schätzte ein anderer.

»Zum Teufel – bitte entschuldigen Sie, meine Damen –, die haben doch gar nicht den Mumm, zu kämpfen.«

»Ein Südstaatler macht leicht vier Yankees nieder.«

»Bei Gott, wenn sie einen Kampf wollen, dann sollen sie ihn kriegen!«

Ein Tattergreis rief zusammenhangloses Zeug und schwang dazu seinen Gehstock. Die Gesichter waren gerötet, vom Alkohol, von der Leidenschaft oder von beidem.

Als man auf seine Meinung drängte, sagte der junge Wilkes, wenn es sein müsse, werde er selbstverständlich kämpfen, doch der Krieg werde schrecklich sein.

Dieses unvergleichliche Mädchen schmachtete seinen Abgott an.

»Und Sie, Sir?« Wilkes wandte sich an Rhett. »Mein Vater sagte, Sie hätten einige Zeit bei unseren vormaligen Landsleuten verbracht.«

Und so kam es, dass Rhett all das sagte, was er sich vorgenommen hatte, nicht zu sagen, und noch während er sprach, wusste er, dass seine Worte nutzlos waren und auf taube Ohren stießen.

»Ich bin nur meinem Gewissen verpflichtet. Und ich werde nicht in einem Krieg kämpfen, der alles zerstören wird, was mir lieb und teuer ist.«

»Sie werden nicht für Ihr Land kämpfen?«, schrie ein Junge ungläubig.

Andere Männer bildeten einen Kreis um den Fremden. Die Kavaliere der Königin erhoben sich, witterten Verrat.

Wennschon, dennschon …

Wie ein Lehrer, der dummen Schülern auf die Sprünge hilft, beschrieb Rhett die Welt der Yankees, die gewaltigen Mühlen, die geschäftigen Fabriken. Er bezifferte ihren Reichtum – das Gold aus Kalifornien, das Silber aus Nevada –, der den Südstaaten fehlte. Er erklärte in allen Einzelheiten, warum England und Frankreich die Konföderation niemals anerkennen würden.

»Dies ist nicht General Washingtons Krieg, meine Herren. Diesmal wird uns Frankreich nicht aus der Patsche helfen.«

Die jungen Burschen drängten näher heran. Keiner lächelte. Die Luft war still wie vor einem Gewitter.

»Ich habe gesehen, was Sie alle nicht gesehen haben: Zehntausende von Einwanderern, die für die Yankees kämpfen werden, die Fabriken, die Gießereien, die Werften, die Eisen- und Kohlebergwerke – all das, was wir nicht haben. Wir haben bloß unsere Baumwolle, unsere Sklaven und unseren Hochmut. Die Yankees werden uns niedermachen.«

Mit einem Leinentaschentuch, das ein Monogramm trug, wischte sich Rhett ein Staubkörnchen vom Ärmel.

Insekten summten. Irgendwo ließ ein Diener einen Teller fallen und wurde sofort zur Ruhe ermahnt.

Nach außen hin stoisch, lachte Rhett Butler insgeheim über sich selbst. Trotz seines Vorsatzes, nichts zu sagen, hatte er alle beleidigt. Dieses Mädchen hatte ihm die Zunge gelöst, und er hatte sich wie ein neunmalkluger Schuljunge verhalten. Rhett wandte sich an John Wilkes. »Ihre Bibliothek, Sir. Ich wäre Ihnen sehr dankbar, wenn ich sie jetzt sehen dürfte.«

Wilkes drehte sich zu seinen Gästen um. »Meine Damen und Herren, wenn Sie uns bitte entschuldigen. Vorhin habe ich Mr Butler um seine ehrliche Meinung zu den Aussichten der Konföderation gebeten, und nun ist er meiner Bitte nachgekommen.« Wilkes lächelte kurz. »Womöglich etwas zu unumwunden. Falls jemand Einwände erheben möchte, möge er sich an mich wenden.« Er hob mahnend einen Zeigefinger. »Privatim.« Zu Rhett sagte Wilkes dann: »Unsere Bibliothek? Es gibt in Clayton County wohl kaum eine bessere.«

Die Bibliothek war ein stattlicher Raum mit hoher Decke, dessen neun Meter lange Wände komplett von Büchern bedeckt waren, selbst über Tür und Fenstern.

Wilkes erläuterte mit knappen Gesten: »Hier stehen die Biografien und Geschichtswerke. In dem Regal neben dem Stuhl dort finden Sie Romane: Dickens, Thackeray, Scott. Die meisten meiner Gäste werden sich demnächst zurückziehen, um sich für den Tanz heute Abend ein wenig auszuruhen. Unser Fiedler ist berühmt hier auf dem Land. Vielleicht möchten Sie noch bleiben.«

»Bedaure, Sir. Mein Zug geht um zehn.«

»Ah.« Wilkes legte kurz den Finger an die Nase und betrachtete Rhett. Auch wenn er möglicherweise gern mehr gesagt hätte, begnügte er sich mit den Worten: »Wenn es Tugenden gibt, die schlimmer als Schönheit und Unschuld sind, Sir, so ist übertriebene Ehrlichkeit eine von ihnen. Und jetzt muss ich zu meinen Gästen zurückkehren, Sir. Es gilt die Wogen zu glätten.«

Durch die dicken Wände und die hohe Decke war es kühl in der Bibliothek, und Rhett Butler war plötzlich sehr müde. Er streckte sich auf dem langen, hochlehnigen Sofa aus und schloss die Augen.

Frauen. All diese Frauen. Rhett fiel ein, dass Didi immer eine Gabelvoll von seinem Teller gegessen und, wenn sie dachte, er schlafe, seine Brieftasche durchwühlt hatte. Er musste lächeln. Das war ihm seit Jahren nicht mehr in den Sinn gekommen. Scarlett O'Hara …

Rhett döste ein. Ein unruhiger Traum ging in einen anderen und wieder einen anderen über. Dann hörte er durch die Schleier des Schlafes Stimmen.

»Was ist? Willst du mir ein Geheimnis verraten?«

Sie nahm ihren Mut zusammen: »Ja – ein Geheimnis. Ich liebe dich.«

Er sagte: »Genügt es dir denn nicht, das Herz jedes anderen Mannes hier gewonnen zu haben? Darf keiner fehlen? Nun, mein Herz hat dir immer gehört, das weißt du. Es war deine erste Eroberung.«

Verwirrt tauchte Rhett aus den Tiefen des Schlafs an die Oberfläche seines Bewusstseins empor. Als seine Augen sich öffneten, hatte er die Wange gegen ein Lederpolster gepresst, und sein Mund war staubtrocken. Die Stimmen, die er im Traum gehört hatte, redeten erbarmungslos weiter.

»Ashley – Ashley – sag es mir – du musst – ach, neck mich jetzt nicht! Gehört mir dein Herz? Ach, mein Liebster, ich lie–«

Ashley? Wer zum Teufel war Ashley? Wo war er überhaupt? Rhetts Gedanken tasteten nach einem Anhaltspunkt. Fort Sumter. Frank Kennedys Baumwolle. Eine Plantage voller anmaßender Hinterwäldler. Die Bibliothek. Scarlett? Scarlett wer? Rhett runzelte die Stirn. Seine Wange klebte an dem Lederpolster.

Jemand – Ashley? – sagte: »So etwas darfst du nicht sagen, Scarlett!«

Diese Scarlett. Mit einem Schlag war Rhett hellwach.

Die ernste Stimme leierte weiter. »Das darfst du nicht. Du meinst es auch gar nicht. Du wirst dich dafür hassen, dass du es gesagt hast, und mich wirst du hassen, weil ich es gehört habe.«

So viel zu Ihren bewundernden Blicken, Miss Scarlett, dachte Rhett. Er hatte auf der rechten Seite geschlafen, seine Taschenuhr drückte gegen seine Hüfte, und seine Füße waren taub. Ein besserer Mensch als ich, dachte Rhett, würde jetzt aufspringen, sich entschuldigen und im Hinauseilen dem Liebespaar versichern, dass er kein Wort gehört habe. Wie gut, dass ich kein besserer Mensch bin.

Sie sagte: »Ich könnte dich niemals hassen. Ich sage dir doch, ich liebe dich, und ich weiß, dass du mich auch gernhast, weil … Ashley, hast du mich gern? Du hast mich doch gern, oder?«

»Ja, ich habe dich gern.«

Eine laue Antwort, junger Mann, dachte Rhett und zog eine Grimasse, als er seine Wange von dem Lederpolster löste.

»Scarlett, können wir nicht einfach hinausgehen und vergessen, dass wir das alles je zueinander gesagt haben?« Der junge Wilkes schwadronierte noch eine Weile weiter, bis er endlich zum entscheidenden Punkt kam: »Liebe genügt für eine glückliche Ehe nicht, wenn zwei Menschen so verschieden sind wie wir beide.«

Aha, dachte Rhett, die Tochter des irischen Einwanderers und der Aristokrat. Für eine kleine Tändelei ist sie gut genug, aber zum Heiraten nicht.

Wilkes fuhr fort: »Du willst alles von einem Mann, Scarlett, seinen Körper, seinen Geist, seine Seele, seine Gedanken. Wenn du nicht alles bekämst, würdest du dich elend fühlen. Aber ich würde nicht alles von dir wollen, von deinem Geist, deiner Seele, und das würde dich kränken.«

Rhett dachte: Ein wahrer Gentleman – nichts gewagt, und absolut nichts gewonnen.

Sie zankten weiter bis zum traditionellen Finale: Sie gab ihm eine Ohrfeige, und er hob das aristokratische Kinn und marschierte, seine Ehre – wenn auch nicht seine Würde – unangetastet, aus dem Raum.

Rhett wollte sich eigentlich versteckt halten, bis auch Scarlett gegangen war, doch sein Herz war von Gelächter erfüllt, und als Scarlett eine Porzellanschale gegen den Kamin schleuderte und einige Scherben auf dem Sofa landeten, richtete er sich auf, fuhr sich durch das vom Schlaf zerzauste Haar und sagte: »Es ist schlimm genug, durch eine Szene, wie ich sie eben miterleben musste, aus dem Mittagsschlaf gerissen zu werden, aber mein Leben sollte dabei nicht aufs Spiel gesetzt werden.«

Sie stieß hervor: »Sir, Sie hätten sich bemerkbar machen sollen.«

»Wahr, wahr. Aber *Sie* waren der Störenfried.« Er lächelte sie an, und da er ihre Augen blitzen sehen wollte, lachte er leise.

»Sie Horcher …«, begann sie ihn zu beschimpfen.

Er grinste. »Horcher bekommen oft sehr unterhaltsame und lehrreiche Dinge zu hören.«

»Sir«, sagte sie bestimmt, »Sie sind kein Gentleman.«

»Gut beobachtet. Und Sie, Miss, sind keine Dame.« Herrlich, wie ihre grünen Augen blitzten. Ob sie ihm wohl auch eine Ohrfeige geben würde? Er lachte erneut, denn das Leben war voller Überraschungen. »Wer sagt oder tut, was ich gerade miterlebt habe, ist keine Dame mehr. Aber Damen haben selten einen Reiz für mich gehabt. Ich weiß, was sie denken, doch sie haben nie den Mut oder die schlechte Kinderstube, zu sagen, was sie denken. Sie dagegen, meine liebe Miss O'Hara, sind ein Mädchen von seltenem, ja bewundernswertem Temperament, und ich ziehe meinen Hut vor Ihnen.«

Sein Gelächter trieb sie aus dem Zimmer.

Kapitel 10

Die *Merry Widow*

Ein Jahr später machte der Blockadebrecher *Merry Widow* am Kai von Haynes & Son fest: von Nassau aus drei Tage, und dann noch sechs Stunden mondloser Stille, während deren sie durch die Blockade der Union geschlüpft war. Als Rhett Butler an Land ging, wurde er von dem flackernden Licht der Gaslampen und dem geschäftigen Treiben der Schauerleute empfangen.

John Haynes schüttelte seinem Partner die Hand. »Das war aber knapp, Rhett. In einer Viertelstunde wird es hell.«

»Tunis wird dafür sorgen, dass die Fracht ins Lagerhaus gebracht wird. Kommst du mit frühstücken?«

»Lass mich noch ein paar Minuten mit Tunis reden. Im Marktcafé?«

Im ersten Dämmerlicht ging Rhett die East Battery entlang und erfreute sich an der schönen Stadt. Der Duft von Mimosen überlagerte den salzigen Geruch der Luft. Hier und da stand ein grau gekleideter Wachtposten an der Brüstung, das Fernglas fest auf die Unionsflotte gerichtet.

Auf dem Markt priesen die Fischhändler ihre Ware an, während Hausdiener, Köchinnen und schwarze Kinderfrauen um Gemüse und frisch gebackenes Brot feilschten. Viele Standinhaber trugen die Messingabzeichen der freien Farbigen, die der Stadtrat vor kurzem ausgegeben hatte.

Rhett Butler, dem man nicht ansah, dass er die ganze Nacht über kein Auge zugetan hatte, schlängelte sich zwischen den Marktständen hindurch, schüttelte hier und da eine Hand oder machte eine scherzhafte Bemerkung. Alle freien Farbigen wussten, dass Rhett Tunis Bonneau als Lotsen eingestellt hatte, obwohl auch Weiße diese Arbeit gern übernommen hätten.

John Haynes saß an einem Ecktisch vor einer Tasse Kaffee.

»Ah, John. Es ist gut, wieder zu Hause zu sein. Gott, habe ich einen Hunger. Die Kriegsschiffe der Yankees regen meinen Appetit an. Nur Kaffee?«

»Alles gut gelaufen, Rhett?«

»Die Blockadeschiffe sind zahlreicher geworden, und die Jungs werden geschickter.« Rhett klopfte auf den Tisch. »Toi, toi, toi.«

»Rhett, wenn sie dich je in die Enge treiben, versuch um Himmels willen nicht zu fliehen. Setz die *Widow* auf Grund oder ergib dich. Die *Widow* ist abbezahlt, und wir haben einen guten Gewinn gemacht.«

»Aber John«, sagte Rhett ernst, »es geht ums Abenteuer! Das Herz schlägt einem bis zum Hals hinauf, die Nackenhaare sträuben sich – willst du nicht mit mir tauschen?«

John lächelte. »Rhett, ich bin ein langweiliger junger Geschäftsmann und gedenke, ein langweiliger alter Geschäftsmann zu werden. Die Abenteuer überlasse ich dir.«

Als Rhett Wurst, Eier, Grütze und Kaffee bestellte, entschuldigte sich der Kellner: »Captain Rhett, das kostet jetzt mehr. Alles ist so teuer geworden!«

»Diese verdammten Kriegsgewinnler!«, sagte Rhett mit gespielter Empörung. Der Kellner lachte.

»Nun erzähl mal, John. Wie geht es meiner entzückenden Nichte Meg? Hat sie nach ihrem Onkel Rhett gefragt?«

John berichtete nur zu gern vom Tun und Treiben seiner Tochter. »Rhett, Vater zu sein ist gerade so, als wäre man selbst wieder ein Kind. Durch Meg erscheint einem die vertraute Welt ganz neu.«

»Ich beneide dich um deine Tochter, John.«

»Eines Tages wirst du auch Vater sein.«

»Meinst du? Ich habe gehört, dass man für dieses Vorhaben eine Frau benötigt.«

John lachte. »Rhett, du siehst gut aus, bist mutig und reich – du hast doch die freie Auswahl.«

Als Rhett nach seiner vorigen Fahrt einen Besuch in der Church Street 46 abgestattet hatte, waren die Spannungen zwischen John und Rosemary so greifbar gewesen und ihre Bemühungen um einen höflichen Umgang so angestrengt, dass Rhett keine Stunde geblieben war. Alles wegen dieses verdammten Patriotenballs. Andrew Ravanel hatte einen Keil der Schande zwischen Rosemary und ihren Mann getrieben.

Rhett fragte leichthin: »Welche gute Frau würde schon einen Banditen heiraten, John? Das Leben eines Banditen ist meist kurz, und seine Einkünfte sind unregelmäßig. Er ist ein schlechter Kandidat für die Ehe.«

Als der Kellner sein Frühstück brachte, machte sich Rhett mit Heißhunger darüber her. »Letztes Jahr habe ich allerdings ein Mädchen aus Georgia kennengelernt …« Rhett schmunzelte. »Leider war sie unempfänglich für meinen Charme.«

»Armer, armer Rhett. Sag mir ehrlich, mein Freund: Können wir diesen Krieg gewinnen?«

»John, jeden Tag verlassen einhundert Revolver Colonel Colts Fabrik in New Haven. Sie werden mit standardisierter Munition geladen, und die Trommeln der Revolver lassen sich beliebig austauschen. Die Yankees sind Ingenieure, und die Südstaatler sind Romantiker. Im Krieg schlagen die Ingenieure die Romantiker immer.«

»Aber meinst du nicht –«

Rhett kam Johns Ablenkungsmanöver zuvor. »John, ich wünsche mir nichts mehr, als dass ihr beide glücklich seid, Rosemary und du. Alter Freund, kann ich irgendetwas zu eurer Versöhnung beitragen? Wenn du möchtest, rede ich mit meiner Schwester. Manchmal kann ein Verwandter …«

John pulte an einer Rille in der hölzernen Tischplatte herum. Voller Selbstverachtung las John Haynes jeden einzelnen Zeitungsbericht über Andrew Ravanels militärische Heldentaten. »Wagemutiger Überfall«, »Ravanels Brigade schlägt in Tennessee zu!«, »Colonel Ravanel nimmt tausend Gefangene!«, »Hinter den feindlichen Linien, die Unionskavallerie dicht auf den Fersen, legte der kühne Colonel Ravanel eine Pause ein, um ein Telegramm an das Kriegsministerium der Union zu schicken, in dem er sich über den Zustand der gefangenen Pferde beschwerte.«

Johns Augen blickten so gequält drein, dass Rhett dem Impuls widerstehen musste, wegzusehen.

John sagte leise: »Meine Rosemary … hat mir gesagt, dass sie mich nicht aus freien Stücken geheiratet hat. Sie hat mich geheiratet, um das Haus ihres Vaters verlassen zu können.« Seine rechte Hand knetete seine linke. »Ich habe ihr wegen des Patriotenballs keine Vorwürfe gemacht, aber Rosemary hat mir bis heute nicht verziehen, dass ich nicht … Andrew bin. Meine liebe Frau glaubt, so wie sie zuvor die Leibeigene ihres Vaters war, sei sie jetzt die meine. Mehr oder weniger eine Sklavin. Rhett, Rosemary nennt mich ›Master John‹.«

Rhett zuckte zusammen. Dann sagte er: »Ich könnte eine Kutsche mieten, und wir machen eine kleine Landpartie – du, ich, Meg und Rosemary.«

John schüttelte den Kopf. »Ich kann nicht. Ich muss dafür sorgen, dass die Baumwolle von der *Widow* ordentlich eingelagert wird.« John trank einen Schluck von seinem kalten Kaffee und sagte dann eine Spur zu fröhlich: »Erzähl mir von diesem Mädchen aus Georgia.«

»Ah ja, Miss Scarlett O'Hara.« Rhett war froh, das schmerzliche Thema fallen lassen zu können. »Letztes Frühjahr, als ihr hier in Charleston damit beschäftigt wart, den Krieg zu entfesseln, war ich in Georgia, um Baumwolle zu kaufen. Ich wurde zu einem Gartenfest auf der Plantage des dortigen Platzhirsches eingeladen. Der Sohn von besagtem Platzhirsch sollte eine Cousine aus Atlanta heiraten. Der Landadel vermeidet es tunlichst, frisches Blut in die Familie zu bringen. John Wilkes mochte ich durchaus, aber Ashley, sein Sohn, ist so vornehm, dass es den Teufel graust. In jedem Fall war Miss Scarlett O'Hara das hübscheste Mädchen dort, und Miss Scarlett hatte es sich in den Kopf gesetzt, dass Ashley

Wilkes sie statt seiner Verlobten heiraten sollte! Was soll ich sagen. Da war eine wahre Liebestragödie im Gange, John!

Leider wurden meine schändlichen Absichten vereitelt, denn da die junge Dame Wilkes nicht heiraten konnte, heiratete sie stattdessen den nächstbesten jungen Mann: Charles Hamilton, den Bruder der Verlobten.« Rhett schüttelte bedauernd den Kopf. »Was für eine Verschwendung.«

»Hamilton? O'Hara? Eine Familie aus Georgia? Aus der Nähe von Jonesboro?«

»Genau. Mein Gott, was beneide ich Charles Hamilton um die Liebesnächte, die er mit diesem unvergleichlichen Mädchen verbracht hat, bevor er in den Krieg gezogen ist. So viele zärtliche Lebewohls. So viele, viele zärtliche Lebewohls.«

»Charles Hamilton ist tot.«

»Was?«

»Und die Witwe Hamilton ist in Charleston, bei ihrer Tante Eulalia Ward. Was sagst du dazu?«

Rhett Butler grinste wie ein Schuljunge. »John, das ist ja eine höchst erfreuliche Nachricht! Ich habe Eulalia Wards Töchtern von meiner letzten Fahrt ein paar Ellen Pariser Brokat mitgebracht. Vielleicht werde ich heute Nachmittag mal bei ihnen vorbeischauen und mir zeigen lassen, was sie daraus gemacht haben.«

Zivilisten und frischgebackene Soldaten der Konföderation promenierten an den riesigen schwarzen Kanonen vorbei, die man im White Point Park in Charleston in Stellung gebracht hatte.

»Und wenn sie die nu abschießen, die Kanonen, Miss Scarlett?« Prissy trat einen Schritt von dem Fenster im ersten Stock zurück. »Da sin überall Riesenkanonen, un im Meer schwimmn Blockadeschiffe von der Union, un ich hab soo Angst!« Ihre Stirn legte sich in angestrengte Falten, bis ihre Gedanken ihr eigentliches Ziel erreicht hatten. »So Angst um den kleinen Wade.«

Welcher, wie Scarlett O'Hara Hamilton dankbar feststellte, gerade in Prissys Armen einschlief.

»Was is, wenn Wade un ich grad draußen sin un dann fang sie an zu schießen? Der wird sich totfürchtn, der kleine Master Wade!«

Charleston, die Wiege der Sezession, reagierte höchst empfindlich auf die Siege der Unionisten. Manche Unionisten prahlten: »Charleston ist der Ort, wo die Rebellion begonnen hat, doch enden wird die Rebellion, wo Charleston einmal *war.*«

Im vorangegangenen Dezember hatte ein Feuer im Herzen der Stadt acht Straßenzüge zerstört, Wohnhäuser, Kirchen und sogar die Secession Hall. Einige wisperten, das »abgebrannte Viertel« sei ein schlechtes Omen für Charlestons Zukunft.

»Ich wünschte, die Unionsflotte käme tatsächlich«, sagte Scarlett mehr zu sich selbst als zu Prissy. »Solange nur diese Eintönigkeit irgendwann endet.«

Scarlett O'Hara Hamilton hasste das Witwendasein. Sie verabscheute ihre triste Trauerkleidung, den Zwang, in Sack und Asche zu gehen.

In Charleston durfte sie wenigstens lavendelblaue Paspeln an den Ärmeln tragen! Auf Tara bot jedes Kleidungsstück, das nicht absolut trostlos aussah, ihrer Mutter Ellen Anlass zu dem prompten Vorwurf: »Liebe Scarlett, die Leute könnten deine wahren Gefühle verkennen.«

Ihre wahren Gefühle …

Dieser feierliche Ernst war erdrückend. Wer war dieses morbide Wesen mit dem schwarzen Schleier und flachen Witwenhut? War diese Karikatur tatsächlich Scarlett O'Hara, die lebenslustigste, hinreißendste junge Frau von Clayton County? Musste Scarlett jeden Bewunderer um ihres verstorbenen Mannes willen abweisen – dessen Hinscheiden sie weniger betrübte als der Verlust eines geliebten Ponys? Charles Hamilton war nicht mehr als ein Kind gewesen, seine Liebe so ernst und dröge!

Das Leben war schrecklich ungerecht! Scarlett musste so tun, als wäre ihr Herz mit Charles begraben, während sie in Wirklichkeit doch von Ashley Wilkes träumte, dem Mann, den sie hätte heiraten sollen. Ashley Wilkes. Ashleys Lächeln. Ashleys schläfrige graue Augen. In ihrem kalten Witwenbett durchlebte Scarlett noch einmal jeden einzelnen Moment, den sie mit Ashley zusammen verbracht hatte: wie sie durch den duftenden Rosengarten von Twelve Oaks spaziert waren, Ashleys ruhige Freundlichkeit, die Bücher, von denen er gesprochen hatte, die großartigen Gemälde, die er auf seiner Europareise gesehen hatte, ihre fröhlichen Ritte übers Land. Ihrer beider Liebe war zu zart und kostbar gewesen, als dass sie in Worte hätte gefasst werden müssen, bis zu jenem fatalen Nachmittag in der Bibliothek von Twelve Oaks, als Scarlett ihren Gefühlen doch Ausdruck verliehen und Ashley sie abgewiesen hatte, um eine andere Frau zu heiraten.

Nun gut. Wenn Ashley die unscheinbare Melanie Hamilton heiraten würde, dann konnte Scarlett Melanies naiven Bruder Charles becircen und ihn heiraten!

Ein halbes Jahr später war Charles irgendeiner albernen Lagerseuche erlegen, und Scarlett war schwanger, verwitwet und ging in Schwarz.

Scarlett hatte versucht, um Charles zu trauern. Sie hatte es wirklich versucht.

Um die Gesundheit ihrer Tochter besorgt und in der Hoffnung, ein Ortswechsel werde Scarletts Stimmung heben, hatte Ellen O'Hara sie für eine Weile auf Besuch zu deren Tante Eulalia Robillard Ward nach Charleston geschickt.

Scarlett hatte große Hoffnungen auf Charleston gesetzt; Charleston hatte einen *Ruf*. Aber dort war es noch langweiliger als auf Tara.

Jeden Nachmittag versammelten sich Eulalias Freundinnen, um die Skandälchen von Charleston neu aufzurollen und Stammbäume zu vergleichen.

Von Scarletts Mutter war im Haus ihrer Schwester nur selten die Rede, und wenn einmal jemand Ellen Robillard O'Hara erwähnte, dann in dem Ton, in dem man von einer feinen Dame spricht, die kränker ist, als sie zugibt.

Die junge Prissy kümmerte sich mit der gleichen Ernsthaftigkeit um den kleinen Wade, mit der ein Kind für seine Lieblingspuppe sorgt. »Hörn Sie den klein' Wade? Ich glaub, er schnarcht. Was isser doch fürn' kleines Wunder!«

»Schnarchen Säuglinge denn nicht immer?«, seufzte Scarlett und ging hinunter, um einen weiteren eintönigen Nachmittag lang mit Tante Eulalia Robillard Wade und ihren Freundinnen Mull zu zupfen.

Da die Konföderierten kein leinenes Verbandsmaterial hatten, stöberten die Damen des Südens auf dem Speicher nach alten Unterkleidern und Miedern, die sich zu Mull für die Wundversorgung verarbeiten ließen.

Eulalias heikler Schwager Frederick Ward hatte seinen angestammten Ohrensessel gegen ein Sofa eingetauscht, auf dem er so weit wie nur möglich von der Unterwäsche entfernt saß, die die Damen auseinandernahmen. Frederick Ward hielt Romane für unmoralisch, und man hatte schon erlebt, dass er das Zimmer verließ, um sich »bohemehaften« Ansichten nicht aussetzen zu müssen.

Als Scarlett eintrat, stand er auf. »Guten Nachmittag, Mrs Hamilton.«

Nach Fredericks unmaßgeblicher Meinung waren lavendelblaue Paspeln für eine Witwe, deren Mann noch kein Jahr begraben war, nicht schicklich. Die junge Mrs Hamilton schien Fredericks Missbilligung allerdings nicht weiter zu berühren, überhaupt legte sie nur selten den Respekt an den Tag, den man von einem Landmädchen aus Georgia in Gesellschaft Höherstehender erwarten sollte.

Die Witwe Eulalia Ward ging schon seit Jahren in Schwarz, doch Charlotte Fisher Ravanel trug erst seit einem Monat Trauer, seit dem Tod von Großmutter Fisher.

Charlotte Ravanel und Rosemary Haynes hatten ihren Streit im Zuge der Beerdigung beigelegt, anlässlich deren Charlotte offenbar beschlossen hatte, den Patriotenball zu vergessen. Selbst Juliets Anspielungen, und mochten sie noch so geschickt sein, prallten an Charlottes Vergesslichkeit ab. »Ich wünschte wirklich,

ich wüsste, wovon du redest, meine Liebe, aber ich hatte auf dem Ball Kopfschmerzen und bin deshalb früher nach Hause gegangen.«

Juliet Ravanel hob den Blick von dem Unterkleid, das sie gerade auseinanderzupfte, und sagte stolz: »Im *Mercury* von heute Morgen wurde Andrew mit Stonewall Jackson verglichen.«

Scarlett Hamilton gähnte. »General Jackson ist der reizloseste Mann auf Erden.«

Tante Eulalias Schoßhündchen Empress bellte.

Rosemary Haynes grinste. »Ahaa! Deshalb ergreifen die Unionisten vor Jackson die Flucht! Weil sie sich von seinem Gesicht abgestoßen fühlen! Ich habe eine hervorragende Idee: Wir reiben die Unionisten mit Porträts auf! Unsere Generale könnten spezielle Batterien einsetzen, zur Bombardierung unserer Feinde« – Rosemary betätigte eine imaginäre Abzugsleine – »mit Daguerreotypien von reizlosen Konföderierten. Die Unionisten werden laufen wie die Hasen! Den Südstaaten mag es an Mehl, Schuhen, Stoff, Zucker, Kaffee und Tee mangeln, aber wir haben jede Menge flachgesichtiger, zottelbärtiger, schieläugiger, geifernder, zweizahniger Männer.«

Ihre Grille stieß auf eisiges Schweigen. Scarlett erstickte ihren Hustenanfall in einem Taschentuch.

Eulalias winziger Spaniel bellte erneut, und Eulalia sagte: »Empress goutiert deine Scherze nicht, meine Liebe. Wer hätte gedacht, dass mein süßes Hündchen eine Patriotin ist?«

Scarlett konnte nicht widerstehen: »Sie hat das entsprechende Gehirn.«

Abermaliges Schweigen. Scarlett schloss die Augen. Herrgott! Sie war von Dumpfheit umfangen. Diese Dumpfheit erdrückte sie, raubte ihr den Atem. Es war Scarletts große Angst, dass sie eines Morgens erwachen und nicht mehr wissen würde, was Freude war – so wie die Wards.

Juliet Ravanel brach das Schweigen. »Rosemary, wie ich gehört habe, ist dein Bruder wieder in Charleston.«

»Ja, er verwöhnt Meg ganz fürchterlich.«

»Und habe ich nicht irgendwo auch gehört, dass sein Sohn in New Orleans ist?«

»Liebe Juliet« – Rosemary lächelte mit zusammengepressten Lippen, »du bist nun wirklich die Letzte, von der ich erwartet hätte, dass sie niederträchtigen Klatsch nachplappert.«

Juliet Ravanel erwiderte ihr Lächeln ganz direkt.

Unterdessen erschuf die gelangweilte Scarlett ein imaginäres Bestiarium: Frederick Ward war eine überfütterte Tigerkatze, die lebhafte Juliet Ravanel ein Kardinal. Eulalias Töchter, Patience und Priscilla, in ihren identischen grünen Brokatkleidern, hatten Eidechsengesichter und bewegten sich wie Reptilien. Und die arme Tante Eulalia in ihrer Trauer war die perfekte Krähe.

Während Scarlett vor sich hin träumte, wandte sich das Gespräch einem Verwandten der Robillards zu, der in Shiloh gefallen war.

Frederick legte den Zeigefinger ans Kinn. »Der Mann von Paulines Tochter, hmm. War seine erste Frau nicht eine Menninger? Hmm. Wenn ich mich recht erinnere, hatte James, der Sohn des alten Menninger, diese Plantage am Ashley, unterhalb von Grafton. Hmm. Hat er nicht dieses Mädchen geheiratet – herrje, mir fällt ihr Name nicht ein –, diese Schöne aus Richmond?«

Wäre in diesem Moment der leibhaftige Teufel in einer Rauchwolke vor ihr erschienen, dann wäre Scarlett für nur ein einziges Gartenfest, eine einzige Nacht der Musik und Walzer und Vergnügungen bereitwillig auf seinen Handel eingegangen.

Doch der Moment verstrich, und Scarletts unsterbliche Seele zog sich wieder vom Abgrund zurück. »Ich gehe ein wenig an die frische Luft«, sagte sie und versuchte gar nicht erst, ihr Gähnen hinter ihrem schwarzseidenen Fächer zu verstecken.

Draußen schlug ihr die Hitze Charlestons ins Gesicht wie ein nasser Waschlappen. Sie beschirmte die Augen, kniff sie gegen das grelle Licht zusammen. Ach, wäre sie doch nur im schattigen Tara.

Der Garten schied das Haus der Wards von einigen Nebengebäuden, die hinter einer dichten Buchsbaumhecke verborgen waren. Louisiana-Iris blühte unter feuerfarbenen Azaleen, deren Geruch von Lavendelduft überlagert wurde.

Frederick Wards Sohn Willy und seine Freunde saßen im Schatten eines uralten Eukalyptusbaums. Willy Wards Freunde trugen die kunstvoll gearbeiteten Uniformen der Palmetto Brigade, der Moultrie Guards und der Washington Light Infantry. Oje! Sie würden sich endlos über den Krieg auslassen, das wusste Scarlett, und sie würde vorgeben müssen, von ihrem Heldenmut fasziniert zu sein. Scarlett Hamilton hatte Jungs so satt!

Während sie die feuchtheiße, duftgeschwängerte Luft Charlestons einsog, erinnerte sich Scarlett an den dezenten Rosenduft auf Tara. Die Erinnerung war so überwältigend, dass Scarlett, Hunderte von Kilometern von ihrer Heimat entfernt, wankte und die Augen schloss.

»Scarlett! Liebe Cousine! Geht es dir nicht gut? Komm, ich bringe dich in den Schatten. Du bist unsere Sonne nicht gewohnt.« Mit sorgenvoll-ernstem Gesicht führte Willy Ward sie zu einem Stuhl.

»Danke, Willy.« Scarletts Lächeln war wehmütig.

Willy war am schnellsten zur Stelle gewesen, doch auch die anderen jungen Männer eilten nun herbei, um sich der hübschen jungen Witwe anzunehmen. Einer schlug einen kalten Lappen vor, ein anderer ein Glas Limonade. Ob sie gern einen Sonnenschirm hätte?

»Oh, danke, vielen Dank. Sie sind zu liebenswürdig!«

An dem Tor am anderen Ende des Gartens lehnte ein in Zivil gekleideter Mann mittleren Alters. Er hatte die Arme verschränkt, und ein Lächeln umspielte seine Lippen. Scarletts Herz begann so heftig zu schlagen, dass sie sich die Hand auf die Brust legte.

»Scarlett, liebe Cousine, du bist ja so blass!«

»Ja, Willy«, stieß Scarlett hervor. »Ich *bin* blass. Das gehört sich so für eine Dame! Es ist schon gut.«

Dieser Mann legte grüßend den Zeigefinger an die Krempe seines glänzenden Panamahuts.

Willy kniete neben Scarletts Stuhl nieder. »Jetzt wirst du ja ganz rot! Diese fürchterliche Hitze! Komm, ich bringe dich ins Haus.«

Auf Twelve Oaks hatte *dieser Mann* mitgehört, wie sie Ashley bestürmt, ihn beschworen hatte, sie genauso zu lieben, wie sie ihn liebte, und wie er, dieser Vornehmste, Edelste, ihr Flehen zurückgewiesen hatte.

Jetzt wagte es *dieser Mann*, einen Finger auf die Lippen zu legen, als könnte er ihre geheimsten Gedanken lesen, verspreche ihr aber, sie nicht zu verraten.

»Er … dieser Mann in Zivil?«, fragte Scarlett mit erstickter Stimme.

»Der berüchtigte Captain Butler«, antwortete ein blonder Jüngling in Zuaven-Uniform. »Ich weiß nicht, warum Mrs Ward ihn empfängt.«

»Butler ist ein wagemutiger Bursche«, räumte Willy Ward ein. »Bei seiner letzten Fahrt ist er am helllichten Tag zwischen den Blockadeschiffen hindurchgedampft. Irgendwie hat Butler sie davon überzeugt, dass er ein Postschiff der Union ist, und sie haben ihn sogar in den Hafen eskortiert!«

Butler näherte sich Scarlett wie eine große Katze: mit bedächtigem, trägem Selbstvertrauen. Dunkel, hochgewachsen und ungewöhnlich muskulös für einen Gentleman des Südens. Sein Gehrock war aus feinem schwarzem Wollstoff, sein Hemd an den Manschetten gekräuselt, und seine Krawatte hatte das zarte Blau von Wanderdrossel-Eiern. Zwar zog er schwungvoll seinen Panamahut vor ihr, doch wirkte diese Geste weniger galant, als sie es hätte sein können.

»Meine liebe Mrs Hamilton, ich habe mit großer Bestürzung vom Tod Ihres Mannes Charles erfahren. *›Dulce et decorum est pro patria mori.‹*« Er hielt inne, lächelte. »Vielleicht ist Ihnen der Fluch der humanistischen Bildung erspart geblieben. ›Es ist süß und ehrenvoll, für sein Vaterland zu sterben.‹ Eine Ansicht, die diese tapferen Offiziere sicher teilen.«

»Und Sie, Sir – dienen Sie nicht?«, fragte Scarlett unschuldig.

»Nicht jeder ist ein Held, Ma'am.« Er zog abermals tief den Hut vor ihr, doch die Geste triefte vor Spott. Dann lächelte er die jungen Männer an. »Wie stolz Sie sein müssen.«

Die jungen Offiziere wurden ärgerlich, ohne so recht zu wissen, warum.

Willy Ward fand es dreist von Butler, das wunderbarste Mädchen, das Willy je gesehen hatte, hier im Garten der Wards anzusprechen. Er legte sich gerade einen Tadel zurecht, da verblüffte ihn Scarlett mit der Bitte: »Meine Herren, wenn Sie uns entschuldigen würden. Captain Butler und ich haben etwas zu besprechen.«

Widerwillig begaben sich die jungen Männer außer Hörweite, doch Willy hatte ein wachsames Auge auf das Paar, so als könnte Captain Butler die junge Witwe wie ein Pirat erobern und mit seiner Beute entschwinden.

Rhett Butler taxierte Scarlett unverfroren. »Schwarz ist nicht Ihre Farbe, meine Liebe. Die Stoffe aus Paris sind in dieser Saison dezenter. Es gibt da einen Taft genau in der Farbe Ihrer Augen.«

Scarlett sah ihn unverwandt an. »Mr Butler, auf Twelve Oaks verhielt es sich nicht so, wie es womöglich den Anschein hatte. Ich habe mich kurz vor der Hochzeit meines alten Freundes auf eine unbekümmerte kleine Tändelei eingelassen. Weder Ashley Wilkes noch ich haben wirklich gemeint, was wir sagten. Ich bin davon überzeugt, dass jeder Gentleman« – Scarlett brachte das Wort kaum über die Lippen – »das verstehen würde.«

Rhett legte sich die Hand aufs Herz. »Und wie gut ich das verstehe! Zweifellos hat der galante Wilkes Ihr nettes Flehen als eine Laune betrachtet, so folgenlos wie die Tändelei eines Schmetterlings mit einer Blüte.« Butlers Augen lachten sie aus. Sie lachten sie aus! »Ich für mein Teil kann nur sagen: Sollte ich jemals wieder das Vergnügen haben, Ihnen zu begegnen, werde ich so tun, als hätte Ihre belanglose Tändelei nie stattgefunden. Ja, wenn Sie wollen, können wir so tun, als wären wir uns noch nie begegnet.« Der Mann strahlte sie auf eine empörende Weise an.

Scarlett war noch nie einem so abscheulichen Menschen begegnet. Sie stampfte mit dem Fuß auf. »Ach Unsinn, dummes Zeug!«

Ihr dramatischer Abgang wurde durch ein kurzes Straucheln an der Türschwelle nur geringfügig beeinträchtigt.

Als Scarlett in den Salon ihrer Tante gestürmt kam, riss Frederick Ward die Augen auf, derweil eine seiner allseits bekannten Ansichten der unvermeidlichen, unaufhaltsamen Schlussfolgerung entgegenstrebte. »Vielleicht war Philippe Robillard zu halsbrecherisch für Schwester Ellen, hmm? Aber einen ungehobelten, aufstrebenden irischen Einwanderer wie Gerald O'Hara zu heiraten …«

Fredericks Ansicht wurde von Scarletts ungeduldiger Frage niedergewalzt. »Tante Eulalia, warum empfängst du Captain Butler? Er ist kein Gentleman!«

Völlig verstört schüttelte Tante Eulalia ihre diversen Kinnpartien. »Na ja, er, er …«

Nachdem sie ihre Tante erledigt hatte, wandte sich Scarlett Frederick zu. »Habe ich Sie richtig verstanden? Haben Sie gesagt, meine Mutter hätte unter Stand geheiratet? Himmeldonnerwetter!«, brach es aus ihr hervor und dann rief sie, den derben irischen Akzent ihres Vaters passabel imitierend: »Heiliger Strohsack! Wenn mein Vater dünnes Blut hätte heiraten wollen, wär er bei den Robillards bestens bedient! Bei Gott – die haben gar kein Blut in den Adern!«

Kapitel 11

LIEBENDE

Der Ashley River, der Hochwasser führte, wälzte sich schmutzig braun dahin. Die Reisfelder waren bepflanzt worden, und die Herrenhäuser erhoben sich wie Inseln über glitzernde Wasserflächen. Reisvögel stoben am Straßenrand auf, als eine leuchtend blaue Kutsche in flotter Geschwindigkeit des Weges kam. Roll- und Farmwagen fuhren an den Straßenrand, um die feinen Herrschaften vorbeizulassen.

»Oh, schau mal, Rhett«, sagte Rosemary. »Das Haus des alten Ravanel wird hergerichtet.«

Rhett hielt Tecumseh an.

Auf dem Dach des Farmhauses wimmelte es von Arbeitern, die schadhafte Zedernholzschindeln entfernten und in das mannshohe Unkraut ringsum fallen ließen. Drei Arbeiter auf einem Gerüst rissen ein verrottetes Fenster mitsamt dem Rahmen heraus.

Rhett sagte: »William Bee hat es gekauft, für seinen Sohn. Bee hat als Blockadebrecher so viel Geld verdient, dass er sich gewisse Extravaganzen leisten kann.« Tecumseh kaute auf seinem Gebiss herum. »Ruhig, alter Junge. Wie viele Lagen Farbe werden wohl nötig sein, um all die Sünden dieses Hauses zu übertünchen?«

»Warst du oft dort?«, fragte Rosemary.

Rhett zuckte die Achseln. »Als ich jung und verzweifelt war. Das letzte Mal ...«

»Rhett?«

Die Pflastersteine glänzten von einem warmen Septemberregen, als der junge Rhett Butler auf Tecumseh zum Haus der Fishers ritt. Der

Regen kräuselte das graue Wasser des Hafens, und das ferne Fort Sumter war in Nebelschwaden eingehüllt, die es nur von Zeit zu Zeit freigaben.

Rhett war düsterer Stimmung. In der vergangenen Nacht hatten Henry, Edgar und der alte Jack Ravanel ihm geholfen, ein gewonnenes Pokerspiel zu feiern, bis der Gewinn nur noch eine Erinnerung war. Rhett hatte zu viel getrunken, und als er bei Tagesanbruch aus Miss Pollys Etablissement in das grelle Sonnenlicht trat, zuckte er zurück und kniff die Augen zusammen. Ich muss mein Leben ändern, hatte er gedacht. Für dich, kleine Rosemary.

Henry Kershaw war am Abend zuvor gröber gewesen als sonst, Edgar Puryears Speichelleckerei ärgerlicher, und der alte Jack Ravanel hatte Rhett mit der Sorte Zuneigung bedacht, wie sie der Rotluchs für einen fetten Hasen hegt.

Warum war er nach Charleston zurückgekommen? Um vor den politischen Freunden seines Vaters mit seiner schändlichen Verweisung aus West Point zu protzen? Es gab so viele andere Orte, an denen er lieber gewesen wäre, so viele andere Dinge, die er lieber getan hätte. Rhett Butler hatte genug von nervtötenden Dummköpfen, war den Ausdruck schockierter Bestürzung auf stumpfen, gänzlich berechenbaren Gesichtern leid. Nach der üblen Nacht sog Rhett Butler die salzige Luft tief ein. Er würde Rosemary besuchen. Seine kleine Schwester Rosemary – er liebte sie aufrichtig. Vielleicht konnte ihn die Liebe eines Kindes retten.

Als Großmutter Fisher selbst an die Haustür kam, wurden Rhetts Hoffnungen mit einem Schlag zunichtegemacht. »Rhett, es tut mir so leid! Ich weiß nicht, wie Ihr Vater von Ihren Besuchen bei Rosemary erfahren hat. Ich habe Langston noch nie so wütend erlebt. Ich glaube, wenn ich ein Mann wäre, hätte er mich gefordert.« Großmutter presste die Lippen zusammen. »Rosemary ist Langstons Tochter. Ich konnte nichts machen.«

»Wo ist sie?«, fragte Rhett heiser.

»Auf Broughton. Langston hat gesagt …«

Rhett warf den Kopf in den Nacken, wie um die Antwort aus ihr herauszuziehen.

»Ihr Vater hat gesagt, dass sie dort bleiben wird, bis Sie tot oder aus

dem Tiefland verschwunden sind. Dieser verdammte Kerl! Kommen Sie rein, Rhett, lassen Sie uns darüber reden. Ich bin in der Stadt nicht ohne Einfluss, und …«

Das Geklapper von Tecumsehs Hufen übertönte jedes weitere Wort.

Auf dem vom Regen glitschigen Pflaster galoppierte Rhett durch die Stadt. Kutscher fluchten, Reiter hielten jählings an, Diener sprangen aus dem Weg. Mit hämmernden Hufen jagte das mächtige Pferd dahin, unermüdlich wie eine Dampfmaschine.

Nach einer Stunde verkürzte Rhett das Tempo und ließ Tecumseh in den Kanter übergehen, dann in einen entspannten Schritt. Als das Pferd den Kopf schüttelte, landeten heiße Speicheltropfen auf Rhetts Wangen. Sie waren auf der River Road, hatten die Stadt längst hinter sich gelassen.

Der junge Rhett Butler glaubte, dass die vor ihm liegenden Jahre sich nicht von denen unterscheiden würden, die bereits hinter ihm lagen. Er war entehrt; er würde immer entehrt bleiben. Er war allein; er würde immer allein bleiben. Rhett hielt es aus, nicht geliebt zu werden. Doch er konnte nicht leben, ohne zu lieben.

Es dämmerte bereits, als Rhett in Colonel Jack Ravanels Einfahrt bog. Jack hatte sich kürzlich an einer besonders zweifelhaften finanziellen Operation beteiligt. Hier draußen entzog er sich dem Gerichtsvollzieher.

Jacks Einfahrt war ungepflegt und zugewachsen. Vor dem Vorgarten sattelte Rhett ab und rieb Tecumseh trocken. Die Beine des Pferdes zitterten von der Anstrengung.

Der alte Jack rührte sich nicht von der Veranda. »Du schindest dein Pferd, mein Junge«, sagte er. »Ich bewundere dieses Tier. Wenn du es umbringen willst, verkauf es vorher lieber mir.«

»Ist Heu im Schuppen, Jack?«

»An Ort und Stelle. Neben dem Brunnen steht ein Eimer.«

Als Rhett seinem erschöpften Pferd Wasser gab, flüsterte er: »Brich mir bloß nicht zusammen, Tecumseh. Bei Gott, das würde ich nicht ertragen!«

Das Pferd schob sein Maul in den Eimer.

Das Farmhaus der Ravanels (»Herrenhaus« wäre zu hoch gegriffen) war von Jacks Großvater erbaut worden und verwahrloste seit Jahren. Rhett stieg die moosgrünen Zypressenholzstufen hinauf.

Auf der Veranda roch es modrig, als hätte sich der Flussnebel von Jahrzehnten in dem verrottenden Holz und der abblätternden Farbe festgesetzt.

Der alte Jack begrüßte ihn mit einem trägen Winken, ohne aufzustehen. »Wir haben Jacks Plantage ganz für uns, Butler. Die Burschen sind alle in der Stadt. Zum Teufel, ich wünschte, da wäre ich auch.«

Die Aussicht auf einen weiteren ausschweifenden Abend verursachte Rhett leichte Übelkeit.

»Du siehst betrübt aus, Junge. Eine Frauengeschichte, nehme ich an.« Jack schob dem jungen Mann eine fast volle Whiskeyflasche hinüber. »Das ist das beste Heilmittel. Ein Heilmittel gegen Liebeskummer, Versagen und Schuldgefühle. Es hilft beim Trauern und Vergessen.«

Der alte Lump gab nur selten einen aus, doch Rhett war zu niedergeschlagen, um Verdacht zu schöpfen. Er nahm einen tiefen Schluck direkt aus der Flasche.

»Muss ein hübsches Weibsbild gewesen sein«, bemerkte Jack. »Die Liebe, mein Junge –«

»Erzähl mir nichts von der Liebe, Jack. Ich bin Rhett – du erinnerst dich? Ich kenne dich, Jack.«

»Ach, tatsächlich?« Jack schwieg kurz, dann war er wieder der alte Spaßvogel. »Ja, natürlich, das tust du. Wer kennt den alten Jack besser als seine Freunde? Carpe diem, Rhett, hm?«

In einer anderen Stimmung wäre Rhett misstrauisch geworden, doch seine Verzweiflung machte ihn blind gegen alles außer die düsteren Visionen, die mit ihr einhergingen.

Jack ließ die Flasche stehen und ging hinein.

Während der Mond über den Himmel wanderte, trank der junge Rhett Butler Whiskey und fühlte sich sterbenselend. Der Abendstern stand tief am Horizont, als der alte Jack gähnend herauskam. »›Der Mensch wird zu Unglück geboren‹, was, Rhett?«

Rhett hatte sich in einen Rausch getrunken, der mittlerweile einer müden, gereizten Nüchternheit gewichen war. »Ganz wie du meinst, Jack.«

»Was ich meine, ist, dass es ein wahrer Jammer ist, einen so gescheiten Jungen wie dich derart niedergeschlagen zu erleben. Wirklich – wenn Jesus Christus höchstpersönlich mit dem Schlüssel zum Paradies hier auf der Veranda erschiene, würdest du wahrscheinlich sogar ihn fortschicken.«

Rhett sah den alten Halunken mit blutunterlaufenen Augen an. »Du willst doch etwas von mir, Jack. Spuck's aus.«

Jahre später starrte Rhett auf das alte Haus.

»Rhett? Wo bist du mit deinen Gedanken?«, fragte Rosemary.

»Entschuldige, Schwester, ich habe vor mich hin geträumt. Edgar Puryear war immer gern bei Jack. Edgar labt sich an den Schwächen anderer Menschen. Andrew hat es gehasst. Andrew war weitaus heikler als sein Vater.«

»Und du?«

Rhett überlegte. »Ich fand, dass ich in die Hölle gehörte.«

Eine Ladung alter Schindeln rutschte das moosige Dach hinunter und landete scheppernd auf dem Boden. Tecumseh legte die Ohren an. »Ruhig, mein Junge, ganz ruhig.« Rhetts starke Hände sprachen durch die Zügel.

Auf der Rückbank saßen Meg und Cleo. Rhett spürte Megs süßen Atem in seinem Nacken. »Mommy, ist es noch weit?«

»Noch ein Stückchen, Schatz«, sagte Rosemary. »Schau mal da! Der Baumstumpf dort im Fluss. Siehst du den Adler?«

Rhett schnalzte mit den Zügeln, und Tecumseh tänzelte nervös, ehe er in einen flotten Trab fiel.

Der Einspänner, der ihnen entgegenkam, war von dem gleichen tiefen Schwarz wie die Stute, die ihn zog. Nachdem Tunis Bonneau angehalten hatte, zog er grüßend den Hut vor Rosemary. Rhett zog den seinen vor Mrs Bonneau.

Ruthie Prescott Bonneau war eine hellhäutige, mollige junge Frau, deren Korsett ihr gerade noch genug Platz zum Atmen ließ. »Guten Tag, Captain Butler. Ist es nicht ein herrlicher Nachmittag?«

»›Solch Anmut hat des Frühlings und des Sommers Schönheit nicht …‹«

Mrs Bonneaus Lächeln war reserviert. »Mein Vater, Reverend Prescott, hat mich das Lesen gelehrt. Ich bin eher mit Dr. Donnes Predigten als mit seiner Poesie vertraut.«

Rhett reckte sich. »Aber es ist doch ein Tag für die Poesie, finden Sie nicht?«

Tunis sagte: »Hallo, Tecumseh. Ich sehe, dass Sie gut für das Pferd sorgen, Miss Rosemary.« Tunis nickte zur Rückbank der Kutsche hin. »Und die kleine Miss Meg. Wie geht es Ihnen, Miss?«

Meg steckte den Daumen in den Mund.

Ruthie sagte: »Captain Butler, in der First African Baptist Church beten wir jeden Sonntag darum, dass Sie und Tunis wohlbehalten von Ihren Fahrten heimkommen.«

»Tja«, sagte Rhett grinsend. »Das entspricht ganz meiner Hoffnung.«

»Daddy Thomas hat geschrieben«, sagte Tunis.

Rhett erklärte Rosemary: »Tunis' Eltern sind nach Kanada ausgewandert.«

Ruthie ergänzte: »Mein Schwiegervater hat ein Haus in Kingston, Ontario, Mrs Haynes. Thomas Bonneau schreibt, dort wäre alles besser.«

Tunis fügte hinzu: »Papa sagt, es ist höllisch kalt in Kanada.«

Rhett beruhigte Tecumseh. »Tunis, ich könnte schwören, dass dieses Pferd nicht so schreckhaft war, als ich es in deine Obhut gegeben habe.«

»Vielleicht haben die Pferde von Negern mehr Anlass, schreckhaft zu sein, als die Pferde von Weißen«, antwortete Tunis trocken.

»Das ist gut möglich«, sagte Rhett. »Hat mich gefreut, Mrs Bonneau. Bitte danken Sie der First African für die Gebete.«

Tunis nickte und setzte mit einem Schnalzen seine Stute in Bewegung.

Als die respektable schwarze Kutsche hinter der Biegung verschwand, brummelte Cleo: »Diese frein Farbigen tragen die Nase zu hoch.«

Sie fuhren an den Plantagen Hopeton und Darien vorbei.

Auf Champney waren die Arbeitstrupps noch am Pflanzen.

»Wir ham auf Broughton nie so spät gepflanzt«, tadelte Cleo. »Hat der Aufseher nich erlaubt.«

»Du bist hier aber nicht auf Broughton, Cleo«, rief Rosemary ihrem Hausmädchen in Erinnerung.

»Dem Herrn Jesus sei Dank!«

Rhett sagte: »Ich habe gehört, Wade Hampton hätte das Haus des alten Puryear gekauft.«

»Cathecarte Puryear lebt jetzt in London. Der Krieg hat seine Muse offenbar zu sehr strapaziert.«

Rhett schüttelte den Kopf. »Der arme Cathecarte. Gott, er hat begabte Männer immer so beneidet. Edgar ist jetzt bei der Militärpolizei in Atlanta – das passt zu ihm. In seinem ganzen Leben hat Edgar nur eines gelernt, nämlich nicht wie sein Vater zu sein.« Er ließ die Zügel schnalzen. »Aber vielleicht ist das ohnehin das Einzige, was ein Mann lernen kann.«

Rosemary fasste ihren Bruder am Ärmel. »Da, das ist unsere Einfahrt – hinter der großen Zypresse.«

Die Kutsche schlängelte sich zwischen von Spanischem Moos überhangenen Eichen hindurch auf eine Lichtung, wo Congress Haynes' Fischerhütte, auf Pfählen thronte, einem Stelzvogel gleich.

Rosemary atmete tief durch. »Ich bin so gerne hier«, sagte sie. »Wir kommen viel zu selten her. Wenn John nicht wegen seiner Geschäfte unabkömmlich ist, dann wegen seiner staatsbürgerlichen Pflichten. Was für ein herrlicher Tag. Findest du nicht auch?«

Während Rhett und Rosemary auf die Veranda traten, rannte Meg zum Fluss. Den Rock hochgerafft, den Hut über den Kopf gestülpt, lief Cleo hinter ihr her und rief: »Nich innen Schlamm, hörst du? Pass auf die Schlangen auf! Fall bloß nich innen Fluss!«

Congress Haynes hatte diese schlichte Hütte auf einer luftigen, moskitofreien Landspitze gebaut: Sie bestand aus einem einzigen großen Raum mit einer rußgeschwärzten Feuerstelle, primitiven

Bänken und einem Tisch, in dessen Holzplatte die Initialen verschiedener Männer geschnitzt waren. Davor eine nicht überdachte Veranda mit Geländer.

Als Junge war Rhett öfter hier vorbeigesegelt, und während ringsum die Nachtfalken mit dem typischen dunklen Zischen ihres Sturzflugs durch die Luft sausten und die Fledermäuse zirpten, saßen Congress Haynes' Freunde – zu weit entfernt, als dass Rhett ihre Gesichter hätte ausmachen können – trinkend und lachend im Licht der Lampen. Unsichtbar den dunklen Fluss hinabtreibend, hatte sich der Junge gefragt, ob er jemals dort sitzen würde.

Jetzt stellte Rhett einen Fuß auf das Geländer und zündete sich eine Zigarre an, während Rosemary den Deckelkorb auspackte und silberne Becher auf die Brüstung stellte. »Als kleines Mädchen habe ich immer von all den exotischen Orten geträumt, zu denen du gereist bist. Sag, Bruder, sind die Pyramiden wirklich so imposant, wie man sagt?«

Rhett entkorkte den Wein. »Bis nach Ägypten bin ich nicht gelangt. Vielleicht nach dem Krieg.«

Gedankenverloren blickte Rosemary auf den Fluss hinaus. »Ich mache mir Sorgen um Mutter. Sie kommt nie in die Stadt, ihre Freundinnen besuchen sie nicht, und Vater hat immer irgendeinen Vorwand, warum seine liebe, treue Frau ihn nicht zu Gouverneur Browns Festlichkeiten begleiten kann.« Ihr Bruder schenkte ihr Wein ein. »Mutter hat erzählt, dass Isaiah Watling glaubt, der Krieg sei prophezeit gewesen.«

»Watling?«

»Er und Mutter beten zusammen. Sie treffen sich in seinem Haus und beten zusammen. Isaiahs Frau ist irgendwann letztes Jahr gestorben.« Rosemary hob die Hand, um jedem Einwand zuvorzukommen. »Sie beten wirklich nur, das ist alles. Langston weiß davon. Zwischen ihnen ist nichts.« Rosemarys ironisches Lächeln blitzte auf. »Außer vielleicht der Offenbarung des Johannes.«

»Gebete können eine starke Verbindung schaffen. Komm, setz dich zu mir. Das Picknick hat noch einen Moment Zeit.«

Doch Rosemary stützte die Ellbogen auf das Geländer. Fern der ehelichen Spannungen wirkte Rhetts Schwester um Jahre jünger.

Ein dunkelhaariges weißes Kind und ein knochiges schwarzes Mädchen schlenderten Hand in Hand am Fluss entlang. Das Geplapper des Kindes wurde vom Wind immer mal wieder herübergetragen. Wasserläufer patrouillierten am Flussufer entlang und stießen ihre spitzen Schnäbel in den Schlamm. Dicke Wattewolken trieben gemächlich am Himmel. Mit stampfenden Kolben schleppte ein Flussschiff eine ganze Reihe leerer Reiskähne flussaufwärts. Als der Rudergänger winkte, winkte die kleine Meg begeistert zurück.

Rosemary fragte: »Glaubst du, Vater hat Mutter je geliebt?«

»Bei mindestens drei Gelegenheiten hat Langston Butler seine Frau auf jeden Fall geliebt. Kein Mann kann aus dem Bett einer Frau aufstehen, ohne etwas für die Urheberin seines Vergnügens zu empfinden. Belle Watlings Metzen machen immer wieder Witze über die vielen Heiratsanträge, die sie bekommen.«

»Belle Watling?«

»Belle hat New Orleans verlassen und ist nach Atlanta gezogen.« Rhett lachte. »Und zwar angeblich, weil sie Patriotin ist. In Wirklichkeit ist sie schlicht Geschäftsfrau, und die unionistischen Eroberer in New Orleans haben eine Vorliebe für die Negerbordelle.«

Das Kinn in die Hand gestützt, betrachtete Rosemary ihren Bruder. »Rhett, was bedeutet dir Belle Watling eigentlich?«

Rhetts Lächeln wurde zu einem spöttischen Grinsen. »Hat sich Butler, der Taugenichts, mit der gefallenen Frau eingelassen? Werden in irgendeinem Freudenhaus Butler-Bastarde zur Welt kommen?«

Rosemary errötete. »Rhett, ich wollte nicht …«

»Natürlich wolltest du, liebe Schwester. Keine Frau ist einer Geschlechtsgenossin, die ihre Gunst verkauft, wohlgesinnt. Man hat seine Gunst erst nach ausführlichem Zeremoniell und voller Bezahlung zu gewähren.«

»Rhett, bitte …«

»Vor einigen Jahren sind Belle und ich in New Orleans Geschäftspartner geworden. Ich habe ein Büro in Belle Watlings Bordell – es amüsiert mich, zu beobachten, wie sich achtbare Geschäftsleute die Hintertreppe hinaufschleichen.«

Meg sammelte am Flussufer Muscheln.

»Und was bedeutet dir Scarlett Hamilton? Nachdem du sie gestern so in Aufregung versetzt hattest, ist sie in Eulalias Salon marschiert gekommen und hat Frederick Ward derart heruntergeputzt, dass er nur noch hilflos stammelte. Der arme Frederick konnte nicht mal beleidigt von dannen eilen – schließlich war er bei sich zu Hause! Was in aller Welt hast du zu der jungen Frau bloß gesagt, Rhett?«

Rhett setzte eine reuige Miene auf. »Ich scheine ein Talent dafür zu haben, sie zu verärgern.« Er grinste. »Aber ich kann einfach nicht widerstehen.«

»Ich glaube, Scarlett wäre sehr schön, wenn sie nicht so unglücklich wäre.«

»Weißt du, Schwester, die kleine Scarlett hat keine Ahnung, wer sie eigentlich ist. Mit ihren charmanten Spielchen zieht sie Männer an, die ihrer unwürdig sind.« Rhett senkte die Stimme zu einem Flüstern. »Die Hindus glauben, dass wir mehrere Leben haben. Ob das stimmt?« Er hob spöttisch eine Augenbraue. »Vielleicht waren Scarlett und ich einst ein Paar, dessen Liebe unter einem schlechten Stern stand; vielleicht sind wir in inniger Umarmung gestorben.«

»Aber Rhett«, neckte ihn Rosemary. »Du bist doch nicht etwa zum Romantiker geworden?«

Rhett sprach so leise, dass Rosemary sich zu ihm beugen musste, um ihn zu verstehen. »Ich begehre diese Frau, mehr als ich je eine Frau begehrt habe.«

Rosemary drückte seine Hand. »Das ist wieder der Bruder, den ich kenne.«

Am Flussufer trällerte Meg ein Liedchen vor sich hin.

Rosemary starrte auf das schlammige Wasser. »Ich glaube nicht, dass ich John Haynes lieben kann. Nicht so.«

Rhett wartete, bis die Vehemenz ihrer Worte etwas abgeklungen war, bevor er erwiderte: »John ist ein guter Kerl.«

»Meinst du, das wüsste ich nicht?«, sagte sie. »Meinst du, das ändert die Sache auch nur im Geringsten?«

»Vielleicht – mit der Zeit …«

»Keine Sorge, Bruder, ich werde keinen weiteren Skandal verursachen.« Rosemarys Stimme erstarb zu einem Flüstern. »Ich sehe mein restliches Leben als eine endlose Folge von Tagen vor mir, einer genau wie der andere, jeder so leer wie alle vorigen.« Ihr Lächeln war derart gequält, dass ihr Bruder den Blick abwenden musste.

»Ich bin die Tochter meiner Mutter und werde mich den Gegebenheiten anpassen. Aber bei Gott – beten werde ich nicht. Beten werde ich nicht!«

Cleos Quieken war ein unterdrückter Schrei. Sie riss Meg in die Höhe und rannte mit ihr zur Fischerhütte. »Oh Captain Rhett!«, rief sie. »Captain Rhett! Holn Sie Ihr Gewehr!«

»Reich mir Meg hoch, Cleo.« Rosemary kniete sich hin und streckte die Arme aus. »Ich nehme sie dir ab.«

Zitternd vor Ungeduld reichte Cleo das verängstigte Kind seiner Mutter hoch. »Sie müssen ihn totschießen!«

»Wen muss ich totschießen, Cleo?«

»Den Fuchs! Ich hab ihn gesehn!«

»Du hast einen Fuchs gesehen?«

»Am helllichten Tag!« Ungeduldig wiederholte Cleo den alten Volksglauben: »Ein Fuchs, den man am helllichten Tag sieht, is verrückt. Und wenn er ein beißt, wird man selbst verrückt!« Cleo reckte die Arme hoch, und Rhett hob auch sie auf die Veranda.

Unten glitt eine junge Füchsin über einen am Ufer liegenden Baumstamm.

Rhett spähte mit zusammengekniffenen Augen ins grelle Sonnenlicht. »Die ist nicht verrückt, Cleo. Ihr Fell glänzt, und sie bewegt sich ganz normal. Sie ist ungefährlich.« Rhett schaute noch genauer hin. »Sie hat ihre Jungen verloren, oder vielleicht hatte sie noch gar keine. Sie wäre nicht so schlank und geschmeidig, wenn sie Junge ausgetragen hätte.«

»Un warum rennt sie dann draußen rum, am helllichten Tag, un erschreckt die Leute?«

Cleo bekam ihre Antwort, als ein Fuchsrüde den Baumstamm überquerte und sein Revier markierte. Die Füchsin tat so, als hätte sie etwas entdeckt, auf das sie sich mit einem herrlichen Schwung ihres Schwanzes stürzte. Dann wälzte sie sich auf einem dicken Büschel Marschgras, ganz träge und genüsslich. Ihr Schwanz war so buschig, dass sie fast aus nichts anderem zu bestehen schien.

»Seht euch das an – sie stellt sich regelrecht zur Schau!«, sagte Rosemary.

»Das kann man wohl sagen«, stimmte Rhett ihr zu.

Die Schnauze des alten Fuchsrüden war vernarbt, und er schonte den einen Vorderlauf, als hätte er in einer Falle einige Zehen verloren.

Die kleine Meg rief: »Ist die schön!«

»Ja, Schätzchen«, sagte ihr Onkel. »Das findet der Bursche dort auch.«

»Ist das ihr Mann, Onkel Rhett?«

»Er wäre es gerne«, sagte ihre Mutter. »Guck, wie er um sie wirbt, Meg.«

Das Kind kniete sich hin, damit es unter dem Geländer hindurchschauen konnte. »Mag sie ihn auch?«

»Sie tut so, als wüsste sie gar nicht, dass es ihn überhaupt gibt«, sagte ihr Onkel Rhett.

Ein angeschwemmter, halb untergetauchter Baumstamm zog jetzt die Aufmerksamkeit der Füchsin auf sich. Das eine Ende des schmalen Stammes lag an Land, am anderen zerrte der Fluss. Sie betrat ihn und spazierte fröhlich zu seinem Ende. Der Rüde zögerte. Die Füchsin drehte sich um, setzte sich hin, und es schien, als grinste sie ihn an.

Widerwillig setzte der Rüde die Füße auf das Stück Treibholz und lief vorsichtig zu ihr.

Durch sein zusätzliches Gewicht rutschte der Stamm vom Ufer

ins Wasser und trieb, von der schnellen Strömung abgedreht, davon. Als Meg die angewiderte Miene des Fuchsrüden sah, lachte sie laut auf.

Ihr helles Kinderlachen folgte dem Paar, dessen Liebe unter einem schlechten Stern stand, den Fluss hinunter ans Meer.

Kapitel 12

Ein Bastard

Tazewell Watling presste den Zeigefinger unter die Nase, um nicht niesen zu müssen. Wirbelnder gelbbrauner Qualm senkte sich herab und nahm dem Sonnenuntergang seine kräftigen Farben. Das Licht, das diese Rauchglocke durchdrang, hatte die Farbe schmutziger Wäsche, und die Sonne war nur eine fahle silbrige Scheibe am Horizont. Der Gestank von brennendem Koks, Schwefel, weiß glühendem Eisen und Ammoniak sowie andere, nicht identifizierbare üble Gerüche hingen in der Luft.

Auf der Fahrt durch Alabama und das westliche Georgia war das Gleis, auf dem sie fuhren, das einzige gewesen. Jetzt aber verzweigte sich dieses Gleis immer wieder, und der Zug überholte erst einen Güterzug zur Linken, dann eine Reihe von Plattformwagen. Eine wichtigtuerische Rangierlok schnaufte, quietschte, schwenkte ein und fuhr dann zentimeternah an ihnen vorbei.

»Das erste Mal in Atlanta, Junge?« Der Korporal der Konföderationsarmee, der neben Taz saß, hustete Auswurf auf den Boden.

»Ich komme aus New Orleans«, sagte Taz mit dem spröden Hochmut des Kindes.

»Da drüben, das ist das Walzwerk, wo die Platten für unsere Panzerschiffe gemacht werden. 'n Bruder von mir arbeitet dort. Der Glückliche ist vom Kriegsdienst freigestellt worden. Das da ist die Revolverfabrik J. W. Dance, und diese Backsteinschornsteine da drüben – nee, da –, das ist die Fabrik, wo die Schiffskanonen hergestellt werden. Vier Eisenbahnlinien führen in diese Stadt, Junge, vier verschiedene Eisenbahnlinien!« Er stieß Tazewell den Ellenbogen in die Seite. »Was sagst du dazu!«

Wie sollte Taz in diesem qualmigen Hexenkessel seine Mutter finden?

Die Fabriken lagen zu den Bahngleisen hin, die Wohnhäuser zur Straße. Es gab einige Backsteingebäude, doch in der Mehrzahl waren es schäbige Schindelhäuser. Kühe, Schweine und Hühner grasten auf kleinen Weiden. Je weiter der Zug in die Stadt hineinrollte, desto enger drängten sich die Häuser zusammen. Breite Straßen schienen sich jäh aufzutun und sich wieder zu schließen. Taz sah drei- und vierstöckige Geschäfts- und Lagerhäuser und zahllose Kutschen und Wagen.

War die Frau dort an der Ecke Belle Watling? Das Gesicht dort in dem Landauer, war das seine Mutter?

In Tazewell Watlings frühster Erinnerung lag er nachts in dem höhlenartigen Schlafsaal des Waisenhauses für Knaben in New Orleans: Kinder husteten und weinten nach ihrer Mutter. Taz lag auf einem Strohlager zwischen anderen, dicht an dicht liegenden Jungen, und wo sein Oberschenkel feucht war, hatte einer der Kleineren in die Hose gemacht.

Taz hatte Hunger und Angst, doch er weinte nicht. Kinder, die weinten, verschwanden ins Krankenzimmer, wo sie starben, und dann wurden sie auf dem üppig grünen, liebevoll gepflegten Friedhof des Waisenhauses begraben. Die meisten der Waisen waren Iren, die Nonnen wiederum gehörten dem Orden der Französischen Barmherzigen Schwestern an und nahmen ihr Armutsgelübde so ernst, dass sie bewusst hungerten. Da sie den Hunger als Tugend begriffen, empfanden die Nonnen nur begrenztes Mitleid für hungernde Kinder.

Wenn allerdings die Festwagen des Mardi Gras durch die Royal Street zogen, standen ebendiese der Selbsterniedrigung huldigenden Schwestern fröhlich winkend auf ihren Balkons und versuchten, die wertlosen bunten Perlenschnüre aufzufangen, die betrunkene Verkleidete ihnen zuwarfen.

Die Barmherzigen Schwestern behaupteten, Taz' Mutter sei eine gefallene Frau, die im Höllenfeuer schmoren werde. Ein braver katholischer Junge wie Taz werde seiner Mutter niemals im Himmel begegnen.

Taz glaubte ihnen – und glaubte ihnen zugleich auch nicht. In seinem Kinderherzen folgten auf nächtliche Ängste neue Morgen, an denen Wunder geschehen konnten.

Ein solches Wunder war vor vier Jahren Rhett Butler gewesen. Geschrubbt, bis seine Haut glühte, war der Junge ins Zimmer der Mutter Oberin beordert worden, wo ein lächelnder Fremder ihn erwartete. Eine Tasse von dem dünnen Tee der Mutter Oberin stand unangetastet neben seinem Ellenbogen. In einem Haus, das nach Karbol und Seifenlauge stank, roch dieser Fremde nach Zigarren, Bourbon und Pomade. »Ich bin dein Vormund, Tazewell Watling«, teilte Rhett Butler ihm mit. »Ein Vormund ist vielleicht nicht so gut wie ein Vater, aber du wirst dich mit mir zufriedengeben müssen.«

Am nächsten Tag wurde Tazewell Watling in seinem neuen Anzug zur Jesuitenschule der »Katholischen Gesellschaft für religiöse und literarische Erziehung« gebracht, einem kleinen Gebäude, das zu der gewaltigen Jesuitenkirche gehörte. Dort wurde Taz eingeschrieben, und man zeigte ihm sein Bett (auf das er sich tagsüber nicht legen durfte) und den Haken, an dem er seine Jacke aufhängen konnte.

Seine Mutter, die ihn im Waisenhaus nur sporadisch besucht hatte, kam nun regelmäßig. Belle hatte hübschere Kleider an und wirkte viel fröhlicher. Tazewell glaubte, dass Mr Butler auch für seine Mutter ein Wunder war.

Als Taz an die Jesuitenschule kam, konnte er kaum lesen, seine Rechtschreibung war ein wahres Trauerspiel, und er besaß keinerlei mathematische Kenntnisse. Die Jesuiten sollten diese Mängel beheben.

Im Waisenhaus hatten nur wenige Kinder ihren Vater gekannt, und diese nicht fassbaren Gestalten kamen nie zu Besuch. Tazewell Watling liebte und brauchte seine Mutter; ein Vater existierte nicht einmal in seiner Fantasie.

Doch an der Jesuitenschule lernte Tazewell Watling, dass Väter notwendig waren. Wie ihm Jules Nore, ein älterer Junge, geduldig erklärte: »Wir Jungen werden zu Gentlemen erzogen. Du, Watling, kannst kein Gentleman werden.« Jules Nore runzelte die Stirn und korrigierte dann seine zu großzügige Einschätzung: »Ohne einen Vater kannst du *gar nichts* werden. Bastarde wie du, Tazewell Watling, sind dazu bestimmt, feinen Herren zu dienen, uns die Kutschentür zu öffnen und den Schlamm von den Stiefeln zu putzen.«

Für diese Einschätzung schlug Taz ihm die Nase blutig. Als Jules' Freunde sich auf ihn stürzten, stand Taz seinen Mann.

Aus einem Bastard kann gar nichts werden!

Während sie in den Bahnhof von Atlanta einfuhren, holte ein anderer Zug sie ein. Wie ihrer quoll er über von Soldaten der Konföderationsarmee, einige standen auf den Puffern zwischen den Waggons, andere saßen auf dem Dach. Hurrarufe flogen zwischen den Zügen hin und her. In Taz' Waggon begann ein Soldat Banjo zu spielen, und ein anderer blies in eine Mundharmonika, allerdings spielten sie nicht dasselbe Stück.

Seite an Seite rasten die beiden Züge dem riesigen, auf einer Seite offenen Eisenbahndepot entgegen, in dem sie mit lautem Gebimmel und quietschenden Bremsen zum Stehen kamen. Die Sonne verschwand, und Asche, die durch das Dach des aus Backstein erbauten Bahnhofs nicht entweichen konnte, fiel wie grober Schrot auf die Zugdächer.

»Da wärn wir, Junge.« Der Korporal schwang sich seinen Tornister über die Schulter. »Die geschäftigste Stadt der Konföderation. In Atlanta findest du alles.« Er zwinkerte. »Kann sein, dass du auch das eine oder andere findest, das du besser nicht gefunden hättest.«

Auf der anderen Seite des schmutzigen Bahnsteigs spie ein Lazarettzug verwundete Soldaten aus, die in der Schlacht von Fredericksburg gekämpft hatten. Die Männer stützten einander oder humpelten auf Krücken. Neger transportierten Schwerverletzte auf Tragen.

Hinter der Ansammlung von Krankenwagen am Ende des Bahnsteigs lag die Peach Tree Street – ein Tohuwabohu aus stecken gebliebenen Kutschen, wütenden Fuhrmännern und Reitern, die unter den Flüchen der Fußgänger auf den Bürgersteigen weiterritten.

Taz stellte sich einem gut gekleideten Zivilisten in den Weg. »Sir, könnten Sie mir sagen, wie ich zu Belle Watlings Etablissement komme?«

Der Gentleman musterte Taz von Kopf bis Fuß. »Ganz gewiss nicht. Du siehst wie ein anständiger junger Bursche aus, der im Chapeau Rouge« – er verzog den Mund, als er den Namen aussprach – »unmöglich etwas zu schaffen haben kann.«

»Sie kennen das Chapeau Rouge gut, Sir?«, fragte Taz frech.

»Unverschämter Lümmel!«

In Atlanta war es kälter als in New Orleans – Taz konnte doch wahrhaftig seinen Atem sehen!

Der Soldat, den Taz als Nächsten ansprach, war hilfsbereiter. »Geh einfach die Decatur Street runter, Junge. Wenn's so richtig lebhaft wird, bist du mehr oder weniger da.«

Die gepflasterten Gehwege wurden zu Bohlenwegen, diese wiederum zu unbefestigten Wegen, die zerfurchte Straßen säumten. Mit dem Geschäftsviertel hörten auch die Gaslaternen auf. Der bedeckte Himmel war ein undurchdringliches Dach, das weder Mond noch Sterne sehen ließ.

Nach etwa zwanzig Minuten gelangte Tazewell Watling zu einer Ansammlung von Saloons und Freudenhäusern, klimpernden Klavieren, Gejohle und brüllendem Gelächter. »Bitte, Sir. Welches dieser Häuser ist das Chapeau Rouge?«

Der Soldat war zu betrunken, um reden zu können. Sein Finger wanderte erst nach rechts, dann nach links, und kam schließlich auf Höhe eines zweistöckigen Holzhauses mit zugezogenen Vorhängen und einer dezenten roten Laterne im Fenster zum Stehen. Dieses Haus hatte bessere Tage gesehen und überragte seine schäbigen Nachbarn wie eine missbilligende Tante. Hinter einem Palisadenzaun lag ein gepflegter Vorgarten, die Rosenbüsche waren für den Winter zurückgeschnitten. Der Neger auf der Veranda rauchte eine Zigarre. Sein dunkler Anzug sah kratzig aus. Eine blasse Narbe teilte sein Gesicht vom Kinn bis zur Stirn. »Junge«, knurrte er, »du hast hier nix zu suchen. Verschwinde!«

Taz stellte seine Tasche ab und massierte seine verkrampfte Hand. Er sagte: »Abraham Lincoln hat die Neger emanzipiert. Warum sind *Sie* noch hier?«

Belle Watlings Rausschmeißer MacBeth sagte: »Ich bin 'n Nigger aus Atlanta. Mir machen die 'manzipatoren keine Angst nich.«

Am Dienstag nach der Schlacht von Fredericksburg war es im Chapeau Rouge ruhig. Am Samstag war per Telegraf die Nachricht vom großen Sieg der Konföderierten eingegangen, und am Sonntagmorgen war Minette, Belle Watlings oberste Metze, losgezogen, um den Soldatenwitwen Bescheid zu sagen, die im Chapeau Rouge aushalfen, wenn Belle mit besonders großem Andrang rechnete. Normalerweise war das Chapeau Rouge sonntags geschlossen, aber die Unionisten hatten in Fredericksburg so gewaltige Verluste erlitten, ihre mächtige Armee war so vernichtend geschlagen worden, dass Belle schon am Sonntagabend um sechs der Champagner ausging, sie MacBeth zweimal losschicken musste, um die Brandyvorräte aufzufüllen, und noch um elf Uhr überschwängliche Patrioten vor ihrer Tür Schlange standen.

Am Montag waren Belles Metzen trübselig durchs Haus geschlichen, müde, wund und verkatert, doch am Dienstagabend hatte das Etablissement sein Gleichgewicht wiedergefunden, und Minette war fast froh gewesen, den Captain von der Militärpolizei begrüßen zu können, dem sie den Spitznamen »Captain Penetrant« gegeben hatten.

Das Chapeau Rouge war das teuerste Bordell von Atlanta. Seine Kunden waren hochrangige Konföderationsoffiziere, Spekulanten und Kriegsgewinnler. Im Vieux Carré von New Orleans war das Etablissement nichts Besonderes gewesen, aber im etwas raueren Atlanta galt es als elitär.

Im Salon hingen handkolorierte Lithografien von Pariser Straßenszenen an einer rot-grün gestreiften Velourstapete. Die goldbronzene Stutzuhr wurde von hohen marmornen Venusstatuen in unschuldigen Posen flankiert. Die Spucknäpfe hielt Belle im Schrank verstaut, sofern nicht jemand um einen bat. Ihr französisch angehauchtes Mobiliar brachte harte Kerle dazu, mit den Händen im Schoß aufrecht dazusitzen. Für diese Männer waren Belles Metzen so exotisch wie Silberreiher. Beim geringsten Anlass brachen die Mädchen in Gekicher oder schnelles, unverständliches Kreolisch aus.

Rhett Butler besaß einen Anteil am Chapeau Rouge und hatte im Obergeschoss ein Büro. Potenzielle Unruhestifter verschwanden fügsam, wenn MacBeth sagte: »Sir, Sie gehn jetzt wohl besser mal. Würd ungern Captain Butler runterholen.«

Minette war eine Kurtisane, und sie war klug. Um für ihr Alter vorzusorgen, hatte sie in New Orleans mehrere Baugrundstücke gekauft, und für ihre Seele zahlte sie einen Zehnten an die Patres. Als Madame Belle ihr vorgeschlagen hatte, im Chapeau Rouge zu arbeiten, hätte Minette fast abgelehnt, denn Madame Belle war ganz entschieden *keine* Kurtisane.

Obwohl Madame Belle älter war als Minette, war sie ein Kind, so wie nur amerikanische Frauen Kinder sein können – und zwar höchst verdrießliche Kinder! Eine Kurtisane versteht das Wesen ihres Geschäfts, eine Amerikanerin neigt dazu, es mit Liebe zu verwechseln – ein Irrtum, vor dem, so glaubte Minette, nur ihr weiser kreolischer Ratschlag Belle Watling bewahrt hatte.

An diesem Abend nun lächelte Minette ihr Kurtisanenlächeln und sagte Captain Penetrant, wie schmuck er doch aussehe.

»Ach Minnie. Hast du etwas mit deinem Haar gemacht? Es kommt mir viel röter vor als früher. Habe ich recht gehört, dass Rhett wieder in der Stadt ist?«

Was dieser Mann immer für Fragen stellte! An manch einem zähen, regnerischen Nachmittag hatte er im Salon gesessen und eine Frage nach der anderen an sie gerichtet. Einmal hatte Minette mitgehört, wie Eloise ihm von ihrem ersten Liebhaber – einem

Nachbarjungen – erzählte und wie Captain Penetrant glucksend lachte, als sie das hilflose Gefummel des armen Jungen beschrieb. Captain Penetrant gab Hélène gute Ratschläge zu ihrer Verstopfung, empfahl dieses und jenes Mittel dagegen, wo doch jeder wusste, dass Hélènes Laudanum an allem schuld war! Einmal hatte Captain Penetrant Minette sogar gefragt, wie sie es vermied, schwanger zu werden!

Captain Penetrant interessierte sich stets für Captain Butler: Wo er gerade sei, was er tue, was er über dies oder jenes denke. Woher sollte Minette denn wissen, was Mr Butler dachte – und was ging es Captain Penetrant an?

Als Minette sich über die aufdringliche Fragerei des Militärpolizisten beschwerte, war Rhett belustigt. »Edgar versucht immer noch, das Geheimnis meines Lebens zu entschlüsseln. Lass ihn schmoren, Minette.«

Edgar Puryear war ein schmaler Mann, den andere kleiner in Erinnerung behielten, als er tatsächlich war. Er hatte ein knochiges, langes Gesicht, große Ohren und einen breiten, ausdrucksvollen Mund; seine feinen Wimpern schützten die Knopfaugen eines neugierigen Spatzen.

Irgendetwas an Captain Penetrant löste bei gewöhnlichen Soldaten den Impuls aus, ihn niederzuschlagen, und wenn am Zahltag der Alkohol floss, begleitete ihn immer sein Sergeant Jack Johnson.

Heute bat der Captain Minette um Brandy. »Nur ein Schlückchen, liebe Minnie«, sagte er und hielt Daumen und Zeigefinger fünf Zentimeter auseinander.

Macht faszinierte Edgar Allan Puryear. Rhetts Vater, Langston Butler, war mächtig, weil er reich und rücksichtslos war – reich, *weil* er rücksichtslos war. Charlotte Fisher Ravanel war mächtig, weil sie reich war, und Andrew Ravanel war mächtig, weil der Krieg Mut belohnt.

Doch Rhett Butlers Macht verstand Edgar nicht.

Als Rhett seine Ausbildung bei Cathecarte Puryear angetreten hatte, war Edgar nach oben gegangen, um den neuen Schüler seines Vaters zu begutachten. Rhett warf einen Blick auf Edgar, schaute *durch ihn hindurch* und tat ihn auf der Stelle ab. Moment mal, wollte Edgar protestieren. Ich bin nicht nur, was du siehst! Ich bin mehr! Aber Rhett hatte für Edgar fortan nur noch dieses leicht amüsierte Lächeln übrig. Wenn Edgar Rhett schmeichelte, machte Rhett sich darüber lustig. Wenn Edgar Rhett eine teure Foulard-Krawatte kaufte, trug Rhett sie nicht. Dafür entdeckte Edgar sie eines Abends am Hals des Negers, der als Türsteher bei Miss Polly arbeitete. Und als Edgar einmal allen Mut zusammennahm und sich erklären wollte, unterbrach ihn Rhett, ehe er auch nur drei Sätze gesagt hatte – »Nicht jetzt, Edgar« –, und verließ den Raum.

Rhett Butler war nie richtig grausam zu Edgar – so wie es Henry Kershaw und Andrew Ravanel manchmal waren –, doch seine Gleichgültigkeit war schlimmer als Grausamkeit. Was war Rhetts Geheimnis? Lag in seiner Gleichgültigkeit womöglich seine Macht?

Als man Rhett Butler von der Militärakademie in West Point verwiesen hatte, war Edgar Puryear der Einzige gewesen, der ihn am Kai mit seiner Kutsche empfing. »Verdammt, es ist gut, dich zu sehen, Rhett. Du warst einfach zu lange weg! Komm, begleite mich. Polly hat ein neues Mädchen mit den erstaunlichsten Vorlieben …«

Rhett hatte ihn mit diesem verhaltenen Lächeln angesehen, das Edgar so hasste: »Nicht jetzt, Edgar«, hatte er gesagt und war zu Fuß in die Stadt gegangen.

Die Kohlenschütte in der Hand, blieb das Hausmädchen des Chapeau Rouge zögernd in der Tür zum Salon stehen.

»Komm doch rein, Kind.«

»Entschuldigen Sie, Sir. Ich wusste nicht, dass jemand –«

»Macht nichts. Macht nichts. Tu deine Arbeit. Hast du Angst, ich könnte dich beißen?«

»Nein, Sir.«

»Ein so hübsches Ding wie dich würde ich niemals beißen.«

Das Mädchen errötete.

»Sag, Kind, wann wird Captain Butler zurückerwartet?«

»Weiß nicht, Sir.«

Sie kniete sich hin, um Kohlen in den Kamin zu schaufeln, sodass ihr Kleid über dem Rücken spannte und jeder einzelne Wirbel ihres langen Rückgrats zu sehen war. Als Minette mit dem Brandy für den Captain zurückkam, fauchte sie: »Lisa! Du sollst doch abends nicht in den Salon kommen!«

Das erschrockene Hausmädchen ließ die Kohlenschütte fallen, und ein paar Kohlen schlitterten unter Captain Puryears Armsessel. Er spreizte die Beine, damit sie zwischen ihnen hindurchgreifen konnte.

»Du Tollpatsch«, zischte Minette. »Lass sie liegen. Du kannst sie aufsammeln, wenn der Captain gegangen ist.«

»Minnie, glaubst du, Lisa könnte Gefallen an mir finden?«

»Lisa ist noch ein Kind, Captain«, sagte Minette kühl. »Sie empfängt keine Kunden.«

Als MacBeth mit einem fremden Jungen hereinkam, den er fest am Arm hielt, nutzte Lisa die Gelegenheit und floh.

MacBeth sagte zu Minette: »Der Junge sagt, er wär Miss Belles Sprössling.«

Mit seinem seitlich gescheitelten braunen Haar und dem schmalen Gesicht sah der Junge älter aus, als er tatsächlich war. Minette verglich ihn in Gedanken mit der Daguerreotypie, die auf der Frisierkommode von Madame einen Ehrenplatz einnahm. »Aber *mon petit*, du bist doch bei den Patres! Du bist in New Orleans!«

Taz breitete die Hände aus, als hätte er keine Ahnung, wie er plötzlich in Atlanta gelandet war. Er lächelte charmant.

»Sagt, er wär Miss Belles Sprössling«, wiederholte MacBeth.

Edgar Puryears Aufmerksamkeit war nun ganz auf Taz gerichtet. »Wer bist du, Junge? Wie heißt du?«

»Ich heiße Tazewell Watling, Sir.«

»Watling, bei Gott! Und du bist geboren?«

»In New Orleans, Sir.«

»Nicht *wo*. *Wann!* Was interessiert es mich, *wo* du geboren bist!

Lass mich mal rechnen. Zwölf – nein, dreizehn Jahre müsste es her sein!«

»Ich bin dreizehn Jahre alt, Sir.«

»Captain, *cher.* Es wird später noch Zeit für Fragen sein, *non*? Der Junge ist gekommen, um seine liebe Maman zu besuchen.«

Captain Puryear stand auf und musterte Taz wie ein Käufer, der ein Fohlen begutachtet. »Doch, die Ähnlichkeit ist nicht zu übersehen – diese Augen, diese Nase!« Er prostete dem Jungen zu. »Tazewell Watling! Bei Gott, du bist Rhett Butlers Bastard!« Er kippte seinen Brandy und stellte das Glas auf dem Kaminsims ab.

»Sie irren sich, Sir. Captain Butler ist mein Vormund.«

»Ja, natürlich. Kein Zweifel. Er ist, was immer der alte Schwerenöter zu sein behauptet.«

Die Stutzuhr tickte, das Feuer im Ofen des Salons knisterte.

Taz hatte eine lange Reise hinter sich und war müde. »Ich werde Captain Butler über Ihr Interesse an meiner Abkunft unterrichten.«

Captain Puryears Augen wurden ausdruckslos. »Wir reden ein andermal darüber, Junge. Minnie, würdest du mir noch einen Brandy bringen? Diesmal den französischen, *eh, chère*?«

Minnie führte Taz eilig durch den Korridor zu dem Zimmer, das ursprünglich einmal als Esszimmer gedient hatte, nun aber Belle Watlings Boudoir war, das Heiligtum einer ungebildeten Frau, die zu Geld gekommen war. Dunkle Vorhänge aus Seidenmoiré hingen vor den Fenstern und dämpften die Geräusche von der Straße. Die Lampenschirme waren mit üppigen, grellbunten Blumen bemalt. Belles Tagesdecke war aus rosafarbenem Brokat, und am Kopfende des Betts waren zahlreiche große und kleine Fransenkissen effektvoll arrangiert. Warme parfümierte Luft umhüllte Taz. Angesichts dieser geballten Feminität wurde ihm etwas unbehaglich.

Seine Mutter schaute über den Rand ihrer Lesebrille. »Taz«, sagte sie verblüfft. »Ich bin gerade dabei, dir zu schreiben!«

»Madame, le bon fils!« Minette schubste den Jungen zu seiner Mutter hin.

Taz versuchte Belles Protest zuvorzukommen. »Bitte, Maman, ich bin so froh, hier zu sein. Darf ich bleiben?«

»Aber Taz …«

»Ich habe mich durch die feindlichen Linien geschlichen, bin direkt an den unionistischen Wachtposten vorbeigekrochen. Einer von ihnen wäre fast auf mich getreten! Ich weiß nicht, was ich dann getan hätte. Ich hatte nichts zu essen mitgenommen und mir knurrte der Magen – ich hatte solchen Hunger, Maman! Na ja, dann bin ich ein paar Viehtreibern begegnet, die Rinder nach Montgomery getrieben haben, und die haben mir Maismehlfladen zu essen gegeben. Als ich zur Eisenbahn kam, wollten mich die Militärpolizisten nicht in den Zug lassen. Ein paar Soldaten haben mich reingeschmuggelt.«

Belles Sohn warf sich seiner Mutter in die Arme.

»Ich habe dich weiß Gott vermisst, mein Herzensjunge.«

Minette öffnete den Spirituosenschrank und murmelte dabei: »›Minnie‹! ›Minnie‹ nennt er mich! Wenn ›Minette‹ für das Taufregister gut genug ist, dann ist es auch gut genug für Captain Penetrant!«

Belle strich ihrem Sohn sanft das Haar aus der Stirn. »Minette, nicht jetzt, bitte.«

»Eloise weigert sich herunterzukommen, wenn dieser Mann im Haus ist.«

»Ja, Minette. Später, bitte.«

»Hier haben Sie Ihren französischen Brandy, Captain«, sagte Minette und spuckte in das Glas, ehe sie es vollgoss und ging.

Mutter und Sohn umarmten sich, redeten, umarmten sich erneut. Etwas später brachte Lisa ein Tablett mit Suppe und Brot. Taz aß am Frisiertisch seiner Mutter, inmitten ihrer Salben und Tinkturen. »Lisa ist hübsch, nicht wahr, Maman?«, fragte er zwischen zwei Bissen.

»Das arme Mädchen hat seinen Mann im Krieg verloren. Sie waren nur einen Tag zusammen. Nur einen einzigen Tag! Als sie vor unserer Tür stand, habe ich sie aufgenommen.«

Belle legte mehrere Steppdecken neben ihr Bett, und als der

Junge eingeschlafen war, betrachtete Tazewell Watlings Mutter ihn noch eine Weile, bevor sie ihn auf die Stirn küsste und die Lampe löschte.

Am nächsten Morgen, als Taz vom Abort zurückkam, stieg Rauch aus dem Küchenschornstein auf. Er beschloss, in der Küche vorbeizuschauen, und Lisa, die gerade den Ofen befeuerte, machte einen Satz. »Hast du mich erschreckt! Bin keine Frühaufsteher gewohnt.«

»Ich brauche nicht viel Schlaf«, sagte Taz. »In New Orleans schlafen wir kaum.«

Sie hob spöttisch eine Augenbraue. »Ach ja?«

»Ob tags oder nachts – irgendwas ist in New Orleans immer los.« Er rieb sich die Nase. »Atlanta ist so qualmig. Wie haltet ihr das bloß aus?«

»Halb so schlimm, wenn man sich erst mal dran gewöhnt hat.«

»Maman hat gesagt, du bist Witwe.«

»Mein Billy ist gefallen.«

»Ich war noch nie verheiratet«, sagte Taz.

»Natürlich nicht. Du bist ja noch ein Baby.«

Taz richtete sich auf. »Bei uns in New Orleans sagt man: *›L'heure coq cante, li bon pour marie!‹*« Er übersetzte höflich: »›Wenn der Hahn kräht, ist er zur Hochzeit bereit!‹«

»Du redest ja komisch«, sagte sie. »Sag noch mal was.«

Auf Französisch sagte Taz zu Lisa, sie habe schöne Augen, woraufhin Lisa errötete, denn die französische Sprache kann Gefühle nicht verbergen. Taz fügte hinzu: »Du hast wahrscheinlich schon gehört, dass ich ein Bastard bin.«

»Ich glaub nicht, dass ich schon mal einem Bastard begegnet bin.«

»Und was denkst du, jetzt, wo du einem begegnest bist?«

»Ich denke, dass ich gerade dabei war, Haferbrei zu kochen, und du vielleicht gern welchen hättest.«

Später lernte Taz die Metzen kennen: Hélène, mit den längsten schwarzen Haaren, die er je gesehen hatte, und Eloise, deren Augen vom Laudanum schläfrig aussahen.

MacBeths Fingerknöchel waren von Schlägereien gebrochen und abgeflacht. MacBeth war in Atlanta aufgewachsen. »Ich bin'n Stadtnigger«, sagte MacBeth. »Ich trag kein Tuch um'n Kopf nich. Auf mein' Kopf kommt nur 'n Hut.«

Taz fragte MacBeth nach Captain Butler.

»Captain Butler kommt un geht«, sagte MacBeth.

»Schläft Butler hier? Im Haus, meine ich?«

»Du meinst, ob er deiner Mama beiliegt?«, fragte MacBeth mit unbewegter Miene.

Taz ballte die Fäuste, doch MacBeth starrte ihn finster an, bis der Junge sich wieder entspannte. Taz schaute weg und pfiff lautlos durch die Zähne. »Hast du schon mal jemanden umgebracht?«, fragte Taz.

»Nur Nigger«, sagte MacBeth.

Taz ließ Rhetts Tür hinter sich ins Schloss fallen und schnupperte. Abgestandener Zigarrenrauch und Staub. Dies war also das Büro seines Vaters. Taz hatte es nicht gewusst, ehe der Captain von der Militärpolizei es ihm gesagt hatte, aber er zog diese Neuigkeit nicht einen Moment in Zweifel. Wenn er Belle gefragt hatte, war immer nur die Antwort gekommen: »Dafür ist noch Zeit, wenn du mal erwachsen bist.«

Das Büro seines Vaters war nichts Besonderes: ein Schreibtisch, ein schwerer Eisentresor, eine Chaiselongue aus Walnussholz, zwei robuste Stühle, eine eichene Chiffonniere. Die Vorderfenster gingen auf die Straße hinaus, und Taz konnte sehen, wie MacBeth zwischen den Blumenbeeten Zigarettenstummel zusammenkehrte. Die hinteren Fenster umrahmten einen Stall und die dahinterliegende, etwas verwilderte Weide, die von einem leuchtend grünen Streifen Sumpfgras entlang eines schlammigen Bachs begrenzt wurde.

Taz drehte an der Zahlenscheibe des Tresors und versuchte, den Hebel zu bewegen, doch er war verriegelt. Der Junge lehnte sich im Stuhl seines Vaters zurück.

Belle hatte Taz schon mehrmals erzählt, wie sie und Rhett sich wiedergetroffen hatten. »Wenn ich an diesem Tag nicht am Hotel St. Louis vorbeigegangen wäre, Taz, mein Schätzchen, dann hätte es wohl schlecht für mich ausgesehen. Ich hatte nichts, keinen Penny. Ich hatte dich ins Waisenhaus gegeben und hab mich zu sehr geschämt, um dich dort regelmäßig zu besuchen. Schätzchen, ich habe die feinen Leute da vor dem St. Louis gesehen und gedacht, die haben vielleicht was für dich. Ich hatte nicht mehr den geringsten Stolz, Schätzchen. Wenn man am Ende ist, hat man keinen Stolz mehr. Na ja, ich hab ihn nicht gleich erkannt, aber er wusste sofort, wer ich war. Rhett Butler hat sich um mich gekümmert. Um mich und auch um meinen Herzensjungen.«

In der Chiffonniere hingen Rhetts Anzüge und gestärkte Hemden. Darunter standen zwei Paar Reitstiefel mit Spannern. In den Schreibtischschubladen fand Taz nur Federn, Tinte, Schreibpapier und Charles Dickens' *Aufzeichnungen aus Amerika*.

Taz drehte sich mit dem Stuhl herum. Die Schrammen in der an der Wand verlaufenden Stuhlleiste zeigten an, wo Rhett Butler seine Stiefelabsätze auflegte. So weit Taz auf dem Stuhl auch nach vorne rutschte, seine Beine reichten nicht bis dort hoch.

Taz frühstückte mit Lisa und aß um vier Uhr mit den Metzen eine warme Mahlzeit. Vor Sonnenuntergang ging er nach oben und setzte sich auf Rhetts Chaiselongue, wo er bis nach Mitternacht Mr Dickens las. Er hörte Gelächter, unsichere Schritte vor der Tür, das Kichern der Metzen.

Nachdem MacBeth den letzten Kunden zur Tür gebracht hatte, schloss Belle die Haustür ab, löschte die rote Laterne und die Lampen im Salon und ging nach oben, um ihren Sohn zu holen.

Belle Watling war keine ausgesprochen schöne Frau, doch sie hatte ein hübsches Äußeres, war lebhaft und gewinnend. Einmal hatte Rhett ihr zum Geburtstag ein graues Seidenkleid aus Paris gekauft. Belle legte es zusammen und schob es, wieder in seine Papierverpackung eingeschlagen, tief in eine Schublade ihrer

Kommode. Sie wollte es nicht anziehen. »Darin würde mich doch keiner erkennen«, sagte sie.

Ein andermal schlug Rhett Belle vor, weniger Puder aufzulegen. Er ließ sie vor einem Spiegel Platz nehmen, wusch ihr das Gesicht mit warmem Wasser ab und reinigte es mit Wattebäuschen. »Du brauchst kein Rouge, meine Liebe. Deine Wangen leuchten wie Goldparmänen.«

Die Belle im Spiegel wirkte zehn Jahre jünger, unschuldig und scheu. Das Landmädchen, das sie aus dem Spiegel anschaute und das Belle zum ersten Mal bewusst wahrnahm, machte ihr Angst. Sie begann zu weinen.

An einem Samstagabend, es war drei Tage vor Weihnachten und Zahltag bei der Armee, hing an der Haustür des Chapeau Rouge ein Kranz. Sergeant Johnson grinste seinen Vorgesetzten an. »Frohe Weihnachten, Sir.«

Nachdem Edgar Allan Puryear hineingegangen war, setzte Sergeant Johnson einen Fuß auf das Verandageländer und zündete sich seine Pfeife an.

Von der grünsamtenen Causeuse im Salon fragte ein einarmiger Major Edgar: »Gibt es nicht Soldatenbordelle, wo Sie besser aufgehoben wären, Captain? Oder sind die ein bisschen zu … rau für Sie?«

Als Edgar Puryear die Lippen schürzte, stand der Major auf und zog Hélène hinter sich her. »Komm, meine Liebe, lass uns oben weitermachen.« Hélène hielt sich die Hand vor den Mund und kicherte.

Drei Artillerieleutnants kamen lachend herein, doch als sie den Captain von hinten sahen, zogen sie Grimassen und entschieden sich, ein anderes Etablissement aufzusuchen.

Am Zahltag war im Chapeau Rouge immer am meisten los, und Minette lächelte mit zusammengebissenen Zähnen. »Captain Puryear, ich bin ja so froh, dass Sie heute Abend hier sind.«

»Und warum, wenn ich fragen darf?«

Minette fuhr fort: »Sie möchten doch so gern mehr über den

jungen Tazewell erfahren. Wir erwarten heute Abend Captain Butler. Miss Belle und MacBeth sind zum Bahnhof gefahren, um ihn vom Zug abzuholen. Nun können Sie sich all Ihre Fragen – wie heißt es doch so schön? – aus erster Hand beantworten lassen.«

Zu Minettes Genugtuung zuckte Edgar zusammen. »Darf ich Ihnen einen Brandy anbieten, solange Sie warten, Captain?«

Edgar Puryear trat zu der Stutzuhr und starrte blicklos auf ihre goldenen Zeiger. Er zog scharf die Luft ein und drehte sich um. »Hol den Jungen.«

»Captain?«

»Hol den Jungen herunter, Minnie, sonst lasse ich ihn von meinem Sergeant holen.«

Während Minette Taz herunterbrachte, ermahnte sie ihn, vor Captain Penetrant auf der Hut zu sein. »Er ist wie ein Alligator«, sagte Minette. »Wenn er lächelt, ist er am gefährlichsten.«

Der Captain deutete auf einen hochlehnigen Stuhl, doch Taz blieb stehen. »Sir?«

»Als dein Vater und ich in deinem Alter waren, Junge, waren wir dicke Freunde.« Edgar lächelte. »Was haben wir alles angestellt.« Er lachte versonnen in sich hinein.

»Sir?«

»Du weißt schon, Junge. Obwohl Rhett und ich uns damals so nah standen, hat er mir nie erzählt, dass er Belle Watling den Hof gemacht hat. Rhett war ein Gentleman, verstehst du, und Belle –« Mit gerunzelter Stirn drehte sich Edgar um, denn sie wurden unterbrochen. »Ach, Lisa. Komm rein, meine Liebe. Ich hatte gehofft, dass ich dich wiedersehen würde.«

Das Mädchen stand mit einem Telegramm in der Hand da. »Bitte, Sir …«

»Komm rein. Nun komm doch rein. Was hast du da?«

Sie näherte sich ihm mit niedergeschlagenen Augen.

»Gib es mir, Lisa.«

»Sir, das ist nicht für Sie. Es ist von Captain Butler für Miss Belle.«

Sein Fingerschnippen wirkte wie ein Magnet. Edgar las die Depesche, zerknüllte sie und ließ sie auf den Boden fallen. »Nichts von Belang, Kind. Der Zug meines Freundes Rhett hat Verspätung.« Der Captain streckte die Beine aus und schlug die Knöchel übereinander. »Nein, Lisa, geh nicht. Es ist unhöflich, seine Gäste zu verlassen, bevor das Fest zu Ende ist.« Er legte den Kopf auf die Seite. »Ich wette, du hast nicht gewusst, dass Tazewell Captain Butlers Sohn ist, oder? Freund Rhett hält sich immer sehr bedeckt.«

Minette sagte: »Du kannst gehen, Kind. Du hast in der Küche zu tun.«

»Ich habe nicht gesagt, dass sie gehen darf.« Captain Puryear lächelte, als hätte sich Minette einen verzeihlichen Schnitzer geleistet.

Minette zuckte die Achseln. Schließlich und endlich war sie eine Kurtisane, nicht die Mutter des Mädchens.

Taz trat zwischen Lisa und den Ohrensessel des Captain.

»Du hast sie wohl gern, Junge? Hast du was für Geld übrig, Kleine?«

Lisa schob die Hände unter die Schürze. »Für Geld hat jeder was übrig«, erklärte sie verächtlich.

Edgar flüsterte: »Hübsches Dingelchen, was, mein Junge?« Mit der Miene eines Mannes, der alle Zeit der Welt hat, öffnete er sein Portemonnaie und nahm ein Zwanzigdollarstück aus Gold heraus, das er im Licht drehte, bevor er es auf den Kaminsims legte. »Schon mal so eins gesehen, Mädchen?«

Die Goldmünze zog Lisa magisch an. »Das ist ’ne Menge Geld.«

Der Silberdollar, den Captain Puryear neben die Goldmünze legte, wirkte wie ihr armer Verwandter. »Der Akt dauert keine halbe Stunde, und es ist ja nun nicht so, als hättest du es noch nie getan.« Er streichelte den Arm des Mädchens, wie man eine fremde Katze streicheln würde, und murmelte: »Das Zimmer am Ende der Treppe, Minnie, ist das frei?«

»Captain!«, protestierte Minette. »Lisa ist noch ein Kind! Ich bin die Kurtisane!«

»Minnie«, sagte Puryear. »Wenn ich deine Dienste in Anspruch nehmen wollte, würde ich es tun.« Und zu Lisa: »Na los, Mädchen. Fass das Geld an.«

Taz' Stimme überschlug sich zu seiner Scham, als er sagte: »Lassen Sie sie in Ruhe!«

»Hast wohl ein Auge auf sie geworfen, Junge? Sieh sie dir an, Tazewell Butler, sieh dir an, wie geldgierig Lisa ist. So ein hübsches Flittchen, und so geldgierig.« Edgar fischte einen zweiten Silberdollar aus seinem Portemonnaie. Er schob ihn so langsam auf die andere Münze, dass ein schabendes Geräusch zu hören war.

Fasziniert tat Lisa einen Schritt auf das Geld zu.

»Zum Teufel mit Ihnen! Zum Teufel!« Tazewell Watling fegte Puryears Münzen zu Boden. Lisa ging auf die Knie, um unter der Causeuse nach dem Goldstück zu angeln. Über das ganze Gesicht feixend, schaukelte Edgar auf den Fersen.

Taz griff nach der Stutzuhr, doch der Captain duckte sich. Das Wurfgeschoss zerbarst, und Sprungfedern, Zahnrädchen und Glasscherben regneten herab.

»Meine Güte!« Edgar Puryear gluckste. »Meine Güte!«

Doch der Ausdruck in seinen Augen veränderte sich, als Taz eine der Venusstatuen hochhob.

»Augenblick mal, Junge! Augenblick mal! Einen Offizier der Konföderationsarmee anzugreifen …« Edgar wehrte Taz' Hieb mit dem rechten Arm ab. Er kreischte: »Verdammt noch mal! Du hast mir wehgetan, Junge! Jetzt reicht's aber!«

Taz hatte die Zähne gebleckt. »Du Bastard!« Taz täuschte kurz an, und als der Captain versuchte, nach der Statue zu greifen, schlug der Junge sie ihm auf die Nase. Edgars Augen tränten.

»Großer Gott, Captain!« Sergeant Johnson stand hinter Taz. »Er ist doch noch ein Kind!«

Was ihn nicht davon abhielt, ebendieses Kind mit seinem Knüppel bewusstlos zu schlagen.

Als Taz aufwachte, war sein linker Fuß warm, weil sich gerade jemand darauf erbrach. Taz zog den Fuß zurück. Sein Kopf dröhnte dermaßen, dass er den Mund öffnete, um den Schmerz hinauszulassen. In einer Ecke lehnte sich ein Soldat mit der Stirn gegen die Wand, an die er pisste. Taz berührte die Beule auf seinem Schädel. Er hatte einen Schuh verloren, und seine Taschen waren umgestülpt. Wenn er die Augen zumachte, sah er orangeblaue Feuerräder. Durch ein vergittertes Fenster hoch über ihm sickerte Mondlicht herein. Das Guckloch in der Zellentür war ein starrer gelber Lichtkreis.

Stunden verstrichen, bis schließlich ein alter Neger leise durch das Guckloch in die Zelle hineinrief: »Ich such ’nen Watling. Tazewell Watling? Is Watling hier?«

Taz folgte dem Neger durch den Korridor in eine Wachstube mit einer Bank an der Wand und einem Tisch, hinter dem ein Colonel der Konföderationsarmee saß und in Papieren blätterte. Er blickte nicht auf.

Um sechs Uhr morgens trug Rhett Butler ein frisches Hemd und war glatt rasiert. Taz roch seine Pomade. »Taz, du hast dem armen Edgar die Nase gebrochen. Er kann sich nicht in der Öffentlichkeit zeigen.«

Hinter Tazewells Augen pulsierte ein heftiger Schmerz. »Captain Puryear ist ein Schuft.«

»Edgar hat gar nicht den Mumm, ein Schuft zu sein, Taz. Edgar besudelt lediglich alles, was er anfasst.« Rhetts sanfte große Finger untersuchten den Schädel des Jungen, dann blickte er ihm in die Augen. »Mit deiner Birne ist alles in Ordnung, mein Junge. Sergeant Johnson ist ein Virtuose auf seinem Gebiet.«

»Sir, Captain Puryear hat sich Freiheiten herausgenommen.«

»Edgar hat ungewöhnliche Neigungen. Ich bringe dich wieder zu den Jesuiten zurück. Im Gefängnis wirst du nicht zum Gentleman.«

Taz war müde. Er hatte Schmerzen und roch schlecht. Hatte sein Vater je mit Müdigkeit, Übelkeit, Schmerzen oder Angst zu kämpfen? Waren seine Kleider immer so makellos? Roch er immer nach Pomade?

Taz bot all seine kindliche Würde auf. »Sir, im Waisenhaus haben wir Jungs immer gesagt, die Sonne geht im Osten auf und im Westen unter, egal, ob man ein Gentleman oder dessen Bastard ist.«

Kapitel 13

Ein legendärer Rebellenkommandant

Melanie Hamilton hatte von Kindesbeinen an gewusst, dass sie einmal Ashley Wilkes heiraten würde, denn »die Wilkes heiraten immer ihre Cousins oder Cousinen«.

Jeden Sommer fuhren Melanie und ihr Bruder Charles mit dem Zug von Atlanta nach Jonesboro, wo Mose, der Leibdiener von John Wilkes, sie am Bahnhof erwartete. Mose hatte immer Süßigkeiten aus Melasse dabei und gab stets vor, diesmal habe er sie vergessen.

Die Wilkes von Twelve Oaks waren die vornehmsten Verwandten der Hamiltons, und Charles und Melanie kamen in ihren steifsten, förmlichsten Kleidern; gewaschen und geschrubbt bis zum Gehtnichtmehr. Tante Pittypats inständige Mahnungen (»Wenn euch die Serviette herunterfällt, hebt sie nicht auf!« »Bittet nicht darum, auf dem Pony eurer Cousine India reiten zu dürfen. Wartet, bis India es euch selbst anbietet!«) waren völlig überflüssig: Die Hamilton-Waisen waren starr vor Ehrfurcht.

Charles machten diese Besuche Spaß, Melanie nicht. Atlanta war eine Stadt, und trotz der Bibliothek der Wilkes und ihrer feinen Art war Twelve Oaks das Land. All diese unpersönlichen Bäume, zwischen denen sich ein Kind so leicht verirren konnte, dieser dunkle schlammige Fluss, in dem man ertrinken konnte. Und Unmengen von schrecklichen Insekten! Bienen, Hummeln, Hornissen, Sandwespen, Schmalbienen, Feldwespen, die garstigen Insekten, die sich in Melanies Haar verfingen, und die sirrenden Blutsauger, die unter ihr Moskitonetz gelangt waren und sie die halbe Nacht wach hielten. Charles behauptete, wenn man zulasse, dass sie sich richtig vollsaugten, würde der Stich hinterher nicht jucken. Es war scheußlich, mit anzusehen, wie Charles auf seinem dünnen, ausgestreckten Arm einen Moskito seinen leuchtend roten Hängeleib füllen ließ.

Charles begann, Twelve Oaks das »Königreich der Insekten« zu nennen, und stürzte sich summend und sirrend auf Melanie, bis sie nicht mehr wusste, ob sie kichern oder weinen sollte.

Da Melanie eines Tages Ashley Wilkes heiraten würde, wollte sie Twelve Oaks genauso lieben, wie Ashley es liebte, doch die Aussicht darauf, die nächste Mrs Wilkes zu werden und dieses riesige Haus, seine Bediensteten und seine Wirtschaft führen zu müssen, beängstigte sie. Als Ashleys Mutter starb, mussten Ashleys Schwestern India und Honey sehr hart arbeiten. Und von Ashleys Frau würde man erwarten, dass sie das alles allein bewältigte.

Melanie und Ashley würden ihren Platz auf Twelve Oaks einnehmen, wie Ashleys Eltern es vor ihnen getan hatten, und Twelve Oaks würde sie ernähren, bis sie dereinst ihre letzte Reise zu dem Friedhof auf dem Hügel hinter dem Haus antreten würden.

Das Liebespaar stieg oft die steinernen Stufen zu diesem Friedhof hinauf. Unter dem Blätterdach der alten Kastanien und Ulmen setzten sie sich hin und tauschten all die gewichtigen Gedanken und Gefühle aus, die junge Menschen an solch einem Ort zum Ausdruck bringen.

Den Park von Twelve Oaks liebte Melanie sehr – die Magnolien, Azaleen, Rhododendren, Bourbonrosen. Ihre glücklichsten Erinnerungen galten den Momenten, da sie mit Ashley unter der Glyzinie gesessen hatte, deren dicke Ranken genauso alt waren wie das Herrenhaus.

Das Paar sprach über Literatur und Schönheit. Sie diskutierten über Mr Scotts Romane und Mr Dickens' *Der alte Raritätenladen*.

Ashleys und Melanies junge Liebe war so unauffällig, dass man es niemandem verdenken konnte, nichts davon zu bemerken. Die schmerzlichen Zweifel und das Zaudern, die halbherzigen Bindungen, die mutigen Vorstöße und die verletzten Rückzüge jener unglücklich Verliebten, die nicht einen Cousin oder eine Cousine heirateten, blieben ihnen erspart. Eines Nachmittags im Frühling fragte Ashley Melanie, ob sie ihn heiraten wolle, und sie sagte ja. Ashley trug, wie Melanie sich später erinnerte, eine Rose im Knopfloch. Melanie war überrascht, wie sehr sie Ashleys Kuss genoss.

Nachdem er ein Jahr lang bei seinem Regiment in Georgia gedient hatte, meldete sich Ashley freiwillig zum Dienst in Ravanels Brigade, denn, wie er Melanie schrieb: »Ich halte es für meine Pflicht.«

Es stand Melanie nicht zu, die Entscheidung ihres Mannes zu kritisieren, doch sein Wechsel zu Ravanels tollkühner Brigade bereitete ihr schlaflose Nächte.

Schon bald begann Ashley seine Entscheidung zu bereuen.

»Ein Gentleman aus Charleston unterscheidet sich von einem Gentleman aus Georgia. Für Ersteren steht außer Zweifel, dass Charleston der Nabel der Welt ist und die zivilisierte Welt jenseits des Tieflandes endet. Wenn ich den Männern den Park von Twelve Oaks beschreibe, die seltenen Rosen, die meine Urgroßmutter aus Virginia mitgebracht hat – dieselben Rosen, die ihre *Urgroßmutter wiederum aus Surrey mitgebracht hatte! –, dann verkünden sie, die Rosen neben dem Jockey Club seien die ›hübschesten im ganzen Süden‹, dabei wissen sie nicht einmal, welche Sorte es ist!«*

In einem Postskriptum fügte Ashley hinzu: *»Colonel Ravanel ist ein mitreißender Kommandant, aber ich würde ihn nie mit meinen Schwestern allein lassen!«*

In den hektischen, aufregenden Tagen, als die Südstaaten in den Krieg gezogen waren, hatte Miss Melanie Hamilton Mr Ashley Wilkes geheiratet, und Miss Scarlett O'Hara Mr Charles Hamilton. Keines der beiden Paare hatte Zeit gehabt, zwischendurch einmal Atem zu schöpfen. Und wenn die Ladenbesitzer »Mrs Wilkes« zu Melanie sagten, wusste sie anfangs gar nicht, wen sie meinten.

Als ein halbes Jahr später ihr Bruder Charles umkam, war Melanie am Boden zerstört. Melanie war noch ein Kleinkind gewesen, als man Charles und sie in Tante Pittypats Obhut gegeben hatte. Die mollige, kindliche Frau, die auf den Namen Sarah Jane Hamilton getauft war, wurde von allen immer nur Pittypat genannt. Ihr Haushalt war ein einziges fröhliches Durcheinander, und alle Nachbarskinder kamen zum Spielen dorthin. Melanie konnte sich nicht an ihre verstorbenen Eltern erinnern. Sie liebte ihren Bruder Charles, wie nur Waisenkinder ihre Geschwister lieben können.

Melanie war ein so kränkliches Kind gewesen, dass sie die Ärzte von Atlanta an ihrem Schritt auf der Treppe erkannte. Sie hatte damit gerechnet, dass *sie* jung sterben, Charles dagegen ewig leben würde.

Mit Charles war ihre gemeinsame Kindheit gestorben: Moses Melasse-Süßigkeiten, der Schrank unter Pittypats Treppe, der ihr geheimes Versteck gewesen war, die albernen Kinderwitze, die ein nostalgisches Lächeln auf das Gesicht der Erwachsenen zaubern konnten. Auch das »Königreich der Insekten« starb mit Charles Hamilton.

Im ersten Kriegsjahr, als Ashley bei der Armee war und Charles nicht mehr unter den Lebenden weilte, fühlte Melanie Wilkes sich furchtbar einsam.

Jeden einzelnen endlosen Tag zu überstehen, die Menschen anzulächeln, die ihr Lächeln brauchten, den freundlichen Seelen Mitgefühl zu spenden, die eigentlich gekommen waren, um Melanie Mitgefühl zu spenden: In ihren Pflichten sah Melanie eine Zuflucht.

Melanie linderte ihren Schmerz durch ihre Sorge um Scarlett, die Witwe ihres Bruders. Die Entscheidung von Scarletts Mutter Ellen, die junge Witwe zu Verwandten nach Charleston zu schicken, unterstützte Melanie voll und ganz. Immer wieder versicherte sie ihrer Schwägerin, was sie selbst nicht glaubte: dass die Trauer um Charles irgendwann ein Ende haben würde.

Als sich Scarletts Stimmung auch durch den Aufenthalt in Charleston nicht hob, schlug Melanie Tante Pittypat vor, Scarlett und den kleinen Wade zu sich nach Atlanta einzuladen. Pittypat druckste herum und sagte schließlich: »Ich fürchte, Scarlett ist ein ziemlich unruhiger Mensch, Liebes.«

Melanie sagte, sie seien der Frau, die Charles erwählt habe, und Charles' Sohn, dem kleinen Wade Hampton Hamilton, verpflichtet, worauf Pittypat – wie immer – einlenkte.

Melanies Schwägerin war so lebensprühend, wie Melanie zurückhaltend war. Scarlett hatte vor nichts Angst, Melanies Mut war nie auf die Probe gestellt worden. Scarlett hatte ein Dutzend glühende Verehrer gehabt, um Melanie hatte nur ihr Cousin geworben, und das in aller Stille. Vielleicht hoffte Melanie, dass Scarletts Lebendigkeit ein wenig auf sie abfärben würde. Sie wollte ihre Schwägerin unbedingt zur Freundin haben.

Schon bald nach Scarletts Eintreffen bestätigten sich Pittypats Ängste. Scarlett eckte bei Pittypats liebsten Freundinnen, Mrs Merriwether und Mrs Elsing, an, wobei Melanie immer wieder tapfer für Scarlett eintrat und so den Frieden bewahrte. Und Melanie liebte den kleinen Wade, der Charles' sanfte, vertrauensvolle Augen hatte.

Als Captain Butler die Witwe Hamilton zu besuchen begann, waren Pittypats Freundinnen, die doch zu kranken Kindern und alten Bediensteten so gütig sein konnten, entsetzt – und sie brachten ihr Missfallen deutlich zum Ausdruck.

Melanie hatte viel Schlimmes über Captain Butler gehört. Als er zum dritten Mal vorbeikam, wollte es der Zufall, dass weder Pittypat noch Scarlett zu Hause waren.

Melanie fand, dass Rhett Butler auf eine Weise gut aussah, die an eine Raubkatze erinnerte. Er war muskulöser als die meisten Gentlemen, auch wenn seine Schneider ihr Bestes getan hatten, das zu verstecken.

Captain Butler bedauerte es zutiefst, dass Mrs Hamilton nicht zu Hause war. Er werde Atlanta am nächsten Tag verlassen und sei mit diesem Besuch einer spontanen Regung gefolgt.

»Entschuldigen Sie, Captain Butler«, sagte Melanie, »aber es heißt, Sie seien ein Schurke.«

»Nun ja.« Er lächelte. »Das bin ich wohl auch.«

»Trotzdem drücken Sie sich gepflegt aus und haben das Gebaren eines Gentleman.«

»Der Schein trügt bekanntermaßen, Mrs Wilkes.«

»Und heute wollen Sie, wie Sie sagen, Schuhe aus Paris für Pittypat und ein englisches Spielzeug für den kleinen Wade vorbeibringen.«

»Mrs Wilkes, jeder Einbrecher, der etwas von seinem Fach versteht, besänftigt den Wachhund, ehe er das Familiensilber stiehlt.«

»Man sagt, Sie seien ein harter Geschäftsmann, aber ehrlich.«

Er tat ihr mildes Lob ab, als wischte er sich ein paar Krumen vom Jackettaufschlag. »In der Geschäftswelt schmeichelt man einem Dieb eher, als dass man zugibt, von ihm überlistet worden zu sein.«

»Mr Butler?«

»Ja, Mrs Wilkes?« Sein breites Lächeln war rückhaltlos und unbekümmert.

»Ich habe gehört, Mr Butler, dass Sie diesen Krieg für ein wahnwitziges Unterfangen halten.«

Sein Amüsement schwand. »Liebe Mrs Wilkes, dieser Krieg ist bereits jetzt schrecklich. Und ich fürchte, er wird noch viel schrecklicher werden. Er wird den Süden zerstören.«

Sie reichte ihm ihre kleine Hand. »Es ist mir ein Vergnügen, Sie bei uns begrüßen zu dürfen, Captain Butler. Kommen Sie bitte herein. Darf ich Ihnen vielleicht eine Tasse Tee anbieten?«

Von diesem Moment an durfte in Melanies Gegenwart außer Scarlett niemand schlecht von Rhett Butler sprechen.

Melanie war immer froh, wenn Rhetts schickes Gig vor Pittypats Palisadenzaun anhielt. In dieser verkehrten Welt verkörperte Rhett Butler die Normalität. Sein vornehmer Filzhut widerlegte die Tatsache, dass feine Hüte derzeit für Geld nicht zu haben waren; Rhetts polierte Schuhe straften die Erfahrung Lügen, dass man nirgends gute Schuhe bekam; die Köstlichkeiten, die er mitbrachte, waren der Beweis, dass irgendwo auf der Welt kein Krieg herrschte.

Gemütlich in ihrem Salon sitzend, befriedigte Rhett Pittypats Neugier bezüglich der neusten Pariser Mode und der Frage, was man am englischen Hof gerade trug.

Melanie hatte sich immer danach gesehnt zu reisen, und sie lauschte hingebungsvoll Rhetts Geschichten von überschwänglichen Kapellen, die zu Beerdigungen in New Orleans aufspielten, und wilden Goldgräberlagern in Kalifornien (allen voran Mugfuzzle!).

Rhett und Scarlett prallten aufeinander wie Feuerstein und Stahl. Es ging Melly ja nichts an, aber sie fand Scarlett und Rhett jeden für sich so imponierend, dass sie sich unwillkürlich vorstellte, die beiden würden eines Tages zusammenfinden. Melanie verstand nicht, warum Scarlett Rhett die kalte Schulter zeigte – selbst wenn ihr Herz noch ganz Charles gehörte, könnte sie Rhett gegenüber doch etwas höflicher sein. Rhett spottete immer über Scarletts abweisendes Verhalten und verabschiedete sich irgendwann wütend, während Scarlett dann durch das ganze Haus marschierte und die Türen hinter sich zuknallte.

An jenem denkwürdigen Morgen jedoch war Captain Butler nicht in der Stadt, und die drei Damen aus Pittypats Haushalt waren unterwegs zum Hotel National, wo Dolly Merriwether einen Empfang für Andrew Ravanel organisiert hatte. Die Damen hofften, dass Colonel Ravanel von seinem Adjutanten, Ashley Wilkes, begleitet werden würde.

Es war ein herrlicher, klarer und kalter Wintertag. Die Krankenwagen, die quietschend durch die Stadt rollten, waren inzwischen so alltäglich geworden, dass keiner sie mehr wahrnahm.

»Melanie! Du darfst das Winken der Soldaten nicht erwidern!«, sagte Tante Pittypat. »Womöglich sind das keine Gentlemen.«

»Es sind unsere Soldaten, unsere braven Jungs«, antwortete Melanie Wilkes und rief dann: »Männer, wir sind stolz auf euch!«

Auf diese Ungehörigkeit, die so gar nicht zu der zurückhaltenden Mrs Wilkes passte, brummelte Pittypats alter Hausdiener Onkel Peter irgendetwas vor sich hin und ließ die Zügel schnalzen.

Die Stute beschleunigte kurz ihr Tempo und verfiel dann wieder in ihren üblichen Schritt.

Kutschen, Reiter und Fußgänger sammelten sich im Stadtzentrum. Blaue Fähnchen schmückten die Gaslaternen, und aus allen Fenstern hing die Flagge der Konföderierten Staaten von Amerika.

Pittypat sagte: »Ich habe gehört, dass Colonel Ravanel seinen Banjospieler überallhin mitnimmt. Colonel Ravanels Offiziere sollen fröhliche Burschen sein.«

Als sie mit der Kutsche nicht mehr näher an das Hotel herankamen, stiegen die Damen aus, und Pittypat wies Onkel Peter an, sie spätestens um fünf Uhr abzuholen.

»Ja, Miss Pitty. Werd mein Bestes tun.«

Am Bahnhof herrschte ein solches Gedränge, dass die Damen nicht durchkamen. Auf Scarletts Vorschlag begaben sie sich hinter den Bahnhof, überquerten ungeachtet Pittys Klagen die Gleise und gelangten so in den kleinen Park gegenüber dem Hotel National. Von dort aus konnten sie zwar nicht sehen, wie Colonel Ravanels Zug einfuhr, doch sie hörten den Jubel. Eine Lawine von Hurraschreien rollte durch die Pryor Street und markierte das Fortkommen des Helden, dessen Kutsche, von Bürgern der Stadt gezogen, nun in Sicht kam. Einige Jungen liefen ihr voraus und riefen wichtigtuerisch: »Platz da! Hier kommt Colonel Ravanel!«

»Oh Gott«, sagte Tante Pittypat. »Ich glaube, ich werde ohnmächtig.

Scarlett hüpfte ungeduldig auf und ab. »Seht ihr ihn? Melanie, siehst du Ashley?«

»Du darfst nicht ohnmächtig werden, Tantchen. Scarlett, ich kann nicht erkennen, wer in der Kutsche sitzt. Bitte, Scarlett, du bist doch größer als ich!«

Auch auf Zehenspitzen konnte Scarlett nicht durch den Wald von Zylindern hindurchsehen.

»Wir werden bestimmt nicht auf den Empfang gelassen«, jammerte Tante Pittypat. »Wir werden Ashley nicht sehen, Peter wird vergessen, uns abzuholen, und wir werden zu Fuß nach Hause gehen müssen. Die Schuhe, die Captain Butler mir mitgebracht hat, drücken so schrecklich!«

»Hättest du Captain Butler die richtige Schuhgröße genannt, dann würden sie vielleicht passen«, fauchte Scarlett.

»Meine Liebe! Jeder weiß, dass ich die kleinsten Füße der Familie habe!«

Scarlett biss sich auf die Zunge und fragte dann: »Melly, gibt es im Hotel nicht eine Hintertreppe? Könnten wir vielleicht über die reinkommen?«

»Aber meine Liebe!«, protestierte Pittypat. »Das ist eine Gesindetreppe!«

Melanie sagte: »Nimm meinen Arm, Tante Pittypat. Bitte, meine Herren, würden Sie drei Damen vorbeilassen! Danke, Sir. Sehr freundlich, Sir. Danke.«

Sie hatten keine Einladungen, aber Melanie und Pittypat waren mit der Gastgeberin Dolly Merriwether befreundet, und die konnte natürlich schlecht ihre Freudinnen einlassen, Scarlett dagegen wegschicken. »Ja, Scarlett«, sagte Mrs Merriwether daher mit säuerlichem Lächeln. »Ich freue mich, dass Sie gekommen sind, um unserem Colonel die Ehre zu erweisen.«

Scarlett machte einen Knicks. »Liebe Mrs Merriwether, Sie wissen doch, wie sehr ich unsere tapferen Soldaten bewundere.«

Mrs Merriwether blinzelte wie eine Eule.

»Wir hatten gehofft, Ashley würde Colonel Ravanel begleiten. Haben Sie ihn gesehen, Dolly?«, fragte Melanie.

»Meine Liebe, es ist mir bisher nicht gelungen, auch nur in die Nähe des Colonel zu gelangen. Halb Atlanta hat sich auf unsere Festlichkeit gedrängt. Wozu sind Einladungen gut, wenn keiner sie beachtet?«

Scarlett schob sich durch die Menge. Ein gertenschlanker weißblonder Offizier lauschte mit geneigtem Kopf Dr. Meade, einem bärtigen Arzt, der die gute Meinung, die man allseits von ihm hatte, selbst teilte. Andrew Ravanel wandte sich Scarlett mit einer Verbeugung zu. »Hätte ich geahnt, dass Atlanta mit solchen Schönheiten aufwarten kann, wäre ich schon früher gekommen.«

Scarletts Blick wanderte auf der Suche nach Ashley an dem Ehrengast vorbei. Beiläufig sagte sie: »Es ist ganz recht, dass Sie nicht öfter kommen, Colonel Ravanel. Sie haben unsere Stadt in ein Tollhaus verwandelt.«

»Schlimm, nicht wahr?« Er grinste unschuldig, geradezu jungenhaft. »Dr. Meade, wollen Sie uns nicht bekannt machen?«

Scarlett konnte Ashley nirgends entdecken.

»Colonel Ravanel, Mrs Charles Hamilton. Mrs Hamiltons Gatte hat für die Sache das Leben gelassen.«

Melanie trat an Scarletts Seite.

»So viele, viele Opfer …« Der Colonel beugte sich vor, um Scarletts Hand zu küssen. »Und diese andere reizende Dame ist …«

»Mrs Ashley Wilkes, Colonel. Mein Mann, Major Wilkes, ist in Ihrer Brigade.«

Das Lächeln des Colonel gefror. »Major Wilkes ist wieder zu seinem Regiment zurückgekehrt.«

Melanie runzelte die Stirn. »Aber er ist doch erst im September zu Ihnen gewechselt!«

»Länger ist das nicht her? Wilkes hat mich gebeten, zu seinem Regiment in Georgia zurückkehren zu dürfen, und ich habe seinem Wunsch stattgegeben.«

»Aber … ich wusste gar nicht … Colonel, die Post ist derart unzuverlässig! Bitte sagen Sie mir doch: Wie geht es meinem Mann? Ist Ashley bei guter Gesundheit? Guten Mutes? Hat er warme Kleidung?«

»Als ich ihn das letzte Mal gesehen habe, ließ Wilkes' Gesundheit nichts zu wünschen übrig.«

Melanies Stirn legte sich in Falten. »Aber Colonel Ravanel …«

Dr. Meade rettete den Colonel vor weiteren peinlichen Fragen. »Während unsere tapferen Soldaten fürchterliche Entbehrungen auf sich nehmen, scheffeln Spekulanten Reichtümer. Ich habe einen sehr deutlichen Brief an den *Gate City Guardian* verfasst, in dem ich jene anprangere, die aus dem allgemeinen Mangel persönlichen Profit schlagen.« Dr. Meade machte eine dramatische

Pause. »Colonel Ravanel, sind Sie nicht aus Charleston gebürtig? Sie kennen doch bestimmt Rhett Butler.«

»Aber sicher. Sein Vater, Langston, ist Mitglied der gesetzgebenden Versammlung von Carolina. Rhett ist, fürchte ich, das schwarze Schaf der Familie.«

Melanie Wilkes sagte: »Ich zähle Mr Butler zu meinen Freunden.«

Dr. Meade verbeugte sich steif. »Mrs Wilkes, ich stelle Butlers Charme nicht in Abrede. Sagen Sie, Colonel, wissen Sie vielleicht, in welcher ›Armee‹ ›Captain‹ Butler den Rang des Captain bekleidet?«

Scarlett hörte all diese Banalitäten kaum. Sie war in einer Art und Weise enttäuscht, dass sie hätte schreien können. Sie hatte so gehofft, Ashley zu sehen. Nur einen Moment lang, einen kurzen, kostbaren Moment! Was sagte Dr. Meade gerade? Äußerte er sich abfällig über Rhett Butler? »Sie werden sicher froh sein, Dr. Meade, wenn Captain Butler wieder zurück ist und Sie Ihre patriotischen Ansichten persönlich vor ihm ausbreiten können.« Scarletts Lächeln war bewusst unaufrichtig. »Komm, Melanie, wir sollten den Colonel seinen Bewunderern überlassen.«

Colonel Ravanel sagte: »Meine liebe Mrs Hamilton. Bitte bleiben Sie.« Er legte eine Hand auf die Brust und deklamierte: ›Wenn du gehst, dann geht das Licht mit dir.‹

»Colonel, es ist Winter, da wird es nun mal früh dunkel. Wenn Sie Licht haben wollen, sollten Sie sich eine Laterne kaufen.«

Melanies besorgter Blick hatte sich nicht von dem Colonel gelöst. »Wenn ich meinem Mann schreibe, Colonel, darf ich ihn Ihrer Hochachtung versichern?«

»Bemühen Sie sich nicht, Madam. Captain Wilkes weiß, was ich von ihm halte.«

Auf der Heimfahrt konnte Tante Pittypat von nichts anderem als dem schneidigen Colonel reden. »Was hat er zu euch gesagt? Melly? Scarlett? Jedes Wort will ich hören! Meine Güte, Melly, sehe ich da Tränen in deinen Augen?«

An diesem Abend machte sich Melanie solche Sorgen um Ashley, dass sie einen Schlaftrunk einnahm. Pittypat saß in der Küche und behandelte die Blasen an ihren Füßen mit einem Fußbad, während Scarlett im Salon einen Sassafrastee trank. Auf Tante Pittypats vollgestelltem Kaminsims drängten sich Daguerreotypien, an der Wand hingen Drucke aus *Godey's Lady's Book* neben gemalten Miniaturen, Scherenschnitten und mittelmäßigen Aquarellen. Jeder einzelne dieser heißgeliebten Gegenstände war mit einer Erinnerung verbunden. »Der Porzellanschrank dort hat einmal Mellys Mutter gehört – auf dem Dachboden würde er sich so überflüssig fühlen!«, sagte Tante Pittypat.

Scarlett schob ein paar Muscheln beiseite (vor zwanzig Jahren an einem Strand bei Savannah gesammelt), um Platz für ihre Teetasse zu schaffen, und machte es sich in einem Armsessel bequem. Scarlett mochte Sassafrastee eigentlich nicht, aber sie genoss es, einmal für sich zu sein.

Sie schloss die Augen, um Gott dafür zu danken, dass Ashley Colonel Ravanels Brigade verlassen hatte. Der »legendäre Rebellenkommandant«, wie die Zeitungen ihn nannten, setzte das kostbare Leben seiner Männer aufs Spiel. Was würde sie nur tun, wenn sie Ashley verlöre?

Ashley tot! Wie konnte sie so etwas nur denken! Rasch sprach sie ein Gebet, bat Gott, ihr zu verzeihen. Sie hatte es nicht so gemeint!

Auf der Veranda von Tante Pittypats Haus brach plötzlich schrilles Geklimper los, und eine Tenorstimme sang: »Wenn du deinen Spaß haben willst, wenn du deinen Spaß haben willst, geh zur Kavallerie!«

Als der bestürzte Onkel Peter die Haustür öffnete, schwang Colonel Ravanel seinen Federhut fast bis auf den Boden. »Guten Abend, Mrs Hamilton. Ich bin gekommen, um Atlantas hübschester Dame ein wenig unschuldige Unterhaltung zu bieten!« Der Neger hinter dem Colonel klopfte bedeutungsvoll auf sein Banjo. Seine Miene war feierlich, als er sodann, einen langsamen Ton nach dem anderen, das allseits bekannte »Lorena« zupfte.

Der Colonel rezitierte den Text. »›Die Jahre ziehn dahin, Lorena. Und Schnee fällt wieder auf den Wald …‹«

»Sir …«, protestierte Onkel Peter.

»Geh ins Bett, Onkel. Ein alter Kerl wie du braucht seinen Schlaf.«

»Du kannst gehen, Onkel Peter«, sagte Scarlett, die zur Tür gekommen war. »Sir, ich kann mich nicht erinnern, Sie eingeladen zu haben.«

»›Die Sonne hängt schon tief, Lorena. Wo's blühte, glitzert es jetzt kalt …‹«

»Ihr Gedächtnis hat Sie im Stich gelassen, Colonel. Ich heiße nicht Lorena.«

Er seufzte tief. »Was für ein melancholisches Lied. Wir einsamen Soldaten singen es, wenn wir nachts ums Feuer sitzen und von zu Hause träumen, von den liebenden Herzen, die wir zurücklassen mussten.« Sein trauriger Blick heischte zärtliches Verständnis. »Die Pflicht, liebe Mrs Hamilton – darf ich Scarlett sagen? – ist ein strenger Zuchtmeister.«

»Sir, sind Sie betrunken?«

Tante Pittypat kam angehumpelt. »Ja, Colonel Ravanel …«

»Du kannst wieder in die Küche gehen, Tante Pitty. Colonel Ravanel wollte gerade gehen.«

»Aber Scarlett …«

»Bitte!«

Kopfschüttelnd zog Pitty sich zurück.

Der Banjospieler war so gut, dass er beinahe Scarletts Zorn beschwichtigt hätte. Mit sanften Tönen empfand er die Enttäuschung seines Herrn nach. Seine Akkorde waren leise Seufzer. Um Erinnerungen an glücklichere Zeiten heraufzubeschwören, wechselte er die Tonart und begann das fröhliche »Ye Cavaliers of Dixie« zu spielen.

»Cassius hat ein unerschöpfliches Repertoire«, vertraute Colonel Ravanel ihr stolz an.

»Ihr Repertoire, Sir, ist fraglos ähnlich umfangreich, was Mrs Ravanel sicher bestätigen kann. Ihre Frau hat ein angenehmes

Wesen. Sie ist Albernheiten gegenüber zweifellos weit nachsichtiger als ich. Gute Nacht, Colonel Ravanel. Und bitte vergessen Sie Ihr Orchester nicht.«

Sein amüsierter Blick erstarrte. »Ich bin es nicht gewohnt, verspottet zu werden.«

»Und ich bin es nicht gewohnt, mit spontanen musikalischen Darbietungen überrascht zu werden.«

»Cassius!«

Als die fliegenden Finger des Negers zur Ruhe kamen, hingen die letzten Töne in der Luft wie Sonnenstäubchen. Zum zweiten Mal an diesem Abend zog Andrew Ravanel seinen Hut so tief, dass die Feder den Boden berührte. »Eine patriotische Dame wie Sie, Madam, hat meine volle Bewunderung.«

»›Patriotisch‹? Meine Güte!« Scarlett hielt sich in gespieltem Erstaunen die Hand vor den Mund. »Ich wusste nicht, dass *das* Patriotismus ist. Ich glaube, was Sie im Sinn hatten, wird normalerweise mit groberen Worten ausgedrückt, die zu kennen allerdings keine wohlerzogene Dame aus Georgia je zugeben würde.«

Kapitel 14

Verheiratet

Rosemary Haynes gab sich alle Mühe, die Oberhand über ihr Herz zu gewinnen. Wenn sie nur entschlossen genug so tat als ob, würde die Lüge womöglich zur Wahrheit werden, und sie könnte ihren Mann lieben. Sie unterdrückte das Gähnen, wenn John ihr abends vorlas, und schlug ein- oder zweimal selbst ein Buch vor. Manchmal hatte Rosemary sogar ein Lächeln für ihren Mann, wenn er sich abends auf dem Treppenabsatz zu ihr wandte.

»Tue ich dir weh?«

Ihre Hände ballten sich an ihren Seiten zu Fäusten. »John, Schatz. Bitte richte dich ganz nach deinen Bedürfnissen.«

Auch wenn ihre Gespräche als Ehepaar sich dahinschleppten wie ein Wagen mit verbogener Achse, als Megs Vater und Mutter ging ihnen der Gesprächsstoff nie aus.

Rosemary war endlos fasziniert von dieser wundersamen Variation ihrer selbst. Meg verstellte sich nie. Im einen Moment fröhlich, im nächsten Moment in Tränen aufgelöst: Jegliche Zurückhaltung war ihr fremd.

Eines Abends, als die Eltern nach dem Gebet ihres Kindes wieder nach unten gingen, fragte John: »Warum hat Meg denn heute für Pferde gebetet? Sie hat Gott ja jedes Pferd auf dieser Welt anempfohlen.«

»Offenbar sind Cleo und Meg heute auf dem Weg in den White Point Park einem Droschkenkutscher begegnet, der sein Pferd prügelte. Cleo hat mir erzählt, das Pferd sei alt gewesen – zu alt, um noch eine Kutsche zu ziehen. Einige Erwachsene protestierten erfolglos, doch Meg rannte zu dem Droschkenfahrer und schlug auf seine Beine ein.« Rosemary lächelte liebevoll. »Megs Attacke hat die Umstehenden wohl beschämt, denn ein Offizier kaufte das arme Tier an Ort und Stelle.«

»Unsere liebe Tochter verabscheut Grausamkeit. Das Pferd –«

»Ja«, sagte Rosemary. »Ich nehme an, unser barmherziger Samariter hat das Tier wenig später erschossen, aber in Megs Vorstellung steht es jetzt gesund und munter auf irgendeiner Weide. Ich hatte als Kind ein Pony – Jack, mein geliebter Jack. Vielleicht könnte Meg –«

John erbleichte. »Meg ist noch zu jung für ein Pony.«

John Haynes wurde in die gesetzgebende Versammlung geladen, um an der Diskussion über Strategien zur Bekämpfung der Yankeeblockaden teilzunehmen.

Während sie auf die Abfahrt des Zuges nach Columbia warteten, erklärte John: »Ich verlasse Meg nur äußerst ungern!« und fügte rasch hinzu: »Natürlich wirst auch du mir fehlen, mein Schatz.« John Haynes wünschte, ihm stünden bessere Worte zur Verfügung, magische Worte, die etwas zwischen ihnen verändern würden. Seine Stimme erstarb. »Oh ja, du wirst mir fehlen.«

Obwohl ihre Kopfschmerzen sich wieder meldeten, mahnte Rosemary: »Bitte denk daran, dich warm genug anzuziehen, John. Du weißt, wie leicht du dich erkältest. Und vergiss nicht zu frühstücken.«

»Ja«, sagte er. »Also …« Sie umarmten sich steif. Rosemary tätschelte seine Hand.

Er sagte: »Auf Wiedersehen, meine Liebe.«

Rosemary lächelte und winkte, während Johns Zug ausfuhr, doch sobald sein Waggon außer Sicht war, ließ sie sich auf die nächstbeste Bank fallen. In ihren Schläfen hämmerte es. Sie schloss die Augen und zwang sich, tief durchzuatmen.

Sie hörte einen Zug: die Glocke, das Zischen des entweichenden Dampfs, das Rumpeln von Gepäckwagen, Begrüßungen. Forsche Schritte machten vor ihr halt, und als Rosemary die Augen aufmachte, lächelte Andrew Ravanel auf sie herunter.

Ihre Kopfschmerzen waren wie weggeblasen. Rosemary fühlte

sich mit einem Mal leichter – so leicht, als könnte sie wie eine Feder entschweben.

»Ja hallo, Rosemary. Was für ein ungewöhnlicher Ort, um ein Nickerchen zu halten.«

»Großer Gott, Andrew! Ich wusste nicht, dass Sie erwartet werden. Wo ist Ihr Empfangskomitee?«

Der Colonel lachte. »General Bragg ist der Meinung, dass es den Südstaatlern guttut, mich hin und wieder zu sehen.« Andrew presste melodramatisch eine Hand an die Brust. »Liebe Rosemary, ich bin nur ein einfaches Utensil, wie die Gussform einer Gewehrkugel oder ein Kochgeschirr, das man benutzt, bis es verschlissen ist und weggeworfen wird.«

Rosemary lächelte strahlend. »Dann ist dieser ganze ›Heldenmut‹ nur Schein?«

»Was sonst! Aber können Sie ein Geheimnis für sich behalten? Der Krieg ist eine echte Gaudi!«

Der Neger, der Ravanels Reisetasche trug, hatte ein Banjo über der Schulter hängen.

»Cassius, besorg uns eine Droschke. Ich werde mich in die Stadt stehlen wie ein Dieb in der Nacht. Kommen Sie, Rosemary, ich bringe Sie nach Hause.«

Während ihre Droschke die Meeting Street entlangrollte, beschrieb Andrew Rosemary den Empfang in Atlanta. »Während ich in die Kutsche stieg, spannten einige Männer die Pferde aus. War ich etwa unter Pferdediebe geraten? Nein, ganz im Gegenteil! Diese ehrenwerten Bürger hatten es sich in den Kopf gesetzt, meine Kutsche selbst zu ziehen. Sie griffen nach den Deichseln und schritten so energisch einher, dass ich mich fragte, warum diese kräftigen Kerle eigentlich nicht in der Armee waren.

Als Nächstes zerrten sie mich unter ohrenbetäubendem Jubel aus der Kutsche und hoben mich auf ihre Schultern. Sie trugen mich eilends die Hoteltreppe hoch, wobei ich ständig befürchtete, mit dem Schädel an die Decke zu schlagen. Schließlich wurde ich zu meiner großen Erleichterung wieder auf meine eigenen Beine gestellt.

Auf dem Empfang zu meinen Ehren lernte ich zwei der ärgsten Knurrhähne kennen, denen ich je begegnet bin. Der gute Dr. Meade prangerte Ihren Bruder Rhett gnadenlos an, bis ich ihm auf den Kopf zusagte, dass er es in Rhetts Gegenwart niemals wagen würde, so zu sprechen.« Andrew nahm Rosemarys Hand. »Und Mrs Merriwether, der andere Knurrhahn, ist so furchteinflößend, dass wir sie mit Eisenplatten beschlagen durch den Hafen von Charleston segeln lassen sollten. Nach Steuerbord und Backbord Gemeinplätze ausstoßend, würde sie in der Unionsflotte wahre Verwüstungen anrichten. Tja, und die anderen Damen aus Atlanta …«

»Ohnmächtig zu Ihren Füßen?«

»Ein trauriger Haufen. Es war eine arme Seele dabei, deren Mann der schlechteste Offizier ist, den ich je befehligt habe. Ich habe schamlos gelogen. Nachdem ich mit meinen Elogen auf Major Wilkes fertig war, hatte ich ihn zu meinem Lieblingsuntergebenen gemacht.«

Andrew steichelte die zarte Haut auf Rosemarys Handrücken: eine delikate Berührung an der Grenze zwischen Lust und Schmerz. »Aber Rosemary, da beschreibe ich lang und breit diese lästigen Gestalten, wo doch die hübscheste Frau von Charleston neben mir sitzt.«

Rosemary nahm ihre Hand wieder in Besitz und setzte sich aufrecht hin. »Sie vergessen, dass ich Ehefrau und Mutter bin, Andrew.«

»Aber ja, das sind Sie. Und so sollte es auch sein. Eine glückliche Mutter, eine zufriedene Ehefrau.«

Während sie an den Häuser- und Kirchenruinen des niedergebrannten Viertels vorbeifuhren, nahm Andrew wieder ihre Hand. »Wissen Sie noch, wie das ist, mit einem guten Pferd zu springen? Dieser Moment, wo man dem Pferd vertraut und die Zügel schießen lässt, und es hebt ab und schwebt, schwebt ins Nichts, und plötzlich weiß man, dass man unsterblich ist. Wissen Sie das noch, Rosemary, wie es sich anfühlt, unsterblich zu sein?«

Rosemary antwortete ganz leise: »Nein.«

»Wir Soldaten jagen dahin, dann wieder warten wir, wir ertragen Sattelwunden, schlechtes Wetter, furchtbares Essen, und ich schwöre Ihnen, wenn wir Cassius' Banjo nicht hätten, würden wir an manch einem Tag geschlossen zum Feind überlaufen. Doch dann, eines Morgens, treffen wir den Feind in seiner ganzen schrecklichen Herrlichkeit, und in diesem Moment steht die Zeit plötzlich still. Das ist doch Ihr Haus, Rosemary? Darf ich noch mit hineinkommen?«

»Ja«, sagte Rosemary.

Bedienstete wissen alles. Bedienstete wechseln zerwühlte Laken und schrubben Unterwäsche, hören ekstatische Schreie hinter verschlossenen Türen.

Am nächsten Morgen erzählte Cleo der Köchin: »Dieser Colonel-Bursche, der is in'n Salon gekommen, aber nich weiter, und als es so ausgesehn hat, als würd er doch weiterkommen, da hat Miss Rosemary gesagt, ich soll Miss Meg runterholen, damit der Colonel sie bewundern kann. Und die kleine Meg, die mag den Colonel gar nich. Oh nein! Das Kind hat sich aufgeführt und um sich getreten, bis Miss Rosemary sie weggebracht hat, un der Colonel, der hat fast 'ne Stunde im Salon gewartet, aber Miss Rosemary is nich mehr wiedergekommen.«

Enttäuscht fragte die Köchin nach: »Die ham nix gemacht?«

»Oh, dieser Colonel, der wollte wohl. Der war wie'n Hengst, der um 'ne Stute rumstolziert und schnauft und seine Zähne zeigt, und Miss Rosemary, die hat vielleicht auch gewollt, aber Gott hat ihr gesagt: ›Untersteh dich! Spar dich für deinen Mann auf!‹ Gut, dass der Colonel mich nich so angeguckt hat wie die Miss Rosemary, denn so'n gut aussehenden Mann habe ich mein Lebtag nich gesehen, das schwör ich dir.«

Die Köchin schüttelte den Kopf. »Gar nix?« Ihre Miene hellte sich auf. »Ich wette, die Weißen denken, dass doch was war.«

Andrew ging in zügigem Schritt die Battery entlang, ohne diejenigen, die ihn erkannten, zu beachten. Cassius trabte neben ihm her.

Obwohl Andrew den Klopfer an der Haustür der Fishers betätigte, dauerte es eine Weile, bis seine Frau Charlotte an die Tür kam. »Andrew!«, stieß sie hervor. »Du bist zu Hause! Was habe ich gebetet –«

Andrew schob sich an ihr vorbei, winkte Cassius herein und schmetterte die Tür zu. »Wo ist der verdammte Hausdiener? Ich habe stundenlang geklopft!«

Charlottes Lächeln wurde unsicher. »Ich hatte keine Ahnung, dass du kommen würdest … Oh Gott … Ich freue mich so …« Charlotte warf sich in seine Arme und küsste ihn gierig auf die Lippen. Dann schob sie ihn auf Armeslänge von sich weg und sog seinen Anblick in sich auf. »Du bist also wirklich zu Hause, mein lieber Mann? Wirklich und wahrhaftig zu Hause?«

Der Flur lag im Halbdunkel, Tische und Stühle waren verhüllt. Der Kronleuchter, der nicht brannte, glitzerte wie eine Ansammlung von Eiszapfen. Andrew erschauerte.

»Juliet und ich heizen das Vorderhaus nicht mehr«, erläuterte Charlotte. »Wir wohnen im Familienzimmer.«

»Aber die Diener … Bestimmt …«

»Ach Gott, Andrew. Die sind alle weg. Jolly, Ben und Martha sind weggelaufen. Sobald unsere Neger die feindlichen Linien erreichen, werden sie von den Yankees emanzipiert.« Sie warf einen Blick auf Cassius. »Du läufst aber nicht weg, oder?«

»Oh nein, Missus. Ich bin'n guter Nigger.«

Andrew schickte ihn fort.

Charlotte sagte: »Juliet wird sich so freuen, dich zu sehen. Sie ist gerade auf dem Markt. Man kann noch Lebensmittel bekommen, aber sie sind furchtbar teuer.«

Das Familienzimmer ging auf den Wintergarten hinaus. Hier hatten die Kinder früher ihre Hausaufgaben gemacht, und die Frauen des Hauses hatten mit aufgeschnürtem Korsett in Ruhe eine Tasse Tee trinken können. Großmutter Fisher hatte immer hier gefrühstückt.

Jetzt flankierten Charlottes und Juliets Pritschen einen vierflammigen Herd, und der lange Tisch war an die Wand geschoben und zum Speiseschrank umfunktioniert worden: Eine Reihe der Größe nach sortierter Emailledosen und ein Zwanzigliterfass standen neben der Portland-Uhr aus Großmutter Fishers Arbeitszimmer.

Charlotte schob Holz in den Ofen. »Ich mach uns einen schönen heißen Tee, Andrew. Es sei denn … wenn du lieber … wir haben so viel Brandy und Wein da. Juliet und ich haben Großmutter Fishers Vorräte kaum angetastet.«

»Ein Tee ist völlig in Ordnung.«

Charlotte konnte sich gar nicht an ihrem Mann sattsehen, als wäre er eine besondere Kostbarkeit. Sie füllte Wasser aus dem Fass in den Kessel und plapperte dabei unablässig vor sich hin.

»Wir holen jeden Morgen Wasser aus der Zisterne, genug für den ganzen Tag. Juliet und ich wechseln uns mit der Schlepperei ab. Ach Andrew, ich bin so froh, dass du da bist!«

Durch die eiserne Auflage auf dem Herd stiegen Rauchfetzen hoch.

»Charlotte, liebe Charlotte. Ich muss dir etwas sagen.«

»Ja, Schatz?« Charlotte verspritzte Wasser auf dem Herd. Rauch quoll empor, während das Wasser Perlen bildete und zischte. »Oh Gott, was hab ich denn jetzt gemacht?«

Andrew öffnete rasch die Zugklappe. »Ich fürchte, du hast das Feuer erstickt.«

Hustend riss Charlotte die Fenster auf, um den Rauch hinauszulassen. »Ach Andrew, es tut mir leid – ich bin ein hoffnungsloser Fall. Ich bin die schlechteste Hausfrau auf Erden. Von uns Damen wurde einfach nie erwartet, dass wir wissen, wie man ein Feuer anzündet oder Essen kocht oder die Betten macht. Es tut mir leid, dass ich so hilflos bin!«

Andrew nahm ihr den Kessel aus der Hand und stellte ihn auf den Herd, in dem inzwischen wieder Ruhe eingekehrt war.

»Setz dich, Charlotte. Bitte, nur einen Moment lang. Du musst jetzt überhaupt nichts tun. Morgen kaufe ich dir neue Bedienstete.«

»Aber Andrew … Immer wenn ich mich gerade an sie gewöhne, laufen sie weg.«

Er setzte sich rittlings auf eine Bank. »Bitte, Charlotte. Bitte setz dich einen Moment. Über die Bediensteten können wir später sprechen. Ich muss dir etwas gestehen.«

Aus Charlottes Freude wurde Beklommenheit. Sie setzte sich langsam.

»Wenn Juliet nachher nach Hause kommt, wird sie von einem … einem … einem neuen Skandal zu berichten wissen.«

»Einem Skandal? Aber Andrew, du bist doch gerade erst gekommen. Du hattest noch gar keine Zeit für einen Skandal!«

»Rosemary und ich …«

Charlottes Mund wurde hart. »Nein, Andrew. Nicht Rosemary. Ihre Ehe – na ja, ihre Ehe erfüllt nicht all ihre Wünsche, aber Rosemary würde mir nicht wehtun! Nicht … nicht noch einmal.«

Andrew legte sich die Hand aufs Herz. »Ich war unbesonnen, Charlotte. Ich war allein mit Rosemary bei ihr zu Hause. Ich habe gedankenlos ihren – *deinen* Ruf aufs Spiel gesetzt. Aber ich schwöre bei Gott, dass nichts geschehen ist.«

Charlotte sackte in sich zusammen. Sie befeuchtete ihre Lippen. »Rosemary war immer hübscher als ich. Schon als wir noch kleine Mädchen waren, haben alle sie geliebt. Andrew, ich weiß, dass du mir nicht immer treu warst. Lüg mich jetzt nicht an. Bitte …«

Andrews Augen versuchten sie zu beruhigen.

»Wenn du mich mit Rosemary hintergingest, wäre das besonders schlimm für mich. Ich weiß nicht, ob ich noch weiterleben wollte, wenn du mich mit Rosemary betrogen hättest.«

Sie ließ zu, dass er ihre Hand nahm. »Charlotte, Liebste. Bei meiner Ehre, das habe ich nicht getan.«

Charlotte betrachtete ihren Mann, dieweil tickend eine Minute verstrich, dann erhob sie sich und schob den Kessel hinten auf den Herd. »Dann wäre das geklärt.«

»Charlotte –«

Sie tippte ihm auf die Lippen. »Sch«, machte sie. »Ich glaube dir, Andrew. Ich habe dir immer geglaubt. Andrew, es sieht so aus, als erwartete ich einen Sohn von dir. Bitte geh in den Keller und hol eine Flasche Champagner hoch. Wir hatten schon so lang keinen Anlass zum Feiern mehr.«

Wie Andrew es vorhergesehen hatte, erfuhr Juliet Ravanel, dass ihr Bruder und Rosemary Haynes zwei Stunden allein miteinander verbracht hatten. Die Augen ihrer Informantin glitzerten vor boshaftem Vergnügen. Entgegen ihrer eigentlichen Absicht goss Juliet noch Öl ins Feuer, als sie fauchte: »Mein Gott, was hätten Andrew und Rosemary in dieser kurzen Zeit denn anstellen sollen?«

Man kann sich vorstellen, was Charlestons Witzbolden dazu einfiel.

Kapitel 15

Eine Kinderzuflucht

Das Holz der fruchttragenden Bäume glänzte rosig, und Elfenblauvögel flatterten durch Pittypats Garten. Sobald die Straßen die nötige Festigkeit erlangt hätten, würde der Moloch der Union nach Süden vorstoßen und die Konföderation zermalmen, und Major Ashley Wilkes gehörte der zerlumpten Armee an, die sich ihm in den Weg stellen würde.

Ohne dass sie einander davon erzählten, war das Erste, was Pittypat, Melanie und Scarlett nach dem Aufwachen, und das Letzte, was sie vor dem Einschlafen taten, für Ashley zu beten.

Am 29. April 1863 überquerten 77000 Infanteristen und 3000 Kavalleristen der Union auf den fünf Pontonbrücken, die General Joseph Hooker (»Fighting Joe«) hatte bauen lassen, den Rappahannock River in Virginia.

General Lees 40000 Mann empfingen sie in einem Wäldchen nicht weit von Chancellorsville.

Fighting Joe prahlte. »Jetzt habe ich Lee genau da, wo ich ihn haben will.«

Sechs blutige Tage später erfuhr ein aschfahler Abraham Lincoln von der Vernichtung der Hooker'schen Armee. »Mein Gott, mein Gott«, flüsterte der Präsident. »Was wird das Volk sagen? Was wird das Volk sagen?«

Mitte Mai stand Melanie eines Morgens in der Küche und stellte ein paar Holzapfelzweige in eine Vase, als Onkel Peter an die Haustür ging.

Scarlett saß am Frühstückstisch und rührte in einem Haferbrei, der, wie sie behauptete, »nicht einmal Pferden zuzumuten« war.

»Mr Tarleton sitzt im Salon, Misses«, verkündete Onkel Peter, der gerade den Kopf durch die Tür steckte.

Scarlett schnappte nach Luft. »Tarleton? Welcher Tarleton?«

Der grinsende Soldat im Salon trug die Uniformjacke eines Unionsoffiziers, die, mit Butternuss gefärbt, in den Dienst der Konföderationsarmee genommen worden war.

»Brent Tarleton!« Scarlett lächelte den jungen Mann an, der einer ihrer glühendsten Verehrer gewesen war. »Ach, ist das schön, dich zu sehen!«

»Miss Scarlett!« Der junge Mann kniete spontan vor ihr nieder. »Heiraten Sie mich!«

Scarlett nahm das Stichwort auf und erwiderte in mädchenhafter Aufregung: »Aber Sir! Sind Sie nicht meiner lieben Schwester Careen versprochen?«

»Zum Henker mit Careen!« Mit einer abfälligen Geste erklärte Brent Scarletts Schwester zum Alteisen. Seine aufgerissenen Augen blitzten vor Fröhlichkeit. »Diesmal können Sie mir keinen Korb geben, Miss Scarlett!« Der junge Soldat hielt sein feierliches Gebaren nicht durch: Seine Mundwinkel zuckten, und dann brach er in schallendes Gelächter aus, in das Scarlett begeistert einfiel. Brent wischte sich das Knie ab. »Meine liebe Scarlett! Waren wir wirklich jemals so jung?«

Sie schüttelte den Kopf. »Ich erinnere mich nicht mehr genau.« Scarlett nahm voller Zuneigung die Hände des Soldaten in ihre. »Brent, du bist ein lieber Junge, und es ist wunderbar, dich wiederzusehen. Wie geht es deinen Brüdern?«

»Na ja, Boyd ist jetzt Captain, und mein nichtswürdiger Zwillingsbruder Stuart *war* Sergeant, bis er unserem Leutnant eine verpasste. Irgendjemand musste dem Mann eine verpassen, und das Los fiel auf Stuart.« Brent klopfte sich auf die Brusttasche. »Ich habe hier einen Brief von dem Soldaten Stuart Tarleton an Miss India Wilkes. Eine echte Rarität – der erste Brief, den Stuart jemals geschrieben hat! Und Bruder Tom faulenzt in General

Ewells Truppe herum; wir nehmen ihn erbarmungslos auf den Arm.«

»Und Ashley?«, fragte Melanie erwartungsvoll.

»Ihr Mann ist quietschfidel, Ma'am.« Brent fischte ein dickes Päckchen aus der Tasche. »Major Wilkes ist das Briefeschreiben eher gewohnt als mein Bruder Stuart.«

Als Melanie Ashleys kostbare Briefe entgegennahm, erschauerte sie, so als berührte ihr Mann sie persönlich.

Brent Tarleton war fürs Pflanzen beurlaubt worden.

Melanie hauchte: »Könnte es sein, dass Ashley auch noch kommt?«

»Wohl eher nicht, Ma'am. Ich würde mal vermuten, dass die Armee Brent Tarleton nicht so dringend braucht wie Major Wilkes.«

»Ich bin so dankbar für diese Briefe.« Melanie schluckte ihre Enttäuschung herunter. »Wollen Sie nicht mit uns frühstücken? Es ist zwar nur Haferbrei, aber wir haben noch Ahornsirup.«

»Wenn du ihn nicht isst, kriegen ihn Pittys Pferde«, sagte Scarlett.

»Das ist sehr freundlich, Ma'am, aber ich muss nach Hause. Ich denke schon die ganze Zeit an Miss Careen.« Er fingerte an seiner Offiziersjacke herum. »Meinst du, Careen hätte sich über einen Yankeesäbel als Souvenir gefreut? Ich hätte ihr einen mitbringen können, aber dann dachte ich, er würde ihr vielleicht doch nicht gefallen.«

Am Gartentor versprach Brent, Melanies Briefe mitzunehmen, wenn er zur Armee zurückkehrte. »Alle sagen, dass wir nach Norden ziehen werden. Wir haben den Unionisten Beine gemacht, und jetzt werden wir sie auf ihrem eigenen Boden aufreiben.« Er hielt inne. »Alle glauben, dass wir sie schlagen können.«

»Und wenn nicht?«, fragte Melanie leise.

Brent Tarleton nahm den Hut ab und kratzte sich am Kopf. Er lächelte das strahlende Lächeln des Jungen, der er einst gewesen war: der glühende Verehrer, der wilde Reiter, der Bursche, der vor nichts Angst hatte. »Wenn wir sie nicht schlagen können, dann werden sie zumindest wissen, dass wir es versucht haben.«

Wie Brent Tarleton es vorausgesagt hatte, überquerte General Lee im Juni den Potomac nach Pennsylvania. Eine Zeitung aus Atlanta posaunte: »Der Fuchs ist im Hühnerstall!«

Im Kasino des Hotel National erklärte Rhett Butler in aller Öffentlichkeit: »General Lee wird den Erfolg von Chancellorsville nicht wiederholen können.« Mittlerweile stand Captain Butler kein einziges anständiges Haus in Atlanta mehr offen, bis auf das von Pittypat, deren Freundinnen sie entsprechend schalten, weil sie »diesen unpatriotischen Profiteur« empfing.

Wenn Pittypats Entschlossenheit ins Wanken geriet, mahnte Melanie: »Tante Pitty, ist Captain Butler denn nicht immer gut zu uns gewesen?«

»Ja, schon, aber …«

»Dann ist es unsere Christenpflicht, seine Freundlichkeit zu erwidern. Liebe Tante, wenn die Leute auf Captain Butler gehört hätten, wäre es nie zu diesem Krieg gekommen, und unser lieber Charles wäre noch am Leben.«

Melanie wusste nicht mehr, wo Charles' Säbel war. Charles' befehlshabender Offizier hatte mit seinem Kondolenzbrief auch den Säbel und das Tagebuch ihres Bruders geschickt. Charles' Tagebuch enthielt nur zwei Einträge: »In Camp Foster eingetroffen. Wade Hampton vorgestellt worden. Ein wahrer Riese!« Und dann, zwei Monate später: »Fühle mich etwas malad. Also ab ins Lazarett. Hoffentlich bin ich nicht lange krank.« Zu diesen Schätzen hatte Melanie eine Daguerreotypie von Charles gelegt, die an dem Tag aufgenommen worden war, an dem er in den Krieg zog. Sie meinte, die Sachen Scarlett gegeben zu haben, doch diese sagte, nein, Melly irre sich. Als Melanie nach Twelve Oaks schrieb, antwortete John Wilkes, Charles' Sachen seien bei Pittypat. Scarlett sagte, John Wilkes müsse sich irren. Sie erinnere sich genau daran, Charles' Säbel auf Twelve Oaks gesehen zu haben.

In jedem noch so geordneten Leben gibt es mindestens einen Moment, wo sich eine kopflose Dummheit zu einer anderen Dummheit fügt und das Ganze sich zu einem wahren Unheil auswächst. Wenn der oder die Unglückliche merkt, welch unaufhaltsamen Gang die Dinge nehmen, gibt es nur noch eins: weder nach links noch nach rechts schauen, sondern Augen zu und durch.

Auf diese Weise fand sich die vernünftige Melanie Wilkes eines Tages in einem Schrank wieder, wo sie Worte mit anhörte, die sie um nichts in aller Welt hätte hören wollen.

An einem warmen Nachmittag allein zu Hause, öffnete sie, einer plötzlichen Eingebung folgend, den Schrank unter der Treppe, in dem sie und Charles als Kinder oft gespielt hatten, da sie dachte (wie sich zeigte, zu Recht), dass Charles' Sachen womöglich hier gelandet sein könnten.

Der Schrank war schmal, hatte eine steile Schräge als Decke und war so tief, wie die Treppe breit war. Hatte er ursprünglich zur Aufbewahrung von Tischbrettern, Lampenzylindern, Wintervorhängen und Wäsche gedient, so war Pittypat einverstanden gewesen, als Charles und Melanie ihn zum Spielzimmer umfunktionierten. Durch Lamellen in der Tür fiel etwas Licht in diesen seltsam geformten Schrank, der bei Versteckspielen zu einem bevorzugten Schlupfwinkel wurde. Man war sich mit den Nachbarskindern einig, dass, wer in diesem Versteck hockte, unsichtbar war.

Mit einer Weisheit, die man von ihr nicht erwartet hätte, akzeptierte Pittypat diese magische Regel, und manch eine Kindertragödie – eine unverdiente Zurechtweisung, eine Brüskierung durch den besten Freund, eine fürchterliche Peinlichkeit – wurde in diesem Schrank verwunden. Manch eine Träne war dort vergossen, manch eine bittere Rache ersonnen worden. Seine empfänglichen Wände hatten unzählige enttäuschte Schluchzer aufgenommen.

Wenn ein Kind mit tränenfeuchten Wangen, aber lachend und mit der Welt versöhnt aus dem Schrank sprang, waren Pittypat und Onkel Peter jedes Mal bass erstaunt.

Wie vieles andere aus Kinderzeiten verlor auch der Schrank nach und nach an Bedeutung, doch war er so lange sakrosankt gewesen, dass er noch jahrelang leer blieb, bis irgendwer – Pittypat, Peter, die Köchin –, ohne groß darüber nachzudenken, Charles' Sachen dort hineingelegt hatte: in diese Zuflucht, in der der Junge einst unsichtbar gewesen war und die seine erwachsene Schwester eines Nachmittags betrat, um sich nach dem Bündel zu bücken, das die unverkennbaren Umrisse eines in der Scheide steckenden Säbels aufwies.

Die Tür fiel zu, und Melanie setzte sich auf den Boden. Charles' Gegenwart war hier so greifbar, dass sie fast zu hören meinte, wie er jenseits der Lamellentür in Pittypats Salon nach ihr suchte. »Ob die liebe Melly wohl hinter der Causeuse ist? Nein. Unter dem Tisch? Auch nicht. Vielleicht ist sie ja hinter Tante Pittypats Vorhängen? Nein, da ist sie auch nicht. Oje, wo ist meine Schwester bloß? Sie ist verschwunden!«

Doch es war Charles, der verschwunden war, und Mrs Ashley Wilkes hielt die Sachen ihres Bruders auf dem Schoß, streichelte sie und dachte darüber nach, wie wenig, wie unglaublich wenig von Menschen blieb, wenn sie dahingegangen waren. Sie weinte sich in einen bekümmerten Schlaf.

Melanie schrak auf, als Scarlett im Salon nach ihr rief.

Großer Gott! Wie musste das wirken – sie, in einem Schrank eingeschlafen, den Säbel ihres Bruders auf dem Schoß?

»Melly! Pittypat isst heute mit Mrs Meade zu Abend! Bist du zu Hause, Melly?«

Mrs Ashley Wilkes' Gedanken rasten. Sie würde warten, bis Scarlett aus dem Zimmer war. Dann würde sie den Schrank verlassen und sich sammeln.

»Ah, Scarlett, Sie sind zu Hause!«

Diese vertraute tiefe Stimme. Oje – Captain Butler war auch da!

Melanie wusste, dass sie sich albern verhielt. Genug! Sie würde sich unter beträchtlichem Geklapper hochraffen – der Schrank war ziemlich eng –, mit dem Säbel ihres Bruders aus dem Schrank treten und sagen … Oje, was sollte sie nur sagen? Melanie Wilkes konnte sich dieser lächerlichen, demütigenden Situation nicht aussetzen. Die beiden würden jeden Moment gehen. An schönen Nachmittagen setzten sich Scarlett und Rhett immer vorn auf die Veranda.

Vor der Schranktür hörte Melanie lautes Gepolter und das kratzende Geräusch von herumgeschobenen schweren Möbeln.

»Was in aller Welt tun Sie da?«, fragte Captain Butler.

»Nichts.«

»Auf allen vieren hinter der Causeuse? Tun Sie nichts?«

»Vielleicht könnten Sie mir helfen, Rhett Butler, statt dumm herumzustehen. Wenn Sie es unbedingt wissen wollen: Ich suche Charles' Säbel. Ich habe ihn irgendwohin gelegt, und jetzt sucht Melanie das blöde Ding, und ich habe ihr gesagt, dass ich ihn nicht habe.«

»Und wenn Sie ihn jetzt finden, wird er einfach ›wiederaufgetaucht‹ sein? Scarlett, habe ich Sie je beschuldigt, eine ehrliche Frau zu sein?«

»Rhett, helfen Sie mir! Es ist doch nur ein blöder Säbel.«

»Sie sollten Ihre Trauerkleidung ablegen, Scarlett, und mit mir nach New Orleans durchbrennen. Charles hat Ihnen doch ohnehin nie etwas bedeutet.«

»Seien Sie nicht albern.«

»Schätzchen, ich bin der einzige Mann auf dieser Welt, der Sie versteht – und der Sie trotz allem bewundert.«

»Sie vergessen, dass New Orleans in der Hand der Unionisten ist.«

»Scarlett, Scarlett. Geld richtet alles.«

In ihrer Schrankzuflucht presste sich Melanie die Hand auf den Mund. Charles hatte ihr nichts bedeutet? Wie konnte das sein? Charles war der liebenswerteste Junge auf Erden gewesen. Wenn Charles gelacht hatte, hatte alles an ihm gelacht. Charles hatte gesungen – vielleicht ein bisschen falsch, aber dafür mit Herz und Seele. Charles war schneller an den Fluss gerannt, als Melly ihm mit ihren Kleinmädchenbeinen hatte folgen können. »Warte auf mich, Charles! Warte!«

»New Orleans ist die kosmopolitischste Stadt Amerikas. Es wird Ihnen dort gefallen.«

»Captain Butler, Sie schmeicheln mir. Ich bin keine Kosmopolitin.«

Er lachte. »Sie haben noch die Eierschalen hinter den Ohren, aber Sie würden alles dafür geben, eine Kosmopolitin zu sein. Wenn an Charles' Säbel nichts Besonderes war, dann kaufen Sie doch einfach einen anderen.«

»Natürlich war nichts Besonderes daran. An Charles war nichts besonders. Aber es war der Säbel seines Großvaters!«

Eine Träne rann über Melanies Wange. Sie hörte Stoff rascheln, als Rhett Scarlett umarmte und dabei murmelte: »Ich hoffe nicht, dass Sie eines Tages einmal so hart von mir sprechen werden!«

»Warum sollte ich überhaupt über Sie sprechen? Über Sie, den Kriegsgewinnler? Soll ich die Haushalte in Atlanta aufzählen, wo Sie willkommen sind, die respektablen Familien, die ›zu Hause‹ sind, wenn Sie ihnen einen Besuch abstatten wollen?«

Er lachte glucksend. »Die Meinung dieser Klatschweiber soll mich interessieren?«

»Aber nein, natürlich nicht, Captain Butler. *Sie* stehen über solch profanen Belangen. Aber wir einfachen Sterblichen haben Freunde, und die meisten von uns sind in der ehrbaren Gesellschaft wohlangesehen. Ich wage sogar zu behaupten, dass die meisten von uns in ihrem Elternhaus willkommen sind!«

Wieder raschelte Stoff. »Oh, danke, dass Sie mich endlich loslassen«, sagte Scarlett. »Ich habe mich schon um meine Keuschheit gesorgt.«

»Mrs Hamilton, Sie bilden sich zu viel auf sich ein.«

Die Schritte des verärgert hinausmarschierenden Rhett wurden von Scarletts triumphierendem Summen begleitet. Als sie schließlich den Salon verließ, konnte Melanie Wilkes sich ihrem einsamen gequälten Schluchzen ergeben.

Kapitel 16

DAS NIEDERGEBRANNTE VIERTEL

Beim ersten Angriff der Unionsflotte auf Fort Sumter durften die Bürger Charlestons einen bildmächtigen Sieg miterleben. Die munter donnernden patriotischen Kanonen erzeugten gewaltige Fontänen, die die Panzerschiffe der Union versenkten wie Wasserkäfer. Als die *Keokuk* vor Morris Island sank, barg man Dahlgren-Kanonen aus dem Wrack, und die Charlestoner frohlockten, weil die Waffen des Feindes nun gegen ihn selbst gerichtet werden würden. Der *Charleston Mercury* zog den Schluss, dass die Verteidigungsanlagen der Stadt uneinnehmbar seien. »Die Battery Wagner beherrscht das westliche Ufer, Fort Moultrie das östliche, und in der Hafenausfahrt trutzt Fort Sumter jeglicher Art von Beschuss durch die unionistischen Invasoren!«

General Pierre Beauregard, der Befehlshaber der konföderierten Truppen in Charleston, war weniger zuversichtlich und drängte die Zivilisten, die Stadt zu verlassen. Einige reiche Bürger verschlossen ihre Häuser und verlagerten ihren Haushalt ins Landesinnere. Während die Langston Butlers keine speziellen Vorkehrungen trafen, zogen sich die Wards nach Macon, Georgia, zurück, wo Fredericks Cousin eine Plantage besaß.

John Haynes' Verwandtschaft in Hanging Rock, North Carolina, lud die Charlestoner Haynes ein, bei ihnen zu wohnen, »bis diese Misshelligkeiten ein Ende haben«.

»Ich bleibe hier«, erklärte Rosemary John.

Bislang war jeder Angriff der Union zurückgeschlagen worden. Schnittige Blockadebrecher – die *Bat*, die *Condor*, die *Venus*, die *Advance*, die *Let'er Rip*, die *Annie*, die *Banshee* – säumten die Hafenanlagen von Charleston, vom Adger's Wharf bis hin zum Government Wharf.

Doch mit einem Schlag änderte sich alles. Am 3. Juli 1863 begannen sich die stolz erhobenen Häupter der Südstaatler zu senken.

An einem heißen, regnerischen Nachmittag sammelten sich sorgengequälte Charlestoner Bürger vor dem Telegrafenamt in der King Street, um auf die Listen der Gefallenen und Verletzten aus einer Schlacht bei einer kleinen Stadt in Pennsylvania zu warten, von der bis dahin niemand gehört hatte. Die Nachrichten aus Gettysburg hätten schlimmer nicht sein können: Siebzehn Generale und 28 000 Soldaten der Konföderationsarmee waren tot oder verletzt.

Doch das war noch nicht alles. Am nächsten Tag wurde in Charleston bekannt, dass die belagerte Garnison in Vicksburg kapituliert hatte. Der Mississippi befand sich in der Hand der Union, die Konföderation war damit zweigeteilt. An diesem Nachmittag beteten die Menschen in den Straßen vor den überfüllten Kirchen der Stadt.

Am 10. Juli landete eine Unionsdivision auf Morris Island, und bis zum Einbruch der Nacht hatte sie die Verteidiger der Battery Wagner auf die äußeren Befestigungsanlagen zurückgedrängt.

Mit donnernden Kanonen fuhren die Panzerschiffe der Union das Inselufer ab. In der Church Street 46 hockte die kleine Meg in ihrem Zimmer und hielt sich die Ohren zu.

Als ihr Vater an diesem Abend nach Hause kam und Meg sein Gesicht sah, brach sie in Tränen aus. John erzählte Rosemary: »William Stock Bees Sohn ist heute gefallen. Als William ins Büro kam, brachte die gute Seele kaum ein Wort über die Lippen.«

»Sein einziger Sohn. Der arme, arme Mann«, erwiderte Rosemary.

»Frederick Wards Sohn ist auch umgekommen. Es heißt, er sei ›heldenhaft‹ gestorben. Heldenhaft!« John blieb das Wort fast im Halse stecken. »Morris Island ist bis auf die Battery Wagner in der

Hand der Unionisten, und weitere Angriffe auf das Fort sind gewiss. Ich habe Zugfahrkarten nach Hanging Rock für dich und Meg.«

»Ich werde nicht fahren.«

»Frau!«

»Als deine Frau hast du mich seit Januar nicht mehr angesprochen.«

»Mein Gott, Rosemary!«

Mann und Frau sahen einander hilflos an. Keiner ging auf den anderen zu, und der Moment verstrich.

Als man John Haynes hinterbracht hatte, dass Rosemary in seinem eigenen Haus stundenlang mit dem Verführer Andrew Ravanel allein gewesen war, hatte ihm das fast das Herz gebrochen. Doch er hatte Rosemary nie Vorwürfe gemacht. Das war auch gar nicht nötig.

Rosemary wusste, dass sie ihren Mann nicht kompromittiert hatte. Doch sie war in Versuchung gewesen, und diese Versuchung lastete fast so schwer auf ihr, wie ein Betrug es getan hätte.

Unschuldig, aber von Scham erfüllt, reagierte Rosemary Haynes auf die stummen Vorwürfe ihres Mannes mit Schweigen. Seit Januar hatte es nicht einen entspannten, vertrauensvollen Moment zwischen ihnen gegeben.

Eine Woche nach der Landung der Unionisten schwoll der Kanonendonner an, und die Druckwellen der Detonationen versetzten noch in der uferfern gelegenen Church Street 46 die Vorhänge in Bewegung. Am späten Nachmittag ging Rosemary trotz hämmernder Kopfschmerzen zur Promenade am White Point Park.

In die Luft geschleuderter Sand hing in silbergrauen Schwaden über Morris Island. Fort Sumter war in Qualm gehüllt.

Die Dämmerung ging in Dunkelheit über. Die Mündungsfeuer der Geschütze leuchteten auf wie Glühwürmchen in der Nacht. Kanonenboote der Konföderierten transportierten Verwundete und Ersatztruppen hin und her.

Die Bürger auf der Promenade am White Point Park beteten, unterhielten sich aufgeregt oder tranken. Nach Mitternacht hörten die Geschütze auf zu blitzen, und Fort Sumter wurde zu einem stummen schwarzen Koloss.

Ein Kanonenboot der Konföderationsarmee kam vorbei, und ein Soldat brüllte: »Wir haben sie niedergemacht! Unsere Jungs haben sie niedergemacht! Die Unionisten … ein paar von den Unionisten waren Nigger!«

Die Angriffe auf die Battery Wagner waren gescheitert. Als am nächsten Morgen Gefangene in die Stadt gebracht wurden, bestätigte sich der Bericht des Soldaten auf dem Kanonenboot. Die Unionisten, die die Battery Wagner angegriffen hatten, waren Neger von der 54th Massachusetts Volunteer Infantry, der freiwilligen Infanterie.

Rosemary rechnete halb damit, dass Cleo oder Joshua erwähnen würden, was sie mit Sicherheit wussten: dass Negersoldaten weiße Soldaten angegriffen und fast besiegt hatten. Cleo verhielt sich, als wäre nichts Ungehöriges geschehen. Joshua sagte, er sei froh, dass die Unionisten zurückgeschlagen worden seien: »Ich will keine Yankees hier in Charleston nich.«

»Wirklich nicht, Joshua?«

»Das wissen Sie doch. Ich bin schon Master Haynes' Leibdiener gewesen, wo er noch'n Junge war.«

Die gefangenen Negersoldaten wurden ins Stadtgefängnis gebracht, während die Politiker über ihr Schicksal berieten. Einige Mitglieder der gesetzgebenden Versammlung, darunter auch Langston Butler, fanden, die Neger sollten »wieder in die Knechtschaft zurückgeführt werden, für die sie am besten geeignet sind«. General Beauregard wollte, dass sie wie normale Kriegsgefangene behandelt wurden.

In der Church Street 46 sagten weder Mann noch Frau auch nur ein Wort mehr als nötig. Meg tat so, als wäre alles in bester Ordnung, und plapperte vor sich hin, während ihre Eltern sich schweigend durch das Haus bewegten. An einem besonders bedrückenden Abend nahm Meg all ihren Mut zusammen und schlug vor, sie könnten doch zu dritt ein Spiel spielen. Nachdem diese Idee bereits im Ansatz erstickt wurde, sagte Meg: »Wenn wir schon kein Spiel spielen, dann können wir doch wenigstens zusammen singen!«, und dann marschierte sie durchs Zimmer, sang »The Bonnie Blue Flag« und kicherte zwischendurch nervös. Als Rosemary sie auf den Arm nahm, brach ihre Tochter in Tränen aus.

An diesem Abend brachte Cleo Meg ins Bett. »Is ja gut, Schätzchen. Is ja gut. Das is alles nur wegen diesem blöden Krieg.«

Unten sagte Rosemary: »John, ich weiß nicht, wie lange ich das noch aushalte.«

Am 17. August um fünf Uhr nachmittags eröffnete die Unionsarmee das Feuer auf Fort Sumter. Ihre Kanoniere arbeiteten in Schichten, immer acht Stunden am Geschütz und vier Stunden Pause. Jede Salve schleuderte anderthalb Tonnen Eisen gegen die Backsteinmauern des Forts. Panzerschiffe der Union paradierten vor dem Fort und steuerten ihren Teil zu dem Spektakel bei. Eine nach der anderen wurden die Kanonen des Forts von ihren Schildzapfen geschossen und zum Verstummen gebracht.

Die Bürger, die sich an diesem Tag aus dem Haus wagten, gingen eilig und verstohlen ihres Weges.

Die meisten Unionsbatterien stellten im Dunkeln das Feuer ein, doch eine einzelne Kanone schoss die ganze Nacht hindurch, alle fünf Minuten.

Als Rosemary am nächsten Morgen herunterkam, waren ihre Augen rot umrändert. »John …«

»Sag es nicht, ich flehe dich an.«

»John, ich muss dich verlassen. Nur für eine Weile.«

»Rosemary, bitte …«

»Meg und ich ziehen für ein paar Tage ins Hotel Mills.«

John bedeckte sein Gesicht mit den Händen.

Rosemary Haynes holte tief Luft. »Ich habe dich nicht mit Andrew Ravanel betrogen.«

Ihr Mann schien sie gar nicht zu hören. »Andrew steht schon wieder in der Zeitung. Je schlimmer alles wird, desto entschlossener kämpft er.«

»Ich habe nichts getan …«

»Rosemary, ich kann verstehen, dass sich eine Frau zu Andrew Ravanel hingezogen fühlt.«

Rosemary gab es auf. »Ich hasse diese verdammten Kanonen«, sagte sie.

Noch am selben Nachmittag packte Cleo ihre Sachen, und sie fuhren durch das niedergebrannte Viertel zum Hotel Mills.

Abends im Speisesaal des Hotels stellten die Spekulanten ihren neuen Reichtum zur Schau. Jede einzelne dicke Taschenuhr samt Kette war aus glänzendem Gold.

»Ma'am.« Ein Mann lüftete den Zylinder, den er während des Essens aufbehalten hatte. »Henry Harris. Freut mich, Ihre Bekanntschaft zu machen. Ihr Bruder, Ma'am. Ich kann Ihren Bruder gar nicht hoch genug loben! Captain Butler lässt sich so leicht nichts vormachen!« Der Spekulant legte einen Finger an die Nase und zwinkerte. »Er und dieser Nigger Bonneau – die haben's in sich! Ma'am, ich muss ganz offen sein. Offenheit ist mein großer Schwachpunkt. Ich brauche zehn Kisten französischen Champagner, und Cap'n Butler bringt immer den besten. Ma'am, wenn Sie Ihren Bruder vor mir zu Gesicht bekommen sollten, sagen Sie ihm, dass Harris jedes Angebot um zehn Prozent überbietet! Sagen Sie ihm das.«

»Mama, redet er von Onkel Rhett?«

»Ich fürchte, ja, Schatz.«

»Onkel Rhett ist mein Freund«, verkündete das Kind.

»Ja, Schatz, das ist er«, sagte ihre Mutter. »Sir, bitte entschuldigen Sie uns.«

In ihrer Suite im zweiten Stock zog Rosemary die Vorhänge zu. Die Unionsgeschütze waren heute Abend stumm, und in der Stadt herrschte segensreiche Ruhe. Cleo ging mit Meg in das kleinere Zimmer, um sie auszuziehen, und Rosemary fragte sich, was sie hier eigentlich tat. Was war nur mit ihr los? Warum konnte sie einen herzensguten Mann nicht lieben?

Neben ihrem Bett kniend, betete Meg für ihren Onkel Rhett, für Joshua und Cleo, für ihre Großeltern Butler und für alle Soldaten im Krieg. Sie betete darum, dass der Beschuss nicht wieder losgehen würde, weil das Tecumseh so verängstigte.

Meg betete: »Bitte, lieber Gott, mach, dass Mama und Papa und ich wieder glücklich sind. Amen.«

Etwas später klopfte es an der Tür, und ein Hausdiener schob eine Nachricht unter der Tür hindurch.

In Johns Handschrift stand darauf: *»Ganz gleich, zu welchen Bedingungen, Rosemary. Ich brauche Dich.«*

War es möglich? War es denkbar, dass Johns Liebe allein sie zusammenhalten würde? Gewiss nicht! Gewiss konnte das Herz einer Frau nicht durch die Ergebenheit ihres Mannes umgestimmt werden! Rosemary kniff die Augen so fest zu, dass sie Sternschnuppen sah. »Oh bitte, lieber Gott …«, betete sie.

Dann sagte sie energisch: »Cleo, ich muss nach Hause.«

»Ja, Miss. Ich lass Tecumseh holen.«

»Nein. So lange kann ich nicht warten. Kümmer dich um Meg, Cleo …« Rosemary nahm das braune Gesicht ihrer Dienerin zwischen ihre blassen Hände. »Es kann sein, dass ich heute Nacht nicht wiederkomme.«

»Ja, Miss.« Die Dienerin sah ihrer Herrin in die Augen. »Ich hoffe, dass Sie nich wiederkommen!«

Auf der Meeting Street überließ ein verdutzter Gentleman Rosemary seine Droschke. »Church Street 46. Bitte!«, drängte Rosemary den Kutscher. »Beeilen Sie sich!«

Als ihr Mann die Haustür öffnete, blickte Rosemary ihm forschend ins Gesicht, so als könnten die vertrauten Falten und Furchen plötzlich eine neue, andere Geschichte erzählen.

Als John sagte: »Liebste …«, legte Rosemary den Finger auf seine Lippen, führte ihn die Treppe hinauf in ihr Schlafzimmer, und an diesem Abend fiel kein weiteres Wort mehr zwischen ihnen.

Meg weinte so erbärmlich, nachdem ihre Mutter gegangen war, dass Cleo sie zu sich auf die Pritsche holte, die am Fuß von Rosemarys leerem Bett stand. »Is ja gut, mein Liebchen. Deine Mama is bei dei'm Daddy. Morgen kommen sie uns holen.«

»Cleo, ich hab Angst.«

»Dafür gibt's gar kein' Grund. Un jetz is Zeit, dass wir schlafen.«

Die kleine Meg war ruhelos, und jedes Mal wenn Cleo am Wegdämmern war, murmelte das Kind irgendetwas oder raschelte herum. Schließlich schlang die Kleine den Arm um Cleos Hals, sodass ihr süßer Atem Cleos Wange kitzelte, und die beiden schliefen ein.

Ein fürchterliches Blitzen und Krachen ließ Cleo hochfahren. »Is ja gut, Schätzchen«, sagte sie ganz automatisch.

Die Fenster schienen regelrecht zu glühen, und Cleo beschirmte ihre Augen. Meg heulte. »Sch«, machte Cleo. »Es is alles in Ordnung, alles in Ordnung.« Cleo befreite sich von der Bettdecke und tappte mit Meg, die sich an sie klammerte, auf bloßen Füßen ans Fenster. Ein Feuerstrom ergoss sich wie geschmolzene Lava über das gegenüberliegende Haus. Cleo schlug die Hand vor den Mund.

Dumpfe Schritte hasteten an ihrer Tür vorbei. »Feuer! Feuer!«

Männer rannten durch den Flur und schrien: »Die verdammten Yankees beschießen die Stadt!«

Meg rief: »Cleo, ich will hier weg!«

»Ich auch«, sagte Cleo. »Wir gehn jetzt heim. Aber du musst mir helfen, Schätzchen. Lass mein' Hals los und stell dich auf deine eigenen zwei Beine, und dann ziehn wir dich an.«

Das Getrappel vor der Tür war mittlerweile zu einer regelrechten Stampede angewachsen. Cleo streifte Meg das Kleidchen über die hochgereckten Arme und angelte nach ihren Schuhen – einer neben dem Bett, der andere unter der Kommode. Eine weitere Explosion, nicht ganz so nah.

»Bitte …«, wimmerte Meg.

Cleo legte sich eine Decke über ihr Hängekleid und hob das

Kind auf ihre Hüfte. »Leg deine Arme um mich rum un halt dich ganz fest, Zuckerpüppchen!«

Cleo stürzte die Treppe hinunter. Unten im Hotel rannten halb bekleidete Männer panisch herum. Einige liefen in den Speisesaal, andere ins Foyer. Als ein Schuss das Hotel nur knapp verfehlte und das Gebäude in den Grundmauern erbebte, warfen sich die Spekulanten auf den von Zigarrenstummeln und dem Inhalt ausgeleerter Spucknäpfe bedeckten Boden.

Meg heulte: »Mama!«

Cleo sagte: »Ich bring dich doch zu deiner Mama, Schätzchen.«

Sie liefen durch die Hotelküche.

Die Stallburschen des Hotels waren weggelaufen, und die verängstigten Pferde bäumten sich auf, wieherten und traten gegen die Stallwände. Tecumseh rollte mit seinen weiß umrandeten Augen. Cleo warf ihm einen Zaum über, schob ihm das Gebiss ins Maul und führte das zitternde Tier in die Gasse hinaus. Sie hob Meg auf Tecumsehs Rücken und kletterte hinter ihr auf das Pferd. »Halt dich an Tecumsehs Mähne fest, Kind.«

»Cleo, ich hab Angst!«

»Du darfst jetzt keine Angst haben, Liebling! Ich brauch eine tapfere Meg!«

Über dem niedergebrannten Viertel huschte die Mondsichel zwischen den Wolken hindurch. Die Überreste der abgebrannten Gebäude waren beinahe Wohnhäuser, beinahe Kirchen, gruselige Parodien menschlicher Hoffnung. Die Ruinen reckten sich wie Schattenfinger über die Straße, langten nach der Frau und dem Kind.

Eine Granate explodierte direkt über ihnen, und Feuer fiel wie ein grelles flatterndes Band herab. Meg schrie, und Tecumseh biss auf die Trense und ging durch. »Brr, Tecumseh! Brr, mach langsam!« Cleo riss mit aller Kraft an den Zügeln. Dem jammernden Kind glitt die Mähne aus den Fingern, und es rutschte den Hals des Tiers hinunter. »Tecumseh!«, kreischte Cleo.

Als Cleo die Zügel locker ließ, um nach dem Kind zu greifen, brach Tecumseh aus, und Kind und Dienerin schlugen auf das Pflaster.

Nach Luft ringend, tätschelte Cleo panisch Megs kleinen Körper. Sie rappelte sich auf ein Knie hoch. Cleo hatte sich auf die Zunge gebissen und schluckte dickes, heißes Blut. »Alles in Ordnung, Schätzchen? Bist du verletzt?«

Meg wimmerte: »Cleo, können wir jetzt bitte nach Hause?«

»Wir gehn nach Hause, sobald die mit dem Schießen aufhörn. Dann gehn wir auf der Stelle nach Hause.«

Cleo suchte unter all den verfallenen Türmen und Mauern das Vertraute. »Guck mal, Kind. Da is der alte Friedhof. Und da drüben is die runde Kirche mit der ihrm Friedhof. Da verstecken wir uns jetzt, bis wir nach Hause können.«

John und Rosemary fanden sie zwischen den zertrümmerten Grabsteinen. Megs Körper lag halb unter dem von Cleo begraben, die bis zu ihrem letzten Atemzug versucht hatte, das Kind vor dem Bombardement zu schützen.

»Oh Gott«, schluchzte Rosemary Haynes. »Ich hätte sie nie allein lassen dürfen.«

John Haynes nahm sein einziges Kind in den Arm.

Kapitel 17

LIEBESPFÄNDER

Der schnittige graue Blockadebrecher glitt langsam durch die Untiefen nördlich der Rattlesnake Shoal. In dem vom Meer reflektierten Sternenlicht dieser zweiten mondlosen Nacht konnten scharfe Augen etwa zwanzig Meter weit sehen. Der Strand hinter dem Brandungsstreifen war heller als das Meer.

Ein barfüßiger Lotgast rannte zum Ruder der *Merry Widow* und schnippte zweimal mit den Fingern: »Zwei Faden.« Tunis Bonneau berührte das Lot mit der Zunge und murmelte: »Die Austernbänke. Wir nähern uns Drunken Dick.«

Statt einer Antwort drückte Rhett Tunis' Schulter.

Die überdimensionierten Maschinen der *Widow* stießen ihren Abdampf unter Wasser aus. Ihre mit Scharnieren versehenen Schornsteine waren umgelegt, damit sich vor dem hellen Strand keine Silhouette abzeichnete. Aus dreißig Meter Entfernung gesehen, hätte das Schiff eine Nebelschwade sein können.

Ein Schiff durch die Blockade von Charleston zu bringen war seit der Einnahme der Battery Wagner durch die Unionsarmee gefährlicher geworden. Da die Kanonen der Union die tiefe Fahrrinne beherrschten, wagte es kein Blockadebrecher mehr, Fort Sumter auf der westlichen Seite zu passieren. Und die östliche Passage, Maffitt's Channel, war schmal und gewunden. Vor dem Krieg waren die Untiefen Rattlesnake Shoal und Drunken Dick durch Bojen markiert gewesen, doch die Unionisten hatten sie entfernt. Bei Niedrigwasser war Maffitt's Channel an manchen Stellen nicht mehr als 1,30 Meter tief. Beladen hatte die *Widow* einen Tiefgang von 1,20 Metern.

Kurz hinter Drunken Dick musste der Blockadebrecher nach Steuerbord abdrehen und auf die einzig verbliebene Einfahrt in Charlestons Hafen zuhalten.

Um zu verhindern, dass die Panzerschiffe in den Hafen gelangten, hatten die Verteidiger der Konföderation den Kanal von Fort Sumter bis Fort Moultrie am östlichen Ufer durch einen mit Kontaktminen gespickten Baum abgesperrt. Die hundert Meter breite Lücke in diesem Baum, direkt unter den Geschützen von Fort Moultrie gelegen, war die einzige Zufahrt zum Hafen.

Die Unionisten wussten, dass die Blockadebrecher in einer der mondlosen Nächte kommen mussten. Und sie kannten den Kanal, den die Blockadebrecher nahmen, die schmale Durchfahrt, die sie passieren mussten. Junge, scharfäugige Ausgucker rieben sich die Augen und versuchten, das Dunkel zu durchdringen. Sie horchten an ihrem eigenen keuchenden Atem, dem Pochen ihres Herzens vorbei.

Nach der Eroberung der Battery Wagner waren die meisten Blockadebrecher von Charleston nach Wilmington, North Carolina, ausgewichen, wo sie sich, an zwei Küsten entlang, durch zwei Meeresarme stehlen konnten, die beide von Fort Fisher verteidigt wurden, einem gigantischen, aus Sand und Erde erbauten Fort auf der schmalen Halbinsel zwischen dem Cape Fear River und dem Atlantik.

Bei der Anfahrt auf Charleston hielt sich Tunis Bonneau mit seinem 180 Fuß langen Raddampfer in Küstennähe, fuhr in dem schmalen, veränderlichen Bereich, wo die Dünung in die Brandung überging. Die Kriegsschiffe der Union hielten sich in einiger Entfernung von der Küste, doch in den Untiefen waren Patrouillenboote unterwegs. Diese Zwanzig-Fuß-Dorys konnten der *Merry Widow* zwar nicht direkt gefährlich werden, aber sie konnten mit ihren Leuchtsignalen die Geschütze der Kriegsschiffe auf die unbewaffneten, ungepanzerten Blockadebrecher lenken.

Fünf Knoten. Tunis Bonneau stand auf den Zehenspitzen, kniff die Augen zusammen. Die Brandung toste, Brecher schlugen krachend auf den Strand, zischend zog sich das Wasser wieder zurück.

Der Ausguck im Bug der *Widow* hob den linken Arm, was bedeutete: »Patrouillenboot backbord voraus!« Tunis beugte sich zum Sprachrohr vor und befahl dem Maschinisten, Dampf aufzumachen.

Der Bootsführer des Patrouillenboots sah etwas – einen Umriss, der ein Schiff sein konnte oder auch nicht, ein Blockadebrecher oder auch nicht. Er fischte ein Leuchtsignal aus dem Blechkasten und rief: »Ahoi! Wie heißt die Parole?«

Die *Widow,* deren Deckplanken von den laufenden Maschinen bebten, machte jetzt neun Knoten. »Es lebe die Union!«, rief Rhett Butler aus.

Die Parole dieser Nacht war »Gettysburg«, doch in der vorigen Nacht war es »Erhaltet die Union!« gewesen. Der Bootsführer hatte Leuchtsignal und Streichholz in der Hand, aber er zögerte. War das womöglich ein Unionsschiff, dessen Kapitän auf der falschen Seite des Signalbuchs war? Es waren schon seit Wochen keine Blockadebrecher mehr gekommen, und ein übereifriger Bootsführer, der das Signal gab, auf ein Kanonenboot der Union zu feuern, landete garantiert vor dem Kriegsgericht. »Parole!«, forderte der Bootsführer noch einmal.

»Lügner Abe!«, rief Rhett.

Der Bootsführer hatte gerade sein Leuchtsignal angezündet, da pflügte die *Widow* mitten in das Dory hinein und erfasste mit ihren seitlichen Schaufelrädern acht Unionssoldaten.

»Tapfere Burschen«, sagte Tunis Bonneau.

»Aber etwas unschlüssig«, erwiderte Rhett.

»Tempo drosseln«, murmelte Tunis ins Sprachrohr.

Tunis orientierte sich beim Steuern an den vage erkennbaren Umrissen der Küste und an vertrauten Strömungen, die am Ruder rissen. Er verließ sich auf die Erinnerung in seinen Händen.

Die *Merry Widow* setzte ihre Fahrt ohne weitere Schwierigkeiten fort, bis sie Drunken Dick hinter sich gelassen hatte. Fort Sumter lag backbord achteraus, als das erste Leuchtsignal der Unionisten in den Himmel stieg.

Tunis befahl: »Volldampf voraus!«, die Besatzung an Deck hievte die umgeklappten Schornsteine hoch, und die *Widow* raste los wie ein Rennpferd nach dem Startschuss.

Patrouillenboote und Kriegsschiffe schossen rote, grüne und blaue Leuchtsignale in die Luft. »Wer seid ihr? Freund oder Feind?«

Rhett antwortete mit den roten und grünen Leuchtsignalen der *Widow*, reinen Nonsens-Signalen.

Tunis Bonneau keuchte, als könnte er durch schnelleres Atmen die Drehung der Schaufelräder beschleunigen. Das Deck bebte unter seinen Füßen.

Die ersten Granaten verfehlten die *Widow* um etwa sieben Meter. Gischt durchnässte die Männer an Deck.

»Ihre Treffsicherheit hat sich verbessert«, bemerkte Rhett. Er kletterte auf den Kasten von einem der Schaufelräder und setzte das Fernrohr an, als wäre das Geschützfeuer der Unionsarmee ein hübsches Feuerwerk an einem lauen Sommerabend.

Der Ausguck im Bug versuchte angestrengt, die schmale Durchfahrt zwischen verminten Baumstämmen auszumachen.

Da die Geschütze der Unionsschiffe einen Blockadebrecher in voller Fahrt nicht erwischen konnten, zielten sie auf die Durchfahrt, und die *Widow* schlingerte und rollte zwischen Fehlschüssen hindurch, triefend nass, als unterquerte sie die Niagarafälle. Am helllichten Tag sah man den Baum unter der Wasseroberfläche liegen, doch in mondloser Nacht war er unsichtbar. Tunis hielt auf die dichteste Häufung aufspritzender Fontänen zu, inständig hoffend, dass die Unionsgeschütze richtig ausgerichtet waren. Die *Widow* erbebte: Treffer. Ein weiterer Treffer, und von neuem rüttelte es sie durch. Das Ruder wurde ruckartig herumgerissen und rutschte Tunis fast aus der Hand. Ein weiterer, nur knapp danebengegangener Schuss schleuderte ihn gegen die Speichen des Steuerruders.

Sie waren durchgekommen. Die hellen Zypressenstämme des Baums mit seinen muschelbewachsenen, allmählich grün werdenden Minen zogen backbords ganze fünfzehn Zentimeter entfernt vorbei.

Bruchstücke einer letzten explodierten Granate fielen prasselnd auf Deck.

Als die Unionsgeschütze verstummten, neigte Tunis den Kopf zur Seite, um sich das Wasser aus den Ohren zu schütteln.

Rhett kletterte von dem Radkasten herunter, schob sein Teleskop zusammen und zündete sich eine Zigarre an. Die Flamme seines Streichholzes war so hell, dass sie Tunis in den Augen wehtat. Mit heiserer Stimme befahl Tunis Mr Campbell, dem Ingenieur, das Schiff auf Beschädigungen zu untersuchen.

»Wir haben es wieder mal geschafft«, sagte Tunis zu Rhett.

»Das war der einfachere Teil«, erwiderte Rhett. »Mein Gott, was fürchte ich mich vor unserer Ankunft. Die arme, arme Rosemary.«

Die Nachricht von Megs Tod hatte Rhett in Nassau ereilt.

»Ich hasse diesen Krieg«, sagte Tunis.

»Manche Leute behaupten, dass er dein Volk befreien wird.«

»Ja, Sir. Manche Leute behaupten das.«

Die Stadt war verdunkelt. Die Kirchtürme von Charleston – die den Seeleuten seit Generationen als Orientierungszeichen gedient hatten – waren schwarz angestrichen worden, damit die Unionisten nicht nach ihnen zielen konnten.

Eine Granate aus den Geschützen auf Morris Island flog, an der glimmenden Lunte zu verfolgen, in hohem Bogen auf die Stadt zu. Einem kurzen Aufblitzen folgte Sekunden später ein dumpfes Grollen.

Tunis spürte Flussströmungen am Ruder. Der ablandige Wind roch nach Ziegelstaub und Feuer. »Tempo drosseln.«

Rhett versuchte zu scherzen: »Jetzt, wo ich dir die *Widow* verkauft habe, Tunis, solltest du etwas vorsichtiger mit ihr umgehen.«

»Haha.«

Das ganze Hafengebiet von Charleston war zerstört. Die *Widow* stampfte den Fluss hinauf, vorbei an ausgebrannten Kaianlagen, auf den Flussgrund gesunkenen Dampfern, an ihren Anlegestellen verfallenden Klippern.

Ingenieur Campbell meldete, die Granaten hätten nur geringen Schaden angerichtet, doch die überdimensionierten Dampfmaschinen der *Widow* hätten ihre Stahlgestelle verbogen und an Steuerbord die Knie verdreht.

Die meisten Spekulanten hatten Charleston verlassen und waren nach Wilmington gegangen, doch die vom Willkomm der Unionisten an den Kai von Haynes & Son gerufenen Männer waren begierig, Geschäfte zu machen.

Tunis steuerte um, während die *Widow* sich langsam an ihre Anlegestelle schob und ein paar Männer von der Besatzung sie von den Fendern weghielten.

Flackernde Laternen erleuchteten den Kai. Jemand rief: »Butler, ich brauche unbedingt Seide und Parfüm.«

»Knöpfe und Epauletten!«, forderte eine andere Stimme.

»Ich nehm zwanzigmal Champagner!«

Die *Widow* wurde vorn und hinten vertäut, und beide Kessel ließen unter lautem Zischen Dampf ab. In der darauf folgenden Stille konnte Rhett den Fluss gegen den Schiffsrumpf plätschern hören. »Damit kann ich heute leider nicht dienen, meine Herren. Ich habe keine Luxusgüter dabei. Ich habe dreißig Kisten mit Kammtrommeln für Baumwollkarden an Bord, vierzehn Kisten mit Wentworth-Gewehren, Armeestiefel, Uniformstoff und Miniégeschosse. Vielleicht möchten Sie ja mit mir einstimmen – ›Hurrah for the Bonnie Blue Flag that bears a single star‹!«

»Großer Gott!«, sagte jemand. »Sie haben sich ja den richtigen Zeitpunkt ausgesucht, um zum Patrioten zu werden.«

Schwere Hammerschläge drangen aus dem Maschinenraum nach oben: Mr Campbell reparierte die Stahlgestelle.

Die enttäuschten Spekulanten überließen den Kai zwei Fahrzeugen: einem blauen Sulky und einem schwarzen Einspänner.

»Das werden Ruthie und Rosemary sein«, sagte Tunis.

»Tunis, warum verschenken wir unsere Herzen, wenn sie doch nur gebrochen werden?«

»Wären wir denn anders besser dran?«

Rhetts Schwester stand neben dem Sulky. Sie sah kleiner aus, als Rhett sie in Erinnerung hatte.

»Meine liebe Rosemary.« Er schloss sie in die Arme.

Einen Moment lang hielt sie stand, dann entrang sich ihr ein heftiger Schluchzer, der sie am ganzen Leib erbeben ließ. »Warum, Rhett? Warum morden sie unsere Kinder? Haben sie denn selber keine Kinder?«

Wie um ihre Worte zu unterstreichen, explodierte in der Stadt eine Granate. Rhett hielt seine Schwester im Arm, bis sie aufhörte zu zittern und ihre Anspannung etwas nachließ. »Danke«, sagte sie sehr leise. Er ließ sie los, und sie wischte sich die Tränen aus den Augen und versuchte zu lächeln. Sie putzte sich die Nase.

Mit ruhiger, ausdrucksloser Stimme sagte sie dann: »Meg wirkte so zerbrechlich. Fast als wäre sie wieder ein Säugling. Als John sie aufhob, fiel ihr ein Schuh vom Fuß. Den anderen haben wir gar nicht gefunden, weißt du. Das Gesicht meiner Kleinen war schmutzig, also habe ich ein Taschentuch genommen, um es abzuwischen, aber da hat John sie mir weggerissen. Rhett … Margaret Haynes, Meg war mein eigenes Kind, aber ich musste meinen Mann anbetteln, um ihr die Stirn abwischen zu dürfen. Ihre Lippe war aufgesprungen – hier –, aber sie blutete nicht. Sie war kalt wie Lehm. Mit diesen Fingern, Rhett, habe ich meiner Kleinen die Augen geschlossen.«

Rhett hielt sie wieder fest. Ohne die Anspannung, die sie belebt hatte, fühlte sich Rosemary an wie eine Stoffpuppe. Rhett fragte: »John …?«

»Er läuft jede Nacht durch die Straßen, völlig gleichgültig gegenüber dem Bombardement. Ja, Rhett« – sie sah ihn mit verzerrtem Lächeln an – »unsere freien farbigen Feuerwehrleute sehen meinen Mann häufiger als ich. Ist das nicht merkwürdig?«

»Ich werde zu ihm gehen …«

Rosemary packte ihn am Arm »Das kannst du nicht! Er will dich nicht sehen! John bittet dich als seinen Freund darum, dass du nicht zu ihm gehst.«

»Wenn ein alter Freund nicht –«

»Rhett, bitte glaub mir. John Haynes wird dich nicht in unser Haus lassen.«

Neben dem schwarzen Einspänner flüsterte Ruthie Bonneau eindringlich: »Na los, Tunis Bonneau. Nun mach schon!«

Tunis zerknüllte seinen Hut in den Händen. »Miss Rosemary, Ruthie und mir, uns tut das sehr leid mit Ihrem Kummer. Wir haben immer große Stücke auf die Haynes gehalten.«

Rosemary schaute an ihm vorbei. Abwesend streichelte sie das Maul ihres Pferdes. »Ich frage mich, ob Tecumseh sich an Meg erinnert«, sagte sie leise. »Ich schaue in seine großen sanften Augen und …« Sie hielt sich eine Hand vors Gesicht, um einen Schluchzer zu ersticken.

»Ruthie und ich, wir beten jeden Abend für Sie, Miss Rosemary«, sagte Tunis verzweifelt. Er half seiner schwangeren Frau in die Kutsche, und sie fuhren davon.

Rosemary blickte forschend in das Gesicht ihres Bruders. »Rhett, ich war so blind, so schrecklich blind! Ich wollte, was mir nicht zustand, und habe all die kostbaren Stunden verloren, die ich mit meinem Kind und meinem Mann hätte verbringen können …« Sie hielt inne und holte tief Luft. »Bruder, du darfst nicht den gleichen Fehler begehen wie ich. Versprich mir das. Versprichst du mir, dass du etwas für mich tun wirst?«

»Was immer du willst.«

»Du hast mir einmal anvertraut, wie sehr du Scarlett O'Hara liebst.« Sie legte eine weiche Fingerspitze auf Rhetts Lippen. »Bitte, Rhett, mach jetzt ausnahmsweise einmal keine zynische oder scherzhafte Bemerkung. Du liebst diese Frau, das wissen wir beide. Rhett, Bruder – man kann nicht über der Liebe stehen. Fahr zu Scarlett. Sei so offen zu ihr, wie du es immer zu mir gewesen bist.« Rosemary drehte sich zu ihrem Sulky um und zog ein Päckchen hervor, etwas Flaches, das in Wachspapier eingeschlagen war. Sie öffnete es an einer Ecke, sodass ein Stückchen leuchtend gelber Seide zum Vorschein kam. Es war der exquisite Schal, den Rhett ihr vor vielen Jahren geschenkt hatte. »Den hat Meg ganz besonders geliebt. Sie hat ihn sich umgelegt und getan, als wäre sie ein Vogel oder ein Schmetterling. Und wenn sie rannte, ist er hinter ihr hergeflattert wie … wie Engelsflügel.«

»Rosemary, den kann ich nicht annehmen.«

»Doch, Bruder, das kannst du. Wir Butlers sind im Lieben nie gut gewesen. Wir haben zu spät geliebt oder falsch oder gar nicht. Schenk Scarlett diesen Schal. Vor Jahren hat er mir gezeigt, dass du mich liebst. Jetzt hat meine arme Meg ihre Kinderliebe dazugegeben. Bitte, Rhett: Schenk ihn der Frau, die du liebst.«

»Rosemary, du und John …«

»Du kannst jetzt nichts mehr für uns tun.«

»Ich würde –«

»Sch. Ich weiß, mein Lieber. Mach dich auf den Weg. Um fünf geht ein Zug.«

Der Bruder küsste seine Schwester und lief in die Stadt.

Zwanzig Minuten später am Bahnhof wollte der zuständige Militärpolizist Rhett nicht in den Zug nach Georgia einsteigen lassen, bis Rhett ihm den von Rufus Bullock ausgestellten Passierschein zeigte. »Sir, im Offizierswagen ist noch Platz.«

Da Rhett in West Point Artilleriewesen studiert hatte, wusste er den Bericht des Artilleriemajors über den Sieg in Chickamauga zu würdigen, und als Rhett dann noch eine Flasche Rum aus seiner Reisetasche zog, kam der Major zu dem Schluss, dass dieser Zivilist kein schlechter Kerl sein könne. Während ihr Zug im Wettlauf mit der Sonne gen Westen eilte, begannen Rhett, der Major und zwei junge Offiziere Poker zu spielen.

Bei Einbruch der Dunkelheit hatte Rhett sie geschröpft, doch da sie nur um C.S.A.-Dollars gespielt hatten, die Währung der Konföderation, kam keine Missstimmung auf. Als der Zug am nächsten Tag die Grenze nach Georgia passierte, erklärte ein neunzehnjähriger Leutnant aus Biloxi, Mississippi: »Mr Butler, wir hauen Billy Yank in die Pfanne, wir schlagen ihn auf Schritt und Tritt. Noch mehr Verluste wie in Chickamauga verkraften die Unionisten nicht. Noch ein, zwei Niederlagen, dann wird der alte Lincoln um Frieden betteln.«

Als Rhett in das hoffnungsvolle Gesicht des Leutnants blickte, fühlte er sich, als wäre er tausend Jahre alt.

In Augusta wurde der Zug auf ein Nebengleis geschoben.

An Verzögerungen gewöhnt, machten sich die Offiziere auf den Weg in den nächsten Saloon, Rhett hingegen besuchte Rufus Bullock im Büro von Southern Express.

Bullock war vor dem Krieg als Leiter der Adams Railway Express Company in den Süden gekommen. Er war ein umgänglicher, ausgeglichener Mensch; wenn Rufus Bullock die Hauptstraße entlangspazierte, dachten sich die ehrbaren Bürger Georgias, dass sie genau diese Sorte Mann gern die Hauptstraße entlangspazieren sahen – obwohl er ein Yankee war. Als der Krieg ausbrach, spaltete sich Southern Express von der nördlichen Muttergesellschaft ab, und Rufus Bullock wurde zum Präsidenten der neuen Gesellschaft.

Bald koordinierte Bullock das Telegrafenwesen der Konföderation und war für den Transport der Solde zuständig. Seine Verantwortlichkeiten erweiterten sich zusehends, und schließlich wurde er geschäftsführender Direktor der Eisenbahn der Konföderation und als solcher zum Oberstleutnant ernannt. Bullock trug nie Uniform; für ihn änderte der Krieg gar nichts.

Mit der Selbstverständlichkeit, die aus langjähriger Bekanntschaft erwächst, knallte Rhett eine Flasche auf Rufus' Schreibtisch.

»Mein Gott, Rhett, wo hast du denn den her?«

»Rum von den Bahamas. Zwanzig Jahre alt, im Holzfass gereift. Ohne deinen Passierschein, Rufus, wäre ich niemals aus Charleston rausgekommen.«

Die Flasche verschwand in einer Schublade. »Rufus Bullock ist zu Ohren gekommen, dass du diesmal militärische Güter hergeschafft hast, Rhett. Und da hat Rufus sich gefragt: Wie kann Rhett Butler aus militärischen Gütern Profit schlagen?« Bullock lachte behaglich in sich hinein. Er war ein behaglicher Mensch.

»Ich bin geläutert, Rufus. Mit dem Blockadebrechen ist Schluss. Wenn John Haynes wieder in der Lage ist, ans Geschäft zu denken, wird er hoffentlich auch aussteigen.«

»Ich habe gehört, dass seine Tochter ums Leben gekommen ist. Tragisch.«

»Ja. Rufus, besorg mir einen Platz in dem Zug nach Atlanta.«

»Da kann dir nicht einmal Rufus Bullock helfen. Jeder einzelne Waggon ist randvoll mit Nachschub.«

»Rufus, ich kenne dich doch. Es gibt nichts, was du nicht bewerkstelligen kannst.«

Rhett fuhr in der Lokomotive mit, bei Mr Bates, dem griesgrämigen Ingenieur, und dem Heizer, einem riesigen, schweigsamen Neger.

Die Sonne ging gerade unter, als der Zug Augusta verließ. Rhett flüchtete sich in den Tender. Auf dem Klafterholz ausgestreckt, die Hände hinter dem Kopf verschränkt, versuchte er sich zu erinnern, was genau ihm Tunis Bonneau über die Liebe gesagt hatte – wann war das gewesen, vor sechs Jahren?

Sie hatten sich zufällig im Hafen von Freeport getroffen, ihr erstes Wiedersehen, seit Rhett das Tiefland verlassen hatte, und so waren die beiden Freunde in die nächste Spelunke gegangen und hatten sich darangemacht, sie leer zu trinken.

Tunis berichtete Rhett, was sich in Charleston inzwischen so alles ereignet hatte. »Deine Schwester, aus der is 'ne prächtige junge Frau geworden!«

»Wenn ich dir einen Schal aus Kuba mitgebe, würdest du ihn ihr bringen?«

»Na sicher.« Tunis war nicht ganz so betrunken wie Rhett. »Liegt dir eigentlich was auf der Seele?«

»Nichts weiter. Eine Frau.«

»So wirkst du aber nicht, als ob das nichts wäre. Liebst du sie?«

Rhett schnaubte. »Liebe?« Er trank direkt aus der Flasche. »Ich war schon zu oft verliebt. Und hinterher bin ich aus dem Bett gestiegen und habe meine Hose angezogen. Dieser bescheidene Akt des Hosenanziehens hat etwas, das die Liebe irgendwie trivialisiert.«

»Jetzt nimmst du mich aber auf'n Arm.«

»Tu ich das?«

Tunis erzählte Rhett scheu, dass er Ruthie Prescott, der ältesten Tochter von Reverend Prescott, den Hof machte. »Ruthie trägt den Kopf ziemlich hoch, und manchmal ist es schwierig, ihr nahe zu kommen, aber sie ist genau die Richtige für mich. Rhett, hast du je geliebt?«

»Warum diese Fragen, mein Freund?«

»Bist du je mit einem Mädchen zusammen gewesen, wo du das Gefühl hattest, ohne sie kannst du kein vollständiger, richtiger, guter Mensch mehr sein?«

»Ich habe mich geschmeichelt gefühlt und manchmal auch einen gewissen Kitzel verspürt. Aber so, nein – so habe ich die Liebe nie erlebt.«

»Dann hast du auch noch nicht geliebt«, sagte Tunis Bonneau bestimmt. »Nicht richtig. Denn so ist die Liebe.«

Und jetzt brachte ihn jede Bewegung der Kolben, jede Umdrehung der Räder Scarlett näher. Das Rattern der Lok fand sein Echo in Rhetts Herzschlag. Schneller! Schneller!

Jede andere Frau, jede vorherige Leidenschaft war im Vergleich zu Scarlett farblos gewesen. Und doch hatte er Scarlett nie gesagt, was sie ihm bedeutete. Er hatte gespottet. Er hatte sich hinter falscher Gleichgültigkeit verschanzt.

»Verdammter Feigling!«, flüsterte er.

Mit Rosemarys kostbarem Geschenk gewappnet, konnte Rhett ihr sagen, was er für sie empfand. Und er würde es tun, bei Gott!

Euphorisch kehrte Rhett Butler in den Führerstand zurück und schenkte Mr Bates und dem Heizer Zigarren. Im offenen Feuerkasten toste es. Funken und Aschepartikel brannten winzige Löcher in den schwarzen Wollstoff von Rhetts Anzug.

Durch die hervorragende Zigarre angeregt, wurde Mr Bates gesprächig: »Diese Nachtfahrten gehn ganz schön an die Nerven, und ich könnte gut auf sie verzichten. Ich seh überhaupt nichts, und wenn die Unionisten die Gleise rausreißen würden, bekäm ich das erst mit, wenn diese Lok hier durch die Luft fliegen würde! Und, Mister, wenn die erst mal anfängt zu kippen, kommt man so leicht nich mehr raus. Wegen dem Dampf, wissen Sie. Der zieht einem regelrecht das Fleisch von den Knochen.« Mr Bates paffte hochzufrieden an seiner Zigarre.

Sie hielten alle zwei Stunden an, und Mr Bates füllte den Kessel. Rhett und der Heizer hievten vier Klafter Holz in den Tender.

Bei Tagesanbruch überquerte der Zug das Piedmontplateau.

»Cap'n Butler«, sagte Mr Bates, »da drüben, das is Stone Mountain. In weniger als einer Stunde sind wir in Atlanta.«

»Es sei denn, die Unionisten haben die Gleise herausgerissen.«

»Nein, Sir«, versetzte Bates. »Die kommen nie näher als hundert Kilometer an Atlanta ran.«

Während der Zug in den Bahnhof einfuhr und die Radbremsen noch quietschten, schüttelte Rhett Mr Bates' freie Hand und steckte dem Heizer eine Münze zu. Dann schwang er sich von der Lok hinunter und eilte, den Hut in der Hand, über den Bahnsteig zum Kutschenstand.

Rhett kletterte zu einem Kutscher auf den Bock und nannte ihm Pittypats Adresse.

Der Kutscher betrachtete seinen schmuddeligen Fahrgast missbilligend: »Sind Sie sicher, dass Sie das bezahlen können?«

»Ich bin mir sicher, dass ich Ihnen den Hals umdrehen werde, wenn Sie nicht auf der Stelle losfahren«, antwortete Rhett.

Der Kutscher brachte sein Pferd mit einem Peitschenknall zum Traben.

Es konnte Rhett gar nicht schnell genug gehen.

Bei Pittypat angekommen, hämmerte er an die Haustür.

»Moment! Ist ja gut! Ich komm ja schon!« Onkel Peter öffnete die Tür und wich zurück.

»Cap'n Butler?« Onkel Peter war entgeistert. »Mein Gott, was ham Sie denn gemacht?«

Im Salon legte Pittypat ihr Stopfzeug weg. »Meine Güte, Captain Butler. Sind Sie in ein Feuer geraten? Ihre Kleider … Und Sie ziehen sich doch sonst immer so schön an. Ist das Ihr Hut? Oje! Möchten Sie sich vielleicht die Hände waschen? Peter, hol Waschschüssel und Kanne!«

»Sie sind zu freundlich, Miss Pittypat.« Rhett setzte seine Reisetasche ab und öffnete sie. »Bitte, nehmen Sie es selbst heraus. Ja, das kleine Päckchen da, das ist es. Meine Hände …«

Als Pitty eine Elle feinster belgischer Spitze auspackte, sagte Rhett: »Als ich die gesehen habe, dachte ich sofort: Würde das nicht einen hübschen Kragen für Miss Pittypat geben?«

»Oh, Captain Butler. Wie kann ich Ihnen nur danken?«

»Ich verdiene keinen Dank dafür, Miss Pitty, dass ich einer Dame, die es gar nicht nötig hat, sich zu schmücken, etwas zum Schmuck mitbringe.«

»Das ist plumpe Schmeichelei«, sagte Scarlett, die schnüffelnd ins Zimmer kam. »Captain Butler, waschen Sie sich nicht mehr?«

Pittypat ergriff mit ihrem Geschenk die Flucht.

Rhett hatte Asche im Haar, und sein Gesicht war rußverschmiert. Seine Kleider waren von Meerwasser durchtränkt gewesen, wieder getrocknet, aber nun völlig formlos und von heißer Asche verkohlt. Seine Manschetten waren eingerissen, seine Fingernägel abgebrochen, und der Hut in seiner Hand war nur noch ein Filzlumpen. Scarlett stolzierte herum wie eine beleidigte Katze.

»Ich habe darauf gebrannt, Sie zu sehen, meine Liebe«, sagte Rhett, »deshalb habe ich mich durch nichts aufhalten lassen.«

»Darauf gebrannt, mich zu sehen? Warum in aller Welt sollten Sie darauf brennen, mich zu sehen? Mein Gott, ich habe Sie ja wohl nicht ermutigt! Captain Butler, hätten Sie sich nicht waschen können, bevor Sie einer Dame einen Besuch abstatten?«

Onkel Peter brachte Waschschüssel, Kanne, Seife und ein zerschlissenes Handtuch. Während Rhett sich über die Schüssel beugte, um sein Gesicht zu waschen, redete Scarlett erbarmungslos weiter: »Wie lange haben Sie uns vernachlässigt? Haben wir Sie im August zu sehen bekommen? Im Juli?« Ihr Lachen war achtlos und unbekümmert. »Aber das spielt wohl keine Rolle. Wie die Zeit vergeht.«

Rhett trocknete sich das Gesicht ab. »Ich habe versucht, Ihrem verhängnisvollen Charme zu widerstehen.«

»Gott sei uns gnädig«, schnaubte Scarlett. »Der flattierende Mann, ein ganz eigenes Wesen … Bitte fahren Sie fort, Captain Butler. Dieser Unsinn über meinen ›verhängnisvollen Charme‹ hat mir durchaus gefallen.«

Als Rhett Onkel Peter das rußgeschwärzte Handtuch reichte, trug dieser es am ausgestreckten Arm hinaus.

Rhett hatte einen Neuanfang machen wollen. Er hatte vorgehabt, Scarlett von der kleinen Meg zu erzählen, von Will, dem Schleusenmeister, von dem gelben Schal. Er hatte Scarlett sagen wollen, dass er sie liebte.

Er bekam kein Wort über die Lippen. In Pittypats Salon, wo er sich nicht hinsetzen konnte, da er die Möbel beschmutzen und nichts berühren durfte, weil er Flecken hinterlassen würde, überreichte Rhett Butler Scarlett O'Hara schweigend seine Liebesgabe – in schmuddeliges, verschmiertes Wachspapier eingeschlagen.

»Was ist denn das?« Scarlett öffnete das Päckchen. Sie warf einen flüchtigen Blick auf den gelben Schal und hängte ihn achtlos über eine Stuhllehne. »Vielen Dank, Captain Butler. Sie sind zu freundlich.«

Rhett Butler überkam plötzlich eine rasende Wut. Er schluckte den Kloß in seinem Hals hinunter und sagte kalt: »Oh, nicht der Rede wert – es ist nur Schnickschnack, ein unbedeutendes Zeichen meiner Bewunderung für eine Dame, die so schön wie gütig ist.«

Nachdem Rhett Pittypats Haus verlassen hatte, lief er durch die Straßen, bis seine Wut sich gelegt hatte, und plötzlich stand er vor Belmont's, dem feinsten Juwelier von Atlanta.

In diesem, dem dritten Jahr des Krieges hatte Mr Belmont so viel Schmuck zurückgekauft und so wenig verkauft, dass er erwog, sein Geschäft zu schließen. Als Rhett Butler ihn bat, ihm seine schönste Gemmenbrosche zu zeigen, hüpfte Mr Belmont geradezu zu seinem Tresor.

Wie immer verwöhnten Belles Metzen Rhett. »Sie sind ja so

schmutzig, *cher.*« Minette kicherte. »Ich schrubbe Ihnen den Rücken, *non*?«

Hélène legte eine Pferdedecke über das Sofa, damit Rhett sich hinsetzen konnte, während Minette ihm seinen Champagner eingoss. Minette befahl Eloise, heißes Wasser nach oben zu tragen, damit Rhett ein Bad nehmen konnte.

»Warum kann Hélène das nicht machen?«

»Weil du dicke, kräftige Arme hast.«

Als Rhett nach Lisa fragte, zuckte Minette abschätzig mit den Achseln. »Lisa ist dem Rat von Captain Penetrant gefolgt – sie hat das Chapeau Rouge verlassen und arbeitet jetzt in einem … einem *Puff*! Lisa ist keine Kurtisane!« Minette beugte sich mit verschwörerischer Miene vor: »Captain Penetrant ist nicht mehr in Atlanta. Er war überrascht und bekümmert über seine Versetzung. Captain Penetrant macht Sie dafür verantwortlich.« Sie zwinkerte ihm zu.

Rhett trank noch ein zweites Glas, bevor er hinaufging, um zu baden und sich zu rasieren.

An diesem Abend führte Rhett Belle ins Hotel Atlanta zum Essen aus, und beim Brandy überreichte er ihr die Gemmenbrosche.

»Oh Rhett! Die ist zu schön! … Sie ist … Du bist immer so gut zu mir! Du weißt, dass ich –«

Er brachte sie mit einem »Sch!« und einem Lächeln zum Schweigen.

»Rhett, warum schenkst du mir so etwas? Die ist doch zu vornehm für eine Frau wie mich.«

Er langte über den Tisch und hob ihr Kinn an. »Weil ich dir, liebe Belle, keinen gelben Seidenschal schenken kann.«

Kapitel 18

Fuchs auf der Flucht

Im ersten Kriegsjahr wurde die Brigade Charleston Light Horse zu Ravanels Brigade in der Armee von Tennessee unter General Bragg. Die Einheit operierte hinter den feindlichen Linien, griff Unionskontingente aus dem Hinterhalt an, zerstörte Proviantzüge, brannte Eisenbahnbrücken nieder und sprengte Eisenbahntunnel.

In den Grenzstaaten waren die Loyalitäten geteilt, und während einige Damen die vorbeireitenden Rebellen anspuckten, waren andere nur zu gern bereit, ihren Einsatz für die Sache persönlich zu beweisen, und zwar niemand anderes als dem schneidigen jungen Colonel, der ebendiese Sache verkörperte.

Andrew Ravanel liebte diese Damen, nur ihre Namen konnte er sich nie merken.

Während ihr Colonel sich unterhalten ließ, schliefen Ravanels Späher und sein gefeierter Banjospieler mal im Stall, mal auf der Veranda, mal in einer ramponierten Kutsche und einmal sogar – zitternd – in einem Maisspeicher, dessen Wände nur aus Gittern bestanden.

»Gott, wie die kreischt«, hatte Cassius angemerkt.

»Wie eine rollige Katze«, hatte Jamie Fisher erwidert. »Ich wünschte, ich hätte noch eine Decke.«

»Ich kann mir nich vorstelln, dass mir je wieder warm wird«, sagte Cassius. »Verdammt! Was macht der Colonel mit dem Mädel bloß?«

»Ich will es gar nicht wissen.« Jamie lag zusammengerollt da und wärmte sich die Hände zwischen den Schenkeln.

»Wieso nehm' Sie eigentlich nie 'n Mädchen, Master Jamie? Ich mein, ich seh doch, wie manche von den Damen Sie anschaun.« Cassius hob den Kopf von seiner Pritsche. »Vielleicht könn' Sie ja eine finden, wo nich so laut is.«

»Hör mal! Da kommen doch Pferde?« Jamie griff nach seinem Revolver und trat ins Mondlicht hinaus.

In den glorreichen Tagen waren ihre unionistischen Gegner oft nur ausgehobene Rekruten, die zum ersten Mal auf einem Pferd saßen, und viele der Pferde hatten noch kurz zuvor Pflüge gezogen. Die Unionskommandanten zankten und posierten wie Kampfhähne, und die furchterregenden Rebellenschreie der Konföderierten erschreckten manch einen inkompetenten Kommandanten so sehr, dass er sich ergab, ohne dass ein Schuss gefallen wäre.

Jamie Fisher war ein unermüdlicher Reiter mit scharfem Blick für die Geländeverhältnisse; er erkannte instinktiv, wo die Brigade biwakieren sollte, welche Straßen bei schlechtem Wetter unpassierbar sein könnten, wann und wo Feldposten stationiert werden sollten, wann eine Furt gut war und wann trotz spiegelglatter Wasseroberfläche und scheinbar hartem Kiesgrund lieber keine Durchquerung gewagt werden sollte.

Eines Nachts, als Späher und Banjospieler auf dem Heuboden des Pferdestalls einer weiteren patriotischen Dame lagen, vertraute Cassius Jamie an, dass er schon mal mit einem Mädchen verheiratet gewesen sei, einem schmalen Ding namens Desdemona. »Als Master Huger meine Frau verkauft hat, da hab ich geheult wie'n Baby«, erzählte Cassius.

Gegen Ende des dritten Kriegsjahrs tötete die Unionskavallerie im Geplänkel von Ellsworth Captain Henry Kershaw, und fast wäre es ihr auch gelungen, Colonel Ravanel gefangen zu nehmen. Major Wilkes, der aus Georgia stammende Adjutant der Brigade, kritisierte Colonel Ravanel, weil er keine Feldwachen aufgestellt hatte und weil die Soldaten der Unionsarmee, die Ravanels Brigade nach der Rückeroberung der Stadt gefangen genommen hatte, schlecht behandelt wurden.

Ravanels Männer nahmen Major Wilkes diese Kritik übel, und die Offiziere der Brigade höhnten, Wilkes sei ein »über die Maßen sentimentaler Landaristokrat«. Als Wilkes die Brigade verließ, begleitete Jamie Fisher ihn zum Bahnhof. Obwohl Jamie, anders als Wilkes, seine Meinung nicht geäußert hatte, war auch er von Andrews Verhalten keineswegs angetan. »Der Krieg hat den Colonel schon zu viele Freunde gekostet«, sagte Jamie zu Wilkes.

Ashley Wilkes schüttelte den Kopf. Das war keine ausreichende Rechtfertigung.

»Andrew ist ein guter Mann«, sagte Jamie. »Alle lieben ihn.«

»Manchmal sind diejenigen, die am beliebtesten sind, am schwersten zu respektieren«, erwiderte Wilkes.

Der Ruf eines Menschen hinkt seinen Taten oft hinterher, und so mehrte sich Andrew Ravanels Ansehen noch, als seine Veteranen längst bei dem Versuch, frühere, einfache Triumphe zu wiederholen, ihre Pferde zuschanden ritten. Sie gingen Risiken ein, die sie noch ein Jahr zuvor gescheut hätten.

Der Kommandant der Armee von Tennessee, Major General Braxton Bragg, war ein buckliger, bärtiger Zuchtmeister, dessen dunkle Augenbrauen über seiner Nase zusammentrafen. Bragg hatte Magenprobleme, schlechte Nerven und so schmerzhafte Furunkel, dass er nicht im Sattel sitzen konnte. General Bragg war der Beleg für die These, dass das Pech diejenigen trifft, die es verdienen.

Bragg war es gewesen, der beschlossen hatte, Andrew Ravanel nach Atlanta und Charleston zu schicken, deren patriotische Bürger begierig waren, den Held der Konföderation zu feiern. »Sir, vergessen Sie nie, dass Sie mein persönlicher Emissär sind: Sie vertreten Braxton Bragg!«

Als sie das Hauptquartier verließen, sagte Jamie: »Mein Gott, Andrew – Braggs *persönlicher Emissär.* Bist du nicht stolz?« Als Jamie in schallendes Gelächter ausbrach, schlug Andrew nach ihm.

Jamie half Andrew beim Packen und schenkte ihm einen neuen

Hut, da sein alter in Ellsworth von den Unionisten ruiniert worden war. »Du brauchst noch eine Feder«, sagte Jamie. »Für die Damen, damit du schön den Hut vor ihnen ziehen kannst.«

Andrew packte seinen Schwager bei der Schulter. »Wenn ich vor irgendjemandem den Hut ziehe, Jamie, dann zuallererst vor dir!«

»Grüß meine liebe Schwester Charlotte«, sagte Jamie fröhlich.

Colonel Ravanels Männer verfolgten die Reise ihres Anführers mit großem Interesse.

Die Schwester eines Korporals aus Atlanta schrieb: »Colonel Ravanel hat mit seinem Nigger, dem Banjospieler, Charles Hamiltons Witwe einen Besuch abgestattet, um ihr den Hof zu machen, aber sie hat ihn fortgejagt. Alle lachen darüber.« Seinen Soldaten gefiel es, dass ihr Colonel ganz der Alte war, aber zugleich waren sie froh, dass man ihn abgewiesen hatte. Einige von ihnen hatten ihre Frauen oder Liebsten seit dem Frühling nicht mehr gesehen.

Das Tête-à-Tête ihres Colonels mit Mrs Haynes provozierte derbe Scherze. Der Fahnenunteroffizier wieherte vor Lachen. »Zwei Stunden sollen nicht reichen? Ich brauch dafür keine zehn Minuten.«

Zu ihrer Überraschung kehrte Andrew ernüchtert aus Charleston zurück. Anspielungen auf seine Liebeleien verärgerten ihn, und er mied seine Trinkgenossen. Cassius begann sentimentale Balladen zu spielen.

Als Jamie ihn nach der Witwe aus Atlanta fragte, antwortete Colonel Andrew Ravanel: »Lieber biete ich einer Yankeedivision die Stirn als Scarlett O'Hara Hamilton. ›Gute Nacht, Colonel Ravanel, und vergessen Sie Ihr Orchester nicht!‹«

So kam Cassius zu dem Spitznamen »Andrews Orchester«.

Andrew fragte Jamie nach seiner Schwester: Wie sie als Kind gewesen sei? Ob sie dabei gewesen sei, als er Rosemary Butler auf der Rennbahn geküsst habe? »Ich war damals so wütend auf Langston Butler, habe mich so gedemütigt gefühlt – ich hätte alles getan, solange es nur tollkühn war.«

Jamie fand Andrew als treuen Ehemann gewöhnungsbedürftig, doch zugleich freute er sich zu hören, wie Damen, die hofften, »den berühmten Colonel Ravanel« unterhalten zu dürfen, mit den Worten abgewiesen wurden: »Madam, wäre ich kein verheirateter Mann, dann wäre Ihre Tugend in Gefahr.«

Andrew sagte zu Jamie: »Charlotte hat einen besseren Mann verdient.« Ein andermal, als er in nachdenklicher Stimmung war, bemerkte er: »Jamie, wenn ich wirklich Vater werde, dann kann ich nur hoffen, dass ich meine Sache besser mache als Jack.«

Dieselben Zeitungen, die Colonel Ravanel gepriesen hatten, begannen ihn nun zu kritisieren. Der *Charleston Mercury* machte sich so seine Gedanken über die Vorfälle in Ellsworth. »Wenn ein Unionsoffizier mit dem entwendeten Hut von Colonel Ravanel eine öffentliche Straße entlangspaziert, wirkt Colonel Ravanel selbst nur noch lächerlich.«

Charlotte schrieb Jamie: *»Bitte lass nicht zu, dass Andrew irgendetwas Unbesonnenes tut. Ich fürchte, mein geliebter Mann glaubt, er sei meiner – und seines zukünftigen Kindes – nicht würdig. Ich habe Angst, dass Andrew irgendetwas Draufgängerisches tun wird, um seinem Ruf, der doch schon strahlend wie die Mittagssonne ist, noch zusätzlichen Glanz zu verleihen. Bitte, Jamie, pass für mich auf Andrew auf!«*

An einem nieseligen Märznachmittag fünf Wochen später, auf einem Berggrat mit Blick auf Pommery, Ohio, sann Jamie über Kirchenglocken nach: »Wie konnte ich läutende Kirchenglocken je für etwas Schönes halten? Haben läutende Kirchenglocken nicht einst bedeutet, dass es Sonntagvormittag ist und Familien auf der Meeting Street promenieren?«

Durch seinen Feldstecher studierte Colonel Andrew Ravanel das Dorf, dessen Kirchenglocken lärmten wie eine Schar verängstigter Gänse: »Die Rebellen kommen! Alarm! Alarm!«

Zwischendurch hörte man schwächer das Läuten von Glocken auf dem Land.

»Das sind Gottes Glocken, Jamie. Schäm dich.« Andrew ließ sein

Fernglas sinken. »Sollen wir durch das Dorf reiten oder einen Bogen darum machen? Wollen wir dafür sorgen, dass die Bürger von Pommery ihren Enkeln etwas zu erzählen haben?«

»Nein, Andrew. Da sitzt sicher irgendwo ein Graubart mit Muskete, der schon lang davon träumt, einen Konföderationssoldaten abzuschießen.«

Andrew Ravanel rutschte auf seinem Sattel herum. »Wie nah sind die Unionisten?«

»Drei Bataillone sind zwei Stunden hinter uns.«

»Diesmal kommen sie nicht davon.«

»Haha«, erwiderte Jamie.

Andrew fragte Jamie nach der Furt durch den Ohio River, die auf ihrem Heimweg lag. »Vor zwei Wochen war Cobb's Ford passierbar, aber inzwischen hat es genug geregnet, um die Arche Noah wieder in Betrieb zu nehmen.«

Geistesabwesend streichelte Andrew den Hals seines Pferdes.

Jamie beugte sich zu ihm. »Wenn wir schnell reiten, können wir morgen Abend am Ohio sein.«

Andrew Ravanel erhob sich in den Steigbügeln, um seine Männer um das Yankeedorf herumzuwinken. Es ging nach Hause.

Drei Wochen zuvor war Andrew Ravanel mit zweitausend neuen, gut bewaffneten Kavalleristen über den Ohio ins Yankeeland vorgedrungen, um Eisenbahnlinien zu zerstören, Vorratslager der Armee abzufackeln, Pferde zu stehlen und Rekruten anzuwerben, die mit der Sache sympathisierten.

Der Vorstoß war nicht gut gelaufen. Durch Telegramme gewarnt, verfolgten unionistische Brigaden sie erbarmungslos. Nur mittels wilder Ritte und Jamie Fishers Schläue war es ihnen gelungen, ein stehendes Gefecht zu vermeiden, das zu gewinnen sie keine Chance gehabt hätten.

Sie waren geflohen, ausgewichen, hatten gekämpft, wenn es nicht anders ging. Ihre Toten wurden nicht begraben, ihre Verwundeten blieben an Kreuzungen zurück. Männer, die am Ende ihrer Kräfte waren, setzten sich einfach hin und warteten, bis die

Yankees sie gefangen nahmen. Von ihren vier Feldgeschützen war noch eines übrig.

Die dreihundert Überlebenden von Ravanels Brigade waren bärtig, schmutzig und mit Gewehren behängt, sie ähnelten eher Banditen als Soldaten. Die Pferde, die sie Farmern in Ohio abgekauft hatten (in der Konföderationswährung), waren weder so schnell noch so ausdauernd wie die Tiere, mit denen sie losgezogen waren.

Bei Einbruch der Dämmerung, acht Kilometer hinter Pommery, begann es zu regnen. Es war ein kalter Regen. Um ihre Pferde zu schonen, gingen die Soldaten zu Fuß, wobei sie sich an den Steigbügeln festhielten.

Als das Blut nun langsamer durch Andrew Ravanels Venen floss, senkte sich eine allzu vertraute Verzweiflung auf sein Herz, und er rief Cassius zu: »Spiel uns ein Lied, Junge!«

Im Schneidersitz auf der Protze sitzend, sein Banjo von einem zerfledderten Regenschirm geschützt, versuchte Cassius, diesem Wunsch Folge zu leisten, doch die Lieder klangen schief, oder es waren solche, deren Andrew schon lange überdrüssig war.

Eisiger Regen tropfte Andrew von der Hutkrempe in den Nacken.

Cassius hüllte sein kostbares Instrument in seine Jacke und beugte sich darüber, stumm und elend.

Das Licht des Mondes reichte gerade aus, um den Vordermann zu sehen. Manchmal hatte der Fahnenunteroffizier Schwierigkeiten, auf der Straße zu bleiben. Die Männer kauten im Gehen Zwieback. Sie traten aus der Kolonne aus, um sich zu erleichtern, und rannten, um sie wieder einzuholen. Der Regen drang durch ihre Kragen, ihre Schulternähte, ihre Stiefelsohlen. Ihre Hüte fielen in sich zusammen. Ihre Seelen zogen sich zurück. Manchmal wehrte sich ein Pferd, wenn ein Soldat wieder aufsteigen wollte. Manchmal brach eines erschöpft zusammen und warf seinen Reiter in hohem Bogen ab, worauf es von den Männern wieder auf die Beine gezerrt wurde.

Beim Abschiednehmen am Bahnhof in Charleston hatte Charlotte zu Andrew gesagt: »Liebster, ich kenne dich besser als sonst ein Mensch auf Erden, und ich habe keinen Zweifel, dass du Dinge getan hast, deren du dich schämst. Deine Scham beweist, dass du ein guter Mann bist.«

Andrew hatte viele Frauen geliebt. Doch nur Charlotte gab ihm Halt.

Am zweiundzwanzigsten Morgen nach ihrem Vordringen auf unionistisches Territorium ließ der Regen nach, und ein kalter Wind fegte die Wolken vom Himmel. Als die Sonne aufging, funkelte die Erde. Von der Spähpatrouille der Nachhut meldete Jamie Fisher, sie seien ihren Verfolgern entwischt. »Aber die können sich bestimmt denken, wo wir hinwollen.«

»Ja, Jamie.«

»Sie werden die Furten blockieren.«

»Verdammt, Jamie, du machst dir einfach zu viele Sorgen.«

Sie überquerten ein zerklüftetes Plateau. Von Zeit zu Zeit führte die Straße in eine Klamm hinunter, wo sie reißende, schlammige Bäche durchquerten, die ihren Pferden bis zum Bauch reichten. Hirsche sprangen durch knackendes Unterholz davon. Sie ritten an ärmlichen Farmen vorbei. Es wurde wärmer, das Plateau ging in flaches Weideland über, und gegen Mittag stießen sie auf eine Zufahrt zu einem zweistöckigen, geschindelten Farmhaus. Sie hörten die Hintertür zuschlagen, gefolgt von raschem, sich entfernendem Hufschlag. Der Herd in der Küche war noch heiß, und in einer Pfanne brutzelte eine Speckseite. Jamie Fisher aß ein Stück davon, leckte sich die Finger ab und schenkte Andrew eine Tasse Kaffee ein. »Um Mitternacht können wir Cobb's Ford erreicht haben«, sagte Jamie.

Andrew saß mit der Tasse in der Hand am Küchentisch. Die Tasse war abgestoßen, Alltagsgeschirr; Großmutters Porzellan war sicher im Porzellanschrank im Wohnzimmer.

Draußen vor dem Haus rief der Fahnenunteroffizier: »Sattelt eure Pferde ab und reibt sie trocken! Ihr seid müde, aber die Gäule sind noch müder! Murphy, Mann, wach auf. Verdammt, noch bist du nicht tot!«

Andrew hörte, wie über ihm Stiefel durch die Zimmer stampften, Schubladen herausgezogen wurden. Waren seine Männer schon immer Diebe gewesen? Er erinnerte sich an einen Unionssoldaten, der in Ellsworth mit einer Standuhr in den Armen die Hauptstraße hinuntergerannt war. Da, wo Andrews Säbel ihn hinbefördert hatte, würde der arme Trottel keine Uhrzeit mehr brauchen.

Es hatte so viele arme Trottel gegeben.

Jamie hörte gar nicht mehr auf, über Cobb's Ford zu reden.

Andrew war müde, so entsetzlich müde. Er hob die Kaffeetasse mit zwei Händen hoch, setzte sie an die Lippen, trank.

»Andrew, die dürfen nicht vor uns am Fluss sein.«

Wo nahm Jamie bloß seine Kraft her? »Jamie«, sagte Andrew. »Herrgott noch mal, Jamie.«

Es gelang Andrew, die Tasse wieder hinzustellen, ohne sie fallen zu lassen. Seine Hände lagen offen und willenlos auf dem Tisch.

»Andrew, es sind fünf Stunden bis Cobb's Ford. Nur fünf Stunden. Lass die Pferde eine Stunde ausruhen, wenn es sein muss. Wir können den Fluss vor Einbruch der Dunkelheit erreichen.«

Andrew wünschte, Charlotte wäre da. Charlotte wusste immer, was zu tun war. Am Anfang ihrer Ehe hatte ihn das geärgert. Wie schlecht er sie damals doch behandelt hatte.

Als Jamie auf den Tisch klopfte, hob Andrew den Kopf. Jamie sagte: »Du darfst jetzt nicht den Kopf in den Sand stecken.«

Andrew erwiderte mit schwerer Zunge: »Ich lass mir doch nicht von einem warmen Bruder sagen, was ich zu tun habe!«

Nachdem Jamie hinausmarschiert war, legte Andrew Ravanel den Kopf auf seine Arme und schloss die Augen.

Die Männer sattelten ab und rieben ihre Pferde trocken. Sie zogen sich aus, legten ihre Kleider zum Trocknen in die Sonne und krochen in den Stall oder den Heuschober, um zu schlafen.

Zwei Truthahngeier kreisten über ihnen und betrachteten die Kleiderblüten am Boden.

Bei Sonnenuntergang erwachten die Männer, zogen sich ihre trockenen Kleider an und luden ihre Pistolen nach. Über einem großen Feuer im Hof kochten sie in einem Brühkessel ein halbes Dutzend Schinken und drei Scheffel Kartoffeln aus dem Farmhaus. Ihr Essen fischten sie mit Mistgabeln aus dem Kessel.

Die Männer rülpsten, zündeten sich Pfeifen an. Der Fahnenunteroffizier sagte: »Ich dachte schon, wir schaffen es nie bis hierher.«

»Eigentlich könnten wir doch hierbleiben und Farmer werden«, sagte jemand.

Andrew kam gar nicht mehr aus dem Haus und auch Jamie Fisher war nirgends zu sehen – auf Spähpatrouille oder so. Der Himmel war klar, von Sternen übersät, und manchmal sauste eine Sternschnuppe herab. Cassius spielte »The Arkansas Traveller« und »Soldier's Joy«, und die jungen Männer tanzten Hornpipes und Jigs oder wirbelten einander durch den Hof, von den funkelnden Sternen bewacht.

Im Morgengrauen waren alle wieder bereit. Sie saßen auf, und nachdem sie ein paar Stunden geritten waren, endete das Plateau am Rand eines Nebelmeers. Jenseits dieser wallenden Nebel, nur drei Meilen weiter, setzte sich das Plateau in den Konföderierten Staaten von Amerika fort.

»Wenn wir doch nur über den Nebel gehen könnten«, sagte Andrew.

Jamie knurrte: »Da du übers Wasser gehen kannst, warum nicht auch über den Nebel?«

»Jamie, es tut mir leid. Ich hätte das gestern nicht zu dir sagen sollen.«

»Du bist so ein Mistkerl, Andrew.«

»Der alte Jack hat eben seine Spuren hinterlassen. Aber du wirst wohl nicht bezweifeln, dass ich dich brauche, Jamie. Nur noch ein Weilchen. Noch ein paar Stunden, dann sind wir zu Hause.«

Jamie Fisher antwortete nicht, doch seine Anspannung ließ etwas nach.

Die Straße führte in Serpentinen von dem Plateau hinunter auf das Farmland, das sich am Ohio River entlangzog. Auf den dunkelbraunen, gepflügten Feldern stand noch kein neues Getreide.

Bei Cobb's Ford maß der Ohio von Ufer zu Ufer anderthalb Kilometer: ein breites, flaches Stück bis hin zu Macklin's Island, eine flache Insel, zweihundert Meter breit, von Treibholz und Gestrüpp bedeckt, dahinter lag eine tiefere Rinne. Bei Niedrigwasser konnte ein Wagen zum anderen, heimischen Ufer gelangen, ohne dass der Wagenkasten nass wurde. Bei Hochwasser war der Ohio von Pittsburgh bis New Orleans schiffbar, und Heckraddampfer mit geringem Tiefgang schoben Kähne durch die tiefe Rinne.

An diesem Morgen war die Insel wegen des Nebels nicht zu sehen.

Jamie Fisher zog die Zügel an. Cobb's Ford war ein einziger Morast aus Huf- und Wagenspuren. Von Macklin's Island drang das mal dumpfe, mal klirrende Geräusch von Schaufeln herüber.

Andrew warf einen Blick auf die Spuren. »Sie waren vor uns da«, sagte Andrew. »Ein Regiment?«

»Eine komplette Brigade.« Jamie deutete auf ein paar tiefere Furchen. »Das werden Lafetten sein.«

Andrew Ravanel stieg ab und ging ans Ufer des Flusses, wo sich die Wurzeln einer umgestürzten Platane über den Fluss reckten wie zu einem aussichtslosen Gebet.

Hinter der Insel, am heimischen Ufer, ragten Baumwipfel still und friedlich aus dem Nebel.

Hinter Andrew und seinem Späher trafen nach und nach die Überreste von Ravanels Brigade ein. »Ich könnte einen Monat lang schlafen«, sagte Andrew.

Jamie versuchte, die Insel mit dem Feldstecher zu erfassen.

Er sagte: »In Parkersburg gibt es eine Fähre, aber das ist fast fünfzig Kilometer flussaufwärts.«

Einige Männer führten ihre Pferde ans Wasser, andere hoben ein Bein über ihren Sattel und schnupften eine Prise. Auch sie konnten Spuren lesen.

Ein Soldat aus der Nachhut kam herangaloppiert. »Colonel, vom Plateau hinter uns nähert sich eine Yankeebrigade.«

Jamie sagte: »Diesmal kommen sie nicht davon.«

Andrew zögerte: »Jamie, ich … Ich weiß nicht.«

»Andrew, du musst führen. Das kann kein anderer übernehmen«, sagte Jamie eindringlich.

Andrew hielt einen Moment inne, dann richtete er sich auf und wurde zu Colonel Ravanel, dem legendären Rebellenkommandanten. »Danke, Jamie«, sagte er.

Die Unionssoldaten auf Macklin's Island waren die ganze Nacht durchgeritten, und seit sie auf der Insel angelangt waren, gruben sie. Sie waren müde und gereizt, und wer einem anderen Soldaten achtlos einen Klumpen Erde auf den Stiefel warf, wurde laut beschimpft. Sie hatten nicht gefrühstückt.

Als das gellende Gebrüll ertönte, der berüchtigte Rebellenschrei, fuhren die Artilleristen auf und rannten zu ihren Geschützen. Die Kavalleristen ließen die Schaufeln fallen und schnappten sich ihre Karabiner. Sie legten sich den kühlen Schaft an die Wange und spannten den eisernen Hahn.

Ein Sturm von Reitern der Konföderationsarmee brach aus dem Nebel hervor, stob durch die Untiefe und feuerte Pistolen in die Luft, alles unter diesem haarsträubenden gellenden Geschrei. Einhundert, zweihundert, tausend – Gott, wie viele waren es?

So plötzlich, wie sie gekommen war, und bevor auch nur ein Unionssoldat geschossen hatte, verschwand diese schreckliche Heerschar wieder im Nebel, und zwei Offiziere der Konföderation galoppierten mit einer weißen Fahne heran.

Ein Major mittleren Alters empfing sie am Ufer. Als die Reiter ihre Pferde zügelten, rückte der Yankee seinen Hut zurecht, sodass er gerade auf seinem Kopf saß. Über die frisch ausgehobene Erde der neuen Gräben hinweg verfolgten Karabinermündungen jede Bewegung der Offiziere.

Ravanel setzte sich bequem in seinen Sattel. »Major, erinnern Sie sich noch an die Zeit, als echte Soldaten sich nicht wie Maulwürfe in die Erde gruben?«

Der Major saß fast so gut zu Pferd wie Andrew. Die Ausrüstung des Mannes war – genau wie er selbst – beansprucht, aber noch gut in Schuss. »Ich hatte Freunde, die sich nicht wie Maulwürfe eingraben wollten. Heute gedenke ich ihrer in meinen Gebeten.«

Andrew Ravanel kannte und verachtete Männer wie diesen Major schon sein Leben lang. Diese ehrbaren, langweiligen, standhaften, durchschnittlichen Männer hatten Jack Ravanel abgelehnt, und sie lehnten auch seinen Sohn ab. Und während das Glück die Ravanels nach und nach verließ, wurden Männer wie dieser vom Schicksal begünstigt, weil es ihnen an der nötigen Fantasie mangelte, irgendetwas Tollkühnes, Brillantes oder Amüsantes zu tun – und sei es nur aus Spaß an der Freude.

Als er in das gleichmütige Gesicht des Majors blickte, wusste Andrew, noch bevor sein Gegenüber ein Wort sagte, dass sein Bluff nicht durchgehen würde. »Sie wissen, wer ich bin. Sie wissen, dass ich zweitausend Mann und sechs Feldgeschütze hinter mir habe, und wenn ich Sie von dieser Insel herunterholen muss, dann werde ich es tun. Wenn Sie sich ergeben, werde ich Sie und Ihre Männer ziehen lassen. Wir werden den Fluss durchqueren und unseres Weges gehen, und Sie werden nicht schlechter dastehen als vorher. Wenn Sie Widerstand leisten, ist Ihr Leben verwirkt.«

Der Major nickte, als hätte er mit Andrews Drohung gerechnet und betrachte dessen Darbietung als akzeptabel. »Colonel Ravanel, es ist mir ein Vergnügen, Sie kennenzulernen. Meine Jungs und ich wollen schon lange wissen, ob Sie wirklich so verdammt furchterregend sind, wie es in den Zeitungen immer dargestellt wird. Denn manchmal, Sir, sind die Berichte in den Zeitungen nicht ganz zutreffend.«

»Ergeben Sie sich, Sir, und lassen Sie uns vorbei.«

»Oh«, sagte der Unionsmajor ganz entspannt. »Ich glaube, das werden wir nicht tun.« Er lächelte. »Aber Sie dürfen uns gern auf die Probe stellen.«

Andrew sah die Rinne jenseits der Insel. Wenn sie die erreichten, konnten sie ans heimische Ufer schwimmen. »Habe die Ehre, Major«, brachte Andrew hervor und salutierte zackig, dann drehten Jamie und er um und verschwanden platschend im Nebel.

Seine Männer schauten Andrew erwartungsvoll an, seiner Entscheidung harrend.

»Die werden uns niedermetzeln«, sagte Jamie. »Ich habe acht Geschütze gezählt. Andrew?«

Andrew wandte sich der Insel zu. Der Nebel war noch dichter geworden, und er konnte nur ein paar dürre Baumwipfel ausmachen. Das andere Ufer war besser zu erkennen. Er sah die steile Böschung, darüber einen Streifen Nebel, darüber Bäume.

Jamie sagte irgendetwas.

Der Nebel war hübsch anzusehen, er trieb in wirbelnden Fetzen dahin. Andrew bildete sich ein, Charlottes Gesicht und ihre liebevollen Augen zu sehen.

»Andrew!«, zischte Jamie. »Herrgott, Andrew!«

Er würde Charlotte nie wiedersehen. Er würde seinen Sohn nie zu Gesicht bekommen. Es würde eine ganze Generation von Südstaatensöhnen geben, die ihren Vater nicht kannten. Vielleicht, dachte Andrew, war das gar nicht so schlecht.

Jamie schlug gerade eine andere Stelle vor, an der sie den Fluss durchqueren könnten, eine Stelle, die er beim Auskundschaften von Cobb's Ford entdeckt hatte. Ein paar Meilen flussaufwärs. Sie würden schwimmen müssen.

Warum hatte er Charlotte verlassen? Er erinnerte sich nicht mehr.

Eine wohltuende Dunkelheit senkte sich über ihn.

»Andrew!«, flüsterte Jamie eindringlich. »Das darfst du nicht, Andrew!«

Andrew Ravanel galt als tapferer Mann in einem Volk von tapferen Männern, aber vielleicht war das Tapferste, was er je tat, diese Dunkelheit abzuschütteln und mit der Stimme eines Brigadenführers zu rufen: »Folgt mir, Jungs, wir reiten flussaufwärts! Wir haben die Wahl zwischen dem Gefangenenlager Rock Island und der Heimat!«

Die Straße auf voller Breite einnehmend, galoppierte Ravanels Brigade durch ziehende Nebelschwaden. Wenn ein erschöpftes Pferd zusammenbrach, griff der Mann, der ihm am nächsten war, nach dem Reiter und zog ihn zu sich aufs Pferd. Immer mehr Tiere stürzten. Aus den Maisfeldern neben der Straße stieg Nebel auf wie der Rauch unsichtbarer Lagerfeuer.

»Hier!«, rief Jamie, und die Soldaten bogen von der Straße zum Flussufer ab. Sie zügelten ihre völlig verausgabten Pferde neben einem Schwimmdock, an dem ein halb untergetauchtes Ruderboot vertäut war.

Der Fluss war hier schmaler, vielleicht noch sieben- oder achthundert Meter breit. Das Ufer, das jenseits des aufgewühlten, schlammigen Wassers zu erkennen war, wies keine besonderen Merkmale auf.

Jamie sang: »Wenn du deinen Spaß haben willst, wenn du deinen Spaß haben willst, wenn du deinen Spaß haben willst, geh zur Kavallerie!«

Ein Bote aus der Nachhut meldete: »Sie kommen! Die Unionsbrigade kommt!«

Colonel Ravanel ritt auf die Uferböschung, damit alle ihn sehen konnten. »Jungs, wir haben unseren Spaß gehabt, und jetzt müssen wir die Zeche bezahlen. Auf der anderen Seite des Flusses erwartet euch die Freiheit. Auf dieser Seite ein Gefangenenlager der Yankees. Wer nicht schwimmen kann oder will, bleibt hier bei mir. Wir halten sie auf, während die anderen versuchen rüberzukommen!«

Die Soldaten zurrten ihre Stiefel am Sattel fest und trieben ihre Pferde mit den Knien in den wirbelnden braunen Fluss. Einige umklammerten den Hals ihres Pferdes, andere schwammen selbst und hielten sich an den Steigbügeln fest. Die Strömung zog sie flussabwärts.

Die Kanoniere protzten das einzige verbliebene Geschütz ab, entfernten den Mundpfropf und richteten es auf die neblige Straße, auf der die Unionisten kommen mussten. Andere zerrten das Ruderboot aus dem Wasser, damit die Geschützbedienung es als Deckung benutzen konnte.

»Andrew, du kannst dein Pferd ins Wasser treiben«, sagte Jamie. »Ich kommandiere die Nachhut.«

Auch wenn er die Worte mühsam hervorpressen musste, protestierte Andrew: »Wie – soll ich etwa nicht meinen Spaß haben?« Colonel Ravanel lächelte wie früher und schob die Hände unter seinen Mantel, damit keiner sah, dass sie zitterten.

Eine Pfeife gellte, und ein Kanonenboot der Union raste mit unablässig feuernden Jagdgeschützen aus dem Nebel direkt in die schwimmenden Soldaten hinein.

Fontänen stiegen über dem Wasser auf, oben breit und weiß, unten dunkler.

Es war eine Schlächterei.

Die Jagdgeschütze schossen so schnell, wie sie nachgeladen werden konnten. Pferde schrien. Männer und Pferde starben. Überreste trieben den Fluss hinunter. Dieser trudelnde Klumpen war einmal ein Pferd gewesen, der dunkle Fleck daneben womöglich der Hut seines Reiters.

Trotz des unermüdlichen Kanonenboots erreichten ein paar von Andrews Männern das gegenüberliegende Ufer, kletterten die Böschung hinauf und verschwanden im Nebel. Cassius war unter ihnen.

»Da geht dein Orchester dahin«, flüsterte Jamie.

Als sich das Kanonenboot flussabwärts wandte, machte es Männern und Pferden, die bereits tot waren, endgültig den Garaus. Blut sprühte auf das Heckschaufelrad und bildete einen Teppich im Kielwasser des Boots.

Mit knatternden Doppelstandern näherten sich die Unionssoldaten, und ihre Offiziere grinsten, bis sie das Massaker im Fluss sahen. Das Kanonenboot, dieses raffinierte Produkt der Technik, paradierte, stolze Pfiffe ausstoßend, den Fluss auf und ab.

Andrew Ravanel salutierte vor den Männern, die ihn gefangen nehmen würden. »Guten Morgen, Gentlemen. Ich nehme an, Sie wollen zu uns.«

Kapitel 19

Die gelbe Seidenschärpe

Der Weihnachtsurlaub war zu Ende, und Tausende von Soldaten aus Georgia kehrten zu ihren Regimentern zurück. Es waren Städter und Farmjungen, Anwälte, Hufschmiede, Ärzte, Lehrer, Stellmacher und Pflanzer, die sich von ihren Familien verabschiedeten, um nach Virginia zu fahren, wo die Unionsarmee wieder angreifen würde, sobald die Straßen fest genug waren, um ihre mächtigen Kanonen, schier unerschöpflichen Proviantzüge und endlosen Reihen von wohlgenährten, gut bewaffneten blau gewandeten Soldaten zu tragen. Seit drei Jahren stemmten sich diese unbedarften Südstaatler nun dem Angriff des Goliath entgegen und hielten ihm stand – doch sie hatten bitter dafür bezahlt.

Im Bahnhof von Atlanta stachen Major Wilkes' neuer Waffenrock und seine leuchtend gelbe Schärpe heraus. Nicht jeder Soldat hatte eine vollständige Uniform – die meisten trugen grobes Wollzeug oder beschlagnahmte Uniformen der Unionsarmee, die mit den Schalen der Butternuss umgefärbt worden waren. Die Rippen der Offizierspferde zeichneten sich unter der straff gespannten Haut der Tiere ab wie Leitersprossen.

Die Frauen verbargen ihre Tränen, und ihre Soldatenmänner lächelten. Die älteren Kinder wussten zu schweigen, doch die Kleineren, die zu jung waren, um Papas tapfere Lügen hinzunehmen, waren untröstlich. Der Abschied der Soldaten wurde vom Heulen todunglücklicher Kinder begleitet.

Ashley Wilkes konnte einen Rubens von einem Velázquez unterscheiden und erkennen, ob es sich bei einem Konzert von Mozart um ein frühes oder spätes Werk handelte. Er hatte den Tower in London und den Rhein gesehen. Er hatte eine Rundreise zu den großen europäischen Schlossgärten gemacht, von Blenheim Palace bis zum Schloss von Versailles, und wusste, welche Sorten von Edelrosen im Lehmboden Georgias am besten wuchsen. Ungeachtet seiner Zweifel am Sinn des Krieges war er ein guter Offizier. Ashley war kein Mann, dem seine Kameraden auf die Schulter klopften, doch man mochte ihn und vertraute ihm. Major Wilkes war ein nachdenklicher, gelehrter Mann. Nichts in seinen dreiunddreißig Lebensjahren hatte ihn darauf vorbereitet, zwei Frauen zu lieben.

Er liebte seine Frau, Melanie, und er liebte … »Sie«, deren Namen zu nennen er kaum ertrug. »Sie« war das Nachbarmädchen gewesen, eine lustige Gefährtin, das Kind, für das er große Hoffnungen gehegt hatte, die entzückende Freundin, die jungfräuliche Tochter eines zum Pflanzer aufgestiegenen irischen Einwanderers; sie war Ashleys Galatea gewesen – bis zu dem Tag, da Ashley von seiner Rundreise durch Europa zurückgekehrt und das Mädchen während seiner Abwesenheit zur Frau geworden war: »Sie«.

Ashley hatte über Frauen gelesen. Medea, Lady Macbeth, Julia, Isolde, Desdemona, selbst die skandalöse Madame Bovary – Ashley verstand sie alle. Doch Scarlett verstand er nicht, genauso wenig wie sein Verlangen nach ihr. Er hatte sein Leben lang nach Noblem gestrebt, jegliche Gelüste, die eines Gentleman nicht würdig waren, abgewehrt. Ashley Wilkes war schockiert, wie sehr er »Sie« begehrte.

Dabei liebte er seine Frau; sie war alles, was er sich erhofft hatte. Er hatte jede Minute seines Weihnachtsurlaubs mit ihr, in ihren Armen verbracht. Sie hatten ihre Schlafzimmertür vor allen Sorgen und Ängsten dieser Welt verschlossen.

Irgendwie, irgendwo hatte Melanie Uniformstoff aufgetrieben, um ihrem Mann einen Waffenrock nähen zu lassen. Die Wärme, die Ashleys schlanken Körper umgab, war Melanies Wärme.

Doch kurz bevor Ashley zum Bahnhof aufgebrochen war, hatte Scarlett ihn allein erwischt und ihm eine wunderschöne Seidenschärpe geschenkt, die sie selbst genäht hatte. Und bei dieser Gelegenheit hatte sie ihm – zu seinem Leidwesen – ihre Liebe gestanden.

Ashley hatte nicht darauf reagiert. Wie hätte er reagieren sollen? Ohne jede Erwiderung, jedes Versprechen, jede Entschuldigung hatte er Scarlett auf der Treppe stehen lassen. Was hätte ein Gentleman anderes tun können?

Und so stand Major Ashley Wilkes nun mit seinem schönen neuen Waffenrock und seiner schönen neuen Schärpe am Bahnhof, ein Mann in tiefer Seelenqual.

»Morgen, Major.« Cade Calvert hustete in sein Taschentuch. Es wäre unmanierlich gewesen, zur Kenntnis zu nehmen, dass Calverts weißes Taschentuch rot gefleckt war. Cades Bruder Raiford lag bei den Toten von Gettysburg.

»Dieser Zug fährt nirgendwohin.« Tony Fontaine hob grüßend seine Flasche.

Sein Bruder Alex lag betrunken auf dem Boden, den Kopf auf seinem Tornister, und scherte sich nicht um die Männer, die über ihn stiegen.

»Er hat keine Lokomotive.« Inmitten dieser abgerissenen Gestalten wirkte der vornehm gekleidete Zivilist wie ein Ausrufungszeichen.

»Wahrscheinlich hat irgend so'n verdammter Spekulant sie gebraucht!«, sagte Tony anzüglich. Auch Tonys Bruder Joe war in Gettysburg gefallen.

Ashley wandte sich um. »Ah, Captain Butler …«

»Mein Kompliment, Major Wilkes. Das ist eine ausgesprochen elegante Schärpe.«

Dieser reiche Mann mit den glühenden schwarzen Augen machte Scarlett seit einer Weile den Hof. Alle wussten es. »Sie ist ein Geschenk von jemandem, der mir lieb und teuer ist«, erwiderte Ashley.

»Solche Seide habe ich das letzte Mal in Havanna gesehen. Zu einem Liebesknoten gewunden? Mrs Wilkes ist eine hervorragende Schneiderin.«

»Melanie?« Ashley errötete. »Ja – ja natürlich, das ist sie. Offenbar verzögert sich die Abfahrt, unser Zug –«

Tony Fontaine kam herangestolpert und hüllte Ashley mit seiner Whiskeyfahne ein. »Major, habe ich Ihnen eigentlich je gesagt, wie sehr ich Sie bewundere? Ich meine, Sie … Sie sind ein echter *Gentleman.* Bei meiner Seele, das sind Sie!«

»Sie holen eine Lokomotive aus Jonesboro.« Rhett zuckte die Achseln. »Eine Stunde, vielleicht auch zwei. Major, darf ich Sie in der Zwischenzeit zu einem Gläschen einladen?«

Ashley Wilkes' Nerven lagen blank. Die Aussicht, sich weitere Lobeshymnen von dem betrunkenen Tony Fontaine anhören zu müssen, während Cade Calvert Blut in sein Taschentuch hustete, war ihm unerträglich. Butler war zumindest ein Gentleman. »Ich könnte durchaus einen Schluck vertragen, Sir.«

Während sie die Decatur Street entlanggingen, machte Butler Konversation. »Es sind so viele Hotels zu Lazaretten umfunktioniert worden, dass es kaum noch ordentliche Saloons gibt.« Er rieb sich die Hände. »Dem Laster muss Genüge getan werden, in Kriegs- wie in Friedenszeiten. Da wären wir, Major.«

Foyer und Saloon des Hotel National waren brechend voll mit Offizieren, die ihren Weihnachtsurlaub bis zur Neige auskosteten. Der Eingang zum Hotelkasino wurde von Türstehern bewacht, die ihre kräftigen, verschränkten Arme voneinander lösten, um Captain Butler und seinen Begleiter einzulassen.

In dem geräumigen Kasino war ein Neger damit beschäftigt, die Roulettescheibe zu polieren, während ein anderer hinter dem Tresen Gläser spülte. An einem mit grünem Filz bezogenen Tisch legte ein Croupier eine Patience. In der Stille hörte Ashley jedes Umdrehen einer Karte. Der Mulatte, der sie begrüßte, trug eine Anzughose und ein frisches Rüschenhemd, jedoch kein Jackett. »Guten Tag, Captain Butler. Major. Das Spiel wird leider erst um sieben eröffnet …«

»Wir sind nicht zum Spielen gekommen, Jack. Es ist doch recht, wenn wir hier in Ruhe etwas trinken? Einen Champagner vielleicht?«

»Wir haben keinen Sillery da, Captain. Seit den letzten Kisten von Ihnen haben wir keinen mehr bekommen.«

»Ich habe das Blockadebrechen aufgegeben, Jack. Wir nehmen den besten, der da ist.«

Als die Flasche kam, schenkte Rhett Ashleys Glas ein, das dieser in einem Zug leerte. Rhett schenkte nach. »Das ist wirklich eine *außergewöhnlich* elegante Schärpe«, ließ er nicht locker. »Ich könnte schwören, dass die Seide aus Havanna kommt.«

»Waren Sie lange in Kuba?«

»Ich frage mich, wo Ihre Frau diese Seide aufgetrieben hat.«

»Melanie ist ausgesprochen findig. Kuba soll sehr schön sein.«

»Es ist eine Insel, die mit langen Stränden und unfähigen Exekutionskommandos gesegnet ist. Ich bewundere Ihre Frau. Sie ist, wenn ich mir diese Bemerkung erlauben darf, die nobelste Dame von ganz Atlanta.«

»Sie wird mir schrecklich fehlen.«

Rhett Butlers Blick bohrte sich in Ashleys Augen. »Sie können sich glücklich schätzen, mit einer Frau verheiratet zu sein, die so fähig –« er wies auf die Schärpe – »wie tugendhaft ist.«

An einem Ort wie diesem, dessen alleiniger Sinn und Zweck darin bestand, Männern einen gepflegten Zeitvertreib zu ermöglichen, war Ashley seit Kriegsbeginn nicht mehr gewesen. Hier wurde die feine Lebensart heraufbeschworen, für die Ashley geboren war. Ashley beugte sich lächelnd vor. »Butler, Sie waren doch auf dem letzten Gartenfest auf Twelve Oaks. Erinnern Sie sich noch an den französischen Flieder und den Hartriegel? Haben Sie damals unseren Rosengarten besichtigt?

Sämtliche Pflanzer von Clayton County haben uns um Mamaluke, unseren Geiger, beneidet.« Ashley schmunzelte. »Dieser Neger hat sein Lebtag keine ehrliche Arbeit getan. Ich glaube, unsere Bediensteten haben sich auf unseren Festen besser amüsiert als wir.« Ashley schüttelte versonnen den Kopf. »Sie waren wie fröhliche Kinder.«

Die plötzliche Anspannung in Captain Butlers Körper warnte Ashley, dass er sich auf gefährliches Terrain begab. »Als Gentleman aus Charleston haben Sie doch zweifellos ähnliche Erinnerungen: Gartenfeste, Bälle, Pferderennen …«

Rhett goss Ashleys Glas zu voll und wischte den übergelaufenen Champagner mit der Handkante vom Tisch. »Mein Vater hatte so herrliche Pferde, dass mir bei ihrem Anblick das Herz stockte. Wir Butlers haben mit englischem Silber von französischem Porzellan gegessen. Und im Frühling konnten einem die Azaleen auf Broughton regelrecht die Sinne betäuben.« Rhett prostete Ashley zu. »Wilkes, haben Sie je einen Diener ausgepeitscht? Sie selbst, meine ich. Haben Sie je selbst einen Mann ausgepeitscht?«

Ashley fühlte sich in einen Hinterhalt gelockt. »Einen Diener ausgepeitscht? Aber nein, das war nie nötig. Warum hätten wir das tun sollen? Ich kann mich nicht erinnern, dass mein Vater je einen Neger ausgepeitscht hätte. Ich erinnere mich nur an Güte.«

»Und was haben Sie mit … ›aufmüpfigen‹ Negern gemacht? Haben Sie sie verkauft?«

Eine verdrängte Kindheitserinnerung stieg in Ashley auf: eine weinende Negerin, die die Knie seines Vaters umklammerte, während der Wagen des Sklavenspekulanten ihren Mann davontrug.

Einen Moment lang war Ashley sprachlos. Flaschen klirrten, während der Schankkellner die Vorräte aufstockte.

Ashley hustete und tupfte sich die Lippen ab. »Es heißt, Grant werde im Frühling die Unionsarmee gegen uns führen. Meine Kompanie besteht noch aus zehn Mann, mein Regiment aus sechzig.« Warum hassten manche Männer die Schönheit? Womit hatte die sanfte Schönheit Rhett Butlers Verachtung verdient? »Ich fürchte um unsere Konföderation«, schloss Ashley.

Rhett beäugte seinen Gast wie ein Beutetier. »Sagen Sie, Major Wilkes, Sie sind doch ein kultivierter, empfindsamer Mann. Haben Sie sich je innerlich zerrissen gefühlt? Haben Sie sich je hin- und hergewälzt und sich gefragt: Liebt sie mich? Liebe ich sie? Manchmal frage ich mich, Sir, inwieweit sich die Sehnsüchte eines erwachsenen Mannes von den Qualen eines schwitzenden Schuljungen unterscheiden.«

»Ich habe mit Frauen nur wenig Erfahrung.«

»Das kann ich von mir nicht gerade behaupten. Meiner Erfahrung nach sind sie so unterschiedlich wie eine Rose und eine Petunie, wie ein Morgan-Pferd und ein Amerikanischer Traber. Jede Frau ist absolut einzigartig.«

»Und ist jede es wert, geliebt zu werden?«

»Ich glaube nicht, dass wir in dieser Hinsicht eine Wahl haben. Wir suchen uns nicht aus, wen wir lieben; die Liebe sucht uns aus.«

Ashley runzelte die Stirn. »Aber Sir – so viele glückliche Ehen wurden arrangiert. Glauben Sie denn nicht, dass wir lernen können zu lieben?«

Rhett biss die Spitze seiner Zigarre ab, spuckte sie aus und entzündete ein Streichholz. »Nein, Major Wilkes, das glaube ich nicht. Ich glaube, dass die meisten Männer und Frauen bis an ihr Lebensende nicht wissen, was Liebe wirklich ist. Sie halten eine Nachahmung für das Original. Die meisten verwechseln graue kalte Glut mit loderndem Feuer.«

Ashley öffnete seine Taschenuhr. »Unsere Lokomotive wird bald da sein.«

»Verweilen Sie noch ein wenig, Major Wilkes. Sie haben genügend Zeit, und hier ist es ruhiger. Wie ich höre, haben Sie sich mit Andrew Ravanel überworfen.«

»Ist es nicht furchtbar, wie die Unionisten Colonel Ravanel behandeln?«

Rhett schnaubte. »Der stolze Colonel Ravanel, eingesperrt wie ein Pferdedieb? Lassen Sie sich gesagt sein, Sir: Andrew kann sich glücklich schätzen, wie ein normaler Häftling behandelt zu werden. Die Unionisten behandeln Kriminelle besser als in Gefangenschaft geratene Rebellen. Es heißt, Sie hätten sich bei General Bragg über Andrew beschwert.«

»General Bragg ist ein pedantischer Dummkopf.«

Rhett erwiderte gedehnt: »Natürlich ist er das. Ihre Beschwerde handelte sich …«

Ashley tippte an sein Glas, um nachgeschenkt zu bekommen. »Ich habe mich freiwillig zu seiner Brigade gemeldet.«

»Schmetternde Fanfaren, heldenmütige Taten, diese ganze Geschichte?«

»Hören Sie, Butler. Ich finde Ihren Ton nachgerade beleidigend.«

»Bitte entschuldigen Sie. Sie waren Andrews Adjutant …«

»Sie kennen Andrew Ravanel aus Charleston?«

»Wir waren Schulkameraden. Es gab mal eine Zeit, da hätte ich alles für Andrew getan. Ihre Beschwerde?«

Ashley sagte: »Colonel Ravanel ist kein Gentleman.«

»Da hatte Andrew selbst so seine Zweifel.«

Ashley blickte auf seine Hände hinunter. »Na gut. Wenn Sie es unbedingt wissen wollen. Wir hatten mehrere Überfälle hinter uns, die nicht gut gelaufen waren. Unsere Brigade überquerte den Licking River nach Ellsworth, Kentucky, das fest in der Hand der Konföderierten war. Kinder rannten neben uns her und riefen: ›Ravanel! Das ist Colonel Ravanel!‹ Frauen winkten uns zu, doch selbst Andrew war zu müde, um zu reagieren. Er war in einer seiner düsteren Stimmungen, und so übernahm Henry Kershaw die Führung. Captain Kershaw quartierte uns Offiziere in der Stadt ein. Der Fahnenunteroffizier biwakierte mit der restlichen Brigade westlich der Stadt.

Henry stellte keine Feldwache auf, und wir Offiziere lagen im Bett, als die unionistische Kavallerie im Morgengrauen zuschlug. Andrew und ich sind im Nachthemd geflohen. Kannten Sie Henry Kershaw? Dieses betrunkene, tyrannische Großmaul?«

»Sie lassen Henry zu viel Ehre angedeihen.«

»Henry ist nicht weggelaufen. Henry Kershaw hat sich Andrew Ravanels Federhut geschnappt, ist mit der Pistole in der Hand auf die Straße spaziert, splitternackt bis auf den Hut, und hat gebrüllt, er sei Colonel Ravanel, bei Gott, und er werde ganz gewiss nicht vor den verdammten Yankees davonlaufen! Henry hat noch einen Schuss abgegeben, ehe sie ihn getötet haben. Eine unerfahrene Kompanie der Unionskavallerie, die auf Beutezug war und rein zufällig auf uns getroffen ist.«

Ashley Wilkes fuhr fort: »Die Männer von der Brigade hörten

die Schüsse und saßen schon zu Pferd, als wir kamen. Colonel Ravanel war fuchsteufelswild. Die Unionssoldaten haben nicht im Traum daran gedacht, dass wir einen Gegenangriff durchführen könnten. Sie plünderten in aller Ruhe die Stadt. Ein Pechvogel von einem Korporal schleppte eine Standuhr davon, die größer war als er selbst. Sie leisteten nur geringen Widerstand.

Der Captain der Unionskavallerie trug Andrews Hut. Er war nicht schlau genug gewesen, ihn rechtzeitig wegzuwerfen. Als er versuchte, Andrew den Hut zurückzugeben, nahm dieser ihn nicht an. ›Ich bitte Sie, Sir, der Hut gehört Ihnen. Eine Trophäe Ihres heldenmütigen Kampfes.‹

Wir kleideten Henry Kershaw an und legten ihn in einen Maultierkarren. Andrew befahl unseren Gefangenen, zu folgen, und stellte die Zugriemen so ein, dass der Unions-Captain den Karren ziehen konnte. ›Henry hätte das so gewollt. Sie werden dem Mann, den Sie ermordet haben, diese letzte Gefälligkeit doch nicht verweigern?‹

Als der Yankee taumelte, zog Andrew ihm eins mit der Peitsche über, wie er es bei einem Maultier getan hätte, und als wir den Friedhof erreichten, sackte der Mann auf die Knie. Wieder weigerte sich Andrew, seinen Hut zurückzunehmen. ›Nein, Sir, Sie haben einen Mann für diesen Hut getötet, jetzt gehört er Ihnen. So haben Ihre Enkel etwas, womit sie prahlen können. Aber Sie werden Henry ja wohl nicht unbegraben da liegen lassen wollen.‹«

Ashley fuhr fort: »Nachdem er das Grab ausgehoben hatte, sank der Mann zu Boden, während Andrew Ravanel seine Soldaten Aufstellung nehmen ließ und die Trauerandacht hielt. Dann wandte sich Andrew dem Captain zu: ›Das Grab, das Sie ausgehoben haben, ist groß genug für zwei.‹«

Ashley sagte: »Vor unseren und seinen eigenen Männern ging der Mann auf die Knie, umklammerte Andrews Beine und flehte um sein Leben.«

Rhett Butler schürzte die Lippen. »Andrew hat nie gewusst, was er tat, bis es mehr oder weniger getan war.«

Ashleys Blick war gequält. »Andrew hat den Mann ausgelacht. ›Geben Sie mir meinen Hut wieder‹, hat er gesagt. ›Zu einem Feigling passt er nicht.‹

Wir ließen diesen Offizier bei den Soldaten zurück, die er einst befehligt hatte.« Ashley hielt inne. »Früher habe ich Witz als Zierde betrachtet. Mir ist nicht im Traum in den Sinn gekommen, dass er so hässliche Formen annehmen kann.«

»Schönheit ist Wahrheit, Wahrheit schön, was, Major?«, sagte Rhett Butler. Er erhob sich, um zu gehen. »Ihre gelbe Seidenschärpe ist wirklich einzigartig. Ich spüre die Liebe, die in ihr steckt. Meine besten Grüße an Ihre Frau.«

Kapitel 20

Ein blutgetränkter Weg

Nachdem er für eine zweite Amtszeit nominiert worden war, sagte Abraham Lincoln: »Ich versteige mich nicht zu der Annahme, dass die Delegierten zu dem Schluss gekommen sind, ich sei der bedeutendste oder fähigste Mann Amerikas, sondern gehe vielmehr davon aus, dass sie es nicht für ratsam halten, auf halbem Weg die Richtung zu ändern ...«

Es war ein blutgetränkter Weg. Am 8. Mai 1864, im vierten Kriegsjahr, setzte General Ulysses S. Grant zu seiner Frühjahrsoffensive an. Bis Juni hatte Grant sechzigtausend Mann eingebüßt. Bei Cold Harbor verlor er binnen acht Minuten siebentausend Soldaten.

Im Westen marschierte General Sherman auf Atlanta. General Johnstons zahlenmäßig unterlegene Konföderationssoldaten wehrten Shermans Angriffe auf Dalton, Resaca und Pickett's Mill ab, doch wurden sie nach jedem Sieg in der Flanke umgangen und waren gezwungen, ihre Position aufzugeben, da die Unionsarmee ihre Nachschublinien bedrohte. Auf Sticheleien reagierend, denen zufolge er kein kämpferischer General sei, ließ Sherman sich auf einen Stellungskampf bei Kennesaw Mountain ein. Dreitausend gefallene Unionssoldaten später wusste Sherman, dass der Krieg die Hölle war.

Als sie erfuhr, dass Ashley vermisst wurde, fiel die hochschwangere Melanie Wilkes auf der Stelle in Ohnmacht. Sie flehte Rhett an, in Erfahrung zu bringen, was immer er konnte. Einige Männer, die mit Rhett Butler als Kadetten in West Point gewesen waren, hatten es inzwischen zu Unionsgeneralen gebracht, und von einem dieser Generale erfuhr Rhett, dass Major Wilkes noch am Leben war, im Gefangenenlager Rock Island.

Am 12. Juli 1864 stand William T. Sherman, umringt von seinen jubelnden Offizieren, hoch oben auf einem Hügel zehn Kilometer nördlich von Atlanta.

Nach monatelanger Bombardierung durch die Unionsarmee war Charleston keine schöne Stadt mehr. Die Straßen, die in der Schusslinie der unionistischen Kanonen lagen, hatte es am härtesten getroffen. Die Geschosse waren in die Dächer eingeschlagen und im Hausinnern explodiert, sodass die Mauern eingestürzt waren und die Straße verschüttet hatten. In verlassenen Gärten wuchs hüfthoch Fenchel, und frei laufende Kühe grasten auf der Meeting Street. Glassplitter glitzerten zwischen Pflastersteinen, lagen wie Staub auf Geländern und bedeckten die Trottoirs wie gefrorener Regen.

Obwohl das Nachbarhaus in Schutt und Asche lag, war die Church Street 46 bisher verschont geblieben. John Haynes weigerte sich fortzugehen. Er sagte zu Rosemary: »Geh, wenn es sein muss. Im Norden der Stadt bist du sicherer.« Mit John zu reden war, als versuchte man, einen Geist in die Welt der Lebenden zurückzuzerren.

Anfang Juli hatten die Blockadeschiffe der Union den Hafen von Charleston endgültig abgeriegelt, und der letzte hartnäckige Blockadebrecher wurde bei Rattlesnake Shoal auf Grund gesetzt. Die Spekulanten verschwanden. Die Schiffe von Haynes & Sons verrotteten am Kai, und in den Fenstern des leeren Lagerhauses woben Spinnen ihre Netze.

Während der langen Tagesstunden saß John Haynes am Bett seiner Tochter und starrte ins Leere. Nachts wanderte er inmitten der Brände, der einstürzenden Mauern und Charlestons leidgeprüfter Feuerwehren durch die Stadt.

Rosemary verbrachte die Tage auf dem neu eingerichteten freien Markt, wo sie Nahrungsmittel an die Familien der Soldaten aus Charleston verteilte. Montags: Süßkartoffeln. Dienstags: Maismehl. Gumbo am Mittwoch. Scheue Kinder klammerten sich an die Röcke ihrer Mütter. Zuweilen redete oder lächelte, benahm oder bewegte sich ein Kind, wie Meg es getan hätte, und Rosemary brach es schier das Herz.

Sonntags war der freie Markt geschlossen. John ging nicht mehr in die Kirche, doch Rosemary besuchte pflichtbewusst den Gottesdienst und betete darum, Gott möge ihr sagen, warum er ihr das Kind genommen hatte. Nach der Andacht ging sie zu Fuß in den nördlichen Teil der Stadt, um Charlotte zu besuchen. Das Herrenhaus der Fishers an der East Bay war beschossen worden, und Charlotte und Juliet wohnten seither zur Miete in einem kleinen Haus nördlich des Shell District.

Ihre erzwungene Nähe und Charlottes problematische Schwangerschaft hatten Juliets häusliche Fähigkeiten und Charlottes natürliche Fröhlichkeit auf eine harte Probe gestellt.

Charlotte schrieb täglich an ihren Mann im Gefangenenlager. Manche Briefe vertraute sie der Post an, andere privaten Kurieren. Charlotte Fisher Ravanel verfügte über gewichtige Beziehungen, weshalb einige Briefe persönlich von Bevollmächtigten für den Gefangenenaustausch überbracht wurden. Sie berichtete Andrew von ihrem Umzug, beschrieb ihre Kate als »traulich wie ein Puppenhaus« und »über die Maßen komfortabel«. Sie beteuerte ihre unerschütterliche Gewissheit, dass Andrew Ravanel einen Sohn bekommen würde. Das Unbehagen des Arztes oder die quälenden Schmerzen, die ihr durch den Unterleib schossen, erwähnte Charlotte mit keinem Wort. Sie unterzeichnete ihre Briefe mit »Deine liebe kleine Frau, Deine Dich liebende Gattin, die Dich so sehr vermisst! Ich bete für Deine Rückkehr und verbleibe …«

Charlotte hatte nie eine Antwort erhalten.

Juliet sagte: »Andrew? Ein Briefeschreiber? Du lieber Himmel, nein. Ich kann mich nicht daran erinnern, dass Andrew je einen Brief geschrieben hätte.«

»Aber liebe Schwester, er muss doch wissen, wie kostbar mir seine Worte wären.«

»Vielleicht werden Andrews Briefe ja konfisziert«, meinte Juliet.

»Jamies Briefe sind durchgekommen.«

Jamie Fisher schickte ausführliche Berichte über ihre gelangweilten Wärter und den Schabernack der Gefangenen. Als er warnend von Andrews wachsender Melancholie sprach, schrieb Charlotte: *»Mein geliebter Mann, Deine erzwungene Untätigkeit öffnet der Schwermut Tür und Tor. Du musst Dir regelmäßig Bewegung verschaffen! Männer mit leidenschaftlicher Veranlagung (so wie Du, mein Lieber) sollten sich täglich körperlich ertüchtigen. Wenn Du im Freien bist, wende Dein Gesicht der Sonne zu. Das Sonnenlicht stärkt Deine Zirbeldrüse!«*

Obwohl die Briefe an ihren Mann gleichbleibend fröhlich waren, gestattete sich Charlotte gegenüber Juliet gelegentlich die eine oder andere Klage. »Wir waren so glücklich wie nie zuvor. Warum musste Andrew nur nach Ohio vorstoßen?« Charlotte presste sich die Hände ins Kreuz. »Manchmal kommt es mir vor, als trüge ich keinen Sohn aus, sondern einen Elefanten. Juliet, warum sind Männer zu den Menschen, die sie lieben, nur so grausam?«

»Das weiß ich nun gewiss am allerwenigsten«, antwortete Juliet mit ihrer gewohnten Schroffheit. »Wir Jungfern wären keine Jungfern, wenn wir die Herzen der Männer besser einschätzen könnten.«

An einem glühend heißen Augustmorgen, als Charlotte Ravanel seit achtundvierzig Stunden ergebnislos in den Wehen lag, legte Rosemary Haynes ein Ohr an den gewölbten Leib ihrer Freundin. Dann richtete sie sich auf und nickte Juliet kaum merklich zu: kein Herzschlag.

Juliet sagte: »Der Arzt döst in der Küche. Ich hole ihn.«

»Oh, liebe Freundin, bitte, bemühe den armen Mann nicht«, flüsterte Charlotte. »Bleib noch ein wenig bei mir. Haben wir nicht schöne Stunden zusammen verlebt? Wer hatte je bessere Freundinnen?« Lächelnd hing Charlotte Fisher Ravanel ihren Erinnerungen nach. »Was für ein Glück ich doch hatte, Andrew heiraten zu dürfen! Alle Mädchen waren hinter ihm her.« Sie schloss die Augen. »Ich bin schläfrig. Ich glaube, ich werde neben meinem Kind etwas ruhen. Sag, Rosemary, hat Andrews Sohn nicht die Augen seines Vaters?«

Eine trübe Sonne hing über dem verlassenen Hafen, als Rosemary sich auf den Heimweg machte. Die Unionsarmee war dabei, die wenigen Hafenfestungen unter Beschuss zu nehmen, die noch in der Hand der Konföderierten waren. Aus der Ferne klangen ihre Musketen wie Babyrasseln.

Vor der Church Street 46 sattelte Joshua gerade Tecumseh.

»Joshua, was machst du da?«

Johns Diener stellte die Steigbügel richtig ein. »Master Haynes geht zu'n Soldaten, Missus.«

Die Satteltaschen in der Hand, kam John aus dem Haus. Er wirkte so lebhaft wie seit Monaten nicht mehr. »Ah, Rosemary. Wie geht es Charlotte und dem Kind?«

»Tot. Charlotte, und das Baby auch. Oh John, sie hat sich dieses Kind so gewünscht. Sie …«

Als wäre seine Frau für eine Umarmung zu zerbrechlich, berührte John sanft Rosemarys Haar. Tränen rannen ihm über das gütige, offene Gesicht. »Wie leid mir das tut, Liebes. Charlotte war zu gut für diese sündige Welt.«

Rosemary zeigte auf Tecumseh. »John, was hat das zu bedeuten?«

»Ich habe dir eine Nachricht auf dem Nachttisch hinterlassen. Du hättest sie nicht übersehen können.«

»John!«

»General Johnston hat dazu aufgerufen, sich freiwillig zu melden. Haynes & Son ist ruiniert, unsere Schiffe könnten ebenso gut auf dem Trockenen liegen. Rosemary, kannst du mir verzeihen? Ich kann einfach nicht mehr trauern.« Das kaum wahrnehmbare Lächeln ihres Mannes war das erste, das Rosemary seit Monaten zu sehen bekam. »Wer weiß, vielleicht werde ich ja zum Offizier ernannt. Leutnant Haynes – wäre das nicht großartig? Sorge dich nicht, Schatz. John Haynes wird der vorsichtigste Soldat der ganzen Armee sein.«

Er reichte Joshua die Satteltaschen. »Du musst dir keine Gedanken um deine Zukunft machen – Rhett hat unsere Gewinne in englischen Wertpapieren angelegt. Was auch geschehen mag, dein Lebensunterhalt ist gesichert.«

»John, warte! Du darfst nicht fortgehen! Du darfst nicht gehen! Und überhaupt … Tecumseh ist schussscheu!«

Er tätschelte die Flanke des Pferdes. »Genau wie ich. Da werden wir wohl beide unsere Angst überwinden müssen.«

»Aber warum tust du das? Du kannst unseren kleinen Liebling nicht zurückholen!«

Er umfasste die Schultern seiner Frau so fest, dass es ihr wehtat. »Rosemary, mein Leben liegt in Trümmern. Ich hatte geglaubt, die Bescheidenheit meiner Ambitionen könne mich schützen: Ich wollte nichts weiter sein als ein ehrlicher Geschäftsmann und ein liebevoller Ehemann und Vater. Das ist alles, was ich je angestrebt habe.« Traurig schüttelte er den Kopf. »Wie weit ist es mit uns Südstaatlern doch gekommen.«

Obwohl ihr die Worte *Bleib bei mir* auf der Zunge bebten, brachte Rosemary es nicht fertig, sie auszusprechen.

John Haynes nickte versonnen. »Deshalb gehe ich jetzt. Obwohl es nur schwer zu glauben ist, braucht unser Land offenbar seine wohlsituierten Geschäftsleute. Präsident Davis behauptet, wir könnten siegen. Wenn es uns gelingt, Atlanta, Petersburg und Charleston zu halten, wird Abraham Lincoln nicht wiedergewählt. Und wenn Lincoln die Wahl verliert, werden die Unionisten aus diesem Kampf aussteigen. Sie haben furchtbar gelitten, ihre Verluste waren noch größer als unsere. Gewiss sind sie dieser entsetzlichen Angelegenheit ebenso überdrüssig wie wir.«

»John, würdest du mich anlügen? Jetzt?«

Mit sanften, liebevollen Augen sah er sie an und berührte ihre Hand mit den Lippen. »Rosemary, Rosemary. Ja, ich würde dich anlügen.« John Haynes drehte ihre Handfläche nach oben, als wollte er sich jede einzelne kostbare Linie einprägen. »Ich würde Jesus Christus persönlich anlügen, um dich vor Schmerz zu bewahren.«

Kapitel 21

ATLANTA BRENNT

Rhett Butler stand vor dem Hotel National, als das erste Geschoss der Unionsarmee Atlanta traf. Feuerwehrglocken schrillten. »Dort, da drüben!« Ein Junge zeigte auf eine Rauchsäule über den Dächern.

Rhett bahnte sich einen Weg durch die Schaulustigen in den Saloon des Hotels. Da der Schankkellner draußen war, trat Rhett selbst hinter den Tresen und zapfte sich ein Bier, das er zusammen mit der Zeitung des Schankkellners an seinen Stammplatz ganz hinten im Raum trug. Als der nächste Einschlag Staub und Farbstückchen von den verzierten Deckenkassetten rieseln ließ, bedeckte Rhett sein Bierglas mit der Hand.

Jedermann hoffte, dass John Hood, der neue Kommandeur der westlichen Armee, Sherman aufreiben und die Stadt retten würde. Wenn man den Keller des Hotels in einen Bunker verwandelte, gäbe es kein kaltes Bier mehr.

Eine Zeitung rühmte General Hood, der vor kurzem bei der Verteidigung der Konföderation einen Arm und ein Bein verloren hatte. Dies sei, so das Blatt, »ein unwiderlegbarer Beweis für den Kampfgeist des Generals«.

Am Morgen zuvor hatte Rhett im Hauptquartier der Konföderationsarmee ungläubig zugesehen, wie zwei starke Männer den General auf sein Pferd gehievt und festgebunden hatten.

Jenes erste Geschoss, das in Atlanta einschlug, machte Mr Warners Haus an der Ecke Rhoades Street und Elliot Street dem Erdboden gleich. Warner und seine sechsjährige Tochter kamen ums Leben. Eines der nachfolgenden Geschosse tötete eine Frau, die gerade Hemden bügelte. Eine andere erlitt tödliche Verletzungen, während sie auf einen Zug wartete. Sol Luckie, ein freier farbiger Barbier, starb, als eine Granate von einem Laternenpfahl abprallte und zu seinen Füßen explodierte.

Zwei der vier Eisenbahnlinien Atlantas waren bereits in den Händen der Unionsarmee. Verängstigte Geschäftsmänner schlichen die Hintertreppe des Chapeau Rouge hinauf, um Rhett ihre Unternehmen für einen Apfel und ein Ei anzubieten.

Nachdem Hoods Armee die Pferde und Fuhrwerke von Atlantas Zivilisten konfisziert hatte, ging Rhett zu Fuß vom Chapeau Rouge zum Hotel. Und häufig musste er einen Umweg machen, weil eine Straße durch einen Löschtrupp blockiert war.

Sobald die Morgensonne durch die vorderen Fenster des Saloons schien, schob Rhett seine Karten zusammen und kehrte ins Chapeau Rouge zurück. In einer Nacht verlor er einen Tausender, in der nächsten gewann er einen. Es war ihm einerlei.

Was war er doch für ein Narr. Ein gottverdammter Narr! Er hätte diese Stadt, auf drei Seiten von einer gewaltigen Armee belagert, die dabei war, auch das letzte Schlupfloch zu schließen, schon vor Wochen verlassen sollen. Es gab nichts, aber auch gar nichts, was Rhett in Atlanta hielt.

Außer Scarlett O'Hara.

Pittypat und Onkel Peter hatten die Stadt verlassen, doch Scarlett war bei Melanie Wilkes geblieben, die nach der Geburt ihres Sohnes sehr geschwächt war.

Nach London sollte er fahren. Oder nach New Orleans. Seit er Tazewell Watling zu den Jesuiten zurückgebracht hatte, war er nicht mehr dort gewesen.

Im März, im Mai und zweimal im Juli hatte Rhett seine Sachen gepackt. Dann war ihm Scarletts Schwanenhals eingefallen – so stolz und doch so verwundbar. Oder er hatte sich an ihren Geruch erinnert – ihren eigenen Geruch, unter dem Duft des Parfüms. Einmal war er wieder umgekehrt, weil er sich entsann, wie grandios sie ihren Kopf in den Nacken warf.

Er hatte seine Taschen ausgepackt und sich ordentlich betrunken.
So hilflos hatte sich Rhett Kershaw Butler zuletzt gefühlt, als sein Vater ihn zur Arbeit auf den Reisfeldern gezwungen hatte.

Draußen vor der Stadt am Peachtree Creek und an der Ezra Church hetzte General Hood seine zahlenmäßig unterlegenen, ausgelaugten Konföderationssoldaten den wohlgenährten, ausgeruhten Unionisten entgegen, die sie wie Weizen niedermähten. Die Unionisten hörten auf, Atlanta zu bombardieren und rückten auf Hoods linke Flanke vor, wo sie die Bahnverbindung zwischen Atlanta und West Point unterbrachen, dann marschierten sie nach Jonesboro zur Eisenbahnlinie Macon and Western. Jonesboro war der Schlüssel zur Stadt. Wenn Jonesboro fiel, war die letzte Eisenbahnverbindung nach Atlanta und damit Hoods einzige Versorgungslinie gekappt.

Krankenwagen, deren Seitenvorhänge angehoben waren, um Luft hereinzulassen, rollten durch die Marietta Street. Kleine Jungen liefen nebenher und fächelten die Fliegen von den Verwundeten.

Alle halbe Stunde erreichten neue Gerüchte den Saloon des Hotels: »Cleburnes Angriff ist fehlgeschlagen!« – »Mein Cousin ist in Browns Stab. Er sagt, Gouverneur Brown kann sich nicht behaupten.«

Am frühen Nachmittag stand die Wette vier zu eins gegen Hood.
Rhett Butler saß allein an seinem Tisch.

In der Annahme, Shermans Vorrücken nach Jonesboro sei ein Täuschungsmanöver und die Unionisten beabsichtigten in Wirlichkeit, Atlanta selbst anzugreifen, zog General Hood seine Armee in die Stadt zurück. Dreißigtausend Soldaten stolperten die Decatur Street entlang. Auf die Vorderfenster des Saloons legte sich eine weiße Staubschicht.

In jener Nacht herrschte im Saloon fieberhafte Ausgelassenheit. Männer, die eigentlich humorlos waren, erzählten einen Witz nach dem anderen; strenge Baptisten torkelten betrunken herum.

Es war schon nach Mitternacht, als sich eine hochgewachsene Frau in Trauerkleidung an ein vom Staub trübes Fenster setzte, ihr langes Haar löste und weinte.

Obwohl alle Tische besetzt waren und sich Scharen von Männern am Tresen drängten, saß Rhett Butler allein da und legte eine Patience: schwarzer Bube an rote Königin, schwarze Königin an roten König. Rhett schenkte sich nach. Was in drei Teufels Namen tat er bloß in dieser Stadt?

Als es an der Zeit war, trat Rhett Butler in die kristallklare Morgendämmerung hinaus. Kleine Singvögel zwitscherten. Die Truthahngeier hockten auf ihren Ästen. Vor ihnen lag ein geschäftiger Tag.

Hoods verdreckte, erschöpfte Soldaten schliefen in Hauseingängen und lagen schnarchend auf den Trottoirs. Rhett rieb sich das Gesicht. Er brauchte eine Rasur.

Der Salon des Chapeau Rouge war ein einziges Durcheinander aus leeren Gläsern und Flaschen. Eine Causeuse war umgekippt, und beide Venusstatuen waren verschwunden.

»Morgen, MacBeth.«

MacBeth hatte Tränensäcke unter den rot umränderten Augen und einen blauen Fleck auf der Wange.

»Wüste Nacht?«, fragte Rhett.

Der Rausschmeißer berührte seine Prellung. »Lauter Verrückte! Benehmen sich, als wär ihnen alles egal.«

Der Herd in der Küche war noch warm, und Rhett holte sich etwas Wasser zum Rasieren.

Dann ging er nach oben in sein Büro. Sein Schreibtisch war leer; sein Safe stand offen und war ebenfalls leer. Rhett hatte längst verbrannt, was verbrannt werden sollte, und vergraben, was vergraben gehörte. Rhett Butler war frei wie ein Vogel.

Er setzte sich an den Schreibtisch und zog die Schublade auf: Schreibfedern, Papier, Tinte, eine Löschwiege. Sie hätten jedem gehören können.

Was machte er hier?

Herr im Himmel! Was hatte die Liebe mit ihm angestellt?

Um vier Uhr an diesem Nachmittag donnerten in Jonesboro unionistische Kanonen. Hood war überlistet worden. Die Armee der Konföderierten stand am falschen Ort.

Begleitet vom fernen Rumpeln der Kanonen ging Rhett Butler wieder in den Saloon des Hotels, nahm seinen gewohnten Platz ein und brach ein neues Päckchen Spielkarten auf.

Die Unionisten waren den Verteidigern von Jonesboro zahlenmäßig um das Fünffache überlegen. Die Macon and Western, Atlantas letzte Eisenbahnlinie, fiel in Shermans Hände.

»Hood zieht seine Truppen ab! Die Armee nimmt Reißaus!«

»Wer nicht unter der Herrschaft der Yankees leben will, sollte sich schleunigst aus dem Staub machen.« Ein paar Männer hasteten in den Saloon, andere hinaus. Rhett legte eine schwarze Neun an eine rote Zehn.

Belle Watling kam herein. Sie hatte getrunken. »Oh Rhett! Was soll ich bloß tun? Die Unionisten …«

»Du musst überhaupt nichts tun.« Rhett schenkte Belle ein Glas ein. »Die Yankees werden dich nicht fressen. Lass deine Metzen ein, zwei Tage nicht aus dem Haus. Und dann verdoppelst du die Preise.«

»Rhett, nach allem, was du für mich getan hast, frage ich nur ungern, aber – kann ich mit dir mitgehen?«

Rhetts lange Finger mischten die Karten. »Wie kommst du darauf, dass ich irgendwo hingehe?«

»Ach, ich weiß auch nicht, Rhett, ich weiß es nicht!« Belle weinte. »Ich fleh dich an, nimm mich mit!«

Er gab ihr sein Taschentuch. Belle Watling putzte sich die Nase und sagte, es tue ihr leid, ihm zur Last zu fallen.

Der Schankkellner trat an den Tisch. »Captain Butler, da draußen schreit ein Niggermädchen nach Ihnen. Sie sagt, es wär wichtig.«

Auf der Straße teilte sich die Kolonne der marschierenden Soldaten um Scarletts zeterndes Hausmädchen Prissy. »Cap'n Butler, Cap'n Butler. Miss Scarlett brauch Sie. Sie und Miss Melly, die brauchen Sie dringend. Sie müssen komm'!«

»Komm rein, Prissy, und sag mir, was du willst.«

Vehement schüttelte sie den Kopf. »Nein, Sir, näher komm ich an den Saloon nich ran. Der Teufel, der hat lange Arme. Miss Scarlett, die is am Packen und brauch Ihr Pferd un Wagen.«

»Mein Pferd ist samt Wagen konfisziert worden. Ich bezweifle, dass es noch ein Fuhrwerk in der Stadt gibt.«

»Oh Gott, Cap'n Butler. Wenn sie konfeziert worden sin, was solln wir dann nur machen? Miss Melly, die is so krank. Sie un ihr Baby. Un Miss Scarlett un der kleine Wade sin auch noch da. Was solln wir nur machen?«

Rhetts Seele erwachte wie eine Katze, die sich in der Sonne räkelt. Frisches Blut schien seinen Körper zu durchströmen. Ein Grinsen wollte sich auf seinem Gesicht breitmachen, doch er unterdrückte es. Scarlett brauchte ihn.

»Bitte, Cap'n Butler!«

»Geh zu Miss Scarlett zurück, Prissy. Sag ihr, dass ich komme. Und trödel nicht herum!«

Als Rhett wieder an seinen Tisch kam, schaute Belle Watling in ihr leeres Glas. »Ich muss wohl nicht fragen, wer nach dir verlangt. Ich kann mir denken, zu wem du gehst.«

»Liebe Belle«, sagte Rhett sanft. »Mach dich auf den Heimweg. Deine Mädchen brauchen dich.«

Das Fuhrwerk, das Rhett stahl, war armselig: ein lahmer alter Gaul zog einen Wagen, der aussah, als würde er jeden Moment auseinanderfallen.

Gleichviel, es war ein Fuhrwerk.

Die Konföderationssoldaten verbrannten auf dem Rückzug ihre Vorräte, und es roch nach brennendem Schinken: dem von Verpflegungsoffizieren konfiszierten Schinken armer Farmer, die gehofft hatten, diese für ihre Familie aufheben zu können. Die gewaltigen Detonationen stammten von Munition, die Rhett womöglich selbst durch die Blockade gebracht hatte. Uniformen, Hufeisen, Whiskey, Speck, Stiefel, Decken, tonnenweise Maismehl – alles brannte. Die Flammen machten die Nacht von Atlanta zum Tag.

Prissy lief vor Pittypats Gartenpforte auf und ab, als Rhett in die Straße einbog. Sie rannte ins Haus und rief: »Cap'n Butler kommt. Cap'n Butler is da, Miss Scarlett!«

Als Rhett vorfuhr, gab es eine ohrenbetäubende Explosion. Eine Hand schützend über die Augen gelegt, trat Scarlett vors Haus. Die Druckwelle ließ ihr schwarzes Haar flattern und drückte ihr Kleid an ihre weichen Kurven.

Während Bruchstücke auf die Straße fielen und Flammen in den Himmel züngelten, tippte sich Rhett Butler an den Hut. »Guten Abend. Schönes Wetter heute. Wie ich höre, wollen Sie einen Ausflug unternehmen.«

»Rhett Butler, wenn Sie jetzt Scherze machen, werde ich nie wieder mit Ihnen reden.«

Rhett war trotz Feuer, Detonationen und der Invasion der Yankees glücklich wie ein Schuljunge. Wie ihre grünen Augen blitzten!

Er konfrontierte sie mit den unliebsamen Tatsachen: Wenn sie versuchten, nach Süden zu fliehen, würden Konföderationssoldaten ihr Gespann konfiszieren; alle anderen Straßen waren in der Hand der Unionsarmee. »Wohin wollen Sie überhaupt?«

»Nach Hause«, sagte sie.

»Nach Hause? Sie meinen Tara?«

»Ja, ja! Nach Tara! Oh Rhett, wir müssen uns beeilen!«

Unmöglich: eine brennende Stadt lag zwischen ihnen und der Straße nach Jonesboro.

Scarlett brach zusammen, heulte und trommelte gegen Rhetts Brust. »Ich will nach Hause! Und ich komme auch nach Hause! Selbst wenn ich die ganze Strecke zu Fuß gehen muss.«

Wozu sie glatt imstande wäre. Das wusste Rhett. Sie war zu allem imstande. Sie würde alles kriegen, was sie wollte.

Sanft berührte er ihr Haar. »Na, na, Schätzchen«, sagte er leise. »Nicht weinen. Du sollst ja nach Hause, mein tapferes kleines Mädchen. Du sollst nach Hause. Nicht weinen.«

Prissy polsterte den Wagen mit Decken aus, während Scarlett und Rhett nach oben gingen. Der Geruch nach Kampfer und Franzbranntwein in Mellys Zimmer trieb Rhett Tränen in die Augen. Die junge Mutter war so farblos wie ihr Bettlaken. Das Neugeborene neben ihr schlief. Sein Mund machte winzige Saugbewegungen. »Ich werde versuchen, Ihnen nicht wehzutun, Mrs Wilkes. Ob Sie mir die Arme um den Hals legen können?«

»Baby Beau!«, flüsterte Melanie.

»Prissy wird Ihr Kind herunterbringen. Ihm wird nichts zustoßen.« Rhett schob einen Arm unter Melanies Schultern, den anderen unter ihre Knie, und hob sie hoch. Sie wog keine achtzig Pfund.

»Bitte … Charles' Sachen. Wir dürfen sie nicht zurücklassen.« Mühsam zeigte Melanie auf Charles' Säbel und die Daguerreotypie.

Die Andeutung eines Lächelns umspielte Rhetts Lippen. »Mrs Hamilton würde ganz gewiss nicht zulassen, dass ich Charles' Sachen vergesse.«

Scarlett verstaute die Erinnerungsstücke im Wagen. Sanft legte Rhett Melanie auf den Decken neben ihrem Kind ab.

»Vielen Dank, dass Sie uns helfen, Captain Butler.« Melanies Stimme klang wie das Rascheln von Papier.

Obwohl jeder Nerv in seinem Körper kribbelte, hatte sich eine tiefe Ruhe über Rhett gelegt. Aus diesem Grund war er in Atlanta geblieben. Dies war seine Bestimmung. Sie brauchte ihn. Ihn allein.

Als Scarletts kleiner Sohn Wade zögerte, sagte Rhett: »Steig ein, Junge. Wolltest du nicht schon immer mal ein Abenteuer erleben?«

»Nein!«, sagte der Junge und hickste. Lachend schwang Rhett den Kleinen in die Höhe. Prissy krabbelte nach hinten, während Rhett Scarlett auf den Sitz neben sich hob.

»Wade, Schätzchen«, murmelte Melanie ihrem verängstigten Neffen zu, »bitte steck mir das Kissen dort in den Rücken.«

Als sie sich nach vorn beugte, damit der Junge das Kissen zurechtlegen konnte, biss sich Melanie Hamilton Wilkes auf die Lippen, um nicht laut aufzuschreien. Sie durfte nicht ohnmächtig werden. Unter keinen Umständen!

Der heiße Atem des kleinen Wade drang ihr ins Ohr. »Tante Melly, ich hab Angst.«

»Mein Süßer, es gibt allen Grund, sich zu fürchten«, flüsterte Melanie. »Aber du bist ein tapferer junger Soldat, nicht wahr?«

»Wohl schon, Tante Melly.«

Als sich das Fuhrwerk knarrend in Bewegung setzte, schrie Scarlett auf. »Ich habe vergessen, die Haustür abzuschließen!«

Rhetts schallendes Gelächter kurierte Wade Hamiltons Schluckauf.

Mit ihrem klapprigen Gespann hielten sie auf das brennende Herz Atlantas zu.

In dunklen, scheinbar verlassenen Häusern versteckten Haushaltsvorstände das Familiensilber oder Großvaters Pistole aus dem mexikanischen Krieg.

Zur Stadtmitte hin war die Nacht von Schreien, lautem Quietschen und Hufschlag erfüllt – der Lärm einer großen Armee auf dem Rückzug. Rhett bog in eine Seitenstraße ein. Eine gewaltige Explosion saugte ihnen die Luft aus der Lunge, und Wade bekam wieder Schluckauf. »Das dürften Hoods Munitionszüge gewesen sein.« Rhett langte hinter sich und drückte Wade besänftigend das Knie.

Rhett hatte gehofft, sie könnten das Feuer umfahren, doch in dieser Nacht führte jede Straße in die Hölle. Mit der Peitsche trieb er das Pferd an, bis es in einen mühsamen Galopp fiel, und er schloss die Finger um seinen Revolver. Sein Mädchen war eng an ihn gedrückt, und Gott mochte dem Narren beistehen, der versuchte, sie anzuhalten!

Zu beiden Seiten der Marietta Street brannten die Lagerhäuser lichterloh. Plünderer machten sich mit ihrer Beute davon. Betrunkene taumelten um ein zerborstenes Whiskeyfass herum.

Plötzlich lenkte Rhett das Fuhrwerk auf den Bürgersteig und hielt im Schutz einer Außentreppe an.

»Weiter«, drängte Scarlett, »warum bleiben Sie stehen?«

»Soldaten.«

Es mochte einmal ein Regiment von tausend Mann gewesen sein, doch an diesem Abend waren es keine hundert mehr. In ihrem früheren Leben hatten ihre Frauen oder Freundinnen ihnen feine Uniformen genäht und ihre Fahne bestickt, und sie hatten einen Namen gehabt – sie waren The Grays oder The Zouaves gewesen, The Troop oder The Legion. Sie kamen von irgendwoher, aus irgendeiner Stadt oder einem County, wo jeder jeden kannte, hatten sich mit ihren Brüdern, Cousins und Nachbarn freiwillig gemeldet und den Master der größten Plantage zum Colonel gewählt, weil sie ganz gewiss nicht von irgendeinem Dahergelaufenen Befehle entgegennehmen würden.

Ihre Freunde waren neben ihnen gestorben, ihre Cousins und Brüder und ihr Colonel – oh, der war schon lange tot –, und der Colonel, der ihn ersetzt hatte – wie hatte er noch gleich geheißen? –, war ebenfalls tot. Wie viele Colonels waren es überhaupt gewesen?

Sie schleppten sich dahin, jeder Spannkraft beraubt, waren zu viele immergleiche Kilometer gelaufen, hatten zu viele immergleiche Schlachten erlebt. Sie hielten ihre Gewehre, als wären es alte Freunde. Die von der Freundin genähte Uniform war längst ruiniert. Sie trugen grobes Wollzeug und Teile von Unionsuniformen, manche hatten kurze Jacken, andere lange, und einige gingen mit nacktem Oberkörper durch den flackernden Feuerschein.

Sie hoben kaum die Füße, doch ihre schlurfenden Schritte trugen sie weiter, bis sie irgendwann zu Boden gingen. Für manche war das eine Erlösung.

Ein Soldat, ein Junge noch, trottete hinterher. Vielleicht war er Trommler gewesen, als sie noch Trommeln gehabt hatten, doch Gewehre waren leichter zu bekommen als Trommeln. Der Junge schleifte sein Gewehr durch den Staub.

Plötzlich blieb er stehen, schwankte und fiel aufs Gesicht. Wortlos traten zwei Männer aus der Reihe. Der eine, dessen schwarzer

Bart das einzig Massive an ihm war, reichte dem zweiten Mann sein eigenes Gewehr und das des Jungen, legte sich den Knaben über die Schultern und ging weiter.

Rhett Butler nahm den Hut ab.

Nachdem der letzte Soldat um die Ecke gebogen war, trieb Rhett das Pferd wieder an.

Die brennende Stadt saugte Luft in ihre große Lunge. Fenster barsten und schwärzten die Straße mit rußigen Glassplittern.

Scarlett schrie: »Um Himmels willen, Rhett, sind Sie verrückt geworden? Machen Sie doch schneller!«

Prissy kreischte.

Flammen schossen aus Dachgesimsen, öliger Rauch rollte von Dachfirsten herab. Die Hitze versengte ihnen das Gesicht, und sie kniffen die Augen vor dem grellen Licht zusammen. Rhett trieb das Pferd an, bis es in einen angestrengten Trab fiel, wobei die Angst des Tiers mehr bewirkte als die Peitsche. Feuer rechts und links, dazwischen nur ein schmaler Tunnel. Wade schrie immer wieder auf, während Hitzewellen über sie hinwegfegten und Backsteine und Balken auf die Straße krachten.

Die Eisenbahngleise, über die sie rumpelten, waren der eindeutige Beweis, dass diese Feuersbrunst einst eine Stadt gewesen war, wo normale Menschen jeden Morgen zur Arbeit gingen, wo Zeitungen erschienen, Geistliche predigten, Bankiers Bankgeschäfte tätigten und Lebensmittelhändler Gemüse verkauften.

Schließlich bogen sie in eine Seitenstraße, und es wurde unmittelbar kühler. Das Feuer lag hinter ihnen. Das Heulen des kleinen Wade verwandelte sich in gedämpftes Schluchzen und Schluckauf.

Niemand war zu sehen, sie waren allein auf der Straße. Am Stadtrand standen die Häuser weiter auseinander, und die Straße war von Ulmen gesäumt. Der vom Feuer erzeugte Wind ließ die Blätter rascheln. Hinter ihnen glühte Atlanta.

Rhett zog die Zügel an.

»Schnell, Rhett. Nicht stehen bleiben!«

»Lassen Sie das arme Tier doch zu Atem kommen.«

Ihr Schweiß trocknete langsam in der kühlen Luft.

Rhett Butler war unsäglich müde. Er hatte getan, was er ihr versprochen hatte. Sie würde ihn jetzt nicht mehr brauchen. Sie hatte ihn nie gewollt. Nie. Er fragte sie, ob sie wisse, wo sie seien.

»Ja freilich. Ich kenne einen Weg, der von der Hauptstraße nach Jonesboro abzweigt und sich kilometerweit durch die Landschaft zieht. Pa und ich sind ihn oft geritten. Er kommt diekt bei den MacIntoshs heraus, und von dort sind es nur noch ein, zwei Kilometer bis Tara.«

Er schaute in ihr Gesicht. Sie sehnte sich nach Tara. Scarlett O'Hara war die pure Sehnsucht. Sie und er waren aus demselben Holz geschnitzt, aber sie wusste es nicht und würde es auch nie wissen.

Manche Männer konnten lieben, ohne geliebt zu werden. Rhett beneidete sie.

Er spürte ihren warmen Körper an seinem. Er konnte ihren Herzschlag fühlen.

Es war, als wäre in seinem Innern etwas zerbrochen. Die Anspannung wich von ihm. Er war so erschöpft, als hätten sie sich stundenlang geliebt.

Der kleine Trommler konnte nicht älter als zwölf Jahre gewesen sein. Er sollte mit seinem Boot im Nebel einen Fluss hinuntertreiben und nach Wasserschildkröten auf Otterrutschen Ausschau halten.

Er sagte ihr, sie müsse ihren Weg nach Tara ohne ihn fortsetzen. Sie habe das Fuhrwerk und kenne den Weg. Er werde sich der Armee anschließen.

»Mir so einen Schreck einzujagen! Ich könnte Sie erwürgen! Fahren wir weiter.«

»Ich mache keine Scherze, meine Liebe. Wo bleibt Ihr Patriotismus, Ihre Liebe zu unserer ›glorreichen Sache‹?«

»Oh Rhett«, sagte sie, »wie können Sie mir das antun? Warum verlassen Sie mich?«

Zu wenig, zu spät.

Rhett Kershaw Butler legte die Arme um Scarlett O'Hara Hamilton und presste seine Lippen auf ihren Mund. Er spürte, wie ihre Lippen nachgaben und sich seinem Kuss öffneten.

Er würde nie über sie hinwegkommen.

Er stieg von dem Fuhrwerk und verschwand in die Finsternis am Straßenrand.

Kapitel 22

Nach der Schlacht von Franklin

Nachdem Appelle an weniger verwüstete Landstriche der Konföderation erfolglos geblieben waren, gingen dem Freien Markt in Charleston im Herbst die Lebensmittel aus, und er musste schließen. Rosemary war auf dem Heimweg durch die von Trümmern übersäten Straßen, betrat ihr Haus durch die Vordertür, die sie längst nicht mehr abschloss, und setzte sich Johns Lieblingssessel gegenüber. Nach einer Weile nahm sie das einzige Zierstück auf dem Kaminsims zur Hand, eine silberne Kelchvase, und polierte sie.

Am nächsten Morgen brachte ihr ein Rekonvaleszent auf Heimaturlaub den Brief ihres Mannes. John komme »für einen alten Kerl ganz gut zurecht« und sei befördert worden. Von nun an dürfe ihn alle Welt mit Captain Haynes anreden – eine Beförderung, die General Stahl nur vorgenommen habe, »weil keine würdigen Männer zur Stelle waren«.

General Forrest ist Rhett ausgesprochen gewogen, schrieb John, *und wollte ihn zum Offizier ernennen. Als Dein Bruder diese Ehre ausschlug, war der grimmige Forrest äußerst belustigt. Ich sehe Rhett immer, wenn unsere Kavallerie im Lager ist. Er ist bester Dinge und hat einen Gefolgsmann, einen gewissen Archie Flytte, der ihm mit hündischer Ergebenheit dient. Flytte ist ein Knastbruder, der begnadigt wurde, damit er sich der Armee anschließen konnte. Obwohl der Mann Rhett treu ergeben ist, wird seine Zuneigung nicht erwidert.*

Nach dem Fall von Atlanta marschierten wir gen Norden. General Hood glaubte, wenn die Konföderationsarmee zwischen General Sher-

man und seiner Nachschubbasis in Knoxville stünde, würde Sherman Atlanta wutschnaubend räumen. Doch auch diesmal hatte John Hood General Sherman falsch eingeschätzt, denn dieser brannte auch den letzten Rest von Atlanta nieder und marschierte energisch in die entgegengesetzte Richtung.

Auf seinem Vormarsch durch Georgia zerstört Sherman die Ost-West-Verbindungen der Eisenbahn ebenso gründlich wie zuvor die Süd-West-Verbindungen. Wenn diese Eisenbahnlinien zugrunde gerichtet sind, mein Schatz, werden wir zwei voneinander abgeschnitten sein, weiß der Himmel, für wie lange. Rosemary, kommst Du zu mir? In Vorwegnahme Deiner Zustimmung hat Rhetts Freund Rufus Bullock Dir telegrafisch einen Passierschein für die Eisenbahn an den Bahnhof gesandt.

Ich kann es durchaus verstehen, wenn Du eine so mühsame, womöglich gefährliche Reise nicht riskieren willst, aber ich würde mich ungemein freuen, Dich zu sehen. Wir haben so viel nachzuholen, über so vieles zu reden. Unsere süße kleine Meg lebt in unser beider Herzen weiter. Liebe Rosemary, Du fehlst mir mehr, als ich es je für möglich gehalten hätte. Meine grundlose Eifersucht hat uns entzweit. Die Schuld liegt allein bei mir. Ich mache Dir keinerlei Vorwürfe. Bitte komm zu mir.

Dein Dich liebender Gatte John

Rosemary lief von Zimmer zu Zimmer und zog Kleidung aus Schubladen und Schränken. Drei Handkoffer und einen Überseekoffer hatte sie schon gepackt, da ließ sie sich auf den großen Koffer fallen, bedeckte das Gesicht mit den Händen und kicherte. Was war sie doch für ein Dummchen!

Sie stopfte das Allernötigste in eine Reisetasche. Ihr einziger Schmuck war eine rotgoldene Filigranbrosche. Warum sie ihr früher missfallen hatte, wusste sie nicht mehr.

Rosemary holte ihren Passierschein am Bahnhof ab und nahm den Zug nach Savannah.

Am nächsten Morgen stieg Rosemary in Savannah in den Georgia Central um, der gegen Mittag des darauffolgenden Tages langsam in Macon einlief.

Shermans Kavallerie näherte sich Macon, und der Bahnhof quoll von Flüchtlingen über.

Bevor er Atlanta niederbrannte, hatte General William T. Sherman erklärt: »Krieg ist grausam, man kann ihn nicht kultiviert führen«, eine These, die er auch an den schutzlosen Farmen und Ortschaften entlang seiner Marschroute erprobte.

Noch bevor Rosemarys Zug den Bahnsteig erreicht hatte, drängten schon Flüchtlinge in die Waggons, um sich einen Platz für die Weiterfahrt zu sichern. Als sie hörten, dass die Lokomotive Brennstoff benötigte, bildeten Männer, Kinder – selbst Geistliche und ehrenwerte Matronen – eine Kette und reichten Balken auf den Tender hoch.

Der Southwestern, in den Rosemary einsteigen wollte, wurde von Milizionären bewacht. Ihr Captain hatte bei Chancellorsville einen Arm verloren und sagte, von einem Rufus Bullock habe er noch nie gehört. Er habe nicht einmal gewusst, dass die Konföderation überhaupt ein »Eisenbahnbüro« habe. Er fasste Rosemary eine Spur zu vertraulich an. Da er darüber entscheide, wer mit dem Zug mitfahren dürfe, sagte der Captain, suche er sich die Hübschesten aus.

Rosemary bedankte sich bei ihm und streifte seine Hand ab, als hätte sie nichts bemerkt. Sie hatte sich gerade in dem Wagen niedergelassen, als eine vertraute Stimme vom Bahnsteig aus nach ihr rief. »Rosemary Haynes! Liebe Rosemary! Bitte, bitte sprich mit diesen Männern!«

Die Wards hatten Charleston verlassen, um auf der Plantage eines Cousins in der Nähe von Macon Zuflucht zu suchen. Nur ein Jahr später hatten Shermans wilde Horden diese Plantage niedergebrannt, und die Wards mussten abermals fliehen. Eulalia Ward und ihr Schwager Frederick hatten seit Tagen nicht mehr die Kleider gewechselt. Eulalias Schuhsohlen waren durchgelaufen, Frederick, der im Freien stets einen Hut getragen hatte, war barhäuptig und hatte einen Sonnenbrand auf dem Schädel.

»Rosemary, bitte hilf uns, einen Platz im Zug zu bekommen! Dich haben sie doch auch hineingelassen! Wir müssen aus Macon fliehen. Wir haben nichts mehr. Gar nichts!«

Vor dem Krieg war Frederick Ward ein reicher Mann mit den bequemen Ansichten eines reichen Mannes gewesen. Jetzt führte ihn seine Schwägerin an der Hand. »Steh aufrecht, Frederick. Am Ende hält man dich noch für unbedeutend!«

»Aber Eulalia, ich *bin* unbedeutend.«

Als vor vielen Jahren Eulalias Mann gestorben war, glaubte sie alles verloren zu haben. Nie hätte sie sich damals träumen lassen, dass es noch weit mehr zu verlieren gab. Willy war tot, und ihre Töchter waren mit Shermans Soldaten auf und davon. Eulalia und Frederick hatten solchen Hunger gelitten, dass sie Empress, Eulalias kleinen Hund, getötet hatten – doch dann waren sie nicht imstande gewesen, sie zu essen.

Von der hinteren Plattform aus bat Rosemary (die gar nicht daran dachte, aus dem Zug zu steigen) den Hauptmann der Bürgerwehr, die Wards einsteigen zu lassen.

»Ma'am«, sagte er, »für die ist kein Platz mehr. Außer Sie steigen aus und schaffen welchen.«

Als der völlig überladene Zug aus dem Bahnhof rollte, sah Rosemary geflissentlich an den Flüchtlingen auf dem Bahnsteig vorbei.

Die Gleise, die Shermans Kavallerie herausgerissen hatte, waren notdürftig wieder instand gesetzt worden. An diesen Stellen kam der klapprige Zug nicht schneller voran als die Fahrgäste, die ausgestiegen waren und neben dem Zug herliefen. Nachts hielten einige der männlichen Passagiere Laternen für die Eisenbahner in die Höhe, während diese lange Balken unter die durchgesackten Gleise schoben, um sie abzustützen, während die Waggons darüber hinwegholperten.

Zwölf Stunden und hundertvierzig Kilometer später kam der Zug in Albany, Georgia, an. Rosemary bezahlte fünf Dollar für drei Maiskolben und schlief neben anderen erschöpften, ungewaschenen Flüchtlingen auf dem Boden des Bahnhofs, bis der Tag anbrach.

Der Zug der Eisenbahnlinie Selma and Meridian war ein Wunder. Er war völlig unversehrt, die Waggons waren nicht zerschossen, und auch der bauchige Schornstein der Lokomotive wies kein Einschussloch auf – nicht ein einziges! Die Wagen waren einheitlich dunkelgrün und mit schwarzen Streifen abgesetzt, auch wenn die Farbe etwas verblasst war.

Der Zug ratterte mit atemberaubenden fünfzig Stundenkilometern über intakte Gleise. Der tuberkulöse Veteran neben Rosemary war vor dem Krieg ausgiebig in New England gereist und bemerkte: »Menschenskind, Ma'am, das ist ja wie in Massachusetts!«

Dieser mustergültige Zug endete in Demopolis, wo die Passagiere mit der Fähre über den Tombigbee River gebracht wurden. Von dort gingen sie sechs Kilometer zu Fuß bis an einen Bahnsteig aus Holzbohlen, an dem sie eine keuchende Lokomotive und die üblichen bunt zusammengewürfelten, von Einschusslöchern übersäten Waggons erwarteten. In Meridian, Mississippi, angelangt, nahm Rosemary sich ein Hotelzimmer und schlief wie eine Tote. Mit dem Zug der Eisenbahngesellschaft Mobile and Ohio, den sie am nächsten Morgen bestieg, gelangte sie gegen Abend nach Corinth, Mississippi. Die Nacht verbrachte sie im Bahnhof. Um zwei Uhr am darauffolgenden Nachmittag brachte ein Zug der Linie Memphis and Charleston nicht nur Nachschub und Rekruten, sondern auch Rosemary Haynes nach Decatur, Alabama, der Endstation.

Dort spie der Zug die Rekruten aus, Fässer mit Schießpulver und Pökelfleisch, Kisten mit Minié-Geschossen. Der jüngste Rekrut war drei Tage zuvor siebzehn geworden, der älteste war neunundvierzig. Die meisten dieser ausgehobenen Rekruten hatten nichts zu sagen, doch ein Mann im Gehrock mit Biberkragen vertraute Rosemary Haynes an, er sei für die Kriegsanstrengungen zu wertvoll, um im Kampf verschlissen zu werden, und ein Junge mit vorstehenden Zähnen kaute an seinem Daumennagel und sagte, er werde desertieren, sobald sich die Gelegenheit biete. Am Bahnhof wurden die Rekruten von Militärpolizei in Reihen aufgestellt und davon in Kenntnis gesetzt, dass, wer vorhabe zu desertieren, schneller sein müsse als eine Kugel.

Nach fünf anstrengenden Reisetagen war Rosemary dankbar für den weder schwankenden noch vibrierenden Bahnsteig unter ihren Füßen. Sie überließ ihre Reisetasche Joshua. »Wartest du schon lange?«

»Kann man sagen.«

Das angebundene Pferd hätte sie beinahe nicht erkannt. An dem würde der Abdecker nichts verdienen.

»Was habt ihr mit Tecumseh gemacht?«, rief Rosemary. »Oh, mein armer Junge!«

»Der is alt, Miss Rosemary«, erwiderte Joshua. »Is noch in den alten Zeiten gebor'n.«

»Bis er zur Armee gegangen ist, war er gesund. Du warst ein braver Junge, Tecumseh, nicht wahr?«

Der Wallach hob den Kopf und begrüßte sie mit einem leisen Wiehern, und das fand Rosemary am allertraurigsten. »Joshua, Tecumseh möchte einen Apfel.«

»Miss Rosemary, was wir an Hafer, Äpfeln oder Mais noch kriegen, das essen wir selber. Und wenn das Pferd mal tot is, dann essen wir das wohl auch.«

Da die Eisenbahnbrücken nördlich von Decatur niedergebrannt waren, wurden General Hoods Nachschub und die ausgehobenen Rekruten auf Ochsen- und Maultierkarren verfrachtet oder mussten auf Schusters Rappen nach Columbia, Tennessee, gelangen. Rosemary und Joshua schlossen sich ihnen an. Ab und zu ritt Rosemary auf Tecumseh, doch meist ging sie aus Mitleid mit dem Tier zu Fuß. Häufig kamen die Nachschubwagen der Armee von der schmalen Straße ab und schnitten Furchen durch die angrenzenden Felder. Zäune gab es nicht mehr: Die Latten hatten die Lagerfeuer der Soldaten gespeist, und man sah kein einziges Stück Vieh. Falls Tiere überlebt hatten, verbargen sie sich tief in den Wäldern. In dieser Nacht blieb Rosemary nichts anderes übrig, als unter einem Nachschubwagen zu schlafen.

Am Morgen riss der Regen die letzten Blätter von den Bäumen und setzte die Radspuren unter Wasser. Der Boden war so aufgeweicht, dass Tecumseh keinen Reiter mehr tragen konnte. Erst kurz nach Einbruch der Dunkelheit kamen sie in Pulaski, Tennessee, an, wo Rosemary etwas Hafer kaufte, auf dem der Wallach jedoch nur lustlos herumkaute. Joshua schlief bei dem Pferd in einem Unterstand.

Rosemarys Hotelzimmer war unbeheizt, doch nachdem sie zwei der fadenscheinigen Decken über sich ausgebreitet hatte, war ihr ausreichend warm. Sie träumte von einem Picknick mit John und Rhett an einem herrlich sonnigen Junitag – Rhett hatte mehr Essen mitgebracht, als sie bewältigen konnten, und Tecumseh graste auf einer Wiese, auf der das Timotheusgras so hoch stand, dass es ihn am Bauch kitzelte.

Obwohl von Pulaski aus Züge fuhren, wollte der bleiche junge Militärpolizist Rosemary nicht einsteigen lassen. »Ma'am, selbst wenn Ihr Passierschein von Präsident Jefferson Davis persönlich unterzeichnet wäre, könnte ich Sie nicht in diesen Zug lassen.«

»Ich bin aus South Carolina hierher gereist, um meinen Mann in der Armee zu besuchen.«

»Von so weit her?« Der junge Militärpolizist zitierte: »›Wem ein tugendsam Weib bescheret ist … Ihres Mannes Herz darf sich auf sie verlassen … Ihre Söhne stehen auf und preisen sie selig.‹«

»Die Unionisten haben meine Tochter umgebracht. Meg wäre im März sechs geworden.«

»Tut mir leid, Ma'am, wenn ich so daherrede. Vor dem Krieg war ich Seminarist.«

»Glauben Sie noch an Gott?«

Der junge Mann wandte den Blick ab. »Ich habe mich wohl einfach daran gewöhnt.«

Rosemary, Joshua und ein stolpernder Tecumseh kämpften sich zu Fuß voran und kamen immer wieder an liegengebliebenen Ausrüstungsgegenständen der Unionsarmee, an Artilleriepferden, die im Geschirr erschossen worden waren, an umgestürzten Wagen vorbei. Gefangene Unionssoldaten wurden in langen Reihen gen Süden geführt. Die Gefangenen hatten Fetzen der Konföderationsarmee am Leib, während ihre Wärter warme blaue Unionsuniformen trugen.

In Columbia, Tennessee, kaufte Rosemary Maiskolben und braune Bohnen für sich und Joshua.

Als sie sich gegen Abend Franklin, Tennessee, näherten, vernahm Rosemary fernen Donner, so als rumpelten tausend Wagen über eine Holzbrücke.

»Die kämpfen«, sagte Joshua.

»Das kann nicht sein. Die Unionisten laufen doch davon. Warum sollten sie kämpfen?«

»Die kämpfen.«

Als das Licht am Himmel verblasste, wurde das Rumpeln lauter, und Rosemary konnte einzelne Einschläge unterscheiden. Maultiertreiber wichen aus, um flüchtende Konföderationssoldaten vorbeizulassen.

Rosemary und Joshua stemmten sich einer Flut von Krankenwagen, zu Fuß gehenden Verwundeten und Deserteuren mit ausdruckslosen Gesichtern entgegen. Fluchende Militärpolizisten droschen mit der flachen Seite ihrer Schwerter auf die Männer ein. Die Deserteure duckten sich oder verließen die Straße, zogen jedoch weiter unbeirrt nach Süden.

Eisig erstreckte sich die Milchstraße über den Himmel bis zum Horizont, wo sie im rötlichen Halbschatten des Geschützfeuers versank.

»Ich bin die Frau von Captain John Haynes. Er dient unter General Stahl. Kennen Sie meinen Mann, Sir?«

»Tut mir leid, Ma'am.«

Die Schüsse hörten auf.

»Rhett Butler, mein Bruder, ist bei General Forrest. Kennen Sie Rhett Butler?«

»Ma'am, ich habe unter General Bates gedient.«

Joshua blieb am Straßenrand stehen und nahm den Hut ab. »Miss Rosemary, das Pferd hier tut kein' Schritt mehr.«

Tecumseh stand mit gespreizten Beinen und hängendem Kopf da.

»Ich und das Pferd sin ein langes Stück mit Ihn' un Mister John mitgekommen«, sagte Joshua. »Aber jetzt könn' wir nich mehr.«

Rosemary ging allein in die sternenklare Nacht.

Wo gerade zwei große Armeen gekämpft hatten, hüpften jetzt schwache gelbe Laternen auf und ab. Hier und da flackerte in der sanften Hügellandschaft ein Lagerfeuer. Die Luft schmeckte wie verbrannter Pfeffer, und Rosemary roch Blut: schwer, säuerlich und zugleich salzig.

Die Gesichter der Männer, die sich der Verwundeten annahmen, waren schwarz vom Pulverdampf, und manche bluteten genauso stark wie die Männer, um die sie sich kümmerten. »Mein Mann kämpft in General Stahls Brigade«, wandte sich Rosemary an einen Jungen, dessen Augen gespenstisch aus seinem geschwärzten Gesicht hervorleuchteten.

»Ma'am, ich glaube, General Stahl ist gefallen. Die waren an vorderster Front, zwischen dem Haus und der Baumwollentkörnungsmaschine.«

»Wo sind seine Männer jetzt?«

»Ma'am«, sagte der Junge vorsichtig, »ich glaube, die meisten von General Stahls Männern liegen zwischen dem Haus und der Entkörnungsmaschine.«

Die Morgendämmerung ließ das Licht der Laternen verblassen und dämpfte den Schein der Lagerfeuer. Verletzte baten um Wasser. Die Erde war von Raureif überzogen.

Rosemary bahnte sich voller Entsetzen ihren Weg. Einmal versuchte sie die Blutung eines verwundeten Offiziers zu stillen, indem sie seinen übel zugerichteten Oberschenkel oberhalb des darin klaffenden Lochs mit seinem Gürtel abband. Reif glitzerte weiß auf dem Blut, das er vergossen hatte. Er zuckte, keuchte und sah überrascht dem Tod entgegen.

Die Sonne ging auf. Aus Franklin kamen Zivilisten, um zu helfen und zu staunen.

Was hatte John an? War er noch untersetzt? Hatte er sich einen

Bart wachsen lassen? Rosemary hätte ihren Mann sofort an seiner Art, sich zu bewegen, oder der Neigung seines Kopfes erkannt, doch in diesem Durcheinander von Toten und Verletzten konnte sie den einen nicht vom anderen unterscheiden.

Auf der sanften Steigung, die zu den verlassenen Schützengräben der Unionisten führte, lagen noch mehr Tote.

Ein verwundeter Junge stützte sich auf die Ellenbogen.

»Ich habe kein Wasser«, sagte Rosemary. »Es tut mir leid.«

Manche Tote hatten eine finstere Miene, andere sahen wild entschlossen aus, wieder andere schienen sich still über einen Scherz zu freuen. Drei Soldaten knieten weinend neben einem gefallenen Kameraden.

Zu einem anderen Jungen sagte sie: »Bald kommt Hilfe. Es tut mir leid. Ich habe kein Wasser. Tut mir leid.«

Rosemary trat den Trägern einer Bahre in den Weg. »Ich suche meinen Mann. Darf ich kurz das Tuch anheben?«

Vor der Brustwehr der Union befand sich ein Baumverhau, auf dessen Spitzen Tote aufgespießt waren, in ihrer letzten Bewegung erstarrt. Fassungslos wandte Rosemary sich ab. Eine alte Frau fragte Rosemary, ob sie ihren Enkel gesehen habe, Dan Alan Rush. »Er heißt Dan Alan, so wie sein Daddy, der hat auch Dan geheißen.«

»Liebes Mütterchen, es tut mir leid. Ich habe Ihren Enkel nicht gesehen. Ich suche meinen Mann, Captain John Haynes.«

»Mein Enkel war ein heller Kopf.« Die Frau lächelte. »Angeblich liegt er hier irgendwo.«

Zwei Reiter näherten sich entlang der Brustwehr.

»Großer Gott!« Rosemary winkte aufgeregt. »Rhett! Rhett!«, rief sie.

Die Reiter galoppierten heran, ihr Bruder sprang ab und umarmte sie. »Rosemary! Ach Rosemary, ich wünschte, du hättest das alles nicht gesehen.«

»Oh Rhett! Lieber Bruder, du lebst! Gott sei Dank!« Rhetts Uniform war zerrissen und verdreckt, aber er war unverletzt. Barmherziger Himmel!

»Ich habe John nirgends gefunden. Weißt du, wo er ist, Rhett?« Rosemary strich sich die Haare aus den Augen. »Vielleicht ist er verwundet …«

»Das kann gut sein.«

»Wahrscheinlich ist er tot.« Rhetts Begleiter spie Tabaksaft aus.

»Halt den Mund, Archie«, sagte Rhett.

Der Mann mit dem ledrigen Gesicht dort neben ihrem Bruder hatte ein Holzbein, dessen Spitze in einer Art Scheide steckte. Er hatte die Zähne eines armen und die Lippen eines harten Mannes.

Rhett sagte: »So etwas Furchtbares wie das hier habe ich noch nie gesehen, Rosemary.«

»Dann warst du noch nie im Zuchthaus«, versetzte sein Begleiter.

»Archie« – Rhett deutete auf das Schlachtfeld –, »geh durch die Stellungen der Unionisten und trag alle Repetiergewehre zusammen, die du finden kannst.«

Als Archie fort war, sagte Rhett: »Die Chinesen glauben, wenn man einem Mann das Leben rettet, ist man diesem Mann auf ewig verpflichtet.« Er ergriff die eiskalten Hände seiner Schwester und rieb sie. »Liebe Rosemary, meinst du, du hältst das aus?«

Als sie nickte, half Rhett ihr auf sein Pferd.

Der Graben vor der Brustwehr der Unionisten quoll über von Leichen, die teilweise sogar aufrecht standen und wegen der Enge nicht umfallen konnten. Soldaten und Zivilisten waren dabei, dieses Tableau aufzulösen, um an die noch lebenden Verwundeten zu gelangen.

Rosemary fragte: »Trägt John jetzt einen Bart?«

»Er ist glatt rasiert.«

Rosemary hätte nie gedacht, dass sie einmal ein menschliches Gehirn sehen würde oder einen Jungen mit einer sauberen Schmauchspur um das Einschussloch mitten auf seiner Stirn. Völlig benommen klammerte sie sich an den Hals des Pferdes und vergrub ihr Gesicht in dessen grober Mähne. »Es ist hoffnungslos, Rhett. Ach lieber Bruder, John und ich waren so weit voneinander entfernt.«

»Rosemary, John hat oft von dir gesprochen. Er hat nie aufgehört, dich zu lieben.«

Rosemary wischte sich die Tränen aus den Augen, als sie zu einer Farm kamen, auf deren Hof scharenweise Pferde und Männer im Sterben lagen. Es war offenbar ein florierendes Gehöft gewesen, doch die Nebengebäude – Maisspeicher, Entkörnungsmaschine, Holzschuppen, Hühnerstall – und das Farmhaus selbst waren von unzähligen Kugeln durchlöchert. Ein toter Unionssoldat war mit einem durch seinen Hals gerammten Bajonett an den Holzschuppen genagelt.

Als Rhett das Bajonett herauszog, sackte der tote Soldat in sich zusammen, und mit einem stöhnenden Geräusch entwichen Gase aus seinem Leib. »Ich wusste, dass es so kommen würde. Ich wusste es! Welcher sentimentale Wahn hat mich bloß dazu gebracht, für diese ›glorreiche Sache‹ zu kämpfen?« Tränen zogen helle Spuren über Rhetts pulvergeschwärzte Wangen.

»General Hood war übelster Stimmung. Die Unionisten waren ihm durchs Netz geschlüpft, und er war wild entschlossen, sie nicht entkommen zu lassen. ›Greift an!‹«, flüsterte Rhett. »›Zeigt, dass ihr tapfer genug seid, um gegen Befestigungen anzugehen!‹« Ihr Bruder war ehrlich bestürzt. »Zwanzigtausend Mann, die den Unionisten mit wehenden Fahnen direkt vor die Flinten liefen; die Offiziere schwangen ihre Säbel, und, Rosemary« – Rhett standen wieder Tränen in den Augen –, »die Musikkapellen spielten ›Dixie‹. ›In Dixieland I'll take my stand. To live and die in Dixie‹. Oh Rosemary, ich habe noch nie, noch nie …« Rhett ließ das Bajonett neben dem Soldaten fallen, den es getötet hatte. »Es gibt noch weitere schlechte Nachrichten, Schwester. Belle Watlings Sohn, Tazewell, hat sich freiwillig gemeldet. Der Junge ist meinem überaus dummen Beispiel gefolgt.«

Archie Flytte ritt heran und sagte: »Nirgends Repetiergewehre. Die Unionisten haben sie mitgenommen.« Er schob sich einen Priem in den Mund, und nachdem er ihn in der Backentasche untergebracht hatte, sagte er: »Ihr Mann ist angeschossen, Ma'am. Ich hab 'nen Kameraden aus Captain Haynes' Regiment getroffen. Die haben Ihren Mann in die Stadt getragen.« Er zeigte auf den Ort.

»Oh, danke. Wie kann ich Ihnen nur danken?«

»Lassen Sie mich und Ihrn Bruder unsrer Wege gehn. General Forrest lässt antreten. Wir ziehen ab.«

Rosemary küsste ihren Bruder auf die Wange. »Pass gut auf dich auf, Rhett. Mein Herz begleitet dich.«

Franklin, Tennessee, war von einer sanften Biegung des Harpeth River begrenzt, hatte neunhundert Einwohner, ein schönes neues Gerichtsgebäude und drei Akademien, die, wie auch die First Baptist Church und die First Presbyterian Church, zu Lazaretten umfunktioniert worden waren. Rosemary Haynes wich den Blutlachen aus, hörte nicht auf das Stöhnen der Verwundeten und inspizierte die langen Reihen von Toten, die man ins Freie gelegt hatte.

Man wies ihr den Weg zu einem Privathaus in der Market Street. Das adrette Holzhaus war durch Blutspuren auf der Veranda und einen amputierten Unterarm im Kohlenkasten neben der Tür verunziert.

Die ältere Frau, die auf Rosemarys Klopfen öffnete, war streng gekleidet wie eine Lehrerin.

»Man hat mir gesagt, mein Mann … Captain Haynes … wäre vielleicht hier.«

»Tut mir leid, meine Liebe, ich kenne die Männer nicht beim Namen, aber kommen Sie doch bitte herein.«

Keiner der vier Männer, die im vorderen Salon lagen, war John, auch keiner der drei im Bett oder der zwei auf dem Schlafzimmerboden.

Alle paar Stunden, erklärte die ältere Dame, komme ein Stabsarzt vorbei, und in der Zwischenzeit kümmere sie sich zusammen mit ihrer Schwester um die Verwundeten. »Wir haben Kartoffelsuppe. Wir bringen ihnen Wasser. Sie klagen über die Kälte, obwohl wir schon reichlich Kohle verheizt haben. Ich hoffe, wir bekommen einen milden Winter.«

Ihre jüngere Schwester zupfte Rosemary am Ärmel. »Meine Liebe, es liegt noch ein armer Kerl draußen im Garten. Wir haben ihn der anderen wegen hinausgebracht.«

Eine Kugel hatte John Haynes' rechten Ellenbogen zerschmettert, und dieser Arm war in einem unnatürlichen Winkel nach hinten gedreht. Eine zweite Kugel in Brusthöhe hatte seinen Mantel mit Blut getränkt, den Mantel aus feinem Wollstoff, den John beim Abschied getragen hatte. Seine Hose war aus grobem Garn und viel zu groß. Seine Füße waren bloß.

Als Rosemary niederkniete und die Stirn ihres Mannes küsste, war seine Haut noch warm, und einen erhebenden Moment lang glaubte Rosemary, dass John noch lebte. »Oh John«, sagte sie, »oh John! Ich bin hier. Deine Rosemary, deine Frau. Oh John, bitte …«

Der kleine Garten war ordentlich für den Winter hergerichtet. Die Bohnenstangen waren zusammengebunden, das Erdbeerbeet war mit Stroh abgedeckt. Die umgedrehten Holzeimer waren von einer dünnen Schneeschicht überzogen. Während Rosemary seine Wangen küsste, verließ die Wärme John Haynes' Körper.

Hinter Rosemary sagte die alte Frau: »Tut mir leid, mein Kind. Ihr Mann hat nicht lang gelitten, und er war fast bis zuletzt bei Bewusstsein. Er war überzeugt, dass Sie zu ihm kommen würden, und wünschte sich inständig, noch so lange am Leben zu bleiben, bis er Sie ein letztes Mal gesehen hatte. Als er einsah, dass ihm das nicht beschieden war, bat er mich: ›Sagen Sie meiner Rosemary, dass sie ihrem guten Herzen folgen soll.‹ Er sprach von einem Kind, das er im Paradies treffen würde.« Die alte Dame berührte Rosemarys Schulter. »Erst kurz vor dem Ende fiel er ins Delirium. Mein Kind, die letzten Worte Ihres Mannes waren: ›Bringt mich zu meiner Frau.‹«

Kapitel 23

Der letzte Blockadebrecher

Etwa sechs Wochen später, kurz nach Mitternacht, schlängelte sich Rhett Butler zwischen den Schifferstangen, Rollwagen und Schauerleuten am Kai von Wilmington hindurch, wo die *Banshee*, die *Let'er Rip* und die *Merry Widow* Bug an Heck vertäut lagen. Schwitzende Arbeiter hievten Baumwollballen, hängten sie an Ladebäume, verstauten sie an Bord der Blockadebrecher. Im Südwesten, wo die Unionskanonen Fort Fisher beschossen, pulsierte der nächtliche Himmel. Die Lichter des Kais funkelten im schwarzen Fluss.

Im dunklen Anzug und mit Kapitänsmütze überprüfte Tunis Bonneau gerade sein Manifest, als Rhett sagte: »Kapitän Bonneau.«

Irritiert über die Störung drehte Tunis Bonneau sich um. Seine ärgerliche Miene verwandelte sich in ein breites Grinsen. »Rhett Butler – da soll mich doch der Teufel holen!« Seine Brille glänzte im Fackelschein, als Tunis die Hand seines Freundes ergriff.

Die Schornsteine des Blockadebrechers neben ihnen stießen schweren, dunklen Rauch aus. Tunis reichte das Manifest einem Mann von der Besatzung. »Sag Mr Campbell, er soll den Dampf aufmachen.«

»Meinst du, Fort Fisher wird fallen?«, fragte Rhett.

»Die Unionisten haben eine gewaltige Landetruppe und eine gewaltige Flotte. Vielleicht kann Fisher sie abwehren, vielleicht auch nicht. Wenn das Fort fällt, solange wir noch in Wilmington sin, kapern sie mein Schiff.«

»Weißt du das mit John Haynes?«

Tunis nahm seine Mütze ab. »Ruthie hat mir geschrieben. Mr Haynes, das war ein guter Mann. In all den Jahren, die ich ihn kannte, hab ich nie gehört, dass er jemand ein Leid zugefügt hätte.«

»In der Schlacht von Franklin …« Rhett räusperte sich. »… da wollte John sichergehen, dass die Männer in den hinteren Reihen ihren Offizier sehen …« Rhett musste schlucken. »Also hat er seinen Hut auf seinen Säbel gespießt und ihn hoch über dem Kopf geschwenkt.« Rhett räusperte sich erneut.

Als ein stämmiger Mann aus der Besatzung auf sie zukam, bedeutete Kapitän Bonneau ihm mit einer Handbewegung, sich fernzuhalten.

»Tunis, was in aller Welt treibt John Haynes dazu, mit dem Hut auf der Säbelspitze gegen die Brustwehr der Unionsarmee anzureiten? *John Haynes?* John war der friedfertigste Mann auf Erden.«

Schauerleute schoben fünfhundert Pfund schwere Baumwollballen in Schlingen, schwenkten sie an Bord der *Widow* und ließen sie auf das Deck hinunter. Der Rauch, der aus den Schornsteinen quoll, senkte sich wie ein giftiger Nebel auf Baumwolle und schwitzende Männer.

»Hat Miss Rosemary … hat sie Mr Haynes nach Hause gebracht?«

»Ach, Tunis … John liegt in Franklin begraben. So wie die Dinge derzeit stehen, konnte Rosemary ihn nicht nach Charleston überführen.«

Der Mann aus Tunis' Besatzung sagte: »Gruß von Mr Campbell, Käpten. In einer Viertelstunde steht die *Widow* unter Dampf.« Tunis entließ den Mann mit einem Kopfnicken. Rhett wischte sich über die Augen. »Verdammter Rauch«, sagte er.

Tunis wandte den Blick von seinem Freund ab. »Mein kleiner Nat fängt an zu sprechen. Das Erste, was er gesagt hat, war ›Boot‹. Ruthie sagt, er nennt alles und jedes ›Boot‹. Der wird mal 'n Seemann, genau wie sein Daddy.«

»Eine gute Nachricht, mein Freund. Das muss gefeiert werden.«

»Ein andermal, Bruder Rhett. Ich muss vor Sonnenaufgang auf dem offenen Meer sein.«

»Tunis, ich wollte dich um einen Gefallen bitten.«

»Klar, Rhett. Immer.«

Tunis' Lächeln verschwand, als Rhett ihm sagte, was er wollte. Er presste die Lippen zusammen und setzte sich die Kapitänsmütze auf. »Das geht nicht, Rhett. Ich kann nicht riskieren, noch einen Tag zu warten. Wenn du den Jungen hier hättest, würd ich ihn natürlich mitnehmen, aber ich kann nicht warten. Die Unionisten verkorken die Flasche. Was noch getrunken werden soll, muss heut Abend getrunken werden.«

Rhett pfiff tonlos durch die Zähne. »Na denn. Es ist schon ein Jammer, dass ein fünfzehnjähriger Junge nicht die Gelegenheit haben soll, erwachsen zu werden, aber Jungs sind wohl einfach nicht mehr so viel wert wie früher.« Rhett öffnete sein Zigarrenetui, klappte es dann aber wieder zu und steckte es ein. »Taz wird sich nicht ergeben, Tunis. Lieber lässt er sich umbringen.«

Neben ihnen wurden die Taue der *Banshee* losgebunden. Die großen Schaufelräder drehten sich, und einige Schauerleute sprangen zurück auf den Kai. Während sich das Schiff durch die schäumenden Wellen in die Strömung vorarbeitete, salutierte der Steuermann der *Banshee* Kapitän Bonneau.

Tunis öffnete seine goldene Sprungdeckeluhr. »Die *Banshee* wird am Montag in Nassau sein. Wenn ich jetzt ablege, bin ich vor ihr da. Rhett, ich … zum Teufel!«

Tunis schloss die Augen, und seine Lippen bewegten sich in stummem Gebet. Als er die Augen wieder aufschlug, lächelte er; nur ein kleines Lächeln. »Rhett, wie wär's, wenn wir beide jetzt das erste Wort meines kleinen Nat feiern würden? Ich werd auf deinen Jungen warten. Schon möglich, dass Fort Fisher noch einen Tag länger standhält. Man weiß nie, was dieser verrückte Johnny Reb sich noch alles einfallen lässt.«

Am nächsten Tag um kurz vor zwölf stieg Major Edgar Puryear in den ersten Stock des Hotel Commercial. Als er klopfte, machte

Rhett Butler ihm auf – barfuß, mit nacktem Oberkörper und unrasiert. »Guten Morgen, Edgar – falls es noch Morgen ist.« Am Waschbecken leerte sich Rhett den Wasserkrug über den Kopf. »Trink bloß nie Rum mit einem Seemann, Edgar.« Er gähnte. »Ich hoffe, Fort Fisher ist noch in den Händen der Konföderierten?«

Edgar Puryear warf einen Umschlag auf das Schreibpult.

Rhett öffnete das Fenster, beugte sich hinaus und lauschte nach dem fernen Kanonendonner. »Sei nicht so mürrisch, Edgar. Ich werde mich erkenntlich zeigen.«

Edgar Puryear berührte eine Narbe an seiner Nase. »Ist das nicht der Junge, der mich geschlagen hat? Dein Sohn.«

»Mein Mündel, Edgar. *Mündel.*« Rhett lachte in sich hinein. »Du bist nicht der erste Mann, der von Venus niedergestreckt wurde.«

Edgar vermochte Rhetts Vergnügen nicht zu teilen.

Rhett nahm das Blatt aus dem Umschlag und warf einen prüfenden Blick darauf. »Die Order für Taz, vom General persönlich unterzeichnet. Gut, ausgezeichnet. Wie kommst du übrigens mit Bragg zurecht?«

»Braxton Bragg ist sehr empfänglich für Schmeicheleien.«

»Ah. Dafür hast du ja ein Talent.« Rhett zog ein frisches Hemd aus seiner Reisetasche.

Puryear räusperte sich. »Nach dem Krieg wirst du der reichste Mann des Südens sein.«

»Und jetzt wäre der geeignete Zeitpunkt für den weitblickenden Soldaten, sich nach einer Nachkriegsbeschäftigung umzutun?«

»Nach dem Krieg werden die Karten neu gemischt. Für die richtige Sorte Mann werden sich Möglichkeiten auftun.«

Rhett gab einen unbestimmten Laut von sich.

»Du hast mit Kapitän Bonneau gefeiert? Mit dem Niggerkapitän? Du hast wirklich seltsame Freunde, Rhett.«

Trotz der nasskalten Januarluft stand Rhett, die Hände hinter dem Rücken verschränkt, am offenen Fenster. Er sprach, als wäre Edgar Puryear nicht im Raum. »Heute Morgen nach dem Aufwachen musste ich daran denken, wie Tunis und ich einmal auf die Idee kamen, mit dem Boot seines Vaters die Küste entlang nach Beaufort zu segeln. Ein ziemlich dummer Einfall – fünfzig Meilen auf offener See –, aber wir legten unbekümmert ab. Dieser Himmel – ich glaube, damals war der Himmel noch blauer. Ich erinnere mich noch an die Sonne auf meinem Rücken, an die harte Sitzbank auf dem Boot, an das Flattern des Segels. So viele Jahre sind inzwischen vergangen, aber ich kann mich nicht entsinnen, je wieder einen so glücklichen Tag erlebt zu haben.«

An diesem Nachmittag war es still am Kai. Die *Merry Widow,* aus deren Schornsteinen dünne Rauchfahnen stiegen, war der einzige Blockadebrecher, der noch in Wilmington lag.

Rhett schüttelte den Männern, die er einst befehligt hatte, die Hand. Ein wildes Durcheinander von Farbflecken überzog den Rumpf der *Widow,* an dem die Einschusslöcher ausgebessert worden waren, und der Schaufelradkasten an Steuerbord war neu. Im Maschinenraum hielten neue Eisenverstrebungen die überdimensionierten Maschinen in ihren Rahmen. Mr Campbell, der Maschinist, begrüßte Rhett mit einem Vorwurf. »Ihre letzte Fahrt nach Charleston, Captain Butler – unter der leidet mein Schiff noch heute!«

Als an diesem 14. Januar 1865 der Abend dämmerte, verließ der letzte Blockadebrecher der Konföderation den Anleger und glitt in den Cape Fear River. Das lange, graue Schiff war eins der schnellsten, die derzeit auf See unterwegs waren; manche sagten, es sei das schnellste überhaupt.

Die *Widow* hielt sich dicht am westlichen Ufer und machte gerade so viel Fahrt, dass sie noch steuerbar war.

Die Unionisten waren oberhalb von Fort Fisher angelandet und hatten die Landverbindung des Forts nach Wilmington gekappt. Ihre Lagerfeuer sprenkelten die schmale Halbinsel zwischen dem Atlantik und dem Fluss.

Als ihre Vorposten die *Widow* erspähten, sammelten sich die Unionssoldaten am Ufer, um sich den legendären Blockadebrecher anzusehen. Der Fluss war an dieser Stelle zu breit für ihre Feldartillerie, und als das elegante Boot flussabwärts glitt, warfen diese Yankeesoldaten ihre Hüte in die Luft und jubelten ihm zu.

Tunis ging unterhalb von Fort Fisher vor Anker, kurz vor der Sandbank, hinter der das offene Meer begann. Die Sanddünen von Fort Fisher waren fünfzehn Meter breit und neun Meter hoch und durch Geschützplattformen auf den dazwischenliegenden Sätteln verbunden.

Die Unionsflotte hatte die große Sandbefestigung unter Beschuss, und vom Deck der *Widow* aus war Fort Fisher wie ein gewaltiger Sandsturm anzusehen: Schmutzige Sandwolken und -fontänen wurden von den Einschlägen der Artillerie aufgeworfen. Tunis rief Rhett über dem Höllenlärm zu: »Zehn Uhr, Rhett? Hast du verstanden?« Tunis tippte auf seine Uhr. »Wenn du bis zehn nicht hier bist, ob mit oder ohne den Jungen, lege ich ab.«

Rhett verneigte sich. »Ich bin Ihnen zu Dank verpflichtet, Kapitän Bonneau.«

»Und untersteh dich, Ruthie zu erzählen, dass ich das gemacht habe!«

Während er allein im Beiboot der *Widow* an Land ruderte, spürte Rhett Sand zwischen seinen Zähnen.

Da General Whiting, der Befehlshaber von Fort Fisher, keine Verstärkung von Braxton Bragg erhalten hatte, sah er sich gezwungen, Männer von anderen Befestigungsanlagen am Fluss abzuziehen, und als Rhett sein Boot vertäute, spie ein Kanonenboot gerade Soldaten auf den Kai. Solche Artilleristen hatte Rhett bei der Konföderationsarmee schon seit Jahren nicht mehr gesehen: wohlgenährt, die Uniformen unversehrt, frisch gewaschen und gebügelt. Bisher hatten diese Männer einen angenehmen Krieg gehabt. Hoch oben in ihren Geschützbatterien über dem Fluss hatten sie die eine oder andere Granate auf Blockadeschiffe der Union geschossen, die sich zu nah heranwagten, waren selbst jedoch nie unter Beschuss geraten. Die dankbaren Kapitäne der Blockadebrecher hatten sie mit Proviant und Whiskey versorgt.

Zu stümperhaften Reihen formiert, spähten diese verwöhnten Soldaten unglücklich auf den vor ihnen liegenden Mahlstrom.

Rhett wandte sich einem korpulenten Captain zu, dessen Uniform vier Jahre zuvor noch nicht so stramm gesessen hatte. »Schönes Wetter heute«, stellte Rhett fest.

Das Meer war wie ein Spiegel, bis auf die Stellen, an denen zu kurz geratene Salven einschlugen und Wasser aufspritzte. Weiße Streifen kennzeichneten den Flug der Geschosse, bevor sie im übel zugerichteten Fort einschlugen. Alle Unionsschiffe waren deutlich zu sehen, so als wären sie leicht vergrößert. Der Wind, den ihr Beschuss verursachte, war immerhin so stark, dass er den Rauch von den Mündungen ihrer Kanonen wehte. Die Panzerschiffe *Pawtuxet, Brooklyn, Mahopac, Canonicus, Huron, Saugus, Kansas, Pontoosuc, Yantic, Mohican, Monadnock, New Ironsides, Pequot, Senaca, Tacony, Unadilla* und *Maumee* lagen knapp eine Meile vor der Küste und dienten den hölzernen Kriegsschiffen *Minnesota, Colorado, Tuscarora, Mackinaw, Powhatan, Wabash, Susquehanna, Ticonderoga, Juniata, Vanderbilt* und *Shenendoah* als Front. Ein Dutzend kleinerer Kriegsschiffe befand sich noch weiter draußen, begleitet von achtzehn Kanonenbooten und zweiundzwanzig Truppentransportern.

Fort Fisher bildete mit den angrenzenden Sanddünen ein auf dem Kopf stehendes L. Der lange Schenkel des L lag der Unionsflotte gegenüber, der kurze zog sich quer über die Halbinsel und lag den Landungstruppen der Unionisten gegenüber.

Vor der Bombardierung durch die Union hatte Fort Fisher über Kasernen, Pferche und einen Exerzierplatz verfügt. Sie waren allesamt in Schutt und Asche gelegt worden.

Der korpulente Captain hob die Hand und befahl seinen Männern, im Eiltempo zu marschieren. Rhett holte tief Luft, senkte den Kopf und lief wie ein Hase. Er stürmte die Straße entlang, die bald nur noch ein einziger Granattrichter war. Nachdem er eine Weile durch den weichen Sand gelaufen war, begannen Rhetts Beine zu schmerzen, er stolperte und fiel. Ringsum schossen Sandfontänen empor, Explosionen hämmerten gegen sein Trommelfell. Der allgegenwärtige Sand drang in sein Hemd, seine Hose, seine Stiefel und verdickte jede Strähne seines schweißnassen Haars.

Die Flagge des Forts hing in Fetzen an einem mit Schnur zusammengeflickten Fahnenmast. Einige der Treppenstufen zur Batterie des Hauptquartiers waren zerstört, andere, manchmal zwei oder drei hintereinander, fehlten vollständig. Rhett kletterte über die Trümmer hinauf. Die Kanonen der Batterie waren von ihren Schildzapfen geschossen worden, ein Geschützrohr hatte es ein Stück weit zur Meerseite hinuntergeschleudert. Quer über dem Sattel zwischen den Dünen waren hüfthoch Sandsäcke aufgestapelt. Dahinter hatte ein Offizier sein Fernrohr auf die Unionsflotte gerichtet. Zu seinen Füßen lehnte sein Ordonnanzoffizier mit dem Rücken an den Sandsäcken.

»General Whiting?«

Der General schob sein Fernrohr zusammen. »Wenn Sie Journalist sind, Sir, dann teilen Sie Ihren Lesern mit, dass wir dieses Fort halten werden.«

»Ich komme von General Bragg.«

Das Gesicht des Generals wurde rot vor Eifer. »Schickt Bragg Verstärkung?«

»Ich bin in General Braggs Pläne nicht eingeweiht, Sir.« Rhett wischte den Sand von seinem Umschlag, bevor er ihn dem General reichte.

Braxton Braggs Order lautete, den Soldaten Tazewell Watling von den 18th North Carolina Junior Reserves zu Colonel Rufus Bullocks Abteilung für das Eisenbahnwesen zu versetzen. Rhett Butler, Angehöriger dieser Abteilung, solle den Soldaten Watling eskortieren.

General Whiting sagte: »Ich bitte Bragg um Verstärkung, und er nimmt mir die wenigen Männer, die ich habe.«

»Watling ist noch ein Junge, Sir. Er ist erst fünfzehn.«

»Die Unionisten sind viermal so viele wie wir.«

Die Winternacht brach herein, und es wurde im Handumdrehen dunkel. Als die Unionsflotte abrupt den Beschuss einstellte, klingelte die Stille in den Ohren wie ein Glockenspiel. Whitings Ordonnanzoffizier stand auf, reckte sich und holte seine Pfeife heraus.

»Zünden Sie Ihre Pfeife lieber nicht an, Sergeant«, sagte Whiting. »Die sind vielleicht noch nicht mit uns fertig.«

Nacheinander ging hinter den Bullaugen der vor Anker liegenden Schiffe das Licht an. Hornsignale, manche misstönend, manche melodisch, riefen zum Essen.

»Sie wollen nicht zufällig den Platz des Soldaten Watling einnehmen, Sir? Sie sind schließlich kein Knabe von fünfzehn Jahren.« Den Kopf zur Seite geneigt, wartete der General auf Rhetts Antwort. »Ich dachte es mir.« General Whiting signierte Braggs Order mit einem Bleistiftstummel. »Sind Sie sicher, dass Bragg nichts von einem Gegenangriff gesagt hat? Haben Sie irgendwelche Anzeichen dafür gesehen, dass er zu unserer Unterstützung kommen könnte?«

Rhett wählte seine Worte mit Bedacht. »Gestern, General, standen Wagen in Braggs Hauptquartier. Ich glaube, General Bragg war im Abzug begriffen.«

General Whiting schlug sich mit der Faust in die offene Hand. »Er kann uns nicht im Stich lassen. Nicht einmal dieser gottverdammte Bragg … Ich werde ihm persönlich schreiben. Bragg muss das verstehen!« Der General kletterte die zertrümmerte Treppe hinab.

Als der Ordonnanzoffizier seine Pfeife anzündete, war das Licht des Zündholzes blendend hell. »Ob ich heute sterbe oder morgen, ist wirklich egal«, meinte er.

Wie Ameisen aus einem Ameisenhaufen kamen die Verteidiger von Fort Fisher aus den Bunkern unter den Dünen gekrabbelt. Der Vollmond erhellte die Festung. Während die Quartiermeister Fässer rollten und Dosen mit Schiffszwieback weiterreichten, stellten sich die hungrigen Soldaten in ungeordneten Reihen auf.

Der drahtige Korporal aß seine Speckseite auf und leckte sich die Finger ab, bevor er Rhetts Dokument anfasste. Er fuhr mit dem Zeigefinger über jedes Wort, faltete das Papier zusammen und steckte es wieder in den Umschlag. »Weiß Watling davon?«

»Nein.«

»Watling ist ein guter Junge. Die meisten dieser jungen Burschen sind regelrecht versteinert. Manche wollen nicht einmal aus dem Bunker kommen, wenn die Unionisten nicht schießen.« Dem Korporal fehlte ein Schneidezahn. »Watling war unser Pulverjunge, solange wir noch 'ne Kanone zum Schießen hatten. Wir Kanoniere halten große Stücke auf den Jungen, Mister.«

»Sie haben doch nichts dagegen, wenn ich ihn hier raushole?«

Der Korporal grinste und zeigte seine Zahnlücke. »Nehmen Sie mich auch mit?«

An einem Zwieback kauend saß Taz Watling auf dem Schildzapfen einer weggeschossenen Columbiad. Seine Uniform schlotterte an seinem schmalen Körper. »Verdammt«, sagte Taz. »Ich dachte, Sie wären in der Armee.«

»War kurz unter Forrest dabei.«

»Es heißt, Forrest wären zwanzig Pferde unter dem Hintern weggeschossen worden.«

»Ja, so heißt es.«

Draußen auf dem Meer feuerte ein Panzerschiff. Die brennende Lunte beschrieb einen Bogen über dem dunklen Wasser, dann landete die Granate im Fort und explodierte.

»Morgen treffen sie uns«, sagte Taz nüchtern.

»Die sind doch bloß viermal so stark wie ihr.«

»Machen Sie sich nicht lustig. Sie machen sich über alles lustig.«

»Findest du das denn nicht witzig? Achtzehnhundert tapfere Männer warten auf den Tod, während Braxton Bragg türmt? Das muss man dem alten Brax schon lassen.«

»Ich war stolz, als Sie in die Armee eingetreten sind«, sagte Taz. »Was machen Sie hier? Warum tragen Sie Zivil?«

»Meine Uniform hatte Läuse.« Rhett hockte sich auf ein leeres

Pulverfass und zündete sich eine Zigarre an. »Die Armee von Tennessee ist am Ende, deshalb bin ich versetzt worden. Ich dachte, ich besuch dich mal.«

Von der Glut der Zigarren und Pfeifen abgesehen, war das Innere des Sandforts nur vom Mond erleuchtet. Die Unionsflotte draußen auf dem Meer war eine schwimmende, hell erleuchtete Großstadt. Auf der Halbinsel brannten von einem zum anderen Ufer die Lagerfeuer der Unionisten.

»Wie ich höre, bist du ein Held. Ich hatte gehofft, deine kostspielige Erziehung würde das verhindern.«

Taz zuckte mit den Schultern. »Die Kreolen sagen: ›Capon vive longtemps.‹ Wahrscheinlich mein Butler-Blut. War mein Urgroßvater nicht Seeräuber?«

»›Der Feigling hat ein langes Leben‹«, übersetzte Rhett. »Die Kreolen sind reizbare Halunken. Ich weiß nicht, ob Louis Valentine Butler sich ›Seeräuber‹ genannt hätte. Louis hätte ›Glücksritter‹ vorgezogen.«

Der Junge seufzte. »Wie dem auch sei, ich freue mich, Sie zu sehen.«

Rhett wischte Sand von seiner silbernen Feldflasche und schraubte die zwei ineinandersteckenden Becher ab. Er goss den einen für sich voll, bevor er dem Jungen den anderen einschenkte.

Ein feuriger Schweif zog über ihre Köpfe, und die nachfolgende Erschütterung presste Rhett die Jacke an den Rücken.

Der Junge trank einen Schluck, würgte und hustete.

»Vergeude den Brandy nicht, mein Sohn. Der ist älter als du.«

Taz nahm einen weiteren Schluck. »Ich habe nichts von meiner Mutter gehört. Wir bekommen keine Post.«

»Bei meinem Zwischenaufenthalt in Atlanta ging es Belle gut. Sie ist dort in Sicherheit. Die Unionisten kommen nicht mehr wieder.«

Taz trank seinen Brandy tapfer mit großen Schlucken und reichte Rhett den Becher zum Nachfüllen. »Einmal im Leben kann ich mich auch betrinken.«

»Kannst du.« Rhett füllte den Becher randvoll.

Sie tranken eine Weile.

Taz sagte: »Ein Pulverjunge zu sein ist nicht so einfach, wie man denkt. Ich laufe ins bombensichere Pulvermagazin – der Tunnel ist sechshundert Schritt lang, nach meiner Zählung –, um einen fünfundzwanzig Pfund schweren Pulversack zu holen, den ich zur Kanone schleppe. Feindliche Granaten fliegen umher wie ... wie« – er gestikulierte –, »wie diese elenden Sandfliegen. Wenn man vom Sand verschüttet wird, muss man so schnell wie möglich rauskrabbeln, sonst erstickt man. Ich nehme noch einen, danke. Bin doch durstiger, als ich dachte.

Es ist mir lieber, ein Pulverjunge zu sein, als mich in den Bunkern zu verstecken und abgestandene Luft und den Gestank aus den Eimern für die Notdurft einzuatmen. Verflucht! Wenn Brandy so schmeckt, dann ist es wirklich ein Wunder, dass den irgendjemand trinkt!«

Der ungewohnte Geschmack hielt ihn nicht davon ab, zu viel und zu schnell zu trinken. Taz schwadronierte weiter über Fort Fisher, wie stolz er sei, von den Kanonieren geachtet zu werden, bis er allmählich zu lallen begann. Als ihm der Becher aus der schlaffen Hand fiel, murmelte der Junge: »Warum wollen Sie nicht mein Vater sein?« Dann sank er in den Sand.

Zusammen mit dem drahtigen Korporal trug Rhett den Jungen auf einer Bahre zum Anleger.

»Wie heißen Sie, Korporal?«

»Warum wollen Sie das wissen?«

»Könnte ja sein, dass wir uns nach dem Krieg mal wieder begegnen.«

»Nicht sehr wahrscheinlich.« Der Korporal fügte hinzu: »Wenn Sie den Kleinen hier am Leben halten, wird er eines Tages seinen Mann stehen.«

Eine Viertelstunde vor Ablauf der von Tunis gesetzten Frist schlug Rhetts Beiboot an den Rumpf der *Merry Widow,* und ein paar Männer von der Besatzung hievten den bewusstlosen Jungen an Bord.

Als Rhett ins Fort zurückkehrte, sagte der Korporal: »Hab nicht damit gerechnet, Sie noch mal zu sehen. Morgen schlagen uns die Unionisten.«

»Haben Sie je eine Frau geliebt?«

Verblüfft erwiderte der Korporal: »Meine Frau Ella ist vor drei Jahren gestorben.«

»Sie haben nichts mehr zu verlieren.«

»Kann man so sagen.«

Nach einer Weile hob Rhett an: »Wie dem auch sei, der Mond ist wirklich schön.«

Der Korporal nickte. »Haben Sie den Jungen fortgeschafft?«

»Tazewell Watling geht nach England.«

»Na so was! Ich habe gehört, England soll ziemlich grün sein. Angeblich sind die Leute dort glücklich.«

»Jedenfalls schießen sie nicht aufeinander.«

»Ach«, sagte der Korporal, »wäre das nicht angenehm?«

Als Taz Watling am nächsten Morgen aufwachte, wachte sein Kopfweh mit ihm auf. Er lag auf einem harten Deck, umgeben von Baumwollballen, deren holziger, öliger Geruch durch seine Nase direkt in seinen Magen zog, und er kroch rückwärts aus seiner Baumwollhöhle an eine Reling (wo zum Teufel war er?), um sich zu übergeben. Jedes Würgen wurde von hämmernden Kopfschmerzen begleitet, und er riss die Augen weit auf, um den Druck in seinem Schädel auszugleichen. Dann stand er auf und klopfte sich Sand von den Knien. Er war auf einem Boot auf ruhiger See. Sie fuhren nicht schnell. Aus dem Bug schoss ein Wasserstrahl ins Meer. Die Sonne hatte ihren höchsten Stand noch nicht ganz erreicht. Dieser verdammte Rhett Butler. Taz' Kopfschmerzen wurden zu einem stetigen Pochen. Sein Magen war leer, Gott sei Dank. Was für ein Schiff war das? Männer kamen aus dem Frachtraum hoch, um einen Ladebaum klarzumachen. Als er einsatzbereit war, tauchte ein Baumwollballen ins Sonnenlicht. Sie schwenkten ihn über Bord und ließen ihn ins Wasser fallen.

Taz fragte einen Seemann, wo sie seien.

»Anderthalb Tage vor Nassau, wenn der Kahn oben bleibt. Du kannst uns helfen. Wenn ich ›Hol auf‹ sage, dann zieh an dem Seil dort.«

Als Taz an dem dicken Hanfseil zog, dehnte sich sein Kopf wie eine dieser Schweinsblasen aus, die Kinder zu Weihnachten aufblasen und platzen lassen. Die Seeleute trugen saubere Unterhemden, saubere weiße Hosen. Taz war schmutzig und roch schlecht.

Nachdem die Ladung aus dem Rumpf über Bord geworfen worden war, atmete die Mannschaft der *Widow* auf, und ihr Steuermann zündete sich seine Pfeife an.

Tazewell Watling fühlte sich leicht wie eine Feder. Als er über Rhett Butlers bitteren Verrat nachgrübelte, entdeckte Taz, dass er eigentlich doch nicht hatte sterben wollen. Das milchig grüne Meer, das sich vor ihm ausdehnte, war so flach, dass er am Horizont die Erdkrümmung sehen konnte. Das sandige, gefährliche, ohrenbetäubend laute, dem Untergang geweihte Fort Fisher schien in weite Ferne gerückt. Sein Kopf schmerzte nicht mehr, und er hatte Hunger.

Er ging unter Deck in die Kombüse, wo er einen angeschnittenen Rinderbraten und Brot fand.

In dem höhlenartigen Laderaum mühten sich vier Männer an der Handpumpe ab. Durch die Nähte in den Schotten drang Wasser ein. Eine der beiden Maschinen im Maschinenraum war kalt. Andere Männer hatten sich erschöpft auf Pritschen ausgestreckt, die sich nur wenige Zentimeter über das glitschige Deck erhoben.

Niemand stellte Taz Fragen, niemanden schien es zu interessieren, wer er war.

Gegen drei Uhr begann die Mannschaft, auch die Deckladung über Bord zu werfen. Baumwollballen platschten ins Wasser und schaukelten im Kielwasser der *Widow.*

Der erschöpfte Kapitän, ein Neger, erteilte Befehle.

Taz räusperte sich höflich und sagte: »Ich bin Tazewell Watling. Ich bin nicht aus freien Stücken an Bord.«

»Ich weiß, wer du bist.« Der nächste Baumwollballen klatschte ins Meer und scheuerte am Rumpf entlang. »Das sollte der letzte Blockadedurchbruch der *Widow* sein. Ich wollte mit Ruthie und Nat nach Kanada. Mein Vater ist in Kingston. Er sagt, in Kanada gibts so was wie Nigger nicht.«

Die Kanonenboote der Unionsarmee, die versucht hatten, die Flucht der *Merry Widow* zu vereiteln, hatten ihr nichts anhaben können; sie hatte sich selbst Schaden zugefügt. Die überlasteten Maschinen hatten Metallplatten verbogen, reihenweise Nieten gesprengt und die Knie des Schiffs auseinandergerissen. Obwohl Mr Campbell so viele Löcher wie möglich kalfatert hatte, stand das Wasser knapp zwei Meter vor der Feuerbüchse, als die Besatzung begann, die Ladung über Bord zu hieven.

»Sinken wir, Sir?«

Der nächste Ballen traf auf dem Wasser auf. »Rhett hat Vorkehrungen für dich getroffen, mein Junge. Wenn wir nach Nassau kommen, bringe ich dich auf ein Schiff. Du wirst in England erwartet.«

»Sir, ich bin Soldat der Konföderationsarmee.«

»Du bist *was*?« Der Mund des schwarzen Kapitäns arbeitete heftig. »Gütiger Himmel«, sagte er schließlich. Er wandte sich an seine Mannschaft. »Jetzt sind genug über Bord, Mr Campbell! Versuchen wir, wenigstens ein paar zum Verkauf zu behalten.« Mehr an sich selbst als an den Jungen gerichtet, fügte er hinzu: »Tausend Dollar für einen Baumwollballen. Tausend Dollar.«

Es war ein strahlender Tag. Taz war Pulverjunge im größten und bedeutendsten Fort der Konföderierten gewesen. Er hatte einen gefährlichen Dienst verrichtet und war ohne sein eigenes Zutun mit dem Leben davongekommen. Er war bereit gewesen, zu sterben, doch er war nicht gestorben, und die Sonne hatte nie heller auf ihn herabgeschienen als an diesem Tag. Tazewell Watling war ein junger Mann auf dem Weg in ein neues Leben. Ein wohliger Schauer überkam ihn.

Von der einen Maschine mehr schlecht als recht angetrieben, schlingerte die *Merry Widow* durch das spiegelglatte grüne Meer.

Sie war schnittig, schön und schnell gewesen, doch jetzt war sie nicht mehr schön. Wenn sie je nach Nassau gelangte, würde sich der Abwracker ihrer annehmen.

Kapitän Tunis Bonneau richtete seine blutunterlaufenen Augen auf seinen Passagier. »Junge«, sagte er, »es gibt keine Konföderierten mehr.«

Teil 2

Wiederaufbau

Kapitel 24

Eine Plantage in Georgia nach dem Krieg

Charleston kapitulierte, Columbia brannte nieder, Petersburg fiel, Richmond brannte nieder; die Armee der Konföderierten Staaten von Amerika kapitulierte. Es war aus. Nach vier bitteren Jahren war der Krieg vorbei. Vom Potomac bis zum Rio Brazos wuchs weiches Gras über die verlassenen Feldschanzen, die Skelette von Männern und Pferden verschwanden unter jungen Trieben, und als Ende Juni das Gras in der Hitze schlaff wurde, zeugten nur noch die niedergebrannten Herrenhäuser auf den Plantagen, die zerstörten Städte und die gebrochenen Herzen von dem, was den Süden ereilt hatte. Das helle Zwitschern der Singvögel im Frühling drang an Ohren, die noch angespannt nach Geschützdonner lauschten. Die ausgemergelten Überlebenden einst gefürchteter Armeen legten ihre Waffen nieder und traten müde den Heimweg an.

Mit angefeuchteter Fingerspitze nahm Scarlett O'Hara Hamilton den letzten Krümel Maisbrot von ihrem Teller auf. »Mammy, wir müssen den Landstreichern kleinere Portionen geben.«

Unter heftigem Tellergeklapper brummelte Mammy, während sie das Geschirr in die Küche trug: »Von Tara is noch keiner hungrig weggeschickt worden, und diese Männer sin keine Landstreicher, das sin Soldaten!«

Obwohl Tara etwas abseits der Hauptwege lag, waren diese Soldaten tägliche Gäste. »Nur auf der Durchreise, Ma'am. Bin auf dem Weg nach Hause. Hab meine Kleinen seit 63 nicht mehr gesehen. Hoffentlich erinnern sie sich noch an ihren alten Papa!«

Am Abend zuvor hatte ein junger Soldat aus Alabama im Salon auf dem Boden genächtigt und war am nächsten Morgen nach einem Maisbrot-Frühstück weitergezogen. Das restliche Maismehl, das es auf Tara noch gab – sieben kostbare Pfund –, war in Gerald O'Haras Spirituosenschrank weggeschlossen.

Die Esszimmertapete war von Shermans wilden Horden, die nach Wertsachen gesucht hatten, in Streifen heruntergerissen worden. Einige der bunt zusammengewürfelten Stühle um den Esstisch waren mit Kordel repariert worden. »Ich bin kein Tischler, Miss Scarlett«, hatte Pork erklärt. »Ich bin Master Geralds Leibdiener.«

Melanie erhob sich von ihrem Stuhl. »Ich bin ein bisschen müde. Wenn es dir nichts ausmacht, liebe Scarlett, lege ich mich etwas hin, ehe wir die Kartoffeln häufeln. Du weckst mich aber, ja?«

Scarletts knappes Nicken erwiderte Melanie mit ihrem herzlichsten Lächeln. »Wenn du mich nicht rufst, Liebes, werde ich keine Ruhe finden. Du kannst das nicht alles allein machen.«

»Aber natürlich wecke ich dich«, log Scarlett.

Die Yankees würden nichts mehr stehlen. Es gab nichts Stehlenswertes mehr auf Tara. Von den hundert Mastrindern und Milchkühen, zweihundert Schweinen, vierzig Pferden und Mauleseln, fünfzig Schafen und zahllosen Hühnern und Truthähnen waren genau ein Pferd, eine Milchkuh, eine störrische Sau, die immer wieder weglief, und zwei ältliche Hennen übrig geblieben. Was die Yankees nicht getötet hatten, hatten sie gestohlen.

Die Feldarbeiter von Tara – selbst die verlässlichen unter ihnen – waren weggelaufen. Nur die Hausdiener – Pork, Mammy, Dilcey und Prissy – waren noch auf Tara, und manchmal wünschte sich Scarlett, sie wären ebenfalls weggelaufen. Vier Mäuler mehr, die es zu stopfen galt.

Für Scarlett, die sich von früh bis spät abmühte, um Tara am Leben zu halten, traten sogar die Gedanken an Ashley Wilkes in den Hintergrund. Sie wusste nicht, ob Ashley, wie so viele andere, im

Gefangenenlager gestorben war oder ob er eines Tages nach Hause kommen würde. An den meisten Abenden schaffte sie es, ein kurzes Gebet für ihn zu sprechen, ehe ihr erschöpfter Geist sich dem Schlaf ergab. An manchen Abenden vergaß sie es aber auch.

Als Rhett Butler sie vor einem Jahr außerhalb des brennenden Atlanta verlassen hatte, wollte Scarlett sich nach Tara flüchten – dem Tara ihrer Kindheit, wo ihre Mammy ihr Milch warm machen und ihre Mutter Ellen ihr kühle Lappen auf die Stirn legen würde. Die Schrecken des Krieges wären gebannt, sobald Scarlett in die liebevolle Umarmung ihrer Mutter sank.

Es war ein kurzlebiger Traum gewesen.

Einen Tag – einen nicht wiedergutzumachenden Tag – vor Scarletts Ankunft war ihre Mutter Ellen am Fieber gestorben. Ellen starb mit dem Namen eines Mannes auf den Lippen: Philippe, ein französischer Name.

Jetzt gab es niemanden mehr auf dieser Welt, der Scarlett beibringen konnte, wie man überlebte. »Philippe?« Sie kannte keinen Philippe, und es gab Wichtigeres, worüber sie sich den Kopf zerbrechen musste.

Manchmal dachte Scarlett, dass Gerald O'Hara mit seiner Frau hätte sterben sollen. Scarletts Vater war nur noch die leere Hülse des bauernschlauen, ungestümen, robusten Mannes, der er einst gewesen war. Zwar saß Gerald immer noch am Kopfende des Tischs und aß seine magere Portion, ohne zu klagen, doch sein Geist war verwirrt.

Jetzt stand er auf. »Ich werde mich etwas ausruhen, Liebes. Heute Nachmittag reiten deine Mutter und ich nach Twelve Oaks.«

»Das wird sicher nett«, sagte Scarlett, obwohl John Wilkes längst tot und Twelve Oaks bis auf die Grundmauern niedergebrannt war.

Scarlett ließ ihm seinen Glauben, weil sie die Täuschung Gerald O'Haras klaren Momenten vorzog, in denen ihm bewusst wurde, was er alles verloren hatte, und er von Weinkrämpfen geschüttelt wurde.

Der kleine Wade trommelte mit den Fersen gegen die Stuhlstrebe und jammerte, er habe noch Hunger. »Du wirst dich gedulden müssen, Wade. Wenn Mammy Maisbrot bäckt, kannst du die Schüssel auslecken.«

Scarlett band ihre Haube unterm Kinn fest, bevor sie nach draußen ging, wo Pork in dem abgelegten Sonntagsrock, den Gerald ihm vor Jahren geschenkt hatte, auf sie wartete. Seine Lippen waren vor Entschlossenheit zusammengepresst. »Miss Scarlett!«, begann Pork.

Und dann ergoss sich seine altbekannte Klage über sie: »Miss Scarlett, als mein alter Master mich von Master Gerald zurückkaufen wollte, da hat er achthundert Dollar geboten, und das war damals 'ne Menge Geld. Oh ja, Miss, 'ne Menge! Aber Master Gerald wollte kein Geld nich nehmen, weil ich nämlich Master Geralds Leibdiener war. Ich bin ja keiner, wo prahlt, aber manche Leute sagen, ich wär der beste Leibdiener in Clayton County. Und ich werd keine Kartoffeln nich häufeln!«

»Pork«, Scarlett zügelte ihren Ärger, »wenn uns nicht ein starker Mann wie du hilft, wie sollen wir Frauen dann die Arbeit bewältigen?«

Aus dem Augenwinkel sah Scarlett, wie ihre Schwester das einzige Pferd zum Aufsteigeblock führte. »Suellen! Suellen! Warte!«

Suellen trug ihr gutes Kleid und hatte sich eine dicke weiße Pfingstrose in ihr dünnes, kraftloses Haar gesteckt. »Suellen, wo willst du hin?«

»Na, ich reite nach Jonesboro, liebe Schwester. Es ist doch Dienstag.«

Schon seit Jahren war Frank Kennedy Suellens »Zukünftiger«. Sein Laden in Jonesboro war zwar zerstört worden, doch er brachte jeden Dienstag Textilwaren und Gemüse aus Atlanta, um sie gegen Eier, Butter, Honig und irgendwelche kleinen Familienschätze einzutauschen, die die Yankees übersehen hatten.

»Suellen, es tut mir leid, aber wir brauchen das Pferd heute. Dilcey hat von einem Fass Mehl erzählt, das die Yankees weggeworfen haben, weil Rüsselkäfer drin sind. Stell dir nur vor, wie gut Brötchen schmecken würden!«

Suellen schmiss ihre Pfingstrose in den Staub, während sie wieder ins Haus stolzierte.

Scarlett hielt den Mund.

Die Yankees hatten Gerald O'Haras eingelagerte Baumwolle im Wert von 200000 Dollar verbrannt. Ein paar Monate später kamen sie wieder und verbrannten den kleinen Ertrag, den Scarlett dem Boden abgetrotzt hatte, ein Gegenwert von rund 2000 Dollar. Einen Monat vor der Kapitulation der Konföderierten hatte Scarlett neu gepflanzt. Wenn die kärgliche Ernte dieses Jahres bis zum Herbst den Baumwollkapselkäfern und Winden standhielt, würde sie vielleicht 200 Dollar einbringen: ein Vermögen.

Vor dem Krieg hatte Scarlett gedacht, nur unvernünftige Menschen äßen ihren Saatmais. Jetzt erkannte sie die bittere Wahrheit: Man musste nur hungrig genug sein, dann aß man seinen Saatmais und seine Saatkartoffeln und buk aus dem Saatweizen Brot. Ein Glück, dass Baumwollsamen nicht essbar waren.

Scarlett trauerte jedes Mal, wenn sie eines der dreißig Pfund schweren Ferkel ihrer Sau schlachten mussten – wo dieses Ferkel doch im Laufe der Zeit zu einem dreihundert Pfund schweren Schwein herangewachsen wäre!

Die hübsche Scarlett war von den Strapazen gezeichnet; die lustige Scarlett war ständig gereizt. Und die stolze Scarlett hätte alles, wirklich alles, für Tara und seine Leute getan. Gerald O'Haras Tochter verrichtete Arbeit, die zu tun sie sich niemals hätte träumen lassen. Scarlett hatte den Boden gehackt, bis sie Blasen bekam, und dann Unkraut gejätet, bis ihr der Gänsefuß die Blasen aufgerissen hatte. Sie hatte gearbeitet, bis ihr Schultern und Rücken schmerzten. Scarlett hatte so stark abgenommen, dass ihr Kleider passten, die sie das letzte Mal mit dreizehn getragen hatte. Die Frau, die nach Tara gekommen war, um wieder ein Kind zu sein, war zur Herrin der Plantage geworden, die Essen verteilte,

Streitereien schlichtete, sich um die Kranken kümmerte und die Müden ermunterte.

Sie band das Pferd an und wandte sich Pork zu. »Pork, wenn du schon keine Kartoffeln häufeln willst, dann könntest du wenigstens die Brunnenwinde ölen.«

Als spräche er mit einem Kind, erklärte Pork: »Miss Scarlett, ich bin Master Geralds Leibdiener …«

Scarlett spürte, wie ihre Kopfhaut zu glühen begann. Sie lächelte liebenswürdig und sagte: »Ich frage mich, ob wohl irgendeine andere Familie aus Clayton County einen Leibdiener gebrauchen könnte.«

Pork schüttelte traurig den Kopf. »Miss Scarlett, warum sin Sie so hart?«

Warum? *Warum?* Wenn Scarlett zauderte, wenn sie den Mut verlöre, wenn sie nur einmal – wie sie es manchmal so gern täte – zusammenbrechen und weinen würde, wäre alles verloren.

Pork schlenderte davon, um sich wenig motiviert auf die Suche nach irgendeiner Art von Schmierfett für die Brunnenwinde zu machen.

Gerald O'Haras tausend Morgen große Plantage war zu einem rund hundert Quadratmeter großen Küchengarten und einem fünf Morgen großen Baumwollfeld zusammengeschrumpft. Scarlett kniff die Augen zusammen, um die vordringenden Brombeersträucher und -ranken nicht zu sehen.

Scarlett tat die Arbeit von Bediensteten und aß das Essen von Bediensteten: Vogelmiere und Winterkresse, Löwenzahn und wilden Senf. Im Schatten einer Eiche, wo die Kermesbeere noch nicht ins Kraut geschossen war, bückte sich Scarlett, um die jungen Blätter zu pflücken. Zum Abendessen würde es sie gekocht als Gemüse geben.

Ein Fremder kam auf einem so kleinen Esel den Weg zum Haus entlanggeritten, dass seine Stiefelspitzen über den Boden streiften. Sein schlecht sitzender grüner Rock war neu, sein Bart gestutzt und sein weißblondes Haar kurz geschnitten. Er hatte mehr Fleisch auf den Rippen als die auf Ehrenwort entlassenen Soldaten, die sonst hier vorbeikamen. Am Fuß der letzten Steigung blieb sein Esel stehen, reckte den Hals, richtete das Maul gen Himmel und schrie. Der Reiter wartete mit lockeren Zügeln, bis der Esel seine ganze Klage vorgebracht hatte.

Nach seinem neuen Rock zu urteilen, war der Mann einer jener Spekulanten aus dem Norden, die vom Wiederaufbau im Süden profitieren wollten – allerdings kein wohlhabender.

Obwohl der Reiter womöglich schneller vorwärts gekommen wäre, wenn er abgestiegen wäre und seinen Esel geführt hätte, ritt er das missgelaunte Tier direkt bis vor Scarletts Füße. »Schöner Tag heute«, bemerkte er.

»Wenn Sie ein Spekulant sind, Sir, dann sind Sie hier nicht willkommen.«

Er stieß ein verblüfftes Lachen aus. »Ein Spekulant, Ma'am? Madam, ich habe schwer gesündigt, aber diese spezielle Sünde habe ich ausgelassen. Dürfte ich wohl mein Streitross tränken?«

Scarlett deutete auf den Brunnen.

Die ungeölte Winde quietschte, als der Mann die Kurbel drehte.

»Dann müssen Sie einer dieser Südstaatler sein, die sich jetzt den Yankees an die Brust werfen«, befand Scarlett. »Niemand sonst hat neue Kleider.«

Er goss seinem Esel Wasser in einen Eimer. »Ihre Brunnenwinde muss mal geschmiert werden«, sagte er.

Er schälte sich aus seinem Rock und hängte ihn an die Kurbel. Mit einem kurzen Ruck riss er einen Ärmel ab. Abgerissene Fäden umfransten ein leeres Armloch. Er stopfte den Ärmel in eine der Taschen, bevor er den Rock wieder anzog. »Aber Ma'am! Einer dieser Südstaatler, die insgeheim mit den Unionisten sympathisierten, ihre Meinung jedoch für sich behielten, bis die Yankees gesiegt hatten? Oh nein, Ma'am – ich bin erst kürzlich aus dem Staatsgefängnis von Ohio entlassen worden und habe bei der Gelegenheit diese Kleider und zehn Dollar überreicht bekommen, mit denen ich Chapultapec, mein edles Streitross, erworben habe.«

»Ein ziemlich bombastischer Name für einen Esel.«

Sein Grinsen verwandelte sein ganzes Gesicht: »Ich bin ein hoffnungsloser Romantiker. Sie erkennen mich nicht?«

Scarlett runzelte die Stirn. »Nein … nein, tut mir leid.«

»Vielleicht wenn ich den Federhut eines Kavallerieoffiziers aufhätte? Und von einem Banjo spielenden Neger begleitet würde? Sie sind doch sicher nicht oft von Männern besucht worden, Miss Scarlett, die ein eigenes Orchester dabeihatten?«

Scarlett blinzelte. *»Colonel Ravanel?«*

Er verbeugte sich tief. »Ich hatte gehofft, Ihnen unvergesslich geblieben zu sein.«

»Das sind Sie durchaus.« Eine vage Erinnerung meldete sich. »Habe ich nicht gehört, dass Ihre Frau gestorben ist?«

»Meine Charlotte ist bei den Engeln.«

Scarletts Gedanken rasten. Als sie Charlotte Ravanel bei Tante Eulalia kennengelernt hatte, war sie für Scarlett in die Rubrik ehrbare, uninteressante Dame gefallen: eine Frau, der sich andere Frauen anvertrauen. Doch Charlotte war eine Fisher gewesen, Erbin eines der größten Vermögen der Südstaaten. Zweifellos standen auf Charlotte Fishers Speicher genau wie auf dem von Tara ganze Koffer voll wertloser Konföderationswährung. Aber von einem solchen Vermögen konnte nicht *alles* dahin sein. Scarlett lächelte traurig. »Mein Beileid, Colonel.«

Hatte Charlotte Ravanel nicht einen Bruder gehabt? »Und Jamie Fisher?«, fragte Scarlett.

»Jamie und ich haben eine Zelle geteilt. ›Iss deinen Haferbrei, Andrew! Geh an die frische Luft! Du darfst nicht bitter werden, Andrew‹«, sagte Andrew Ravanel. »Jamie hat nicht verstanden, dass Verbitterung tröstlich sein kann.«

Scarlett für ihr Teil war der Ansicht, dass es sich mit der Verbitterung genauso verhielt wie mit der Nostalgie: Sie waren hinderlich bei dem, was getan werden musste. Die hungrigen Mäuler auf Tara zu stopfen, das Haus und die Nebengebäude wiederherzurichten, Arbeiter anzustellen, Nutztiere zu kaufen und tausend Morgen Baumwolle zu pflanzen ließ keine Zeit für Verbitterung.

»Colonel Ravanel, Sie essen doch sicher mit uns?«

»Danke, nein. Das geht nicht.«

»Aber Sie haben doch bestimmt Hunger?«

»Ich kann nicht bezahlen.«

»Du meine Güte!«, sagte Scarlett. »Wenn Sie unbedingt bezahlen wollen, Sir, dann soll Ihr Abendessen einen Konföderierten-Dollar kosten!«

Pork schnitt im Hof Rosen. Jeden Morgen standen duftende Sträuße im Salon, im Esszimmer und in Geralds Schlafzimmer.

»Pork, habe ich nicht gesagt, dass du die Brunnenwinde ölen sollst?«

»Ja, Miss Scarlett. Aber zuerst schneid ich diese Blumen.«

»Die Blumen sind hübsch, aber jeder Eimer Wasser wiegt schwerer als der vorige, weil die Winde nicht geölt ist. Und wenn du das gemacht hast, fang an, die Kartoffeln zu häufeln.«

Porks Lippen waren zu einer rebellischen Schnute gezogen.

»Wie ich höre, haben die Yankees das Auspeitschen verboten«, bemerkte Andrew Ravanel in mildem Ton. »Aber Ihre Plantage liegt so weit abseits …«

Pork richtete sich zu seiner vollen Größe auf. »Ich bin noch nie ausgepeitscht worden! Master Gerald hat auf Tara kein Auspeitschen nich erlaubt!«

Der Colonel zog seinen abgerissenen Ärmel aus der Tasche und schlug ihn klatschend gegen seinen Schenkel.

Pork klappte der Unterkiefer herunter, und die Rosen fielen ihm aus der Hand. Mit erstorbener Stimme sagte er: »Ja, Miss Scarlett. Ich geh jetzt die Winde ölen.«

Als sie und der Colonel das Haus betraten, sagte Scarlett entschuldigend: »Leider hatten wir Besuch von Shermans Soldaten.«

»Meine letzte Unterkunft, Miss Scarlett, war nicht gerade luxuriös.«

Scarlett führte den Colonel ins Esszimmer. »Entschuldigen Sie mich, Colonel. Ich kümmere mich um das Abendessen.«

In der Küche traf sie Mammy auf einem Hocker stehend beim Fensterputzen an. »Mammy, wir brauchen jetzt das Maisbrot, und unter der Eiche hinter dem Brunnen findest du Kermesbeere fürs Gemüse.«

»Miss Scarlett, das Maisbrot is für unser Abendessen.«

»Mammy, der Gentleman ist unser Gast.«

»Ich hab den Burschen durchs Fenster gesehn«, schnaubte Mammy. Was für'n Gentleman hat'n Rock mit nur ei'm Ärmel?«

»Er hat seinen Rock ruiniert, um nicht für einen Yankeefreund gehalten zu werden.«

»Was hat er gemacht?« Mammy schüttelte den Kopf. »Grundgütiger Himmel!« Sie kletterte von dem Hocker herunter und ging hinaus, um die Kermesbeerenblätter zu pflücken.

Scarlett rannte über die Gesindetreppe zu ihrem Zimmer hoch. Ihr gesprungener Spiegel zeigte ihr ein zu gebräuntes, wenig damenhaftes Gesicht, aber ihr Haar war sauber. Sie löste ihren Knoten und richtete sich das Haar so, dass es ihr Gesicht umrahmte. Dann tupfte sie sich ein Tröpfchen von ihrem kostbaren Parfüm hinter beide Ohren.

In Nachthemd und Reitstiefeln trat Gerald aus seinem Zimmer. »Hast du Ellen gesehen?«, fragte er besorgt. »Wir sollten spätestens um vier in Twelve Oaks sein. John möchte vor dem Essen sicher noch ein Gläschen trinken.«

»Ich erinnere sie daran, Vater. Bitte entschuldige mich. Ich muss mich um einen Gast kümmern.«

»Sollte ich ihn nicht begrüßen?«

»Das ist nicht nötig, Vater. Es ist besser, wenn du dich vor dem Ritt nach Twelve Oaks ausruhst.«

Gerald O'Hara drohte mit dem Zeigefinger. »Vergiss nicht, deine Mutter an unsere Verabredung zu erinnern«, sagte er, ging zurück in sein Zimmer und schloss die Tür hinter sich.

Als Scarlett wieder ins Esszimmer kam, servierte Mammy gerade Essen, das eigentlich für sie alle gedacht gewesen war.

Colonel Ravanel deutete auf seinen Teller. »Sie sind aber großzügig.«

»Mein Gott, Colonel. Das ist doch nur ein kleiner Imbiss. Vor dem Krieg war die Gastfreundlichkeit von Tara legendär.«

Um nicht auf seinen vollgeladenen Teller zu starren, fragte Scarlett, ob er durch Atlanta gekommen sei.

»Als ich an der Ecke Whitehall Street und Broad Street stand, habe ich kein einziges Gebäude gesehen, das unbeschädigt gewesen wäre.« Die Gabel des Colonel beförderte einen kleinen Berg glänzenden Gemüses in seinen Mund, und er kaute es mit der dumpfen Zufriedenheit eines Wiederkäuers. »Das Stadtzentrum ist zerstört.«

»Und der Bahnhof? Das Depot?«

»Die Yankees haben Stroh hineingepackt und es angezündet. Und was nach dem Feuer noch übrig war, wurde mit Sprengstoff und Rammböcken bearbeitet.« Ravanels Lächeln war hart. »Nur ein Yankeegeneral konnte sich einen Namen damit machen, dass er eine wehrlose Stadt niederbrannte.«

Atlanta zerstört? Scarlett ertrug den Gedanken nicht. Atlanta hatte vor Energie und Einfallsreichtum nur so gestrotzt. Wenn Atlanta zerstört war, welche Hoffnung blieb dem Süden dann noch?

Der Colonel erriet Scarletts Gedanken. »Sie lassen uns nicht in Ruhe. Die Profiteure aus dem Norden und ihre Freunde unter den Südstaatlern werden von den Bajonetten der Union unterstützt. Sie wollen, dass die Weißen von Niggern beherrscht werden.«

Scarlett versuchte nicht hinzusehen, wie die Gabel ins Essen hinabstieß, wickelte, sich wieder hob. Wie sie in seinen Mund wanderte und der Mund sich schloss. »Wenn selbst tapfere Männer wie Sie so mutlos sind, was können wir anderen dann noch tun?«

»Männer wie ich?« Ein hässliches Lachen. »Romantische Narren, die gegen Windmühlen anreiten.« Er schob den leeren Teller zur Seite und wischte sich den Mund mit seinem abgerissenen Ärmel ab. »Sie haben sicher keinen Brandy …«

»Nur Schwarzgebrannten, fürchte ich.«

»Ja?«

»Wir benutzen ihn für medizinische Zwecke.«

»Ich bin nicht mehr so wählerisch wie früher.«

Scarlett ging in die Küche, um den Klaren zu holen, den sie dort vor Gerald versteckte. Mammy fragte: »Geht's dem Gentleman nich gut?«

Der Fisher-Erbe trank zufrieden seinen Klaren und lächelte Scarlett an. »Es ist lange her, dass ich die Gesellschaft einer Dame genießen durfte, von einer so hübschen Dame wie Ihnen ganz zu schweigen.«

Scarlett senkte sittsam den Blick.

»Zwei lange Jahre … ich hatte es fast vergessen …«

Scarlett konnte sich nicht erinnern, wann sie das letzte Mal genug zu essen gehabt hatte.

»Ich bedauere unser Aufeinandertreffen … damals in Atlanta. Wenn ich Ihnen ungefragt einen Rat erteilen darf, liebe Mrs Hamilton: Gehen Sie möglichst jeder offiziellen Ehrung aus dem Weg. Denn wenn irgendwelche Dummköpfe einen ehren, kann man ihnen nicht entfliehen. Als ich zu Ihnen kam, war ich die Dummköpfe leid, mich selbst leid, und außerdem hatte ich zu viel getrunken. Scarlett – ich darf Sie doch Scarlett nennen? Sie waren der einzige Lichtblick an jenem Tag, und zum Dank habe ich Sie beleidigt. Bitte verzeihen Sie mir.« Bei der Erinnerung lachte Ravanel leise vor sich hin: »›Und nehmen Sie Ihr Orchester mit!‹«

Scarlett sprach die Einladung aus, die sie schon so vielen abgerissenen, hungrigen Fremden gegenüber ausgesprochen hatte, doch diesmal errötete sie dabei. Keiner der Fremden war ein Fisher-Erbe gewesen. »Sie können heute gern hier auf Tara übernachten, Sir. Melanie Wilkes ist sicher ganz begierig darauf, zu hören, was Sie zu berichten haben. Wir haben immer noch nichts von ihrem Mann gehört.«

»Er wird schon noch am Leben sein«, sagte der Colonel leichthin. »Männer wie Wilkes leben ewig.«

Scarlett ließ sich nicht anmerken, dass sie innerlich zusammenzuckte. »Wenn Sie fertig sind, würde ich Ihnen gern Tara zeigen.«

Tara war Gerald O'Haras Traum gewesen.

Die weiß getünchten Backsteinmauern und das breite Dach sollten Kindern, Verwandten und den Gästen, die in den Genuss von Gerald O'Haras Gastfreundschaft kamen, Schutz bieten.

»Kein Schnickschnack«, hatte Gerald zu seiner Frau Ellen gesagt. »Einfach ein großes, behagliches Farmhaus. Salon, Gesellschaftsräume, Repräsentationsräume, Familienräume – das ist doch alles Unsinn. Für wen sonst ist mein Haus da als für meine Familie?« Als Ellen einen Ballsaal wollte, schnaubte Gerald: »Werden wir nicht in unserem Wohnzimmer tanzen, Mrs O'Hara, wann immer uns der Sinn danach steht?«

Tara hatte keinen Keller, denn wenn es irgendetwas gab, wovor sich Gerald O'Hara fürchtete, dann waren es Schlangen, und er war davon überzeugt, dass Schlangen sich in Kellern versteckten.

Gerald wollte vorn und hinten am Haus eine Veranda haben – »wo wir an Sommerabenden sitzen können«. Das vordere Schlafzimmer wurde mit einem Balkon versehen, auf dem der Besitzer von Tara im hellen Morgenlicht stehen und den von jungen Kastanien gesäumten Zufahrtsweg überblicken konnte, neben dem sich die von tiefgrüner, blühender Baumwolle bestandenen Felder mit ihrem roten Lehmboden erstreckten.

Die bleigefassten Lampen und das halbrunde Fächerfenster, von denen die Haustür umrahmt war, waren Geralds Zugeständnis an die Vorstellungen seiner Frau.

Hatte der Krieg Geralds Haus schwer in Mitleidenschaft gezogen, so war die Plantage völlig zerstört. »Unsere Pekanbäume trugen die dicksten Nüsse in Clayton County. Hier war die Kinderschaukel. Die Yankees haben die Pekanbäume niedergebrannt. Und die Schaukel auch«, erzählte Scarlett.

»Da drüben stand die Baumwollpresse. Mein Vater hat immer die neuesten Maschinen gekauft. ›Warum sollten Menschen eine Arbeit verrichten, die von hirnlosen Maschinen erledigt werden kann?‹, pflegte mein Vater zu sagen.

Das war unsere Molkerei. Da drüben neben der eingestürzten Mauer, das war das Kühlhäuschen.

Wie Sie sehen, sind die Negerunterkünfte nicht niedergebrannt worden.«

Der Colonel trat gegen ein verkohltes Brett. »Sie werden sie noch brauchen, wenn die Neger erst wieder bei Sinnen sind. In den Straßen von Atlanta schlafen Tausende und Abertausende von ihnen. Wenn die Yankees ihnen kein Essen gäben, würden sie verhungern.«

Was interessierten Scarlett Negerflüchtlinge? »Mit tausend Dollar würde Tara wieder auf die Beine kommen. Tausend Dollar, mehr nicht. Das Land ist völlig in Ordnung. Sie können unsere Gebäude niederbrennen und unsere Tiere umbringen, aber bei Gott, unser Land können sie nicht zerstören!«

»Ganz die hübsche Amazone.« Als Andrew Ravanel Scarletts Hand ergriff, fühlte sich seine Sträflingshand unangenehm weich an. »Ich reise nicht gern allein«, sagte er. »Kann ich Sie überreden, mich nach Charleston zu begleiten?«

Scarlett hatte mit einer Einladung gerechnet, allerdings nicht mit einer so dreisten. »Ein Mann und eine Frau, die unverheiratet zusammen reisen? Sir, was werden die Leute denken?«

Ravanels verächtliches Lachen schockierte sie. »Meine liebe Scarlett, die sind alle tot. Alle, deren Meinung etwas zählte, sind tot. Nur Feiglinge, Verräter und … Strafgefangene haben den Krieg überlebt. Jeb Stuart – die Lilien auf dem Feld verneigten sich ehrerbietig, wenn General Stuart vorbeiritt. Der fromme General Polk hat seine Predigten mit in den Himmel genommen, wo er und Stonewall Jackson sich jetzt gegenseitig predigen können. Cleburne, Turner Ashby, der tapfere kleine Pegram – mein Freund Henry Kershaw, dieser mutige, verdammte Trottel –, ja selbst Rhett Butler ist tot.«

Scarlett hatte das Gefühl, als hätte eine Kugel sie ins Herz getroffen. Sie flüsterte: »Wer?«

Colonel Ravanel griff nach einer Scherbe und schnipste sie in die Ruine des Kühlhäuschens. »Rhett war in Fort Fisher, als die Unionisten angriffen. Es war eine üble Metzelei.« Seine Stimme verlor den bitteren Unterton. »Rhett und ich waren früher Freunde. Er war der beste Freund, den ich je hatte.«

»Aber Rhett … Rhett hat doch nie wirklich an die ›glorreiche Sache‹ geglaubt …«

»Nein, aber heldenmütige Gesten waren schon immer nach seinem Geschmack.« Er betrachtete Scarlett neugierig. »Es überrascht mich, dass Sie ihn kannten.«

Dass sie ihn kannte? Ihn *kannte*? Hatte sie ihn auch nur das kleinste bisschen gekannt? Rhett Butler tot? Er konnte nicht tot sein!

»Jetzt habe ich Sie verstört. Es tut mir leid. Ich wusste nicht, dass Sie mit Rhett bekannt waren.«

Scarletts Gedanken überschlugen sich. Was hatte sie erwartet? Auf jeden Fall, dass sie ihn wiedersehen, dass Rhetts wissendes, spöttisches Lächeln sie wie früher auf die Palme treiben würde. Sie biss sich von innen auf die Lippe, um nicht zu weinen. Vorbei? Diese seltenen Momente, wo Rhett und sie sich *verstanden* hatten – ein für alle Mal vorbei? »Wo … wo ist Rhett begraben?«

»Die Unionisten haben die Gräber ihrer Soldaten markiert. Unsere Gefallenen haben sie ins Meer geworfen.«

Es war, als hätte sie ein Stück ihrer selbst verloren – einen Arm, ihre Hand, ihr Herz. Rhett Butler tot! Hoffnungslosigkeit überwältigte sie, und sie setzte sich schwerfällig auf den Stumpf der einst größten Kastanie von Tara. Wie sollte sie jetzt weitermachen? Benommen wiederholte sie: »Rhett Butler … tot?«

Andrew Ravanel spendete nutzlosen Männertrost: Vielleicht sei Rhett ja nicht mit den anderen umgekommen. Rhett sei eine Katze, er habe neun Leben …

Scarlett ertrug diesen Mann keine Minute länger. »Sir, bitte vergessen Sie nicht, dass ich Mrs Charles Hamilton bin, eine achtbare Witwe. Ich lehne Ihre ungehörige Einladung ab. Was haben Sie sich bloß dabei gedacht? Und jetzt müssen Sie gehen, Sir. Sie haben Ihre Absichten mehr als deutlich gemacht. Sie können nicht auf Tara bleiben.«

Leise sagte er: »Vor vielen Jahren habe ich ihn auch geliebt.«

»Rhett Butler lieben? Diesen arroganten, beleidigenden, selbstzufriedenen … warum sollte irgendwer Rhett Butler lieben?«

»Ganz wie Sie meinen.«

Der hochgewachsene Mann stieg auf seinen kleinen Esel und ritt davon.

Die Sonne verschwand hinter einer Wolke.

Scarlett wäre am liebsten nach oben gegangen und hätte sich hingelegt. Sie fühlte sich schwach und hilflos. Himmel, wie gern würde sie sich hinlegen.

Stattdessen erhob sie sich und machte sich auf den Weg zu dem Kartoffelbeet. Sie und Pork würden die Kartoffeln häufeln. Und dann würde sie nach weiteren Kermesbeerblättern suchen.

Später würde sie Melanie von Rhett erzählen. Melly hatte ihn immer gemocht.

Kapitel 25

Eine Plantage im Tiefland nach dem Krieg

Ein halbes Jahr später trabte ein Reiter die Straße am Ashley River entlang. Das Pferd war ein kohlrabenschwarzer Hengst aus der Zucht, für die das Tiefland einst berühmt gewesen war. Der Reiter hatte die lässige Anmut eines Granden. Während des Krieges hatten zahllose Männer wie er ein frühes Grab gefunden, und die Gebeine ihrer schönen Pferde bleichten in Getreidefeldern und Pfirsichgärten des gesamten wiedervereinigten Landes.

Ein Jahr zuvor war General Shermans Armee diese Straße entlanggezogen. Verkohlte Schornsteine ragten wie warnende Zeigefinger aus dem Gestrüpp am Straßenrand. Dieser umgestürzte Torpfosten hier hatte einst die Zufahrt zu Henry Kershaws Elternhaus markiert. An der feuergeschwärzten Eiche dort hatte früher eine Schaukel gehangen, auf der sich die kleine Charlotte Fisher unter schrillen Rufen – »Schubs mich an! Höher! Höher!« – in die Luft geschwungen hatte. Und dieser zugewachsene Fahrweg führte zu dem ausgebrannten Herrenhaus, in dem Edgar Puryears Mutter gestorben war.

Als der Reiter näherkam, verschwanden zwei verwilderte Hunde im Gebüsch.

Auf der Höhe von Broughton zog Rhett Butler Reitstiefel, Strümpfe und Hose aus. Er band die Stiefel an den Sattel und wickelte seinem Hengst die Hosenbeine als Augenbinde um den Kopf. Dann trieb er das Tier schnalzend in den schlammigen Fluss.

Das Pferd kämpfte sich durch die Fluten und kletterte auf der anderen Seite den Hauptdeich der Plantage hinauf, wo Rhett sich wieder anzog. Der Hauptdeich war von Brombeeren überwuchert, und die Reisfelder waren jetzt flache, vom Tidehochwasser gefüllte Teiche, auf denen Sumpfhühner zeternd vor dem Eindringling die Flucht ergriffen.

Hirsche und verwilderte Hausschweine hatten Pfade durch die unbeschnittenen Buchsbaumhecken getrampelt, die den Zufahrtsweg zum Herrenhaus von Broughton säumten. Vom Wendeplatz aus blickte man auf eine rußgeschwärzte Fassade und Fensterlöcher, die so leer waren wie die Augenhöhlen eines Totenschädels. Die Eingangstür stand sperrangelweit offen. Unter den Überresten der Möbelstücke, die hinausgezerrt und verbrannt worden waren, erkannte Rhett das Walnussholzpult, das die Familienbibel der Butlers beherbergt hatte.

Kolibris umschwirrten die Geißblattranken, die langsam von der zerfallenen Veranda Besitz ergriffen.

Rhett stieg über die dicken Ranken zu der Stelle, von der aus er zuletzt vor fünfundzwanzig Jahren die Plantage überblickt hatte. Rhetts Erinnerung an die symmetrischen, ertragreichen Reisfelder legte sich über die gebrochenen Dämme und schimmernden Salzwasserteiche, auf denen kein Pflanzer je wieder etwas würde anbauen können. »Doch, es war wirklich schön«, murmelte Rhett.

Neben seinem Ellenbogen sagte eine zittrige Stimme: »Ja, Sir. Das war's. Mr und Mrs Butler empfang' kein Besuch mehr.«

Der alte Neger stützte sich auf einen knotigen Ast. Seine Augen waren von einem weißen Film überzogen.

»Guten Morgen, Onkel Solomon«, sagte Rhett.

»Master Rhett? Sin Sie das?« Die Finger des alten Negers huschten über Rhetts Gesicht. »Wir ham gehört, Sie wärn gefallen. Gott sei gepriesen! Wie geht es Ihnen, Master Rhett? Sie warn ja so lang nich mehr zu Haus.«

Rhett wollte wissen, ob seine Eltern noch am Leben waren.

»Oh ja. Master und Mistress leben noch.« Er senkte die Stimme. »Master Langston, der hat die Auszehrung. Er is ganz zusammengeschrumpft. All unsre Nigger sind weggelaufen, außer mir.« Solomon schnalzte missbilligend mit der Zunge. »Hercules und

Sudie, die sin in die Stadt. Hercules sagt, er arbeitet für kein' Butler nich mehr.« Die Unterlippe des alten Mannes zitterte vor Empörung. »Dieser Nigger bildet sich zu viel ein! Ich bin auf Broughton geborn, hab immer auf Broughton gelebt, und auf Broughton werd ich auch heimgehn.«

»Ja, Onkel. Dann sind meine Eltern in der Stadt?«

»Das Stadthaus is nur noch'n Trümmerhaufen. Das schönste Haus in der Meeting Street! Die Marktnigger ham mich immer Mr Solomon genannt, weil ich aus diesem Haus komm. Der Master und die Mistress, die wohnen jetzt beim Aufseher Watling.«

»Watling?«

»Sie warn ja so lang weg, Master Rhett! Master Langston hat gesagt, er geht von Broughton nich mehr weg. Ihre Schwester und der ihr Mann kommen manchmal vorbei. Miss Rosemary will, dass Master Langston und Mistress 'Lizabeth bei ihnen wohnen. Aber Sie wissen ja, wie Master Langston is.«

»Rosemarys Mann ist tot, Onkel. John Haynes ist im Krieg gefallen.«

»Nicht Mr Haynes. Colonel Ravanel, der zweite Mann von Ihrer Schwester.«

»Andrew Ravanel?«

»Ja, Sir. Der Sohn vom alten Jack. Es heißt, er wär im Krieg ein Held gewesen, aber davon weiß ich nix.«

»Andrew Ravanel …?«

»All die Frauen heiraten. Am einen Tag noch Witwe, am nächsten Ehefrau, und am übernächsten sin sie schwanger.«

Isaiah Watlings Haus stand auf der Spitze einer Landzunge, die auf beiden Seiten von Watt umgeben war. Im Hof pickten lahme Hühner. Die magere Milchkuh hatte ein in Terpentin getränktes Tuch um den Kopf, das sie vor Moskitos schützen sollte.

Ein junger Mann saß neben der Tür auf einem nach hinten gekippten Stuhl und schnitzte. Als Rhett sein Pferd am Zaun festband, ließ der junge Mann die vorderen Stuhlbeine auf den Boden hinunterknallen. Er hatte hellblondes Haar und eine flache

Stirn mit beginnender Glatze. Seine Nase war gebogen, und seine Augen waren so hell, dass man die Pupillen fast nicht sah. Ein eingeölter Revolver steckte in seinem Gürtel.

»Schönes Pferd«, bemerkte der junge Mann. Er schnitt einen langen Span von seinem Stock. »Heutzutage sind alle guten Pferde bei den Yankees.« Als er grinste, sah man, dass ihm die obere Zahnreihe fehlte, und auf seiner rechten Wange zog eine Narbe die Haut zusammen. Auf Rhetts Blick hin erklärte er: »Hab Frank gerade was zugerufen, als auf mich geschossen wurde. Sie haben bestimmt schon von Frank gehört. Frank James ist ein Teufelskerl.« Er tippte sich auf die Narbe. »Bill Quantrill sagt immer, ein Mann sollte die Klappe halten, aber manchmal zahlt es sich aus, wenn man sie aufreißt, was?«

Er erläuterte: »Also, wenn ich den Mund nicht aufgehabt hätte, dann hätte dieser Schuss auch meine unteren Zähne rausgehauen. Irgendwann werd ich mich Frank und Jesse wohl wieder anschließen.«

»Ich bin Rhett Butler. Sind die Butlers da?«

»Denk schon.«

»Könnten Sie ihnen sagen, dass ich hier bin?«

Der junge Mann stand auf. »Ich bin Isaiahs Neffe, Josie. Ich bin mit Bill Quantrill geritten, bis die Unionisten ihn abgeknallt haben. Mit mir wollten sie's genauso halten, deshalb bin ich in den Osten, um meine Verwandtschaftsbeziehungen aufzufrischen.« Er zwinkerte. »Rhett Butler, Onkel Isaiah hasst Sie wie die Pest. Irgendwann wird er sich wohl an Ihnen rächen. Auf Rache zu warten macht Hoffnung, finden Sie nicht?«

Josie näherte sich Rhett wie ein Pitbullterrier. »Ich hab bessere Männer als Sie gekannt, die für schlechtere Pferde als Ihres umgebracht wurden.«

»Vier Jahre Krieg – haben Sie nicht genug vom Töten?«

Josie zuckte die Achseln. »Ich erledige Leute, seit ich ein kleiner Knirps war. Hab wohl Gefallen dran gefunden.«

»Wenn Sie diesen Revolver benutzen wollen, dann tun Sie's. Wenn nicht, sagen Sie den Butlers, dass ich da bin.«

»Verdammt, sind Sie ein reizbarer Bursche.« Ohne den Blick von Rhett abzuwenden, rief er: »Onkel Isaiah! Da ist jemand!«

Als Isaiah Watling die Tür öffnete, beschattete er die Augen. »Der junge Butler – Sie sind hier nicht willkommen.«

Josie Watling stellte einen Fuß auf eine Zaunstange, verschränkte die Arme und grinste wie ein Mann, der sich weit besser unterhält, als er es erwartet hätte.

»Ach, Sie haben hier das Sagen? Ich dachte, wir wären auf Broughton, Watling. Und das hier wäre das Haus des Aufsehers. Ich will die Butlers sehen.«

»Sie haben hier keine Verwandtschaft.«

»Vielleicht überlassen Sie diese Entscheidung uns.«

Isaiah Watlings glühender Blick bohrte sich einen langen Moment in Rhetts Augen, dann machte er auf dem Absatz kehrt und ging hinein.

»Schöner Tag«, sagte Josie. »Ich hab ja den Herbst schon immer gemocht. Ohne die Blätter sieht man besser, wenn sich einer anschleicht.« Nach einer Weile fügte er hinzu: »Sehr gesprächig sind Sie nicht gerade, wie?«

Josie Watling kratzte sich mit dem Korn seines Revolvers am Ohr.

Isaiah Watling tauchte wieder auf und deutete mit einer ruckartigen Kopfbewegung auf das Haus. Rhett folgte ihm die Treppe ins obere Stockwerk hinauf, an die er sich vage erinnerte. Hier hatten die Butlers gewohnt, bis das große Herrenhaus gebaut worden war. Er betrat das bescheidene Schlafzimmer, das seine Eltern in seiner Kindheit geteilt hatten. Das Zimmer war sauber und ordentlich. Der Boden war gefegt. Medizinfläschchen und eine Schüssel mit blutigem gelbem Auswurf standen dicht gedrängt auf dem Nachttisch neben dem Bett, in dem Rhetts Vater lag.

Langston Butler war ein hochgewachsener Mann gewesen, und vom Knochenbau her war er es immer noch. Seine Haut war gelblich verfärbt, bis auf die roten Flecken auf seinen Wangen. In seinem lockigen braunen Haar sah man noch immer keine grauen Strähnen.

»Sie haben die Schwindsucht«, sagte Rhett.

»Bist du hergekommen, um mir zu sagen, was ich längst weiß?«

»Ich bin gekommen, um zu helfen. Ich kann für Sie und Mutter sorgen.«

Langston Butler keuchte und würgte. Vor Wut über seine Hilflosigkeit quollen seine Augen hervor. Er spie in die Schüssel neben dem Bett. »Du wirst Elizabeth nicht belästigen. Meine Frau hat Jesus Christus und den ergebenen Isaiah Watling. Wozu sollte Elizabeth Butler dich brauchen?«

»Sir, Sie haben sich bereit erklärt, mich zu sehen. Irgendeinen Grund müssen Sie gehabt haben.«

»Es hieß, du seist tot, und Wiederauferstehungen interessieren mich heute mehr als früher.« Das Lächeln des alten Mannes glich einer grausig klaffenden Wunde. »Julian wird mein Erbe antreten. Du wirst nicht an meinem Begräbnis teilnehmen.«

»Glauben Sie denn, Sie können selbst im Jenseits noch der Herr von Broughton sein? Vater …«

Langston Butler drehte das Gesicht zur Wand.

»Sie sollten jetzt wohl verschwinden.« Josie Watling lehnte am Türrahmen. »Onkel hat gesagt, ich darf Sie erschießen, wenn Sie nicht tun, was der alte Knabe sagt. Ich schätze, ich könnte das tatsächlich tun. Ihr Pferd gefällt mir.«

Isaiah Watling wartete vor dem Haus.

»Watling, Ihre Tochter Belle lebt wohlbehalten in Atlanta. Ihr Enkel, Tazewell Watling, besucht ein Internat in England. Die Berichte über ihn sind sehr erfreulich.«

»Belle mag eines Tages noch Buße tun«, sagte Isaiah Watling. »Doch mein Sohn Shadrach wird dank Ihnen niemals Buße tun können. Rhett Butler, Sie haben Shadrach Watling der ewigen Verdammnis überantwortet.«

Josie Watling verbarg sein Lächeln hinter der Hand. »Ist er nicht ein Teufelskerl?«, sagte er. »Haben Sie so einen je gesehen?«

Als Rhett zwischen den überschwemmten Reisfeldern davonritt, spürte er ein Brennen zwischen den Schulterblättern – das gleiche Gefühl, das er immer gehabt hatte, wenn ein Scharfschütze der Union auf ihn zielte.

Ein Pfad schlängelte sich durch die halb verschüttete Meeting Street in Charleston, wo Weiße in den Trümmern nach Sachen wühlten, die sie verkaufen konnten, und Negertrupps unter der Aufsicht unionistischer Unteroffiziere zertrümmerte Mauern abrissen. Als Rhett vorbeiging, hörten die Männer auf zu arbeiten. Ein junger Neger rief: »Jetzt is das Unterste zuoberst, Mister!«

Hier und da war ein Haus verschont geblieben, manchmal sogar ein ganzer Straßenzug. Die Fensterscheiben in der Church Street 46 waren so neu, dass der Kitt noch nicht ganz ausgehärtet war. Die Haustür aus grobem Kiefernholz bewegte sich ganz leicht in den neuen Angeln, als Rhetts Schwester Rosemary auf sein Klopfen hin öffnete.

Sie wurde kreidebleich und stützte sich am Türrahmen ab. »Rhett, du … du bist nicht tot … Oh Rhett! Mein Gott, Bruder!« Sie lächelte strahlend, doch zugleich weinte sie. Rhett nahm sie in den Arm und murmelte beruhigende Worte in ihr Haar, bis sie ihn wegschob und ihre Augen trocken tupfte. Rosemary fragte: »Ist es undankbar, erstaunt zu sein, wenn Gebete erfüllt werden?«

»Ich war der persönlichen Begrüßung durch den heiligen Petrus näher, als mir lieb war. Hast du mein Telegramm nicht bekommen?«

Sie schüttelte den Kopf.

»Dann« – auf Rhetts Gesicht erschien sein übermütiges Grinsen – »muss ich wohl die Antwort auf deine Gebete sein.«

»Oh Rhett! Du hast dich überhaupt nicht verändert!«

»Wie ich gehört habe, kleine Schwester, gibt es Grund zum Gratulieren.«

»Gratulieren …?« Rosemary schlug sich die Hand vor den Mund – es war die Geste ihrer Mutter.

»Gratuliere, Mrs Ravanel. Mögest du so glücklich sein wie … wie nur irgend möglich.«

Rosemary führte ihren Bruder ins Haus. Einige der Möbel im Wohnzimmer stammten noch aus ihrer ersten Ehe, doch die Causeuse und das Sofa waren neu. »Setz dich, lieber Bruder, ich hol dir etwas zu trinken. Brandy?«

»Im Moment gar nichts, danke.«

»Bitte, Rhett, sei mir nicht böse.«

»Böse? Warum sollte ich dir böse sein?«

»Rhett, ich … ich dachte, du wärst tot! Ich habe nichts von dir gehört!«

»Es tut mir leid. Ich habe telegrafiert, bevor ich nach London gefahren bin. Die Unionisten sind hinter meinem Geld her. Verdammt ärgerlich! Bislang konnte Rob Campbell sie abwehren, doch einstweilen, Schwester, lebe ich in eingeschränkten Verhältnissen.«

»John hat gut für mich vorgesorgt. Wenn du etwas …«

»Fürs Erste habe ich noch genug Bargeld. Und« – er befingerte seine Rockaufschläge – »mein Schneider gewährt mir Kredit. Geld ist« – er zuckte mit den Schultern – »nur Geld. Es tut mir leid, wenn ich dich beunruhigt habe.«

Sie überlegte eine Weile, ehe sie frank und frei sagte: »Nach Johns Tod wollte ich nicht mehr weiterleben. Mein Kind, mein Mann … und dich – so dachte ich – hatte ich auch noch verloren.« Sie berührte Rhetts Wange. »Du bist doch echt?«

»Manchmal sogar zu echt.«

»Und dann kam Andrew nach Charleston zurück. Zwei einsame Seelen …«

»Andrew hatte schon immer eine eigenartige Wirkung auf Frauen.« Rhett hob den Zeigefinger. »Versteh mich nicht falsch, Schwester. Andrew war einmal mein Freund, und dir zuliebe soll er es wieder sein.« Rhett nahm lächelnd die leichte Wölbung ihres Bauchs zur Kenntnis. »Wie ich sehe, werde ich wieder Onkel. Eine Rolle, die mir durchaus behagt. Ein Onkel darf dem Kind Geschenke kaufen und seine Küsse entgegennehmen, aber wenn das Kind ungebärdig ist, darf der Onkel wegreiten.«

»Wir brauchen unser Kind. Andrew … Andrew verliert sich manchmal. Unser Kind wird ihn ins Leben zurückholen.« Rosemary neigte den Kopf. »Und du, Rhett? Was ist mit Miss Scarlett?«

»Mit wem?«

»Rhett, du redest mit deiner Schwester Rosemary!«

»Das ist vorbei. Es hat eines Abends auf der Straße nach Jonesboro geendet. Die Liebe erfasst uns wie eine Sturmbö auf dem Meer, und genauso schnell verschwindet sie auch wieder.«

»Hm.«

»Keine Reue, keine Verwirrung.«

»Hm.«

Er runzelte die Stirn. »Warum dieses Lächeln, Schwester? Dieses ein klein wenig herablassende, spöttische Grinsen?«

Rosemary lachte. »Weil mein großer Bruder über alles Bescheid weiß, nur sein eigenes Herz ist ihm ein blinder Fleck.«

Unter seinem schwarzen Tuch verborgen, verewigte ein Yankeedaguerreotypist die beeindruckenden Ruinen der East Bay.

Die Unionsflotte lag im Hafen vor Anker. Den eroberten Blockadeschiffen schien es peinlich, das Sternenbanner zu führen. Rhett war unterwegs zum Büro von Haynes & Son, als jemand nach ihm rief. »Rhett! Hallo! Also so was – Unkraut vergeht offenbar wirklich nicht!«

»Jamie Fisher, ja hol mich der Teufel. Gewachsen bist du aber nicht in diesem Krieg.«

»Leider nein. Herrje, es ist gut, dich zu sehen!« Jamie schüttelte Rhett die Hand. »Komm und schau dir an, was wir mit Großmutters Haus angestellt haben. Ich habe das Dach selbst repariert. Bin ich nicht eine wahre Arbeitsbiene?«

Das graue Schieferdach des Herrenhauses war von teerschwarzen ausgebesserten Stellen übersät.

Jamie steckte den Kopf durch die Haustür. »Juliet, Juliet – komm und sieh dir an, wer von den Toten auferstanden ist.«

Juliet Ravanel nahm sich ihr staubiges Kopftuch ab. »Nein, so etwas, Rhett Butler. Der Mann mit dem schwarzen Herzen!« Juliet überschlug, was Rhetts Anzug gekostet haben mochte. »Gott sei Dank hat der Krieg nicht nur Arme hinterlassen!«

Jamie seufzte. »Meine arme Schwester Charlotte hat jeden Penny unseres Geldes in Staatsanleihen der Konföderation angelegt. Vermutlich zum Beweis ihres Vertrauens in Andrew.« Er hielt inne. »Es war so viel Geld. Man sollte meinen, *irgendwo* hätte sie welches übersehen.« Jamie breitete die Arme aus. »Rhett, vor dir steht Charlestons beliebtester Reitlehrer. Ich bringe den Kindern von Yankeeoffizieren bei, auf ihrem Pony zu sitzen, ohne herunterzufallen.«

»Der wagemutige Späher der Konföderationsarmee ist sehr gefragt«, bemerkte Juliet lächelnd.

»Gegenüber den Eltern bin ich streng, weil sie das von einem wagemutigen Späher der Konföderationsarmee erwarten, aber ihre Sprösslinge durchschauen mich. Verwöhnte Kinder erkennen ihresgleichen!« Mit schwungvoller Geste lud Jamie Rhett ein, einzutreten. »Gib auf die oberste Stufe acht, Rhett.«

Sie hatten die Eingangshalle tapeziert und gestrichen, und das polierte Kirschholz der geschwungenen Treppe glänzte sanft.

Jamie öffnete die Salontür, die den Blick auf ein Durcheinander aus Latten, Putz und zerbrochenen Ziegeln freigab, und erklärte: »Mit dem Erdgeschoss haben wir noch nicht angefangen. Aber drei Schlafzimmer sind renoviert und an Spekulanten aus dem Norden vermietet.«

»Gold«, sagte Juliet mit echtem Gefühl. »Sie bezahlen in Gold.«

»Dein neuer Schwager behauptet, nur Verräter würden an solche Profiteure vermieten.« Jamies Gesicht wurde hart. »Bei Gott, wenn Andrew solvente Südstaatler für unsere Zimmer findet, setzen wir die Yankees auf die Straße. Rhett, ich habe neben Andrew gekämpft. Wir haben in diesem verdammten Staatsgefängnis eine Zelle geteilt. Es ist schwierig, Rhett, sehr schwierig, jemanden am Leben zu halten, der nicht mehr leben will.«

»Andrew ist immer ein Melancholiker gewesen.«

»Und jetzt straft Andrew mich und seine Schwester Juliet mit Verachtung, und zwar zugunsten der schlimmsten Bande von ›Patrioten‹, die je ein Bowiemesser geschärft haben.«

»Ach«, sagte Rhett. »›Patrioten‹. Ich dachte, das Kapitel hätten wir abgeschlossen.«

Juliet unterbrach die beiden. »Genug von meinem dummen

Bruder. Du erinnerst dich doch an Hercules. Er und Sudie wohnen über unserem Küchenhaus.«

Jamies übliche Fröhlichkeit kehrte zurück. »Hercules hat neue Räder an einen kaputten Krankenwagen montiert und sein Gefährt gelb-schwarz gestrichen, und Juliet hat mit einer Schablone ›Droschke‹ auf die Verschläge geschrieben.«

»Und zwar ausgesprochen schön«, brüstete sich Juliet.

»Mit dem alten Strohhut meines Großvaters auf dem Kopf ist Hercules das perfekte Abbild eines Charlestoner Droschkenkutschers aus der Vorkriegszeit. Die Yankees fragen Hercules oft, wo wir unsere Rennpferde versteckt haben. Als Hercules einem von ihnen erzählte, dass Chapultapec zuletzt im Geschirr einer Geschützlafette gesehen wurde, ist der Mann in Tränen ausgebrochen. Rhett, du trinkst doch sicher mit uns Tee?«

»Das würde ich gern, aber ich bin auf dem Weg zu meinem neuen Schwager, um ihm zu gratulieren.«

Juliet rümpfte die Nase.

Rhett stieg gerade auf sein Pferd, als eine Kutsche sich näherte und Jamie sagte: »Da kommt Hercules ja. Rhett, du musst seine Droschke bewundern.«

Hercules half einer untersetzten Schwarzen auf den Bürgersteig. »Mr Rhett, wir ham Sie überall gesucht. Wir ham gehört, dass Sie wieder in der Stadt sind.«

Ruthie Bonneaus Kleid war bis zum Hals geknöpft, und ihr Haar war von einem dunklen Haarnetz umfangen.

»Mr Rhett«, sagte Hercules. »Ich glaube, Sie kennen Mrs Bonneau.«

»Wir sind alte Freunde.« Rhett lüftete den Hut.

»Captain Butler«, sagte Ruthie Bonneau. »Ich brauche Ihre Hilfe. Tunis ist im Gefängnis. Die werden meinen Mann ermorden.«

Kapitel 26

Das Unterste zuoberst

Auch die Südstaatler, die Abraham Lincoln verabscheut und verunglimpft hatten, selbst jene, die auf Lincolns erste Wahl mit dem Austritt aus der Union reagiert hatten, waren empört über seine Ermordung. Was immer Abraham Lincoln sonst gewesen sein mochte, man wusste auch im Süden, dass er ein versöhnlicher Mensch war. Als er nach der Eroberung von Richmond, der Hauptstadt der Konföderation, durch die Stadt gefahren war, hatte man ihn gefragt, was mit den besiegten Rebellen geschehen solle. »Geht gnädig mit ihnen um, Jungs. Geht gnädig mit ihnen um«, war seine Antwort gewesen.

Die radikalen Republikaner zeigten dazu wenig Neigung. Einige hatten durch die Kugeln von Rebellen Söhne oder Brüder verloren, den einflussreichen Senator Charles Sumner hatte ein Sezessionist fast zu Tode geprügelt, und die Eisengießerei des Kongressabgeordneten Thaddeus Stevens war von einem Stoßtrupp der Konföderationsarmee in Schutt und Asche gelegt worden. Nach Lincolns Ermordung übernahmen diese Radikalen die Kontrolle über die Regierung der Vereinigten Staaten. Sie setzten sich über Präsident Andrew Johnsons Vetos hinweg, und als Johnson Widerstand leistete, hätten sie fast ein Amtsenthebungsverfahren gegen ihn veranlasst. Der Kongress entließ gewählte Gouverneure aus den Südstaaten und ersetzte sie durch Republikaner. Viele der Männer, die so zu Amt und Würden kamen, waren Mietlinge, Fanatiker oder beides.

Der Kongressabgeordnete Thaddeus Stevens war der Ansicht, die Sieger sollten »dem stolzen Adel seine aufgeblähten Besitztümer wegnehmen und ihn auf eine Ebene mit den einfachen Republikanern stellen; diese Menschen sollten hart arbeiten und ihre Kinder ein Handwerk erlernen oder selbst den Boden bewirtschaften lassen; auf diese Weise werden wir die stolzen Verräter Demut lehren«.

Scharen befreiter Sklaven überschwemmten die Städte des Südens. Missionare aus dem Norden strömten in die Südstaaten, wo man sich durchaus schon hinlänglich christlich fühlte. Das Freedmen's Bureau versorgte die Ex-Sklaven mit Nahrung, kümmerte sich um ihre Bildung und kontrollierte ihre Arbeitsverträge. Blaue Uniformen waren allgegenwärtig.

Vor dem Krieg hatten viele Sklavenbesitzer des Südens aufrichtig geglaubt, dass ihre Sklaven (auch wenn man sie in mageren Zeiten natürlich verkaufen konnte) ein Teil der Familie waren. Als die Neger dann Shermans wilde Horden zu vergrabenen Familienschätzen führten und en masse die Plantagen verließen, kam es diesen Weißen vor, als hätten ihre geliebten (wenngleich verschlagenen und unbedarften) Kinder sie verraten.

Nordstaatler – einige aus Städten, wo bei Krawallen während des Kriegs Hunderte von Negern gelyncht worden waren – kamen auf dem moralischen hohen Ross daher und wollten die Südstaatler lehren, wie man mit dem Neger umgeht.

Und manche Südstaatler, die sich weder im Krieg noch davor in irgendeiner Weise ausgezeichnet hatten, empfingen die Profiteure aus dem Norden mit offenen Armen.

So sahen es jedenfalls die Weißen des Südens.

Die Neger der Südstaaten waren eher geneigt, die neuen Zustände mit dem Ausdruck »das Unterste zuoberst« zu beschreiben.

Tunis Bonneau war in Freeport geblieben, bis die Blockade aufgehoben wurde. Drei Monate nach Abraham Lincolns Tod passierte der britische Dampfer *Garrick* Fort Sumter – einen Trümmerhaufen, auf dem das größte Sternenbanner wehte, das Tunis Bonneau je gesehen hatte.

Die *Garrick* legte am Government Wharf neben einem Truppentransporter an, dem entlassene farbige Soldaten entstiegen. Diese selbstbewussten, herumalbernden Neger in ihren blauen Uniformen weckten Tunis' Hoffnung. Im Kampf auf Leben und Tod hatten die Neger bewiesen, dass sie den Weißen in puncto Mut und der Liebe zu ihrem Land in nichts nachstanden. Wenn Neger Soldaten sein konnten, warum dann nicht auch Bürger?

Ruthie hatte ein Boot, mit dem sie selbst auf Austernfang fuhr. »Ich konnte einfach nicht wieder bei Mama und Papa einziehen, Tunis. Ich bin doch jetzt Mrs Bonneau!«

»Die *Merry Widow* …«, begann Tunis seine Beichte.

»Ach, lass doch dieses alte Schiff.« Ruthie küsste ihn.

Aus Ontario schrieb Thomas Bonneau: »Queen Victoria liebt ihre farbigen Kinder genauso, wie sie ihre weißen Kinder liebt.«

Tunis fand, sie sollten nach Kanada ziehen und einen Neuanfang machen.

Aber Ruthie war der Meinung, Kanada sei zu kalt und zu weit weg. Ihre Verwandten wohnten alle im Tiefland. Und es ändere sich doch wirklich etwas. Überall in den Südstaaten verbündeten sich Neger mit sympathisierenden Weißen und kämpften für die Rechte der Neger.

»Warum sollen wir Männern, die uns hassen, mühsam Rechte abtrotzen, die wir in Kanada längst haben?«, sagte Tunis.

»Das hier ist meine Heimat, Tunis Bonneau«, antwortete Ruthie. »Es würde mich bekümmern, wenn ich hier fortmüsste.«

Womit das Thema natürlich vom Tisch war.

Nachdem Tunis seine Austern zum Markt gebracht hatte, wusch er sich und ging zu der Kirche seines Schwiegervaters, wo sich jeden Abend Neger trafen, um der im Entstehen begriffenen neuen Welt Gestalt zu geben.

Tunis und Reverend Prescott fuhren nach Atlanta, wo weiße Republikaner wie Rufus Bullock und Neger, von denen die meisten vor dem Krieg freie Farbige gewesen waren, eine Petition an den Kongress der Vereinigten Staaten vorbereiteten. Das berauschende Arom der Freiheit lag in der Luft. Die Neger standen vor dem Tor zum Paradies.

»Eine Petition an den Kongress der Vereinigten Staaten«, sagte Tunis. »Junge Junge.«

Ein Journal in Atlanta berichtete unter der Überschrift »Kannibalen und Profiteure« über das Treffen.

Reverend Prescott sollte in der Stadt noch predigen, sodass Tunis die Heimfahrt allein antrat.

Nach dreißig Kilometern waren die Radlager des Tenders trockengelaufen, und der Zug fuhr quietschend und qualmend zur Reparatur in den Bahnhof von Jonesboro ein.

Die weißen Passagiere stiegen aus und begaben sich in das Bahnhofshotel. Tunis fand ein schattiges Plätzchen auf dem Bahnsteig, setzte sich und schloss die Augen.

Dreihundert Kilometer von Charlestons Feuchtgebieten entfernt, träumte Tunis davon, wie sich das Sumpfgras vor dem Bug teilte, während er das Boot durch die Untiefen stakte. Es war ein so angenehmer Traum, dass er die weiße Frau erst bemerkte, als sie gegen seinen Fuß trat. Tunis öffnete die Augen und rappelte sich hoch. »Ma'am?« Er zog den Hut.

Sie war weiß und jung. Und sie hatte getrunken. »Hoppla«, sagte sie. »Du bist aber'n ansehnlicher Bursche.«

»Danke, Miss. Ich warte darauf, dass der Zug repariert wird.«

Sie beschattete ihre Augen und blickte auf die Bahnhofsuhr. »Das wird noch 'ne Weile dauern.«

Tunis zog seine Taschenuhr hervor und schaute darauf. »Der Zug wird weiterfahren, sobald sie wieder einen Tender anhängen.«

»Wir haben Zeit«, sagte sie. »Willst du dich nicht ein bisschen amüsieren?«

»Ma'am?«

»Du bist doch nicht blöd, oder?«

Tunis kratzte sich am Kopf. »Doch Ma'am. Is wohl so, dass ich blöd bin.«

Als sie mit dem Fuß aufstampfte, ging ihr Schnürsenkel auf.

»Na, wie wär's – willst du dich nicht hinknien und mir den Schuh binden?«

»Ma'am, ein Nigger wie ich kriegt mächtig Ärger, wenn er 'ne feine weiße Dame wie Sie berührt.«

»Da nimmt es aber einer sehr genau … Und wenn ich jetzt sagen würde, dass du mich für einen Dollar anfassen kannst, wo du willst?«

»Ma'am, ich bin ein verheirateter Mann.«

»Aber ihr Nigger – ihr Nigger wollt doch alle mit einer weißen Frau allein sein und sie ausziehen und was mit ihr anstellen. Du etwa nicht?«

»Nein, Ma'am.«

»Herrgott«, sagte die junge Frau zu niemand Bestimmtem. Wieder an Tunis gewandt, sagte sie: »Glaubst du, ich hätt's noch nie mit 'nem Nigger gemacht?«

»'tschuldigung, Ma'am. Dieser Nigger hier hat mächtig Durst. Werd wohl mal gucken gehn, ob ich'n Glas Wasser auftreiben kann.«

»Du gehst nirgendwohin, Bursche, bis ich mit dir fertig bin.«

Tunis setzte seinen Hut wieder auf. Er sagte: »Miss, meine Frau heißt Ruthie, mein Sohn heißt Nathaniel Bonneau. Ich warte auf einen Zug, mit dem ich nach Hause fahren kann. Ich habe nichts mit Ihnen zu schaffen, und ich will auch nichts mit Ihnen zu schaffen haben. Wenn Sie einen Dollar brauchen, gebe ich Ihnen einen Dollar, aber lassen Sie mich in Ruhe.« Tunis griff in seine Tasche.

»Du arroganter Mistkerl!«, sagte das Mädchen. Ihr Blick wanderte über den leeren Bahnsteig. »Hilfe«, sagte sie versuchsweise im Plauderton. Und dann noch mehrmals lauter: »Hilfe«, bis die Weißen kamen.

Kapitel 27

Das schnellste Schiff aller Zeiten

Obwohl sich auf den Polsterbänken im Foyer des Hotel Jonesboro die Form der knochigen Hintern alter Männer eingeprägt hatte und die Spucknäpfe von den Tabakvorlieben alter Männer zeugten, saßen an diesem Nachmittag keine alten Männer dort herum. Über der Treppe blickte Jefferson Davis aus einem Bilderrahmen herab, als wäre Jonesboro, Georgia, noch eine Stadt der Konföderierten Staaten von Amerika und Jefferson Davis noch deren Präsident.

Trotz der vielen Schlüssel in dem Schlüsselschränkchen hinter ihm sah der Hotelbesitzer Rhett Butler unverwandt an und sagte: »Wir sind ausgebucht.« Die beinernen Knöpfe an dem butternussbraunen Hemd ersetzten die ursprünglichen, mit der Prägung »C.S.A.« versehenen Knöpfe, und eine nicht ausgeblichene Stelle auf dem Stoff zeigte, wo die Ärmelstreifen des Sergeants gesessen hatten. Er zog eine Dose unter der Theke hervor und spie aus.

Rhett stellte seine Reisetasche ab, trat wieder an die Eingangstür und zündete sich eine Zigarre an. Am Courthouse Square besetzten die alten Männer die Bänke. Einige jüngere hatten sich auf dem gelben Rasen versammelt. An sämtlichen Pfosten auf dem Platz waren Pferde angebunden, an manchen auch zwei.

Schräg gegenüber dem Gerichtsgebäude verkündete das neue hölzerne Schild der Bank, dass es sich hier um die First National Bank of Jonesboro handelte, die Kapital besaß: 75 000 Dollar. Der vorherige Name der Bank war über dem Türsturz dauerhaft in Stein gemeißelt: Planter's Bank. Der neue Name und das neue Geld stammten zweifellos von den Yankees.

Rhett ging zu dem Hotelbesitzer zurück. »Welches Regiment, Sergeant?«

Der Mann nahm so zackig wie trotzig Haltung ein. »Das Zweiundfünfzigste aus Georgia.«

»Stoualls Brigade? Wart ihr Jungs nicht in Nashville?«

»Na und wennschon?«

»Tja«, sagte Rhett, »wenn ihr ein bisschen schneller zur Stelle gewesen wärt, dann hätten wir vielleicht kein Fersengeld gegeben.«

»Was Sie nicht sagen. Sie sind mit Forrest geritten?«

»Rhett Butler, C.S.A., zu Ihren Diensten, Sir.«

»Ich fress 'n Besen. Mr Butler, Sie sind nu ganz gewiss nicht wie einer von uns angezogen. Sie sind exakt so angezogen wie einer von denen.«

Rhett lächelte. »Mein Schneider ist Pazifist. Ich hätte gern ein Zimmer mit frischer Bettwäsche.«

Der Hotelbesitzer warf ein paar Schlüssel durcheinander auf die Theke. »Sie können Nummer drei, vier, fünf oder sechs haben. Ich vermiete keine Zimmer an Profiteure aus dem Norden.« Er legte den Kopf auf die Seite. »Und Sie sind sich ganz sicher, dass Sie keiner von denen sind?«

Rhett hob die rechte Hand. »Bei der Ehre meines Vaters.«

Der Mann überlegte. »Na gut. Das Zimmer kostet 2 Dollar. Sie sind alle gleich, bis auf Nummer sechs, das hat einen Balkon.«

»Aha.«

»Die Nummer sechs geht auf den Platz hinaus, da können Sie heute Abend zusehen, wie das Leben tobt. Mr Butler, ich dachte, Sie sind ein Spion vom Freedmen's Bureau – wobei die kaum ohne ein paar Bluebellies nach Clayton County kommen würden. Die lassen sich nämlich immer von Unionssoldaten bewachen.«

Der Korridor im zweiten Stock war schmal, der Abort war hinter dem Haus, und das Oberlicht ließ sich nicht öffnen, aber die Nummer sechs war sauber, und als Rhett die Tagesdecke anhob, sah er kein Ungeziefer davonhuschen.

Rhett zog sich die Stiefel aus, hängte seine Jacke über den Stuhl und legte sich, die Hände hinter dem Kopf verschränkt, aufs Bett. Er würde dem Hotelbesitzer genug Zeit lassen, um ganz Jonesboro davon in Kenntnis zu setzen, dass der Fremde »einer von uns« war.

Rhett hatte kein einziges schwarzes Gesicht gesehen, seit er aus dem Zug ausgestiegen war: ein schlechtes Zeichen.

Mit offenen Augen erinnerte sich Rhett daran, wie Thomas Bonneau Psalmen in das Tosen des Hurrikans geschrien hatte. Er erinnerte sich daran, wie Tunis ihm erklärt hatte, auf welche Weise er Ruthie liebte: aufrichtig und für immer. Nach einer Stunde wusch und rasierte er sich. Er kontrollierte die Patronen in seinem Randfeuerrevolver Kaliber .32 und ließ die Waffe in seine Rocktasche gleiten.

Die dicken Zementsäulen des Gerichtsgebäudes hätten einen doppelt so großen Bau getragen. Von den Zeigern der Uhr, die auf der Zwei und der Vier stehen geblieben waren, führten Rostspuren nach unten. An den Kastanien hingen verschrumpelte Schalen. Einige der Männer gingen auf Krücken, einigen fehlte ein Arm oder ein Bein. Die meisten trugen umgearbeitete Uniformen der Konföderationsarmee. Als Rhett auf den Bürgersteig treten wollte, pflanzte sich ein junger Mann auf Krücken vor ihm auf. »Hab gehört, Sie haben unter General Forrest gekämpft.«

»So ist es.«

»Mister« – der Krüppel lehnte sich auf die eine Krücke zurück, um mit der anderen auf die Seite zu zeigen –, »der Kerl da will mit Ihnen reden.«

»Gottverflucht, Captain Butler!« Archie Flytte stand auf der Treppe des Gerichtsgebäudes. »Ich dachte, Sie schmoren längst in der Hölle!«

Rhett hob die Arme: lebendig, quicklebendig. Er rief: »Flytte, sind Sie immer noch so unerträglich wie früher?«

Nachdem Rhett Butler Archie Flytte das Leben gerettet hatte, war der ehemalige Strafgefangene nicht mehr von Rhetts Seite gewichen. Er hatte über Rhett geprahlt: »Der Captain Butler, der ist gebildet!«, oder: »Der Captain Butler, der hat was von der Welt gesehn!«, oder: »Der Captain Butler, der kann Latein reden. Ich hab's mit meinen eigenen Ohren gehört.«

Als Archies Beweihräucherung unerträglich wurde, hatte Rhett dem Mann gesagt, wenn er nicht den Mund halte, werde er ihn erschießen, woraufhin Flytte stolz herumerzählt hatte: »Der Captain Butler, der ist imstande, einem 'ne Kugel durch den Kopf zu jagen, wenn man ihm was Gutes tun will.«

»Tja, Archie«, sagte Rhett jetzt, »was ist denn das für eine Geschichte?«

»Ein anmaßender Nigger.«

»Was hat er getan?«

»Ach zum Teufel, das soll er Ihnen selbst erzählen. Der Bursche redet für sein Leben gern. Der wird Ihnen ein Ohr abschwätzen.«

Das Büro des Sheriffs befand sich im Keller des Gerichtsgebäudes. »Mister, sagen Sie denen in Atlanta, dass ich nichts mit der Sache zu tun hatte. Ich versuche hier meine Pflicht zu tun, aber was kann einer allein schon ausrichten?« Der Sheriff dachte ganz offensichtlich, Rhett komme vom Freedmen's Bureau. »Meine Hilfssheriffs machen sich rar. Bill Riley, mein Gefängniswärter? Der ist vom Essen nicht zurückgekommen. Was kann einer allein schon ausrichten?«

»Dürfte ich vielleicht mit dem Nigger reden?«, fragte Rhett. »Bleiben Sie lieber hier, Archie!« Er zwinkerte. »Wenn der Junge Sie sieht, kriegt er vor Angst keinen Ton mehr raus!«

»Sheriff ...«

Der Sheriff sagte: »Klar, Mister. Reden Sie mit ihm. Es ist ein Jammer, dass er sich in so einen Schlamassel reingeritten hat.«

Der Korridor des Gefängnisses roch nach Seifenlauge, Nachtgeschirr und Verbitterung. Eine Zelle war besetzt.

Tunis saß mit dem Rücken zu der weiß getünchten Mauer. Eins seiner Brillengläser fehlte, das andere war gesprungen. Sein Sonntagsanzug war ruiniert. Er blickte auf, erhob sich aber nicht. »Hallo Captain.«

Rhett pfiff lautlos durch die Zähne. »Die haben dich grün und blau geprügelt.«

»Der Sheriff ist kein ganz schlechter Kerl. Er hat Ruthie mein Telegramm geschickt.«

»Warum gerade du?«

Als Tunis sich etwas anders hinsetzte, hielt er den Atem an, bis sein geschundener Körper die neue Haltung akzeptierte. »Hatte wohl einfach Pech. Dein Junge – ich hab deinen Jungen zu dem englischen Dampfer gebracht. So richtig begeistert schien er nicht von dir zu sein.«

»Ist er auch nicht. Die *Widow* ist gesunken?«

»Keine zwei Meilen vor Freeport. Was hat dich eigentlich geritten, so große Maschinen in dieses Schiff einbauen zu lassen?«

»Schien mir damals eine gute Idee zu sein.«

Als Rhett eine halbe Stunde später aus dem Zellentrakt zurückkam, fragte der Sheriff: »Woher kennen Sie den eigentlich?« Einen Augenblick lang dachte Rhett, er meine Tunis. »Diesen Archie …« Durch die Kellerfenster konnte Rhett Männerstiefel und Hosenbeine sehen. »Gibt nur drei Familien oben in Mundy Hollow«, fuhr der Sheriff fort. »Ich nehm mal an, dass ich mit allen dreien verwandt bin. Archie war im Zuchthaus, wissen Sie.«

»Er hat seine Frau umgebracht.«

»Hattie war die Cousine von der Tante meiner Mutter. Hat sich immer rumgetrieben. Die Flyttes, die haben nie was getaugt. Die Watlings sind auf keinen grünen Zweig gekommen, sosehr sie sich auch angestrengt haben. Und die Talbots – jeder Talbot, der nur 'n kleines bisschen Schwung hatte, ist gegangen. Ich bin Oliver Talbot«, stellte sich der Sheriff vor. »Und wahrscheinlich werden Sie mich jetzt gleich nach meinem Regiment fragen. Das tun früher oder später alle.« Er zeigte Rhett seinen linken Arm: ein Stummel mit verkümmerter Hand. »Bin so geboren«, sagte Talbot. »Mich haben sie zum Sheriff gemacht, als alle wehrfähigen Männer bei der Armee waren. Und jetzt wollen die Unionisten einen an meine Stelle setzen, der nie ein Amt in der Konföderation innehatte oder in unserer Armee gekämpft hat. Das können nicht viele Männer hier von sich sagen.«

»Sheriff …«

Der Mann ließ sich nicht ablenken. »Natürlich haben wir Bill McCracken. Als die Militärpolizei kam, um Bill einzuziehen, ist er in den Wald gerannt. Bill kann weder lesen noch schreiben, aber wer weiß, vielleicht macht das ja nichts. Außerdem hat er noch keinen Tag in seinem Leben nüchtern verbracht, aber auch das macht wahrscheinlich nichts. Was für ein Sheriff. Woher kennen Sie Archie Flytte?«

»Forrests Division.«

»Aha. Archie und seine Jungs terrorisieren schon länger unsere Farbigen. Es waren schon zweimal welche vom Freedmen's Bureau wegen Archie Flytte hier. Aber natürlich wollte kein Weißer gegen ihn aussagen, und die Farbigen haben sich nicht getraut.« Er kratzte sich am Kopf. »Dem letzten Jungen, den sie umgebracht haben, haben sie zuerst das Glied abgeschnitten. Sagen Sie mir mal, Mister, wozu das gut sein soll. Dann haben sie ihn auf einen Stapel Zaunlatten gelegt und den brennen lassen, bis der Junge tot war. Trotzdem haben sie ihn schließlich noch erhängt.« Der Sheriff deutete mit dem Daumen hinter sich auf die Zellen. »Der Nigger hat Ihnen wahrscheinlich gesagt, dass er nichts verbrochen hat.«

»Würde es denn irgendetwas ändern?«

»Vermutlich nicht.«

»Und was werden Sie tun?«

»Ich habe nach Atlanta telegrafiert. Vielleicht schicken sie ein paar Bluebellies, vielleicht auch nicht. Gegen sechs wird es dunkel, dann geh ich zum Essen nach Hause. Und ich glaube, da werde ich auch bleiben.«

»Die Frau, die sich beschwert hat – wo finde ich die?«

»Die kleine Lisa? Oh, es ist ein Jammer mit ihr, ein wahres Elend.«

Berts Saloon lag im Negerviertel der Stadt. Bert, ein Dicker mit fettigen schwarzen Haaren, sagte, Rhett könne Lisa im Hinterhaus finden. »Zweite Tür links.« Er öffnete den Mund zu einem lautlosen Lachen. »Über Geschmack lässt sich nicht streiten.«

Die Kabuffs der Huren befanden sich in einem langen, niedrigen Schindelbau. Die primitiven Türen, die in die Mauer eingesetzt worden waren, täuschten nicht darüber hinweg, dass das Gebäude ursprünglich ein Hühnerstall gewesen war. Als Rhett klopfte, hörte er eine gedämpfte Stimme sagen, er solle verschwinden.

»Miss?«

»Gottverdammt, verschwinden Sie!«

Drinnen war der Geruch noch schlimmer als vor der Tür. Zwischen Dach und Außenmauer waren Gitter angebracht, die nur wenig Licht und Luft hereinließen. Auf einem wackeligen Waschtisch stand eine Kanne aus Milchglas. In einer auf die Seite gestellten Holzkiste waren ordentlich zusammengelegte, gestopfte Baumwollsocken gestapelt. Längst verwelkte Blumen ragten aus einem Arzneifläschchen. Neben dem Bett lag eine leere Flasche. Die unförmige Gestalt unter der Bettdecke stöhnte, dann schob sich eine Hand unter der Decke hervor und winkte Rhett fort. »Gehn Sie«, sagte eine Frauenstimme ohne jegliche Hoffnung, dass je ein Mann tun würde, was sie wollte.

Rhett goss Brandy aus seiner Feldflasche in den zugehörigen Becher und schloss die Finger der Frau darum. Ihr Kopf kam unter der Decke hervor. Sie setzte den Becher an die Lippen, wobei er gegen ihre Zähne schlug, und trank. Einen Moment lang wartete sie ab, ob sie den Brandy bei sich behalten würde. Dann tippte sie gegen den Becher, Rhett schenkte ihr nach, und sie trank erneut. Sie setzte sich auf und wischte sich grob die Haare aus den Augen. Sie war nackt. »Danke, Mister. Das ist nett.«

Sie betastete ihre Wangen und ihren Kiefer, um zu überprüfen, ob sie Verletzungen erlitten hatte, an die sie sich nicht erinnern konnte. Ihre Augen hatten Mühe, sich auf einen Punkt zu konzentrieren. »Mein Gott«, sagte sie. »Ich kenne Sie doch.«

»Lisa?«

»Captain Butler? Dass ich Sie noch mal wiedersehen würde, hätt ich im Leben nicht gedacht.« Als sie lächelte, war sie wieder jung. »Haben Sie noch Brandy?«

Rhett goss den Rest in ihren Becher, und sie kippte den Brandy wie Medizin. »Würden Sie sich umdrehen, während ich mich anziehe?« Sie kicherte. »Was rede ich denn da, das Kräutchen Rührmichnichtan.« Mit gerunzelter Stirn fügte sie hinzu: »Es liegt daran, dass ich Sie von früher kenne, wissen Sie.«

Rhett öffnete die Tür und zündete sich eine Zigarre an. Der Zigarrenrauch roch gut.

Hinter ihm fragte Lisa: »Wie geht's Ihrem Jungen? Wie hieß er noch gleich? Tuck?«

»Tazewell ist wohlauf. Er ist im Internat.«

»Er war ein guter Junge. Ich mochte ihn. Jetzt können Sie sich umdrehen. Haben Sie noch eine Flasche dabei? Mein Magen quält mich.«

Rhett schüttelte den Kopf.

Sie stemmte die Hände in die Hüften. »Schauen Sie mich an, Captain. Bin ganz schön verlottert, wie?«

Sie trug ein schlichtes gelbes Hängekleid und war barfuß. Rhett sagte: »Komm, ich lade dich zum Essen ein.«

Das Mädchen kicherte. »Ich im Speisesaal vom Bahnhofshotel? Das wär was, hm? Nee, Captain. Bert hat eine Abmachung mit dem Sheriff. Berts Mädchen tauchen im anständigen Teil der Stadt nicht auf, und dafür kommt der Sheriff nicht zu uns.«

»Aber du warst doch auf dem Bahnsteig?«

»Auf dem Bahnsteig Kerls aufgabeln, das darf ich.« Ihre Stirn legte sich in Falten. »Sind Sie deshalb hier? Wegen dem Nigger?«

»Er behauptet, du hättest ihn zu Unrecht beschuldigt, er hätte sich nicht respektlos verhalten.«

»Na, ist doch klar, dass er das behauptet, oder? Captain, Bert verkauft Ihnen bestimmt gern 'ne Flasche, und dann könnten wir zwei uns ein bisschen besser kennenlernen. Ihr Sohn und ich hatten uns gerade so'n bisschen angefreundet. Vielleicht hätten Sie ja

Spaß dran, es mit 'nem Mädchen zu machen, auf das Ihr Sohn scharf war? Ich bin erst achtzehn.«

Rhett zuckte unwillkürlich zusammen.

»Bisschen starker Tobak für Sie, Captain? Sie sind doch'n Mann von Welt. Huren sind doch für Captain Rhett Butler bestimmt nichts Neues.«

»Warum hast du gelogen?«

Sie ballte die Fäuste. »Wieso glauben Sie, dass ich gelogen habe?«

»Ich kenne Tunis Bonneau schon mein Leben lang.«

»Tja, da werden Sie sich wohl nach 'nem neuen Nigger umsehen müssen.«

Rhett öffnete seine Brieftasche und zog ein paar Scheine hervor. »Wir Südstaatler reden manchmal über den Norden, als wäre dort alles schlecht. Aber es gibt kleine Ortschaften an der Küste von Maine, wo sich die Witwe eines Konföderationssoldaten mit etwas Geld ein neues Leben aufbauen könnte. Oder vielleicht könnte sie auch in den Westen gehen – im Westen sind junge Frauen rar. Eine hübsche junge Frau hätte dort die freie Wahl.«

»Wie wär's, Sie gehen jetzt mal die Flasche kaufen«, sagte Lisa ohne Umschweife.

»Willst du denn nicht mehr als das hier?« Rhett wies auf ihr Kabuff.

Ihr Gesicht wurde hart. »Sie Mistkerl. Soll ich den Leuten erzählen, dass ich gelogen habe? Damit jeder in der Stadt weiß, dass Lisa noch tiefer gesunken ist als ein mieser, dreckiger Nigger?«

Als Rhett Butler mit aschgrauem Gesicht auf das Gerichtsgebäude zuging, verließ Sheriff Talbot das Haus gerade. Die Männer ringsum schauten in den Himmel oder sonst wohin, bloß nicht auf den Sheriff, der wortlos an Rhett vorbeiging.

»Wo warn Sie denn, Captain Butler?«, fragte Archie.

»Bei einer Hure.«

Archies Lächeln erstarb. »Ich halte es nicht mit Huren.«

Als die Sonne hinter dem Gerichtsgebäude unterging, wurden auf dem Platz die ersten Flaschen geöffnet.

Archie sagte: »Ich glaube, Sheriff Talbot hat gehofft, die Bluebellies würden vor Einbruch der Dunkelheit hier sein.«

Rhett fragte: »Warum warten Sie überhaupt auf die Dunkelheit?«

»Manche Dinge sind nichts für Frauen- und Kinderaugen.«

»Sie waren schon immer penibel.«

»Und Sie haben immer gern Fremdwörter benutzt. Sie haben wohl gedacht, das würde mich ärgern. Aber Sie können mich nicht ärgern, Captain. Das wird Ihnen ums Verrecken nicht gelingen. Sie haben mir das Leben gerettet, und mein Leben ist vielleicht nicht viel wert, aber Sie sind der Einzige, der es je gerettet hat.«

»Und wenn ich Ihnen sagen würde, dass der Bursche unschuldig ist?«

Archie war aufrichtig verblüfft. »Aber er ist doch ein Nigger?«

Als Rhett hineinging, war einer der Männer gerade dabei, ein Seil über einen kräftigen Ast zu werfen, und ein paar andere rissen den Lattenzaun vor dem Haus eines freien Farbigen nieder. Der freie Farbige war in den Norden gegangen, und die armen Weißen, die jetzt in seinem Haus zur Miete wohnten, wehrten sich nicht. Der Sheriff hatte seine Aktenschränke und Schreibtischschubladen abgeschlossen. Den Papierkorb hatte er für die schwarze Putzfrau ordentlich auf den Tisch gestellt. Rhett vermutete, dass er dort noch eine ganze Weile stehen bleiben würde.

In der halbdunklen Zelle kniete Tunis auf dem Boden und betete.

»Lisa bleibt bei ihrer Geschichte.«

»Selbst wenn sie es nicht täte, würde das wahrscheinlich kaum was ändern.«

»Sie wollte kein Geld annehmen.«

»Vielleicht könntest du einen Teil des Geldes Ruthie und meinem Jungen zukommen lassen?«

»Ich werde mich um Ruthie und den Jungen kümmern.«

»Du bist mir nichts schuldig. ’s war nicht Captain Butler, der die Sicherheitsventile blockiert hat, um noch schneller zu sein. Das war Kapitän Bonneau.« Ein schwaches Lächeln huschte über Tunis' Gesicht. »Ich hab gewusst, dass die Unionisten an dem Abend nur darauf warten, dass wir rauskommen. Über der Barre des Cape Fear River haben wir zweiundzwanzig Knoten gemacht. Meine *Widow* war das schnellste Schiff aller Zeiten.«

»Ohne mich hättest du dein Schiff noch.«

»Du hast nie gern jemand anders rangelassen, stimmt's, Rhett? Captain Butler musste immer selbst die Hände am Steuerruder haben. Tja, Rhett, mein Schiff ist gesunken, und ich werde sterben. Da kannst du nichts dran ändern.«

»Du alter Dickschädel.«

»Ein Neger, der kein Dickschädel ist, wird sein Leben lang ein Nigger bleiben. Ich fürchte mich nicht vor dem Sterben. Aber ich hab Angst vor dem, was sie mir antun werden, bevor ich sterbe. Wenn du Ruthie siehst, sag ihr, dass ich sie liebe. Und mein Junge – Nathaniel Turner Bonneau – wenn das mal kein Name ist, der nach was klingt!«

»Allerdings«, stimmte Rhett zu.

Die Männerstimmen draußen vor dem Gefängnis wurden lauter, wie die Brandung vor einem Sturm.

Tunis lächelte. »Ist es nicht verrückt, woran man so denkt? Ich hab Angst, verdammte – verflixte – Angst. Aber mir fallen nur lauter schöne Dinge ein. Zum Beispiel wie ich Ruthie das erste Mal gesehen hab. Es war bei einem Picknick der Baptisten, und ich hab ihren Kuchen gekauft. Es war ein Apfelkuchen. Oder wie ich mich gefühlt habe, als der kleine Nat auf die Welt kam, oder wie wir beide das letzte Mal zusammen die Blockade in Charleston durchbrochen haben. Ich hab dir das nie gesagt, Rhett, wie mich das damals beeindruckt hat – Captain Rhett Butler steht auf dem Schaufelradkasten und lässt sich auch von allen unionistischen Kugeln und Granaten dieser Welt nicht da runterholen.«

»Manche Dinge prägen sich einem unauslöschlich ein«, sagte Rhett leise. »Kanntest du Will, den Schleusenmeister?«

»Daddy Thomas hatte eine hohe Meinung von Will.«

»Will war mir ein besserer Vater, als mein eigener Vater es je war. Aber auch ihn konnte ich nicht retten.«

Die beiden Männer schwiegen, bis Tunis schluckte und dann sagte: »Es gibt da etwas, was du für mich tun könntest, Rhett. Ich will nicht, dass sie mir antun, was sie mir antun wollen. Ich möchte, dass du … dass du mich erschießt.« Tunis rieb sich über die Lippen, wie um sie von den Worten, die er gerade ausgesprochen hatte, zu reinigen. Er lächelte jäh, nervös, strahlend, und seine Worte überschlugen sich, als hätte er nicht genug Zeit, um alles zu sagen, was er wollte. »Weißt du noch, wie wir zwei Jungs damals mit dem Boot von meinem Daddy bis nach Beaufort runtergesegelt sind? Verdammt, was hat mir mein Daddy danach das Leder gegerbt! Aber das war es wert – nur wir beide, den Wind im Rücken, und dieser unglaublich blaue Himmel. Allein dafür lohnt sich doch ein ganzes langes Leben, Rhett – ein Mal, nur ein einziges Mal einen so blauen Himmel zu sehen.«

Die Männer, die in dieser Nacht im Gerichtsgebäude von Clayton County zu Bestien wurden, waren ehemalige Soldaten, die selbst getötet und miterlebt hatten, wie ihre Freunde getötet wurden. Der Tod war ihnen nicht fremd. Heute Nacht war der Nigger dran, morgen konnten sie es selbst sein. Mochten einige in diesem Mob verrückt oder einfältig oder betrunken sein, so waren andere ehrbare Männer, die das, was sie taten, für ihre Pflicht hielten.

Wenn diese ehrbaren Männer vor dem Krieg nicht selbst ab und zu in den Negerunterkünften »vorbeigeschaut« hatten, um sich mit einem Negermädchen zu vergnügen, dann kannten sie Männer, die es getan hatten. Durch die Niederlage entmannt und voller Angst vor der Zukunft, konnten sich diese Männer nicht vorstellen, dass schwarze Männer weißen Frauen nicht das Gleiche antun würden, was weiße Männer schwarzen Frauen angetan hatten.

Archie Flytte sagte: »Du, du und du, ihr geht den Nigger holen. Wenn es mehr sind, stehen wir uns nur im Weg. Und einer gießt Petroleum ins Feuer.«

Als sie den Schuss hörten – es klang eher nach einer Spielzeugpistole –, begriff Archie sofort. »Augenblick mal«, sagte er. »Einen gottverdammten Augenblick mal.«

Archie rannte durch das Gefängnis zu der Zelle, wo Tunis Bonneau tot auf dem Steinfußboden lag.

Als Rhett Butler ein Streichholz anriss, um seine Zigarre anzuzünden, zitterte die Flamme.

»Zur Hölle mit Ihnen, Butler.« Archie trat gegen die Zellentür. »Zur Hölle mit Ihnen! Warum haben Sie das gemacht?«

Rhett Butler sagte: »Der Nigger war respektlos gegenüber einer weißen Frau.«

Kapitel 28

In unionistischem Gewahrsam

Der Mob drängte durch den Korridor in die Zelle, und mit ihm der Mief von ungewaschenen Körpern, whiskeygeschwängertem Atem und Wut. Ein halb kahler Mann mittleren Alters trat immer wieder gegen Tunis' Kopf. »Verfluchter Nigger! Gottverfluchter Nigger!«

Ein empörter Graubart verkündete: »Tot is kein Egsempl! Ein toter Nigger is kein Egsempl!«

Sie beobachteten Rhett Butler aus dem Augenwinkel, wie Wölfe, die um ein Lagerfeuer herumschleichen. Rhett ließ den Revolver in seiner Rocktasche nicht los.

Archie Flyttes harte Stimme schnitt durch das Gemurmel. »Captain Butler hat sich nichts dabei gedacht! Captain Butler ist ein Gentleman! Und habt ihr je 'n Gentleman gesehen, der einen Funken Verstand im Leib hat?«

»Wir sollten ihn anstelle von dem Nigger nehmen!«, stieß ein enttäuschter Junge hervor.

»Was sagst du da, Junge? Du willst, dass wir einen von General Forrests Soldaten aufknüpfen? Einen Mann hängen, der neben Archie Flytte gekämpft hat? Du miese Kanaille!« Archie packte den Jungen vorn am Hemd und schleuderte ihn in die Gruppe.

Der Graubart sagte: »Wir müssen ein Egsempl machen!«

Ein anderer alter Mann sagte angewidert: »Ach verdammt, mir reicht's. Ich komme zu spät zum Essen.«

»Lasst Butler in Ruhe. Wir haben doch Nigger wie Sand am Meer.«

Während sie Tunis' Leiche durch den Korridor weiterreichten, griffen die Männer in Tunis' Weichteile oder schlugen hinein und bespuckten ihn. Ein Mann mit irrem Blick tupfte mit dem Finger etwas Blut von dem Einschussloch in Tunis' Stirn und steckte sich den Finger dann in den Mund.

Als der Mob samt Leiche draußen war, standen Archie und Rhett allein im Büro des Sheriffs.

Archie zog ein fusseliges Stück Kautabak aus der Tasche, biss eine Portion ab und schob sie sich in den Mund. »All die Monate, wo wir zusammen geritten sind, hab ich gemacht, was Sie wollten. Ich hab Brennholz gesammelt und die Pferde getränkt, und ich hab uns was zu fressen besorgt. Wenn wir einen steinigen und einen glatten Platz zum Schlafen hatten, dann haben Sie Ihre Ölhaut auf dem glatten ausgebreitet. Ich hab immer so getan, als würde ich nicht merken, dass Sie auf mich runterschauen. Sie haben mich wahrscheinlich für strohdumm gehalten. Sie haben mir das Leben gerettet, Captain Butler. Deshalb war ich Ihnen verpflichtet. Tja, jetzt bin ich Ihnen nicht mehr verpflichtet. Wir sind quitt.«

Nachdem Archie gegangen war, sackte Rhett gegen die raue Steinwand und ließ endlich den Revolver los. Seine Hand schmerzte. Er betrachtete seine zitternden Finger, schloss sie zur Faust, öffnete sie wieder. Es war eine Hand, nur eine Hand – was immer sie auch getan hatte.

Er hörte das dumpfe Fauchen, mit dem die Flammen hochschossen, nachdem jemand Petroleum ins Feuer gegossen hatte. Die Fenster leuchteten rötlich. Sie verdunkelten sich, als Tunis ins Feuer geworfen wurde.

Rhett löschte die Laterne und setzte sich im Dunkeln an den Schreibtisch des Sheriffs, während der Mob kreischte und johlte und eine nölige Stimme misstönend sang: »I'll live and die in Dixie! I'll live and die in Dixie!«

Als der Gestank des brennenden Fleischs in den Keller drang, zündete sich Rhett eine weitere Zigarre an und zog daran, bis die Spitze glühte. Er hustete und würgte, ihm drehte sich fast der Magen um. Er paffte, bis ihm die Zigarre die Finger versengte.

Später zerrten sie Tunis aus dem Feuer, um ihn aufzuhängen. Sie begannen zu schießen. Sie brüllten und schossen eine ganze Weile lang.

Gegen vier Uhr früh ging der Mond unter, und die Männer begaben sich nach Hause ins warme Bett, zu ihrer geliebten Frau und ihren Kindern.

Als Rhett hinausging, wurde es schon hell. Drei Männer saßen noch am Feuer und reichten eine Flasche herum. Was einmal Kapitän Tunis Bonneau gewesen war – Ruthies Mann, Nats Vater, Rhetts Freund –, baumelte vom Ast einer Kastanie. Es ähnelte eher dem Weihnachtsscheit vom letzten Jahr als einem Menschen.

Vor Rhetts Stiefelspitze glitzerte etwas. Er bückte sich und hob Tunis glasloses Brillengestell auf.

Einer der Betrunkenen kam taumelnd auf die Beine, torkelte auf das Feuer zu und rettete sich, indem er die Arme nach oben riss. Er drehte sich in die richtige Richtung um und schwankte im Zickzack die Straße hinunter.

Gurrend und glucksend flatterten Tauben auf den Rasen vor dem Gerichtsgebäude. Zwei Raben ließen sich in der Kastanie nieder. Einer breitete die Flügel aus und krächzte. Der andere ließ etwas auf das verkohlte Ding fallen und hackte nach ihm.

Sheriff Talbot kam. »Morgen, Butler.« Der Sheriff ignorierte den Torso geflissentlich. »Wenn ich recht informiert bin, haben Sie meinen Gefangenen getötet.«

»Ja.«

»Na ja, ich will ja nicht behaupten, dass ich anstelle von dem Nigger nicht gewollt hätte, dass Sie tun, was Sie getan haben, aber das ändert nichts an den Tatsachen.«

»Tatsachen sind nun mal Tatsachen.«

»Ja, Sir, so ist es. Sie haben den Nigger umgebracht, der in meinem Gewahrsam war, und deshalb muss ich Sie verhaften und hier festhalten, bis die Bluebellies kommen. Wenn ich Ihren Revolver haben dürfte, Sir. Es tut mir leid, aber ich habe meine Pflichten.«

Sie saßen auf der Treppe des Gerichtsgebäudes, bis ein Trupp der Unionskavallerie die Hauptstraße von Jonesboro entlanggeritten kam. Der Captain schwang sich aus dem Sattel, schüttelte die steifen Beine aus und rieb sich den Hintern. Er warf einen kurzen Blick auf das verkohlte Ding, das einmal ein Mensch gewesen war. Seine Männer lockerten die Sattelgurte und führten ihre Pferde zum Grasen auf die Rasenfläche. Ein Soldat entfachte mit ein paar Fußtritten die Glut, ohne sich um die schlafenden Betrunkenen zu kümmern. Der Captain hatte die gereizte Miene eines Veteranen, dem man eine unangenehme Aufgabe zugeteilt hatte. Er nickte dem Sheriff zu.

»Das hier ist Rhett Butler«, sagte Sheriff Talbot. »Er hat den Nigger umgebracht.«

»Butler …? Butler …? Wir suchen Sie schon länger, Sir. Sie kommen mit uns ins Hauptquartier.«

»Dieser Nigger war in meinem Gewahrsam, und Butler hat ihn erschossen. Das hier ist der Revolver, mit dem er's gemacht hat.«

Der Captain schob die Waffe hinter seinen Gürtel. »Sheriff, schneiden Sie dieses Ding ab und lassen Sie es begraben.«

»Ich weiß nicht, ob ich das machen kann, Captain. Die Jungs haben es aufgehängt, und die werden's auch wieder abhängen. Die werden es nicht gern sehen, wenn sich da jemand dran zu schaffen macht.«

»Sergeant!«

Als der Sergeant sich näherte, flogen die Raben unter wütendem Krächzen auf. Der Sergeant kappte das Seil mit dem Säbel. Das Geräusch, mit dem Tunis Bonneau auf dem Boden aufschlug, grub sich für immer in Rhetts Gedächtnis ein.

An diesem Nachmittag ritt Rhett Butler mit der Unionspatrouille entlang der Bahnstrecke der Macon and Western Railroad nach Atlanta. Ausgebrannte und gesprengte Eisenbahnwaggons waren auf die Seite geschafft worden. Glänzende neue Schienen schlängelten sich über den alten Unterbau.

Das Zentrum von Atlanta war eine Mondlandschaft aus eingestürzten Mauern, umgefallenen Schornsteinen, Backsteinhaufen und Bruchstücken geschmolzener Maschinen, deren ursprünglicher Zweck nicht mehr erkennbar war. Von der Georgia Railroad Bank war nur noch eine umgestürzte Mauer übrig. Das riesige Dach des Depots war in sich zusammengefallen. Innerhalb der Ruine des vormaligen Lokschuppens hatte man in aller Eile eine Drehscheibe unter freiem Himmel gebaut.

Überall waren Unionssoldaten; ihre Zeltstadt erstreckte sich über den Marktplatz hinaus.

Während blau gewandete Soldaten emsig umhereilten und ehemalige Sklaven ihre neue Freiheit erkundeten, waren die Bewohner Atlantas mit dem Wiederaufbau beschäftigt. Hier zogen ein paar Männer mit zusammengesuchten Backsteinen auf verkohlten Mauerresten eine neue Mauer hoch, dort standen Arbeiter auf einem wackeligen Gerüst und setzten einen Schlussstein.

Noch bevor Rhett und seine Eskorte das Hauptquartier erreicht hatten, hatte es sich herumgesprochen: »Rhett Butler ist wieder in der Stadt, und er ist verhaftet.« – »Rhett Butler ist mit einer Unionspatrouille unterwegs.«

Die Patrouille überquerte das verwüstete Bahnhofsgelände und ritt in ein Wohnviertel, das dem Feuer entgangen war.

In Richter Lyons Haus – dem jetzigen Hauptquartier – war Rhett schon vor dem Krieg gewesen. Die korinthischen Säulen konnten einen neuen Anstrich vertragen, und die Balustrade wies Lücken auf, da einzelne Baluster als Brennholz herausgerissen worden waren.

Man führte Rhett an einem Paar salutierender Wachen vorbei in das ehemalige Büro des Richters. Drei Offiziere wärmten sich am Kaminfeuer die Hände, und ein Sergeant schrieb ins Dienstbuch.

Er legte den Federhalter hin. »Wen bringen Sie uns denn da, Captain?«

»Rhett Butler. Wir haben ihn in Jonesboro geschnappt. Er hat einen Neger getötet.«

Ein Offizier kam herüber. »Rhett Butler, Rhett Butler. Ja hol mich … Ich wette, Sie erinnern sich nicht an mich.«

Rhett blinzelte und schüttelte den Kopf.

»Tom Jaffery. Erinnern Sie sich? Das Feld der Ehre? Charleston? Meine Güte, war ich da noch grün hinter den Ohren.«

»Jetzt sind Sie Captain«, bemerkte Rhett.

»Ich habe nie zu etwas anderem getaugt als zum Soldaten.« Jaffery schwieg einen Moment. »Wir suchen schon eine Weile nach Ihnen. Befehl von ganz oben. ›Schaffen Sie uns Rhett Kershaw Butler herbei.‹«

Rhett sagte: »Jetzt haben Sie mich herbeigeschafft.«

Der Sergeant trug Rhetts Namen in das Dienstbuch ein und bellte: »Hopkins, telegrafieren Sie dem Kriegsministerium, dass wir Butler haben.« Er ließ sich Rhetts Brieftasche und Uhr geben und steckte sie geistesabwesend ein.

Tom Jaffery geleitete Rhett zu der Feuerwache, die als Militärgefängnis diente. »Butler, in was haben Sie sich denn diesmal hineinmanövriert?«

Die Feuerwache überblickte den Schauplatz des großen Brandes, den sie nicht hatte verhindern können. Die aufgestellten Wachtposten konnten nicht über den ursprünglichen Zweck der breiten Torbogen hinwegtäuschen, durch die Feuerwehrwagen hinausgerast waren, während in der gedrungenen Kuppel auf dem Dach die Alarmglocken läuteten.

Im Erdgeschoss, wo früher die Feuerwehrwagen gestanden hatten, waren die harmloseren Übeltäter untergebracht.

Im Korridor des zweiten Stocks stand vor jeder Tür eine Wache. Neben dem Fenster von Rhetts kleinem Raum hing ein lederner Feuerwehrhelm. Eine eiserne Bettstelle und ein Tischchen vervollständigten die Ausstattung. Es war bitterkalt.

Jaffery zögerte, ehe er sagte: »Es tut mir leid, dass Sie in dieser dummen Lage sind. Kann ich irgendetwas für Sie tun? Wollen Sie irgendjemandem Bescheid sagen?«

»Ich hätte gern Schreibzeug.« Rhett hielt inne. »Jaffery – an diesem nebligen Morgen am Ashley River, was haben Sie da von uns gedacht?«

Tom Jaffery sagte: »Ich dachte, dass Sie wahnsinnig sind. Allesamt.«

Nachdem der Captain gegangen war, machte es sich der Wachtposten vor Rhetts Tür auf seinem Stuhl bequem, der jedes Mal quietschte, wenn der Mann sein Gewicht verlagerte. Hin und wieder hustete er.

Rhett legte Tunis' demolierte Brille auf den Tisch. Sie hätte das Skelett irgendeines harmlosen kleinen Tiers gewesen sein können. Es war so kalt, dass sein Atem kondensierte, und er zog die Aufschläge seines Rocks fest zusammen. Rhett hörte das Kratzen und Fauchen des Streichholzes, mit dem der Wachtposten seine Pfeife anzündete. Es roch nach brennendem Tabak.

Er hörte ein dumpfes Geräusch, als der Insasse des Nachbarraums die Füße auf den Boden setzte. Dann lief der Mann hin und her.

Jenseits des hohen Gitterfensters ging der Mond über einer ausgedehnten, dunklen Ruinenlandschaft auf. Gestalten huschten durch die geschleifte Stadt und suchten in den Trümmern nach Schindeln zum Heizen und nach Messing- und Eisenschrott zum Verkaufen. Noch vor Tagesanbruch konnte Rhett einige an ihrer Größe und Geschwindigkeit und der Art, wie sie sich von Schatten zu Schatten bewegten, erkennen, doch er wusste nicht, ob es Schwarze oder Weiße waren.

Ein junger Soldat mit Segelohren und fleckiger Haut brachte ihm eine Schüssel kalten Haferbrei und das Schreibzeug, um das er gebeten hatte. Als Rhett um eine zweite Decke bat, sagte der Junge entschuldigend: »Das darf ich nicht, Sir. Befehl vom Kriegsministerium. Was haben Sie bloß getan, dass die so wütend auf Sie sind?«

Rhett schrieb rasch ein paar Zeilen an einen Senator aus Connecticut, mit dem er während des Krieges Geschäfte gemacht hatte. Den restlichen Vormittag verbrachte er damit, einen langen Brief an Ruthie Bonneau zu verfassen.

Rufus Bullocks üppige Koteletten waren unverkennbar von Biershand gestutzt, und als er sich auf Rhetts Bett setzte und die Beine übereinanderschlug, sah man an den völlig unzerkratzten

Sohlen, wie neu seine Schuhe waren. Bullocks Wollmantel war dick wie eine Pferdedecke.

Er schüttelte sorgenvoll den Kopf. »Rhett, was hast du bloß angestellt? Rufus Bullock ist ein durchaus einflussreicher Mann in der Republikanischen Partei von Georgia, aber selbst Rufus musste General Thomas höchstpersönlich um die Erlaubnis für einen Besuch bei dir bitten. Ich bin gekommen, so schnell es ging.«

»Tunis Bonneau ...«, begann Rhett.

»Der Neger interessiert sie nicht. Die hängen dich nur, wenn du sie dazu zwingst.«

»Der Neger hieß Tunis Bonneau. Er war ein freier Farbiger. Sein Elternhaus stand am Fluss nicht weit von Broughton.«

»Ich bin ihm mal begegnet. Sein Schwiegervater, Reverend Prescott, ist eine prominente Persönlichkeit. Rhett, die Mordanklage ist nur ein Vorwand.« Rufus sah sich misstrauisch in dem kleinen Raum um, bevor er flüsterte: »Es heißt, du wärst im Besitz des Staatsschatzes der Konföderation.«

Rhett schloss die Augen. »Ach ja. Der Staatsschatz. Ich erinnere mich.«

Rufus runzelte die Stirn. »Rhett, das ist nicht zum Lachen.«

»Rufus, mein Freund, das ist es sehr wohl. Die Konföderation hat nie einen Staatsschatz besessen. Das Einzige, was sie je besessen hat, ist eine Druckpresse.« Rhett musste sich anstrengen, um höflich zu bleiben. »Du siehst wohlhabend aus, Rufus.«

»Die Republikaner wollen, dass Rufus Bullock für das Gouverneursamt kandidiert.«

»Ehemalige Angehörige der Konföderationsarmee dürfen nicht kandidieren.«

»Ich war nicht bei der Konföderationsarmee.«

»Und wie konntest du dann Colonel sein?«

»Ein Ehrentitel, Rhett, ein reiner Ehrentitel. Rufus Bullock hat nie den Fahneneid geschworen. Während des Krieges hat er die Southern Express Company vertreten und Warenlieferungen überwacht. Wenn die Konföderationsregierung die Southern Express Company in Dienst nehmen wollte, wie konnte Rufus da nein sagen? Geschäft ist Geschäft, oder etwa nicht?«

»Du bist also einer von den Südstaatlern, die ihr Fähnchen nach dem Wind drehen, Rufus.«

Er reckte die Brust vor und schwenkte den erhobenen Zeigefinger. »Rufus Bullock ist gebürtiger Nordstaatler!« Er rieb sich die Hände. »Es ist kalt hier.«

»Allerdings.«

»Rhett, mein Freund, bitte hör mir zu. Die Republikaner im Kongress – Sumner, Blaine, Thad Stevens – werden sich nicht erweichen lassen. Wenn du nicht für den Mord an Tunis Bonneau gehenkt werden willst, solltest du dich in Bezug auf dein Geld *flexibel* zeigen.«

»Danke, Rufus. Du meinst es sicher gut.«

Bullock redete auf Rhett ein, bis er seine eigenen Argumente nicht mehr hören konnte. Als er sich zum Gehen erhob, gab Rhett ihm die beiden Briefe. Bullock las die Adressen. »Woher kennst du denn den Senator, Rhett?«

»Ich kenne eine ganze Menge Leute, Rufus, auch einige weniger ehrbare als dich.«

»Morgen fährt ein Kurier für mich nach Washington. Er wird den Brief persönlich überbringen.«

Rhett zuckte die Achseln. »Wie du willst. Der Brief an Mrs Bonneau ist wichtiger.«

Rufus Bullock ging ohne seinen neuen Wollmantel, doch als der Soldat Rhett abends seine kalten Rüben und Kartoffeln brachte, nahm er den Mantel mit.

Kapitel 29

Der Galgen im Garten

Obwohl er nahezu ausgehungert wurde und die Temperatur nur knapp über dem Gefrierpunkt lag, war Rhett weder kalt, noch hatte er Hunger. Er war nicht wütend, und Angst hatte er auch nicht.

Der Gefangene nebenan hustete, schlurfte durchs Zimmer und stöhnte im Schlaf. Obwohl Rhett sich nie mit ihm verständigte, tat ihm seine Anwesenheit irgendwie wohl.

Rhett dachte über Tunis Bonneau nach. Und er fragte sich, was wohl aus Mistletoe geworden war, der Frau von Will, dem Schleusenmeister.

Bis auf die wärmsten Stunden des Tages, in denen es ihm gelang zu schlafen, saß Rhett aufrecht auf seinem Eisenbett und beobachtete die Ödnis vor seinem Fenster. Es war wie eine Oper ohne Musik. Vom Einbruch der Dunkelheit bis zur Morgendämmerung streiften die Trümmerfledderer verstohlen umher und stritten sich um Funde. Von Sonnenauf- bis -untergang wurden auf dem Ruinenfeld neue Gebäude hochgezogen. Das angestrengte Treiben der Fledderer veränderte überhaupt nichts, doch die Bauarbeiten verwandelten nach und nach die Silhouette der Stadt.

Rhett zählte weder die Tage noch die Wochen seiner Gefangenschaft.

Eines Morgens schneite es. Die dicken, langsam fallenden Flocken legten sich weich über die versehrte Landschaft. Mit polternden Stiefeln kamen Soldaten, um den Mann aus dem Nachbarraum abzuholen. »Soldat Armstrong, es ist so weit.« Der Mann wehrte sich so heftig, dass die Zwischenwand erbebte. Als die dumpfen Schläge, das Keuchen und Fluchen der Soldaten verstummten und der Mann gefesselt war, schrie er: »Nein! Nein! Nein!« Seine Verweigerung verklang langsam, als die Soldaten ihn die Treppe hinunter- und hinaustrugen.

Am selben Nachmittag bugsierten zwei Neger eine Sitzbadewanne in Rhetts Raum, und der junge Soldat mit dem fleckigen Gesicht brachte mehrere Eimer dampfend heißes Wasser. »Jetzt wird alles gut, Sir«, sagte der Junge. »Mr Puryear ist aus Washington gekommen. Jetzt wird alles gut.«

Als Rhett nur in eine frische Wolldecke gehüllt dastand, reichte ihm der Soldat ein Stück Pariser Duftseife. »Die habe ich aus Ihrer Reisetasche genommen, Sir. Ich hoffe, das ist in Ordnung.«

Während Rhett sich in das heiße Wasser gleiten ließ, murmelte er: »Weiche von mir, Satan.«

Peanut, der Barbier des Hotel Atlanta, kam, um Rhett zu rasieren. Als der Soldat kurz hinausging, flüsterte der Neger eindringlich: »Miss Belle sagt, Sie solln Mut fassen. Mr Bullock versucht, Sie hier rauszukriegen. Er versucht, was er kann.« Falls der Barbier noch etwas hatte sagen wollen, wurde er davon abgehalten, weil der Soldat mit der Reisetasche zurückkam, die Rhett das letzte Mal im Hotel Jonesboro gesehen hatte.

»Es tut mir leid, Peanut. Ich habe kein Geld.«

»Das is schon in Ordnung, Captain Butler. Darum hat sich Miss Belle gekümmert.«

Als Rhett seine eigenen sauberen Kleider angezogen hatte, kam Captain Jaffery, um ihn abzuholen. Beim Anblick des ausgemergelten Rhett zuckte er zusammen. »Es tut mir leid«, sagte er. »Ich hatte keine Möglichkeit, das zu verhindern.«

Rhett drückte die Schulter des Mannes und folgte ihm nach unten. Auf der Straße trieben Kutscher ihre Pferde mit der Peitsche durch halb gefrorenen Schlamm. Die Speichen der Wagenräder waren von zähem rotem Lehm überzogen, der in Placken absprang, während die Räder sich drehten.

Die Balustrade des Hauptquartiers war von Schnee überzuckert.

Captain Jaffery führte Rhett in die Wachstube. »Warten Sie hier. Ich sage Mr Puryear Bescheid, dass Sie da sind.«

Der kleine Baum in der Wachstube war mit roten und grünen Papierbändern, Äpfeln und kleinen Glöckchen geschmückt. Rhett wärmte sich am Kaminfeuer.

Ein Captain mit Schnauzer und rotem Gesicht schlug sich mit der Faust in die Handfläche. »Der Klan macht alles zunichte, wofür wir gekämpft haben!«

Ein Leutnant legte grinsend ein imaginäres Gewehr an und imitierte die Geräusche beim Spannen des Hahns: »Ku. Klux. Klan.«

Jaffery führte Rhett eine Treppe aus schwarzem Walnussholz hinauf, deren Stufen von Sporen zerkratzt waren. Vor der hohen Flügeltür reichte Jaffery Rhett die Hand. »Was auch geschehen mag«, sagte er, »ich wünsche Ihnen viel Glück.«

Die Decke des fast fünf Meter hohen vormaligen Salons war von kunstvollen Stuckleisten eingefasst. Die vorhanglosen, vom Boden bis zur Decke reichenden Fenster gingen auf einen ehemaligen Rosengarten hinaus.

Der Klapptisch am Fenster war für zwei gedeckt. Die Ecken des gestärkten Leinentischtuchs waren jeweils mit einem gestickten L verziert, das schwere Silber war in London gefertigt. In einem Eiskübel stand eine Flasche Sillery.

Im Garten hatte man einen Galgen errichtet, und halb zugeschneite Fußspuren führten zu der Plattform und ihre dreizehn Stufen hinauf. Die Falltür war offen, ein quadratisches schwarzes Loch. Zwei frischere Fußspuren führten unter die Plattform, und im Schnee zeichnete sich noch ab, wo der Sarg auf seine Ladung gewartet hatte – der Sarg, der jetzt aufrecht neben dem Gartentor stand und auf dem der fallende Schnee schmolz, weil der Körper in seinem Innern noch Wärme abgab. Seine Bretter glänzten.

»Leben Sie wohl, Soldat Armstrong«, sagte Rhett leise. »Möge das Jenseits Ihren Wünschen besser entsprechen.«

Mit einem klickenden Geräusch ging die Salontür auf. Ohne sich umzudrehen, sagte Rhett: »Hallo Edgar. Du sollst also mein Versucher sein.«

»Rhett – ich bin sofort gekommen, als ich davon erfahren habe.« Edgar Allan Puryears steifer Tweedanzug wurde durch eine neue Weste und eine Uhrkette aus geflochtenem Haar verschönt. Sein Lächeln war ausnehmend selbstbewusst. »Ich hoffe, deine Unterbringung war nicht zu spartanisch.«

»Ich muss dir danken, Edgar. Ich kann mich nicht erinnern, je wegen eines Bades in jemandes Schuld gestanden zu haben.«

Edgar zog einen Stuhl unter dem Tisch hervor. »Bitte setz dich, Rhett. Bitte. Wir werden zusammen essen und uns ein bisschen unterhalten, und dann wollen wir doch mal sehen, ob wir dich nicht aus diesem Schlamassel herausholen können. Socrates!«

Auf Puryears Ruf erschien ein grauhaariger Neger. »Du kannst jetzt auftragen, Socrates.« Noch ehe der Hausdiener außer Hörweite war, sagte Edgar vertraulich zu Rhett: »Richter Lyons Diener. Was tun wir nur, wenn es seinesgleichen nicht mehr gibt?«

»Uns selbst bedienen? Tja, Edgar. Wie ich sehe, bist du auf die Füße gefallen.«

Edgar Puryear stützte die Ellenbogen auf den Tisch. »Wir beide haben das alles kommen sehen, Rhett, nicht wahr? Irgendwelche Narren mögen sich an Fantasien von Ritterlichkeit festgeklammert haben, aber nicht wir Geschäftsleute, stimmt's?«

Rhett wies mit einem Nicken auf den Sarg im Garten. »Soldat Armstrong – war der auch Geschäftsmann?«

»Armstrong? Meine Güte, nein. Ein gewöhnlicher Mörder. Er hat in trunkenem Zustand seinen Sergeant erschossen.« Edgar setzte eine nachdenkliche Miene auf. »Etwas weniger Whiskey, dann hätte er es nicht getan, etwas mehr, dann wäre es ihm nicht gelungen. Infolge solch geringfügiger Fehlkalkulationen gehen Vermögen verloren und Männer werden gehenkt.«

Rhett saß mit gefalteten Händen da, während Edgar seine Serviette ausschüttelte und sie vorn in seine Weste steckte. Socrates öffnete den Champagner, schenkte ihre Gläser ein und trat dann mit ausdruckslosem Gesicht an die Wand zurück.

»Du bist also zum Henker geworden, Edgar?«

Edgar Puryear verschluckte sich fast an seinem Champagner.

»Oh nein, nein. *Damit* hatte ich nichts zu tun«, sagte er mit einer unbestimmten Geste in Richtung Fenster. »Das war eine ganz normale Kriegsgerichtssache, die Vollstreckung des üblichen Urteils. Nein, Rhett, mir wäre es lieber, niemand müsste gehenkt werden! Lass uns trinken, Rhett, auf die Zukunft – auf deine Zukunft.«

»Ich trinke nicht mit dir, Edgar«, sagte Rhett.

Puryear hatte sein Glas zum Anstoßen erhoben. Nach kaum wahrnehmbarem Stocken trank er es aus und ließ sich von Socrates nachschenken. Dann wischte er sich den Mund ab. »Wie du willst«, sagte er. Auf Edgars Fingerschnalzen schob Socrates den Servierwagen an ihren Tisch.

»Darf ich Ihn von der Wachtel geben, Sir?« Der Hausdiener nahm den Deckel von einer der Schüsseln auf dem Rechaud. Sein Servierbesteck schwebte über den duftenden Köstlichkeiten.

»Nein, gar nichts, Socrates, danke«, sagte Rhett höflich.

»Captain Butler, wir ham das Kalbsbries-Frikassee, die frische Bergforelle und den Schinken aus Virginia, den General Thomas so mag. Wir ham die Süßkartoffeln, das gebratene Blattgemüse, den Wildreis und die Kräcker …«

»Bitte serviere Mr Puryear. Er wirkt etwas … schwächlich.«

Edgar fragte angespannt: »Du kennst Mr Butler, Onkel?«

»Oh ja, Sir. Wir Farbigen, wir kennen Mr Butler alle. Von während dem Krieg, Sir.«

»Dann weißt du auch, dass er einen Neger erschossen hat.«

Socrates schüttelte gedankenvoll seinen grauen Kopf. »Ja, Sir. Davon ham wir alle gehört. Es is schon 'ne Schande, wenn die Armee der Vereinigten Staaten einen anständigen Farbigen nicht beschützen kann.«

Edgar traf mit ruckartig herabstoßendem Finger seine Auswahl. Als sein Teller randvoll war, sagte er: »Warte draußen, Onkel. Ich rufe, wenn wir dich brauchen.«

Edgar stocherte in seinem Essen herum. »Rhett, glaubst du wirklich, dass du dem Kongress der Vereinigten Staaten trotzen kannst, indem du dich weigerst, zu essen?«

»Danke für deine Anteilnahme, Edgar, aber ich habe keinen Hunger. Ich habe in Unionsgewahrsam fürstlich gespeist. Bei Delmonico hätte ich es nicht besser haben können.«

Der Champagner, den Edgar in großen Schlucken trank, verbesserte seine Laune nicht. Er wischte sich die Hände an der Serviette ab, blies sich über die Oberlippe, rückte seinen Binder zurecht und begann noch einmal von vorn. »Rhett, der Kongress der Vereinigten Staaten ist sehr wütend. Man hat Mrs Surratt gehenkt – deren schlimmstes Verbrechen darin bestand, die Pension zu führen, in der John Wilkes Booth, Lincolns Mörder, sein Komplott geschmiedet hat. Dr. Mudd, der in aller Unschuld das gebrochene Bein des Mörders richtete, schmort im Gefängnis. Die Yankees sind in Henkerlaune, Rhett. In Zeiten wie diesen empfiehlt es sich nicht, sich von der Menge abzuheben. Und du hebst dich ab, Rhett.«

Rhett sagte nichts.

»Das Kalbsbries ist deliziös«, sagte Puryear.

Rhetts Lächeln blitzte auf.

Edgar Puryear schob seinen Teller von sich weg. »Rhett, der Neger, den du getötet hast, ist ihnen völlig gleichgültig.«

»Ich bin wohl der einzige Weiße in Georgia, dem er nicht gleichgültig war«, erwiderte Rhett mit ruhiger Stimme.

»Dieses Mädchen, diese Lisa? Ich war in Jonesboro und …« Edgar grinste. »Ich habe mich mit der kleinen Lisa amüsiert.«

Rhett zuckte mit den Schultern. »Über Geschmack lässt sich nicht streiten.«

Puryear streckte anklagend den Finger aus. »Rhett Kershaw Butler, hast du den Blockadebrecher *Merry Widow* am 14. Januar 1865 im Hafen von Wilmington festgehalten, damit er eine spezielle Fracht an Bord nimmt, ja oder nein?«

»Du weißt doch, dass es so war, Edgar. Und du weißt auch, warum.«

»Und hast du den Staatsschatz der Konföderation auf dieses Schiff verladen, ja oder nein?«

Rhett lehnte sich auf seinem Stuhl zurück, verschränkte die

Hände hinter dem Kopf und streckte sich. »Ach, Edgar. Du bist ein so … so *lästiger* Mensch. Etwas Besseres ist euch nicht eingefallen, dir und deinen Yankeefreunden, um mir mein Geld zu stehlen?«

»Glaubst du, wir lassen dir das Vermögen, das du angehäuft hast, indem du immer wieder die Blockade der Union durchbrochen hast?«

»Edgar, ich bin vollkommen blank. Vor dir sitzt die Verkörperung der Unvernunft. Meine Mutter hat mir immer gepredigt: ›Ein ersparter Penny ist zweimal verdient‹, ›Sparschaft bringt Barschaft‹ und so weiter und so fort, aber ich habe nicht auf sie gehört. Ich bin pleite, abgebrannt, sitze völlig auf dem Trockenen.«

Edgar drohte mit dem Finger. »Unterschätz uns nicht, Rhett. Wir haben mit deinem Bankier gesprochen – wie heißt er noch gleich, Campbell? Wir wollen gar nicht all dein Geld. Wir wären mit einem angemessenen … Anteil zufrieden.«

Rhett stand auf. »Danke für das beste Abendessen seit Wochen, Edgar. Auf den Kaffee verzichte ich heute Abend lieber. Kaffee stört meine Nachtruhe.«

Kapitel 30

IRREFÜHRUNG

Nach diesem Gespräch bekam Rhett drei Decken, die Rationen gewöhnlicher Soldaten, hin und wieder sogar eine Zeitung. Edgar Puryear besuchte ihn zweimal, richtete aber kein Essen mit Blick auf den Galgen mehr aus. Obwohl er weiterhin verlangte, dass Rhett die Gewinne, die er als Blockadebrecher gemacht hatte, an die Unionsbehörden übergab, verlor Edgars schlagkräftigstes Argument – dass Rhett andernfalls gehenkt werde – von Tag zu Tag an Überzeugungskraft. Zu Rufus Bullocks Verwunderung verwendeten sich mächtige Senatoren für Rhett. Als das Jahr zu Ende ging, erinnerte sich außer Captain Butler niemand mehr daran, dass er einen tödlichen Schuss auf Tunis Bonneau abgegeben hatte.

An einem frostig-klaren Januarnachmittag klopfte Captain Jaffery an die Tür. »Sie haben Besuch, Captain Butler. Ihre ›Schwester‹ Scarlett ist hier.« Jaffery grinste wie ein Schuljunge.

»Die liebe, liebe Scarlett. Das ist aber nett, dass meine Schwester mich besucht«, erwiderte Rhett. Seine Gedanken überschlugen sich.

»Hübsche Frau, Ihre Schwester.« Jaffery reichte ihm sein Jackett.

»Hm, ja, das ist sie wohl.« Scarlett. Sie war seine neue Welt. Sein Sonnenschein, seine Hoffnung, alles, was er sich je gewünscht hatte. Die harten Zeiten, die er durchgestanden hatte, rückten in weite Ferne.

Zusammen mit Jaffery polterte er die Treppe des Spritzenhauses hinunter und trat an den Wachen vorbei hinaus in die Kälte. Wo zuvor Rhetts Widerstand gegen Scarlett gesessen hatte, machte sich jetzt Überschwang breit, und er konnte nicht aufhören zu lächeln. Einem dreckbespritzten Fuhrmann, dessen überladener Wagen bis an die Radnaben im Schlamm steckte, rief er zu: »Guten Morgen, Sir. Haben wir nicht herrliches Wetter?« Der Fuhrmann schaute ihn schief an.

Rhett tippte an seinen Hut, um zwei Damen zu grüßen, denen es durchaus gelang, außer den verhassten Yankeesoldaten gleich auch noch den berüchtigten Captain Butler mit Verachtung zu strafen.

Die vertrauten Stufen zum Unionshauptquartier hinauf, einmal rechts abgebogen, dann traten sie in einen Raum, in dem sich einige Yankeesoldaten aufhielten – und Scarlett.

Als er sie sah, vergaß Rhett Kershaw Butler, wer er war, vergaß jede schmerzliche Lektion, die er gelernt hatte. Sie hatten sich so lange nicht gesehen; es kam ihm vor wie eine Ewigkeit.

Scarlett trug ein moosgrünes Samtkleid und einen Hut mit bunten Federn. Sie war mit ihm hier in diesem Raum. Sie war zu ihm gekommen. Ihr Lächeln. Sie selbst. Rhett kämpfte mit den Tränen. »Scarlett!« Er küsste sie auf die Wange. »Meine süße kleine Schwester.«

Ein Yankeecaptain protestierte: »Das ist gegen die Vorschrift. Er sollte in der Feuerwache bleiben. Sie kennen die Befehle.«

»Herrgott, Henry!«, erwiderte Captain Jaffery. »In dem Schuppen würde uns die Dame doch erfrieren!«

Damit Bruder und Schwester ungestört sein konnten, vertrieb Tom Jaffery zwei Soldaten aus der Schreibstube, die einst ein Anrichtezimmer gewesen war. In dem Licht, das durch eines der Fenster hereinfiel, sah man die hellen Stellen auf dem Putz, wo die Tellerregale gehangen hatten. An Nägeln, die in die weiß getünchte Wand geschlagen worden waren, hingen bündelweise schriftliche Befehle.

Als Rhett sich zu Scarlett hinunterbeugte, um sie zu küssen, wandte sie ihr Gesicht ab.

»Darf ich dich denn jetzt nicht richtig küssen?«

»Auf die Stirn, wie ein guter Bruder.«

»Nein, besten Dank. Dann warte ich lieber und hoffe auf Besseres.«

Rhett Butler fühlte sich wieder jung. Als wäre alles möglich, als wäre die Welt nagelneu.

Scarlett erzählte ihm, Tara habe den Krieg unbeschadet überstanden. Ihrem Sohn Wade und Mellys kleinem Beau gehe es gut, und Tara habe in Will Benteen einen tüchtigen Verwalter.

»Und Mr Ashley Wilkes?«

Gleichgültig berichtete Scarlett, Mrs Wilkes sei froh, Ashley wieder zu Hause zu haben. Will Benteen mache ihrer Schwester Careen den Hof. Suellen sei noch immer hinter der alten Jungfrau Frank Kennedy her.

Rhett schmunzelte. »Der alte Frank mag zwar ein Langweiler sein, aber er hat Geld.«

Scarlett verzog das Gesicht.

Sie schwieg kurz und sprach dann so leise, dass Rhett sich vorbeugen musste, um sie zu verstehen. »Mutter ist gestorben. Am Fieber. Sie war … tot, als ich nach Tara zurückkam.« Ihre Augen schwammen in Tränen.

»Das tut mir leid, meine Liebe. Und Ihr Vater Gerald?«

Scarlett wich seinem Blick aus. »Gerald weiß sich zu beschäftigen.«

Hörte er da einen Unterton in ihrer Stimme? Vielleicht ging es ihrem Vater doch nicht so gut, wie sie behauptete. Gerald musste inzwischen auch in die Jahre gekommen sein.

Geichviel. Scarlett war gekommen, um ihn zu besuchen. Sie, die ihn abgewiesen hatte, als er reich und auf freiem Fuß gewesen war, besuchte ihn als einen verarmten Gefangenen, den die Yankees aufzuhängen drohten.

Er sagte ihr, wie hübsch sie aussehe, und bat sie, sich zu drehen.

Als sie herumwirbelte, schwang ihr schönes grünes Kleid ein Stückchen hoch, sodass die Spitzenhose darunter hervorschaute. Er faltete die Hände fest hinter dem Rücken, um sich nicht auf der Stelle auf sie zu stürzen.

Scarlett erzählte ihm, Taras treue Neger hätten das Vieh der

Plantage im Wald versteckt, wo Shermans wilde Horden es nicht finden konnten. Im letzten Jahr seien auf Tara zwanzig Ballen Baumwolle geerntet worden, und dieses Jahr werde es noch mehr sein – aber (sie seufzte) es sei entsetzlich langweilig auf dem Land. Sie habe sich so an das Leben in der Stadt gewöhnt.

Rhett zeigte sich erstaunt darüber, dass Scarlett sich langweilen könne, es sei denn, natürlich, sie sei mit all den Jungen vom Land bereits fertig.

»Ach Rhett, ich bin nicht den ganzen Weg hierhergekommen, um mir solch dummes Zeug über mich anzuhören. Ich mache mir furchtbare Sorgen um Sie! Wann wird man Sie aus diesem schrecklichen Gefängnis entlassen?«

»Und wenn sie es tun, was dann?«, fragte er leise und beugte sich näher zu ihr.

Scarlett errötete wie ein junges Mädchen. Sie legte zärtlich eine Hand an seine Wange. Die Hand war kratzig. Verwirrt ergriff er sie und drehte sie um. Scarletts Handfläche war rau und aufgerissen, die Fingernägel waren abgebrochen. Verständnislos starrte er darauf. Sie wehrte sich nicht, als er ihre andere Hand nahm und sie ebenfalls umdrehte. Genauso hatten seine Hände ausgesehen, als er auf den Reisfeldern von Broughton gearbeitet hatte.

Rhett fuhr sich mit der Zunge über die Lippen. Auf den Freudenrausch folgte der jähe Absturz. Sein Herz schrumpfte zu einem harten, hässlichen Ding zusammen. Ausdruckslos fragte er: »Auf Tara läuft also alles bestens? Sie haben mit der Baumwolle so viel Geld verdient, dass Sie in der Weltgeschichte herumreisen können? Warum haben Sie mich angelogen?«

Tief in ihren hinreißenden Augen sah er ein Flackern – wie bei einer gehetzten Füchsin, die vom Lichtstrahl der Lampe getroffen wird. »Wenn es nach Ihnen ginge, könnten mich die Yankees an einem noch höheren Galgen erhängen als Haman.« Rhett ließ ihre Hände los. Wie billig und geschmacklos dieser Raum doch wirkte. Was ihm großzügig wie die Hoffnung erschienen war, wurde nun zu einem schmutzigen kleinen Verschlag, der Tunis Bonneaus Mörder und eine Betrügerin beherbergte.

Geld. Sie wollte Geld. Natürlich wollte sie Geld. Sie sprach schnell, ihre Worte überschlugen sich. Tara, ihr geliebtes Tara, solle wegen einer nicht beglichenen Steuerschuld verkauft werden, und Scarlett besaß keinen Cent. Sie hatte ihr Samtkleid aus den Vorhängen auf Tara gefertigt. »Sie haben gesagt, dass Sie noch nie eine Frau so sehr begehrt haben wie mich. Wenn Sie mich noch wollen, können Sie mich haben. Rhett, ich tue alles, was Sie verlangen, aber schreiben Sie mir um Himmels willen diesen Wechsel aus!«

Was für ein wundersames Geschöpf sie doch war! Scarlett O'Hara hatte einen Preis für seine Liebe genannt. Dreihundert Dollar – er konnte seinen treulosen Liebling für den Preis eines in London gefertigten Anzugs oder eines ziemlich guten Pferdes haben. Wenn man es recht bedachte, waren dreihundert Dollar ein günstiges Angebot. Manch eine Kurtisane in Paris verlangte mehr. »Ich habe kein Geld«, sagte Rhett müde.

Mit einem Schrei, der das Stimmengewirr der Soldaten im Nebenraum verstummen ließ, sprang sie auf und ging auf ihn los. Rhett presste ihr die Hand auf den Mund und hob sie hoch. Sie trat aus und versuchte ihn zu beißen, versuchte wieder zu schreien.

Er benötigte seine ganze Kraft, um sie zu bändigen. Sie würde alles tun, dachte Rhett. Sie ist genau wie ich.

Scarlett verdrehte die Augen und fiel in Ohnmacht.

Yankeeoffiziere stürmten herein, um die junge Dame wiederzubeleben. Captain Jaffery holte ein Glas Brandy.

Als Scarlett O'Hara das Gebäude verließ, war sie ein niedergeschlagenes Kind, wirkte verloren in ihrem falschen Sonntagsstaat und einem Hut, dessen bunte Federn – das wurde Rhett jetzt klar – aus dem Schwanzgefieder eines Hofhahns stammten.

In jener Nacht träumte Rhett, dass er ein kleines Mädchen ermordete. Er setzte ihr seinen Randfeuerrevolver an die Stirn und drückte ab.

Als Captain Jaffery ihm zwei Wochen später die Nachricht von Scarletts Flucht in die Ehe übermittelte, war er verblüfft.

»Ja, hat sie Ihnen denn nicht gesagt, dass sie vorhatte zu heiraten?«

Im ersten Moment verschlug es Rhett die Sprache.

Der Captain klopfte ihm auf die Schulter. »Vielleicht hat Miss Scarlett befürchtet, ihr großer Bruder wäre mit dem neuen Ehemann nicht einverstanden! Kein Grund zur Sorge, Rhett: Frank Kennedy ist grundsolide.« Captain Jaffery kratzte sich am Ohr. »Es überrascht mich etwas, dass sich eine Frau wie Ihre Schwester in den umstandskrämerischen alten Frank verliebt – und war Frank nicht überhaupt mit einer anderen verlobt?« Er lächelte wehmütig. »Die Herzen der Frauen« – Jaffery legte sich die Hand aufs Herz –, »wer versteht sie schon?«

»Falls Kennedy dreihundert Dollar hat: ich.«

Die Forsythien blühten, als Rufus Bullock Rhett das Begnadigungsschreiben überbrachte. Es trug die Unterschrift eines Senators aus Connecticut, der nicht als nachsichtiger Mann bekannt war. »Dieser Brief, den du ihm geschrieben hast, Rhett – was in aller Welt stand da drin?«, fragte Rufus.

Rhett schlug den Staub von dem Hut, den er seit Monaten nicht getragen hatte, und setzte ihn sich in keckem Winkel auf. »Rufus, der Senator hat im Krieg mit der Herstellung des Baumwollfutters für die Mäntel der Unionsoffiziere ein Vermögen gemacht. Hast du dich jemals gefragt, woher er die geschmuggelte Baumwolle hatte?« Rhett Butler grinste breit. »Komm, Rufus, gehen wir raus. Es ist Frühling.«

Kapitel 31

Eine Südstaatenschönheit

Der Sommer war sehr trocken. Die Maisernte fiel spärlich aus, und die Baumwolle war es kaum wert, entkörnt zu werden. Weiße Prediger konnten ihren Schäfchen nicht erklären, warum Gott die Konföderation im Stich gelassen hatte. Manche von ihnen dachten an Selbstmord, andere fielen vom Glauben ab und verließen die Kanzel. Prediger und Gemeindemitglieder der schwarzen Kirchen verfassten eloquente Petitionen an den Kongress der Vereinigten Staaten, in denen sie die ihnen versprochenen Rechte einforderten. Unter den ehemaligen Konföderierten gab es einige bekannte Persönlichkeiten – darunter General Wade Hampton in South Carolina und General William Mahone aus Virginia –, die dafür plädierten, den Negern das Wahlrecht zuzusprechen, denn der Süden müsse von Schwarzen und Weißen gemeinsam wiederaufgebaut werden. Doch General John B. Gordon aus Georgia und General Nathan Bedford Forrest aus Tennessee setzten ihr im Krieg erlangtes Ansehen ein, um die Vorkriegsordnung wiederherzustellen.

Idealisten aus dem Norden kauften sich Fahrkarten in den Süden, um sich für Bildung und Bürgerrechte der Neger einzusetzen. Republikanische Kongressabgeordnete, die Freunde und Verwandte im Kugelhagel der Konföderierten verloren hatten, sannen auf Rache. Opportunisten wollten den Leichnam des Südens umdrehen und nachsehen, ob sich darunter nicht etwas befand, was sich zu stehlen lohnte.

Die Armee der Vereinigten Staaten gab Waggons und Lokomotiven an genau die Eisenbahngesellschaften zurück, die sie erst vor kurzem ruiniert hatten. Obwohl die Eisenbahngesellschaften der Südstaaten ihre Arbeiter nur mit Speckseiten und Mehlsäcken entlohnen konnten, wurden eiligst neue Gleise verlegt, Brücken und Tunnel in Ordnung gebracht, und auch wenn die Passagiere manchmal für eine Zwischenstrecke in Fuhrwerke umsteigen mussten, verkehrten immerhin wieder regelmäßig Züge.

Mit den Gewinnen, die Frank Kennedys Laden abwarf, kaufte Scarlett O'Hara eine Sägemühle. Atlanta wurde in halsbrecherischem Tempo wiederaufgebaut, finanziert durch Unmengen von Yankeedollars. Backsteine, Portlandzement und Kalk erzielten Spitzenpreise, Wagenladungen mit Kiefernholz aus dem Norden Georgias rollten über die Marietta Road zur Sägemühle der Kennedys. Die anständigen Bürger der Stadt bemerkten naserümpfend: »In *der* Familie hat Mrs Kennedy die Hosen an.« Doch Scarlett war zu beschäftigt, um sich darüber Gedanken zu machen. Sie kaufte eine zweite Sägemühle und überredete Ashley Wilkes, sie zu führen.

Zu dieser Zeit kam Scarlett und Frank Kennedys Tochter Ella zur Welt, die ihrem unansehnlichen Vater ähnelte.

Als Gerald O'Hara starb, war Tara dank Scarletts Geld und dem Verwalter Will Benteen wieder im Aufbau begriffen.

Eines Morgens, als Belle Watling tiefer als sonst in den Schubladen ihrer Kommode kramte, hatte sie plötzlich einen Geistesblitz.

Belles Wäscherin war mit Dr. Jewett's Scientific Remedy Medicine Show davongelaufen, was Belle erst bemerkte, als MacBeth ihre Wäsche ungewaschen zurückbrachte. Beim Wühlen in ihren Schubladen fand Belle etwas in Packpapier Eingewickeltes. Als sie das Paket an einem Ende öffnete, kam der kostbare graue Stoff des Kleides zum Vorschein, das Rhett ihr vor langer Zeit geschenkt hatte. Belle setzte sich und schnappte nach Luft, während in ihrem Kopf ein berechnender Gedanke den anderen jagte: *Scarlett O'Hara war jetzt Scarlett Kennedy. Frank und Scarlett hatten eine*

Tochter. Die Ehe der Kennedys würde sicher halten, bis Scarlett eine alte Frau war.

Den Rest des Tages lief Belle durch das Haus und sang oder summte Nonsenslieder vor sich hin, bis Minette sich beschwerte: Sie, Minette, sei in New Orleans Stammgast der Oper St. Louis gewesen, und Belles Geträller sei hoffnungslos unmusikalisch.

»Ach, Minette«, erwiderte Belle fröhlich. »Du kannst doch nicht erwarten, dass eine gefallene Frau wie eine Diva singt!«

Zum Entsetzen einiger älterer Kunden, die eine bequeme (weniger fordernde) Mätresse bevorzugten, hörte Belle auf, Herren zu empfangen. Sie ernährte sich vorwiegend von Blattgemüse, Brot und Wasser, sodass ihre Taille schlanker wurde.

Eines Nachmittags fuhr MacBeth sie zu den Wilkes.

»Fahr hintenrum«, sagte Belle nervös. »Durch die Gasse.«

Vor der Pforte des Wilkes'schen Küchengartens zögerte Belle. Wer war sie denn, jemanden um etwas zu bitten?

Nun, dachte sie, ich bin Ruth Belle Watling, die bin ich. Nachdem sie all ihren Mut zusammengenommen hatte, eilte sie an Melanies Herbstgemüse und Körben voll frisch geernteter Kartoffeln vorbei.

Als sie an der Hintertür klopfte, wurde ein Vorhang zurückgezogen, und ein ernster kleiner Junge beäugte sie. Er steckte sich den Daumen in den Mund. Auf Belles beruhigendes Lächeln hin ließ das Kind den Vorhang fallen und rannte ins Haus. »Mama, Mama!«

»Was ist denn, Beau, Schätzchen? Stimmt etwas nicht?«

Belle hörte die Schritte einer Frau. »Ist jemand gekommen, Beau? Wie lieb von dir, es mir zu sagen.«

Die Frau, die die Hintertür öffnete, war dünn – zu dünn – und ihre dunklen Augen waren riesig. »Ja … Miss Watling. Was für eine schöne Überraschung!«

»Mrs Wilkes, ich wollte Sie nicht in Verlegenheit bringen, deshalb habe ich hier hinten geklopft.«

»Wie könnten Sie mich in Verlegenheit bringen, meine Liebe? Bitte kommen Sie doch herein.«

Belle trat vorsichtig in die Küche. Als Melanie vorschlug, sie sollten doch ins Wohnzimmer gehen, wehrte Belle ab. »Vielen Dank, Ma'am, die Küche ist schon recht.«

Beau starrte die Fremde an und klammerte sich an das Kleid seiner Mutter.

Melanie zog einen Hocker herbei. »Wollen Sie sich nicht setzen? Darf ich Ihnen eine Tasse Tee anbieten?«

Belles Mund war vor Nervosität ganz trocken. »Gegen ein Glas Wasser hätte ich nichts einzuwenden.«

Melanie betätigte die Pumpe, bis kaltes Wasser herausspritzte. Wie überall in Atlanta schmeckte das Brunnenwasser nach Eisen.

»Mrs Wilkes, vielen Dank, dass Sie mich empfangen, ich will Sie auch nicht lange belästigen. Sie sind nicht so hochnäsig wie die anderen Damen, und ich dachte, ich könnte Sie vielleicht bitten …«

Melanies freundliches Lächeln ermunterte Belle, sich ihr anzuvertrauen.

In einer Vase neben dem Spülstein standen frische Tausendschönchen, und blanke Fenster gingen auf einen liebevoll gepflegten Garten hinaus.

»Ein wirklich schöner Garten«, sagte Belle. »Und so viel Gemüse.«

»Danke. Ich werde Ihnen etwas davon mitgeben.«

»Oh nein, Mrs Wilkes. So habe ich das nicht gemeint.« Belle schlug die Augen nieder. »Ich wollte nur sagen, dass er schön aussieht.«

»Hm«, sagte Melanie. »Ich trinke um diese Zeit immer eine Tasse Tee. Möchten Sie nicht doch eine Tasse mittrinken?« Sie bückte sich, um am Ofenrost zu rütteln und Holz nachzulegen.

Es war ein neumodischer Herd mit einem Wasserbehälter, der neben dem Dunstfang angebracht war. Als Belle ihn bewunderte, sagte Melanie, es sei sehr praktisch, ständig warmes Wasser zu haben. Belle fragte, ob es Mr Wilkes Spaß mache, eine Sägemühle zu führen, und nach kurzem Zögern antwortete Melanie: »Mr Wilkes wurde zum Gentleman erzogen.«

Belle erkundigte sich, ob das hinten an den Garten angrenzende Haus noch immer Miss Pittypat Hamilton gehöre, worauf Melanie sagte, ja, ihr Bruder Charles und sie seien bei Miss Pittypat aufgewachsen, und als die Wilkes nach dem Krieg wieder nach Atlanta zurückgekehrt seien, hätten sie das Glück gehabt, das Haus mieten zu können, dessen Garten an Melanies früheres Zuhause angrenzte. So viele Erinnerungen.

»Und jetzt wohnen Mr und Mrs Kennedy bei Miss Pittypat?«

»Ja, so ist es.« Melanie schenkte Belle Tee ein. »Wir sind also doppelt gesegnet. Mein Sohn und ich haben das letzte Kriegsjahr auf der Plantage von Mrs Kennedys Familie verbracht, auf Tara.« Melanie fügte hinzu: »Natürlich war Scarlett damals noch nicht Mrs Kennedy. Scarlett ist die Witwe meines Bruders Charles.«

Belle hätte zu gern gefragt, ob die Ehe der Kennedys glücklich sei, doch sie wusste nicht, wie sie die Frage formulieren sollte. Sie stellte ihre Teetasse so hastig ab, dass sie an die Untertasse schlug. »Mrs Wilkes, ein Herr hat mein Herz erobert.«

»Aber Belle, das ist ja eine wunderbare Nachricht! Meine eigene Ehe ist so glücklich, dass ich jede Frau bedaure, die nie geheiratet hat.«

»So weit ist es noch nicht. Die Sache ist die, Mrs Wilkes« – Belles Gesicht glühte vor Eifer –, »mein Herr ist ein Gentleman, und ich bin keine feine Dame.«

Melanie dachte nach, bevor sie etwas entgegnete. »Ich bin mir nicht sicher, Miss Watling, wie wichtig diese Unterscheidung ist. Liebt Gott nicht all seine Kinder gleichermaßen?«

»Kann sein, dass er das tut, aber all seine Kinder lieben ganz gewiss nicht all seine anderen Kinder. Normalerweise ist es doch so, Gentlemen lieben feine Damen, und die andere Sorte liebt die andere Sorte.«

Belle wünschte, sie könnte so gelassen sein wie Melanie Wilkes. Jetzt brach ihr auch noch der Schweiß aus! Und wenn nun ein Tropfen ihren Arm hinunterrann und Mrs Wilkes ihn sah? Sie trank einen Schluck Tee und fuhr eilig fort: »Ich wollte Sie etwas fragen, Mrs Wilkes. Wie kann ich eine feine Dame aus mir machen?«

Das kaum wahrnehme Flackern in Melanies Augen hätte Belles

Hoffnungen fast auf der Stelle zunichtegemacht, doch Melanies Lächeln war freundlich. »Darüber habe ich noch nie nachgedacht. Ist man nicht eine feine Dame, wenn man das Auftreten und die äußere Erscheinung einer feinen Dame hat?«

»Ich weiß nicht, Mrs Wilkes. Deshalb bin ich hier.«

»Aber Ihr … Beruf …«

»Ich empfange keine Herren mehr. Ich bin nur die Besitzerin des Hauses.«

»Verstehe.«

»Wie kann ich denn die äußere Erscheinung einer feinen Dame kriegen? Ich weiß nicht recht, wie man sich benimmt und was man anzieht, Mrs Wilkes. Ich weiß nicht, wie eine feine Dame denkt!« Als Belle hilflos die Handflächen nach oben drehte, rann ein kalter Schweißtropfen über ihren Brustkorb. »Mrs Wilkes, wo bekomme ich Kleider wie Ihre her?«

»Meine Güte, Miss Watling. Eine feine Dame zu sein bedeutet mehr als …«

»Geld habe ich.«

»Ich fürchte, Geld allein …«

»Aber die richtigen Kleider und Geld sind doch ein Anfang, oder?«

»Na ja, möglicherweise …«

Und so kam es, dass Melanie Wilkes, ohne jemandem ein Wort davon zu sagen, Belle Watling noch in derselben Woche zu der besten Schneiderin von Atlanta begleitete. Die sehr hellhäutige Miss Smithers war vor dem Krieg eine freie Farbige gewesen, und was Schicklichkeit anging, legte keine weiße Frau höhere Maßstäbe an.

Dieser Tage waren Miss Smithers' Kundinnen hauptsächlich die Ehefrauen von Spekulanten aus dem Norden oder von Yankeeoffizieren. Ihr Geschäft befand sich in einem langen, schmalen Haus in der Mitchell Street. In dem vorderen Raum trug eine Kleiderpuppe eine zarte, hochgeschlossene Bluse, während eine zweite, ein mit braunem Musselin überzogenes Drahtgestell, nackt danebenstand. Stoffballen – Pikee, Batist, Kammgarn, Ripsseide, Samt und Brokat – türmten sich auf Miss Smithers' Ladentheke, und die Musterbücher waren so hoch aufgestapelt, dass sie die kleine Schneiderin überragten.

Sie tippte auf die Musterbücher. »Welchen Stil bevorzugen Sie, Miss Watling? Paris, London, New York, Boston?«

»Nähen Sie Mrs Kennedys Kleider?«

»Ja doch, das tu ich.«

»Ich will irgendwo zwischen ihr und« – Belle zeigte auf ihre Begleiterin – »Mrs Wilkes hier sein.«

Belle öffnete das Paket, das sie so zärtlich in den Armen gehalten hatte. Es enthielt das graue Kleid, das Rhett ihr geschenkt hatte. »Oje, ich fürchte, dieses Kleidungsstück kann ich nicht abändern.« Miss Smithers hielt das Kleid in die Höhe. »Der Ausschnitt und das Mieder ... Tut mir leid. Außerdem trägt man heutzutage keine Reifröcke mehr.«

»Können Sie denn nicht irgendwo den gleichen Stoff auftreiben? Mein liebster Freund hat mir das geschenkt.«

Miss Smithers setzte zu der Erklärung an, dass keine zwei Stoffe genau gleich seien, dass dies ein französisches Gewebe sei, dass ... Doch angesichts der Hoffnung in Belles Augen ließ sich die Schneiderin erweichen. »Ich will sehen, was ich tun kann«, sagte sie.

Nachdem sie Kleider, Blusen und Jacken in Auftrag gegeben hatten, fuhren Melanie und Belle zu dem deutschen Schuhmacher, der bei Belle für drei Paar Schuhe Maß nahm, eines davon aus Lackleder.

Bevor sie sich voneinander verabschiedeten, sagte Melanie: »Ich fürchte, Belle, eine feine Dame zu sein bedeutet mehr als nur die richtige Kleidung. Es ist eine Haltung. Aus Ihrer ... Erfahrung wissen Sie womöglich mehr über Geschäfte und Politik, als man von Damen gemeinhin erwartet. Gentlemen denken gern, Damen seien eine bloße Zierde, und diese Zierde ist schlecht beraten, wenn sie ihrem Gentleman widerspricht.«

»Vielen Dank.«

»Und Sie sollten Bücher lesen: Romane, weil Damen oberflächlich sind, Poesie, weil Damen gefühlsselig sind, und Predigten, weil wir fromm sind. Wenn Sie Essays lesen müssen, dann wohl am besten Mr Emerson. Mag sein, dass Ihr Gentleman mit seinen Werken flüchtig bekannt ist.« Melanie hielt kurz inne. »Und Ihre Diktion, Belle …«

»Wie ich rede, meinen Sie?«

»Ahmen Sie die Romanheldinnen nach. So reden Damen.«

Obwohl Mr Belmonts Juweliergeschäft niedergebrannt war und sein Tresor am Ende doch nicht so feuerfest gewesen war wie vom Hersteller versprochen, hatte Belmont sich nicht weit von seinem ersten Geschäft erneut niedergelassen. Belle wollte Ohrgehänge passend zu der Kameebrosche, die sie ihm zeigte. »Sie müssen zu dieser Brosche passen. Sie ist mein bestes Stück.«

Gute Juweliere sind so diskret wie Leichenbestatter und Priester. Belmont bewunderte die Kameebrosche überschwänglich, so als hätte er sie noch nie gesehen, und verkaufte Belle seine teuersten Kamee-Ohrgehänge.

Belles neue Kleider waren in gedämpften Farben gehalten. Die Blusen waren aus Seide und Batist mit Spitze am Ausschnitt. Als Belle vor Miss Smithers' Trumeau stand, erkannte sie die Dame nicht, die ihr aus dem Spiegel entgegenblickte.

»Gütiger Himmel.« Belle schnappte nach Luft.

»Ja, Miss Watling.« Die Schneiderin lächelte zufrieden. »Das kann man wohl sagen!«

Mutig geworden, spazierte Belle zum Kimball House, dem neuesten Hotel in Atlanta. Glitzernde Kristalllüster zierten das Foyer, auf dessen schwarzweißem Schachbrettboden hier und da Orientteppiche lagen. Ein Hausdiener wartete gelassen neben Atlantas erstem dampfbetriebenem »Aufzug«. Obwohl Belle ein paar Gentlemen sah, mit denen sie geschäftlich zu tun gehabt hatte, wurde sie von niemandem erkannt. Bei einer Tasse Tee – »Ein sehr erfrischendes Getränk, nicht wahr?«, sagte Belle zu dem Kellner – betrachtete sie verstohlen die echten Damen: wie sie ihre Teetassen in der Hand hielten, wo sie ihre Löffel ablegten und wie sie ihre Servietten falteten.

Dienstags und donnerstags nahm Belle ihren Tee nun immer im Kimball House ein, und eines schönen Sonntags ging sie in die Kirche – nicht in die St. Philip's Episcopal, wie die Wilkes, sondern in die Second Presbyterian, die, so nahm Belle an, nicht so etepetete war.

Nach der Andacht stellte Belle sich dem Pfarrer als Mrs Butler vor – die Butlers aus Savannah –, die ihre Verwandten in Atlanta besuchte.

»Ich hoffe, Sie beten wieder einmal mit uns, Mrs Butler«, sagte der Geistliche.

Tazewell Watling schrieb seiner Mutter von seinen Freunden im englischen Internat, vom Sport und von seinem Erfolg in der Rugbymannschaft. Kurz nachdem er in der Shrewsbury School angekommen war, hatte er einen Brief mit den Worten abgeschlossen: »Als Captain Butler nach der Niederlage der Konföderation in London war, telegrafierte er dem Schulleiter, dass er vorhabe, mich zu besuchen. Ich bat den Schulleiter, Captain Butler zu sagen, ich wolle ihn nicht sehen.«

Zu Beginn ihrer Wandlung schrieb Belle:

Lieber Taz,

siehst Du viele Lords und Ladys in England? Hast Du schon einmal Queen Victoria gesehen? Ich würde die Königin ja nur zu gern mal sehen, und all die schönen Schlösser.

Minette führt das Haus, während ich elegante Kleider anprobiere und im Kimball House Tee trinke. Atlanta ist so modern! Hier gibt es sogar einen Aufzug!

Sag, was hältst Du von Sir Walter Scotts Ivanhoe*? Es ist ein komisches Buch, aber ich habe eine Schwäche dafür.*

Lieber Sohn, im Leben Deiner alten Ma hat es ein paar gravierende Veränderungen gegeben. Ich lass mir von niemandem mehr sagen, wer ich bin!

Wer weiß, vielleicht heirate ich ja sogar noch!
Du fehlst mir, lieber Taz!

Deine Dich liebende Ma, Ruth Belle Watling

Rhett war zwei von drei Wochen nicht in der Stadt, und Belle schickte ihm die Post nach: ins Hotel St. Nicholas, New York City, ins Spotswood, Richmond, oder ins St. Louis, New Orleans.

Wenn Rhett in Atlanta war, hielt Belle sich in seinem Büro auf und strickte, während er die Buchführung erledigte, Briefe beantwortete und Dokumente unterzeichnete, die sie vorgab, nicht zu verstehen. Nachdem sie in *Godey's Lady's Book* von den britischen Teegepflogenheiten erfahren hatte, brachte sie jeden Nachmittag um drei ein Tablett mit Keksen, Tassen und ihrer neuen Teekanne aus Porzellan in sein Büro.

Ihre Metzen tauschten vielsagende Blicke aus.

Lisa, das Mädchen vom Lande, das während des Krieges Belles Hausmädchen gewesen war, kehrte auf der Suche nach Arbeit ins Chapeau Rouge zurück. Lisa gestand, sie habe schwere Zeiten durchgemacht, sei zur »Schlampe«, zur »gewöhnlichen Trinkerin« verkommen. »Miss Watling, ich kann Ihnen nicht die Hälfte von der Schlechtigkeit erzählen, zu der ich es gebracht habe.« Lisa hatte seit einem halben Jahr keinen Tropfen mehr angerührt, und Belle hatte schon immer eine Schwäche für das Mädchen gehabt.

Zwei Tage darauf kam Rhett die Treppe herunter und begegnete ihr.

Lisa leckte sich die Lippen. »Bitte, Captain Butler, ich bin nicht mehr so eine.«

»Raus«, sagte Rhett.

Aus Angst, er könnte sie umbringen, verließ Lisa das Haus so überstürzt, dass sie sogar ihre Habseligkeiten vergaß, die MacBeth schließlich zu einem Bündel verschnürte und in das Freudenhaus brachte, in dem sie Arbeit gefunden hatte. Belle wagte nicht, Rhett zu fragen, warum er das Mädchen verjagt hatte. Einige Monate später hörte Belle, ein reicher Spekulant habe sich Lisas angenommen, und so, dachte sie, hatten sich die Dinge für die Kleine doch noch zum Guten gewendet.

Drei Tage nachdem die gesetzgebende Versammlung in Georgia sich einstimmig geweigert hatte, den Vierzehnten Verfassungszusatz zu ratifizieren, erreichte Rhett ein Telegramm: »Vater heute gestorben. Beisetzung Freitag. Bitte komm. Rosemary.«

»Oh Rhett, das tut mir leid«, sagte Belle.

»Komisch«, erwiderte Rhett, »mir auch.«

Kapitel 32

Miss Elizabeth kniet nieder

Langston Butlers Wut hatte der Kunst des Leichenbestatters getrotzt: Alle Versuche dieses armen Mannes, den Gesichtszügen des Leichnams durch Auspolstern und Kneten einen freundlichen Ausdruck zu verleihen, waren von den entschlossen nach unten zeigenden Mundwinkeln, den zusammengezogenen Lippen und den tiefen Stirnfalten, die kein Balsamierwachs zu vertuschen vermochte, zunichte gemacht worden.

Langston Butler hatte nach Respekt, Gehorsam und Macht gestrebt. Nie hatte er sich an den einfachen Dingen erfreuen können: an dem unbeholfenen Flug eines Reihers, der flüchtigen Riffelung eines Sandstrands, der erstaunlich zarten Haut an der Unterseite eines Frauenarms. Langston Butler hatte in seinem ganzen Leben kein einziges Mal riskiert, sich lächerlich zu machen.

Rhett klang Tennysons Gedicht in den Ohren: »Besser ist's, geliebt und verloren, als nie geliebt zu haben.«

Die farbigen Glasfenster von St. Michael waren während der Bombardierung Charlestons entfernt und danach nicht wieder eingesetzt worden. Langston war im Halbdunkel aufgebahrt, das nur ein wenig von Laternen erhellt war.

Als die Kirchentore geöffnet wurden, damit der Sarg hinausgetragen werden konnte, fiel ein Strahl der Nachmittagssonne in den Altarraum und umgab die Köpfe der Sargträger mit einem leuchtenden Kranz. Es waren Männer aus Langstons Generation: Sezessionisten, Anhänger der Nullifikation, Männer, deren abstrakte politische Theorien blutig widerlegt worden waren.

Der Friedhof war von dem hohen Eisenzaun umgeben, den

Rhett einst mit Tecumseh übersprungen hatte; wie viele Jahre war das her?

Wie leicht hätte er das Pferd oder sich selbst auf diesen brutalen Eisenspitzen pfählen können. Wie leicht hätte er abgeworfen, verstümmelt oder getötet werden können. Das Leben war damals wenig wert gewesen: Schnickschnack, eine Kleinigkeit, die man achtlos wegwerfen konnte.

Mein Gott, dachte Rhett, war ich damals so unglücklich?

Sein Blick wanderte zu der armen, sorgenvollen Rosemary. Gott sei Dank hatte sie ihr Kind. Zumindest eine Zeitlang würde der kleine Louis Valentine Ravanel ihr Ein und Alles sein.

Rhett waren Berichte über Andrew Ravanels Klan zu Ohren gekommen. Der Mann seiner Schwester war mittlerweile berüchtigt. Andrew ereiferte sich dermaßen über »Verrat«, »die Rechte der Südstaatler«, »Nigger« und »die Spekulanten aus dem Norden«, dass Rhett kaum mit ihm reden konnte.

Was war aus dem Jungen geworden, der Andrew früher gewesen war? Wo war dieser anständige, tapfere, romantische, melancholische Junge geblieben?

Nach der Beerdigung machten sich Hercules und Solomon, die einzigen Neger unter den Trauernden, aus dem Staub. Rhetts Bruder Julian blieb gerade lang genug, um ein bisschen Klatsch aus dem Parlament zu erzählen und Rhett zu versichern, falls er jemals etwas von der gesetzgebenden Versammlung brauche, ganz gleich, was … Julian hatte sämtliche Haare verloren. Sein Schädel glänzte wie ein frisch gelegtes Ei.

Isaiah Watling half Elizabeth Butler gerade in seinen Wagen, als Rosemary eingriff. »Mutter, du wohnst ab jetzt bei uns. Wir haben reichlich Platz. Du kannst mir mit dem Säugling helfen.«

»Darf ich?« Elizabeths Augen weiteten sich, während sich ein Lächeln auf ihre alten Lippen stahl. »Darf ich? Ich habe es nicht für möglich gehalten, dass das geht. Rosemary«, sagte sie dann in flehentlichem Ton, »dürfte ich wirklich bei euch wohnen? Das würde ich so gern. Wirklich! Ich würde die Vesper in St. Michael besuchen. Die Vesper ist eine so sanfte Andacht.«

»Miss Lizbeth«, mischte sich Isaiah ein. »Beten wir denn nicht? Lesen wir nicht in der Bibel und beten morgens und abends?«

»Doch, durchaus«, sagte Elizabeth. »Aber Gott will, dass es *schön* ist. Bedenken Sie, was Jesus über die Lilien auf dem Felde gesagt hat! St. Michaels Kirchengestühl ist freundlicher zu alten Knien als Ihr nackter Holzboden.«

»Ich werde Ihnen einen Gebetsstuhl bauen, sobald wir wieder zu Hause auf Broughton sind, Miss Lizbeth.«

»Meine Mutter wird bei meiner Schwester wohnen«, sagte Rhett bestimmt.

Isaiah Watling bedachte Rhett mit einem unbarmherzigen Blick.

Elizabeth plapperte glücklich: »Oh lieber Rhett, darf ich wirklich? Mir hat Charleston immer gefallen. Weißt du noch, als du zu deinem Vater gesagt hast, der einzige Unterschied zwischen den Einwohnern von Charleston und Alligatoren sei der, dass Alligatoren ihre Zähne zeigen, bevor sie zubeißen? Oh Rhett, du warst wahrlich ein Renegat!« Sie legte eine Hand auf den Mund, um ihr Kichern zu verbergen.

Isaiah Watling fuhr sich mit der Zunge über die Zähne. »Dann geh ich jetzt wohl. Miss Lizbeth, ich werde für Sie beten, solange ich kann.«

»Ja, Isaiah«, sagte Elizabeth Butler wie zu einem entfernten Verwandten, »alles Gute.«

Der alte Mann setzte sich den Hut fest auf den Kopf. »Miss Rosemary«, sagte er, »ich hoffe, dass Sie sich gut um Miss Lizbeth kümmern. Ich wäre Ihnen sehr verbunden.« Isaiah Watlings Lächeln war unerwartet freundlich, als er sich an Rhett wandte. »Mr Butler«, prophezeite er, »mein Tag wird kommen.«

Kapitel 33

Die Mittwochsdemokraten

Drei Tage später, morgens um kurz vor zehn, betrat Rhett die Küche des Chapeau Rouge. »Guten Morgen, liebe Belle.« Er küsste sie auf die Wange und legte mit prüfendem Blick den Kopf auf die Seite. »Was für ein hübsches Kleid. Es schmeichelt deinem Teint. Und ein Haarnetz mit Bändern! Selbst die Damen in Charleston sind nicht so modisch gekleidet. Sag mir nicht, Belle, dass du einen Liebhaber hast!«

Belle errötete. »Sei nicht albern. Wer wollte schon so eine alte Kuh wie mich haben?«

Mit diesem Lächeln, das Belle so liebte, griff Rhett nach ihren Händen. »Ich zum Beispiel.« Er ließ sie los. »Aber jetzt, Belle, erzähl mir, was es Neues gibt. Was führen Rufus Bullock und die Republikaner im Schilde? Haben die Profiteure aus dem Norden die Eisenbahngesellschaft von Georgia geplündert? Macht Edgar Puryear sich für die Eisenbahngesellschaft von Pennsylvania stark? Was werden die Yankees gegen den Klan unternehmen?«

Belle brühte Kaffee auf und brachte Rhett auf den neuesten Stand. Draußen pfiff MacBeth vor sich hin, während er die Pferde striegelte.

Belle fragte: »War Papa bei der Beerdigung?«

»Ja. Zusammen mit deinem entzückenden Cousin Josie.«

»Onkel Abrahams Sohn.«

»Josie Watling ist ein gefährlicher junger Mann.«

Belle schenkte Rhett nach. »Onkel Abraham hab ich seit meiner Kindheit nicht mehr gesehen. Mundy Hollow, wo wir aufgewachsen sind, liegt gerade mal sieben, acht Kilometer von Jonesboro entfernt, aber ich wollte nie zurück. Ich glaube, Vetter Josie hat im Krieg ein paar schreckliche Dinge getan.«

»Angeblich gehört Josie dem Klan an.«

Belle zuckte mit den Schultern. »Genau wie Archie Flytte und Frank Kennedy und Mr Ashley Wilkes. Jeder zweite Gentleman in Atlanta hat heute eine weiße Kutte im Schrank hängen. Wie geht's denn deiner Schwester?«

»Abgespannt. Besorgt.« Rhett streckte sich genüsslich. »Erzähl mir noch etwas mehr über den Klan.«

»MacBeth weigert sich, Yankeeoffiziere nach Hause zu fahren – und wenn sie noch so besoffen sind. Neger sind nachts draußen nicht mehr sicher. Und neulich, Rhett, nachdem wir geschlossen hatten, da dachte ich, ich hätte was gehört. Also gucke ich hinten zum Fenster raus und sehe eine Gruppe Reiter am Bach stehen. Fünfzehn oder zwanzig waren es, in weißen Kutten mit spitzen Kapuzen. Sie hatten es nicht auf uns abgesehen, aber sie haben mir einen gewaltigen Schrecken eingejagt.«

»Die Yankees können doch nicht zulassen, dass maskierte Terrorbanden die Gegend unsicher machen.«

Belle ging an ihren Eisschrank und holte eine Schüssel Eier heraus. »Tja, lieber Rhett. Trotz aller Sorgen dieser Welt scheint die Sonne, es wird ein schöner Tag, und ich würde doch sagen, ich tu dir mal – äh … ich richte dir mal ein ordentliches Frühstück. Wir haben Landschinken da, und innerhalb von fünf Minuten habe ich dir ein Rührei gebraten.«

Rhett schob seinen Stuhl zurück. »Tut mir leid, Belle, ich habe in der Stadt zu tun. Ich habe Aktien bei der Farmer's and Merchant's Bank gekauft und will mal sehen, wie der Kurs steht.«

»Den Teufel wirst du tun!«, sagte Belle zu ihrer beider Überraschung. »Du setzt dich jetzt an diesen Küchentisch, Captain Rhett Butler! Deine verdammten Geschäfte sind nicht halb so wichtig wie dass du mir von der Beerdigung deines Vaters und Miss Rosemary und all dem anderen Kram erzählst.«

Reumütig setzte Rhett sich wieder hin. »Na gut, Belle. Wahrscheinlich könnte ich etwas zu essen vertragen.«

Beim Frühstück unterhielten sie sich im vertrauten Ton eines alten Ehepaars.

»Wie ging es Papa denn?«

Rhett zuckte die Achseln. »Unverändert. Ich habe ihm untersagt, Mutter wieder nach Broughton zurückzubringen, wie er es vorhatte. Wäre er ein anderer Mann, würde ich sagen, er hegt romantische Gefühle für sie.« Er trank einen Schluck Kaffee. »Andrew duldet keine freien Neger in seinem Haus – dabei sind Freiwillige ohnehin nicht leicht zu finden. Andrews ›Prinzipien‹ haben zur Folge, dass Rosemary sich nicht nur allein um einen Säugling kümmern muss, sondern auch noch um eine senile alte Frau.«

Belles Züge wurden weich, als sie sich erinnerte. »Andrew war so ein sanfter Mensch, Rhett.«

»Tja, jetzt ist er Großer Hexenmeister beim Klan. Charlestons Granden schmeicheln ihm schamlos, laden ihn aber nie zu sich ein.«

»Armer Andrew.«

Rhett zerknüllte seine Serviette neben dem Teller. »Bedeutet er dir immer noch etwas?«

»Mir bedeutet das Mädchen etwas, das ich mal war.« Belle blinzelte. »Und ich hoffe, dass dieses Mädchen noch irgendwo in mir drin ist. Sag mal, Rhett, glaubst du, dass du deinem Vater je vergeben kannst, was er getan hat?«

»Ihm vergeben? Liebe Belle, ich habe ihm schon vor Jahren vergeben. Nur ein Narr vergibt nicht. Aber wer vergisst, ist ein noch größerer Narr.« Rhett ließ sein charakteristisches Grinsen aufblitzen. »Und jetzt muss ich dir von meinem Neffen erzählen. Master Louis Valentine Ravanel. Was hat der Junge für ein Organ …«

In dieser Nacht schlief Belle Watling in ihrem einsamen Bett mit einem Lächeln auf den Lippen ein, weich gebettet auf Rhetts schmeichelndes »Ich zum Beispiel«.

Am Silvesterabend, so hatten sie es zum Brauch gemacht, zahlte Belle Rhett bei einem Glas Champagner seinen Anteil am Gewinn des Bordells aus. Und wie jedes Jahr rief sie ihm ins Gedächtnis, warum sie ihr Haus Chapeau Rouge genannt hatte: Als Rhett sie aus der Gosse gezogen hatte, damals in New Orleans, hatte seine Begleiterin einen feuerroten Hut getragen.

Auf Belles Frage, ob Rhett nicht ihre Bücher überprüfen wolle, sagte Rhett: »Belle, wenn ich deiner Buchführung misstraute, würde ich mir einen anderen Partner suchen.«

An diesem Abend tranken sie beide ein bisschen über den Durst.

Wenn Rhett in der Stadt war, herrschte im Chapeau Rouge eine ruhigere und freundlichere Atmosphäre. Rhett arbeitete bis in den späten Nachmittag am Schreibtisch, dann ging er zum Abendessen aus und spielte bis Mitternacht Karten im Saloon Girl of the Period.

Wenn ein Brief von Taz kam, legte Belle ihn Rhett auf den Schreibtisch. Stets gab er ihr den Brief am nächsten Morgen kommentarlos zurück – selbst wenn Taz sich darin wieder einmal über seine uneheliche Geburt beklagt hatte.

In der Abgeschiedenheit ihres Boudoirs las Belle ihre Romane. Mr Thackeray sagte ihr nicht zu, Mr Dickens' *Oliver Twist* hingegen gefiel ihr. Als sie dieses Buch zuklappte, standen ihr Tränen in den Augen. Sie las auch Mr Hawthornes Romane, und nachdem Mrs Elsing sie an einem bitterkalten Februarnachmittag in der Georgia Bank geflissentlich übersehen hatte, sagte Belle zu Rhett: »Jetzt weiß ich, wie der armen Hester Prynne zumute war.«

Rhett hob eine Augenbraue. »›Hester Prynne‹, Belle?«

Der März kam mit Macht. Der Kongress der Vereinigten Staaten löste Georgias gesetzgebende Versammlung auf, und der Staat wurde zum »Militärbezirk Nr. 3«. Die weißen Bürger Georgias schmähten Rufus Bullock und seine Republikaner als Verräter.

Es war eine kalte Frühlingsnacht in Atlanta, und die Stadt war rastlos. Unionswachen hörten Hufschlag, wo unmöglich Reiter sein konnten; überall in der Stadt begannen Hunde zu heulen, nur um sogleich wieder zu verstummen. Kleine Wolken jagten über den Himmel, und der Rauch aus den Schornsteinen wurde zur Seite geweht.

Die Besucher des Chapeau Rouge waren so unruhig wie die Ulmenzweige, die an der Hauswand kratzten. Yankeeoffiziere, die normalerweise zu viel redeten, waren plötzlich schweigsam, und anderen, die sonst verschlossen waren, sprudelten die Worte nur so über die Lippen. Minette kam mit dem Ausschenken kaum nach. Offiziere trafen ein, setzten sich einen Moment, gingen wieder. Sobald ein Neuer hereinkam, wurde er von Offizieren umringt, die ihm flüsternd Fragen stellten.

Am Nachmittag war eine weiße Frau am Rand von Shantytown, wo viele freigelassene Farbige lebten, überfallen worden. Als Eloise die schreckliche Neuigkeit vernahm, wurde sie ohnmächtig und musste mit Riechsalz wiederbelebt werden. Die Metzen wollten unbedingt Einzelheiten erfahren: Ob der weißen Frau Gewalt angetan worden sei? Ob man sie geschlagen habe? Umgebracht?

Belle las unterdessen in ihrem Schlafzimmer Mr Dickens' *Bleakhaus*, während ihr Ofen bullerte und der Wind das Ofenrohr in seiner Zinnmuffe klappern ließ.

Sie war glücklich und zufrieden, bis sich vor dem Haus plötzlich ein Tumult erhob. Hastig warf sie sich ihren rosafarbenen Morgenrock über und kam in dem Moment in den Salon, als ihre Kunden auf die Veranda und in den Vorgarten hinauseilten. Vor dem Gartentor stieg eine Patrouille ab.

»Hast du sie festgenommen, Bob?«

»Nee, aber wir haben ein paar erledigt. Hurra!«

Belle drängte sich auf die Veranda. »Was in aller Welt geht hier vor? Denken Sie an die Nachbarn! Kommen Sie wieder herein. Alle!«

Die Offiziere ignorierten sie. »Wie viele habt ihr umgebracht?«

»Weiß nicht. Sie haben sie weggeschleift.«

»Und wie viele von unseren Jungs haben was abgekriegt?«

»Callahan und Schmidt. Schmidt hat einen Bauchschuss.«

»Captain Jaffery weiß, wer es war, und lauert ihnen auf. Und Captain Bateson hat Patrouillen losgeschickt. Diesmal kommen die Mistkerle nicht davon!«

Heißer Atem streifte Belles Ohr. »Miss Belle, Sie müssen kommen. Jetzt sofort.« MacBeths Narbe zeichnete sich blass auf seiner dunklen Haut ab.

Belle folgte MacBeth durchs Haus in den Stallhof. Der beißende Gestank völlig verausgabter Pferde und der metallische Geruch frischen Blutes waren erstickend.

»Die Pferde hab ich in den Stall gebracht«, flüsterte MacBeth heiser. »Ich reib sie jetzt trocken.«

»Warte, MacBeth!«, sagte Belle, doch MacBeth ging weiter.

Das Treppengeländer zu Rhetts Büro war blutverschmiert, und während Belle die vollgetropften Treppenstufen hinaufstieg, hob sie ihren Morgenrock an. Als sie die Bürotür aufdrückte, richteten sich ängstliche Blicke auf sie.

Pittypats Bruder, Henry Hamilton, ließ den Kopf wieder in die Hände sinken. Hugh Elsing flüsterte dem alten Merriwether weiter ins Ohr.

Dr. Meade untersuchte gerade eine Wunde in Ashley Wilkes' Schulter. Die bleichen Lippen vor Schmerz aufeinandergepresst, lag Melanie Wilkes' Mann auf der Chaiselongue, während Rhett, der neben ihm kniete, ein blutiges Tuch in einen Eimer fallen ließ und die Wunde dann mit einem sauberen betupfte.

»Wir wollten die Nigger lehren, ihre schwarzen Finger von unseren Frauen zu lassen«, erklärte Hugh Elsing.

Dr. Meade kramte in seiner Tasche nach einer Pinzette. »Wilkes«, sagte der Arzt. »Das wird höllisch wehtun. Wollen Sie ein Stück Leder zum Draufbeißen? Sie dürfen auf keinen Fall schreien.«

Ashley schüttelte kurz verneinend den Kopf.

Die Äste der großen Ulme fegten wie ein Besen über die Schindeln an der Hauswand. Rhett schaute auf. »Tut mir leid, Belle. Ich wusste nicht, wo ich sie sonst hätte hinbringen sollen. Die Yankees waren uns auf den Fersen.«

»Und du?«, fragte Belle. »Warst du dabei, Rhett?«

»Ich? Ein Mitglied des Klans?« Er schnaubte verächtlich. »Ich habe heute Abend mit zwei Captains gepokert, die so betrunken waren, dass sie den Mund nicht halten konnten. Offenbar hatten sie ein wachsames Auge auf diese Herren hier. Unsere tapferen Klanmänner hatten die Absicht, durch Shantytown zu reiten und jeden Neger zu erschießen, der nicht schnell genug das Weite suchte. Die Yankees wollten sie in eine Falle locken. Also bin ich losgeritten, um sie zu warnen, aber sie waren bereits in die Falle gegangen.« Rhett zuckte mit den Achseln. »Und ich habe sie zuschnappen lassen, bevor die Yankees es konnten. Mr Colts Revolver macht einen hübschen Radau. Die Yankees dachten, ich wäre eine ganze Brigade!«

Ashley bäumte sich auf, während Dr. Meade mit der Pinzette die Kugel zu erwischen versuchte, und Rhett musste seine ganze Kraft einsetzen, um ihn festzuhalten.

Hugh Elsing beharrte: »Der Vierzehnte Verfassungszusatz verleiht den Negern das Wahlrecht und nimmt es zugleich jedem Mann, der für die Konföderierten gekämpft hat. Wir leben unter der Knute des Eroberers …«

Rhett explodierte: »Wenn Ihre Frauen nicht wären, würde ich Sie alle an den Galgen bringen. Was zum Teufel haben Sie sich bloß dabei gedacht?«

Belles Haustür schlug zu, Offiziere schwankten in den Hof unter dem Fenster und brachten ein Ständchen: »Kurz vor der Schlacht, Mutter …«

Im Zimmer wurde es totenstill; das scheppernde Geräusch, als die Kugel in den Eimer fiel, ließ alle zusammenfahren. Rhett erstickte Ashleys Aufstöhnen. Unten im Hof trat ein Yankee um die Ecke, um Wasser abzuschlagen, und summte vor sich hin, während es plätscherte.

Belle berührte Rhetts Arm. »Mr Wilkes … wird er?«

»Er wird überleben. Gott, was für ein Schlamassel! Im Keller der alten Sullivan'schen Plantage liegen zwei Tote. Ihre Kutten habe ich in den Kamin gestopft. Sie nannten sich die ›Mittwochsdemokraten‹. Schlau, was? Unter diesem Deckmantel haben sie sich getroffen, um zu entscheiden, welcher anmaßende Neger ihre besondere Zuwendung verdiente.« Seine Miene war grimmig. »Für das, was sie heute Abend getan haben, können die Dummköpfe gehängt werden.«

Grandpa Merriwethers Gesicht war so rot, dass Belle befürchtete, ihm werde eine Ader platzen. »Butler, besorgen Sie uns Pferde! Wir können bezahlen. Wir fliehen noch heute Nacht. Wir gehen nach Texas.«

Belle musste daran denken, wie freundlich Mrs Wilkes gewesen war. Sie schlug vor: »Kannst du nicht einfach sagen, dass sie hier waren?«

Rhett schnaubte. »Atlantas vornehmste Gentlemen in einem Bordell?«

»Meine Mädchen … meine Metzen werden unter Eid bezeugen, dass sie den ganzen Abend hier waren. Sie kommen immer in den ersten Stock – jeden Mittwochabend, sagtest du? –, und nur ein paar Mädchen. Die Mittwochsdemokraten sind äußerst diskret.«

Rhett ließ sich ihre Idee durch den Kopf gehen, und dann erschien das breiteste Grinsen auf seinem Gesicht, das Belle je an ihm gesehen hatte. Er lachte in sich hinein. »Nein, wirklich, Miss Belle, was werden die Leute *dazu* wohl sagen?«

Dr. Meade schaute kurz hinaus und zog dann den Vorhang zu.

Rhett deutete auf die verängstigten, sichtlich zerknirschten Mittwochsdemokraten. »Atlantas angesehenste Bürger, nicht zu fassen. Nicht zu fassen! Belle, du bist ebenso klug wie gütig.« Er räusperte sich. »Jungs, ich kann nur hoffen, dass ihr gut schauspielern könnt.«

Nachdem Dr. Meade Ashleys Schulter verbunden hatte, knotete Rhett eine Schlinge und hängte Ashley seinen Mantel über die Schultern. Dann tupfte er ihm Branntwein auf die bleichen Wangen.

So ruhig, wie General Lee mitten in der Schlacht Befehle erteilte, wies Rhett jedem seine Rolle in dem Auftritt zu. »Wilkes«, sagte Rhett, »wenn wir sie nicht überzeugen können, hängen Sie. Die Yankees werden vor Ihrem Haus warten, deshalb müssen wir so betrunken sein, dass wir uns kaum auf den Beinen halten können. Elsing, können Sie den betrunkenen Trottel spielen? Dass Sie den nüchternen Trottel geben können, weiß ich ja.«

Rhett bespritzte Ashleys Hemd mit Branntwein, bis dessen Gestank den Blutgeruch überlagerte.

»Dr. Meade? Mr Merriwether? Sie haben Hauptrollen!«

»Und ich?«, fragte Henry Hamilton.

Rhett dachte kurz nach und schüttelte dann den Kopf. »Tut mir leid, Henry, die Sprechrollen sind alle vergeben. Sie müssen den Inspizienten spielen.«

Rhett und Hugh Elsing stützten Ashley und gingen mit ihm die Hintertreppe hinunter in den Hof, wo MacBeth die Pferde sattelte. Die kalte Luft belebte Ashley, und er stieg ohne Hilfe auf. Im Sattel schwankte er einen gefährlichen Moment lang, ehe er sich aufrichtete und sagte: »Und koste es auch das Leben!«

Nachdem sie fortgeritten waren, drückte Belle ihrem Türsteher ein Geldstück in die Hand. »MacBeth, du weißt von nichts.«

In MacBeths verstehendem Blick lag langjährige Lebenserfahrung »Nein, Ma'am, ich weiß nix davon, dass Miss Kennedy heute Nachmittag Angst hatte, und ich hab nich mitgekriegt, dass welche vom Klan Shantytown zusammenschießen wollten, und ich hab nich mitgekriegt, dass die Yankees sie in einen Hinterhalt locken wollten. Ich weiß auch nix davon, dass Captain Butler die Kluxer gerettet hat. Nein, Ma'am. Ich bin bloß'n dummer Nigger. Weiß von nix.«

»Was hast du da gesagt – Mrs Kennedy?«

»Miss Kennedy, der die Sägemühlen gehören.«

»Wurde sie … verletzt?«

»Nee, Miss Belle. Zwei Diebe ham nach ihr gegrabscht, aber Big Sam, dieser Nigger von Tara, der hat den einen getötet un den andern weggejagt. Die ham Miss Kennedy zu Tode geängstigt.«

»Nur geängstigt?«
»'ne geängstigte Weiße in Shantytown, das gibt 'n Haufen Ärger.«

Im Schutz der Dunkelheit ritten die drei Männer, nach Unionspatrouillen horchend, durch Atlantas Straßen und Gassen. Als sie sich Ashley Wilkes' Haus näherten, war ihnen, als würde die Nachtluft schwerer. Der Wind wirbelte Staub um die Hufe ihrer Pferde.

»Singt, meine Thespisjünger, singt! Bringt den Yankees fröhliche Klänge zu Ohren!« Rhett lehnte sich zurück und stimmte lauthals Shermans verhasstes Marschlied an:

How the darkys shouted when they heard the joyful sound!
How the turkeys gobbled which our commissary found!
How the sweet potatoes even started from the ground,
While we were marching through Georgia.

»Elsing! Verdammt! Singen Sie!«
Lauthals Shermans Hymne grölend, torkelten drei Betrunkene auf das Haus zu, vor dem Captain Tom Jaffery und seine Männer warteten, um Klanmänner festzunehmen, an deren Händen Blut klebte.

Im Chapeau Rouge inszenierte Belle den zweiten Akt.

Dr. Meade versuchte, sich seiner Rolle zu entziehen. »Ich soll mich prügeln … in einem Bordell? Ich war überhaupt noch nie in einem Bordell!«

»Umso bedauerlicher. Jetzt sind Sie in einem. Aber vielleicht würden Sie lieber hängen?«

Als Meade sich zu sparsam mit Branntwein betupfte, goss ihm Henry Hamilton solch einen Schwung übers Hemd, dass Grandpa Merriwether sicherheitshalber seine Pfeife in die Tasche steckte. Der durch und durch respektable Henry zerrte ihnen beiden das Hemd aus der Hose, riss den oberen Knopf von Grandpa Merriwethers Weste ab und zog Dr. Meades Kragen schief.

Die Hände in die Hüften gestemmt, sah Belle ihnen zu. »Meine Herren, Sie sehen wirklich überzeugend aus. In Ihnen schlummern verborgene Talente.«

Kurz darauf taumelten zwei der angesehensten Bürger Atlantas, offensichtlich sternhagelvoll, in Belles Salon und schlugen kraftlos aufeinander ein. Belle schrie, MacBeth solle die Militärpolizei holen. Da einige der Offiziere im Salon eigentlich auf der Suche nach Mitgliedern des Klans hätten sein sollen, führte dies zu einem allgemeinen Exodus, während Meade und Merriwether, die langsam Gefallen an der Sache fanden, sich boxten und schlugen und Schmähungen ausstießen, die selbst im Chapeau Rouge nur selten zu hören waren.

Die Militärpolizisten fanden zwei Gentlemen vor, die sich in Belles Blumenbeet herumwälzten. Ihre gedämpften Drohungen und Flüche waren von unterdrücktem Gelächter kaum zu unterscheiden.

Unter Beteuerungen, dass ihr Haus ein ordentliches Haus sei, rang Belle die Hände, während die Polizisten die beiden Streithähne voneinander trennten und in Gewahrsam nahmen. Aus dem Mundwinkel raunte Belle MacBeth zu: »Du weißt von nichts.«

»Bin ein dummer Nigger«, versicherte MacBeth ihr.

Zwei Stunden nachdem die Militärpolizisten gegangen waren, lenkte Archie Flytte einen Einspänner, auf dem die Leichen von der Sullivan'schen Plantage lagen, in den Hof des Chapeau Rouge.

»Hat Rhett die Yankees täuschen können?«, fragte Belle besorgt.

Archie spuckte aus.

Belle hatte vor Erleichterung ganz weiche Knie. »Mrs Wilkes' Mann … ist er außer Gefahr?«

»Sieht so aus.«

Belle betrachtete ihn neugierig. »Sie mögen Captain Butler wohl nicht?«

»War Butler früher mal verpflichtet. Jetzt arbeite ich für Mrs Wilkes.«

MacBeth und Archie legten die beiden Toten im Stallhof auf den Boden. Archie drückte jedem eine kürzlich abgefeuerte Pistole in die kalte Rechte und begoss ihre gleichgültigen Gesichter mit Branntwein. Er fragte MacBeth: »Nigger, hast du Angst vor dem Klan?«

»Oh ja, Sir«, erwiderte MacBeth. »Mächtige Angst.«

»Vor denen hier musst du dich nicht fürchten.« Archie stieß eine der Leichen mit dem Fuß an. »Das sind Gentlemen.«

Er klemmte dem einen Toten die leere Flasche unter den Arm.

Die Zeitungen berichteten, zwei Gentlemen aus Atlanta hätten sich betrunken, einen Streit vom Zaun gebrochen und sich dann gegenseitig erschossen. Die Stadt war entsetzt.

Belle und ihre Metzen wurden ins Hauptquartier der Unionisten vorgeladen, wo sie auf die Bibel schworen, dass die verdächtigen Klanmitglieder Ashley Wilkes, Hugh Elsing, Henry Hamilton, Dr. Meade und Grandpa Merriwether in der fraglichen Nacht im Chapeau Rouge gewesen seien und mit Captain Butler gezecht hätten, so wie jeden Mittwoch. Die Männer hätten sich »Die Mittwochsdemokraten« genannt, um ihre Frauen zu täuschen. »Sie veranstalten immer einen Riesenradau, und Geizhälse sind sie obendrein«, jammerte Belle.

Die Yankeeoffiziere konnten sich das Grinsen nicht verkneifen. Genau die Bürger von Atlanta, die sie und ihre Frauen mit Verachtung gestraft hatten, waren höchst eindrucksvoll und noch dazu öffentlich zu Fall gebracht worden.

Wenn danach die Frauen der Yankeeoffiziere die Frauen der Mittwochsdemokraten mit einem herablassenden Lächeln bedachten, wünschten diese stolzen Südstaatenfrauen Rhett Butler jedes Mal an den Galgen.

Rhett Butler hatte die Geschichte umgeschrieben. Er hatte aus Frank Kennedy, einem Angehörigen des Klans, der während eines Überfalls auf Shantytown ermordet worden war, einen streitsüchtigen Trunkenbold gemacht, der in einem sinnlosen Kampf auf dem Grundstück eines Bordells den Tod gefunden hatte. Zu

Franks Beerdigung zog Rhett Butler einen dunkelblauen Anzug aus London an und hängte sich einen flotten Malakkastock an den Arm.

»Musst du da denn hin?«, fragte Belle matt.

»Ja soll ich etwa nicht gehen, meine Liebe? Schließlich bin ich doch der Halunke, der den bösen Yankees einen Strich durch die Rechnung gemacht hat und zugleich Atlantas ehrbarste Bürger wie Heuchler hat aussehen lassen! Natürlich gehe ich hin. Ich gedenke zu triumphieren.«

»Miss Scarlett wird auch da sein?«

»Wo sonst sollte Franks trauernde Witwe sein?«

An Rhetts Rockaufschlag steckte eine rote Rose. Belle fragte sich, wo er sie herhatte. Ihre Rosen knospten noch.

»Rhett, du wirst doch nicht … nicht … schon wieder?«

Er küsste sie auf die Stirn. Wie ein Bruder.

Die Beerdigung fand um drei Uhr nachmittags statt, und Rhett kam danach nicht ins Chapeau Rouge zurück. An diesem Abend saß Belle an ihrer Frisierkommode und starrte auf die alberne, gewöhnliche Frau, die sie aus dem Spiegel anblickte. Eine feine Dame? Was zum Teufel hatte sie sich bloß gedacht?

Minette streckte ihren Kopf zur Tür herein. »Miss Belle, *chère*. Es ist Zahltag …«

»Ja«, sagte Belle. Sie knöpfte ihr blaues Kleid aus Ripsseide auf und ließ es zu Boden fallen. Dann nahm sie sich die Kamee-Ohrgehänge ab und schob sie in einen kleinen Samtbeutel. Sie kniff sich Farbe in die Wangen und übermalte ihre Lippen grellrot zu einem Hurenmund.

Kapitel 34

Ein dummes Versehen

Rhett hielt sich gerade in England auf, als MacBeth bei Belle nachfragte, ob er ein paar alte Möbel in Rhetts Büro unterstellen dürfe.

Belle zog die Stirn kraus. »Nein, das geht nicht. Captain Butler wird sein Büro brauchen, wenn er wiederkommt.«

MacBeth erwiderte: »Nee, Ma'am. Cap'n Butler kommt nich hierher zurück. Wenn er zurückkommt, geht er zu Miss Kennedy.«

»Du verdammter Dummkopf. Er hat sie doch schon vor Jahren aufgegeben.«

»So, so«, sagte MacBeth.

Kurze Zeit später erhielt Belle ein eigenartiges Briefchen von Taz.

Liebe Maman,

ich freue mich so für Dich – und für mich natürlich auch. Captain Butler hat mich eingeladen, zusammen mit seinen englischen Freunden im Brooks Club zu feiern!

Dein Dich liebender Sohn Tazewell

Auf diese verwirrende Botschaft folgte nichts mehr: keine Erklärung, keine weiteren Briefe.

»Muss wohl irgendein dummes Versehen sein«, versuchte Belle sich zu beruhigen.

Yankees, Profiteure und ehemalige Konföderationssoldaten hielten im Chapeau Rouge einen höflichen Burgfrieden ein, doch dieselben Gentlemen, die sich in Belles Salon mit Vornamen anredeten, führten außerhalb des Etablissements Yankeepatrouillen an oder ritten mit den Klanmitgliedern, die von ebendiesen Patrouillen verfolgt wurden.

Im Dezember hielt Rufus Bullock die programmatische Rede vor dem »Black and Tan«-Verfassungskonvent. Der Konvent, dem siebenunddreißig farbige Delegierte angehörten, schrieb Georgias Verfassung neu. Zum ersten Mal durften Frauen Grundbesitz auf ihren Namen eintragen lassen, und farbige Männer erhielten das Wahlrecht. In der Presse von Georgia spottete man über die Delegierten, ihre Fähigkeiten, ihre Sprache und ihre Manieren.

»Anmaßende« Farbige und weiße Republikaner bekamen das Missfallen des Klans zu spüren. Nachts waren nur Klanmänner und Yankeepatrouillen unterwegs.

Einen Tag nach Weihnachten bekam Belle einen Brief von Rhett – den ersten, den er ihr je geschrieben hatte. Sie nahm ihn mit in ihr Schlafzimmer, setzte sich und goss sich einen großen Brandy ein, bevor sie den Umschlag öffnete.

Liebe Belle,

ich kann nicht behaupten, dass es mir leichtfiele oder dass mir wohl dabei wäre, Dir zu schreiben, aber es ist wohl am besten, wenn Du die Nachricht von mir bekommst. Taz ist in New Orleans. Dem Jungen geht es gut – soviel ich weiß –, aber er ist fuchsteufelswild. Und ich kann es ihm nicht verdenken.

Der Brief zitterte in Belles Händen. Taz in New Orleans?

Rob Campbell, ein Schotte, ist schon seit langem mein Bankier. Als wir uns kennenlernten, war er Teilhaber der Bank, die er jetzt leitet. Ich vertraue ihm, und als ich beschloss, Taz' militärische Laufbahn zu beenden, bat ich Rob schriftlich um Hilfe.

Nachdem Taz in England eingetroffen war, brachte man ihn zu Robs Büro in London. Er trug noch seine Uniform. Rob fragte ihn: »Und was sollen wir nun mit Ihnen tun, junger Mann?«

»Warum, Sir, sollten Sie überhaupt etwas tun?«

»Weil mein Freund Rhett Butler mich gebeten hat, mich um Sie zu kümmern.«

»Vielen Dank für Ihre Fürsorge, Sir, aber ich möchte Mr Butler nicht noch mehr verpflichtet sein, als ich es ohnehin schon bin.«

Robs Schneider nahm bei Taz Maß, doch statt auf die neue Kleidung zu warten, schickte Rob den Jungen kurzerhand nach Shrewsbury. Rob ist ein ehemaliger Schüler von Shrewsbury.

Habe ich schon erwähnt, dass Rob ein kluger Kopf ist? Taz kam in seiner zerfetzten grauen Uniform in dieser Schule an, was ihm mehr Anerkennung einbrachte, als es ein Adelstitel vermocht hätte. Verdammt, Söhne des Hochadels gibt es in Shrewsbury wie Sand am Meer. Doch keiner der Jungen dort hatte als Soldat im Krieg gekämpft.

Ungefähr zur selben Zeit tauchten einige Beamte der Union in Robs Bank auf und stellten ihm unverschämte Fragen zu meinen Konten. Ich hatte Rob gewarnt, sodass er vorbereitet war, und reiste sofort nach London, wo mein Bankier die Unionisten nach wie vor hinhielt. Rob überzeugte mich davon, dass es zwar viel Rauch, aber nur wenig Feuer gebe.

Als ich dem Schulleiter telegrafierte, teilte er mir mit, Taz weigere sich, mich zu sehen. Ich hätte ein Treffen erzwingen können, wollte den Jungen jedoch nicht noch mehr durcheinanderbringen. Der Schulleiter versicherte mir, Taz habe einen vielversprechenden Anfang gemacht, besonders in Mathematik und Französisch. Er spricht ja kreolisch, doch das mit der Mathematik hat mich überrascht.

Glücklicherweise hat Rob Campbell Zuneigung zu Deinem Sohn gefasst.

Belle flüsterte: »Selbstverständlich. Wie könnte man meinen Taz nicht mögen?«

Am Ende des ersten Trimesters lud Rob den Jungen ein, die Ferien bei den Campbells zu verbringen.

Rob hat eine nette, mollige Frau und zwei Töchter, die scheue Claire und Amanda, nach der sich die Männer noch umdrehen werden, wenn sie erst einmal erwachsen ist. Taz fühlte sich bei den Campbells schon bald wie zu Hause. Ich vermute, dass Rob hoffte, Taz und Claire würden einmal ein Paar. Und er hat mir von seiner Absicht erzählt, Deinem Sohn nach Beendigung der Schulzeit eine Stelle in seiner Firma anzubieten.

Ich erhielt regelmäßige Berichte von Rob, hörte aber nie von Tazewell selbst. Obwohl mir eine freundschaftlichere Beziehung lieber gewesen wäre, ist mir die Rolle des Bösewichts ja durchaus vertraut, und in der wollte Dein Sohn mich offensichtlich haben.

Taz ist meinetwegen in New Orleans. Es ist meine Schuld, mein Fehler, und ich wünschte, es wäre nicht geschehen, doch ich kann dem Jungen nicht die Hand halten, bis er erwachsen ist.

Ich hatte ein paar geschäftliche Dinge mit Rob Campbell zu regeln, und danach schlenderten wir zur Burlington Arcade, wo die feinsten Juweliere Londons zu finden sind. Da Sutliff Diademe für die Königin anfertigt, dachte ich mir, er wäre gerade gut genug für Scarlett. Der arme Rob war völlig entgeistert, als ich den größten, protzigsten Verlobungsring kaufte, den er je gesehen hatte. Doch er setzte sich über seinen Sinn für Schicklichkeit hinweg, gratulierte mir und schlug vor, das Ereignis drei Tage später in seinem Club zu feiern.

Ich schickte ein Telegramm nach Shrewsbury, um Taz zu der Feier nach London einzuladen, und dabei ist mir ein Fehler unterlaufen. Entweder war mein Telegramm missverständlich, oder der Schulleiter hat ihn falsch informiert. Wie dem auch sei, liebe Belle, irgendwie kam Taz auf die Idee, dass ich Dich heiraten würde!

Belle legte den Brief nieder, leerte ihr Glas in einem Zug und sagte, an niemand Bestimmten gerichtet: »Rhett Butler und Belle Watling? Verheiratet? Grundgütiger Himmel!«

Brooks ist ein muffiger Londoner Club, und Robs Gäste waren verstaubte Gestalten aus der Finanzwelt, aber du wärst stolz auf Deinen Sohn gewesen, Belle. Ich freute mich, ihn zu sehen, nahm an, dass er mir verziehen hatte, und wir erzählten Geschichten von Fort Fisher und spielten uns dabei die Bälle zu wie Tambo und Mr Bones. Als ich sagte: »Dein Korporal hat behauptet, du seist ein besserer Soldat als ich«, lachten alle.

Nachdem wir alle Platz genommen hatten und die Kellner bereit standen, erhob sich Rob, um einen Toast auszubringen, doch Tazewell unterbrach ihn. »Verzeihen Sie, meine Herren. Mr Campbell, Mr Butler, verehrte Gäste … bevor die Feierlichkeiten beginnen, muss ich ein Geständnis ablegen.«

Belle, Dein Sohn hat mir beinahe das Herz gebrochen. Er hielt eine ungemein anrührende Rede darüber, was ich alles für ihn getan hätte und dass er mir ewig dankbar sei. Er sprach von meiner Freundlichkeit, Großzügigkeit und – Gott steh uns bei – meiner Weisheit.

All diese Väter und Großväter waren sehr angetan von solcher Respektbezeugung und applaudierten Taz von Herzen.

Dann hob Rob sein Glas. »Auf meinen Freund Captain Rhett Butler und seine Verlobte, Mrs Scarlett Kennedy.«

Taz erbleichte, und ich dachte schon, er würde in Ohnmacht fallen. Zu spät wurde mir klar, dass Taz geglaubt hatte, ich würde Dich heiraten, und sich nun wie der größte Trottel auf Erden vorkam.

Wenn Erwachsene sich schon vor der Demütigung fürchten, so würden junge Männer lieber sterben, als sie ertragen zu müssen. Ich habe jugendliche Dummköpfe gekannt, die für einen Einsatz von zwei Dollar mit dem Pferd über anderthalb Meter hohe Eisenzäune sprangen.

Tazewell stellte sein Glas ab und rannte aus dem Club hinaus.

Ich lief ihm nach, verlor ihn aber in diesem verdammten Nebel.

Als Tazewell nicht nach Shrewsbury zurückkehrte, stellte ich einen Detektiv an, der in Erfahrung brachte, dass Dein Sohn eine Überfahrt nach New Orleans gebucht hatte.

Taz ist also wieder da, wo er angefangen hat, trauriger als zuvor, dessen bin ich mir sicher. Ich hoffe inständig, dass er auch klüger ist.

Es tut mir leid, Belle. Ich gäbe alles darum, es ungeschehen zu machen.

Immer der Deine, Rhett

Am Silvesterabend zog Belle Watling ihr schönstes Kleid an und nahm eine Flasche Champagner und ihre Geschäftsbücher mit in Rhetts Büro. In diesem Jahr trank Belle allein.

Kapitel 35

Der Quadroon Ball

Im Frühling, drei Jahre nach Kriegsende, siegte der Republikaner Rufus Bullock bei den Gouverneurswahlen über den ehemaligen General der Konföderationsarmee, George Gordon. Zum ersten Mal würden der gesetzgebenden Versammlung von Georgia Farbige angehören.

Atlantas Grandes Dames sahen in der Verlobung der Witwe Kennedy mit Rhett Butler – dem dunklen Fürsten unter den Kriegsgewinnlern – ein weiteres Anzeichen für den allseitigen moralischen Verfall. Die Damen schworen, dass sie Butler seinen schäbigen Trick *niemals* verzeihen würden. Das verständnisvolle Lächeln, mit dem die Yankeefrauen den Ehefrauen der Mittwochsdemokraten begegneten – »So sind die Männer nun mal, nicht wahr, meine Liebe?« –, dieses Lächeln war jedes Mal wie ein Schlag ins Gesicht.

Mrs Merriwether bewunderte Scarletts Ring etwas zu überschwänglich: »Meine Liebe! So einen riesigen Stein habe ich, glaube ich, noch nie gesehen!« Mrs Meade erinnerte sich etwas zu liebevoll an Frank Kennedy: »Ach, ich kann es immer noch nicht recht glauben, dass der liebe Frank, der Arme, von uns gegangen ist.« Und Tante Eulalia verfasste »den schwierigsten Brief meines Lebens«, in dem sie Scarlett bat, ihre Hochzeit abzusagen. »Bitte mach den Robillards nicht noch einmal Schande«, bat sie flehentlich.

Scarlett wünschte sich eine aufwendige Hochzeit, doch Rhett war anderer Ansicht. »Warum sollen wir den alten Klatschbasen die Genugtuung verschaffen, unsere Einladungen auszuschlagen?«, sagte er.

In einer kleinen Zeremonie wurden Rhett und Scarlett zu Mr und Mrs Butler. Danach stießen sie mit ein paar Gästen im Pfarrhaus an. Melanie Wilkes bewunderte Rosemary Ravanels kleinen Sohn. »Genießen Sie diese Jahre«, riet Melanie ihr. »Sie vergehen wie im Flug.«

Die Freundlichkeit in Melanies Gesicht rührte Rosemarys Herz. »Meine Tochter Meg ist im Krieg ums Leben gekommen, aber ich bete jeden Abend für sie. Wie albern! Für ein Kind zu beten, das bereits im Himmel ist.«

»Das ist überhaupt nicht albern«, erwiderte Melanie. »Ihre Meg weiß, dass Sie sie lieben. Spüren Sie nicht, wie sie über Sie wacht? Hier, nehmen Sie mein Taschentuch. Ihr Louis ist ja so ein lieber kleiner Kerl.«

So kam es, dass Rosemary Ravanel und Melanie Wilkes Freundinnen wurden.

Rhett hatte einen von Mr Pullmans neumodischen Schlafwagen gemietet, der die Frischvermählten nach New Orleans bringen sollte. Als die Hochzeitsgesellschaft im Bahnhof eintraf, war halb Atlanta schon da und begaffte das Wunder: ein privater Salonwagen, der sich in ein rollendes Schlafzimmer verwandelte. Wo sollte das noch hinführen?

Rhett tat so, als wären sie gekommen, um Braut und Bräutigam die Ehre zu erweisen. »Guten Tag, Mrs Merriwether, wie nett, dass Sie gekommen sind. Ich bedaure sehr, dass wir unsere Freunde nicht zu unserer Hochzeit einladen konnten, aber Scarlett – Sie wissen ja, wie schüchtern sie ist –, Scarlett hat auf eine Feier im kleinen Rahmen bestanden. Ah, Mrs Elsing! Wie aufmerksam von Ihnen, uns zu verabschieden. Wie geht es denn meinem guten Freund Hugh?« Er zwinkerte ihr zu. »Was haben Hugh und ich zusammen über die Stränge geschlagen!«

Scarlett unterdrückte ihr Kichern, während die Damen sich beleidigt zurückzogen.

In diesem Hochgefühl stiegen Rhett und Scarlett Butler an einem herrlichen Mainachmittag in einen Eisenbahnwagen, der mit philippinischem Mahagoni und grünem Samt ausgekleidet war. In den kristallenen Kerzenhaltern schimmerten noch feuchte Rosenblätter, das Tischtuch war aus Damast, der Sillery perfekt gekühlt.

Als Rhett seiner Braut zuprostete, verkündete Scarlett: »Ich habe übrigens nie behauptet, dass ich dich liebe.«

Rhett hielt mitten in der Bewegung inne. »Und das sagst du mir jetzt? Scarlett, das ist wirklich der ideale Zeitpunkt!«

»Ich bin die einzige Frau, die dir die Wahrheit sagt. Das hast du mir oft genug erzählt.«

Rhett schüttelte reumütig den Kopf. »Ja, Schatz, das habe ich wohl getan. Manchmal rede ich den größten Unfug daher.«

Als sich die Dämmerung über das Piedmontplateau herabsenkte, zündete ihr Schaffner die Laternen an, zog die Vorhänge zu, klappte ihr Bett herunter und machte die Tür hinter sich zu.

»Tara liegt direkt hinter den Bergen dort«, sann Scarlett vor sich hin. »Wenn ich als junges Mädchen geahnt hätte …«

Rhett Butlers Handrücken waren von weichen gekräuselten Härchen bedeckt. Bis auf die Falten an den Fingerknöcheln, wo seine Haut so weiß war wie ihre, waren Rhetts Finger braun gebrannt. Seine starken Hände konnten so zart eine Schleife aufbinden oder ein Korsett aufhaken, dass es sich anfühlte, als wäre eine Katze an Scarletts erschauernder Haut entlanggestreift.

Am nächsten Morgen, ihr Zug raste gerade mit atemberaubenden fünfzig Stundenkilometern durch Alabama, brachte der Schaffner dampfend heißes Wasser für Scarletts Sitzbad.

Rhett Butler saß in einem Armsessel und rauchte eine Zigarre.

»Was guckst du denn so?« Scarlett versuchte ihre Brüste mit einem Waschlappen zu bedecken.

Rhett lachte, bis Scarlett einstimmte und der Waschlappen herunterfiel.

Kurz nach ihrer Ankunft in New Orleans zankten sie sich zum ersten Mal.

»Wieso können wir nicht ins St. Charles umziehen?«, wollte

Scarlett wissen. »Das hier«, tat sie ihre Luxussuite ab, »ist das Hotel *Creole.*«

»Ja, Liebste.« Rhett setzte gerade seine Manschettenknöpfe ein. »Genau deshalb sind wir hier. Das St. Charles bewirtet Amerikaner. Amerikaner sind großartige Ingenieure, Geschäftsmänner und Moralisten, aber vom Essen haben sie keine Ahnung. Wer nichts vom Essen versteht, der versteht auch nichts von der Liebe.«

»Rhett!«

Er grinste seine frisch Angetraute an. »Ich habe unsere ehelichen Beziehungen sehr genossen.«

»Das heißt noch lange nicht, dass wir darüber reden müssen.«

»Wenn das Essen und die Liebe tabu sind, beschränkt sich die Unterhaltung auf die Politik.« Nach Art eines Redners legte Rhett die linke Hand ins Kreuz. »Sagen Sie, Mrs Butler, wird sich Georgia jemals aus der Herrschaft der Yankeeprofiteure befreien können? Ist Gouverneur Bullocks Teilnahme für die Neger echt oder nur eine List, um ihre Stimmen zu erlangen?«

Er duckte sich, und Scarletts Schuh polterte gegen die Fensterläden hinter ihm.

Am Abend drängten sich gut gekleidete europäische Reisende und wohlhabende Kreolen im Foyer. Als Rhett den Portier bat, eine Pferdedroschke zu rufen, sagte Scarlett: »Rhett, ich wusste ja gar nicht, dass du Französisch kannst.«

»Kreolisch ist kein richtiges Französisch, Schätzchen. Die Pariser werden daraus nicht schlau.«

Der Portier richtete sich zu seiner voller Größe von gut einem Meter fünfzig auf. »Das, Monsieur, liegt daran, dass unser Französisch uralt und unverfälscht ist. Die Pariser Franzosen haben eine schöne Sprache verhunzt.«

Rhett neigte den Kopf. *»Sans doute, Monsieur.«*

Jeden Morgen ging Rhett, die Dienste der Kellner verschmähend, selbst in die Hotelküche, um Scarletts Frühstückstablett zu holen.

Scarletts Tag begann mit Zärtlichkeiten, Beignets und dem bittersten, schwärzesten Kaffee, den sie je getrunken hatte.

»Meine Liebe, du hast Marmelade im Mundwinkel.«

»Leck sie ab.«

Vor Mittag verließen sie das Hotel nie.

Rhett kannte jedes Geschäft in der Stadt, und die führenden Schneiderinnen begrüßten ihn mit einem Wangenkuss und Neuigkeiten über alte Bekannte. »Englisch, bitte.« Rhett lächelte. »Meine Frau kommt aus Georgia.«

Die modischen hohen Taillen schmeichelten Scarletts Oberkörper und Halspartie, und sie kaufte so viele Kleider, dass Rhett diese in Überseekoffer packen und nach Hause schicken ließ. Sie erwarben einen Bernhardinerwelpen für Wade und ein Korallenarmband für Ella. Und obwohl Scarlett sagte, die alte Dienerin werde ihn nie tragen, erstand Rhett einen schimmernden roten Unterrock für Mammy.

Ein träger, sinnlicher Tag ging in den nächsten über. Scarlett war seit ihrer Mädchenzeit nicht mehr so schamlos umschmeichelt worden. Obwohl sie eine verheiratete Frau war, gab ihr mehr als ein Kreole deutlich zu verstehen, dass er ihr nur zu gern mehr als bloße Bewunderung bezeugen würde. Rhett stieß sich nicht an den Tändeleien, ließ Scarlett aber nie mit einem anderen Mann allein.

In New Orleans quittierte man ein Verhalten, über das man sich in Atlanta die Mäuler zerrissen hätte, mit einem Augenzwinkern. Scarlett konnte sich einen Schwips antrinken. Sie konnte Bakkarat spielen. Sie konnte so hemmungslos kokettieren, dass Atlantas Klatschbasen es als ehebrecherisch empfunden hätten.

Bei der sonntäglichen Messe in der Kathedrale St. Louis flüsterte Rhett ihr einen derart derben Scherz ins Ohr, dass sie ihr Prusten nur mit Mühe unterdrücken konnte. Rhett scherzte, wenn er hätte ernst sein sollen, und war ernst, wenn Spott angebracht gewesen wäre. Er fand die von Yankeeprofiteuren dominierte gesetzgebende Versammlung Louisianas hinreißend, pries jede ihrer Torheiten, ergötzte sich an ihrer Korruption, als wäre Wahnsinn der Normalzustand.

Scarlett schwärmte für die kreolische Küche. Als sie eines Nachmittags bei Antoine aßen und Scarlett die letzte Muschel von Rhetts Teller aufspießte, grinste er. »Wenn du dick und rund wirst, werde ich mir eine Kreolin zur Geliebten nehmen.«

Scarlett blickte sich suchend nach dem Kellner um. »Komm, wir bestellen noch eine Portion Flusskrebse.«

Rhett langte über den Tisch, ergriff ihre linke Hand und streichelte mit dem Daumen über die zarte Haut zwischen Scarletts Daumen und Zeigefinger.

Heiser sagte Scarlett: »Ich will doch keine mehr. Lass uns rasch ins Hotel zurückgehen.«

An einem Nachmittag mietete Rhett eine Vis-à-vis-Kutsche, in der sie sich am Deich des Mississippis entlangfahren ließen, auf dem Raddampfer Frachtgut zu den Hochseeschiffen brachten. Da die Unionisten New Orleans schon zu Beginn des Krieges erobert hatten, war die Stadt nicht bombardiert worden, und ihr Hafen hatte sich zum geschäftigsten des Südens entwickelt. Die Schauerleute waren irische Einwanderer, die froh waren, zwölf Stunden für fünfzig Cent arbeiten zu können. Sie wohnten mit ihren verhärmten Frauen und zu vielen kreischenden, schmutzigen Kindern in Armenvierteln hinter dem Deich. Scarlett schrak zusammen, als sie den vertrauten Akzent ihres Vaters hörte, und packte Rhett am Arm.

»Was ist denn, meine Süße?«

»Bitte, Rhett – bitte versprich mir, dass ich nie wieder arm sein werde.«

Wie in New Orleans üblich, aßen sie spät zu Abend und besuchten anschließend irgendeinen Ball – einen öffentlichen oder privaten, einen Kostüm- oder Maskenball. Oder sie gingen im Boston Club (so benannt nach dem beliebten Kartenspiel, nicht etwa nach der Yankeestadt) dem Glücksspiel nach. Nachdem Scarlett erst einmal die Regeln des Bésigue begriffen hatte, gewann sie häufiger, als sie verlor.

Eines Abends, als sie gerade eine denkwürdige Glückssträhne hatte, bestand Rhett plötzlich darauf, unverzüglich zu gehen.

Scarlett zügelte ihre Wut, bis sie in der Droschke saßen. »Ich habe mich gerade so gut amüsiert! Ich war am Gewinnen! Du willst bloß nicht, dass ich mein eigenes Geld habe!«

»Meine Liebe, Geld bedeutet dir weit mehr als mir.«

»Du willst mich besitzen!«

»Und den Gentlemen, deren Taschen du da geleert hast, bedeutet Geld sogar noch mehr. Ich kenne diese Herren schon seit Jahren.«

Scarlett warf den Kopf in den Nacken. »Pah – warum sollten die mich scheren?«

»Dich müssen sie nicht scheren, mich hingegen umso mehr. Da sie unmöglich von einer Dame Satisfaktion fordern können, müssen sie sich an ihren Begleiter halten. Am Deich ist es bei Tagesanbruch immer ziemlich feucht, und ich möchte mich ungern erkälten.«

An manchen Abenden war Rhett in Geschäften unterwegs, und Scarlett blieb im Hotel zurück und probierte ihre neuen Kleider an.

Eine einzige winzige Wolke schob sich vor Scarletts Glück. Der junge Mann war nüchtern gekleidet, eher wie ein leitender Büroangestellter als wie ein Salonlöwe. Er war meistens im Foyer, wenn sie hinein- oder hinausgingen, lehnte mit verschränkten Armen an einer Säule oder saß in einem Clubsessel und las Zeitung. Er plauderte vertraut mit dem Portier.

Er beobachtete sie, wenn sie die Kathedrale betraten und wieder verließen. Er besuchte dieselben Restaurants.

»Wer ist dieser Junge?«, flüsterte Scarlett. »Er war gestern Abend auch im Boston Club. Warum interessiert er sich für uns?«

»Mach dir keine Gedanken, Schatz«, erwiderte Rhett. »Er bildet sich ein, er hätte eine Rechnung mit mir offen.«

»Eine Rechnung? Wer ist das?«

»Wie lieb von dir, dich um mich zu sorgen«, sagte Rhett. »Aber das ist wirklich nicht nötig.«

»Um dich sorgen?«, schnaubte Scarlett. »Sei nicht albern. Du kannst schon auf dich selbst achtgeben.«

Dennoch trübte der junge Mann ihr Glück.

Diejenigen, die von der Politik der Rekonstruktionszeit profitierten, bauten Häuser außerhalb der Stadt, wo noch vor kurzem Gemüsegärtnereien gewesen waren. Dieser »Gartenbezirk« wuchs so schnell, dass stattliche neue Villen an Straßen lagen, auf denen die städtischen Pferdefuhrwerke bis zu den Radnaben im Schlamm versanken. Neben Rohbauten lag stapelweise Bauholz (das nach Scarletts Dafürhalten mit dem Kiefernholz aus Georgia nicht mithalten konnte). Die Abende waren vom Hämmern der Zimmerleute untermalt, die klopften wie die Spechte, bis man die Hand nicht mehr vor Augen sah.

Captain Butler und seine schöne Frau wurden zu Festen eingeladen, bei denen sich Baumwollkommissionäre und Schiffseigner unter hartgesottene Männer mischten, deren bereitwilliges Lachen sich nicht in ihren Augen widerspiegelte. Sie waren teuer gekleidet, doch ihre Rockaufschläge waren zu breit und ihre Hosen zu eng. Sie bevorzugten leuchtende Papageienfarben. Diese Männer redeten so beiläufig über Kuba und Nicaragua, als kämen sie gerade von dort und führen schon morgen wieder hin. Ihre Frauen waren zu jung, zu hübsch, zu modisch gekleidet und versuchten gar nicht erst, ihre Langeweile zu verbergen.

Diese harten Kerle behandelten Rhett höflicher als ihresgleichen.

»Woher kennen die dich?«

»Ich habe ihnen das eine oder andere Geschäft zugeschanzt.«

In einer Villa in der Touro Street, die so neu war, dass Scarlett noch den Tapetenkleister roch, stellte sich ihr eine alte Frau vor. »Ich bin Toinette Sevier.« Ihr Lächeln war hinreißend unecht. »Sevier ist mein Mädchenname. Ich ziehe es vor, meine Gatten zu vergessen. Sie sind eine Robillard, wenn ich mich nicht irre. Sie kommen nach Ihrer Mutter.«

Scarlett überlief ein eisiger Schauer.

Toinette Seviers Haut war von Altersflecken übersät, und ihre Kopfhaut schimmerte rosa durch ihr schütteres weißes Haar. Ihre Halskette, ihre Armreifen und dicken Ringe zeigten, dass sie einst eine begehrte Frau gewesen war.

»Ellen und ich haben vor ewigen Zeiten zu den Schönen von Savannah gehört. Allerdings kannte ich Ellens Galan, Philippe, besser als Ihre Mutter.«

Philippe! Ein Name, den Scarlett in die hintersten Winkel ihres Gedächtnisses verbannt hatte. Auf ihrem Sterbebett hatte Scarletts Mutter mit ihrem letzten Wort nach »Philippe!« verlangt.

Ein Diener stellte Toinette ein neues Glas hin. Lächelnd hing sie ihren Erinnerungen nach. »Philippe war wie eine Flamme, die immer heller und heißer brennt, bis sie alles – oder besser gesagt *alle* – verschlingt, die ihr zu nahe kommen.«

Scarlett wollte kein Wort mehr hören. Ellen O'Hara war der Inbegriff der vornehmen Dame gewesen, die perfekte Mutter … Scarlett riss sich zusammen, um antworten zu können. »Meine Mutter hat den Mann nie erwähnt.«

»Gewiss nicht.« Die Augen der alten Frau hatten das Leben gesehen. »Es gibt solche und solche Katholiken, meine Liebe, und Ellen Robillard war eine von der bußfertigen Sorte.«

In New Orleans war Scarlett glücklich – beinahe zu glücklich. Allerdings vermisste sie ihre Sägemühlen: das Kaufen und Verkaufen, das befriedigende Gefühl, ausgefuchste Geschäftsleute zu übervorteilen. Und Ashley fehlte ihr, sein Gesicht, das inzwischen allzu seltene Funkeln seiner geliebten müden, braunen Augen. Ashley Wilkes war Tara und Twelve Oaks und alles, was Scarlett je begehrt hatte. Wenn sie in dieser Stimmung war, in Gedanken bei Ashley, konnte sie sich nicht mehr daran erinnern, warum sie Rhett Butler geheiratet hatte.

Scarlett ärgerte sich über Rhetts Macht. In seiner Umarmung erlahmte ihr Widerstand, seine Küsse überwältigten sie. Scarlett wusste, dass Rhett sie zu etwas machen wollte, was sie nicht war: zu einer fügsamen Ehefrau, so brav wie dumm. In dieser Laune, halb gelangweilt, halb verärgert, kramte Scarlett eines Morgens in Rhetts Portefeuille, während er ihr das Frühstück holte.

Einige seiner Papiere waren in Spanisch gehalten und mit kunstvollen Wachssiegeln versehen. Sie fand Frachtbriefe – darunter einen für »Zwei Überseekoffer per Bahn ins Hotel National, Atlanta. ZERBRECHLICH!«, einen für Wades Bernhardinerwelpen: »Sonderfrachtgut! Per Express!« Sie fand eine Rechnung von Peake and Bennett, einem Londoner Schneideratelier, einen Kreditbrief von der Banque de New Orleans über eine Summe, die sie angenehm überraschte, und eine Eintrittskarte für einen Ball am übernächsten Abend im Honeysuckle Ballroom.

Eine Eintrittskarte, nicht zwei.

Natürlich war Rhett mit anderen Frauen zusammen gewesen. Daraus machte er kein Hehl. Doch Scarlett hatte angenommen, dass sie ihn nun, da sie verheiratet waren, voll und ganz zufriedenstellte. Diese »Geschäfte«, denen Rhett abends nachging – welche Art von »Geschäften« wurde wohl zwischen Mitternacht und dem Morgengrauen getätigt? Scarletts Ohren glühten. Wie dumm sie doch gewesen war!

Als Rhett ihr das Frühstück brachte, stand Scarlett in ihrem Unterkleid vor dem Spiegel. »Sieh nur, wie dick ich geworden bin«, rief sie aus.

Als er die Arme um sie legte, erstarrte sie. »Ich esse nie wieder etwas, nie wieder, ganz gleich, wie viel Hunger ich habe! Oh Rhett – wenn mir früher ein Mann die Hände um die Taille gelegt hat, haben sich seine Fingerspitzen berührt!« Da Rhetts Fingerspitzen sieben Zentimeter voneinander entfernt blieben, brach Scarlett in Tränen aus.

Am Nachmittag verließ Rhett das Hotel, um wieder seinen geheimnisvollen »Geschäften« nachzugehen, und Scarlett begab sich ins Foyer, wo der wachsame junge Mann ihr höflich zunickte. Der Portier half gerade einer Yankeefamilie in eine Droschke und bekam dabei von dem kleinen Jungen einen Tritt ans Schienbein verpasst. »Der junge Monsieur ist aber ein lebhafter Junge, Madame! Oh ja, ausgesprochen lebhaft.«

Der Portier steckte die fünf Cent Trinkgeld ein, massierte sein Fußgelenk und wandte sich Scarlett zu. »Madame? Artaud steht Ihnen zu Diensten.«

»Ich hätte gern eine Eintrittskarte für den Honeysuckle Ballroom.«

Der Portier lächelte, als hätte er einen Witz gehört, den er nicht verstand. »Madame?«

»Der Honeysuckle Ballroom – Sie haben doch bestimmt davon gehört.«

Artaud räumte vorsichtig ein, dass er den Namen des Etablissements wohl schon einmal gehört habe. Es sei in der Bourbon Street, oder war es die Beaubein Street?

Scarlett hielt ihm einen Geldschein hin. »Die Karte kostet zehn Dollar, glaube ich.«

Der Portier legte die Hände auf den Rücken. »*Je suis désolé, Madame. Désolé!* Ich kann Ihnen da nicht weiterhelfen.«

Der wachsame junge Mann blieb auf der Türschwelle stehen. »*Pardon, Madame.* Weiße Damen sind beim Quadroon Ball nicht erwünscht.« Pfeifend schlenderte er davon.

»Was, bitte schön, ist ein ›Quadroon Ball‹?«

Der Portier rang sich ein gequältes Lächeln ab. »Das darf ich nicht wissen, Madame, und wenn ich es wüsste, dürfte ich es nicht sagen. Verzeihen Sie, Madame …« Er wandte sich einer älteren französischen Dame zu, die wissen wollte, in welcher Kirche um elf die Messe gelesen werde.

Im Boston Club erschien Toinette Sevier an diesem Abend in Begleitung eines gut aussehenden Kreolen, der halb so alt war wie sie.

»Verzeihung, Madame …«

»Ah, Mrs Butler. Wie ich hörte, spielen Sie gern Bésigue?«

Scarlett war nicht nach Plauderei zumute. »Madame Sevier«, fragte sie, »sind Sie eine ehrbare Frau?«

Die alte Dame kicherte. »Meine Liebe, das Alter macht uns alle ehrbar. Ich bin weit ehrbarer, als ich es jemals angestrebt habe. Henri, sei so gut und hol mir ein Glas Champagner.«

»Dann wissen Sie auch nichts über den Quadroon Ball.«

Toinette Sevier klatschte freudig in ihre runzligen Hände. »Im Gegenteil, Mrs Butler. Jede Dame weiß über den Quadroon Ball Bescheid, doch sie würde ihren Ruf aufs Spiel setzen, wenn sie es zugäbe.«

»Würden Sie Ihren Ruf aufs Spiel setzen?«

»Meine Liebe, mein Ruf ist ohnehin nicht mehr zu retten. Was möchten Sie denn wissen?«

»Warum kann ich keine Eintrittskarte kaufen?«

»Weil ein Quadroon Ball weißen Gentlemen und hellhäutigen Mulattinnen vorbehalten ist – den Quadroons –, die eine Verbindung mit einem dieser Herren einzugehen suchen. Weder Negern noch weißen Damen ist der Zugang gestattet. Es hat ein paar wagemutige weiße Frauen gegeben, die sich auf den Ball geschmuggelt haben – es ist ein Maskenball –, in der Hoffnung, ihre Ehemänner *in flagranti* zu ertappen. Als sie entdeckt wurden, schwirrten wochenlang Gerüchte durch die Stadt. Ein köstlicher Skandal. Wirklich köstlich.«

Rhett war ausgegangen, als ihr der Hausdiener einen Briefumschlag aufs Zimmer brachte. Der Umschlag war aus gutem Papier, und in einer geneigten Handschrift hatte jemand daraufgeschrieben: »Mit den besten Empfehlungen von einem Freund«. Scarlett fand eine Eintrittskarte für den Honeysuckle Ballroom darin.

Als Rhett zurückkehrte, betrachtete er Scarlett forschend. »Was führst du im Schilde, meine kleine Sturmschwalbe? Heute Morgen warst du grantig, und jetzt bist du plötzlich sanft wie ein Lämmchen.«

»Ach Rhett, mir geht es nicht gut. Ich kann heute Abend nicht ausgehen.«

Rhett betrachtete sie skeptisch. »Nicht dass du mir vom Fleische fällst. Ich hole uns etwas aus dem Antoine.«

Scarlett lag bei geschlossenen Fensterläden und mit einem kalten Lappen auf der Stirn im Bett, als Rhett mit ihren Lieblingsgerichten zurückkam: in Butter schwimmende Muscheln, Garnelen unter einer köstlichen Kruste, eine Languste, die zu einer rosaweißen Blüte geöffnet war.

»Oh«, sagte sie. »Ich kriege keinen Bissen herunter. Hier.« Sie klopfte auf das Bett. »Setz dich zu mir.«

Männer sind solche Schwindler! Rhett schien beinahe … besorgt. Er legte ihr die Hand auf die Stirn. »Wir haben Mai, das ist noch zu früh für das Fieber. Soll ich einen Arzt holen?«

»Nein, mein geliebter Mann. Du bist die einzige Medizin, die ich brauche.«

Er schüttelte den Kopf. »Da muss ich dich leider enttäuschen. Ich muss für ein paar Stunden fort.«

»Wohin gehst du denn, Schatz?« Ihr Ton war leicht und unbekümmert.

»Mach dir darüber keine Gedanken, mein armer Liebling. Ich habe eine Angelegenheit zu regeln.« Rhett beugte sich mit glutvollen Augen über sie. »Was geht dir im Kopf herum, Süße? Bist du wieder am Grübeln? Dein engelhaftes Verhalten verrät dich.«

»Kann ich nicht mitkommen?«

Er lachte. »Nein, mein Schatz, das kannst du ganz gewiss nicht. Außerdem meine ich mich zu erinnern, dass es dir nicht gut geht.«

Er zog den Gehrock an, den der Schneider tags zuvor geliefert hatte, und band sich die Foulardkrawatte um, die er bei ihrer Hochzeit getragen hatte. Rhett beugte sich vor, um sie auf die Stirn zu küssen. »Versuch etwas zu essen«, sagte er und machte die Tür leise hinter sich zu.

Sie plünderte ihren Kleiderschrank, ließ jedes Kleid, das sie verwarf, zu Boden fallen. Ja, ihr blaues Taftkleid – darin hatte Rhett sie noch nie gesehen. Und ihre neue schwarze Mantilla! Sie legte sich flach aufs Bett und schnürte sich das Korsett so eng, dass sie kaum noch Luft bekam. Das Haar flocht sie sich zu Zöpfen, die sie aufgerollt unter ihren blauen Samthut steckte. Ihre paillettenbesetzte Halbmaske ließ nur die Augen frei.

Kutschen setzten Gentlemen vor dem Honeysuckle Ballroom ab und bogen dann rasch um die Ecke in die Bienville Street. Der Portier, ein Neger, war als Zuave kostümiert: rote Pluderhose, kurze blaue Jacke, eine breite rote Schärpe und ein türkischer Fez, der auf seinem riesigen Schädel thronte wie der Gefechtsturm auf einem Panzerschiff.

»Bonsoir, Madame. Comment allez-vous?«

Er zögerte, bevor er Scarletts Eintrittskarte annahm. *»Et la maman de vous, Mamselle?«* Er nahm sie genauer in Augenschein. »*Mamselle*, haben Sie sich verlaufen? Haben Sie sich vielleicht in der Adresse geirrt?«

Der wachsame junge Mann tauchte auf und nahm Scarlett beim Arm. »Wie ich sehe, haben Sie die Eintrittskarte erhalten.« Er sagte etwas in rasantem Kreolisch, woraufhin der Portier lachte und ihnen unter einer Verbeugung Eintritt gewährte.

Während sie eine breite, mit Teppich ausgelegte Treppe hinaufgingen, fragte Scarlett: »Was haben Sie zu ihm gesagt?«

»Ich habe einen ordinären Witz gemacht. Auf Ihre Kosten, fürchte ich.«

»Wie können Sie es wagen!«

Sie blieben im Zwischengeschoss vor einer weißen Flügeltür stehen. »Mrs Butler, Sie wollen doch den Quadroon Ball besuchen?«

»Ja schon, aber …«

»Dann, Madame …« Der junge Mann hielt ihr die Tür auf.

Der Honeysuckle Ballroom hatte eine hohe, von kunstvollen Stuckleisten eingefasste Decke, eine weiß-goldene Wandverkleidung und Möbel im Empirestil. Glastüren führten auf einen schmiedeeisernen Balkon hinaus, auf dem die Gentlemen rauchen konnten. Auf Tischen an einer der Wände standen Erfrischungen.

Am anderen Ende des Saals war Rhett in eine Unterhaltung mit einer Mulattin mittleren Alters vertieft, die ein dunkelbraunes, hochgeschlossenes Kleid trug.

Scarletts Begleiter war verschwunden.

Scarlett hatte etwas Verruchtes erwartet, vielleicht sogar *le cancan*. Leider unterschied sich dieser Ball nicht von den respektablen Bällen, bis auf die Tatsache, dass farbige Matronen als Ballmeisterinnen fungierten.

Weiße Männer und junge Mulattinnen tanzten miteinander und tauschten Nettigkeiten aus. Die gepolsterten Stühle zu beiden Seiten des Balkons waren den wachsamen Anstandsdamen der Mädchen vorbehalten. Die Mädchen schienen ausgesucht gute Manieren zu haben.

Das Orchester stimmte »An der schönen blauen Donau« an, den beliebten neuen Strauß-Walzer.

»Mamselle, s'il vous plaîs?«

Der Gentleman, der sich vor Scarlett verneigte, war jünger als sie und hatte bereits eine Glatze. »Englisch, bitte«, sagte sie.

Auf dem Tanzboden wurde Scarlett wieder in ihre sorgenfreie Mädchenzeit zurückgewirbelt. Zum Henker mit der Ehe, und mit Rhett Butler außerdem! Heute Abend würde sie sich amüsieren – wenn nur ihr Partner besser tanzen könnte. Er bewegte sich steif, hinkte immer einen halben Takt hinterher und hörte gar nicht mehr auf, sich zu entschuldigen! »*Pardon, Mamselle.* Englisch, sagten Sie, ja? Verzeihung!«

Schließlich mündete die blaue Donau ins Meer; Scarletts Partner verneigte sich, wischte seine Stirn ab und räusperte sich. Den Blick auf irgendeinen Punkt hinter ihrer linken Schulter gerichtet, zählte er seine Vermögenswerte auf: ein neues Haus in der Canal Street, ein fünfzigprozentiger Besitzanteil an einem Lagerhaus in der Nähe des Bahnhofs der Morgan Railroad Company, ein fünfprozentiger Anteil an der Banque de New Orleans und ein zehnprozentiger Anteil an einem Raddampfer von sechshundert Tonnen. »Und« – er errötete heftig – »ich bin treu!«

»Sir? Warum erzählen Sie mir das alles?«

»Mamselle. Ich ziehe Sie in Betracht. Ich hoffe, Sie werden mir die Ehre erweisen, mich ebenfalls in Betracht zu ziehen.« Er wischte sich das schweißnasse Gesicht ab. »Bitte erweisen Sie mir die Ehre und stellen mich Ihrer Mutter vor.«

»Sir, meine Mutter ist im Himmel.«

»Dann Ihrer Tante, Ihrer Cousine …«

»Ich kann mir nicht vorstellen, dass Tante Eulalia mit Ihnen einverstanden wäre, Sir.«

Als das Orchester wieder einsetzte, zog Rhett sie schwungvoll auf die Tanzfläche. Alle Tollpatschigkeit war vergessen. Die Luft schien zu flimmern.

»Mamselle«, sagte er, »wie gut Sie tanzen.«

»Sie nicht minder, Sir. Haben Sie Unterricht genommen?«

Rhett ließ ein strahlendes Lächeln aufblitzen. »Verzeihen Sie, wenn ich die delikaten Verhandlungen zwischen Ihnen und dem Gentleman unterbrochen habe …«

»Sir?«

»Ich überbiete jedes Angebot, das er abgegeben hat.«

»Er besitzt zehn Prozent eines Raddampfers, Sir.«

»Ich besitze jeweils fünfzig Prozent von sechs Raddampfern.«

»Der Gentleman hat einen fünfprozentigen Anteil an einer Bank.«

»Ich besitze zwei Banken komplett und bin Miteigentümer einer dritten.«

»Nun ja, Sir, der junge Mann sagt, er sei treu.«

»Glauben Sie etwa, ich bin es nicht?«

»Unterstehen Sie sich, meine Gedanken zu lesen, Sir.«

Rhett wirbelte sie herum. »In jeder Ehe muss wenigstens einer der beiden Partner treu sein. Sind Sie treu, Madame?«

Die Mulattin im braunen Kleid unterbrach ihren Walzer. *»Qui êtes-vous?«*, fuhr sie Scarlett an. »Wer sind Sie?«

Rhett antwortete für sie. »Madame Gayerre, darf ich Ihnen meine Frau vorstellen, Madame Butler.«

»Dies ist ein respektabler Ball«, versetzte die aufgebrachte Frau, »keine Posse.«

»Wir werden unauffällig verschwinden, Madame. Es wird keinen Skandal geben.«

Madame Gayerre war verstimmt, zog sich aber zurück.

Rhetts Autorität war so köstlich wie abstoßend. An der Tür blieb Scarlett stehen. »Welches der jungen Mädchen war denn die ›Angelegenheit‹, die du zu ›regeln‹ hattest?«

Rhett deutete mit einer Kopfbewegung auf ein Mädchen, das allein saß – stolz und ergeben wie ein Azteken-Opfer. »Madame Gayerre hat meinen Rat bezüglich der Zukunft ihrer Nichte Solange erbeten. Ich kenne die Gayerres seit Jahren.«

Vom Balkon aus prostete der wachsame junge Mann Rhett und Scarlett zu.

»Ah«, sagte Rhett, »Tazewell steckte also hinter diesem Unfug.«

Der Portier im Zuaven-Kostüm rief ihnen eine Droschke.

Rhett legte seinen Hut auf den Sitz. »Auf diesen Ball kommen junge Mulattinnen, um eine Liaison mit einem weißen Gentleman einzugehen: ein placege. Ihre Mütter handeln das kleine Haus aus, das er für sie bauen muss, die Summe, die er auf ihrem Konto zu hinterlegen hat, die Prämie für ein Kind.

Solange hatte zwei Verehrer, einen älteren Gentleman, der wahrscheinlich kaum Ansprüche stellen wird, und den jungen Mann, mit dem du getanzt hast. Ich habe ihr geraten, den älteren Gentleman zu nehmen.«

»Also hat der enttäuschte Verehrer mich verfolgt.«

Rhett lachte. »Mein Liebling, du hättest schlechter abschneiden können als mit zehn Prozent an einem Raddampfer.«

In ihrer Suite sah ein vollständig bekleideter Rhett Butler zu, wie Scarlett langsam den blauen Hut absetzte und danach das Ballkleid, ihre Strümpfe und ihr Unterkleid auszog. Sie löste ihr Haar.

»Mein Gott«, sagte Rhett heiser.

Im Vollgefühl ihrer Macht, vom Scheitel bis zu den Zehenspitzen erschauernd, behielt Scarlett ihre Maske auf.

Kapitel 36

Ein Haus für Monsieur Watling

Drei Tage nach seiner Ankunft in New Orleans wurde Tazewell Watling von dem Baumwollkommissionär J. Nicolet et Fils angestellt. Nicolets sechzehnjähriger Sohn François war am Gelbfieber gestorben, und Nicolet war dabei, mit Frau und Töchtern in das gesündere Klima von Baton Rouge umzusiedeln. Als Taz in der Stadt eintraf, hatten sich Nicolets Frau und Töchter bereits in dem neuen Haus eingerichtet, er selbst jedoch war noch in New Orleans.

J. Nicolet benötigte schon lang einen Gehilfen, und da er von nun an einen Großteil seiner Zeit in Baton Rouge verbringen würde, war diese Erfordernis dringlich geworden. Doch der Gedanke, für die Position, die sein Sohn hätte einnehmen sollen, jemand Fremden anstellen zu müssen, war so bedrückend, dass er ihn regelrecht gelähmt hatte.

Als Nicolet an dem Morgen, da seine endlich doch aufgegebene Stellenanzeige in der *Picayune* erscheinen sollte, die Treppe zu seinem staubigen Büro über dem Lagerhaus in der Gravier Street hinaufstieg, wurde er bereits von Tazewell Watling erwartet.

Tazewell hielt Nicolets Zeitung und Beignet, während dieser nach seinen Schlüsseln kramte.

Im Büro wies Nicolet Taz den Stuhl für Besucher zu und ließ sich hinter einem Schreibtisch nieder, der von Frachtlisten, Schiffsnachrichten und Berichten über den Baumwollmarkt überhäuft war.

»Ich bin wegen Ihrer Stellenanzeige hier, Sir«, sagte der junge Mann.

Nicolet hatte die Annonce in aller Eile aufgegeben, damit er es sich nicht noch einmal anders überlegte. »So früh hatte ich noch niemanden erwartet.«

»Im Verlagshaus ist die *Picayune* ab sechs Uhr früh erhältlich«, sagte der junge Mann.

»Verstehe.«

»Stimmt etwas nicht, Monsieur?«, fragte Tazewell.

Nicolet blinzelte heftig. Natürlich stimmte etwas nicht. Dieser Mann war nicht sein geliebter François. Er sagte: »Nein, nein, es ist alles in Ordnung. Ich werde voraussichtlich nicht allzu oft in der Stadt sein, deshalb brauche ich einen verlässlichen Gehilfen. Einen verlässlichen!« Er brummelte vor sich hin: »Die meisten jungen Männer sind nicht verlässlich, sie faulenzen, rauchen Zigarren und spielen Karten!«

»Ich spiele nicht Karten, Monsieur.«

»Mein Geschäft ist zu klein, als dass ich den übertrieben hohen Lohn bezahlen könnte, der von den jungen Leuten heutzutage gefordert wird.«

»Meine Ansprüche sind bescheiden.«

»Der Kommissionshandel mit Baumwolle ist sehr komplex und erfordert jahrelange Erfahrung«, fuhr Nicolet fort.

»Ich mache keine Versprechungen, die ich womöglich nicht erfüllen kann, Sir. Aber ich versichere Ihnen, dass ich mein Bestes tun werde.«

Nicolet schlug seine Zeitung auf und ließ den Blick über die gedruckten Zeilen schweifen, ohne sie zu lesen. Dann legte er sein Beignet auf die Zeitung. Er aß jeden Morgen eines, während er die Schiffsnachrichten studierte. »Die Bäckerei Diderot macht die besten Beignets in der ganzen Stadt.«

»Oui, Monsieur.«

Im weiteren Verlauf dieses etwas sprunghaften Gesprächs wurde Nicolet durch Taz' Kreolisch und seine jesuitische Erziehung besänftigt. Wie die meisten Katholiken überschätzte auch Nicolet die Strenge und Wirksamkeit der jesuitischen Ausbildung. »Und Ihre Familie, Watling? Ist sie in New Orleans ansässig?«

»Meine Abkunft … entspricht nicht der Regel«, sagte Taz.

»Verstehe.« Nicolet nahm seine Brille ab, hauchte auf die Gläser und putzte sie mit seinem Taschentuch. In der Geschäftswelt von New Orleans spielten persönliche Beziehungen eine große Rolle, und er suchte einen jungen Mann mit guten Verbindungen. Sein François hatte Verbindungen gehabt. In der Woche bevor er erkrankte, hatte man ihm die Mitgliedschaft in der angesehenen Mardi-Gras-Gesellschaft Comus angetragen. Alle hatten François geliebt. Alle!

»Monsieur, wenn ich Ihnen zur Last falle …«

Nicolet winkte ab. Der Baumwollkommissionär war klug genug – und gepeinigt genug –, um zu erkennen, dass er es nicht ertragen würde, ein weiteres Einstellungsgespräch mit einem Jungen zu führen, der genauso wenig François sein würde wie dieser.

»Watling, Sie sind nicht der erste Bastard, dem ich begegne. Wegen der guten Patres« – Nicolet rang sich ein Lächeln ab – »werde ich Sie anstellen. Ich kann Ihnen sieben Dollar die Woche bieten.«

In den nachfolgenden turbulenten Wochen brachte Nicolet Taz bei, wie man die Baumwolllieferungen der kreolischen Pflanzer zu Frachten für die Kommissionäre in Liverpool zusammenfasste. Taz lernte, zwischen kurzstapeliger und langstapeliger Baumwolle, zwischen mittlerer und geringer Qualität zu unterscheiden, und Nicolet erklärte ihm, mit welchen Tricks Halunken versuchten, minderwertige, verschmutzte oder schlecht entkörnte Baumwolle als bessere Qualität zu verkaufen.

Jeden Morgen war Taz schon vor seinem Dienstherrn im Büro und verließ es erst wieder, wenn dieser längst nach Hause gegangen war. In den Lagerhäusern und auf den Deichen bestürmte Taz Nicolet derart mit Fragen, dass der eigentlich sehr umgängliche Mann sich beklagte: »*Ça qui prend zasocie prend maitre* (Wer einen Angestellten in Dienst nimmt, gewinnt einen Herrn).« J. Nicolet fragte sich, ob Taz trotz seiner jesuitischen Erziehung nicht ein wenig zu *amerikanisch* sei.

Taz hatte ein Zimmer in einem Logierhaus, in dessen Fluren es nach Seifenlauge und gekochtem Kohl stank.

Als er schließlich an seine Mutter schrieb, stellte er seine Zukunftsaussichten in übertrieben rosigem Licht dar. Über seine Flucht aus England äußerte Taz sich nur knapp: »Maman, es war an der Zeit, meinen eigenen Weg zu gehen.«

Belle antwortete postwendend:

Mein geliebter Junge,

ich habe mich so über Deinen Brief gefreut! Ich hatte mich um Dich gesorgt! Wie schön, dass Du in New Orleans bist und eine so großartige Stelle hast.

Das Chapeau Rouge floriert. Die Spekulanten und Yankeeoffiziere schwimmen im Geld. Minette lässt Grüße ausrichten. Taz, würdest Du ihr bitte drei Pfund Kaffee aus New Orleans schicken?

Mein geliebter Junge, wie bist Du bloß darauf gekommen, dass Rhett Butler eine Frau wie Deine alte Ma heiraten könnte?

Rhett liebt schon immer Scarlett O'Hara. Er hat sie bereits geliebt, als sie noch mit Frank Kennedy verheiratet war! Ich wünsche Rhett von Herzen, dass seine Ehe glücklich wird.

Taz zerknüllte den Brief. Wie konnte Rhett Butler es wagen, seine Mutter nicht zu lieben! Wie konnte er es wagen!

Jules Nore, der Junge, der Taz an der Jesuitenschule erklärt hatte, was es bedeutete, ein Bastard zu sein, und sich dafür eine blutige Nase eingehandelt hatte, arbeitete jetzt für die Olympic Steamship Company. Jules und Taz ließen ihre Bekanntschaft wiederaufleben. Die beiden jungen Männer waren zufällig im Boston Club, als das frischgebackene Ehepaar Butler dort seinen ersten Auftritt hatte.

Stille senkte sich über den Raum. Alle Blicke richteten sich auf das Paar.

Für die beiden Liebenden gab es niemanden sonst auf der Welt. Eine alle anderen ausschließende Vertrautheit, vielfältigste Anspielungen funkelten in seinem wissenden Blick, ihren gesenkten Lidern und dem Beben ihrer Lippen. Die beiden waren so schön, dass treulosen Ehemännern wieder einfiel, wie entzückend ihre Frauen einst gewesen waren, und Lebemänner sich an ihre erste unschuldige Liebe erinnerten.

Die Ehefrau seines Vaters war die hübscheste Frau, die Taz je gesehen hatte, und er hasste sie. Er hasste Scarlett für ihre Anmut, er hasste sie, weil sie nicht Belle war.

Wusste die Frau seines Vaters, dass dieser einen Sohn hatte? Hatte Rhett Butler es für nötig befunden, seinen Bastard zu erwähnen?

Taz verfolgte die beiden. Er fand immer neue Vorwände, sich stundenlang im Hotel St. Louis und im Boston Club aufzuhalten. Zunehmend vernachlässigte er seine Arbeit und kürzte den ausführlichen Austausch von Höflichkeiten ab, den die kreolischen Pflanzer gewohnt waren.

Tazewell Watling wusste nicht, was er da tat, er wusste nicht, was er wollte. Wollte er, dass Rhett sich zu ihm bekannte? Ihm erklärte, warum er Belle nicht geheiratet hatte? Taz war von unbändigem Groll erfüllt.

Und Rhett Butler schlenderte mit einem Kopfnicken und einem Lächeln an ihm vorbei, als wären Taz und er entfernte Bekannte.

Obwohl J. Nicolet nie geschäftlich mit ihm zu tun gehabt hatte, wusste er, wer Captain Butler war. Alle hier kannten Captain Butler. »Mit Butler ist nicht zu spaßen, junger Freund. Weshalb interessieren Sie sich für ihn?«

Nicolet deutete Taz' ausweichende Antwort als Eingeständnis von Rhetts Vaterschaft. Also erzählte er dem Jungen die Geschichten, die über Captain Butlers Aufenthalte in Kuba und Mittelamerika kursierten. »Ich habe keinen Zweifel, dass ihm daran gelegen war, die Kubaner von der Tyrannei der Spanier befreit zu sehen, aber« – Nicolet schnaubte – »das spanische Gold war Butler keineswegs gleichgültig. Allerdings war er damals natürlich noch ein junger Mann, nicht älter, als Sie es jetzt sind.«

»Hat er … War er verheiratet?«

Nicolet zuckte die Achseln. »Butler hatte eine kreolische Mätresse. Aus der Familie Gayerre. Sie war eine Schönheit.«

»War sie … *Belle*?«

»Sie hieß Didi. Während Butler weg war, ist sie bei dem Versuch, sich seines Kindes zu entledigen, gestorben. Er hatte nicht gewusst, dass sie von ihm schwanger war. Butler war am Boden zerstört. Während der Trauerzeit sind sich Butler und die Familie Gayerre nähergekommen. Seither sind sie befreundet, und noch heute fragen die Gayerres Butler oft um Rat«, sagte J. Nicolet.

Groll setzt sich aus einer Vielzahl von Gefühlen zusammen. Wütend, beschämt, leicht benommen vor Aufregung und der gespannten Erwartung, wie Rhett wohl reagieren würde, geleitete Taz Mrs Butler auf den Quadroon Ball.

Am nächsten Morgen war Nicolet bereits im Büro, als Taz eintraf.

Als Taz sagte: »Guten Morgen, Sir«, schrieb Nicolet unbeirrt weiter in sein Hauptbuch.

»Sir …«

Nicolet klappte das Hauptbuch lautstark zu. »Sie arbeiten hart und haben Ihr Handwerk erlernt. Ich hatte vor, Ihnen diesen Sommer kommissarisch die Leitung der Firma zu übertragen. Aber jetzt stellt sich für mich die Frage: Werden Sie für J. Nicolet et Fils Baumwolle verschiffen, wenn ich in Baton Rouge bin, oder werden Sie Skandale provozieren?«

Tazewell Watling legte sein Auftragsbuch auf den Schreibtisch seines Dienstherrn. »Ich war ein Dummkopf, Sir. Ich bedaure zutiefst, was ich gestern Abend getan habe, ich habe Ihr Vertrauen verwirkt.« Der junge Mann setzte seinen Hut auf. »Sir, ich danke Ihnen sehr für Ihre Freundlichkeit.«

Zweifel verdüsterten Nicolets Gesicht. »*Merci pas coute arien.* (Danke sagen kostet nichts.)«

»Sir?«

»Meine Familie fühlt sich in Baton Rouge wohl, und ich vermisse sie sehr.« Nicolet erhob mahnend den Zeigefinger. »Ich werde ohne Vorwarnung von Zeit zu Zeit vorbeischauen, junger Freund, und kontrollieren, ob Sie Ihre Arbeit machen oder irgendwelche Eklats heraufbeschwören. Aus familiären Gründen gebe ich Ihnen diese Chance. Aber nur diese eine!«

Nicolet verließ New Orleans im Juni. Er sollte erst im Oktober wiederkommen.

Die Geschäftsleute von New Orleans zitterten vor dem Wort »Epidemie« und missbilligten dessen Erwähnung in den Zeitungen. Am 22. Juni schrieb der *Crescent*: »Es ist eine überkommene Vorstellung, dass in New Orleans das Gelbfieber umgehen könnte.« Obwohl am 4. Juli vierzig Menschen am Gelbfieber starben, bestritt die *Picayune*, dass es sich möglicherweise um eine Epidemie handelte. Erst als die wohlhabende Toinette Sevier im Boston Club Blut erbrach und kollabierte, gab man zu, dass eine Epidemie ausgebrochen war, und wer die Stadt verlassen konnte, tat es fluchtartig.

Als der Juli zu Ende ging, waren sämtliche Krankenhäuser – das Charity Hospital, die Maison de Santé und das Turo Infirmary – vollkommen überfüllt. Man versorgte die Kranken im Waisenhaus, in der Irrenanstalt, in den öffentlichen Ballsälen. Leichenzüge verstopften die Straßen, und auf den Friedhöfen stapelten sich die Särge mannshoch, da es nicht genügend Arbeiter gab, die sie unter die Erde bringen konnten.

New Orleans stank nach Tod.

Da Tazewell in der Stadt geboren und aufgewachsen war, verfügte er über weit bessere Widerstandskräfte gegen die Krankheit als die irischen Einwanderer, die zu Hunderten starben.

Obwohl die größeren Baumwollhandelshäuser geschlossen hatten und die britischen Frachtschiffe weit draußen ankerten, damit sie zu Hause nicht die Quarantäneflagge würden hissen müssen, wurde weiterhin Baumwolle zum Verkauf angeboten. Mit kleinen Booten wurde die Ware zu den Schiffen hinausgebracht.

Vom Morgengrauen bis zum Sonnenuntergang stellte Tazewell Watling Frachten zusammen. Er verfasste knappe Antworten auf Nicolets langatmige, besorgte Telegramme. In der ersten Augustwoche starben neunhundertundsechzig Menschen. In der zweiten zwölfhundertachtundachtzig.

Als der einzige noch aktive Baumwollhändler hätte der junge Watling die Anbieter, die dringend Geld brauchten, um mit ihren

Familien die Stadt zu verlassen, leicht schröpfen können. Doch Taz bezahlte mit einem Schulterzucken den üblichen Preis. »In diesen schweren Zeiten müssen wir einander beistehen, eh, Monsieur?«

Als es kühler wurde und die Epidemie langsam abebbte, fühlten sich die Überlebenden wie Kriegsveteranen. Die großen Handelshäuser öffneten wieder, und viele der Baumwollverkäufer, die während der Epidemie mit Monsieur Watling Geschäfte gemacht hatten, hielten ihm die Treue. Die Gewinne von J. Nicolet et Fils stiegen dramatisch.

Tazewell Watling hatte sich in einer Zeit der Unehrlichkeit den Ruf eines ehrlichen Mannes erworben. Er machte mit Demokraten wie Republikanern Geschäfte und behielt seine politischen Ansichten für sich. Er hatte einen großen Bekanntenkreis. Viele der Bürger von New Orleans waren zu dem Schluss gekommen, dass Captain Butler Tazewell Watlings Vater war, doch da Taz seine Abkunft nicht zum Thema machte, wurde in seiner Anwesenheit nicht darüber gesprochen.

Er entwickelte sich zum Salonlöwen. Tazewell spendierte gern mal eine Runde, und sein Freund Jules machte sich einen Spaß daraus, ihn um eine Zigarre zu bitten und sein Zigarrenetui dann herumgehen zu lassen, bis es leer zu Taz zurückkehrte. Taz ging ins Bordell, legte sich aber nicht fest. Obwohl ihm diverse Mamans einen Wink gaben, besuchte Taz nie einen Quadroon Ball. Wenn Tazewells dem Glücksspiel frönende Freunde ihn baten, ihnen Geld zu leihen, entschuldigte er sich damit, dass er all sein Geld an seine Mutter schicke.

Drei Jahre nachdem Taz in der Firma angefangen hatte, machte Nicolet ihn zum Teilhaber. »Sie tun die ganze Arbeit, und ich bekomme die Hälfte der Gewinne, *oui*?«

Jules Nore war Leutnant in der Maystick Krewe of Comus, der ältesten der Mardi-Gras-Gesellschaften, und er schlug Taz vor, Mitglied zu werden.

»Aber Jules«, sagte Taz. »Ich bin doch ein Bastard.«

Jules war verwirrt. »Ja und?«

Nach einem weiteren Jahr in New Orleans kaufte Tazewell Watling ein Steinhaus in der Royal Street, im Vieux Carré.

An dem Abend, als er den Kauf hatte eintragen lassen, kehrte er in das noch unmöblierte Haus zurück und setzte sich auf den Boden des Wohnzimmers, vor die offene, in seinen Garten hinausführende Terrassentür.

Die L-förmige Küche war etwas unpraktisch und sein Wohnzimmer klein, doch im ersten Stock gab es zwei Schlafzimmer, deren eines über einen separaten Eingang verfügte.

Im Garten standen Limonenbäume, es gab einen Jasminbaum und eine Palme. Die Luft war vom Duft der Blumen geschwängert.

Tazewell Watling saß da und horchte nach dem schwachen Hufgeklapper auf der Royal Street. Sein Mond ging über seinen Limonenbäumen auf.

Am nächsten Morgen schrieb Tazewell Watling:

Liebe Maman,

ich würde mich freuen, wenn Du mich in New Orleans besuchen kämst. Ich habe eine große Überraschung für Dich.

Kapitel 37

Ein alberner Scherz

An einem frischen Morgen kam Rhett vor der Farmer's and Merchant's Bank in Atlanta an einem älteren Paar vorbei, das von einem Farmwagen herunter Äpfel verkaufte. Der Mann rief im Singsang: »Äpfel, schöne Äpfel, zum Naschen oder Einlagern. Mostäpfel und Speiseäpfel, die im Mund zergehn. Backäpfel und Fallobst. Gelbe, rote und gestreifte! Äpfel, schöne Äpfel!«

Der graue Soldatenrock des Mannes war sorgfältig geflickt, der Mantel seiner Frau war aus einer Decke genäht. Es war unmöglich abzuschätzen, wie alt sie waren. Sie war zahnlos, und seine wenigen verbliebenen Zähne waren braun vom Tabak. Sein Hut, der früher einmal zu einer Uniform gehört haben mochte, hatte eine undefinierbare Farbe, irgendwo zwischen Braun und Grün. Die Frau kniete hinten auf dem Wagen und sortierte Äpfel von einem Fass ins andere, ganz vorsichtig, damit sie keine Druckstellen bekamen.

»He, Mister«, rief der Mann. »Haben Sie 'n Penny für einen Apfel übrig? Nehmen Sie doch ein paar für Frau und Kinder mit.«

Die Frau sah Rhett mit ihren klaren blauen Augen an und sagte: »Vielleicht hat der Gentleman weder Frau noch Kinder, Jimmy. Vielleicht hat er niemand, dem er einen Apfel mitbringen kann.«

Der Mann sah bestürzt drein. »Niemand, dem er einen Apfel mitbringen kann? Du lieber Himmel! In was für einer Welt leben wir bloß, Sarie June. In was für einer Welt!«

Lachend kaufte Rhett ein Viertelscheffel Esopus Spitzenberg, einfach weil ihm der Name gefiel.

Während sie die Äpfel in einen Sack packte, fragte ihn die Frau, ob er Kinder habe.

»Drei.«

»Und wie alt sind die?«

»Wade Hampton wird nächsten Monat neun, Ella, hm, Ella ist vier, und meine Bonnie Blue ist ein Jahr, acht Monate und vier Tage alt.«

»Ihr Liebling, hm? Sie haben richtig gestrahlt, als Sie von ihr geredet haben.«

»Sie ist meine leibliche Tochter. Und sie ist wunderschön.«

»Das glaub ich gern.« Die Frau nahm drei große gelbe Äpfel aus einem kleineren Fass. »Das sind Smokehouse, die sind für Erwachsene zu süß. Aber Kinder können gar nicht genug davon kriegen.« Während sie jeden Apfel einzeln in Zeitungspapier einwickelte, sagte sie: »Der hier ist für Wade Hampton, der ist für Ella, und dieser dicke hier ist bestimmt genau richtig für Ihre kleine Miss Bonnie Blue. Nein, die für die Kinder kosten nichts.«

Während sie den Sack zuband, die Äpfel für die Kinder zuoberst, fragte Rhett: »Wie lange sind Sie schon verheiratet?«

»Tja, wie lange sind wir verheiratet, Sarie June?« Der Mann grinste. »'ne halbe Ewigkeit.«

Tänzelnd wich er ihrem Schlag aus.

Der alte Mann fuhr fort: »Kann mich nicht dran erinnern, dass es je anders gewesen wäre. Oh, und es war 'ne schlimme Zeit! Diese Frau ist ein hartes Los.«

Dieses Mal traf sie, und beide lachten fröhlich über seine Gewitztheit und ihre schlagkräftige Antwort.

Wieder ernst, fügte er hinzu: »Meine Sarie hätte jeden haben können. Die Kerle haben sie umschwirrt wie die Bienen 'ne Apfelpresse. Aber sie hat's mit mir probiert. Is 'ne riskante Sache, die Liebe. Jeden Tag aufs Neue.«

Rhett band den Sack hinter dem Sattel fest, bestieg sein Pferd und ritt in leichtem Galopp die Mitchell Street entlang. Er und Scarlett lebten in einem prächtigen Stadthaus in der Peachtree

Street. Für ein Abendessen im Kimball House gaben sie mehr Geld aus, als das alte Paar in einer Woche einnahm. Die bedeutendsten Männer Atlantas, unter ihnen Gouverneur Bullock höchstpersönlich, gingen bei ihnen ein und aus.

Aber Rhett und Scarlett hatten noch nie zusammen über einen albernen Scherz gelacht. Noch nie.

Sie hatte ihm noch kein einziges Mal gesagt, dass sie ihn liebte. Und da er wusste, wie ihre Antwort lauten würde, fragte er sie nie danach.

Manchmal fühlte sich Rhett wie ein Mann, der von einer Klippe stürzt und auf sein Fallen keinerlei Einfluss nehmen kann. Obwohl er und Scarlett noch keine drei Jahre verheiratet waren, kam es Rhett, genau wie dem Apfelverkäufer, vor, als wäre es nie anders gewesen. Seine Streitereien mit Scarlett waren realer als seine Erinnerungen an die Umarmungen anderer Frauen.

Er liebte sie und konnte sie nicht verlassen. Aber Rhetts Frau glaubte, Ashley Wilkes zu lieben. Rhett las ihr jeden Wunsch von den Lippen ab. Ihre Kutsche war mit Kirschbaumfurnier verziert. Und wenn ihr ein Kleid oder ein Schmuckstück gefiel, bekam sie es.

Manchmal verachtete er sich selbst. Bildete er sich denn ein, sie kaufen zu können? Doch wenn Scarlett erst einmal glücklich war, wenn sie alles besaß, was sie sich jemals gewünscht hatte, vielleicht würde sie ihm dann ja ihr Herz öffnen.

Sie liebte ihre Sägemühlen, weil sie eine gewiefte Geschäftsfrau war. Und sie liebte sie, weil sie dort mit ihrem Verwalter, Ashley Wilkes, zusammen sein konnte. Auch heute war sie mit Ashley in der Mühle. Wenn sie nach Hause kam, würde sie wieder diesen abwesenden Blick haben.

Manchmal bedauerte Rhett, dass er die Yankees diesen Mann nicht hatte aufhängen lassen.

Das Haus der Butlers mit der reich beschnitzten Holztäfelung, den schweren Möbeln und den bodenlangen Vorhängen war düster und feudal. Die Gaslichter brannten.

Er gab Mammy den Sack und erklärte ihr, dass die Kinder die eingewickelten Äpfel essen dürften, sobald Bonnie aus ihrem Mittagsschlaf erwachte.

»Smokehouse-Äpfel, Mr Rhett – die wer'n den Kindern schmecken!« Sie gestand: »Mir sin die zu süß, da krieg ich Zahnschmerzen von.«

Er stieg die Treppe hinauf und ging, den Finger auf die Lippen gelegt, durch das Kinderzimmer von Wade und Ella in Bonnies Schlafzimmer. Zärtlich zog er Bonnie die Decke unter das Kinn. Sie hatte die zartesten Wimpern der Welt. Aus irgendeinem albernen Grund wurden ihm die Augen feucht. Wade zupfte ihn am Ärmel, und Ella drängte ihn wortlos, mitzukommen und sich hinzusetzen. Als er es tat, kuschelte sie sich auf seinen Schoß. Warum Kinder wohl anders rochen als Erwachsene?

Wade zeigte ihm etwas – einen dunkelgrauen Stein, der herrlich rot wurde, wenn man an ihm leckte.

Als Scarlett hereinkam, erfasste sie die Lage mit einem Blick. Sie hatte wieder diesen Ausdruck in den Augen. »Ich muss mit dir reden.« Sie marschierte in ihr Schlafzimmer. Stumm steckte Wade seinen Stein wieder in die Tasche. Rhett schob Ella von sich weg, nicht ohne ihr noch mal durchs Haar zu fahren.

Als er die Schlafzimmertür hinter sich zumachte, verkündete Scarlett: »Rhett, ich habe beschlossen, dass ich keine weiteren Kinder mehr will. Ich finde, drei sind genug.«

Gott, war sie schön. Schön und blind. Wenn Ashley Wilkes sich irgendwann für sie entschiede, wenn ihr Traum eines Tages wahr werden würde, dann würde sie ihn nicht mehr wollen. Sie gab sich nur mit dem zufrieden, was unerreichbar war.

»Drei erscheint mir eine angemessene Zahl«, sagte er.

Sie errötete. »Du weißt, was ich meine …«

Verfluchte Närrin! Sie könnten glücklich sein. Nein, mehr als das. Sie könnten …

»Ich werde jeden Abend meine Tür abschließen.«

»Bemühe dich nicht. Wenn ich dich wollte, würde mich ein Schloss nicht abhalten.«

Dann ging er hinaus, zurück ins Kinderzimmer, wo Wade und Ella ihn mit einem Lächeln begrüßten. Mit einem *Lächeln.*

Bald würde sein Liebling Bonnie aufwachen, und sie würden alle zusammen in die Küche hinuntergehen, Äpfel essen und vielleicht über irgendeinen albernen Scherz lachen.

Kapitel 38

Eine weisse Robe

Rosemary Haynes Ravanel stand zitternd auf der Treppe vor ihrer Haustür. Wütend fingerte sie an dem Wachspapier des halb geöffneten Päckchens herum, als würde durch das Wiedereinschlagen alles wieder gut. Bis auf ihren zuckenden Mundwinkel war Rosemarys Gesicht unbewegt. Womöglich wurde sie beobachtet. Womöglich hatte irgendjemand gesehen, wie sie das Päckchen aufgehoben hatte. Der Gentleman, der gerade den Bürgersteig entlangspaziert kam, lüftete den Hut. Der Reiter dort drüben ritt vorbei, ohne sie eines Blickes zu würdigen. Der Vorhang vor dem Fenster im ersten Stock gegenüber – bewegte der sich? Zum Teufel mit ihnen allen! Zum Teufel!

Das Päckchen, das sie jetzt ins Haus trug – in ihr Zuhause –, enthielt fünf Ellen billigen weißen Baumwollstoffs, ein rotes Band für das Brustkreuz und eine in ungelenker Druckschrift geschriebene Nachricht: »Liebe Missy, bitte machen Sie daraus eine Robe mit Maske für den Ku-Klux-Klan. Und zwar eine große!«

Es war der erste Weihnachtsfeiertag. Die Stechpalmenzweige, die Rosemary in der Diele aufgehängt hatte, leuchteten in fröhlichem Grün und Rot. Der Wacholderkranz an der Salontür verströmte einen wunderbaren, reinen Duft.

In ihrem eigenen Zuhause!

Rosemary schleuderte das Päckchen zu Boden. »Wie können sie es wagen!«, flüsterte sie.

Wann war das Ehrgefühl des Südens zugrunde gegangen? In der Schlacht von Gettysburg oder in der von Franklin? Waren denn alle ehrenhaften Männer gefallen?

Rosemary war übel.

So weit war es mit dem Ehrgefühl des Südens gekommen: Irgendein Rohling wollte seine Kameraden damit beeindrucken, dass seine KKK-Robe, sein Mördergewand, von der Frau seines Anführers genäht worden war.

Denn so verfuhr man heutzutage – in einer Weise, die es den anständigen Bürgern erlaubte, den nächtlichen Terror der berittenen Banden zu leugnen. »Oh nein, Sir. Ich weiß nichts vom Ku-Klux-Klan. Ja, ich habe eine Robe wie die, die Sie mir beschreiben, genäht, aber ich weiß weder, woher der Stoff kam, noch wer sie jetzt trägt. Nachdem ich sie genäht hatte, habe ich sie vor meine Tür gelegt, und am nächsten Morgen war sie fort.

Ich weiß nichts von der Ermordung, dem Auspeitschen, dem Verprügeln von Negern und weißen Republikanern. Es werden Negerinnen geschändet, sagen Sie? Ich weiß nichts davon, dass sich Negerfamilien im Wald verstecken, dass ihre Hütten niedergebrannt werden, dass Männer und, ja, auch Frauen aus ihren Häusern gezerrt werden, auf Nimmerwiedersehen. Mein Mann? Andrew ist oft unterwegs. Manchmal bekomme ich ihn wochenlang nicht zu sehen. Aber es steht ja wohl einer Frau nicht zu, nach dem Woher und Wohin ihres Mannes zu fragen. Mein Mann hat eine wichtige Position im Ku-Klux-Klan, sagen Sie? Andrew hat mir gegenüber nie vom Ku-Klux-Klan gesprochen.«

Die Zeitungen in Charleston berichteten über den »angeblich bestehenden« Ku-Klux-Klan und hielten den Republikanern vor, sie übertrieben dessen Einfluss.

William Champion erhielt gestern Abend Besuch von gewissen Bürgern, die offenbar etwas dagegen hatten, dass er Neger zur Rebellion aufstachelte. Man wird Mr Champion in Carolina nicht mehr begegnen.

Die Leiche auf dem Bahnsteig wurde als die von Senator Arthur Bose identifiziert, dem Negerradikalen und Mitglied der gesetzgebenden Versammlung. Obwohl zur Zeit des Angriffs viele Menschen auf den Mittagszug warteten, sah sich keiner von ihnen in der Lage, die Angreifer zu identifizieren, die ungehindert davonreiten konnten.

Wenn Andrew im Tiefland war, wohnte er meistens in Congress

Haynes' alter Fischerhütte. Manchmal erfuhr Rosemary erst, dass er da gewesen war, wenn er sich schon wieder aus dem Staub gemacht hatte. Nur gelegentlich schrak sie sehr früh am Morgen aus dem Schlaf, wenn sie Andrew an ihrer Schlafzimmertür vorbeigehen hörte.

Andrew war so hager geworden, dass er größer wirkte als früher. Seine Handgelenke waren straff wie gespannte Taue. Wenn Rosemary ihren Mann ansprach, zuckte er zusammen, als überraschte ihn ihre Unverfrorenheit. Er beantwortete ihre besorgten Fragen nach Haynes & Son, als gehörte die Firma Fremden.

Eines Morgens im November hatte Rosemary, als sie hinunterkam, die Reitstiefel ihres Mannes neben dem Stiefelknecht vorgefunden, wo er sie am Abend zuvor hatte stehen lassen. Das Leder war blutbefleckt, an den Stiefelspitzen klebte geronnenes Blut. Rosemary hatte die Stiefel, auf Armeslänge von sich gestreckt, nach oben getragen und ihm vor die Tür gestellt.

Das meiste von dem, was Rosemary über die Aktivitäten ihres Mannes wusste, hatte sie auf dem Markt von Charleston erfahren.

»Wie ich höre, war Ihr Mann in York County, Mrs Ravanel. Bitte richten Sie dem Colonel doch aus, dass ihm alle anständigen Frauen dankbar sind!«

»Mrs Ravanel, meine Cousine im Norden des Staates hat entsetzliche Angst, dass die Nigger sie nachts im Bett ermorden könnten. Mrs Joseph Randolph aus Centreville. Bitte erzählen Sie Ihrem Mann von Mrs Randolph.«

»Ich habe Ihren Mann gestern Abend zusammen mit Archie Flytte und Josie Watling auf der Straße am Fluss gesehen. Die hatten vielleicht finstere Mienen!«

Farbige Fisch- und Gemüsehändler, die Rosemary schon ihr Leben lang kannte, wichen ihrem Blick aus.

Als Andrew noch einmal versucht hatte, Jamie Fisher zu rekrutieren, hatte Jamie seinem früheren Colonel geantwortet: »Ich bin dir bis vor die Pforten der Hölle gefolgt, aber in den Klan folge ich dir nicht.«

Andrew hatte Jamie vorgeworfen, ein geldgieriger Wirt zu sein.

»Wirklich, Rosemary«, erzählte Jamie Fisher ihr später. »Ich wusste nicht, was ich darauf sagen sollte. Also habe ich versucht, einen Scherz zu machen. Ich habe gesagt, die einzigen Männer, die eine Robe tragen könnten, ohne rot zu werden, seien Priester und Richter. Ich dachte, Andrew schlägt mich gleich nieder.«

Jetzt ging Rosemary in die Küche, um Wasser für Haferbrei aufzusetzen. Als der Haferbrei fertig war, stellte sie ihn auf ein silbernes Tablett und trug ihn hinauf. Das Bettchen ihres Sohns Louis Valentine stand im Zimmer seiner Großmutter. Manchmal sorgte Elizabeth Butler für den Jungen, manchmal sorgte er für seine Nana; die beiden waren Spielkameraden.

Das sonnige Gemüt des Kindes ging mit einer gewissen Frühreife einher. Er hörte sich brav den ganzen Tag lang Nanas Jesusgeschichten an, doch wenn sie sich den grausamen Propheten des Alten Testaments zuwandte, verfinsterte sich Louis Valentines Gesicht. »Ich mag es nicht, wenn Gott so gemein ist!«

In der trostlosen Zeit direkt nach dem Krieg, als Rosemary und Andrew heirateten, hatte sich Andrew Ravanel einen Sohn gewünscht, und ihre Liebe war drängend, wenngleich nicht zärtlich gewesen. Nach Louis Valentines Geburt jedoch verlor Andrew das Interesse, so als wäre eine Lebendgeburt alles, woran ihm gelegen hatte.

Andrew fragte nie nach Louis Valentine. Er schien vergessen zu haben, dass er einen Sohn hatte.

Als Rosemary das Tablett abstellte, hatte Elizabeth Butler ihren Enkel gerade aufgefordert, die Heiligen Drei Könige zu benennen.

»Melchior«, begann Valentine voller Selbstvertrauen. »Bal...« Verärgert über sein Scheitern, schüttelte er den Kopf.

»Balthasar?«, half Elizabeth nach.

»Ja, Nana! Und Kaspar!« Louis Valentine rannte zu seiner Mutter, um ihr einen Kuss zu geben. »Guten Morgen, Mama. Mama? Bist du traurig?«

»Ist schon gut, mein Schatz. Mama ist heute Morgen traurig. Aber nicht wegen dir. Du kannst mich gar nicht traurig machen!«

»Die Heiligen Drei Könige kamen aus dem Osten. Isaiah Watling glaubt, es wären Chinesen gewesen!«

Louis Valentine erwog diese Theorie mit großem Ernst. »Die Chinesen wohnen doch auf der anderen Seite der Erde?«

»Ja, Schatz.«

»Und warum fallen sie nicht runter?«

»Weil Gott sie liebt, Schatz. Gott liebt alle seine Kinder.«

Rosemary stellte zwei Teller auf den Tisch und neigte den Kopf, während Louis Valentine das Tischgebet sprach. Anschließend trug sie den Nachttopf der beiden hinunter in den Abort, leerte ihn aus und säuberte ihn.

Danach ging sie mit ihrem eigenen lauwarmen, fest gewordenen Haferbrei ins Familienzimmer, wo sie in einer silbernen Kassette Melanie Wilkes' kostbare Briefe aufbewahrte. Ohne diese Briefe, dachte Rosemary, würde sie wahnsinnig werden.

Liebste Rosemary,

bitte verzeih mir meine traurigen Indiskretionen. Ich hoffe, Du verstehst, dass ich Dir anvertraue, was ich niemandem sonst anvertrauen kann. Ich weiß nicht, was ich tun würde, wenn ich Dir nicht mein Herz ausschütten könnte. Sollte ich aufhören, mich zu verstellen, und die Wahrheit hinausschreien?

Ashley, mein geliebter Mann, hat sich immer zu meiner lieben Freundin Scarlett hingezogen gefühlt. Ich hatte gehofft, Dein Bruder würde Scarlett von dieser Vernarrtheit kurieren, doch sie – die Freundin, die ich mehr liebe als alle anderen auf dieser Welt – schmachtet meinen Mann so offen an, dass ich zuweilen den Blick abwenden muss. Manchmal, wenn Scarlett diesen verträumten Gesichtsausdruck hat, frage ich sie: »Was denkst du gerade, liebe Scarlett?« Dann antwortet sie, sie sinne gerade über den Garten, die Kinder, die Politik oder über irgendein anderes Thema nach, das ihr, die sich doch kein Deut für Gärten, Kinder oder Politik interessiert, niemals durch den Kopf gehen würde. Ich gebe vor, ihr zu glauben, denn, liebe Rosemary, mir bleibt nichts anderes übrig.

Wir sind allesamt in der Liebe gefangen.

Als Mädchen habe ich immer gedacht, die Liebe hafte einem an wie ein Blumenduft. Heute glaube ich, dass die Liebe eher dem Bedürfnis eines Trinkers nach Wein entspricht. Der Trinker weiß, dass sein Verlangen alles zerstört, was ihm kostbar ist. Er weiß, dass er sich am nächsten Tag selbst verachten wird, und dennoch kann er vom Wein nicht lassen!

Liebe Rosemary, Scarlett glaubt, es sei einfach Pech, dass sie und mein Mann so selten miteinander allein sind. Ich gestehe, dass ich dabei meine Finger im Spiel habe: Ich lasse diese beiden so ungern miteinander allein wie einen Trinker mit einer Kiste Brandy!

Wenn Scarlett Ashley in der Sägemühle besucht, kommt er abends als ein anderer zu mir nach Hause. Während mein armer Ashley mir einen frohen Begrüßungskuss gibt, schreit es aus seinen Augen, dass er lieber bei einer anderen wäre.

Dein Bruder versucht Scarlett derzeit zu überreden, Ashley die Sägemühlen zu verkaufen, damit die beiden keinen Vorwand mehr haben, zusammen zu sein!

Ich wage es nicht, noch einmal schwanger zu werden. Dr. Meade hat mich eindringlich davor gewarnt. Deshalb können Ashley und ich nicht jene intimen Beziehungen pflegen, die Mann und Frau so innig verbinden. Ashley fehlt mir sehr!

Da Rhetts und Scarletts Glück eng mit dem meinen verwoben ist, wünschte ich, ich könnte Dir schreiben, dass ihre Ehe glücklich ist. Weder Rhett noch Scarlett sind untreu, und doch sind sie so unzufrieden wie zwei Menschen, deren Sehnsüchte unerfüllt bleiben. Unstimmigkeiten werden nicht beigelegt, Missverständnisse nehmen sie sich zu Herzen, keiner lässt Raum für Gemeinsamkeiten, und letzten Monat hat mir Mammy, Scarletts liebe alte Amme, anvertraut (auf ihre übliche indirekte Weise), dass sie auch das Bett nicht mehr teilen.

Scarlett zeigt sich mittlerweile in solch herzlichem Einvernehmen mit Atlantas Profiteuren, dass die ehrbaren Leute sie auf der Straße mit Verachtung strafen. Als wollte sie Dr. Meade und Mrs Elsing weiter aufstacheln, hat Scarlett regelmäßig Gouverneur Bullock und seine Kumpane zu Gast – Puryear, Kimball und Blodgett. Rhett meidet diese Zusammenkünfte wie die Pest.

Ach Rosemary – Rhett und Scarlett sind mir so teuer! Wenn Dein Bruder uns in jener grauenvollen Nacht, als wir aus Atlanta flohen, nicht gefahren hätte … und wenn danach, als unser Land solch schwere Zeiten durchmachte, Scarlett nicht Herrin auf Tara gewesen wäre, hätten mein Sohn Beau und ich gewiss nicht überlebt.

Scarlett und Rhett sind nicht wie Du und ich. Wenn sie einen Raum betreten, dreht man sich nach ihnen um. Von weniger strahlenden Erscheinungen erwarten sie Ehrerbietung.

Als die Königin von Saba an Salomos Hof kam, brachte sie ein gewaltiges Gefolge mit: Soldaten, Mägde. Ihre Pferde waren mit Gold und kostbaren Rubinen geschmückt. An den Toren von Jerusalem traten Salomos Wachen zur Seite, um sie vorbeizulassen.

Die Königin war gekommen, um Salomo einige Fragen zu stellen, über die sie sich schon ihr Leben lang Gedanken machte, Fragen, die ihr selbst ihre gelehrtesten Ratgeber nicht hatten beantworten können.

Ich kann mir nicht vorstellen, dass sie schon am ersten Tag zu ihm gegangen ist, auch am zweiten nicht. Niedere Beamte werden hin- und hergeeilt sein, vielleicht gab es auch ein Festmahl zum Willkomm, bei dem Salomo am Kopfende und die Königin von Saba am Fußende einer riesigen Tafel gesessen hat.

Doch da sie eine mächtige Königin war, wurde ihr sicher alsbald Audienz gewährt. Salomo war ebenso kostbar gekleidet wie sie. Er war ein schöner Mann. Er hatte hundert Konkubinen, viele von ihnen jünger und hübscher als die Königin.

Als die Königin von Saba ihm eine Frage stellte, wusste Salomo die Antwort darauf. Als sie eine weitere Frage stellte, wusste er die Antwort ebenfalls. Er wusste auf alle ihre Fragen Antworten. In der Bibel heißt es: »Da geriet sie außer sich.« Was nutzte ihr all ihre Macht und ihr Reichtum, wenn er auf alle Fragen, die sie ihm stellte, eine Antwort wusste?

Wie sie ihn gehasst haben muss.

Rhett und Scarlett sind jetzt seit drei Jahren verheiratet. Das Einzige, was sie verbindet, worin sie übereinstimmen, ist ihre maßlose Liebe zu ihrer Tochter Bonnie. Ich fürchte, Rhett verwöhnt Bonnie nach Strich und Faden. Er nimmt sie überallhin mit. Sie ist solch ein Sonnenschein! Das Kind hat einen positiven Einfluss auf seinen Vater.

Die kleine Bonnie hat ein Wunder bewerkstelligt: Sie hat Rhett Butler – versprich mir, dass Du nicht lachen wirst – zu einem ehrbaren Mann gemacht!

Als Rhett erfuhr, dass die Kinder der Butlers nicht zu Kinderfesten eingeladen wurden, weil ihre Eltern gesellschaftlich nicht akzeptiert waren, hat er das Kriegsbeil begraben. Wenn ihm der Sinn danach steht, kann Dein Bruder einem Bären das Fell vom Leib charmieren.

Die »Vereinigung der Witwen und Waisen von Konföderationssoldaten« brauchte Hilfe? »Werden hundert Dollar reichen?«

Prominente Generale der Konföderationsarmee – General Forrest höchstpersönlich – sind durch Atlanta marschiert, um Rhetts militärischen Leumund zu bekräftigen. Er hat sich von den Profiteuren aus dem Norden distanziert, selbst von Rufus Bullock, seinem alten Freund.

Dieselben Damen, die Deinen Bruder noch vor einem halben Jahr gnadenlos geschnitten haben, umschmeicheln ihn heute, und Wade, Ella und die kleine Bonnie Blue sind bei jeder Kindersoiree dabei!

Ich hoffe inständig, dass Rhett und Scarlett ihr Glück noch finden werden. Ich bete für sie, genauso, wie ich für Dich und den kleinen Louis Valentine bete.

Deine Freundin Melly

An diesem Nachmittag begab sich Rosemary mit ihrer Mutter und ihrem Sohn zum East Bay Inn.

Im Hafen von Charleston ankerten immer noch Kriegsschiffe der Union, und auf der Promenade waren mehr blau gekleidete Matrosen als Zivilisten unterwegs.

Die Küstenschifffahrt war wiederaufgelebt, und der verödete Kai von Haynes & Son bildete eine traurige Ausnahme in der von Aufschwung kündenden maritimen Szenerie.

EAST BAY INN
EIGENTÜMER: JAMIE FISHER, MISS JULIET RAVANEL

Ein gewöhnlicher oder in Eile befindlicher Reisender konnte das bescheidene grüne Schild mit der schwarzen Aufschrift leicht übersehen. Das Logierhaus selbst sah aus, als hätte Schmutz darin keine Überlebenschance.

Die Messingbeschläge an der Eingangstür des alten Stadthauses der Fishers waren blank poliert. Die Eingangshalle war mit Kränzen und Stechpalmenzweigen weihnachtlich geschmückt. Ein Mistelzweig hing über der Tür zum Salon.

»Meine liebe Rosemary!« Juliet trocknete sich die Hände ab. »Wie schön, dass du gekommen bist. Wir sehen uns viel zu selten.«

Juliet war zu einer strengen Frau mit graumeliertem Haar gealtert, das sie in einem straffen Knoten trug. Ihr kunstvoll geschneidertes Kleid war zu jugendlich für sie.

»Fröhliche Weihnachten, Juliet«, sagte Rosemary und gab ihr einen Kuss auf die Wange. »Dass wir uns so fremd geworden sind, ist nicht in meinem Sinne.«

Juliets höfliches Lächeln wurde eine Spur herzlicher. »Mein Bruder ist ein rücksichtsloser Dummkopf. Darf ich dir deinen Mantel abnehmen? Oh, da ist ja Louis Valentine. Was bist du groß geworden!«

Groß oder nicht, Louis Valentine suchte hinter den Beinen seiner Großmutter Schutz.

»Fröhliche Weihnachten, Mrs Butler. Wie schön, dass Sie gekommen sind. Louis Valentine, im Salon sind schon ein paar Kinder, außerdem steht da ein hübscher Weihnachtsbaum! Captain Jacksons Tochter heißt June. Und das blonde Mädchen ist Sally.«

Prompt vergaß Louis Valentine alle Vorsicht und marschierte in das andere Zimmer, wo jetzt ein kleines Mädchen rief: »Nicht den Baum anfassen! Miss Juliet hat gesagt, wir dürfen den Baum nicht anfassen!«

Rosemary und Juliet verweilten noch ein wenig in der Eingangshalle, während Elizabeth Butler ihrem Enkel folgte.

»Rhett ist oben. Mit seiner Bonnie und deinem Louis Valentine ist unsere Weihnachtsgesellschaft komplett.«

Die Holztäfelung schimmerte. Der Kronleuchter in der Eingangshalle glitzerte wie eine Ansammlung von Eiszapfen.

»Was für ein herrlicher Lüster, Juliet. Ein wahres Wunder, dass er das Bombardement überstanden hat.«

»Sei nicht albern. Wir haben ihn für fünf Dollar von jemandem erstanden, der mit seinem Karren hier vorbeigezuckelt kam und seine Funde verhökern wollte. Ich lebe in der ständigen Angst, dass eines Tages jemand fragen wird: ›Wo in aller Welt haben Sie denn Soundsos Kronleuchter aufgetan?‹ Jamie putzt ihn regelmäßig. Es sind eintausendundsechs Kristalle, hinterher ist keiner mehr an seiner Stelle.«

»Ich bin in diesem Haus mehr oder weniger aufgewachsen«, sagte Rosemary. »Die berühmt-berüchtigte Großmutter Fisher. Und die arme, liebe Charlotte …«

»Ich bereue jedes unfreundliche Wort, das ich zu ihr gesagt habe«, vertraute Juliet Rosemary an.

»Charlotte hat dich trotz allem geliebt.« Rosemary inspizierte einen gerahmten Druck. »Ist das nicht ein Blockadebrecher? Das ist doch die *Bat*? Und du hast das ganze Haus voller Yankees? Juliet, was bist du doch für ein subversives Geschöpf!«

Ein Schrei von Louis Valentine lenkte seine Mutter ab.

Einige der Möbel im Salon waren fachmännisch repariert, doch die Causeuse und zwei der Sessel mussten aufgepolstert werden. Elizabeth Butler und ihr Enkel standen Hand in Hand vor einem üppig geschmückten Weihnachtsbaum.

Offenbar hatte Louis Valentine die Hand nach den brennenden Kerzen ausgestreckt und sich verbrannt. Eines der Mädchen mahnte: »Du musst vorsichtig sein! Dummer Junge!«

Juliet machte Rosemary mit den Yankeemüttern bekannt, Mrs Jackson und Mrs Caldwell.

In diesem Zimmer waren Rosemary Butler und Charlotte Fisher als kleine Mädchen auf Zehenspitzen um Großmutter Fishers kostbare Chippendale-Möbel herumgeschlichen! Rosemary schüttelte den Kopf, um die Erinnerung zu vertreiben.

Louis Valentine ließ seine Großmutter stehen und gesellte sich zu den Mädchen, um ihnen beim Bau einer Festung aus bunten Bauklötzen zu helfen. Er verkündete: »Das ist Fort Sumter!«

»Nein«, wandte das eine Yankeemädchen ein, »weil wenn es Fort Sumter ist, müssen wir es kaputt machen!«

»Jesus Christus kommt wieder«, teilte Mrs Butler den Müttern mit. »Ich rechne jeden Tag mit ihm.«

Rosemary spürte die Hand ihres Bruders auf ihrer Schulter. »Rosemary, Mutter, sagt meiner hübschen Bonnie Blue guten Tag.«

Die Kleine hatte Scarletts dunkles Haar und das gewinnende Lächeln ihres Vaters. Sie trug ein blaues Samtkleid mit passender Haarschleife. »Daddy sagt, ihr seid die guten Butlers. Wer sind denn die bösen?«

»Die bösen Butlers?« Elizabeth runzelte die Stirn. »Aber es gibt keine bösen Butlers!«

Rosemary lachte. »Dein Vater schmeichelt mir, Schätzchen. Möchtest du mit deinem Cousin Louis Valentine spielen?«

»Au ja.« Ein ungelenker Kinderknicks.

Bonnie ließ sich neben den anderen Kindern auf den Boden plumpsen und begann, Bauklötze von der Festung wegzunehmen, die sie gerade errichteten.

Rhett beobachtete sie mit liebevollem Blick. Dann fragte er seine Schwester: »Wie wär's mit einem Gläschen zur Feier des Tages? Jamie und Juliet haben in Großmutter Fishers kleinem Salon einen Ausschank eingerichtet.«

Auf den Armstühlen im Erker saßen zwei Yankeeoffiziere. Die Butlers nahmen zusammen auf einem Sofa vor dem prasselnden Kaminfeuer Platz. Jamie Fisher kam geschäftig hereingeeilt. »Rhett! Ich war auf dem Markt, als ihr gekommen seid. Fröhliche Weihnachten! Fröhliche Weihnachten, Rosemary!«

»Ihr habt hier ja wahre Wunder vollbracht, Jamie!«

»Wir haben vor, demnächst auch Essen zu servieren. Unser Speisezimmer ist riesig, und arbeitslose Köchinnen gibt es ja in Charleston weiß Gott genug.«

Wie eigenartig, dachte Rosemary: Jamie Fisher hatte sich, trotz allem, was er durchgemacht hatte, seine Unschuld bewahrt. Seine Schwester Charlotte hatte die gleiche Unschuld besessen. Und schlechter dran war man damit bestimmt nicht.

Jamie fragte: »Möchtest du von unserem Eierpunsch probieren? Ich habe ihn selbst gemacht.«

Nachdem er zwei Becher seines schaumigen Gebräus eingeschenkt hatte, entschuldigte sich Jamie.

Eine der Yankeemütter tauchte auf. »Madam, wenn ich kurz stören dürfte … Ihre Begleiterin … Die alte Frau …«

»Unsere Mutter. Ja?«

»Die Offenbarung des Johannes ist zweifellos ein empfehlenswerter Text, aber …« Die Frau seufzte, eine noble Leidende.

»Madam«, sagte Rhett in salbungsvollem Ton, »die Offenbarung des Johannes ist ein heiliger Text. Viele Sünder sind durch ihn der ewigen Verdammnis entkommen.«

»Ihre Mutter …«

Rosemary lächelte beruhigend. »Kann ziemlich anstrengend sein, ich weiß. Lassen Sie sie doch bei den Kindern sitzen. Die meisten Erwachsenen finden Mutter … schwierig, aber die Kinder sehen ihr direkt ins Herz.«

Die Frau sagte schnippisch: »In Connecticut, Madam, ziehen wir unsere Kinder nicht mit der Offenbarung groß.« Sie marschierte hinaus, und kurz darauf hörte Rosemary, wie die Tochter der Frau heulte: »Aber Mama, es war gerade so schön!«

Rhett schüttelte den Kopf. »Unsere arme Mutter.«

»Sie ist zufrieden, Rhett. Vielleicht hat das Leben mehr zu bieten als Zufriedenheit, aber in Mutters Alter kann es nicht viel mehr sein.«

Im Kamin fiel ein Scheit um, und Funken stoben.

»Vielleicht hast du recht«, sagte Rhett. »Weißt du noch, wie ich das erste Mal hierhergekommen bin?«

»Das werde ich nie vergessen. Wie alt war ich damals? Sechs, sieben?« Rosemary nahm die Hand ihres Bruders. »Liebst du mich immer noch, Bruder?«

»Wie mein Leben.«

Die Yankeeoffiziere leerten ihre Gläser und gingen.

Rhett sagte ernst: »Meine Freunde in Washington sagen, dass Präsident Grants Geduld mit dem Klan am Ende ist, Rosemary. Sie wollen ein Exempel statuieren. Und Andrews Aktivitäten sind nur allzu bekannt.«

»Andrew und ich reden nicht darüber.« Sie stellte ihren Becher ab. »Wir reden überhaupt nicht mehr miteinander.«

»Rosemary, du musst deinen Mann warnen. Die Yankees wollen irgendjemanden hängen.«

»Andrew wird nicht auf mich hören, Rhett. Manchmal glaube ich, er merkt es gar nicht, wenn ich mit ihm rede.« Sie rieb die Hände aneinander. »Ich weiß nicht, auf wen oder was Andrew inzwischen hört.«

Aus dem anderen Zimmer drang fröhliches Kindergeplapper herüber. »Und deine Scarlett? Wie geht es Scarlett?«

»Meine Frau erfreut sich bester Gesundheit.«

»Und …«

»Ich fürchte, es gibt kein ›Und‹.« Als Rhett trank, blieb etwas Schaum in seinem Schnurrbart hängen. Einen Moment lang sah Rosemarys starker Bruder aus wie ein Clown mit dunklen, traurigen Augen. »Sie war alles, was ich mir je gewünscht habe. Sie ist alles, was ich mir wünsche. Scarlett …« Er wischte sich den Schaum mit dem Taschentuch ab. »Seltsam, wie die Dinge sich entwickeln, nicht?« Er stellte seinen Eierpunsch ab. »Ich habe ein Schaukelpferd für Louis Valentine mitgebracht.«

»Da wird er sich aber freuen.« Rosemary überlegte einen Moment, bevor sie sagte: »Haynes & Son …«

»Ist bankrott. Ich weiß.« Er nahm ihre Hand. »Andrew hat John Haynes' Erbe durchgebracht, er hat alles für den Klan vertan. Sei froh, dass das Haus auf deinen Namen eingetragen ist. Aber du brauchst keine Angst zu haben, Rosemary. Ich werde immer für dich, Louis Valentine und Mutter sorgen.«

Als Rosemary sich zurücklehnte, wärmte ihr das Kaminfeuer die Wangen. Sie war so müde. Sie könnte doch einfach die Augen zumachen und ein wenig dösen.

Ihr Bruder redete über Geld. Rosemary wollte nicht über Geld nachdenken. Sie öffnete die Augen wieder und sagte: »Danke für deine Fürsorglichkeit, lieber Bruder, aber es gibt ein paar Dinge, die ich selbst erledigen muss.«

An diesem Abend regnete es – ein eisiger Winterregen. Als Rosemary Andrew an der Tür hörte, legte sie ihr Flickzeug weg und ging in die Diele. Andrew starrte seine Frau an. »Rosemary.«

»Guten Abend, lieber Mann«, sagte Rosemary mit ruhiger Stimme. »Wo warst du?«

Andrew machte die Tür zu und streifte seinen Regenmantel ab. Sein Hemd war klatschnass. »Es ist besser, wenn du das nicht weißt.«

»Ich will es aber wissen, Andrew.«

Er legte den Kopf auf die Seite wie jemand, der eine Kuriosität betrachtet: eine tanzende Katze, einen Hund, der sprechen kann. »Ich war geschäftlich unterwegs.«

»Was kannst du denn noch Geschäftliches zu tun haben? Die Bank hat gegen Haynes & Son die Zwangsvollstreckung veranlasst.«

Er tat das mit einem ärgerlichen Kopfschütteln ab. »Weißt du denn nicht, dass die gesetzgebende Versammlung von South Carolina eine Schlangengrube von Profiteuren, Opportunisten und Niggern ist? Das ist nicht unsere Regierung!«

»Bist du denn unsere Regierung, Andrew? Du, der du im Schutze der Dunkelheit Dinge tust, die kein redlicher Mann bei Tageslicht tun würde?«

Sie schnappte nach Luft, als er sie am Arm packte. »Was für redliche Männer?« Seine Stimme machte ihr Angst. Mit dieser Stimme hatte ihr Mann an lodernden Feuern gesprochen, neben denen zu Tode geängstigte Männer darauf warteten, ermordet zu werden. Diese Stimme hatte die Hoffnungen von Frauen zerstört und das Flehen von Kindern verhöhnt. »Andrew«, wisperte Rosemary. »Was ist bloß aus dir geworden?«

»Ich habe mich nicht verändert, Frau. Andere mögen sich verändert haben, ich nicht.«

»Andrew, du tust mir weh!«

So plötzlich, wie er sie gepackt hatte, ließ er sie wieder los. Sie rieb sich den Arm, dann nahm sie das Päckchen von dem kleinen Tisch und hielt es ihm hin. »Das ist heute Morgen gekommen. Lies, was auf dem Zettel steht.«

Er warf einen kurzen Blick darauf. »Unsere Roben werden von patriotischen Südstaatlerinnen genäht. Was ist dabei?«

»Patriotisch?«

»Wenn wir unsere Frauen nicht beschützen, wer soll es dann tun?«

Rosemary runzelte die Stirn. »Wie beschützt ihr uns, Andrew? Vor welcher Bedrohung beschützt ihr uns?«

»Der Kerl wollte halt mit einer Sonderanfertigung prahlen.« Andrew stieß drei harte bellende Lacher aus. »Glaubst du denn, mir macht das alles Spaß? Hältst du mich für herzlos, Frau? Rosemary, ich tue meine Pflicht.«

Andrew ließ sich weiter über korrupte Profiteure, die Rechte der Südstaatler und unverschämte Nigger aus, doch Rosemary hörte ihm nicht mehr zu. Sie hatte genug von ihm.

Als Andrews Redefluss versiegte, sagte Rosemary: »Andrew, ich möchte, dass du dich zu Hause nicht mehr sehen lässt.«

Ihr Mann erbleichte. Sein Blick schweifte umher. Er leckte sich über die Lippen. Sein übler Körpergeruch und fauliger Atem stiegen Rosemary in die Nase.

Sie bekräftigte: »Ich will, dass du dich nie mehr zu Hause sehen lässt.«

Kapitel 39

Naturwunder

An einem regnerischen Märzmorgen kleidete sich Scarlett O'Hara Butler für Gouverneur Bullocks Feier an.

Mammy sagte: »Schätzchen, nackte Büste zeigen, das machen bloß Schauspielerinnen, un du bist keine. Das Kleid versteckt nich halb so viel, wie es sollte!«

»In Paris ist das die neueste Mode.«

»Wir sin hier aber nich in Paris oder sonst wo, sondern in Atlanta. Un du bist 'ne verheiratete Frau!«

Verheiratet – wie Scarlett dieses Wort hasste. *Verheiratet* bedeutete *Du darfst nicht* und *Verboten*! Nach ihrer Heirat mit Rhett hatte sie ihre Trauerkleider der »Vereinigung der Witwen und Waisen von Konföderationssoldaten« geschenkt. Könnte sie doch den Witwen und Waisen auch ihre Ehe schenken!

Zwischen Ehe und Mutterschaft fühlte sich Scarlett wie ein Maulesel, der Baumstämme durchs Unterholz schleppt.

Rhett liebte Kinder – vorausgesetzt, Scarlett gebar sie unter Blut, Schweiß und Tränen und Prissy wechselte ihnen die Windeln. Warum auch sollte Rhett die Kinder dann nicht lieben?

Scarlett wählte ihre Erinnerungen aus, als wollte sie das Stereoskop im Salon mit Bildern bestücken. Tara, das waren Gerald O'Haras Lachen und Ellen O'Haras sorgende Hände. Twelve Oaks stand für strahlende Feste, schmachtende Verehrer, hilfsbereite Neger und für Ashley Wilkes – *ihren* Ashley.

Nie rief sie sich die Selbstaufopferung ihrer Mutter ins Gedächtnis, Geralds trunkenes Geschwätz oder Ashleys Unbehagen über die Rolle, in die man ihn von Geburt an gezwängt hatte.

In New Orleans hatte Toinette Sevier gegenüber Scarlett Andeutungen über Ellens zum Scheitern verurteilte Liebe zu Philippe Robillard gemacht. Wie sehr das doch an ihre Liebe zu Ashley erinnerte! Scarlett fragte sich nie, ob Ellens unglückliche Liebe zu Philippe nicht einen Schatten über die Ehe ihrer Eltern geworfen hatte.

Scarlett O'Hara Butlers Wespentaille war dahin, und ihre blitzenden Augen hatten zu viel vom Leben gesehen, doch die Männer drehten sich immer noch nach ihr um.

Mammy zupfte an ihrem Ausschnitt. »Kindchen, das kann kein gutes Ende nehm'. Dich mit Spekulanten und Profiteuren rumzutreiben! Was würde deine Mama dazu sagen!«

Mammy verstand es wirklich, einem den Spaß zu verderben.

Als Scarlett Rhett vorhielt, dass er ein Heuchler sei, stritt er es nicht ab. Der neue Rhett Butler schwelgte in der Heuchelei!

In der Öffentlichkeit lächelte Rhett nicht mehr, wenn eine ernste Miene gefordert war. Er brachte die schlichten Gemüter nicht mehr durcheinander und verblüffte die klügeren Köpfe nicht wie zuvor. Gleich welche Absurditäten Mrs Meade oder Mrs Elsing vorbrachten, Rhett war voll und ganz ihrer Meinung. Hätte eine der Gnädigen die Ansicht geäußert, der Mond bestehe aus Blauschimmelkäse, hätte Rhett Butler laut darüber nachgesonnen, ob es womöglich Stilton sei.

Jeden Sonntagvormittag konnte man ihn mit Ella, Wade und Bonnie auf ihrer Kirchenbank in der Kathedrale St. Philip sitzen sehen. Ja Mr Rhett Butler hatte sogar einen Schreibtisch in der Farmer's and Merchant's Bank.

Warum konnte Rhett alles tun, wonach ihm der Sinn stand? Eine Frau durfte dies nicht, eine Frau durfte das nicht. Ein eigenes Geschäft führen? Genauso gut hätte Scarlett sich ausziehen und splitterfasernackt die Peachtree Street hinabreiten können!

Herrgott, wie sie ihre Sägemühlen vermisste. Irgendwie – sie wusste selbst nicht mehr so recht, wie – hatte Rhett sie dazu gebracht, die Mühlen zu verkaufen. Er hatte sie verwirrt und so wütend gemacht, dass sie ihre Sägemühlen an Ashley verkaufte.

Es war, als hätte Scarlett einen Teil ihrer selbst verkauft. Ihre Sägemühlen waren solide, profitable Unternehmen, und wenn sie sie wirklich hätte verkaufen wollen, hätte sie weiß Gott genug Angebote dafür bekommen. Sie hatte sie selbst aufgebaut! Die Mühlen waren der sichtbare Beweis dafür, wer sie war und was sie alles zustande brachte.

Sie konnte nicht an ihnen vorbeifahren, ohne dass ihr zum Heulen zumute war.

An diesem regnerischen Samstag saß Rhett in der Bibliothek und las Zeitung, während Wade, Ella und Bonnie, die auf dem Teppich spielten, gerade sämtliche Löffel des Hauses zu Füßen ihres Vaters aufreihten.

Ohne Vorankündigung sagte Scarlett: »Kinder, spielt bitte woanders. Euer Vater und ich haben miteinander zu reden.«

Wade und Ella gehorchten, aber Bonnie kletterte ihrem Vater auf den Schoß, steckte den Daumen in den Mund und musterte ihre Mutter mit ihren großen blauen Augen.

»Bonnie sollte hierbleiben, liebe Frau. Sie wird eines Tages selbst heiraten. Und wenn sie unseren liebevollen Austausch miterlebt, wird sie lernen, was sie von ihrer eigenen Ehe zu erwarten hat.«

»Aber sicher, lieber Mann. Bonnie sollte alles erfahren, was man über die Ehe wissen muss. Hat unsere Tochter auch schon das Chapeau Rouge besucht?«

Rhett grinste. »Ah, du hast immer noch eine Kugel im Lauf – und keine Bedenken, sie abzufeuern. Habe ich dir in letzter Zeit schon mal gesagt, wie sehr ich dich bewundere, Scarlett?«

Ihre Züge wurden weicher. »Also, nicht dass ich wüsste …«

»Ich kann dich nur beglückwünschen, meine Liebe. Du bist die entschiedenste Egoistin, die mir je begegnet ist.«

»Vielen Dank für deine Aufrichtigkeit«, sagte Scarlett.

Rhett seufzte. »Bonnie, ich fürchte, deine Mama hat recht. Du bist zu jung für die Ehe deiner Eltern. Und ich weiß nicht, wann du alt genug dafür sein wirst. Ich bin mir nicht einmal sicher, ob ich selbst alt genug dafür bin.«

Mit liebevollem Blick verfolgte Rhett, wie das Kind sich aus dem Zimmer trollte. Scarlett verspürte einen Anflug von Eifersucht, der sie verwirrte. Wie konnte sie auf ihr eigenes Kind eifersüchtig sein?

»Du willst also feiern, dass sich die Pennsylvania Railroad die Georgia Railroad unter den Nagel gerissen hat. Warum wird das eigentlich nicht mit einem Maskenball gefeiert? Ist es unter Banditen nicht üblich, maskiert zu gehen?«

»Du hast es gerade nötig! War Rufus Bullock nicht dein Freund?«

Rhett zuckte die Achseln. »Rufus und ich haben hin und wieder Geschäfte miteinander gemacht.«

»Und jetzt, wo es Captain Butler beliebt, ein ach so ehrbarer Mann zu sein, lässt er seine alten Freunde fallen?«

Er faltete die Zeitung zusammen. »Will Miss Scarlett mir vielleicht einen Vortrag über Loyalität halten? Bitte sprich weiter.«

Scarlett errötete. Warum hatte sie diesen abscheulichen Mann nur geheiratet?

Rhett klopfte auf seine Zeitung. »Du solltest dich beeilen, meine Liebe. Wenn du zu lange wartest, ist Rufus vielleicht nicht mehr Gouverneur. Seine mächtigen Freunde verlassen das sinkende Schiff, und er hat die gesetzgebende Versammlung nicht mehr hinter sich. Seine Frau ist mit den Kindern in den Norden gefahren, damit sie da, wo ihr Mann regiert, nicht mehr auf offener Straße beleidigt werden. Edgar Puryear ist jetzt Rufus' einziger Freund. Armer Rufus.«

Nachdem seine Frau gegangen war, zog Rhett Butler die schweren Vorhänge auf, um ihrer Kutsche nachzusehen, die gerade in die Peachtree Street einbog.

Als Prissy hereinkam und ihm sagte, dass sie die Kinder zum Spielen zu den Wilkes bringe, hob Rhett nur gleichgültig die Hand. Das Haus – Scarletts Haus – war so groß, dass er Prissy und die Kinder nicht fortgehen hörte. Dieser trostlose Tag spottete den Verheißungen des Frühlings. Blasse gelbe Forsythien bogen sich vor Nässe, und die Fliederbüsche sahen aus wie blau gefroren.

Wie war es nur so weit gekommen?

Die Liebe hatte ihn blind gemacht. All seine Erfahrung, seine Reisen, die Frauen, die er gekannt hatte – nichts davon hatte sein wahnwitziges Verlangen nach der Frau stillen können, die jetzt seine Gattin war und deren Herz er nicht gewinnen konnte.

Ihr und ihren Kindern zuliebe war er ehrbar geworden – ein ehrbarer Heuchler, »weder Henker noch Gehenkter«. Wenn die führenden Männer Atlantas beschlossen, noch einmal in Shantytown einzufallen, würde Rhett Butler mit ihnen reiten.

Er würde alles für Scarlett tun, würde ihr alles geben …

Seine Frau glaubte, einen anderen Mann zu lieben, doch er wusste es besser. Ihre Liebe bestand darin, von einem Lebensstil zu träumen, den sie als Kind neidvoll betrachtet und nie verstanden hatte. Sie, die Tochter eines irischen Einwanderers, der über seinem Stand geheiratet hatte – arme, begehrliche Scarlett.

Sie würde Ashley Wilkes binnen eines halben Jahres aufzehren. Er war ein viel zu zartes Pflänzchen für sie.

Regen rann über die Fensterscheibe und tropfte von den bleiernen Streben.

Rhett Butler schnaubte, lachte sich selbst aus und ging zum Kamin, um das Feuer zu schüren.

Er hörte ihre Kutsche draußen auf dem Kopfsteinpflaster. Als sie in den Salon kam, ließ er sein Buch sinken. »Du bist früh zu Hause.«

Sie verzog das Gesicht, ging an den Schrank, um sich einen Brandy einzuschenken, und kippte ihn schaudernd.

Rhett klappte das Buch zu und legte es beiseite. »Bulwer-Lyttons neue Utopie. Er glaubt, dass wir alle glücklich und gut sein können.«

»Ja können wir das etwa nicht?«

»Vielleicht, wenn wir in einer Höhle im Mittelpunkt der Erde lebten, so wie die Wesen, die Bulwer-Lytton sich vorstellt. Auf der Erdoberfläche sind Glück und Güte eher dünn gesät.«

»Rhett, warum hast du mich dazu gebracht, meine Sägemühlen zu verkaufen?«

Er stand auf, um sich auch ein Glas einzuschenken. »Du weißt genau, warum ich dir *geholfen* habe, deine Sägemühlen zu verkaufen. Damit du nicht jeden Tag hinter verschlossenen Türen mit dem kleinen Gentleman konferierst.«

»Du hast einen Groll auf Ashley Wilkes, weil er ein so vornehmer Mensch ist.«

»Ich bedaure Wilkes, weil er zu vornehm ist.« Er setzte sein Glas ab. »Müssen wir uns das antun, Scarlett?«

Sie sah ihm prüfend ins Gesicht und seufzte. »Wir haben wirklich ein Talent dafür, zu streiten.« Ihr Lächeln wirkte fast freundlich. »Du hattest recht, Rhett. Wie immer. Gouverneur Bullock ist erledigt, und sein Festessen war eine öde Farce. Die Leute von der Pennsylvania Railroad waren enttäuscht, dass du nicht gekommen bist.«

»Selbst meine Heuchelei hat ihre Grenzen.«

»Und die lägen wo?«

Rhett lachte leise.

»Dein Freund Captain Jaffery wurde dem Regiment von Generalmajor Custer zugewiesen.«

»Das Siebente ist in Carolina und setzt Klanmänner fest.«

»Jaffery hofft, dass sie wieder in den Westen ziehen werden und den Bau …« Sie machte eine bedeutungsvolle Pause. »Den Bau der Northern Pacific begleiten.«

»Ich hoffe, du hast kein Geld in diesen Unsinn gesteckt«, sagte Rhett.

»Jay Cooke ist der klügste Unternehmer auf Erden«, erwiderte Scarlett, »und seine Northern Pacific wird ein noch größerer Erfolg werden als die Union Pacific. Das sagen alle.«

»Tatsächlich?«

Sie hob die Augenbrauen. »Ich nehme an, du hast von den Naturwundern gehört?«

Er trat näher zu ihr und seufzte. »Wie viel hast du schon getrunken?«, fragte er.

Trotzig schenkte sie sich nach und blickte lächelnd über den Rand ihres Glases. »In der Nähe des Yellowstone River, direkt an der Eisenbahnlinie der Northern Pacific, liegt ein einzigartiges Gebiet mit heißen Heilquellen und spektakulären Geysiren.«

»Geysiren? Scarlett …«

»Geysiren stoßen heißes Wasser aus, und zwar dreißig Meter hoch, so regelmäßig, wie eine Uhr die Stunde schlägt. Sieh mich nicht so an, Rhett. Jay Cooke –«

»Heißes Wasser? Geysire? Warum willst du unbedingt reich werden, Liebling? Du hast doch schon mich!«

Sie lächelte selbstgewiss. »Ja, das ist wahr.«

Als er ihren Arm berührte, prickelte die warme Seide ihres Kleides an seinen Fingerspitzen. Hastig fügte Scarlett hinzu: »Jay Cooke hat den Kongress dazu gebracht, diese Gegend Yellowstone National Park zu taufen. Die Eisenbahnwagen der Northern Pacific werden voller Touristen sein, die den Yellowstone National Park besuchen wollen. Würdest du das nicht auch gern?«

»Entschuldige bitte. Würde ich was gern?«

»Würdest du nicht auch gern zusehen, wie dampfend heißes Wasser zuverlässig wie ein Uhrwerk emporschießt?«

Er stand dicht bei ihr, atmete den Duft ihres Haares ein und murmelte: »Die Sioux werden diese Touristen zweifellos mit offenen Armen empfangen.«

Sie wich zurück und richtete sich nervös das Haar. »Die Touristen werden diesen Zug nehmen, um die Mineralquellen und Geysire zu sehen! Sie werden sich die Naturwunder anschauen!«

Rhett grinste amüsiert. »Das Naturwunder bist du, Scarlett.«

Ihr Blick wurde weicher. Ihre Unterlippe begann zu zittern. Dann entdeckte er ein Flackern tief in ihren Augen. Angst? War das Angst? Aber wovor? Sie wandte sich zur Tür.

»Ich habe nie gesagt, dass ich dich liebe, weißt du«, sagte sie, als wäre sie sich nicht ganz sicher.

Die Luft zwischen ihnen schien zu flirren.

Etwas gefasster fügte sie hinzu: »Und ich tue es auch nicht.«

Es bereitete ihm körperliche Schmerzen, stillzuhalten, sie nicht zu packen, zu schütteln. Es gelang ihm, mit rauer Stimme zu erwidern: »Ich bewundere deine Aufrichtigkeit.« Weil seine Hände danach verlangten, sie zu berühren, ihr Gewalt anzutun, sich um ihre Kehle zu legen und sie zu töten, verbeugte sich Rhett Butler steif, schob sich an seiner Frau vorbei und verließ das Haus. Ohne Hut trat er auf die Peachtree Street hinaus in den kalten Regen.

Kapitel 40

Sohn eines Mörders

Im November erklärte Präsident Ulysses S. Grant, South Carolina befinde sich in offener Rebellion, hob die Habeas-Corpus-Akte auf und beauftragte das Siebente Kavallerieregiment mit der Zerschlagung des Ku-Klux-Klan. Die ehemaligen Konföderationsgenerale Gordon und Forrest wurden in den Kongress der Vereinigten Staaten vorgeladen, wo sie widerstrebend zugaben, möglicherweise Leute zu kennen, die mit dem »sogenannten« Ku-Klux-Klan zu tun gehabt haben könnten; sie selbst hätten jedoch nichts damit zu schaffen.

Zwei Wochen nachdem man Andrew Ravanel festgenommen hatte, setzte sich Elizabeth Kershaw Butler kerzengerade in ihrem Bett auf und stieß einen schwachen, unirdisch klingenden Schrei aus, der ihre in einem Armsessel neben dem Bett dösende Tochter weckte. Als Rosemary ihrer Mutter einen Spiegel vor den Mund hielt, beschlug das Glas nicht.

Der kleine Louis Valentine hatte einen festen Schlaf und murmelte nur irgendetwas vor sich hin, als Rosemary ihn in ihr eigenes Zimmer trug und dort ins Bett legte. Rosemary ging in die Küche und kochte sich einen Tee. Sie weinte nicht um das, was sie verloren hatte. Sie weinte um das, was ihrer Mutter nie vergönnt gewesen war.

Es war früh, noch vor der Morgendämmerung. Sie hatte schon länger mit dem Tod ihrer Mutter gerechnet, trotzdem hatte er sie jetzt überrascht.

Später am selben Tag schrieb Rosemary ihrer Freundin.

Liebste Melanie,

meine Mutter, Elizabeth Butler, ist heute am frühen Morgen in die Ewigkeit abberufen worden. Zum Schluss hat Mutter nicht mehr gelitten.

Wie Du sicher schon gehört hast, ist Andrew wegen seiner Aktivitäten im Klan festgenommen worden. Letzten Samstag habe ich ihm seine Kleider in ein Gefangenenlager außerhalb von Columbia gebracht. Das Lager untersteht der Unionskavallerie, und ob es nun an seinem einstigen Rang liegt oder daran, dass man dort insgeheim seine Ansichten teilt, jedenfalls hat Andrew in diesem überfüllten Schweinestall sein eigenes Zelt. Ich hätte mir nie träumen lassen, dass der Klan so viele Mitglieder hat!

Andrew sagte, sobald die Sondergerichte eingesetzt seien, werde man ihm wegen des Mordes an mehreren Negern den Prozess machen.

Da. Jetzt habe ich es ausgesprochen. Meine Worte ändern nichts an dem, was Andrew getan hat, noch an meiner Verwirrung und meinem Kummer. Gewalt und Verbitterung besudeln die Unschuldigen zusammen mit den Schuldigen! Wird mein süßer Louis Valentine als Sohn eines verurteilten Mörders aufwachsen?

Rhett hat Andrew gewarnt, dass es so kommen würde, aber Andrew war zu arrogant, um auf ihn zu hören.

Louis Valentine weiß, dass etwas Schlimmes mit seinem Vater geschehen ist. Ich habe noch nicht die richtigen Worte gefunden, es ihm zu erklären.

Mein Vater hat einmal gesagt, eine böse Ader zöge sich durch die Familie Butler, es liege ein Fluch auf der Familie. Ich glaube, es ist der Fluch mangelnder Liebe.

Ich habe John, meinen ersten Mann, geheiratet, um der Tyrannei meines Vaters zu entfliehen, und ich habe Johns schlichte Güte abgewertet, bis es zu spät war. Güte wirkt nur langsam, liebe Melanie, und schlägt sich nur in winzigen Dosen in unserem Innern nieder. Als Mädchen war ich von Andrew bezaubert – der mutigste Reiter, der beste Tänzer, der tollkühnste Kämpfer, der Mann, der sich allem, was er tat, mit Leib und Seele widmete. Ob ich wohl hoffte, dass sein furioser Mut ein wenig auf mich abfärben würde?

Ob es die Gefangenschaft oder die Niederlage war, die ihn brach, wage ich nicht zu sagen. Doch der heldenmütige, galante Andrew hat sich in eine furchterregende, groteske Gestalt verwandelt.

Was soll ich jetzt tun, liebste Melanie?

Im Gegensatz zu Scarlett bin ich weder geneigt noch befähigt, mich als Geschäftsfrau zu betätigen. Ich wurde dazu erzogen, Kinder großzuziehen, einen Mann zu lieben, einen Haushalt zu führen. Und wie es scheint, habe ich zudem das weltabgewandte Wesen meiner Mutter, ich verlasse manchmal tagelang nicht das Haus.

Mein Bruder Julian wurde zusammen mit den Yankeeprofiteuren, mit denen er sich zusammengetan hatte, aus der gesetzgebenden Versammlung ausgeschlossen. Er hat Arbeit als Büroangestellter gefunden.

Einige Damen, die ich von unserer gemeinsamen Arbeit auf dem freien Markt kenne, haben eine Mädchenschule gegründet: das Charleston Female Seminary. Sie haben mir angeboten, dort zu unterrichten. Ich spreche etwas Französisch und habe ein äußerst feines Gespür für Anstand und Sitte (und sei es nur, weil ich sie oft missachtet habe). Vermutlich wäre ich eine passable Lehrerin.

Ich habe erst einen guten Mann und später einen wüsten Burschen geheiratet. Ich glaube nicht, dass ich noch einmal heiraten werde, aber falls doch, sollte es jemand sein, der mich braucht.

Ich danke Gott für unsere Freundschaft.

Stets die Deine
Rosemary

Kapitel 41

Die Flaschenbäume

Andrew Ravanel glaubte, dass er den bärtigen Nigger schon einmal gesehen hatte. Er war auf John Hugers Auktion verkauft worden, der Auktion, auf der Andrew versucht hatte, Cassius zu erwerben. War er nicht Stellmacher? Oder Tischler? Der bärtige Nigger sagte: »Schuldig.«

Der große Nigger sagte: »Schuldig.«

Der Nigger mit der gelben Weste sagte: »Schuldig.«

Der kahle Nigger sagte: »Schuldig.«

Andrew kratzte sich am Nacken. So früh im Jahr war es normalerweise noch nicht so heiß. Aber bei diesen Menschenmassen hier im Gerichtssaal in Charleston war es kein Wunder, dass man ins Schwitzen kam.

Der dürre Nigger sagte: »Schuldig.« An dem Burschen war wirklich nichts dran. Der wäre nicht einmal eine halbe Arbeitskraft.

Der vieräugige Nigger sagte: »Schuldig.« Wozu brauchte ein Nigger eine Brille? Die konnten doch gar nicht lesen. Es war aberwitzig. Zwölf Nigger, die ein Urteil über einen ehemaligen Colonel der Konföderierten Staaten von Amerika fällten.

Der runzlige Nigger sagte: »Schuldig.« Warum schrumpelten einige von denen zusammen wie Apfelmännchen?

»Schuldig.« Großer Gott, war dieser Nigger fett. Wie konnte noch irgendjemand behaupten, die Nigger würden nicht gut behandelt? Wenn dieser Bursche ein Hausschwein wäre, dann wäre er jetzt schlachtreif. Das würde ein paar fette Schinken geben.

»Schuldig.«

»Schuldig.«

Andrew wandte sich um und nickte ein paar stiernackigen Hinterwäldlern zu, die so taten, als würden sie ihn nicht kennen.

»Schuldig.«

Vor einem halben Jahr hätten sie ihn garantiert noch gekannt. Andrews Blick fiel auf Rosemary. Sie sah so frisch aus, als wäre sie gerade der Badewanne entstiegen.

»Schuldig.«

Wessen sollte er schuldig sein? Des Widerstands gegen die Regierung der Unterdrücker?

Der unionistische Richter schlug mit seinem Hammer auf den Tisch. »Mr Ravanel. Die Geschworenen haben Sie des vierfachen vorsätzlichen Totschlags schuldig befunden. Haben Sie dem Gericht irgendetwas zu sagen?«

Richter Boyd wurde auch »Pitbull« Boyd genannt. Genauso sah er auch aus.

»*Colonel* Ravanel, Euer Ehren«, sagte Andrew.

»*Colonel* Ravanel. Dieses Gericht ist bereit, einen wie auch immer gearteten Beweis Ihrer Reue, ein Eingeständnis Ihrer Untaten in Betracht zu ziehen, ehe das Strafmaß bestimmt wird. Wie Ihr Anwalt Ihnen gewiss noch erläutern wird, *Colonel* Ravanel, wird das Gericht ohne eine Reuebezeigung Ihrerseits äußerste Strenge walten lassen. Die Urteilsverkündung findet morgen Vormittag um zehn Uhr in diesem Gerichtssaal statt. Habe ich Ihr Ehrenwort, dass Sie nicht fliehen werden?«

Andrew lächelte und dachte: Mein Ehrenwort, Pitbull? Doch bevor er etwas sagen konnte, sprang sein Anwalt, William Ellsworth, auf. »Sie haben mein Wort, Euer Ehren. Mein Klient wird zur Stelle sein.«

»Dann, Andrew Ravanel, sind Sie gegen Leistung einer Sicherheit auf freiem Fuß und haben Zeit, ein Gesuch zu formulieren, das unsere Herzen bewegen wird. Morgen Vormittag um zehn.« Der Hammer des Richters fiel.

Verurteilt zu sein fühlte sich nicht anders an, als nicht verurteilt zu sein. Weder besser noch schlechter.

Als Ellsworth versuchte vorauszugehen, schob sich Andrew vor ihm durch das dichte Gedränge von Negern, die ihn mit bitterbösen Blicken, und Weißen, die ihn mit verstohlenem Zwinkern bedachten.

Rosemary stand im Vestibül, wo Custers Soldaten die Menge in Schach hielten. »Andrew, es tut mir leid.«

Was tat Rosemary leid? Sie war schließlich nicht von einer Jury aus lauter schwarzen Affen verurteilt worden. Kein Yankeerichter hatte sie vor den Augen von ganz Charleston beleidigt.

»Kann ich nach Hause kommen?«, fragte Andrew.

Rosemary runzelte die Stirn. »Nein«, sagte sie.

Vor dem Krieg war das Vestibül dieses Gerichtssaals jeden Tag geputzt worden. Vor dem Krieg waren die Pflanzer des Tieflands hierhergekommen, um Grenzstreitigkeiten zu regeln und Auseinandersetzungen um Verträge zu klären. Andrews Schultern sackten herunter. Er kämpfte schon so lange, so unendlich lange. Er hatte keine Kraft mehr. »Richte meinem Jungen schöne Grüße aus.«

»Deinem Sohn.«

»Ja, Louis Valentine.«

Andrews Anwalt führte ihn eilig durch eine Seitentür nach draußen, wo eine geschlossene Kutsche auf sie wartete. Ellsworth zündete sich seine Pfeife an. Erst beim dritten Mal brannte sie. »Sie hatten keine Chance«, sagte er.

»Ach, ich weiß nicht«, sagte Andrew leichthin. »Ich hatte gehofft, einige der Geschworenen würden sich noch aus Vorkriegszeiten an mich erinnern.«

Der Anwalt paffte heftig an seiner Pfeife. »Ich habe mein Bestes getan. Ich habe erreicht, dass die Mordanklage nicht aufrechterhalten wurde. Und ich habe bewirkt, dass Sie gegen eine Sicherheit auf freiem Fuß sind.«

Andrew öffnete das Schiebefenster.

Vormittägliches Sonnenlicht fiel in die Kutsche, während sie in die King Street einbogen und am Postamt vorbeifuhren. Sie machten einen Schlenker um einen Brauereiwagen. Zwei Männer rollten Fässer eine Rampe hinunter. Hinter dem Eisenzaun grünte und blühte der Park. Ein Odeur von Verfall und Wiedergeburt lag in der Luft.

»Sie müssen eine Verteidigungsrede vorbereiten. Überzeugen Sie Richter Boyd davon, dass Sie Ihre Fehler einsehen.«

»Was soll das nützen?«

Die Miene seines Anwalts war säuerlich wie ein unreifer Apfel. »Richter Boyd verfügt über einen ziemlich großen Ermessensspielraum. Mit Klanmitgliedern, die sich reuig zeigten, ist er bisher gnädig verfahren. Präsident Grant möchte keine Märtyrer schaffen.«

Andrews Gedanken trieben auf dem endlosen Wenn und Aber und Vielleicht des Anwalts dahin.

»Ihre Taten können wir nicht bestreiten.«

Ellsworth, der vor dem Krieg als Unionist nicht in Erscheinung getreten war, kam seiner Aufgabe als Anwalt nur widerwillig nach, hin- und hergerissen zwischen dem Wunsch, der alten Aristokratie zugerechnet zu werden, und dem Anspruch, den Klan in keiner Weise zu entschuldigen oder auch nur diesen Anschein zu erwecken. Doch die alte Aristokratie war froh gewesen, als der Klan die Republikaner in Angst und Schrecken versetzte und sie so aus der gesetzgebenden Versammlung vertrieb – solange sie sich nicht damit auseinandersetzen musste, wie das im Einzelnen geschah.

Andrew sagte: »Wo gehobelt wird, fallen Nigger.«

»Was? Was haben Sie gerade gesagt?«

Andrew Ravanel hatte keine Angst davor gehabt, sich die Hände schmutzig zu machen. Josie Watling, Archie Flytte – vielleicht putzten sie sich nicht die Schuhe ab, bevor sie in den Salon traten, vielleicht war es ihnen gleich, wo sie hinspuckten, aber auch sie hatten keine Angst davor, sich die Hände schmutzig zu machen. Andrews Handflächen juckten. »Was …?«, fragte Ellsworth.

»Ich sagte, da wären wir.«

Ellsworths Kanzlei lag in direkter Nachbarschaft der ehemaligen Kanzlei des unionistischen Anwalts Louis Petigru. Petigru hatte den Krieg nicht überlebt. Als er noch am Leben war, hatten ihn alle wegen seiner unionistischen Ansichten geschmäht. Erst als er sicher unter der Erde lag, pries man ihn. So standen die Dinge.

Andrew stieg aus der Kutsche aus.

»Kommen Sie mit herein. Wir haben zu tun.«

»Ich wollte eigentlich eine Minstrelshow besuchen.«

»Wie bitte?«, fragte Ellsworth ungläubig.

»In der Hibernian Hall treten die Rabbit Foot Minstrels auf. Eine Matinee.«

Der Anwalt setzte seine Brille ab und massierte sich den Nasenrücken.

Andrew fragte: »Bezahlt Rhett Butler Sie dafür, dass Sie mich verteidigen?«

»Warum sollte ich Sie nicht verteidigen?«

»Sie könnten sich die Hände schmutzig machen.«

»Das habe ich längst getan, Colonel Ravanel«, fauchte Ellsworth ihn an. »Die besseren Häuser Charlestons stehen mir nicht mehr offen. Ich weiß nicht, wann meine Frau und ich wieder die St. Michael's Church besuchen können. Wir können uns nicht mehr erhobenen Hauptes in der anständigen Gesellschaft bewegen.«

»Sir«, sagte Andrew, »Sie könnten Ihr Haupt besser erheben, wenn Sie keine Asche darauf streuen würden.«

»Wie? Was haben Sie gesagt?«

»Ich sagte, es ist eine Matinee.«

»Was reden Sie da? Wir müssen an Ihrer Verteidigungsrede arbeiten.«

»Wie kommen Sie darauf, dass ich mich verteidigen möchte?«

»Sind Ihnen zehn Jahre Zwangsarbeit lieber?«

Andrew stieß ein hartes Lachen aus. »Ich habe Schlimmeres erlebt, Sir.«

»Seien Sie morgen früh um acht hier in der Kanzlei. Dann werden wir Ihre Erklärung vorbereiten.« Andrew hörte ihn schon nicht mehr.

Im Mietstall des Hotel Mills ließ er sich einen Wallach geben. Andrew wohnte seit Beginn des Prozesses im Mills. Er hatte nie danach gefragt, wer seine Rechnungen bezahlte und wer die Sicherheit für ihn geleistet hatte.

Ein anständiges Pferd zwischen den Beinen, das schöne Charleston zu seinen Füßen und dazu herrliches Wetter. Was wollte man mehr?

Andrew zog den Hut vor Weißen wie vor Schwarzen. Die Negerinnen wandten sich ab, einige flüchteten sich in Hauseingänge. Die Damen gaben vor, ihn nicht zu kennen. Arme Weiße und Prostituierte winkten oder warfen ihm eine Kusshand zu. Es war eine Komödie, die ihn wahrlich amüsierte.

Der Reishandel von Charleston war am Ende – nur ein paar verblasste Schilder an mit Brettern vernagelten Geschäftshäusern waren davon geblieben: JAMES MULROONEY: REISKOMMISSIONÄR; JENKINS COOPERAGE: REISFÄSSER – EINE BESONDERHEIT!

Der Hafen war voller Dampfschiffe, auf denen reges Treiben herrschte. Andrew stieg ab, band sein Pferd an und lehnte sich gegen das Geländer.

Ein acht- oder neunjähriger Negerjunge kam des Weges, er blieb stehen, drückte seinen mageren Hintern an das Geländer und rutschte hin und her. Sein Hemd war unter den Achseln zerschlissen, die Hose mit einem Strick zugebunden, und er war barfuß. »Ganz schön viele Schiffe«, wagte er sich vor.

Als Andrew ihn anschaute, schob sich der Junge am Geländer entlang von ihm weg.

»Ich tu dir nichts«, sagte Andrew. »Du brauchst keine Angst vor mir zu haben.«

»Hab ich auch nich«, sagte der Junge, kam aber nicht wieder näher.

»Diese Schiffe fahren in die ganze Welt.«

»Nee, doch nicht diese kleinen Dinger!«

»Es haben schon ein paar ganz schön kleine Schiffe den Atlantik überquert.«

»Ich kenn mich mit Schiffen aus«, sagte der Junge verächtlich. »Mein Daddy arbeitet auf dem Fischmarkt.«

»Wenn wir euch Nigger auf diese Schiffe laden würden, könntet ihr alle nach Afrika zurückfahren. Wär das nicht was?«

Der Junge schüttelte energisch den Kopf. »Ich war noch nie in Afrika.« Um den freundlichen Weißen nicht zu enttäuschen, fügte er hinzu: »Aber ich war schon mal in Savannah.«

Als Andrew sich wieder auf sein Pferd schwang, warf er dem Jungen eine Zehncentmünze zu.

Er ritt die Anson Street entlang, an Miss Pollys altem Bordell vorbei. Was hatten sie damals für einen Spaß gehabt! Bei Gott! Edgar Puryear, Rhett Butler, Henry Kershaw – waren das Zeiten gewesen! Und Jack Ravanel. Was würde sein Vater ihm jetzt raten? Andrew brummelte im Ton des alten Jack: »Reit wie der Teufel, Junge! Sieh dich nicht um, vergeude keine Zeit!«

Das Bordell hatte kein Dach mehr und war von Einschusslöchern übersät. Aus einem Fenster im ersten Stock baumelte ein gelber Musselinvorhang. Wie lebensgierig waren sie damals gewesen. Sie hatten es nicht erwarten können, dass das Leben zu ihnen kam, sie mussten ihm auf halbem Wege entgegenkommen.

Rhett Butler war sein besonderer Freund gewesen. Mit Rhett Butler hatte Andrew getrunken, gespielt, und sie waren in halsbrecherischem Galopp in den Sonnenuntergang geritten. Großer Gott, dachte Andrew, ich habe wirklich alle verloren.

Vor dem East Bay Inn zügelte er sein Pferd und wartete, bis Jamie Fisher herauskam, eine weiße Schürze um den Bauch. »Ah!«, rief Andrew, »der tollkühnste Späher der Konföderation!«

Die Flecken auf Jamies Schürze schienen von Tomaten zu stammen.

»Ich bin nicht zur Verhandlung gekommen. Ich dachte, es wäre dir wahrscheinlich nicht recht. Richter Boyd?«

»Wird morgen das Strafmaß verkünden. Mein Anwalt meint, wenn ich zu Kreuze krieche, komme ich mit einer milden Strafe davon. Aber«, Andrew grinste, »wenn der Pitbull schlecht gelaunt ist oder Frau Pitbull am Frühstückstisch mit dem Richter gestritten hat, kriege ich womöglich zehn Jahre aufgebrummt. Und du weißt, wie ich in der Gefangenschaft aufgeblüht bin.«

»Andrew!«

Er schüttelte den Kopf. »Keine Sorge, Jamie. So weit wird es nicht kommen.«

»Willst du nicht hereinkommen, Andrew? Juliet würde dich bestimmt gern sehen.«

»Ich hege keinen Groll gegen meine Schwester. Ich vergebe allen. Ich vergebe den Yankees, den Niggern, selbst Präsident Grant, der die Nigger so liebt. Aber … ein andermal, Jamie. Wir beiden müssen zu einer Veranstaltung.«

»Andrew, ich koche gerade –«

»Keine Ausflüchte, Jamie. Wir besuchen eine Matinee in der Hibernian Hall – die Rabbit Foot Minstrels, direkt aus dem Philaverdammten-delphia. Und die Hauptattraktion ist?« Andrew applaudierte. »Kein anderer als mein Nigger Cassius!«

»Andrew, meine Gäste …«

»Um der alten Zeiten willen, Jamie.«

Jamies Augen waren feucht. »Am Tag vor deiner Urteilsverkündung, Andrew? Bist du verrückt?«

Andrew Ravanel grinste. »Aber sicher, Jamie. Das weißt du doch.«

Der Veteran mit Holzbein, der die Eintrittskarten verkaufte, nahm zackig Haltung an. »Colonel Ravanel, schön, dass Sie gekommen sind, Sir. Diese Jungs haben wirklich was zu bieten. Sie werden nicht enttäuscht sein.«

»Wo haben Sie Ihr Bein verloren?«

Der Mann klatschte gegen sein Holzbein wie ein Soldat, der gegen seinen Gewehrschaft schlägt. »Antietam, Sir. Warten Sie einen Moment, ich hole schnell den Direktor. Sie und Mr …«

»Jamie Fisher, mein Späher.«

Als Andrew bezahlen wollte, weigerte sich der Mann, sein Geld anzunehmen. Der Direktor kam, sagte entschuldigend, das Publikum sei leider nicht ganz so vornehm, wie Andrew es gewohnt sei, und geleitete Andrew und Jamie zu den besten Plätzen. Die Männer, die dort saßen, weigerten sich, ihre Plätze zu räumen, bis sie erfuhren, wem sie weichen sollten. Dann lüfteten sie ihre Mützen, und ein Mann salutierte und sagte: »Gott segne Sie, Sir!« und »Sie haben diese Yankees Mores gelehrt!« und »Bei Gott, hätten wir zehn mehr wie Sie gehabt, Sir, dann hätten wir den Krieg gewonnen!«, woraufhin aus zahlreichen Kehlen der Rebellenschrei gellte.

Der Direktor errichtete eine Seilabsperrung um ihre Plätze. Die ringsum sitzenden Männer boten ihnen ihre Feldflaschen, Zigarren und Kautabak an. Andrews Blick heftete sich auf den Vorhang, auf dem gemalte Nymphen und Cherubim herumtollten. Das Publikum war von der rauen Sorte. Die Frauen waren Puffmütter oder Huren. In den letzten Reihen saß eine Handvoll Unionssoldaten.

Jener Patriotenball, als er zum ersten Mal versucht hatte, Rosemary Butler zu verführen – Gott, damals war sie unbeholfen und unerfahren gewesen wie ein neugeborenes Fohlen –, hatte hier in diesem Raum stattgefunden. Das war ewig her. Andrew fragte sich, ob der auf den Boden gemalte Adler der Konföderation noch da war, unter Schichten von Dreck, Spucke und zertretenen Zigarrenstummeln.

Rosemary hatte mit dem langbeinigen Mädchen, das ihn bezaubert hatte, nichts mehr gemein. Andrew sagte: »Sei nicht so zappelig, Jamie. Hier lieben uns alle.«

Hinter dem bemalten Vorhang war Geraschel zu hören, dann erklang das lautstarke Klimpern eines Banjos. Andrew stieß Jamie den Ellenbogen in die Seite. Das musste Cassius sein.

Der Vorhang öffnete sich und gab den Blick auf die Bühne frei, auf der leere Stühle in einem Halbkreis aufgestellt waren. Während das unsichtbare Banjo scheppernd »Old Dan Tucker« spielte, stolzierten mehrere schwarz geschminkte Weiße herein, und jeder blieb vor einem der Stühle stehen, unbewegt wie eine Statue, die Augen starr nach vorn gerichtet.

Die beiden äußersten Stühle waren für Tambo und Mr Bones vorgesehen, der Armstuhl in der Mitte für den Sprecher.

Sein Tamburin schüttelnd, nahm Tambo seinen Platz ein. Der

Sprecher kam hereinmarschiert, verbeugte sich und erstarrte mitten in der Verbeugung. Wie die weißen Darsteller schwarz geschminkt, schlenderte nun Cassius grinsend und Grimassen schneidend über die Bühne, bis er vor seinem, Mr Bones' Stuhl, ebenfalls erstarrte.

Der Sprecher richtete sich aus seiner Verbeugung auf und spazierte Erstaunen mimend an seiner Truppe vorbei, als hätte er keinen der Darsteller je zuvor gesehen. Er stieß sie mit dem Finger an, so wie es ein unbeaufsichtigtes Kind im Wachsfigurenmuseum täte.

SPRECHER: Meine Herren, bitte setzen Sie sich.

[Tambos Tamburin und Cassius' Banjo eröffnen ein Kreuzfeuer]

BONES: Musik macht mich so froh!

TAMBO: Tja, du wirst nicht mehr lange froh sein. Du wirst nämlich Soldat des Siebenten Kavallerieregiments! Und ich werde dich ausbilden. Ich bin nämlich ein erstklassiger Soldatenausbilder, oh ja! Ich bin ein Löwenbändiger!

BONES: Ein Löwenbändiger?

TAMBO: So isses. Ein unerschütterlicher Löwenbändiger.

BONES: Du bist höchstens ein unbändiger Löwenschüttler!

TAMBO: War dein Papa Soldat?

BONES: Jawoll, Sir, er war bei der Schlacht von Bull Run dabei. Er war einer von den Yankees, die weggerannt sind wie angestochene Bullen.

[Rebellenschreie ertönen]

[Weitere Witze, auf die Duette von Banjo und Tamburin sowie sentimentale Balladen folgen. Vierzig Minuten lang singt das Publikum die bekannten Lieder mit und schreit die Pointen alter Witze heraus.]

BONES: Ich hab ein Gedicht, das ich gern aufsagen würde.

SPRECHER: Na dann schieß mal los.

BONES: *Mary hatt' ein kleines Schaf*
Ihr Vater schoss es tot
Jetzt nimmt sie's in die Schule mit
auf einer Scheibe Brot.

Sprecher: Mr Bones, es ist gut, dass Sie das Banjospielen besser beherrschen als das Dichten.

Auf diese Ermunterung hin spielte Cassius zwanzig Minuten lang ohne Unterbrechung. Er führte seine Zuhörer durch sämtliche Gefühlslagen von patriotischer Inbrunst bis hin zu tränenseliger Sentimentalität. Seine Tanzlieder rissen die Leute von den Sitzen.

Während sein letzter Ton verklang, erstarrte Cassius wieder, und im Zuschauerraum hörte man Stühlerücken und Husten. Der Sprecher sagte: »Korporal Cassius: der Stolz der Rabbit Foot Minstrels, der beste Banjospieler in Nord und Süd. Cassius ist ein Veteran der Konföderationsarmee, Jungs!«

Als wiederum vielstimmig der Rebellenschrei erklang, schlüpften die Yankeesoldaten aus dem Saal.

Schmunzelnd sagte Andrew zu Jamie: »Ein Nigger, der vorgibt, ein Weißer zu sein, der vorgibt, ein Nigger zu sein. Wenn das mal nicht ungewöhnlich ist.«

Als Finale tanzten die Rabbit Foot Minstrels eine Polonaise und sangen mitreißende Lieder, bis der Direktor der Hibernian Hall auf die Bühne sprang: »Meine Damen und Herren, wenn ich um Ihre Aufmerksamkeit bitten dürfte! Es ist uns eine große Ehre, heute einen Helden in unserer Mitte zu haben: Colonel Andrew Ravanel, das Irrlicht von Tennessee, der Puma von South Carolina, der Blitzstrahl der Weißen Ritter des … des …« Er schüttelte den Kopf. »Das darf ich nicht aussprechen. Es hätte höchst unerfreuliche Folgen!«

Gelächter und Jubel. Trotz Jamies Protesten wurden Jamie und Andrew auf die Bühne geschoben, und die Truppe nahm ihre Polonaise wieder auf, während Cassius »Dixie« spielte. Darsteller und Publikum sangen, bis der Direktor den Vorhang zuzog.

Als sich der Vorhang wieder öffnete, sah man Andrew und Jamie vorn auf der Bühne strammstehen. Nach vier Vorhängen erklärte der Sprecher die Veranstaltung für beendet und klopfte Andrew auf den Rücken, als gehörte er der Truppe an. Einige der Minstrels verließen die Bühne, andere tranken zusammen aus einer

Feldflasche. Cassius legte sein Banjo auf einen Stuhl und setzte sich mit ausgestreckten Beinen daneben auf den Boden. »Colonel, Captain. Lang ist's her.«

Andrew gluckste. »Als ich dich das letzte Mal gesehen habe, Bursche, bist du in Ohio eine Uferböschung hochgeklettert, als wären die Höllenhunde hinter dir her.«

»Meine Güte, ich hatte solche Angst. Diese Yankees ham jeden umgebracht, den sie kriegen konnten!« Er schüttelte den Kopf. »Barmherziger Gott, das warn Zeiten. Jetzt wohn ich in Philadelphia. Hab 'ne Frau und zwei kleine Mädchen.«

»In Philadelphia? Fehlt dir denn das Tiefland nicht?«

Cassius lächelte schwach. »Wir Rabbit Foot Minstrels warn schon überall – Boston, Buffalo, im ganzen Land.« Er legte den Kopf auf die Seite. »Und wie geht's Ihnen, Master Jamie? Ham Sie 'ne Frau gefunden?«

Jamie schnitt eine Grimasse. »Ich habe keine gefunden, die es mit mir aushalten würde.«

Andrews Augen funkelten. »Bist ganz groß rausgekommen, was, Bursche? Ich wette, du hast einen Haufen Geld. So viel du nur brauchen kannst. Weißt du noch, wie ich versucht habe, dich zu kaufen, und Langston Butlers Aufseher mich blamiert hat?«

»Ich weiß noch, wie es war, verkauft zu werden, Colonel Andrew. So was vergisst man nich.«

Jamie sagte: »Andrew, ich muss ins East Bay Inn zurück. Vielleicht möchtest du ja mit uns essen?«

»Willst du diesen Burschen hier nicht auch zum Essen einladen? Zwischen ihm und deinen verdammten Yankees besteht schließlich kaum ein Unterschied. Er hat Geld. Er kann bezahlen.«

»Ich glaube«, sagte Cassius, während er aufstand, »ich wasch mir mal diese Niggerschminke vom Gesicht.« Als Andrew ihm einen Stoß versetzte, fiel Cassius nach hinten und riss den Stuhl mit. Sein Banjo schlitterte scheppernd über den Boden. Cassius fing seinen Sturz mit den Händen ab.

»Ich bin doch nur ein Banjospieler«, sagte er, an niemand Bestimmten gerichtet. Andrew hob einen Fuß und trat mit voller

Wucht auf Cassius' rechte Hand, als wollte er eine Spinne unter seinem Stiefel zermalmen. Er hätte noch einmal zugetreten, wenn Jamie ihn nicht mit erstaunlich kräftigen Armen zurückgehalten und von der Bühne gezerrt hätte, während der Direktor an Andrew appellierte: »Colonel Ravanel, bedenken Sie, was Sie tun!«

Stöhnend hielt sich Cassius die Hand vor die Brust.

»Es hat sich nichts verändert! Hast du das kapiert, Bursche!«, schrie Andrew, während Jamie ihn mühsam hinausbugsierte. »Es hat sich nichts verändert!«

Auf dem Bürgersteig vor der Hibernian Hall rieb sich Andrew den Mund.

Jamie Fisher stand, um Atem ringend, nicht weit von ihm entfernt. Tatsächlich jedoch lagen Welten zwischen ihnen. »Leb wohl, Andrew. Ich wünsche dir alles Gute. Ich habe dir immer alles Gute gewünscht.«

Flaschenbäume säumten den Weg zu Congress Haynes' alter Fischerhütte. Zuerst hatten nur ein paar Flaschen dort gehangen, und Andrew hatte sie heruntergeschlagen. Doch jedes Mal wenn er zu der Hütte kam, hingen neue Flaschen da, bis die Nigger jeden Baum und jeden Strauch, dessen Äste dick genug waren, mit blauen, roten, grünen und durchsichtigen Glasflaschen behängt hatten. Bunte Lichtflecken huschten über den Weg, wenn die Sonne auf das Glas traf, und bei der kleinsten Luftbewegung begann es zu klirren. Einmal waren Archie Flytte und er in der Hoffnung, einen Nigger beim Aufhängen einer Flasche zu erwischen, nachts aufgeblieben, doch als der Mond unterging und ein Wind sich erhob, wurde Archie nervös. Auf Andrews Frage, ob er Angst habe, antwortete Archie verächtlich, die Flaschen seien dazu da, die Geister der Toten zu verscheuchen, und er sei noch lange nicht tot. Archie brach noch in derselben Nacht nach Georgia auf, und Andrew betrank sich, und am nächsten Morgen funkelten in der Zypresse neben der Veranda, keine drei Meter von der Stelle entfernt, wo er weggedämmert war, mehrere Flaschen, die am vorigen Abend noch nicht da gewesen waren.

Seit Soldaten von Custers Kavallerie die Tür der Hütte eingetreten hatten, stand sie sperrangelweit offen. Bis auf den Rattendreck und in die Hütte gewehtes Laub war alles so, wie er es zurückgelassen hatte.

In dem überfüllten Gefangenenlager hatte man ihn gut behandelt. Gegen Mitglieder des Klans lagen nur selten schlagkräftige Beweise vor, und viele Zeugen wagten es nicht, auszusagen. Die Yankees ließen Klanmänner frei, wenn es an Beweisen mangelte, wenn sie nicht genug Platz hatten oder wenn ihnen schlicht die Geduld ausging. Josie Watling war nicht geschnappt worden, und Archie Flytte war nach der Nacht der Flaschenbäume nicht mehr aufgetaucht.

Als Andrew im Gefangenenlager war, hatte Rosemary ihm saubere Kleidung gebracht.

»Es tut mir leid«, sagte sie. »Das ist sicher schlimm für dich.«

»Überhaupt nicht«, hatte Andrew geantwortet. »Ich bin die Gefangenschaft gewohnt.«

Er hatte gelogen. Das Gefangenenlager war wie eine Schraubzwinge, die sich immer fester um ihn schloss und das Leben aus ihm herauspresste.

Als Ellsworth, sein Anwalt, ihm mitteilte, dass man ihn gegen Leistung einer Sicherheit auf freien Fuß gesetzt hatte, war Andrew wie neugeboren durch das Tor des Gefangenenlagers getreten, wie ein Junge, der sich an einem schulfreien Tag in die aufregende weite Welt hinausbegibt. Doch als Andrew vor dem Haus in der Church Street 46 stand, weigerte sich seine Frau, ihn einzulassen.

In der Dämmerung erhob sich vom Fluss her ein leichter Wind, und die Flaschen begannen zu klirren. Es war ein schönes Geräusch. Man konnte über die Nigger ja sagen, was man wollte, aber sie sorgten für Musik. Andrew fühlte sich gut. An diesem schönen Frühlingsabend wälzte sich der Fluss vorbei, so wie er es schon getan hatte, bevor Andrew auf diese Welt gekommen war, und es weiter tun würde, wenn er längst nicht mehr war, wenn auch all die Anwälte und Richter nicht mehr waren, Rosemary, Jamie, alle dahin.

Die arme, herzensgute Charlotte hatte ihn geliebt. Sie hatte gewusst, wer er war, und ihn trotzdem geliebt. Manchmal hörte er Charlottes sanfte Stimme in den Flaschenbäumen.

Andrew zog sich seine Uniform an, die Uniform eines Colonel der Konföderationsarmee, und setzte sich hinaus in die Dämmerung. Er hatte ganz vergessen, wie steif dieser Kragen war.

Kleine Boote segelten den Fluss hinauf und hinab. Schwalben schossen durch die Luft. Ein Reiher auf Fischjagd landete im flachen Wasser und blieb dort, ein Bein angezogen, stehen. Das war das Letzte, was der Fisch sehen würde – dieses reglose Bein im Wasser, das aussah wie irgendein Gewächs oder ein Stock.

Sein Revolver war Andrew so vertraut wie ein guter Freund. Der lange braune Lauf war an der Mündung weiß vom vielen Schießen, und diese angeschlagene Stelle am Griff rührte von dem Hieb her, mit dem er einem Nigger den Schädel zertrümmert hatte.

Als der Mond aufging, kam eine trächtige Füchsin aus dem Gebüsch, um Flusskrebse zu jagen. Andrew erwog, sie zu erschießen, entschied sich dann aber doch dagegen.

Die Barmherzigen werden Barmherzigkeit erfahren.

Im Morgengrauen ging Andrew Ravanel, Colonel a.D. der Armee der Konföderierten Staaten von Amerika, in die Hütte, schrieb einen Brief an seinen erstgeborenen Sohn und erschoss sich.

Kapitel 42

HINTERLASSENSCHAFTEN

Das Chapeau Rouge hatte gerade geschlossen, als ein herrisches Klopfen MacBeth an die Tür rief. Er öffnete sie einen Spaltbreit und knallte sie dann wieder zu. »Miss Belle … Da sin ein paar Männer, Miss Belle, die wolln mit Ihnen reden.«

»Um diese Zeit? Wer …«

»Miss Belle …« MacBeth war starr vor Angst. »Die ham keine Kapuzen über, aber es sin Klanmänner!«

Belle eilte auf ihr Zimmer, um ihren Revolver zu holen, und als sie wiederkam, war MacBeth verschwunden.

Belle stand einen Moment lang unentschlossen da und horchte nach dem Füßescharren auf der Veranda. Sie holte tief Luft, spannte den Hahn und riss die Tür auf. »Gütiger Gott«, entfuhr es ihr.

Isaiah Watling gab seiner Tochter eine so saftige Ohrfeige, dass sie fast abgedrückt hätte.

»Papa! Nach zwanzig Jahren schlägst du mich …«

»Warum hast du es mir nicht gesagt, Tochter? Warum hast du mir nichts davon erzählt?«

Ein jüngerer Mann stand bei Isaiah, und ein dritter hielt ihre Pferde. Belle zitterte so heftig, dass sie beide Hände brauchte, um den Hahn ihres Revolvers wieder zu entspannen.

»Ich habe ihm getraut, Tochter. Ich habe den Mann, der dich entehrt hat, für einen christlichen Gentleman gehalten.«

Die Verandabretter knarrten, als der junge Mann sein Gewicht verlagerte. »Grüß dich, Cousine.«

Auf eine ungeduldige Geste ihres Vaters hin zog sich der junge Mann in den Schatten zurück.

»Wir waren jung, Papa«, sagte Belle. »Warst du je jung?«

»Nein«, sagte Isaiah. »Ich hatte keine Zeit, jung zu sein.«

Seine buschigen Augenbrauen waren nicht gestutzt. In den Nasenlöchern und Ohren wuchsen büschelweise Haare. Belle roch den bitteren, scharfen Geruch moralischer Empörung.

»Du hast die Augen deiner Mutter.« Isaiah schürzte die Lippen. »Ich hatte das vergessen.« Mit einem kurzen Kopfschütteln verbannte er die Erinnerung. »Ich habe Colonel Ravanel getraut. Ich habe ihm getraut.«

»Andrew hat mich geliebt, Papa. Ich habe geweint, als ich gehört habe, was er … sich angetan hat.«

Isaiah wischte sich mit der Hand übers Gesicht. »Colonel Ravanel hat ein paar Sachen für den Jungen hinterlassen – seine Pistole, seine Uhr, einen Brief …«

»Mein Tazewell ist ein Gentleman, Papa«, beteuerte Belle. »Er hat eine gute Schulbildung und arbeitet im Baumwollhandel in New Orleans. Er hat sich sogar ein Haus gekauft!« Sie rieb sich die Wange.

Isaiah sagte: »Ich hätte nie ins Tiefland kommen sollen. Deine Mutter hat Mundy Hollow nur äußerst ungern verlassen, aber ich meinte damals, dass wir irgendwo neu anfangen müssten. Also sind wir nach Broughton gegangen. Ich war zweiunddreißig Jahre lang Master Butlers Mann, mit Leib und Seele. Zweiunddreißig Jahre lang, mit Leib und Seele.«

»Dieses Päckchen ist von … Tazewells Vater?«

»Die einzigen anderen Gäste auf der Beerdigung des Colonel außer uns waren Yankees, die nach Klanmitgliedern Ausschau hielten.«

»Onkel Isaiah hat es nie mit dem Klan gehalten.« Belles Vetter grinste sie an. »Onkel Isaiah ist ein bisschen … heikel. Er und ich, wir haben den Colonel gefunden. Wir wollten ihn nach Texas schaffen, aber da hatte sich der Colonel schon selbst aus dem Weg geräumt. Ich glaube ja, dass er in Texas gut zurechtgekommen wäre.«

»Das ist Josie, Abrahams Sohn.«

Josie tippte an seinen Hut. »Sehr angenehm. Netten Laden hast du, Cousine. Da drüben bei den Pferden, das ist Archie Flytte.«

Belles Hände zitterten. »Vater, hast du Mutter geliebt?«

»Deine Mutter war fromm.«

»Hast du sie geliebt?«

»Ich liebe den Herrn, Tochter.«

Belle war immer der Meinung gewesen, ihr Vater sei ein schlichter Mensch; sie hatte jedoch nicht geahnt, was diese Schlichtheit ihn gekostet hatte.

»Colonel Ravanel hat mich angelogen«, sagte Isaiah. »Und dein Bruder Shadrach ist wegen der Lüge des Colonel gestorben. Shadrach hatte keine Zeit, Buße zu tun.«

Ein unfreundlicher Gedanke schoss Belle durch den Kopf: Shadrach war gestorben, weil er einen besseren Schützen gefordert hatte.

Josie sagte: »Tot ist tot.«

»Rhett Butler hat gelogen.«

»Nein, das hat er nicht. Er hat nie irgendwas behauptet. Er hat die Leute glauben lassen, was sie glauben wollten.«

»Butler hat deinen Bruder ermordet und Schande über seine Eltern gebracht. ›Du sollst deinen Vater und deine Mutter ehren, auf dass du lange lebest im Lande, das dir der Herr, dein Gott, gibt.‹«

»Selbst jetzt noch, nach all dem Schmerz und Leid …«, Belles Hände öffneten und schlossen sich hilflos, »… kannst du nicht vergeben?«

Belles Vater reichte ihr das Päckchen. »Ich habe mein Bestes getan.«

Das Päckchen war schwerer, als es aussah. »Wir tun wohl alle unser Bestes«, sagte Belle. »Willst du nicht hereinkommen? Ich habe ein Bild von deinem Enkel.«

Einen Augenblick lang glaubte sie, Isaiah würde seinen Hut abnehmen und eintreten. Sie würden in die Küche gehen – den geschäftlichen Bereich des Hauses mussten sie gar nicht betreten –, und sie würde ihrem Vater einen Kaffee machen. Sie erinnerte sich, dass ihr Vater den Kaffee mit Zucker trank – löffelweise Zucker.

Isaiah Watling tippte auf das Päckchen. »Gib das deinem Sohn.« Er wandte sich ab.

»Onkel sagt gern, dass unsere Zeit kommen wird«, bemerkte Josie. »Aber noch ist sie nicht da.«

Kapitel 43

Ashleys Geburtstagsfeier

Melanie bereitete ein Überraschungsfest für Ashley vor – seine erste Geburtstagsfeier seit langem.

Die Vorbereitungen im Hause Wilkes waren fast abgeschlossen. Das Kaminsims hatte man mit Sapolioseife geschrubbt, den Goldrahmen des Spiegels abgestaubt, sämtliche Roste und Herdplatten frisch geschwärzt und die Winterteppiche eingesammelt und ausgeklopft. Pork und Onkel Peter hatten die Teppiche anschließend mit Tabak bestreut und dann auf den Dachboden gebracht.

Als Vorsitzende der »Vereinigung der Witwen und Waisen von Konföderationssoldaten« kannte Melanie alle großen Männer der Konföderation, die Georgia hervorgebracht hatte: General John Gordon, der in der Schlacht am Antietam fünfmal verwundet wurde, Robert Augustus Toombs, einst Senator und Außenminister der Konföderation, selbst der ehemalige Vizepräsident Alexander Stephens hatte Melanies Einladung angenommen. Seine zweibändige Begründung der Sezession, *A Constitutional View of the Late War Between the States*, hatte in vielen Haushalten des Südens einen Ehrenplatz inne (auch wenn sie mehr gewürdigt als gelesen wurde). Ashleys unverheiratete Schwester India wollte das Werk neben die Bibel im Salon stellen, aber Melanie ließ das nicht zu. »Nachher kommt noch jemand auf die Idee, mit Mr Stephens über eine Verfassungsfrage zu diskutieren! Was wird dann aus Ashleys Fest?« Mr Stephens' Werke blieben im Bücherschrank eingeschlossen.

India war eine tüchtige Helferin, aber sie brachte die Neger durcheinander. Tante Pittypat kam zurecht, wenn man ihr eine Arbeit zuwies – sie hatte sämtliche Gläser poliert, einschließlich derer, die man für den Anlass ausgeliehen hatte –, doch wenn sie sich selbst überlassen blieb, fing sie tausenderlei Dinge an und führte nichts zu Ende. Nur Scarlett brauchte keine Anweisungen. Sie konnte auch die Neger am besten zur Arbeit antreiben.

Da die Vorbereitungen also schon weit gediehen waren, ging Melanie mit einer Tasse Tee in den ersten Stock hinauf, um ihren angefangenen Brief an Rosemary weiterzuschreiben.

Melanie unterstützte Rosemarys Entscheidung, Lehrerin an der Mädchenschule zu werden, voll und ganz. *»Du hattest großen Kummer, liebste Freundin. Die Kinder werden Dir helfen, ihn zu überwinden.«*

Nachdenklich klopfte sie mit dem Federhalter gegen ihre Zähne. *»Was mich angeht … als ich erfuhr, dass ich keine Kinder mehr bekommen darf, nahm ich an, dass mich die Wärme, aus der die körperliche Liebe erwächst, genauso zufriedenstellen würde wie die körperliche Liebe selbst. Ashley ist ein liebevoller Ehemann, doch ohne die, wenn ich so sagen darf, ›zarte Gewalt‹ des Aktes – ich erröte, liebe Freundin – verkümmert unsere Herzensleidenschaft mit jedem Jahr, das erbarmungslos ins Land geht, mehr. Oh, ich weiß, eine anständige Frau sollte sich nicht nach den glühenden Umarmungen ihres Mannes sehnen, aber …«*

»Miss Melly! Miss Melly!« Scarletts Diener Pork kam die Treppe heraufgestampft und beugte sich über Mellys Schreibtisch wie ein Baum, der umzustürzen droht. Obwohl Pork nicht lesen konnte, schob Melly den Brief unter die Schreibunterlage. »Miss Melly! Dieser Archie, der lässt mich im Garten keine Laternen mehr aufhängen. Er hat gesagt, ich soll weggehn. Ich hab Angst vor diesem Mann!«

»Frag Scarlett, was du machen sollst, Pork«, erwiderte Melanie. »Es gibt sicher noch anderes zu tun.«

Als der stämmige Neger brummend wieder hinuntergegangen war, tauchte Melanie die Feder in die Tinte.

Manchmal begegne ich Belle Watling, der Tochter Eures alten Aufsehers. Ich habe immer nur meinen Ashley gekannt, liebste Freundin, der mich so verschwenderisch mit Zärtlichkeiten bedachte und dem das Geben so viel mehr bedeutete als das Nehmen. Schon öfter habe ich mir vorgestellt, Belle zu fragen (aber natürlich könnte ich das niemals tun): »Wie ist es, so viele Männer gehabt zu haben? Sind sie alle gleich?«

Ach, Rosemary, es ist acht Jahre her – acht lange Jahre –, dass Dr. Meade Ashley gesagt hat, ich dürfe keine weiteren Kinder gebären. Ich weiß, dass ich mein Verlangen beiseiteschieben sollte, doch ich kann es nicht. Manchmal tut oder sagt Ashley irgendetwas oder das Licht fällt in einer bestimmten Weise auf ihn, und dann verzehre ich mich buchstäblich nach den Umarmungen meines Mannes! Liebste Freundin, er ist so schön! Es gibt Hilfsmittel, die es möglich machen, einander ohne die Konsequenzen, die wir fürchten, zu gehören, doch Ashley, der gute Ashley, ist dafür zu anständig. Als ich ein einziges Mal davon zu sprechen wagte, wurde Ashley so rot wie Pittys Azaleen und stotterte (Ashley stottert sonst nie): »Gentlemen verwenden so etwas nicht!« Ich bin sicher, dass Belle über diese Dinge Bescheid weiß und mich darüber in Kenntnis setzen würde, wenn ich es wagte, sie zu fragen.

Scarlett spähte durch das Treppengeländer auf Melanies Fußgelenke und sagte: »Melly, Pork ist sehr wohl in der Lage, ein paar japanische Lampions aufzuhängen. Aber Archie hat ihm einen seiner bösen Blicke zugeworfen, und jetzt werden Pork den restlichen Nachmittag die Knie schlottern. Warum lässt du diesen muffelnden alten Hinterwäldler überhaupt ins Haus?«

»Archie versteht sich so gut mit den Kindern«, erwiderte Melanie.

In der Vergangenheit war Archie immer mal wieder für ein paar Tage verschwunden, und jeder wusste, dass er dem Klan angehörte. Aber er konnte wunderbar mit den Kindern umgehen.

Nachdem Gouverneur Bullock geflohen war, hörte Scarlett auf, Gäste zu empfangen, und ihr vornehmes Haus in der Peachtree Street verwandelte sich allmählich in ein Mausoleum. Die Kinder der Butlers verbrachten mehr Zeit im Haus der Wilkes als in ihrem eigenen. Und der einbeinige Archie Flytte beschäftigte sich stundenlang mit ihnen.

»Wenn Onkel Peter mit dem Bohnern der Fußböden fertig ist, kann er mit Pork die Sommerteppiche auslegen«, sagte Melanie.

»Hm.« Scarletts Kopf verschwand.

Melanie Wilkes klopfte wieder mit dem Federhalter gegen ihre Zähne.

Liebe Rosemary, ich möchte Dir nur ungern noch weitere Sorgen aufbürden, aber ich muss Dir berichten, dass Scarlett und Rhett am letzten Samstag beim Mittagessen im Kimball House wie Hund und Katze aufeinander losgegangen sind. Ich habe von drei verschiedenen Seiten von ihrem Streit gehört! Das Einzige, was sie wirklich verbindet, ist ihre Liebe zu der kleinen Bonnie – »Bonnie Blue«. Deine Nichte ist ein Sonnenschein, der Licht in jedes Leben bringt. Mrs Meade backt ihr spezielles Pecannuss-Konfekt für sie, und Mrs Elsing nimmt die Kleine auf den Schoß und erzählt ihr aus ihren eigenen Kindertagen. Die Frauen, die Deinen Bruder früher verurteilten, haben ihn jetzt in ihr Herz geschlossen. Und das liegt nicht zuletzt daran, dass Rhett seine Tochter mit Liebe geradezu überschüttet.

Sie muss nur sagen: »Daddy, heb mich hoch!«, schon nimmt er sie auf den Arm. Und wenn sie ihn am Schnurrbart oder an den Haaren zieht oder wenn sie quengelig ist, wie Kinder es eben manchmal sind, verliert Rhett nie die Geduld.

Scarlett spähte wieder durch das Treppengeländer hoch. »An wen schreibst du, Melanie?«

»Ich schreibe an Rosemary. Zwei müde Hausfrauen, die sich über ihre Kinder beklagen. Manchmal, liebe Scarlett«, Melanie legte den Brief in die Schublade und drehte den Schlüssel um, »wünschte ich mir, ich hätte die Gabe, so wie du immer mitten im Leben zu stehen. Manchmal wünschte ich, ich hätte deine Willenskraft!«

»Wenn der Wille wirklich so viel bewegen könnte, wie es immer heißt, Melly, dann wären wir heute Bürger der Konföderierten Staaten von Amerika. Ich fahre jetzt zu Ashleys Sägemühle, um mit Hugh Elsing zu sprechen.«

Melanie klatschte in die Hände. »Wunderbar. Das passt perfekt! Könntest du Ashley dort bis fünf Uhr festhalten? Wenn er früher nach Hause kommt, erwischt er uns womöglich noch dabei, wie wir einen Kuchen fertig machen oder irgend so etwas, und dann ist die Überraschung dahin.«

Melanie holte den Brief wieder hervor und brachte ihn hastig zu Ende.

Liebe Rosemary, Eifersucht ist so zerstörerisch, dass es mir fast lieber wäre, tatsächlich betrogen zu werden, als in ständiger Furcht davor zu leben! Wenn ich Ashley nicht vertrauen könnte, wenn ich nicht wirklich glaubte, dass er mich liebt, würde ich den Verstand verlieren.

Ich wusste von Kindesbeinen an, dass Ashley und ich füreinander bestimmt sind. Wir sind Cousin und Cousine, und »die Wilkes heiraten immer ihre Cousins oder Cousinen«. Die Nöte des Werbens sind uns erspart geblieben – liebt er mich oder liebt er mich nicht? Liegt mir wirklich an ihm oder nicht? Ich wusste, dass ich Ashley heiraten würde, und ich liebte ihn. Ihn nicht zu lieben ist mir unvorstellbar!

Und doch frage ich mich manchmal, wie es gewesen wäre ... Sind Scarletts Gefühle leidenschaftlicher und tiefer als meine, oder habe ich zu viele Romane gelesen?

Muss die Liebe so rätselhaft sein?

Seufzend klebte Melanie den Brief zu. Unten stritten sich Pork und Onkel Peter darüber, wie die Sommerteppiche ausgelegt werden sollten. Melanie roch Möbelpolitur und den Duft der Pasteten im Ofen.

Sie war so dankbar! Den ganzen Krieg über hatte sie um Ashley gebangt. Ein aufmerksamer Scharfschütze, eine der zahllosen Krankheiten, die die von Hunger und Mangel geschwächten Männer dahinrafften – es gab so viele Möglichkeiten, wie sie ihren geliebten Mann hätte verlieren können. Melanie Hamilton Wilkes senkte den Kopf und sprach ein Dankgebet.

Kapitel 44

Begehren

Wenn ein Begehren zu lange unerfüllt bleibt, macht es das Herz krank.

Das durch die Fenster hereinströmende Sonnenlicht fiel auf Bestellbücher und einen Kalender, auf dem einzelne Tage mit Kreuzen ausgestrichen waren. Holzstaub überzog Fenstersimse, Regale, Ashley Wilkes' Rollpult und seinen Hut.

Dieser Hut war ihr stummer Anstandswächter.

Ein Mann und eine Frau, allein miteinander, nach all den Jahren.

Scarlett sieht das Grau in Ashleys Haaren und denkt: Er wird nie wieder jung sein; und bei diesem Gedanken könnte sie weinen, um ihn wie um sich.

Seit sie mit Bonnie Blue schwanger wurde, ist Scarlett mit keinem Mann mehr zusammen gewesen. Ashley war seit acht Jahren mit keiner Frau mehr zusammen.

Es ist Samstagnachmittag. Die kreischenden Sägen sind abgestellt und für den Sonntag geölt, keine Baumstämme poltern auf Holzstöße, kein Vorarbeiter brüllt Befehle. Die Arbeiter des Sägewerks haben ihren Lohn erhalten und sind nach Hause gegangen. Staubkörnchen tanzen im Sonnenlicht.

»Die Tage werden wieder länger«, sagt Ashley.

Scarlett sagt: »Ja, ja, das stimmt.«

Eine Frühlingsfliege, eine von den dicken, gemächlichen, die immer zum Wechsel der Jahreszeiten auftauchen, knallt gegen die Fensterscheibe, als sie versucht, nach draußen zu gelangen. Wie so viele von Gottes Kreaturen wird sie sterben, ohne dass ihr Begehren erfüllt worden wäre.

Wie traurig das Leben doch ist, wie unendlich traurig, denkt Scarlett O'Hara, als sie in die Umarmung sinkt, die sie so lange herbeigesehnt hat.

Ashley und Scarlett liegen sich in den Armen, als wäre es das Selbstverständlichste der Welt.

Die Tür des Büros fliegt auf. India Wilkes, Archie Flytte und Mrs Elsing stehen vor ihnen und sperren Mund und Nase auf.

Scarlett ist verloren.

Kapitel 45

Sie

Der gehörnte Rhett Butler ritt durch die dunklen Straßen. Er galoppierte die Decatur Street entlang, und erst als er Atlanta schon hinter sich gelassen hatte, machte er kehrt und preschte zurück in die Stadt.

Wenn sein stattlicher Rappe langsamer wurde, gab Rhett ihm brutal die Sporen. »Du verfluchter Gaul! Benimm dich!«

Er konnte sich selbst nicht trauen. Das war für ihn das Schlimmste: zu wissen, dass er sich selbst nicht trauen konnte. Vier Jahre. Vier Jahre lang hatte er allein geschlafen, während sie nach Ashley Wilkes schmachtete.

Wenige Stunden zuvor hatte er sie gezwungen, an Melanies Fest für Ashley teilzunehmen. Was hatte er erwartet? Dass Melly das ertappte Paar bloßstellen würde? Was für eine Komödie! Ashley und Melanie hatten das glückliche Ehepaar gemimt. Und Melanie hatte Scarlett begrüßt wie eine Schwester, während hinter den Fächern der Damen boshafte Kommentare die Runde machten.

Der gehörnte Rhett Butler. Sie hatte Ashley nicht ihren Körper geschenkt, oh nein, nur ihre gottverdammte sehnsüchtige, intrigante Seele.

Er leerte eine Taschenflasche. Dann eine zweite. Blicklos galoppierte er am Chapeau Rouge vorbei. MacBeth, der grüßend die Hand gehoben hatte, ließ sie wieder sinken.

Er musste seiner Frau aus dem Weg gehen, bis er sich selbst wieder im Griff hatte. Seine Frau! Er durfte nicht zu Hause erscheinen, ehe sich Scarlett in der Sicherheit ihres abgeschlossenen

Schlafzimmers befand. »Zu Hause.« Rhett spie die Worte zwischen die Hufe seines Pferdes.

Als er in den Salon kam, war sie da und genehmigte sich gerade ein Glas Brandy. Sie blickte ihn an, erbleichte.

All seine Vorsätze lösten sich in Rauch auf. Seine Hände schmerzten von dem Verlangen, ihr wehzutun. Er könnte sie auf der Stelle umbringen. Das würde ihr die Sehnsucht nach Ashley endgültig austreiben.

»Du betrunkener Narr. Lass mich los.«

»Ich habe deinen Schneid immer bewundert, meine Liebe. Und jetzt, wo du in die Enge getrieben bist, bewundere ich ihn mehr denn je.«

»Du begreifst weder mich noch Ashley. Du bist eifersüchtig auf etwas, das du nicht verstehst.« Mit der Würde einer Königin warf sie den Kopf zurück, zupfte ihre Stola zurecht und machte Anstalten zu gehen.

Er packte sie und drückte sie mit den Schultern gegen die Wand.

»So – eifersüchtig bin ich? Warum sollte ich es auch nicht sein? Oh ja, ich bin eifersüchtig auf Ashley Wilkes. Ich kenne ihn und seinesgleichen. Ich weiß, dass er ein ehrenwerter, vornehmer Mensch ist. Und das, meine Liebe, ist mehr, als man von dir behaupten kann – oder auch von mir. Wir sind weder vornehm, noch haben wir Ehre, nicht wahr? Deshalb grünen wir auch wie die Zedern.«

Als er zur Karaffe trat, ergriff sie die Flucht.

Rhett erwischte sie am Fuß der Treppe. Seine Hände glitten unter ihren Morgenrock und über ihre glatte Haut. Heiser flüsterte er: »Du hast mich aus dem Haus getrieben und bist ihm nachgelaufen. Bei Gott, heute Nacht werde ich dafür sorgen, dass nur wir zwei in meinem Bett liegen!«

Rhett hob sie hoch und trug sie die Treppe des prachtvollen Hauses hinauf, das er für seine Frau gebaut hatte. Sie bebte in seinen Armen, war wie gebannt von seiner Wut. Als sie auf dem Treppenabsatz tief Luft holte, um zu schreien, verschloss er ihr den Mund mit seinem. Sie war sein Geschöpf; er hatte sie gehegt, sie unterwiesen, sich ihr ganz verschrieben. Sie war sein, und er würde mit ihr machen, was er wollte.

Die Lippen auf ihren Mund gepresst, trug er sie in die Dunkelheit des ersten Stocks.

In ihrem Bett öffnete sie sich ihm wie eine Blume, und er zerstörte diese Blume um ihrer Schönheit willen. Selbst als sie ihrer Liebe freien Lauf ließ, konnte nicht einmal das seinen Hunger stillen.

Stunden später erhob sich Rhett von dem Bett, in dem die erschöpfte Scarlett schlief. Er wusste nicht, wer der Sieger und wer der Besiegte war. Er hielt sich den schmerzenden Kopf. Die Augen taten ihm weh, seine Lippen waren wund, seine Zunge war geschwollen und sein Körper klebrig von seinem und ihrem Schweiß. Er roch nach der Frau, der er Gewalt angetan hatte.

»Mein Gott«, flüsterte Rhett Butler. »Ich bin genau wie mein Vater.«

Kapitel 46

Bonnie Blue Butler

Wenn Bonnie Blues Eltern Streit hatten, was schrecklich häufig vorkam, blähte sich das Haus von ihrer Wut auf, bis Bonnie sich die Ohren zuhielt, damit sie es nicht platzen hörte. Gestern war es besonders schlimm gewesen. Die Erwachsenen wollten zu einem Fest bei Tante Melly, deshalb dachte Bonnie, dass alle fröhlich sein würden, doch nachmittags kam Big Sam an die Hintertür, und als Mammy hörte, was er zu sagen hatte, bekam sie ihr kummervolles Gesicht, und bald darauf hatten alle Bediensteten bekümmerte Gesichter, und keiner wollte Bonnie etwas sagen, aber sie wusste, dass es etwas Schlimmes war.

Als ihre Mutter nach Hause kam, versteckte sie sich in ihrem Schlafzimmer, doch Daddy Rhett zwang sie, auf Tante Mellys Fest zu gehen. Bonnie wusste, dass Mutter nicht wollte, aber Daddy Rhett ließ ihr keine Wahl.

In dieser Nacht konnte Bonnie nicht schlafen, und als sie unten laute Stimmen hörte, machte sie die Tür einen Spaltbreit auf und sah, dass Daddy Rhett Mutter die Treppe hinauftrug, als wäre sie ein Baby. Sie küssten sich, also hatten sie sich vielleicht versöhnt und würden nicht mehr streiten.

Am nächsten Tag kam Mutter erst herunter, als es fast Zeit für das Mittagessen war, und sie war glücklich wie eine Katze vor einem Schälchen Sahne, aber Daddy Rhett war fort. Als Bonnie fragte, wann er nach Hause käme, lächelte Mutter geheimnisvoll und sagte: »Wenn sich sein schlechtes Gewissen beruhigt hat, mein Schatz.« An diesem Abend ging die Mutter summend durchs Haus, und nach dem Essen holte sie das Stereoskop heraus.

Wade, Ella und Bonnie Blue saßen mit ihr auf dem Sofa und schauten sich Bilder von einem großen Fluss in China an und von Chinesen mit Hüten, die aussahen wie umgedrehte Schüsseln.

Mutter rechnete damit, dass Daddy Rhett nach Hause kommen würde, aber das tat er nicht. Weder an diesem Tag noch am nächsten noch am übernächsten. Mutter hörte auf zu summen und war zu allen barsch, und als Wade vorschlug, das Stereoskop wieder hervorzuholen und Bilder anzuschauen, fauchte sie ihn an.

Als Daddy Rhett endlich nach Hause kam, gingen die Streitereien wieder los, schlimmer als je zuvor, und Daddy wurde so wütend auf Mutter, dass er seine Zigarre im Wohnzimmer auf den Teppich warf und es im ganzen Haus furchtbar stank!

Mammy gab sich Mühe, fröhlich zu wirken, als sie später Bonnies Sachen packte und ihr erklärte, dass Bonnie für einige Zeit mit Daddy Rhett verreisen werde, aber ihre traurigen alten Augen erzählten eine andere Geschichte.

»Mammy«, fragte Bonnie, »was ist eine Scheidung?«

»Nix da! Das fällt ihn' gar nich ein!« Wenn Mammy seufzte, seufzte alles an ihr, nicht bloß ihr Mund. »Die denken nur mal über alles nach, mehr nich.«

Am Bahnhof wartete Belle Watling auf Rhett und seine Tochter.

Als sie Bonnie vorgestellt wurde – ihren Namen hatte Bonnie oft gehört, wenn ihre Mutter wütend war –, richtete sich das kleine Mädchen zu seiner vollen Größe auf und fragte: »Bist du wirklich eine gefallene Frau?«

Belles Lächeln erlosch und strahlte sogleich wieder auf. »Nun ja, Schätzchen, das bin ich wohl.«

»Und wo bist du runtergefallen?«, fragte das Kind.

»Von nicht allzu weit oben, Schätzchen. Ich würde mal sagen, das war nicht besonders hoch, von wo ich gefallen bin.« Belle nahm Bonnies Hand, um ihr in den Pullman-Wagen zu helfen.

Bonnie war begeistert von diesem Wagen. Sie konnte es kaum fassen, dass man aus den Sofas Betten machen konnte, und ließ es sich drei Mal vom Schaffner vorführen, ehe sie zufrieden war.

Bonnie wusste, dass ihre Mutter die schönste Frau der Welt war, und wenn sie in Märchenbüchern Bilder von Königinnen sah, wusste sie, dass die genau wie ihre Mutter waren. Daddy Rhett war der liebste, klügste und lustigste Mann, den es gab, und der beste Reiter war er außerdem. Sein schwarzer Hengst war fast so schnell wie ihr Pony!

Bonnie wusste, dass ihre Eltern sie liebten, und sie wusste auch, dass sie einander liebten. Warum konnten sie das dann nicht einfach sagen und endlich aufhören, sich zu streiten?

Doch das war vorher gewesen, und jetzt war jetzt. Bonnie rannte im Pullman-Wagen auf und ab, Prissy dicht auf den Fersen. »Pass auf den Tisch auf! Nich durch diese Tür gehn! Da kommt 'n Tunnel. Halt dir die Augen zu!«

Die Welt zog an den Fenstern vorüber. Pflüger brachen die Erde in glitzernde rote Furchen um. In den Städten stiegen Menschen ein oder aus, standen auf dem Bahnsteig, begrüßten sich und hielten Schwätzchen, Gepäckwagen rollten, die Glocke läutete, und der Schaffner rief: »Alles einsteigen«, und schwang sich als Letzter in den Zug. Bonnie fragte sich, ob er wohl je vergessen wurde.

Auf Belle Watlings Schoß sitzend, erkundigte sich Bonnie nach den Seerosen in dem Sumpf, den sie gerade durchquerten, und nach einem rußgeschwärzten Herrenhaus auf einem Hügel. »Gibt es da Gespenster?«, wollte Bonnie wissen.

»Ja, Schätzchen, die gibt es. Aber sie tun dir nichts.«

Als sie sich zum Abendessen hinsetzten, machte Daddy Rhett Belle ein Kompliment für ihr Kleid, woraufhin Belle rot wurde: »Miss Smithers hilft mir, wie eine Dame aufzutreten.«

Das Lächeln von Bonnies Vater war traurig. »Belle, liebe Belle. Wir können es uns nicht aussuchen, wen unser Herz begehrt.«

»Meinst du etwa, das weiß ich nicht, Captain Schlaukopf?«, konterte Belle. »Glaubst du denn nicht, dass ich mich mit dem Begehren auch ein bisschen auskenne?«

Da lachte er sein vertrautes Lachen, und Bonnie stimmte hell mit ein, bis auch Belle nicht mehr länger ernst tun konnte und zu kichern begann.

Am nächsten Morgen stand Bonnie mit den Füßen auf dem Sitz, während der Zug ratternd in Charleston einfuhr. Als ihr Vater ihr die Hand reichte, um sie durch den großen backsteinernen Bahnhof zu führen, sagte Bonnie, sie wolle lieber allein gehen, erlaubte ihm aber, sie in die Kutsche zu heben.

Bonnie freute sich, ihren Cousin Louis Valentine wiederzusehen. Während ihr Vater und Tante Rosemary Erwachsenengespräche führten, gingen Belle und Prissy mit Bonnie und Louis Valentine zur Promenade, um sich die Schiffe anzusehen.

Bonnie wäre gern länger in Charleston geblieben, aber ihr Vater sagte, das gehe nicht. Bonnie schmollte, bis sie wieder in ihrem geliebten, vertrauten Pullman-Wagen saßen. Sie aß zu Abend und legte sich in ihr kleines Bett. Da sie sich im Dunkeln fürchtete, ließ ihr Vater ein Licht brennen, das sie durch den Bettvorhang sehen konnte.

Als Bonnie erwachte, fuhren sie durch Zypressensümpfe, die bald darauf Hütten und Bretterbuden wichen, dann folgten solidere Gebäude, und schließlich tauchte neben ihrem Gleis ein weiteres auf, während sie an alten Steinhäusern vorbeisausten, die Daddy Rhett das »Vieux Carré« nannte. »Das ist das alte französische Viertel, Bonnie.« Der Zug rollte an den Deichen entlang, oberhalb von Kais und Schiffen auf dem großen Fluss. Die Dampfschiffe hatten es Bonnie angetan, und sie bettelte so lange, bis Daddy Rhett ihr lachend versprach, ja doch, sie würden eine Fahrt auf einem Dampfer machen. Weil nämlich, so erklärte Bonnie Blue: »Ich musste ja mein Pony zu Hause lassen, und es fehlt mir sehr, aber wenn wir mit einem Dampfschiff fahren, ist es nicht mehr so schlimm.«

Kapitel 47

Eine katholische Stadt

Ein herrlicher Frühlingsmorgen im Vieux Carré: Kirchengeläut hallte in den schmalen Straßen wider, die Paradiesvogelblumen blühten, und hinter schmiedeeisernen Toren fielen überreife Zitronen und Orangen von den Bäumen.

Während sie neben Rhett auf eine Pferdedroschke wartete, erinnerte sich Belle Watling daran, wie sie vor vielen Jahren als schwangere junge Frau in diese Stadt gekommen war.

»Was hast du gesagt, Belle?«, fragte Rhett.

»Ach, ich habe wohl Selbstgespräche geführt. Ich musste daran denken, dass mir New Orleans mal wie die größte Stadt der Welt vorgekommen ist.« Belle fügte hinzu: »Barmherziger Himmel, hatte ich damals eine Angst!«

Rhett half ihr in einen offenen Landauer. »Weißt du noch, wie wir beide uns vor dem Hotel St. Louis begegnet sind?«, fuhr Belle fort. »Diese Didi, mit der du zusammen warst? Großer Gott, war das eine Schönheit! Und dieser unglaublich rote Hut, den sie aufhatte. Von diesem Hut träume ich heute noch manchmal …« Sie berührte Rhetts Arm. »Wenn du mich damals nicht gefunden hättest, Rhett, ich …«

»Aber ich habe dich gefunden, Belle.« Er lächelte. »Ganz gelegentlich nehmen die Dinge eine bessere Wendung, als man es erwartet.«

Belle wusste, dass das auf Rhetts Ehe nicht zutraf. Die von Mr Wilkes und Miss Scarlett begangene Torheit hatte schreckliche Folgen gehabt. Belle hatte Rhett noch nie so abgehärmt und niedergeschlagen gesehen.

Als sie vor der Royal Street 12 anhielten, sagte Rhett: »Es wird das Beste sein, wenn du erst einmal allein zu Taz gehst. Ich will nicht, dass seine Abneigung gegen mich alles verdirbt. In einer Stunde bin ich wieder da.«

»Aber Rhett!«

Er half ihr aus der Droschke und reichte ihr Andrews Vermächtnis. »Na los, Belle. Sei tapfer.« Die Hufeisen des Kutschpferdes klapperten auf den alten Pflastersteinen.

Belle hatte Andrew Ravanels Sachen aus Isaiahs grobem Packpapier genommen und in einen hübschen Kasten aus Pappelholz gelegt, der würdiger wirkte. Als sie den Kasten jetzt in der Hand hielt, fragte sie sich, ob sie nicht einen besseren hätte finden können – vielleicht einen aus Walnussholz. Ruth Belle Watling, schalt Belle sich, sei nicht albern! Dann riss sie heftiger an dem Klingelzug, als sie es beabsichtigt hatte.

Nervös trat sie von einem Fuß auf den anderen und lauschte auf seine Schritte. Kurz darauf öffnete sich quietschend die Gartenpforte. »Maman!«

Belle brach in Tränen aus. »Du hast dir einen Bart wachsen lassen!«

»Ich wollte gerade ausgehen … Was für eine Überraschung – wie schön, dass du da bist! Bitte komm doch herein.«

Taz' kleiner Garten war der hübscheste, den Belle je gesehen hatte. Der Limettenbaum jedenfalls duftete wie kein anderer. Was für eine entzückende kleine Bank! Und so ein niedlicher Fischteich! Dieses Haus – gehörte dieses Haus ihrem lieben Sohn? Was für ein wundervolles Häuschen! Belle schniefte in ihr Taschentuch.

Mit einer weit ausholenden, alles umfassenden Geste sagte Taz: »Maman, es gehört dir!«

Belle erstarrte wie ein Tier, das eine Falle wittert. »Aber Taz, mein Zuhause ist in Atlanta.«

»Tritt ein, Maman.« Taz mäßigte seinen Überschwang. »Bitte. Ich mache uns einen Tee. Englischen Tee. Es sei denn, du möchtest lieber Wasser oder ein Glas Wein?«

»Taz, wer hätte sich das träumen lassen …« Belle strahlte vor mütterlichem Glück. »Du hast es ja richtig zu was gebracht, Schätzchen!«

»Maman, das habe ich alles für dich getan.« Taz ließ sein vertrautes Grinsen aufblitzen. »Und ich bin nicht immer so großspurig, das kannst du mir glauben. Warum hast du mir denn nicht gesagt, dass du kommst? *Bon Dieu*, ich freue mich ja so! Komm, ich zeige dir das Haus.« Taz stellte Belles Kasten auf ein Fensterbrett und führte sie in die Küche, in der gerade Platz genug für sie beide war. »Ach«, sagte Belle, »die ist aber heimelig!«

Der Balkon des einen Schlafzimmers ging auf den Garten hinaus. Als Taz sagte: »Das hier ist dein Zimmer«, tat Belle, als hätte sie ihn nicht gehört. Das andere Schlafzimmer hatte eine eigene Außentreppe, ideal – wie Belle begriff – für einen jungen Mann, der ab und zu dem Nachtleben frönte und spät nach Hause kam.

Als sie wieder im Wohnzimmer waren, bestand Taz darauf, dass Belle sich in seinen neuen Sessel setzte, einen schweren Polstersessel, der, wie er ihr erzählte, in New York City hergestellt worden war.

»Ich glaube, in so einem bequemen Sessel habe ich noch nie gesessen.«

Irgendwann gab es für Belle nichts mehr zu bewundern, und Schweigen senkte sich über den Raum. Im Garten zwitscherten die Vögel.

»Du hast mir gefehlt, Taz«, sagte Belle.

»Du mir auch.« Impulsiv kniete Taz vor ihr nieder und drückte ihre Hand. »Ich bin Partner von J. Nicolet. Wir machen sehr gute Geschäfte und haben vier Angestellte.«

Belle strahlte ihren Jungen an.

Taz rieb sich mit der Handfläche über die Stirn. Diese vertraute Geste brachte Belle den kleinen Jungen in Erinnerung, der er einst gewesen war, und Tränen traten ihr in die Augen. Er sagte: »Du weißt, was ich mir wünsche. Ich könnte dir nie etwas vormachen.«

Belle trat ans Fenster und drückte die Fensterläden auf. »Ich hatte ganz vergessen, wie gut in New Orleans alles wächst und gedeiht.«

»Ziehst du hierher und wohnst bei mir?«

Belle wandte sich ihm mit einem zaghaften Lächeln zu. »Taz, ich habe ein Geschäft, um das ich mich kümmern muss.«

»Verkauf es. Dir wird nichts fehlen. Ich kann für dich sorgen …«

»Taz, mein lieber Junge, ich danke dir von ganzem Herzen, aber das geht nicht.«

»Aber Maman«, Taz sprach, als hätte er ein Kind vor sich, »hier in New Orleans wärst du eine Dame.«

Belle unterdrückte ein Lachen. Belle Watling eine Dame! »Nein, mein Liebling«, sagte sie. »Ich würde dir nur alles verderben. Denk bloß, was J. Nicolet sagen würde, wenn er erführe, dass deine Mutter nichts weiter ist als eine gewöhnliche …«

Die Türglocke rettete Belle. Sie sagte: »Mach auf, Taz. Rhett und ich werden dir alles erklären, was du wissen willst.«

Draußen vor der Gartenpforte war Rhett Butler, Bonnie Blues winzige Hand in der seinen, in jene Stimmung verfallen, in der die tiefste Zuneigung von Kummer überschattet ist und die Liebe vornehmlich Verlust zu bedeuten scheint.

Wann war aus dem Jungen, den er aus dem Waisenhaus für Knaben geholt hatte, dieser junge Mann geworden, der jetzt vor ihm stand? Sein Blick war offen und ruhig.

»Willkommen in meinem Haus, Sir. Ich muss Ihnen Abbitte leisten.«

»Das ist meine Bonnie Blue«, sagte Rhett.

»Guten Tag«, ließ Bonnie sich vernehmen. »Ich bin vier. Ich hatte gerade Geburtstag.«

Taz lächelte. »Es ist schön, Geburtstag zu haben. Aber bist du dir sicher, dass du erst vier Jahre alt bist? Du bist groß für dein Alter.«

»Ich bin sehr groß«, versicherte Bonnie ihm. »Ich habe ein Pony.«

»Ein Pony! Na so was!« Taz führte die beiden in seinen Garten.

Den Kasten aus Pappelholz auf dem Schoß, wartete Belle auf

der steinernen Rundbank unter dem Limettenbaum. Bonnie rannte zu dem kleinen Teich, in dem Goldfische unter einem Teppich aus Seerosen hin und her huschten.

»Ich dachte, wir unterhalten uns lieber im Freien«, sagte Belle ruhig. »Ist es nicht schön hier, Rhett?«

Taz setzte an: »Sir, ich muss mich entschuldigen. Ich war ein undankbarer Dummkopf. Ich …«

Rhett legte einen Finger auf die Lippen. »Schhh.«

»Sir, ich …«

»Nicht der Rede wert, Taz.« Rhett schmunzelte. »Wenn ich es recht bedenke, bin ich froh, dass es vorbei ist.« Er ergriff Belles Hand. »Deine Mutter und ich … wir waren viele Jahre lang Hüter des guten Rufs eines anderen Mannes. Eines Mannes, der mehr zu verlieren hatte als wir. Andrew Ravanel war einer der tapfersten Soldaten der Konföderation. Seine letzten Gedanken galten dir.«

»Aber …« Taz öffnete den Kasten und starrte blicklos auf einen Revolver, die Epauletten eines Colonel der Konföderationsarmee, eine schwere silberne Uhr und ein zusammengefaltetes Blatt.

Da die Goldfische nicht unter den Seerosenblättern hervorkommen wollten, lief Bonnie zu den Erwachsenen und stellte sich auf die Zehenspitzen, um zu schauen, was in dem Kasten des jungen Mannes lag. Vielleicht hatte er ja heute Geburtstag.

Rhett sagte: »Diese Uhr hat dein Vater von den dankbaren Bürgern von Ellsworth, Tennessee, geschenkt bekommen, Taz. Sie trägt eine Inschrift.«

Tazewell drehte die schwere Uhr in der Hand. »*Merde!* Wollen Sie damit sagen, dass Andrew Ravanel mein Vater war? *Colonel* Andrew Ravanel? Warum haben Sie mich in dem Glauben gelassen, ich sei Ihr unehelicher Sohn? Warum haben Sie mir nicht die Wahrheit gesagt?«

»Lies den Brief, Schätzchen«, sagte Belle sanft.

Erklärung
Hiermit erkenne ich Tazewell Watling als meinen erstgeborenen Sohn an und vermache ihm diese meine weltlichen Güter. Möge er mehr aus seinem Leben machen als ich aus dem meinen.
Andrew Ravanel, Colonel, C.S.A.

Taz faltete das Blatt zusammen. Faltete es wieder auseinander und starrte darauf.

»Taz«, sagte Rhett leise, »bitte, setz dich.«

Als Taz tat wie geheißen, legte seine Mutter den Arm um ihn.

Rhett holte tief Luft. »Du hast recht, Belle. Es ist wirklich ein schöner Garten. Mir hat New Orleans immer gefallen. Es ist eine katholische Stadt, tolerant, sinnlich und weise. Das Tiefland, wo deine Mutter und ich aufgewachsen sind, Taz …«

Rhett hielt inne und begann von neuem. »Pflanzer wie mein Vater, Langston Butler, hatten Macht über Leben und Tod. Auf Broughton gehörte alles und jeder Master Langston, dem Herrn der Plantage. Langstons Sklaven, Langstons Aufseher, Langstons Pferde, die Tochter von Langstons Aufseher, Langstons Frau, Langstons Tochter …« Rhett hustete. »Selbst Langston Butlers rebellischer ältester Sohn. Trieb man auch nur mit dem geringsten seiner Besitztümer sein Spiel, so legte man sich mit Master Langston persönlich an.«

Belle seufzte. »Es kommt mir vor, als wäre das ewig her.«

»Taz, deine Mutter und ich haben dir eine lange Geschichte zu erzählen. Ob du wohl ein Glas Wein hättest?«

Während Taz mit Bonnie im Haus verschwand, schlenderte Rhett, die Hände in den Hosentaschen, leise pfeifend durch den Garten.

Taz kam wieder und stellte vorsichtig ein Tablett auf der Bank ab.

»Ich will keinen Wein. Ich bin zu klein.« Bonnie ging wieder an den Teich und legte sich flach an den Rand, damit die Goldfische sie nicht sahen.

Belle begann: »Mama und ich waren auf Broughton für die

Krankenversorgung zuständig, und manchmal bin ich nach Charleston zum Apotheker gegangen, um Chinarinde zu holen. Eines Tages war Andrew da. Wir verliebten uns auf den ersten Blick ineinander. Grins mich nicht so an, Rhett Butler. Du weißt, dass so etwas vorkommt. Herrgott, gerade *du* weißt das! Jedenfalls sind Andrew und ich an diesem Nachmittag durch den White Point Park geschlendert, haben geschwatzt und uns schöne Augen gemacht. Ich konnte mich überhaupt nicht an ihm sattsehen. Na ja, an dem Tag ist nichts passiert, und ich bin mit der Fähre zurück nach Broughton gefahren, aber es hat mich nicht besonders überrascht, als mir eine Negerin eine Nachricht brachte, in der es hieß, ich sollte Andrew in Wilsons Rasthaus treffen.

Ich habe mich also davongeschlichen, und eine Woche später wieder, und es hat nicht lange gedauert, bis wir das taten, was die Prediger immer verbieten. Ich habe mir überhaupt keine Gedanken darüber gemacht, und falls Mama davon wusste, hat sie kein Wort darüber verloren. Von Andrews Verwandtschaft oder seinen feinen Freunden habe ich nie jemanden kennengelernt – bis zu dem Morgen, an dem Rhett zu Wilsons Rasthaus geritten kam, und da dachten alle, Rhett und ich …

Andrew hat unser Verhältnis streng geheim gehalten, und mir war immer klar, dass eine Heirat nicht in Frage kam.«

Rhett erzählte weiter: »Andrews Vater Jack hat stets Land verkauft, wenn er Geld brauchte, und so viele Schuldscheine ausgeschrieben, wie es Dummköpfe gab, die sie akzeptierten. Er liebte schnelle Pferde.«

Bonnie sang: »Kommt heraus, ihr kleinen Fischlein. Ich tu euch nichts.«

»Mein Vater und Jack Ravanel haben sich an einem Konsortium für den Kommissionshandel mit Reis beteiligt, und als das Konsortium zusammenbrach, blieb mein Vater auf Jacks Schuldscheinen sitzen – was keinem von beiden gefiel: meinem Vater nicht, weil Jack nicht gern zahlte, und Jack ebenso wenig, denn wenn es irgendeinen Mann in Carolina gab, der Geld aus ihm herauspressen konnte, dann war es Langston Butler.

Langston ließ Jack wissen, dass seine Geduld bald am Ende sei. Langston konnte Jack ruinieren, und Jack wusste es.

Als Jack von Andrew und deiner Mutter erfuhr, war er äußerst beunruhigt. Wenn Langston erfuhr, dass der Sohn seines Schuldners mit der Tochter seines Aufsehers tändelte, dann wäre das der Tropfen, der das Fass zum Überlaufen brächte. Jack befahl Andrew, sich nicht mehr mit Belle zu treffen, doch Andrew weigerte sich, ihm zu gehorchen.

Jack war immer gern in der Hinterhand, und wenn das nicht der Fall war, griff er auf eine Wilde Karte zurück. Ich habe es erst Jahre später begriffen, aber der wütende, verwirrte Rhett Butler war die Wilde Karte des alten Jack.

Und seine Rechnung ist aufgegangen. Mein Vater war so damit beschäftigt, mich zu verstoßen, dass er nie von Andrew und Belle erfahren hat.«

Rhett blieb vor der steinernen Bank stehen. Er hielt Taz sein Zigarrenetui hin. Taz lehnte ab, und Rhett ließ sich beim Anzünden seiner Zigarre Zeit.

»Andrew war reizbar, stolz und melancholisch, aber er war mein Freund. Nachdem ich entehrt aus West Point zurückgekommen war, wohnte ich bei den Ravanels.«

»Colonel Jack hat dich betrunken gemacht«, sagte Belle mit Nachdruck.

Rhett lachte. »Belle, mich macht keiner betrunken außer mir selbst. Ich war todunglücklich, und Jack hat mir nur den Whiskey und eine düstere Veranda, auf der ich ihn trinken konnte, zur Verfügung gestellt. Nachdem er mich lange genug meiner Trübsal überlassen hatte, erzählte mir Jack, sein Sohn habe sich mit einer Schlampe eingelassen – entschuldige, Belle –, und wenn ich Andrews Freund sei, würde ich ihn da herausholen. Ich habe vieles aus dieser Zeit vergessen, aber an diesen Morgen erinnere ich mich gut …«

»Ich soll Andrew den Spaß verderben? Ach komm, Jack.«

Colonel Jack redete mit Engelszungen, um Rhett davon zu überzeugen, dass er seinem Freund Andrew helfen müsse. Rhett war müde, halb betrunken, und ihm war alles gleich. Hauptsache, Jack hielt endlich den Mund.

»Du sprichst also mit ihm?«, fragte Jack. »In Wilsons Rasthaus? Du bist ein guter Junge. Lass dir von niemandem das Gegenteil einreden. Nicht auszudenken, wenn der Vater der Schlampe davon erführe …«

Rhett war Jacks herzlich überdrüssig und seiner selbst nicht weniger, und es gab Schlimmeres als einen Ritt ins Morgengrauen. Tecumsehs Trab war ruhig und geschmeidig.

Der dunkle Fluss wurde allmählich silbern, und noch ehe Rhett die Kreuzung von Summerville erreichte, tauchten auf den Feldern die flackernden Laternen der Arbeiter auf. Als er in Wilsons Hof einbog, stand Andrew draußen und rauchte. »Rhett, du bist es – Gott sei Dank. Gott sei Dank!«

Eine Lampe schien oben in dem Zimmer, wo Belle auf die Rückkehr ihres Liebhabers wartete. In dieser Nacht hatte sie Andrew gesagt, dass sie von ihm schwanger sei.

Andrew packte Rhett am Arm. »Sie will, dass ich sie heirate, Rhett. Das geht nicht, Rhett – du weißt, dass ich das nicht machen kann.« Andrew versuchte es mit einem grausigen Scherz. »Ich bin der letzte Vermögenswert, über den mein Vater noch verfügt!«

Als Belle in den Hof herunterkam, sah sie verliebt und schön aus. »Andrew? Wer ist bei dir? Ach, der junge Master Butler.« Belle vertraute darauf, dass sie durch ihre Liebe gegen alles gewappnet war. »Andrew und ich haben ein bisschen … Zeit miteinander verbracht. Ich muss jetzt nach Hause. Nehmen Sie mich mit, junger Herr?«

Rhett nahm sie mit.

Die Sonne ging auf, während die beiden den Hauptdeich entlangritten. Reisarbeiter sahen ihnen schweigend nach, die Hand zum Schutz vor der Sonne über die Augen gelegt.

Rhett hatte einen so klaren Kopf wie seit seinem Verweis von West Point nicht mehr. So gut war es ihm seit Monaten nicht mehr gegangen. Rhett Butler hatte absolut nichts mehr zu verlieren.

Er spürte Belles warme Wange an seinem Rücken.
»Lieben Sie irgendjemanden, junger Herr?«
»Meine Schwester Rosemary …«
»Haben wir es nicht gut? Ist es nicht besser zu lieben, als geliebt zu werden?«

Vierundzwanzig Jahre nach jenem Morgenritt legte Rhett Butler die Hände auf Tazewell Watlings Schultern und sagte: »*Dites moi qui vous aimez, et je vous dirai qui vous êtes*: Sag mir, wen du liebst, und ich sage dir, wer du bist.«

Auf Taz' Vorschlag hin speisten sie bei Antoine, wo die Kellner ein großes Aufhebens um Mr Watlings Mutter und Captain Butlers kleine Tochter machten. Belle sagte, es sei der glücklichste Tag in ihrem Leben.

Am nächsten Morgen fuhren sie mit dem Zug nach Baton Rouge, um Tazewells Partner zu treffen. Während Rhett, Taz und J. Nicolet über gemeinsame Bekannte sprachen, gingen Belle, Prissy und Bonnie am Fluss spazieren, wo Prissy zu Tode erschrak, als ein harmlos wirkender Holzbalken sich in einen Alligator verwandelte.

In Baton Rouge aßen sie in einem einfachen Restaurant. Die Blutwurst schmeckte Bonnie, doch die Languste machte sie schaudern. »Das ist doch eine große Spinne!«, beharrte sie.

Wieder in New Orleans, besuchten sie die Pferderennen und sahen sich in der Französischen Oper »Die Hochzeit des Figaro« an. Einen ganzen Vormittag lang fuhren Rhett und Bonnie mit der Straßenbahn durch die Stadt, weil Bonnie es so wollte.

Bonnie hob ihr kleines Gesicht zu ihm und sagte: »Wäre das schön, wenn Mutter hier wäre.«

Rhetts Augen waren sehr traurig. »Ja, meine Süße. Das wäre schön.«

Der Regen, der in dieser glücklichen Woche fiel, war ein tropischer Regen, der die Erde abkühlte und sich noch in der Luft in Nebel auflöste.

Rhett vergaß, mit seiner Tochter die versprochene Dampfschifffahrt zu machen. Dass er dieses Versprechen nicht gehalten hatte, sollte er sein Leben lang bereuen.

Kapitel 48

Miss Melly bittet um Hilfe

Ein Jahr und einen Monat nachdem Rhett und Bonnie in New Orleans gewesen waren, schrieb Melanie Wilkes an ihre Freundin:

Liebste Rosemary,

ich hoffe, dieser Brief erreicht Dich bei guter Laune und Gesundheit. Macht es Dir Freude, an der Mädchenschule zu unterrichten?

Rosemary, wie konnten zwei graue Mäuse wie wir beide nur so gute Freundinnen werden?

Draußen vor meiner Tür steht Dr. Meade und erteilt Pittypat Anweisungen. Der gute Doktor hat mich mit Ermahnungen und einer stattlichen Anzahl verschiedenfarbiger Arzneien und Pillen versehen. Wenn Männer etwas reparieren können, dann reparieren sie es. Übersteigt die Reparatur ihre Fähigkeiten, räuspern sie sich gewichtig und reden vage herum!

Obwohl Dr. Meade mir meine missliche Lage übel nimmt – ich sehe den Vorwurf in seinen Augen –, verbietet es der Anstand, das auszusprechen. Würde sich irgendein Mann erlauben, einer Frau zu sagen, sie hätte sich gegen die Umarmungen ihres Mannes wehren sollen?

Mit Ashley ist er weniger nachsichtig, und mein schuldbewusster Gatte geht ihm aus dem Weg. Kriegt Dr. Meade ihn doch einmal zu fassen, kommt mein Mann danach so zerknirscht in mein Zimmer, dass ich ihn aufmuntern muss. Eine Frau, die fröhlich tut, und ein reuiger Ehemann: wie albern wir doch sind!

Dr. Meade macht Ashley für meine Schwangerschaft verantwortlich.

Ashley ist ein Gentleman, und kein Gentleman wird zugeben, dass seine unscheinbare, kränkliche Frau eine Salome war, deren Reizen der hilflose Mann nicht widerstehen konnte.

Aber, liebe Freundin, ich gestehe hiermit, dass diese unwahrscheinliche Geschichte der Wahrheit entspricht: Wenn es sein muss, kann diese fade Frau eine Salome erster Güte sein!

Im April vorigen Jahres haben Scarlett und Ashley – nur einen Moment lang – dem Drang nachgegeben, den sie schon seit vielen Jahren in sich tragen. Ashleys Schwester India, Archie Flytte und die alte Mrs Elsing – deren größte Leidenschaft es ist, ihre Nase in anderer Leute Angelegenheiten zu stecken – haben die beiden ertappt, als sie sich in den Armen lagen. Natürlich konnte mir India diese Neuigkeit gar nicht schnell genug hinterbringen – und das auch noch an Ashleys Geburtstag, als unser Haus für Gäste hergerichtet war und im Garten japanische Lampions ein bezauberndes Licht verbreiteten.

Wenn es um meine Familie geht, liebe Rosemary, werde ich zur Tigerin, und als India schadenfroh mit ihren Neuigkeiten aufwartete, war mir vollkommen klar, dass ich durch meine Reaktion zwei Ehen zerstören konnte: meine eigene und die Deines Bruders Rhett. Indias Augen leuchteten vor boshafter Befriedigung. Sie hat Scarlett immer gehasst.

Ich dachte mir: India, du bist doch Ashleys Schwester. Warum erkennst du nicht, dass durch diese Geschichte nicht nur die Frau, die du verabscheust, sondern auch der Bruder, den du liebst, zugrunde gerichtet werden würde?

Also nannte ich India eine Lügnerin. Ich erklärte, dass Ashley, mein Mann, und meine liebe Freundin Scarlett mich niemals betrügen würden. Ich setzte India vor die Tür. Als Archie Flytte Indias Geschichte bestätigte, schickte ich auch ihn fort. Daraufhin sprach Archie die übelsten Drohungen aus – nicht gegen mich, sondern gegen Scarlett und Rhett! Ich fürchte, sie haben sich einen schlimmen Feind gemacht.

Als mein schuldbewusster Ashley nach Hause kam, habe ich dem armen Mann gar keine Gelegenheit zu irgendwelchen Ausflüchten gegeben, sondern ihn mit einer Umarmung begrüßt, die, so hoffe ich, leidenschaftlicher und vertrauter war als die von Scarlett!

Ashley wollte unbedingt beichten, ihm zitterten geradezu die Lippen von diesem Verlangen. Ich habe seine Beichte mit einem Kuss erstickt. Ehrlichkeit ist ein grobes Werkzeug: eine Baumschere, wo eine Nähschere gefordert ist. Ich konnte meinen Mann nicht beichten lassen, weil ich ihm keine Absolution hätte erteilen können!

Als Scarlett und Rhett eintrafen, war Ashleys Geburtstagsfeier längst im Gange. (Ich habe keinen Zweifel, dass Dein Bruder Scarlett gezwungen hat, »die Suppe auszulöffeln, die sie sich eingebrockt hatte«.) An der Haustür hakte ich meine treulose Freundin unter und lächelte sie vor aller Augen an.

Zu unseren Gästen an jenem Abend gehörten auch berühmte Männer, zum Teil so berühmt (und sorgenschwer), dass ihnen keiner von Ashleys Sündenfall erzählt hatte. Großherzige Geister akzeptierten mein Vertrauen in meinen Mann und meine Freundin. Zyniker hielten mich für ein Dummchen und kicherten hinter vorgehaltener Hand.

Doch dank meines guten Rufes wurde ein Skandal vermieden.

Und nachdem unsere Gäste nach Hause gegangen waren, bewies mir Ashley auf die primitivste, überzeugendste Weise, dass er mir und nur mir allein gehört. Ashley und Melly Wilkes waren wie Jungvermählte. Wir unterhielten uns über Bücher, Kunst und Musik – kein Wort über Politik und Handel –, und unsere Nächte waren von solcher Wollust erfüllt, dass ich rot werde, wenn ich mich daran erinnere! Wir sprachen nie von den möglichen Folgen unserer Sinnlichkeit. Vielleicht hatten wir die Hoffnung, dass ich nach Beaus schwieriger Geburt nicht in der Lage wäre, wieder zu empfangen.

Da ich nicht glauben kann, dass Gott herzlos ist, muss ich annehmen, dass er es am besten weiß, und so harre ich nun der Niederkunft.

Wenn ich überlebe, so ist es Gottes Wille. Wenn nicht, dann hoffe ich sehnlichst, dass zumindest mein Kind am Leben bleibt. Sie ist klug und kräftig und möchte unbedingt leben. Ich sage »sie«, weil ich mich ihr bereits nahe fühle, näher, als ich einem Sohn sein könnte. Ich vertraue mich ihr an: Ich habe ihr erzählt, dass ihr Vater für eine vornehmere Welt geschaffen ist als dieses Tohuwabohu, in dem wir leben. Ich dringe in meine Tochter, ihre Welt so zu gestalten, dass zarte Seelen wie Ashley dort in Ehre und Frieden leben können.

Es muss doch möglich sein, Rosemary! Wir, die wir im neunzehnten Jahrhundert geboren sind, stehen doch vor den Toren zum Paradies, wo es keinen Krieg mehr gibt und alle glücklich und gut sind!

Was wird meine Tochter noch von unserer Welt wissen? Wenn schon mir das Leben vor dem Krieg so fern erscheint, wie wird es ihr dann erst gehen?

Werden wir ehemalige Bürger der Konföderation nur noch romantische Relikte sein? Wird von all unseren Leidenschaften, Verwirrungen und Wünschen nur mehr ein fernes Idyll in Erinnerung bleiben, Herrenhäuser mit weißen Säulen, treu ergebene Neger und wohlansehnliche Herren und Herrinnen, deren Manieren ebenso makellos sind wie ihre Kleidung?

Ach Rosemary, unser Leben ist in ein Früher, das von Tag zu Tag in weitere Ferne rückt, und ein Jetzt geschieden, das so modern ist, dass die Farbe noch nicht trocken ist.

Ich bin so undankbar! Draußen vor meinem Fenster scheint die Sonne, und ich höre die Rufe spielender Kinder, während ich mich diesen melancholischen Überlegungen hingebe.

Liebste Rosemary, ich habe mich davor gedrückt, Dir den wahren Zweck meines Briefes zu nennen: Du musst nach Atlanta kommen.

Ich bin mir Deiner Verpflichtungen gegenüber Deiner Schule wohl bewusst, aber ich bitte Dich inständig, an Deinen Bruder zu denken. Als Bonnie Blue ums Leben kam, habe ich um Rhetts Verstand gebangt, so groß war sein Schmerz.

Es hätte so leicht anders kommen können. Die kleine Bonnie hätte ihr zögerndes Pony nicht *über die Hürden treiben, das Pony hätte* nicht *stolpern müssen. Tagtäglich fallen Kinder vom Pferd. Bei so manch einem Sturz meines Bruders Charles blieb Tante Pittypat schier das Herz stehen. Die meisten Kinder sterben nicht, wenn sie vom Pony fallen.*

Bonnies Tod hat ihren Eltern das Herz gebrochen – wie Du Dir sicher vorstellen kannst.

Vier Tage lang saß Rhett bei seinem armen toten Kind in einem Zimmer, das in hellem Lichterglanz erstrahlte. Rhett wollte nicht zulassen, dass man Bonnie beerdigte – sie auf ewig der Dunkelheit anheimgab, vor der sie sich immer so gefürchtet hatte!

Ich kann es immer noch nicht recht glauben, dass sie von uns gegangen ist. Manchmal, wenn ich Hufschlag höre, schaue ich in der Erwartung hinaus, Bonnie auf ihrem dicken Pony neben ihrem stolzen Vater einherreiten zu sehen, der seinen großen Rappen zügelt, um sich dem Schritt des Ponys anzupassen …

Wer behauptet, Atlanta sei herzlos, hätte die Trauer um dieses Kind erleben sollen. Zu der Beerdigung kamen so viele Menschen, dass an die hundert draußen stehen mussten.

Bonnies Tod war ein fürchterlicher Schlag für Deinen Bruder, aber die Zerrüttung seiner Ehe hat ihn endgültig zugrunde gerichtet.

Rosemary – in seinem tiefsten Herzen ist Dein Bruder ein Liebender. Der gewiefte Geschäftsmann, der Abenteurer, der Dandy, das sind alles nur Kostüme, die der Liebende sich überstreift.

Bonnie Blue war das Einzige, was Rhetts und Scarletts Ehe noch zusammenhielt. Rhett sah in Bonnie die unverdorbene Scarlett, eine Scarlett, die ihn rückhaltlos liebte. Und Scarlett hat Bonnie gleichsam als Wiedergeburt ihrer selbst geliebt, als eine Verkörperung dessen, was aus ihr hätte werden können, wenn, ja wenn … Bonnie kannte ihre Bedürfnisse, Scarlett kennt die ihren nicht, und während Scarlett um unsere Bewunderung buhlt, wurde sie Bonnie ganz selbstverständlich zuteil.

Streitlustig waren Rhett und Scarlett immer, doch sie waren es auf eine großartige, triumphale Weise – der Zusammenstoß zweier ungezähmter Seelen. Jetzt ist es qualvoll, mit ihnen zusammen zu sein: Ihr Ton ist verbittert und müde, alte Kränkungen werden endlos aufgewärmt, Verletzungen immer wieder in Erinnerung gerufen.

Dein Bruder braucht Dich, Rosemary.

Ich bin nicht weit herumgekommen. Einmal, als ich noch sehr jung war, fuhren Pittypat, Charles und ich nach Charleston. Es schien mir so viel weltläufiger als Atlanta! Wir wohnten in Mr Mills' Hotel (gibt es das noch?), und dort bekam ich im Speisesaal Weinbergschnecken vorgesetzt und dazu das Gerät, mit dem man sie festhält, während man das Fleisch aus der Schale pickt. Ich hielt das Ding für einen Nussknacker und versuchte mit der für Atlanta so typischen Entschlossenheit, ein Schneckenhaus zu knacken, als unser freundlicher Kellner mich rettete.

»Oh nein, Miss. Nein, Miss! Hier in Charleston machen wir das anders!«

Ich vermutete schon damals und bin heute davon überzeugt, dass in Charleston vieles anders gemacht wird – Dinge, die im geschäftigen Atlanta vernachlässigt oder gar nicht erst unternommen werden.

Ich kann mich an meinen Vater nicht erinnern, und von meiner Mutter ist mir nur ein vager Eindruck geblieben, eine Wärme ähnlich der, die beim Brotbacken entsteht. Ich entsinne mich einer mütterlichen Berührung, so zart wie von einem Schmetterling. Als unsere Eltern starben, zogen Charles und ich zu Tante Pittypat: zwei Kinder, deren Vormund selbst nur ein Kind war. Der Erwachsene in unserem Haus war Onkel Peter! Es war solch eine glückliche Zeit! Pittypats Albernheit (die Erwachsene aufbringt) bezauberte uns, und in der Gesellschaft von uns Kindern erblühten Pittypats gutes Herz und läppisches Gebaren zu einer Art Weisheit. Eines Tages wettete sie, dass wir Mr Bowens Einspänner nicht einholen könnten. (Die Traber von Mr Bowen, unserem Nachbarn, waren berühmt.) Charles und ich versteckten uns im Gebüsch, und als Mr Bowen in unsere Straße einbog, schossen wir heraus und rannten, so schnell uns unsere kurzen Beine trugen, während Mr Bowen (von Tante Pittypat vorgewarnt) sein Pferd zügelte, sodass wir das Rennen gewannen. Soweit ich mich erinnere, gab es zur Belohnung Haferkekse, für jeden zwei. Es waren mit Abstand die besten Kekse, die ich je gegessen habe! Ich musste erwachsen werden, um diese Täuschung zu durchschauen – gütiger Himmel, als ob zwei kleine Kinder einem schnellen Traber davonlaufen könnten!

Wenn wir jetzt sonntagnachmittags ausfahren, werde ich wie ein Gepäckstück zur Kutsche getragen und wegen der »strengen Augustkälte« warm eingepackt wie ein Kleinkind.

Auf dem Land seufzt Ashley beim Anblick der Ruinen altvertrauter Plantagen, deren Gärten sich die Wildnis zurückgeholt hat, als gehörte das Land noch den Cherokees. Wenn ich ihn am Ärmel zupfe, kehrt Ashley nur widerwillig in die Gegenwart zurück.

Heutzutage geht man die Dinge auch in Atlanta anders an. Wir haben uns mehr oder weniger vom Krieg erholt, liebe Rosemary, und die Stadt floriert. An Markttagen stehen in der Peachtree Street und der

Whitehall Street die Wagen der Farmer zwischen den Bohlenwegen dicht an dicht. Die Gaslaternen reichen mittlerweile fast bis zu Pittypats Haus, und die Straßen im Zentrum sind alle chaussiert. Außerdem wird eine Straßenbahn gebaut! Wir sind wieder der Union angeschlossen, die Unionstruppen sind mit General Custer nach Westen gezogen, und Atlanta geht es ausgezeichnet – wir können nicht klagen!

Louis Valentine wird hier einmal glänzende Zukunftsaussichten haben. Atlanta hat sich ganz und gar dem neuen Zeitalter verschrieben, und für einen jungen Mann, der auf die Beziehungen seines Onkels Rhett zurückgreifen kann, werden sich Möglichkeiten auftun.

Wie praktisch ich geworden bin – wo doch die Zeiten, deren ich mich am liebsten erinnere, so unpraktisch waren: Pittypat, Charles und Melanie, die »Leben« spielten!

Charles fehlt mir jeden Tag aufs Neue. In meinem Herzen bleibt er ein junger Mann von einundzwanzig Jahren, der kurz zuvor Scarlett O'Hara von der Plantage Tara geheiratet hat. Es muss das Kriegsfieber gewesen sein, denn wenn je zwei Menschen nicht zusammenpassten, dann waren es mein lieber Charles und Scarlett.

Ich tröste mich mit dem Gedanken, dass Charles als glücklich Verheirateter gestorben ist. Hätte er überlebt, dann hätten sich die beiden nur gegenseitig unglücklich gemacht.

Es ist möglich, dass ich Charles bald sehen werde. Es wird schön sein, ihn zu fragen, was er von dem Tun und Treiben hier unten hält.

Sei herzlichst gegrüßt.

Deine treue Freundin
Melanie Hamilton Wilkes

Kapitel 49

Eine Totenwache

Während Melanie Wilkes im Sterben lag, wartete Rhett Butler im Wohnzimmer seines Stadthauses in der Peachtree Street und horchte auf die Uhr.

Es war Oktober. Ein dunkler, regnerischer Nachmittag.

Der Kognak in seinem Glas war aus Trauben gebrannt, an denen wahrscheinlich schon Napoleons Armeen vorbeigezogen waren. Er schmeckte nach Asche.

In diesem Raum waren der Gouverneur von Georgia und diverse Senatoren und Kongressabgeordnete der Vereinigten Staaten bewirtet worden. Doch vermutlich hatte der Handwerker, der die Stuhlleisten an der Wand angebracht hatte, diesem Haus mehr abgewonnen, als Rhett es je getan hatte.

In dem großen Haus herrschte Grabesstille. Nach Bonnies Tod hatte Rhett sich von Ella und Wade ferngehalten. Er hatte Angst, die lebenden Kinder anzusehen und sich dabei zu denken: Es hätte auch euch treffen können statt Bonnie. Hätte es doch nur euch getroffen …

Mammy und Prissy gingen mit den Kindern zum Spielen nach draußen. Wenn es regnete, spielten Ella und Wade im Kutschenhaus.

Rhetts Schreibtisch in der Farmer's and Merchant's Bank verwaiste. Gestern – oder war es vorgestern? – war der Bankdirektor zu Rhett gekommen. Er war in größter Sorge gewesen, denn Jay Cooke hatte den Bankrott von Northern Pacific erklärt, und die Farmer's and Merchant's Bank hatte zwar nicht in die Eisenbahngesellschaft investiert, doch die New Yorker Börse war zusammengebrochen. Im ganzen Land liefen Kontoinhaber zu ihrer Bank, um ihre Ersparnisse abzuheben. In New York, Philadelphia, Savannah, Charleston und Nashville waren Banken in Konkurs gegangen. Es war nicht klar, ob die Farmer's and Merchant's Bank über genug Bargeld verfügte, um den Forderungen zu genügen.

»Rhett«, bat der Bankdirektor eindringlich, »könnten Sie uns helfen?«

Rhett Butler verpfändete sein Vermögen, damit die Kontoinhaber der Farmer's and Merchant's Bank ihre Ersparnisse bar abheben konnten – bis auf den letzten Cent. Da sie die Möglichkeit hatten, taten sie es nicht.

Rhett war es einerlei.

Die Uhr schlug die Stunde: sechs düstere Schläge.

Ein Luftzug in dem stillen Raum streifte seinen Nacken, und Rhett wusste, dass Miss Melly tot war.

Melanie Wilkes war einer der wenigen Menschen in Rhetts Leben gewesen, die sich nicht täuschen ließen.

Das bräunliche Herbstlicht verdämmerte, und Rhett zündete die Gaslichter an. Hatte er Scarlett geliebt, oder hatte er das geliebt, was aus ihr hätte werden können? Hatte er sich etwas vorgemacht und das Bild in seinem Kopf mehr geliebt als die Frau aus Fleisch und Blut?

Rhett war es einerlei.

Selbst wenn sie ihn tatsächlich immer wieder mit Ashley Wilkes betrogen hatte – Rhett war es einerlei. Ashley war jetzt frei. Wenn sie den Mann noch immer haben wollte, sollte sie ihn haben.

Als Rhetts Frau an jenem Abend von Melanie Wilkes' Sterbebett nach Hause kam, sagte sie ihrem Mann, dass sie ihn liebe. Scarlett hatte das noch nie zu ihm gesagt, und womöglich glaubte ihr Rhett sogar. Doch es war ihm einerlei.

Rhett Butler schaute in die blassgrünen Augen, die ihn so viele Jahre in ihren Bann gezogen hatten, aber ihn ließ alles völlig kalt.

Kapitel 50

Der Hügel auf Twelve Oaks

Auf Rhetts knappes Telegramm hin kündigte Rosemary ihre Stellung in der Mädchenschule, packte und übergab ihrem Bruder Julian die Schlüssel des Hauses in der Church Street 46.

Louis Valentine war von seiner ersten Zugfahrt begeistert. Sie übernachteten in Augusta im Bahnhofshotel, und am nächsten Nachmittag holte Big Sam sie in Jonesboro ab.

Einige wohlhabende Yankees hatten das, was von Twelve Oaks noch übrig war, für die Wachteljagd gepachtet. Bis auf ein paar gerodete Stellen, wo Hafer für die Jagdvögel angebaut wurde, war die Plantage verwildert.

»Lassen Sie Ihre Hände im Wagen, junger Herr«, riet Big Sam dem Jungen, »sonst wer'n sie aufgerissen.« Brombeergestrüpp verengte den Weg. Die Ranken scheuerten an der Kutsche entlang.

Aus den Trümmern des einstigen Herrenhauses von Twelve Oaks ragten noch die Ziegelschornsteine hoch, und die umgestürzten Säulen waren von wildem Wein überwuchert. Der Wendeplatz war wieder freigelegt worden. Unter den Wagenrädern knackten Stoppeln, die seit dem Krieg kein volles Sonnenlicht mehr gesehen hatten. Glänzende Kutschen aus Atlanta standen neben klapprigen Pferdefuhrwerken. Hier und da sah man Pferde, manche noch mit Kummet, deren Vorderbeine gefesselt waren. Unter einer uralten Kastanie, die Shermans Feuer überlebt hatte, standen ein paar Neger zusammen.

»Näher kommen wir nich ran«, erklärte Big Sam. »Wir müssen zu Fuß zum Friedhof gehn.«

»Wo finde ich meinen Bruder, Captain Butler?«

»Der is bestimmt bei Mister Will. Gestern ham sie den Wendeplatz hier freigelegt.«

Als sie an den abgestellten Kutschen vorbeigingen, tauchte an einem der Fenster ein freundliches Gesicht auf. »Barmherziger Himmel, Miss Rosemary, sind Sie das? Und der Junge muss Louis Valentine sein? Nicht so schüchtern, Schätzchen.«

»Ja Belle – guten Tag. Ich wusste gar nicht, dass Sie Melanie kannten.«

»Ich habe Mrs Wilkes sehr geschätzt. Ich will mich hier nicht als ihre Freundin aufspielen, aber Mrs Wilkes war sehr gut zu mir. Zur Trauerfeier in der Kirche konnte ich nicht, aber ich dachte, hierher könnte ich kommen, wo es doch unter freiem Himmel ist.«

»Melanie wäre gewiss einverstanden gewesen.«

»Womit Mrs Wilkes einverstanden wäre, damit sind andere noch längst nicht einverstanden. Mrs Wilkes war eine wahre Christin!«

»Ja, das war sie wohl. Ich wünschte …« Rosemary betrachtete Belle prüfend. »Melly hat sich große Sorgen um meinen Bruder gemacht.«

Das Lächeln schwand aus Belles Gesicht. »Zu Recht. Ich habe ihn noch nie in einem so erbärmlichen Zustand erlebt. Zuerst verliert er sein liebes Kind, und jetzt noch das! Was wird er nur tun? Er und Miss Scarlett … er ist ausgezogen. Einfach auf und davon. Und er wohnt nicht bei mir. Ich habe keine Ahnung, wo er sich aufhält!« Belle tupfte sich die Augen mit einem Taschentuch ab. »Ich darf meine Schminke nicht verwischen. Ich muss für die Beerdigung anständig aussehen.«

Louis Valentine klammerte sich an Big Sams Hand. »Schrecklich, die Plantage so zu sehn«, sagte Sam zu Rosemary. »Ich weiß noch, wie Twelve Oaks ’ne richtige Plantage war. Hier is mal gute Baumwolle gewachsen – hochwertige, teure Baumwolle.«

»Wo finde ich Captain Butler?«

»Auf’m Friedhof. Er is vorgestern hier angekommen. Seitdem arbeitet er.« Big Sam schüttelte den Kopf. »Cap’n Butler schuftet wie ’n Nigger! Soll ich Sie tragen, junger Herr?«

»Ich kann allein gehen!«, erklärte Louis Valentine. »Ich bin schon sieben!«

Das ästhetische Empfinden der Wilkes war in jedem Aspekt des Plantagenlebens zum Ausdruck gekommen. Ihre Feste waren für ihre Fröhlichkeit und die Anmut der dort versammelten Schönen berühmt gewesen. In den Salons der Wilkes überbot man sich gegenseitig mit Bonmots, während die sonst in Clayton County vorherrschenden Themen wie das Trinken, das Jagen und Pferde kaum zur Sprache kamen. Von der Veranda aus konnte man jenseits des üppigen Gartens von Twelve Oaks die Untiefen des Flint River funkeln sehen.

Hinter dem Haupthaus führte ein schattiger Pfad über breite Steinstufen auf den Hügel empor, wo man durch ein filigranes Eisentor auf den Familienfriedhof gelangte. Dort überwölbten riesige Eichen von Flechten bewachsene Grabsteine. Rings um diesen düsteren Ort hatten einst die Felder der Plantage, das Herrenhaus, die Gärten und Nebengebäude gelegen. Alles, was man an einem klaren Tag von hier oben erblickte, hatte den Wilkes gehört; doch innerhalb der Friedhofsmauern fanden alle menschlichen Begierden, Stolz, Reichtum und Macht ihr bescheidenes Ende. Für die Wilkes hatte sogar der Tod etwas Ästhetisches gehabt.

Jetzt waren die Stufen schief oder zerbrochen, und Brombeerranken zerrten an Rosemarys Ärmeln. Von den Eichen waren nur noch Stümpfe geblieben; die Bäume hatten die Lagerfeuer von Shermans Armee gespeist. Um die Grabsteine herum hatten Wildschweine gewühlt und Hirsche geäst, und die erbauliche Anmutung des Orts war Schösslingen, Brombeersträuchern und Kletterpflanzen zum Opfer gefallen.

Neben den beiden ältesten Gräbern (Robert Wilkes, 1725–1809; Sarah Wilkes, 1735–1829) waren die Vorfahren der letzten Bewohner von Twelve Oaks begraben.

Kleinere Gedenksteine markierten die Kindergräber der Wilkes.

Rhett Butler saß zusammengesunken auf einem umgestürzten Grabstein. Er blickte auf, und Rosemary erschrak, als sie den Schmerz in seinen Augen sah.

»Oh Rhett – die arme, liebe Melly.«

Rhett Butlers Kragen hatte sich gelöst, und sein Hemd war schmutzig. Als er sich das Haar aus den Augen strich, verschmierte er sich die Stirn mit dem roten Lehm von Georgia. Seine Stimme war dumpf und leblos. »All die lieben, guten Seelen sind von uns gegangen. Bonnie, Meg, John, und jetzt auch noch Melly.«

Männer stutzten das Gestrüpp und riefen Anweisungen, während der Leichenwagen von hinten den Hügel heraufgeholpert kam.

»Schwester«, sagte Rhett. »Nein, bitte fass mich nicht an. Ich glaube, eine Berührung könnte ich nicht ertragen.« Fast beiläufig fügte er hinzu: »Ich habe sie verlassen. Ich hatte gedacht … gehofft …« Er richtete sich aus seiner gebeugten Haltung auf. »Ich glaubte, wir wären aus demselben Holz geschnitzt. All die gottverdammten Jahre …«

»Was hast du jetzt vor, Rhett? Wohin wirst du gehen?«

»Wen kümmert das schon? Irgendeine Bleibe findet sich immer.«

Mit einem feuchten Taschentuch rieb Rosemary ihrem Bruder die Erde von der Stirn.

Louis Valentine studierte die Grabsteine. »Sieh mal, Mutter«, rief er, »der hier war noch ein Säugling.«

Da sie den Schmerz ihres Bruders nicht ertrug, ging Rosemary zu ihrem Sohn. Sie las vor: »Turner Wilkes, 14. August bis 10. September 1828. Unseres Herzens Wonne.«

Rhetts heisere Stimme ertönte. »Turner war Ashleys älterer Bruder. Wenn Turner Wilkes den Anstand besessen hätte zu überleben, dann hätte Melanie Turner geheiratet, Ashley hätte Scarlett heiraten können, und ich hätte nicht mein Leben vergeudet.«

»Kannst du ihr nicht verzeihen, Rhett?«

Ihr Bruder schüttelte müde den Kopf. »Natürlich verzeihe ich ihr. Sie ist, wie sie ist. Ich kann mir selbst nicht verzeihen.«

Das Geräusch abrutschender Hufe, das Rasseln von Zugketten und nervöse Rufe kündigten den Leichenwagen an. Für das verglaste Gefährt, das die Verstorbene in Würde von der Kirche St. Philip hierhergebracht hatte, war die Fahrt den steilen, nur teilweise freigelegten Hang hinauf nicht ungefährlich. Brombeerranken kratzten über das Glas, und die Gehilfen des Leichenbestatters bogen dickere Äste zurück, die es womöglich zerbrochen hätten. Hinter dem Leichenwagen führte Will Benteen die Pferde der Familienkutsche.

Am Grab halfen die Starken den Kindern und Gebrechlichen. Ein bleicher Beau Wilkes klammerte sich an die Hand seines Vaters. Wade Hamilton ging um das Grab seines Vaters Charles herum. Die kleine Ella hielt einen Strauß welker Chrysanthemen fest in der Hand.

Scarlett standen die Tränen in den Augen.

Halb Clayton County war gekommen. Die Wilkes waren eine vornehme Familie gewesen, und auf dem Land ist man stolz auf seine vornehmen Familien.

Gesichter, die Scarlett von früher kannte, waren von Alter und Entbehrungen gezeichnet. Da war Tony Fontaine, schließlich aus Texas zurückgekehrt. Und Alex Fontaine hatte Sally Munroe geheiratet, die Witwe seines Bruders Joe. Beatrice Tarleton flüsterte Will Benteen etwas ins Ohr – wahrscheinlich ging es um Pferde. Beatrice Tarleton liebte ihre Pferde mehr als ihre Töchter. Randa und Camilla Tarleton hatten rote Erde an ihren Sonntagsschuhen. Sie würden sie putzen müssen, bevor sie am nächsten Tag wieder in der Schule unterrichteten. Betsy Tarleton hielt sich hinter ihrer Mutter, um ihrem dicken, übellaunigen Mann aus dem Weg zu gehen. Beatrice beachtete Betsy überhaupt nicht.

Suellen O'Hara Benteen funkelte Scarlett wütend an. Will hatte seiner Frau erzählt, dass Scarlett nach der Beerdigung auf Tara bleiben würde.

Als es mit ihrer Ehe Monat um Monat, Woche um Woche – ja

manchmal glaubte Scarlett, Stunde um Stunde – bergab ging, hatte sie Zuflucht in Geldgeschäften gesucht. Sie war schon immer gewieft gewesen. Hatte sie nicht die beiden einträglichsten Sägemühlen in Atlanta aufgebaut? Rhett war der festen Meinung gewesen, dass sich die Eisenbahngesellschaften übernommen und mehr Bahnstrecken gebaut hätten, als Passagiere oder Frachtgut vorhanden seien.

Sie würde es ihm schon zeigen! Sie kaufte Aktien der Northern Pacific.

Nach Bonnies Tod war Rhett in eine andere Welt entschwunden – eine Welt, zu der sie keinen Zugang hatte. Nichts, was sie sagte, schien ihn zu berühren. Ihre aufrichtigsten Versprechungen waren ebenso wirkungslos wie ihre Wutanfälle. Rhett hatte seine Frau nur mit müden, traurigen Augen angesehen und sie an Melanie Wilkes' Sterbebett allein gelassen.

Wenn Scarlett ihre Reuegefühle und Selbstvorwürfe zu viel wurden, suchte sie ihren Börsenmakler in der Stadt auf. Jay Cookes Eisenbahngesellschaft Northern Pacific war das einzige Glück in Scarletts Leben. Ohne dass sie einen Finger dafür krumm machen musste oder in irgendeiner Weise belastet wurde, rückte die Northern Pacific unerbittlich gen Westen vor, während ihre Aktien in schwindelerregende Höhen stiegen. Naturwunder, konnte Scarlett da nur sagen!

Nachdem sie das Geld verbraucht hatte, das sie für ihre Sägemühlen bekommen hatte, nahm Scarlett eine Hypothek auf das Haus in der Peachtree Street auf. Und in Melanie Wilkes' letzten Tagen hatte sie auch noch Tara beliehen.

Jetzt war Melanie tot, und Scarletts Northern-Pacific-Aktien waren etwa so viel wert wie die Konföderationswährung, die kofferweise auf dem Dachboden von Tara stand.

Scarlett würde nach Tara zurückkehren. Dort würde sie geborgen sein.

»Liebe Rosemary«, sagte sie mechanisch, »wie lieb von dir, dass du gekommen bist.«

»Melanie Wilkes war … sie wird mir sehr fehlen.«

»Ich habe sie gebraucht«, sagte Scarlett, ohne den Fremden zu beachten, der neben Rosemary, seiner Schwester, stand. Der Fremde befeuchtete sich die Lippen, als wollte er etwas sagen, aber natürlich tat er es nicht. Keiner von ihnen hatte noch etwas zu sagen.

Die Sargträger ließen den reich verzierten Sarg, den Melanie Wilkes nie ausgewählt hätte, aus dem zerbrechlichen gläsernen Leichenwagen gleiten, der Melanie protzig vorgekommen wäre.

Während die Sargträger zum Grab gingen, veränderte Will Benteen behutsam seine Position am Sarg, um Ashley zu entlasten.

Der Pfarrer ordnete die Falten seines Chorhemdes und begann mit der Andacht. Wildgänse flogen schreiend vorbei. In den Sträuchern krächzte ein Rabe. Beatrice Tarleton hustete.

Scarlett verschloss die Ohren und blickte ins Leere.

Wills Neger griffen nach den Seilen, und als Will sagte: »Jetzt«, hoben sie den Sarg über das Grab und ließen ihn hinab.

Ashley drückte weinend seinen Sohn an sich, der auf seine Schuhe starrte.

Trauer schnürte Scarlett die Kehle zu. Es schmerzte zu schlucken.

Sie ließ ihre Handvoll roter Erde auf Melanie Hamilton Wilkes' Sargdeckel rieseln und wischte sich die Hände am Rock ab.

Mit donnerndem Hufschlag galoppierte ein Pferd den Hügel hinunter, und als Scarlett sich umdrehte, war Rhett Butler aus ihrem Leben verschwunden.

In dem Grab zu Scarletts Füßen hätte auch ihr Herz liegen können.

Teil 3

TARA

Kapitel 51

Will Benteen

Als Miss Scarlett wieder auf Tara einzog und Onkel Henry Hamilton ihr feines Haus in Atlanta zum Verkauf anbot, war Will Benteen klar, dass sie in Schwierigkeiten steckte.

Miss Scarlett und Captain Butler hatten sich getrennt; alle wussten es.

Will war froh gewesen, als Captain Butler nach der Beerdigung von Mrs Wilkes davongaloppiert war. Wie er zu seinem Hofhund Boo sagte: »Manchmal muss man einfach seine Wunden lecken.«

Auch Miss Scarlett ging es schlecht. In solch einem erbärmlichen Zustand hatte Will sie noch nie erlebt.

Taras Verwalter war ein einfacher Mann mit sanften Augen, schwindendem, von der Sonne gebleichtem Haar; Handgelenke und Hals waren rot wie frisch geschnittene Rote Rüben. Er bestand hauptsächlich aus Kopf und Brust, sein echtes Bein war fast so dünn wie das Holzbein, das er der Schlacht bei Gettysburg zu verdanken hatte. Seine Finger dagegen waren so dick wie die Handgelenke seiner Tochter Susie.

In den schweren Nachkriegsjahren, als Scarlett den ganzen Ertrag ihrer Sägemühlen in Atlanta nach Tara schickte, hatte sie sich einmal beklagt: »Will, vor dem Krieg hat Tara für die O'Haras gesorgt, nicht umgekehrt.«

Will hatte seinen zerbeulten Hut abgesetzt und sich die Stirn gekratzt. »Tja, Miss Scarlett, Sie könnten Tara natürlich an einen Yankee verpachten.«

Sie hatte sich nie wieder beklagt.

Inzwischen musste Tara seine Bewohner wieder ernähren: die Neger – Dilcey, Prissy, Pork, Big Sam und Mammy – sowie Miss Scarlett, ihre Kinder und die Benteens.

Kurz nach ihrer Ankunft auf der Plantage bekam die siebenjährige Ella einen Anfall. Beim Abendessen stieß sie einen schauerlichen Schrei aus und fiel vom Stuhl. Obwohl sie bewusstlos war, verdrehte sie die Augen, und ihre Beine zuckten so stark, dass Will Benteen das Mädchen kaum festhalten konnte. Wenig später hatte Ella den Anfall auch schon überstanden, bleich und ein wenig wacklig, doch sie hatte Will einen furchtbaren Schreck eingejagt.

Auch Beau Wilkes war auf Tara. Mr Wilkes war nicht in der Verfassung, sich um seinen Sohn zu kümmern. Außerdem hatte Miss Scarlett nach der Beerdigung Miss Rosemary und ihren Jungen gebeten, zu bleiben.

Will ahnte, warum Miss Scarlett Captain Butlers Schwester mit Sohn eingeladen hatte. Es gehörte zu den Dingen, die Miss Scarlett tat, ohne nachzudenken. Miss Scarlett wusste Vorteile zu nutzen, bevor ein anderer ihrer überhaupt gewahr wurde. Es lag in ihrer Natur.

Als Suellen ihr auf die Schliche kam, sagte sie zu ihrem Mann: »Das ist ein ganz mieser Trick, Will, Rhetts Schwester als Köder zu benutzen.«

Will hatte sie mit einem Kuss zum Schweigen gebracht. Will war der Einzige, der Suellen das Wort abschneiden konnte.

Suellen O'Hara war nicht Will Benteens erste Wahl gewesen. Er hatte Careen den Hof gemacht, der jüngsten Tochter der O'Haras, doch Careen entschloss sich, in ein Kloster in Charleston einzutreten.

Will fühlte sich mittlerweile auf Tara zu Hause, doch trotz der gelockerten Umgangsformen nach dem Krieg konnte er nicht mit der unverheirateten Suellen allein unter einem Dach leben. Und die stolze Suellen hatte keine anderen Verehrer und wusste nicht, wohin.

Obwohl sie so unsentimental begonnen hatte, war die Ehe von

Suellen und Will glücklich. Ihre sechsjährige Tochter war eigensinnig, aber ihre Eltern liebten sie gerade dafür umso mehr. Wie Suellen gern sagte (in Erinnerung daran, wie Scarlett ihr Frank Kennedy abspenstig gemacht hatte): »Susie wird keiner hinters Licht führen!« Robert Lee, der Sohn der Benteens, war so scheu und lieb, dass sein Vater es zuweilen nicht ertrug, ihn anzusehen.

Will war als verwundeter Veteran nach Tara gekommen. So wie Tara ihn geheilt hatte, war Will für Tara heilsam gewesen. Mit Miss Scarletts Geld hatte Will die Baumwollpresse wiederaufgebaut, Cyrus McCormicks neumodische Mähmaschine gekauft und Dutzende kleinerer Werkzeuge ersetzt: die Ablängsägen in verschiedenen Größen, die Schlittenfeststeller, die Bohrer und Ahlen, die Shermans Soldaten gestohlen oder unbrauchbar gemacht hatten. Wills Arbeitstrupps hatten Zedern und Brombeergestrüpp gerodet, Weidegatter erneuert, die Dächer von Kühl- und Fleischhaus neu gedeckt, den Obstgarten von Unkraut befreit und die Bäume beschnitten, den Küchengarten vergrößert, einen Pferdestall mit zwölf Boxen gebaut, einen Schweinepferch abgezäunt und einen neuen Holzschuppen für die Baumwolle auf den Fundamenten des alten errichtet.

Um Platz für Scarlett zu machen, räumten die Benteens zunächst Geralds und Ellens Schlafzimmer, das an der Vorderseite des Hauses lag. »Es kann nur eine Herrin auf Tara geben«, hatte Will seiner wütenden Frau gesagt, »und ich schätze, das wird Miss Scarlett sein.«

Doch Scarlett legte keinen Wert auf das Schlafzimmer ihrer Eltern mit Geralds Balkon und dem Himmelbett, in dem mehrere O'Haras gezeugt worden, zur Welt gekommen und gestorben waren. Stattdessen bezog sie ihr altes Zimmer oben an der Treppe neben dem Spielzimmer.

Nach dem Krieg waren Taras Feldarbeiter in die Stadt gegangen, von der sie so viel gehört hatten. Nach einigen Hungerjahren kehrten die meisten nach Clayton County zurück und ließen sich in einem heruntergekommenen Viertel von Jonesboro nieder, das alle nur »Darktown« nannten.

Scarlett fragte Will Benteen: »Warum leben sie nicht auf Tara wie Big Sam und die Hausneger?«

»Miss Scarlett, die würden lieber im schlimmsten Elendsviertel wohnen, als in Taras ›Sklavenunterkünfte‹ zurückzukehren. Im Übrigen: was sollten wir im Winter mit ihnen machen?«

»Tara hat immer Arbeit für seine Leute gefunden.«

»Miss Scarlett«, erklärte Will, »das sind nicht mehr ›Taras Leute‹. Ich brauche von März bis September Feldarbeiter, und ich zahle einen angemessenen Lohn. Vollwertige Arbeitskräfte bekommen am Tag fünfzig Cent.«

»Und wovon leben sie das restliche Jahr über?«

»Sie sind jetzt freie Arbeiter, Miss Scarlett.« Will seufzte. »Es waren nicht wir, die sie freigelassen haben.«

Miss Scarlett hatte die Einnahmen aus der diesjährigen Baumwollernte auf schnellstem Weg bei der Bank von Atlanta abgeliefert – sie hatte das Bargeld persönlich in die Stadt gebracht. Als Will ihr mitgeteilt hatte, dass sie für die Frühjahrspflanzung wohl neues Pferdegeschirr brauchten, hatte sie erwidert: »Wir müssen noch einmal mit dem alten auskommen.«

Liebesleid und Geldsorgen: Will wusste nicht, was schlimmer war.

Captain Butler war mit Mr Watling in Europa.

Abends las Miss Rosemary im Wohnzimmer die Briefe ihres Bruders laut vor. Mr Rhett beschrieb die Pferderennen von Paris, die Kathedralen und Künstler und machte sich über die Kardinalshüte lustig, die hoch oben in der Kathedrale von Notre-Dame hingen. »Die Franzosen glauben, wenn der Hut herunterfällt, gelangt der Kardinal in den Himmel. Manche Hüte hängen schon seit Jahrhunderten dort!«

Will staunte mit den Kindern. Miss Scarlett tat ihm leid. Sie wirkte so *vernachlässigt*.

Miss Rosemary war bescheiden und tatkräftig, und sie und Louis Valentine fügten sich mühelos in das Leben auf Tara ein.

Miss Rosemary wurde die Lehrerin der Plantage, und das Spielzimmer war ihr Klassenraum.

Suellen beaufsichtigte die Hausneger – bis auf Mammy, die sich selbst beaufsichtigte.

Sonntags fuhr Big Sam den Einspänner nach Jonesboro, wo Rosemary und die Kinder am Gottesdienst der Methodisten teilnahmen. Die Neger überquerten die Eisenbahngleise und gingen in Reverend Maxwells First African Baptist Church.

Geld hin oder her, hungern würden sie nicht mehr. Die Ernte des Sommers war eingebracht und in Taras Vorratskeller eingelagert, wo in Mr Masons patentierten Einmachgläsern Pfirsiche, Beeren, Tomaten und Bohnen in langen, glänzenden Reihen standen.

Ein dreijähriger Ochse war geschlachtet und eingepökelt worden. Ebenso hatte man fünfzehn Schweine geschlachtet, zerteilt, eingesalzen und ins Fleischhaus gehängt. Will Benteens Schinken waren im Umkreis berühmt, und jedes Jahr zu Weihnachten brachte er besonders netten Nachbarn persönlich einen Schinken vorbei, als »kleine Aufmerksamkeit von Tara«.

Obwohl Will in erster Linie Ackerbau betrieb, galt seine Liebe den Tieren. Ähnlich wie Mrs Tarleton war Will Benteen in Pferde vernarrt, er mochte Taras Rinder und Maultiere, und der Schweine nahm er sich besonders an: Tusker, Runt, Big Girl. Er bewunderte sie für ihr *unverfälschtes Schweinsein.* Als Big Girl erkrankte, blieb Will die halbe Nacht auf, um sie mit Terpentinsalbe zu behandeln.

Das Schlachten der Schweine am ersten Frosttag im November war eine zweischneidige Angelegenheit. Will würde zwar Taras Fleischhaus füllen, doch am nächsten Morgen würde er nicht zum Schweinepferch gehen, denn Big Girl würde nicht mehr da sein, um ihn mit ihrem Grunzen zu begrüßen und an seinen Hosenbeinen zu schnüffeln.

Samstagvormittags kam Ashley immer aus Atlanta nach Tara. Er war Scarlett dankbar, dass sie Beau bei sich aufgenommen hatte, und brachte ihr häufig kleine Geschenke mit: ein besticktes Batisttaschentuch oder eine Schachtel englischer Sahnebonbons.

Ashley erzählte, dass keiner in Atlanta mehr baue. Seine Sägen stünden still, und sein gestapeltes Bauholz setze Schimmel an. Das Kimball House hatte seine Tore geschlossen. »Die Wirtschaftskrise …«, sagte Ashley, als ginge ihn das alles nichts an.

»Du liebe Güte, Ashley«, sagte Scarlett, »ist dir das denn alles gleichgültig?«

»Es ist mir nicht gleichgültig, dass ich mich am Montagmorgen entscheiden muss, welchen Arbeiter ich als Nächsten entlasse, und wie er in Zukunft seine Familie durchbringen wird.«

Ashley trank Kaffee mit Scarlett, Beau und Rosemary und fragte Beau, was er schon alles aus seinen Schulbüchern gelernt habe. Doch er blieb nicht auf eine zweite Tasse, sondern brach alsbald nach Twelve Oaks auf, wo er den Hügel zu Melanies Grab hinaufging und mit ihr redete. Die sanfte Melanie teilte Ashleys Kummer nicht. Sie versicherte ihrem trauernden Ehemann, eines Tages würden sie wieder vereint sein. Während sie miteinander sprachen, säuberte Ashley den Friedhof, warf abgestorbene Äste und Gestrüpp über die Mauer. Bei seinem dritten Besuch brachte er ein Beil mit, um die Aussicht freizuschlagen. Melanie hatte den Blick von hier oben immer geliebt.

Die Nacht verbrachte er im Aufseherhaus von Twelve Oaks. Wie auf Tara hatten Shermans Männer auch hier die Unterkünfte der Neger verschont. Es war die einzige Nacht in der Woche, in der Ashley Wilkes traumlos und sorgenfrei schlief.

Bevor er wieder nach Atlanta aufbrach, verweilte er noch ein wenig auf Tara und hing alten Zeiten nach. Gelegentlich war Scarlett von Ashleys sonorer, sanfter Stimme verwirrt. Wenn sie reizbar war, ermahnte sie ihn, er solle seinen Zug nicht verpassen.

An einem jener Samstagmorgen waren Ashleys Wangen gerötet, als er eintraf, und seine Augen funkelten. Scarlett saß am Tisch und machte die Buchführung. Rosemary hatte sich neben sie gesetzt und nähte. »Ich habe die Sägemühlen verkauft«, verkündete Ashley. »An einen Yankee aus Rhode Island. Meine Güte! Der Mann hat unendlich viel Geld.«

Scarletts Mundpartie verhärtete sich. »Atlantas modernste Sägemühlen. Wie viel hat er gezahlt, Ashley?«

Die Freude schwand aus seinen Augen. »Ich brauche nicht viel«, sagte er. »Ich kehre nach Twelve Oaks zurück und kann dort im Aufseherhaus wohnen.«

Rosemary ergriff seine Hand. »Ich freue mich, dass Sie unser Nachbar werden. Aber was wollen Sie da draußen mit sich anfangen?«

»Ich werde nicht allein sein!« Ashleys Worte überschlugen sich. »Ich stelle Old Mose ein – ihr erinnert euch doch gewiss noch an Mose – und Tante Betsy, damit sie mir helfen. Es wird schön sein, sie wieder dort zu haben. Unser kunstvoll angelegter Garten – Scarlett erinnert sich noch daran, nicht wahr, Scarlett? Wilson, den Mann vom Mietstall in Jonesboro, den bezahlen die Yankees dafür, dass er sie im Sommer an unseren ›pittoresken Ruinen‹ vorbeifährt. Ich werde die Gärten wiederherrichten. Wir werden das Gestrüpp und den wilden Wein entfernen und den alten Springbrunnen wieder in Gang setzen. Erinnerst du dich noch an den Springbrunnen, Scarlett? Wie schön er war? Die Gärten werden ein Denkmal für Melanie sein. Twelve Oaks – wie es war, wie es sein soll. Melanie hat es so geliebt.«

»Mr Wilkes«, Rosemary lächelte, »Sie haben ein edles Herz.«

Scarlett runzelte die Stirn. »Du willst Geld von den Yankeetouristen nehmen, die deine Gärten besichtigen?«

»Nun, ich hatte eigentlich nicht daran gedacht, Geld dafür zu nehmen. Aber möglicherweise … könnte ich das.«

Von einem Tag auf den anderen wurde es kälter. Der Flint River fror zu, und Taras Öfen bullerten. Rosemary verlegte ihren Klassenraum nach unten ins Wohnzimmer. Nebel hing über den Pferdetrögen, durch die wärmeres Quellwasser floss.

Vier Tage vor Weihnachten saßen die Bewohner von Tara am Frühstückstisch, als Mammy so wütend vom Fleischhaus zurückkam, dass sie kaum ein Wort hervorbrachte. »Kaputt! Alles ham sie verdorben! Da war der Teufel am Werk!« Mammy lehnte sich schwerfällig an den Waschtisch und holte tief Luft. »Das warn keine Farbigen nich.«

Scarlett sprang auf. »Was ist passiert, Mammy?«

Mammy deutete mit zitterndem Arm nach draußen.

Als die Kinder sich anschickten mitzugehen, sagte Scarlett barsch: »Ella, Wade, Beau – ihr bleibt im Haus. Rosemary, Suellen, passt bitte auf sie auf!«

Die Tür des Fleischhauses war mit einem Stemmeisen aus dem oberen Scharnier gehebelt worden und hing schief vor der Öffnung. Will Benteen zog die Tür auf und trat vorsichtig in das Gebäude. »Der Herr steh uns bei!«, stöhnte er.

Scarlett schrie auf: »Oh Will!«

Ihre eingepökelten Schinken waren Stück für Stück abgeschnitten worden. Wie erschlagene Säuglinge lagen sie auf dem Boden verstreut. Die Fässer mit Pökelfleisch waren umgekippt worden, und über alles waren große Mengen Mist verteilt.

Mammy stand hinter ihnen auf der Schwelle. »Das warn keine Farbigen nich!«

»Das sehe ich auch, Mammy!«, fuhr Scarlett sie an.

Mit eingezogenem Schwanz steckte Boo den Kopf ins verbotene Heiligtum und schnüffelte.

Der Gestank war überwältigend.

»Können wir sie nicht einfach abwaschen?«

Will hob einen Schinken auf, ließ ihn fallen und wischte sich die Hände an den Hosenbeinen ab.

»Nein, Ma'am. Sehen Sie, sie sind eingeschnitten. Das Fleisch ist verdorben, Miss Scarlett. Das reine Gift.«

Würdevoll schritt Will aus dem Fleischhaus, bog um die Ecke und erbrach sich.

Mammy hatte die Augen weit aufgerissen und zitterte. »Die wilden Horden, die sin zurückgekommen«, flüsterte sie. »Ich wusste, dass sie wiederkommen würden.«

»Der Krieg ist vorbei, Mammy«, fauchte Scarlett. »Shermans wilde Horden können uns nichts mehr anhaben!«

Obwohl Boo die ganze Nacht hindurch gebellt hatte, war Will

nicht aufgestanden, um nachzusehen, was den Hund so in Aufregung versetzt hatte. Nun führte Boo Will und Scarlett gewichtig knurrend an die Stelle außerhalb des Gartenzauns, wo Pferde angebunden gewesen waren. Will kniete nieder, um die Spuren zu untersuchen. »Ich schätze, es waren drei.« Will schüttelte den Kopf. »Welche verdammten Dreckskerle würden – verzeihen Sie meine Ausdrucksweise, Miss Scarlett.«

»Zur Hölle mit den Dreckskerlen!«, sagte sie.

Will folgte den Spuren bis zur Straße nach Jonesboro, wo sie sich verloren.

Von den Negern wollte keiner einen Fuß in das geschändete Fleischhaus setzen – nicht einmal Big Sam, der unter Will Benteen, wie zuvor schon unter Gerald O'Hara, Taras Vorarbeiter war. »Ich hätte nie gedacht, dass du dich mal in einen Feigling verwandelst, Sam«, zischte Scarlett. »Doch nicht Big Sam.«

Ihre barschen Worte fegten über Sams gesenkten Kopf hinweg. »In manche Sachen tun Farbige sich besser nich einmischen«, sagte er.

Also luden Will, Scarlett und Rosemary das verdorbene Fleisch auf einen Karren und fuhren es zum Schindanger von Tara, einer kleinen Senke.

Als die Schinken den Hang hinunterrollten, flüsterte Will: »Leb wohl, Big Girl. Es tut mir wirklich leid, was sie dir angetan haben.«

Kapitel 52

DER BODEN WIRD WARM

Mochte ihre gewählte Regierung gestürzt worden sein und ihr Geld über Nacht seinen Wert eingebüßt haben, die kühlen, dunklen, stabilen Vorratshäuser hielten den Menschen vom Land vor Augen, dass sich wahrer Wohlstand eigener Hände Arbeit verdankt – und Gottes Vorsehung.

Nachbarn kamen, um sich den Ort der Freveltat anzusehen. »Wer lässt sich denn so etwas einfallen?« Die Männer stießen Drohungen aus und streiften über das Gelände, als könnten die Schänder noch in der Nähe sein. Will führte eine Gruppe an die Stelle, wo die Pferde angebunden gewesen waren, und die Männer knieten nieder, um die Spuren abzutasten. Tony Fontaine und sein Bruder Alex stritten sich über die Größe eines Pferdehufs.

Mrs Tarleton schlenderte zur Weide, auf der Will zwei neue Fohlen stehen hatte. Unter normalen Umständen hätte Mrs Tarleton Will gebeten, sie zu begleiten, damit sie zum wiederholten Mal anmerken konnte, wie deutlich die Qualitäten ihres Zuchthengstes in Wills Fohlen zutage kamen. Nicht so heute.

Wie bei einem Begräbnis brachten die Frauen Brot und Kasserollen mit; Mrs Tarleton schenkte Suellen zwei Schinken. »Damit Sie an Weihnachten nicht mit leeren Händen dastehen.«

Suellen sagte, sie würden sie drinnen im Vorratsraum aufbewahren, wo sie sicher wären.

Sicher. Wie konnten sie sicher sein?

Schließlich gingen die Nachbarn nach Hause. Die Hausneger fürchteten sich, und als es gegen halb sechs dunkel wurde, waren die Neger bis auf Mammy, die über der Küche schlief, in ihren Hütten und hatten die Türen fest verriegelt.

Boo, der sich seiner Verantwortung nur allzu bewusst war, bellte in dieser Nacht aufgeregt, sobald ein Fuchs oder ein Iltis über das Farmgelände huschte. Will Benteen wurde jedes Mal wach, zog seine Arbeitskleidung über das Nachthemd und schob die nackten Füße in seine kalten Lederstiefel. Er ging die Hintertreppe hinunter und schlich mit seinem Gewehr ins Freie.

Wenn er wieder ins Bett kam, grummelte Suellen verschlafen und zog sich aus seiner kalten Umarmung zurück.

An Heiligabend lieferte eine Kutsche im Auftrag der Eisenbahn am Nachmittag per Express eine große Holzkiste, die mit Frachtetiketten übersät war. Will und Big Sam halfen dem Kutscher, die schwere Kiste abzuladen, und boten ihm einen Becher Weihnachtspunsch an, den er leerte, während er den Blick auf die drohenden Wolken gerichtet hielt.

Will stimmte ihm zu, ja, es sehe nach Schnee aus.

Big Sam sagte: »Heut Abend is keiner auf der Straße unterwegs.«

»Ich jedenfalls nicht«, sagte der Kutscher und fuhr in flottem Tempo in Richtung Jonesboro.

Nach dem Abendessen kamen alle im Wohnzimmer zusammen, um den Weihnachtsbaum zu schmücken, den Big Sam am Nachmittag aufgestellt hatte. Während die Kinder den Baum mit Äpfeln, Walnüssen und Scherenschnitten behängten, rätselten sie flüsternd und mit allerlei neugierigen Blicken auf die geheimnisvolle Kiste, was wohl darin sein mochte. Will stand auf einem Küchenstuhl, um Rosemarys handgearbeiteten rosa-weißen Seidenengel an der Spitze anzubringen. Die Erwachsenen hängten die Kerzenhalter so hoch, dass die kleinen Hände nicht heranreichten.

Schlurfende Schritte auf der Veranda kündeten von Ashley Wilkes' Eintreffen. Hut und Mantel waren von Schneeflocken bedeckt. »Tut mir leid, wenn ich zu spät komme. Ich habe die Holzapfelbäume beschnitten und nicht auf die Zeit geachtet. Fröhliche Weihnachten, Beau!« Er drückte seinen Sohn an sich. »Frohe Weihnachten euch allen!«

Während Rosemary ein Glas Weihnachtspunsch für Ashley einschenkte, nahm Will einen Nagelzieher und trat an die Holzkiste. Beim Quietschen der Nägel hielten sich die Kinder die Ohren zu.

Rhett hatte Ella eine kostbare französische Porzellanpuppe geschickt, Beau und Louis Valentine bekamen Schlittschuhe, und Wade packte zu seiner großen Freude und unter den neidischen Blicken der kleineren Jungen eine einschüssige Rolling-Block-Büchse Kaliber .22 aus, an deren Abzugsbügel ein Briefchen hing: »Wade, ich vertraue darauf, dass Will Dir zeigt, wie man damit schießt. Wenn Du vernünftig bist und ein guter Schütze wirst, gehen wir zusammen auf die Jagd, wenn ich nach Hause komme.«

Für Rosemary war ein goldenes Medaillon in der Kiste und für Scarlett ein grüner Samthut, der zu ihren Augen passte. Obwohl kein Brief für sie dabei war, hüpfte Scarletts Herz vor Freude. Nicht einmal, als Ella ihr Punschglas umstieß, hörte Scarlett auf zu lächeln.

Es schneite weiter, und Louis Valentine und Beau gingen auf die vordere Veranda und schlitterten lärmend von einem Ende zum anderen. Ashley hatte kleine Geschenke für die Kinder mitgebracht, und Will schenkte seiner Suellen eine rote Nachtmütze aus Wolle. Es war kurz vor Mitternacht, als Rosemary die lauthals protestierenden Kinder hinauf ins Bett brachte. Gähnend zogen sich Will und seine Frau nebst Nachtmütze zurück.

Ashley setzte sich an den Kamin. »Was für ein schöner Abend.« Nach langem Schweigen sagte er: »Scarlett, vermisst du manchmal die alten Zeiten, die Wärme, die Fröhlichkeit?«

Scarlett neckte ihn: »Du meinst das Fest auf Twelve Oaks, als ich dir meine Liebe gestanden habe und du mir einen Korb gegeben hast?«

Ashley nahm einen Schürhaken zur Hand, kniete nieder und stocherte in der Glut herum. »Ich war Melanie versprochen …«

»Ach Unsinn, Ashley, dummes Zeug«, sagte Scarlett, keineswegs unfreundlich.

Als Ashley den Blick zu ihr hob, hatten seine Augen einen neuen Glanz – einen Glanz, den Scarlett nur zu gut verstand. Sie richtete sich kerzengerade auf. »Du liebe Güte!«, sagte Scarlett. »Mir war gar nicht klar, dass es schon so spät ist!«

Mein Gott, was zog Ashley da aus seiner Tasche? War das etwa ein Etui mit einem Ring? Scarlett sprang von ihrem Stuhl auf. »Oh Ashley, ich bin todmüde. Diese ganze Aufregung. Du findest sicher allein hinaus.«

»Aber Scarlett!«

Scarlett rannte die Treppe hinauf und schloss die Tür hinter sich ab.

Großer Gott, wenn Rhett Wind davon bekam, wenn er annahm, dass sie und Ashley … Nie mehr würde er nach Hause kommen!

Wade hatte zwar seine neue Büchse mitgenommen, doch Rhetts Zeilen an den Jungen hatte seine Mutter zurückbehalten, und während sie sich auszog, las Mrs Rhett Butler sie noch einmal. Ihr Ehemann hatte geschrieben »wenn ich nach Hause komme«. Das waren Rhetts Worte. Als sie ihr Haar löste, war Scarlett eine glückliche Frau.

Unter den funkelnden Sternen glänzte der Schnee wie fette Sahne. Ashleys Pferd trottete nach Hause. Tief in den Wäldern knackte ein gefrorener Baum so laut wie ein Gewehrschuss. Ashley verkroch sich noch tiefer in seinem Wollmantel.

Er flüsterte seiner Melanie zu: »Lieber Schatz, ich habe dir doch gesagt, dass es nicht klappen würde. Du meinst, ich brauche jemanden, der sich um mich kümmert, aber Scarlett ist nicht dafür geschaffen, sich um erwachsene Männer zu kümmern. Ihre Miene, als sie merkte, dass ich um ihre Hand anhalten wollte … Oh Melly!« Er lachte auf. Der gefrorene Schnee knirschte unter den Hufen seines Pferdes. »Das erste Weihnachtsfest, an dem wir nicht zusammen sind, Liebste. Ashley und Melanie Wilkes. Waren wir nicht die glücklichsten Menschen der Welt?«

Das Holzhaus des Aufsehers ging auf den vernachlässigten Garten von Twelve Oaks hinaus. Ashley hatte den Kiefernholzboden mit Sand geschrubbt, die Holzwände getüncht und Onkel Hamiltons mexikanisches Kriegsschwert über den Kamin gehängt.

Er kniete nieder, um Feuer zu machen. Er würde so lange aufbleiben, bis es ordentlich brannte, denn er hatte Melanie viel zu erzählen.

In jener Nacht bellte Boo nicht, und Will Benteen schlief an den Rücken seiner Frau geschmiegt ein. Die Troddel an Suellens Nachtmütze kitzelte ihn an der Nase.

Im Januar wurde es wärmer, und nur im Schatten lag noch Schnee. Der Flint River rauschte braun und so laut dahin, dass sie ihn vom Haus aus hörten. Als es wieder Frost gab, gefror das Schmelzwasser zu spiegelglatten, gefährlichen Eisflächen, sodass alle, die draußen nichts zu tun hatten, drinnen blieben, möglichst nah beim Feuer. Jeden Morgen spaltete Big Sam Brennholz, das Wade ins Haus trug.

Will Benteen besuchte im Umkreis von zwanzig Kilometern jedes Farmhaus und auch die Hütten ärmerer Weißer. Wer hegte einen Groll gegen Tara? Hatte sich jemand damit gebrüstet, ein Fleischhaus verwüstet zu haben? Auf dem Markt von Jonesboro wurde Tony Fontaine zugeflüstert, der Klan habe seine Finger im Spiel, doch Will hielt das für unwahrscheinlich. »Mit dem Klan ist es aus und vorbei, Tony. Im Übrigen hat der Ku-Klux-Klan nie Demokraten belästigt.«

Der Heuboden über der Pferdescheune war der höchste Punkt des Anwesens, und als das Eis schmolz und wieder Reiter über die Straße nach Jonesboro kamen, schleppte Will Decken und einen alten Strohsack die Leiter hinauf.

Suellen sagte, er verschwende nur seine Zeit, denn wer auch immer ihr Fleischhaus ruiniert habe, »der hat seinen Spaß gehabt«.

»Ich finde es einfach schrecklich, dich andauernd wecken zu müssen, wenn Boo nachts anschlägt«, sagte Will.

Suellen entgegnete, wenn Will etwas zustoßen sollte, würde sie ihm das nie verzeihen.

An diesem Abend starrte Big Sam zur Heubodentür hinauf und

rief: »Das macht mir richtig Kummer, Mr Will. Aber das is nix für Farbige.«

»Bis morgen, Sam.«

Verunsichert, weil nicht alles dem gewohnten Ablauf folgte, legte sich Boo eine Stunde lang vor das Scheunentor, bevor er aufstand, sich reckte und seinen nächtlichen Rundgang aufnahm.

Der Mond beleuchtete die teilweise noch gefrorene Erde. Es war windstill. In Decken gehüllt, schlief Will tief und fest bis zum nächsten Morgen.

Die zweite Nacht war ebenso ereignislos wie die erste.

In seiner dritten Nacht auf dem Heuboden schrak Will auf, als er knarzende Geräusche vernahm. Jemand kam die Leiter herauf. Wills Hand schob sich unter den warmen Decken hervor zum eiskalten Lauf seines Gewehrs. Sein Finger fand den Abzug.

Als Will ein Beben auf dem Heuboden spürte, spannte er den Hahn.

»Will, ich bin's«, flüsterte Wade Hamilton.

Will entspannte den Hahn. »Junge«, sagte er, als der Kopf des Jungen durch die Bodenluke kam, »du hast mich zu Tode erschreckt.«

»Ich wollte Ihnen helfen.« Wade legte seine neue Büchse auf den Boden. »Es ist nicht gut, dass Sie allein hier draußen sind.«

Ein Grinsen erschien auf Wills breitem Gesicht. »Ist die Waffe geladen?«

»Nein, Sir. Ich dachte, Sie könnten es mir vielleicht zeigen.«

»Morgen früh, Wade. Danke, dass du gekommen bist, aber es ist wohl besser, wenn ich das allein erledige.«

Will grinste immer noch, als er wieder einschlief.

Am nächsten Morgen, als Will zum Frühstück ins Haus kam, schmollte Suellen. »Ach, da kommt ja mein Mann. Ich hatte mich schon gefragt, ob ich überhaupt noch einen habe.«

Obwohl sie versuchte, ihm auszuweichen, küsste Will sie. »Guten Morgen, meine Liebe. Ich muss schon sagen, es ist um einiges kälter, neben einer Flinte zu schlafen als neben dir.« Er versetzte ihr einen Klaps auf das Hinterteil.

»Bitte, lass das, Will. Die Kinder …«

»Jawoll, Ma'am.«

Will und Big Sam trafen ihre Vorbereitungen fürs Pflanzen. Sie kontrollierten die Hufe der Arbeitspferde und beschnitten sie, polierten und ölten die Pflugscharen und machten eine Bestandsaufnahme von Kummets und Geschirren.

»Mr Will«, beklagte sich Big Sam, »wir müssen unbedingt 'n neues Pferdegeschirr kaufen. Die Riemen hier sin spröde und rissig.«

»Mach ein neues aus den Teilen, die noch etwas taugen.«

Big Sam legte den Kopf schief. »Mr Will, is Tara bankrott?«

Will gab ihm keine Antwort.

Am 2. Februar erhellte der Vollmond einen wolkenlosen Himmel, und Will verbrachte eine unruhige Nacht. Er wurde von Boos wütendem Gebell wach, dem rasch hintereinander Schüsse folgten, sodass Will nicht zu sagen wusste, wie viele abgefeuert worden waren. Er stieg so hastig die Leiter hinunter, dass er eine Sprosse verfehlte und beinahe gestürzt wäre. Auf Socken lief er in die Richtung, aus der das Gebell kam.

Das geduckte, dunkle Etwas, das auf ihn zugerannt kam, war Boo, der die Ohren flach angelegt hatte.

»Schon gut, Boo«, sagte Will gepresst.

Als er im hellen Mondschein am Weidetor stand, erfasste Will die Situation sofort. »Mein Gott«, sagte er. »Mein Gott.«

Ein Fohlen rannte in blinder Panik am Zaun entlang. Das andere stand zitternd bei seiner toten Mutter. Die beiden Stuten erschienen ihm kleiner als zu ihren Lebzeiten. Das zweite Fohlen senkte den langen Hals und stupste gegen die Flanken seiner toten Mutter. Wie alle Babys, die Angst haben, wollte es trinken.

Wieder kamen Taras Nachbarn zusammen. Die Männer standen in Gruppen auf der Weide und unterhielten sich leise. Die Frauen blieben in der Küche und erzählten einander, wie sehr sie sich fürchteten. Sie fragten sich, wer wohl solcher Grausamkeiten fähig war. Mammy beharrte: »Das warn keine Farbigen.« Tony Fontaine war auf Spurensuche, doch der Boden war zu hart.

Mrs Tarleton nahm die Fohlen mit, um sie mit Ziegenmilch zu päppeln. In der Hölle, sagte sie, gebe es einen besonderen Platz für Menschen, die ein Pferd erschossen hätten.

Als sie sich einigermaßen gefasst hatten, schlangen Sam und Will Ketten um die Hinterläufe der Stuten und schleppten sie zum Schindanger.

Das Wetter wurde wärmer, der Erdboden taute auf, und obwohl Will noch immer auf dem Heuboden schlief, verbrachte er seine Tage wie jeder andere Pflanzer in Clayton County damit, die Baumwollfelder zu pflügen und die Reihen anzuhäufeln.

Noch vor Tagesanbruch legte Big Sam den großen, stämmigen Arbeitspferden das Geschirr an. Dabei sagte er so etwas wie: »Ganz schön kühl heut Morgen« oder »Sieh an, Dolly hat sich wund gescheuert.«

Und Will sagte: »Sieht nach Regen aus.«

Mehr redeten die beiden Männer selten. Big Sam legte den Pferden immer die Kummets an, und Will entzündete die Laterne in der Sattelkammer, die er wieder ausblies, wenn sie hinausgingen.

Sobald es so hell war, dass sie ihre Ackerfurchen einhalten konnten, ließen sie die Pflugscharen herunter und pflügten bis zum Mittag. Dann gönnten sie den Pferden eine Ruhepause und aßen die Mahlzeit, die Suellen ihnen brachte. Will wurde nie müde, Geschichten darüber zu hören, wie es vor dem Krieg auf Tara gewesen war, und Sam tat ihm den Gefallen und beschrieb Taras Gartenfeste oder erzählte, wie Gerald O'Hara einmal ein Pferderennen auf der Straße nach Jonesboro veranstaltet hatte. »Die ganzen jungen Herrn ham gewettet un getrunken, un es is ein Wunder, dass keiner runtergefallen is un sich den Hals gebrochen hat. Miss Ellen, die war 'ne gute Christin. Auf jeden Fall. Aber manchmal fühlten sich alle andern schlecht, weil sie so gut war. Master Gerald, oh, der hatte Wutanfälle.« Sam schüttelte den Kopf. »Master Gerald war genau wie 'n Sommergewitter – 'n Riesendonnerwetter, un schon war alles wieder vorbei.«

Während Will seine Pfeife rauchte, erzählte Sam, was in Darktown, dem Negerviertel von Jonesboro, vor sich ging. Sam war nicht mit Reverend Maxwell einverstanden, dem neuen jungen Prediger der First African Baptist Church. »Der Junge weiß nich, wo sein Platz is«, sagte Sam. »Der is oben im Norden geborn. Is nie gekauft oder verkauft worden.«

Nach der Mahlzeit spannten sie die Pferde wieder ein und pflügten bis zum Einbruch der Dunkelheit. Dann kehrten sie zur Scheune zurück, rieben die Pferde trocken und fütterten sie. Zu der Weide, auf der seine Stuten getötet worden waren, ging Will nicht mehr.

Eines Sonntags ritten Rosemary und Beau Wilkes nach dem Kirchgang in Richtung Twelve Oaks. Es war noch frisch an diesem Februartag, aber auf jeder Astspitze lag ein rosa Schimmer, der von neuem Leben kündete.

Ashleys Großvater, Robert Wilkes aus Virginia, hatte diese Plantage einst in eine Wildnis gebaut. Seine Neger fällten die Bäume und rodeten oder verbrannten hartnäckige Stümpfe auf dem Land, wo sich später die Baumwollfelder von Twelve Oaks erstrecken sollten. Als seine Plantage gedieh, errichtete Robert Wilkes Wirtschaftsgebäude, Unterkünfte für die Bediensteten und schließlich sein Herrenhaus im Georgian Style. Der Garten von Twelve Oaks war ein Projekt, das Robert im hohen Alter begann und das seinem lebenslangen Bedürfnis entsprach, die Wildnis zu kultivieren.

Riesige Magnolien markierten die äußeren Eckpunkte des Gartens. Hartriegel, Judasbäume, Heidelbeer- und Holzapfelbäume bildeten die Kulisse für winterharte Blütenpflanzen. Spiersträucher überschatteten Gartenwege, und der symmetrisch angelegte Rosengarten, über dem der Duft von Bourbon-Rosen schwebte, war von Buchsbaum eingefasst. Eine chinesische Bogenbrücke spannte sich über einen Bach, der von Kamelien gesäumt war, und ein von Abelien umranktes Eisenspalier öffnete sich auf eine kleine Grünfläche, in deren Mitte ein Springbrunnen plätscherte.

Das war, bevor Sherman kam.

An der Stelle, wo Ashley Gestrüpp verbrannt hatte, war der Wendeplatz schwarz. Noch mehr Buschwerk, so hoch aufgeschichtet, dass Rosemarys Pferd dahinter verschwand, wartete auf das Zündholz. Sie und Beau stiegen ab, und Beau lief auf einem stoppeligen Weg voraus, in die Richtung, aus der Gesang zu hören war.

Schließlich gelangten sie auf eine Lichtung, wo ein sich aufbäumendes lebensgroßes Bronzepferd über einen ausgetrockneten Springbrunnen wachte. Ashley stach mit einem Schwert in die Erde neben dem Springbrunnen. Ohne zu bemerken, dass er Zuhörer hatte, sang er: »De Master run, ha, ha.« Ashley stach in die nächste Stelle. »And de darkies stay, ho, ho.« Ashley ließ sich auf alle Viere fallen und wackelte mit dem Schwert. »Must be the Kingdom comin an de day of Jubilo!«

»Daddy«, schrie Beau, »das ist Großvaters Schwert!«

Ashley schaute auf und schmunzelte. »Hallo Beau. Ich habe dich gar nicht gehört. Mrs Ravanel, willkommen auf Twelve Oaks.« Die Hose von roter Erde verschmiert, erhob er sich und zeigte auf das Schwert. »Ich suche nach dem Kasten mit den Ventilen. Hätte nie gedacht, dass ich einmal Klempner werden würde.«

Als Rosemary das sich aufbäumende Bronzepferd näher betrachtete, sagte Ashley: »Ich habe es vor vielen Jahren in Italien gekauft. Angeblich ist es etruskisch.« Skeptisch hob er eine Augenbraue.

Beau zog das Schwert aus der Erde und wischte es mit welkem Gras ab.

»Beau, dieses Schwert ist ein ausgezeichnetes Werkzeug, um Brennholz zu spalten oder vergrabene Wasserventile aufzustöbern.«

»›Da werden sie ihre Schwerter zu Pflugscharen machen‹?«, zitierte Rosemary.

»So etwas in der Art. Hier, Beau, probier es an diesem Brombeerstrauch aus. Halte den Griff so, dass er nicht am Handgelenk anliegt. Gut.« Der Vater korrigierte die Haltung des Sohnes.

Beau stach in Höhe einer Männerbrust auf einen Brombeerstrunk ein.

»Ausgezeichnet, Beau. Mein Fechtlehrer wäre mit dir zufrieden gewesen. Mrs Ravanel, wie schön, dass Sie mir meinen Jungen gebracht haben. Wollen Sie nicht mit zum Haus kommen? Beau, ich trage das Schwert.«

Rauch stieg aus einer anderen Hütte empor. »Mose ist ein besserer Christ als ich. Ihn findet man am Tag des Herrn nicht bei der Arbeit, oh nein.« Geschmeidig wie ein Junge sprang Ashley auf seine Veranda. »Wollen Sie nicht hereinkommen, Mrs Ravanel? Darf ich Ihnen einen Tee anbieten?«

»Nennen Sie mich doch Rosemary.«

»Gut, dann Rosemary.«

Ashleys Haus war eine einräumige Blockhütte mit einem gemauerten Kamin. Die Fenster waren blitzblank, und das Bett war ordentlich gemacht. Auf dem Tisch lagen Bücher über Gartenbau, und in einem Gefäß auf dem Waschtisch standen Rohrkolben.

Ashley sagte: »*Typha domingensis*. Unsere Rotschulterstärlinge nisten zwischen Rohrkolben.«

Beau schürte das Feuer, nahm den Holzkorb und ging hinaus, um Brennholz zu holen.

»Er ist ein guter Junge«, sagte Rosemary.

»Zum Glück hat er viel von seiner Mutter.« Ashley hängte einen Kessel an den Haken und schwenkte ihn über das Feuer. »Es dauert nicht lange.« Ohne den Tonfall zu ändern, fügte er hinzu: »Ich habe ein paar Briefe in Melanies Schreibpult gefunden. Ich wusste gar nicht, dass meine Frau eine treue Brieffreundin hatte. Natürlich gebe ich sie Ihnen zurück, wenn Sie wollen.«

»Ich glaube … damals … haben Melanies Briefe mich vor dem Wahnsinn gerettet. Mein Mann Andrew … Es war … es war so erbärmlich.« Rosemary legte die Arme schützend um sich. »Diese schrecklichen Erinnerungen. Nein, ich möchte meine Briefe nicht; bitte verbrennen Sie sie.«

Ashley starrte ins Feuer. »Ich habe sie so geliebt. Melly … ist immer bei mir.« Plötzlich schmunzelte er. »Sie ist mit allem hier einverstanden, wissen Sie – mit dem Verkauf der Sägemühlen, damit, dass ich Gärtner werde.«

»Aber ja!«

Beau stellte den Holzkorb auf den Herd. »Vater, darf ich bei Onkel Mose und Tante Betsy vorbeischauen?«

»Sie freuen sich bestimmt über einen Besuch.« Als Beau hinausgegangen war, erklärte Ashley: »Tante Betsy bäckt leckere Haferkekse.«

Als der Kessel zischte, füllte Ashley Wasser in eine fleckige Blue-Willow-Porzellanteekanne. »Die habe ich halb vergraben unter einer Gartenbank gefunden. Ich vermute, ein Yankeeplünderer hat sie dort abgestellt und vergessen. Sie gehörte meiner Mutter.«

Während Rosemary die Teemenge abmaß, sagte Ashley leichthin: »Hat Scarlett Ihnen erzählt, dass ich versucht habe, ihr einen Heiratsantrag zu machen?«

»Nein, Ashley, das hat sie nicht.«

In Ashleys Lachen lagen Selbstironie, Erleichterung und Freude. »Ich hatte mir eingeredet, es wäre Melanies Wunsch, dass wir heiraten. Ich danke einer wachsamen Vorsehung und Scarletts gesundem Menschenverstand, dass sie meinen Antrag verschmäht hat.« Ashley holte zwei nicht zueinanderpassende Tassen.

»Ashley«, sagte Rosemary leise, »warum erzählen Sie mir das?«

»Weil ich der Täuschungen überdrüssig bin. Ich werde meine wahren Gefühle nie wieder verbergen.«

Zu Beginn der ersten Märzwoche hatten Will Benteen und Big Sam die Felder am Fluss gepflügt und begaben sich zu den höher gelegenen. Wie die meisten Männer vom Lande nahmen sie die Schönheit ringsum nur selten wahr, doch beide genossen die Aussicht auf Tara, das sich zu ihren Füßen erstreckte.

Jeden Mittag ging Will zu den Feldern am Fluss, um Erde in den Händen zu zerkrümeln und ihre Temperatur zu prüfen.

Wenn es zu regnen begann, unterbrachen sie die Arbeit und führten die Pferde in den Stall. Der nasse Lehmboden war zu schwer, um gepflügt zu werden.

»Wir reparieren ein paar Pferdegeschirre«, sagte Will. »Wir sind ohnehin schon weiter als geplant.«

Der Regen verwandelte die Straße nach Jonesboro in Schlamm, und da sie an diesem Sonntag nicht in die Kirche gehen konnten, las Rosemary im Wohnzimmer Psalmen vor, wobei Big Sam und Dilcey zwischendurch immer wieder ein kraftvolles baptistisches »Amen« anstimmten. Die Kinder sagten die Gebete auf, die sie jeden Abend neben ihren Betten sprachen, und Scarlett schloss die Augen, als Ella betete, Gott möge Daddy Rhett nach Hause bringen.

Herrgott, wie er ihr fehlte! Sie vermisste weder seinen Witz noch seine Macht noch seine Körperlichkeit – sie vermisste *ihn*!

Zuweilen schrak Scarlett in ihrem einsamen Bett aus dem Schlaf und lauschte auf den Atem ihres Mannes. Dann tastete sie über die Decke nach der Stelle, wo Rhett liegen sollte.

Ihre Haut war empfindlich geworden, ihr Gehör schmerzhaft geschärft. Bei plötzlichen Geräuschen zuckte sie zusammen, und wenn sich Besucher näherten, hörte Scarlett sie lange vor den anderen. Oft stand sie minutenlang am Fenster und starrte ins Nichts. »Lieber Gott«, betete sie, »bitte gib mir noch eine Chance …«

Als das Geschirr vom Abendessen bereits abgewaschen und fortgeräumt war, traf Onkel Henry Hamilton ein. Wegen der schlechten Straße hatte der einstündige Ritt von Jonesboro nach Tara vier Stunden gedauert. Onkel Henry war nass und durchgefroren, und sein Mietpferd war völlig erschöpft. Er würde unmöglich wieder zum Bahnhof zurückreiten können, um den letzten Zug nach Atlanta zu nehmen.

»Setz dich ans Feuer, Onkel Henry, wir bringen dir gleich etwas zu essen«, sagte Scarlett. »Prissy, bitte richte das Bett im vorderen Schlafzimmer.«

Mammy hatte einen Apfelkuchen im Vorratsschrank, und im Ofen waren noch Maisbrot und braune Bohnen. Pork trug Onkel Henrys Satteltaschen nach oben. Froh, eine Arbeit zu verrichten, für die er ausgebildet war, legte Pork Onkel Henrys Rasierzeug auf dem Waschtisch aus und holte einen Krug Wasser.

Will kam herein und hauchte in seine Hände. Es war so kalt, dass die Straße über Nacht gefrieren würde, und wenn Onkel

Henry am nächsten Morgen früh aufbrach, würde er schnell vorankommen.

Sein voller Bauch und das warme Feuer taten Onkel Henry gut, und er legte seine Serviette in präzise Falten. »Scarlett, könnten wir uns einen Moment unterhalten – unter vier Augen?«

Suellen hatte sich auf den neuesten Klatsch aus Atlanta gefreut und verließ das Esszimmer nur widerwillig.

Scarlett wurde das Herz schwer. Oh Gott, bestimmt war Rhett etwas zugestoßen! Henry hatte schreckliche Nachrichten von Rhett! Doch er sagte gerade etwas von einem Brand. »Wie bitte?«, fragte sie. »Was für ein Brand?«

Onkel Henry schaute sie eigenartig an. »Dein Haus in Atlanta, Scarlett«, erklärte er. »Es tut mir schrecklich leid. Sie konnten es nicht retten. Captain Mulvaney traf zehn Minuten nach dem Alarm ein, doch seine Männer konnten nicht einmal mehr die Möbel herausholen.«

»Mein Haus … abgebrannt?« Scarletts Gedanken sprangen in die Zukunft.

»Es tut mir leid, dass ich so schlechte Nachrichten überbringen muss«, sagte Onkel Henry. »Ich fürchte, dass es lange dauern wird, bis es in Atlanta wieder ein so prächtiges Haus gibt.«

»Vollkommen zerstört?«

»Mulvaneys Männer haben die Remise gerettet.« Onkel Henry beugte sich vertraulich vor. »Liebe Scarlett, ich möchte dich nicht beunruhigen, aber Captain Mulvaney glaubt …« Onkel Henry räusperte sich.

»Was glaubt er?«

»Es wird nichts in der Zeitung stehen, meine Liebe. Dafür habe ich gesorgt!«

»Onkel Henry! Was willst du mir sagen?«

»Scarlett, der Brand war gelegt.«

Auf der Treppe lärmten die Kinder, die sich langweilten, weil sie ans Haus gefesselt waren.

Gleich wird eines der Kinder stürzen, und dann gibt es Geschrei. Scarlett erstickte das Hochgefühl, das sie empfand, mit ihrer Verärgerung. »Die geschnitzte Treppe, die Orientteppiche, die Schreibpulte, Rhetts Bücher – alles vernichtet?« Scarletts Mundwinkel bogen sich unwillkürlich nach oben. Sie lächelte.

Onkel Henry runzelte die Stirn. »Tut mir leid, Scarlett, ich kann deine Belustigung nicht teilen.«

»Verzeih, Onkel Henry. Aber ich habe so viele Schulden, und Tara verschlingt jeden Penny, aber das Haus war versichert.«

Onkel Henry setzte seine Brille auf, holte Papiere aus der Jackentasche und faltete sie auseinander wie jemand, der den Inhalt bereits kennt. »Du warst bei der Southern Benefit Insurance Company versichert? Bei Edgar Puryears Firma? Warst du noch woanders versichert?«

»Nein. Die Southern Benefit hat alles abgedeckt.«

Onkel Henry seufzte, faltete die Policen wieder zusammen und steckte sie ein. »Dann, meine Liebe, fürchte ich, dass es keine Versicherung gibt. Edgar und die Versicherungsgesellschaft Southern Insurance sind bankrott. In diesen wirtschaftlich schweren Zeiten war dein Haus nicht der erste Fall von Brandstiftung in Atlanta.«

»Irgendjemand will mich zugrunde richten«, stellte Scarlett stirnrunzelnd fest.

»Was sagst du da? Wer …«

»Ich weiß nicht, wer.« Scarlett schüttelte den Kopf, um diese finsteren Gedanken zu vertreiben. »Schon gut, Henry. Du kannst nichts unternehmen. Verkauf das Grundstück. Ein Doppelgrundstück an der Peachtree Street sollte doch etwas wert sein!«

»Ich tue, was ich kann«, sagte Onkel Henry.

An dem Morgen, als Onkel Henry nach Atlanta aufbrach, regnete es nicht mehr, und auch danach nicht. Zu Wills Zufriedenheit erwärmte sich der Boden. Taras Pferde waren gesund und voller Energie.

Am dritten Samstag im März ritt Will Benteen nach Darktown, um Taras Feldarbeiter wissen zu lassen, dass es am Montag Arbeit gebe. »Der übliche Lohn für vollwertige Arbeitskräfte. Zwanzig

Pflüger, zwanzig Sämänner. Beginn bei Tagesanbruch auf unseren Feldern am Fluss.«

Bevor es am Montag hell wurde, luden Will und Sam Saatgut, Schaufelpflüge und Ersatzzugriemen auf das lange Fuhrwerk. Es war noch dunkel, als sie die Arbeitspferde über den gewundenen Pfad führten, den ihre Füße auswendig kannten. In der Niederung, wo sie warteten, war es frostig. Sam döste vor sich hin, und Will rauchte seine Pfeife.

Der Himmel wurde heller, doch der Nebel hing tief. Singvögel erwachten und begannen zu zwitschern. Will klopfte Tabakreste aus seiner Pfeife, stieg vom Wagen, reckte sich und gähnte. Er hatte ausgiebig gefrühstückt, um sich auf sein Tagwerk vorzubereiten.

Um zehn Uhr galoppierte Will Benteen nach Darktown, wo er nur Frauen und Kinder antraf. Die Frauen teilten Will mit, seine Feldarbeiter lägen krank im Bett oder arbeiteten in Atlanta oder besuchten Verwandte. Eine Frau sah ihn offen an. »Sie wissen ja, wie es ist, Mr Will«, sagte sie.

»Nein, Sadie, das weiß ich nicht«, erwiderte Will. »Ich will Baumwolle anpflanzen und habe keine Arbeiter. Ich weiß, dass ich gute Löhne zahle, und ich glaube, ich habe euch immer gut behandelt. Nein, ich weiß nicht, wie es ist.«

Leise, aber bestimmt machte sie Will die Tür vor der Nase zu.

Die Neger wollten nicht nach Tara kommen, und Taras Nachbarn hatten ihre eigene Baumwolle anzupflanzen. Ashley kam, doch Mose weigerte sich. »Bin 'n Twelve-Oaks-Nigger. Arbeite nur auf Twelve Oaks.«

Ashley Wilkes hatte noch nie einen Schaufelpflug geführt. Deshalb ging Will neben ihm her, bis Ashley den Dreh raushatte. Dilcey hatte schon einmal Baumwolle gesät, obwohl sie behauptete, »so etwas« noch nie gemacht zu haben. Mit Prissy verhielt es sich genauso. Pork klagte zwar, hängte sich jedoch den Säbeutel um den Hals, ging hinter dem Pflug her und streute Saat in die schmale Furche, die der Pflüger durch das Baumwollfeld zog.

Scarlett, Rosemary und Suellen ritten hinter den Sämännern her. Ihre Arbeitspferde zogen Schlepphölzer, um die Saat mit Erde zu bedecken.

Es regnete nicht.

Will übernachtete nicht mehr auf dem Heuboden. Und am Ende des langen Tages war er zu erschöpft, um Boos Gebell zu hören.

Mammy stand morgens um vier Uhr auf, machte Feuer im Herd und bereitete das Frühstück. Nachdem sie gegessen hatten, versammelten sich alle vor dem Pferdestall. Pork murmelte vor sich hin: »Dem Herrn sei Dank, dass der alte Master Gerald nich mehr lebt und nich mit ansehen muss, was aus uns geworden is.« Suellen rief Will ins Gedächtnis, dass sie nie Schwierigkeiten gehabt hätten, Arbeiter zu finden, bevor »gewisse Leute« nach Tara zurückgekehrt waren. Auf der Fahrt zum Feld saß Rosemary aufrecht und mit geschlossenen Augen im Wagen und versuchte, noch ein paar Minuten Schlaf herauszuschinden.

Mittags brachte der junge Wade ihnen das Essen und holte Wasser für Arbeiter und Pferde. Mammy melkte, sammelte Eier ein, fütterte die Schweine und kümmerte sich um die jüngeren Kinder. In der Abenddämmerung, wenn Taras erschöpfte Arbeiter sich zum Haus schleppten, wartete Mammy mit dem Essen auf sie.

Wenn Rosemary die Briefe ihres Bruders vorlas, konnten die Kinder kaum die Augen offen halten. Rhett scherzte, er sei im Frachtraum eines schottischen Fischerboots beinahe unter einer Tonne zappelnder Heringe begraben worden.

Louis Valentine schnitt eine Grimasse.

Ella fragte: »Mama, wann kommt Daddy nach Hause?«

Die Morgendämmerung am letzten Sonntag im April verhieß einen schönen, warmen Tag. Geißblatt und Fieberstrauch verbreiteten ihren Duft. Die kleine Ella begleitete Mammy hinaus zum Melkschuppen. Das Kind sah gern zu, wenn Mammy Milch in die Mäuler der Scheunenkatzen spritzte, die sich erwartungsvoll und ausnehmend komisch neben dem Melkschemel aufreihten.

»Was ist das da neben dem Tor, Mammy?«

Mammy packte Ellas Hand. »Schätzchen, du bleibst schön bei mir. Geh da ja nich hin.«

Ella brach zusammen und krümmte sich zuckend.

Die lange Zunge von Fliegen bedeckt und die weißen Zähne trotzig gebleckt, thronte Boos blutiger Kopf auf dem Torpfosten.

Gegen Abend fand Will Sam am Fluss. Die Saugkarpfen laichten gerade, doch obwohl ein schattenhafter Schwarm der großen, schlanken Geschöpfe die seichten Stellen verdunkelte, lag Sams Angel neben ihm am Ufer. Wills Knie knackten, als er sich setzte. »Ich werd wohl alt«, sagte Will.

Ein Fischadler stieß auf das Wasser herab und stieg mit einem zappelnden Fisch wieder auf.

»Das mit Boo tut mir leid«, sagte Sam. »Hab viel von dem Hund gehalten.«

»Ja.« Will zündete sich umständlich seine Pfeife an.

Nach einer Weile sagte Sam: »Ich bin Diakon in der First African.«

»Große Aufgabe«, erwiderte Will.

»Meinen Sie, lügen is auch, wenn man was nich sagt, was man weiß, oder nur, wenn man die Unwahrheit sagt?«

Da Wills Pfeife in dem Moment ausging, blieb ihm eine Antwort erspart. Nach einer Weile sprach Sam weiter: »Die Nigger ham Angst. Deswegen komm' sie nich.«

Will zündete seine Pfeife wieder an, verzog das Gesicht und klopfte die feuchten Tabakreste an einem Stein aus. »So was hab ich mir schon gedacht. Wer hat ihnen denn Angst gemacht?«

»Sehn Sie sich den Burschen an! Ich wette, der Fisch is 'n Meter lang, wenn nich noch mehr.«

»Auf jeden Fall ist er groß.«

Die beiden Männer erinnerten sich an die größten Saugkarpfen, die je im Flint River gefangen wurden, und waren sich einig, dass Jim Tarletons Vierzigpfünder – so viel hatte Beatrice Tarletons

Schweinewaage angezeigt – der »größte hier in der Gegend« gewesen war.

Sam sagte: »Ich hab's die ganze Zeit gewusst, Mr Will. Finden Sie, es is 'ne Sünde, dass ich das nich gesagt hab?«

Will fuhr mit einem Zweig durch seinen Pfeifenstiel. »Schätze schon, wo du ja Diakon bist und so.«

»Ich hab's geahnt«, sagte Sam unglücklich. »Verdammt, ich hab's geahnt.«

Ruhig fragte Will: »Dieselben Kerle, die unser Fleisch verdorben, unsere Stuten und« – Will hustete – »Boo getötet haben?«

Sam seufzte. »Sieht so aus. Der kleine Willy, der auf'm Markt in Jonesboro arbeitet, hat gehört, wie sie sich lustig gemacht ham.«

»Wer hat sich lustig gemacht?«

»Dieser Kerl, der Pferde zureitet. Willy hat gehört, wie er sagte: ›Ich ess mein Schweinefleisch gern ohne Pferdemist.‹ Der Onkel von dem – er heißt Isaiah, wie der Prophet –, dem hat dieses derbe Geschwätz nich gefallen. Natürlich hat der kleine Willy so getan, als hätt er nix gehört. Es sind drei: der Zureiter un Isaiah un dieser Archie Flytte aus Mundy Hollow.«

Will Benteen fragte Sam, womit man Saugkarpfen am besten ködere oder ob es stimme, dass sie auf fast alles anbissen. Dann sprach Will davon, wie sehr Mrs Tarleton Sams liebstes Arbeitspferd Dolly bewundert habe, als es noch ein Fohlen war.

Sam ließ sich Zeit. Schließlich sagte er: »Der Zureiter und Archie Flytte waren Kluxer. Ham sich nach'm Krieg in ganz Clayton County rumgetrieben.« Sam schauderte. »Schätze, Archie würd 'nen Farbigen umbringen, wenn der ihn nur anguckt. Es war Archie, der den schwarzen Senator unten bei Macon umgebracht hat. Hat ihn aufgeknüpft wie 'n Verbrecher!«

Will ritt zu den Tarletons.

Mrs Tarleton schnaubte. »Zureiter! Josie Watling *behauptet*, ein Zureiter zu sein! Er sagt, er wäre im Westen gewesen, wo die Pferde besonders wild sind. Eingebildetes Würstchen. Kennen Sie Jim Boatwright, dem die Lagerhäuser für Baumwolle gehören? Jim hat das Hirn eines Spatzen. Einmal hatte er ein Vollblutfohlen, das ein bisschen wild war, ein temperamentvolles Fohlen, ein Pferd, wie man es sich wünscht. Als das Fohlen Josie Watling abwarf, hat Watling es mit einer Fassdaube traktiert. Der verdammte Trottel hat ihm ein Auge ausgeschlagen.«

Kurz nach zehn am darauffolgenden Morgen machte Big Sam Scarletts Pferdewagen an einem Pfosten vor dem Gerichtsgebäude fest. Scarlett trug ein strenges Kleid mit hoch angesetzter Taille und den Hut, den Rhett ihr zu Weihnachten geschickt hatte. Big Sam beeilte sich, ihr aus dem Wagen zu helfen.

»Sam, warte hier auf mich.«

»Ich bin im Eisenwarenladen, Miss Scarlett. Mr Will braucht neue Pflugspitzen.«

Das Büro des Sheriffs befand sich im Kellergeschoss des Gerichtsgebäudes, und die Luft wurde kühler, je weiter Scarlett die Treppe hinunterging. An der Wand hinter dem Schreibtisch des Sheriffs hingen eine Karte von Clayton County, vergilbte Fahndungsplakate und die obligatorische Lithografie von General Lee auf seinem Pferd Traveller. Sheriff Oliver Talbot stand auf, um sie zu begrüßen, und als Scarlett sich vorstellte, zeigte Talbot sich hocherfreut. Er kenne Mrs Butlers Mann.

»Sie haben mit Rhett gedient?«

»Nein, Ma'am.« Er drehte sich um die eigene Achse, um ihr seinen schrumpeligen Arm zu zeigen. »Ich bin schon so auf die Welt gekommen, Ma'am. Hässlich, nicht wahr?« Sheriff Talbot lachte in sich hinein. »Meine Frau sagt: ›Dem Himmel sei Dank, Olly. Dein verkrüppelter Arm hat dich davor bewahrt, im Krieg zu fallen.‹«

Scarlett sagte: »Jemand hat meine Plantage verwüstet, und die Neger sind so verängstigt, dass sie nicht mehr für mich arbeiten wollen.«

»Ich habe auch Ihren Vater gekannt. Gerald O'Hara war ein echter Gentleman. Mrs Butler, haben Sie irgendjemanden in Verdacht?«

Scarlett schilderte, wie ihre verdorbenen Schinken in den

Schindanger hinabgerollt waren und wie ein Fohlen versucht hatte, bei seiner toten Mutter zu trinken.

»Achtundzwanzig Schinken, sagen Sie. Zwei Stuten. Ein Hund?« Sheriff Talbot runzelte die Stirn. »Sagen Sie mir, welche Nigger das waren, und ich werd denen schon zeigen, dass sich so was nicht gehört.«

»Das waren keine Neger, Sheriff. So hinterhältig können nur Weiße sein – dieselben weißen Männer, die mein Haus in Atlanta niedergebrannt haben. Das schönste Haus von ganz Atlanta haben sie in Schutt und Asche gelegt.«

Sheriff Talbots Lächeln erstarrte. »Mrs Butler, für Atlanta bin ich nicht zuständig. J. P. Robertson, der ist Sheriff von Atlanta. Aber die Verwüstungen auf Ihrer Plantage können nicht das Werk von Weißen sein.«

Scarlett nannte Isaiah und Josie Watling sowie Archie Flytte. »Flytte hasst mich. Er ist ein ehemaliger Sträfling, wissen Sie. Archie hat seine Frau ermordet.«

Talbot nickte. »Die arme Hattie Flytte war mit mir verwandt, Mrs Butler. Ich habe Archie schon gekannt, bevor er eingelocht wurde, und ich kenne ihn immer noch. Der alte Archie ist ein rauer Geselle. Aber Ihre Fleischvorräte ruinieren? So was macht Archie nicht. Die anderen Kerle? Watling ist ein frommer, schwer arbeitender Mann. Als er noch seine Farm in Mundy Hollow hatte – das muss so 1840 oder 41 gewesen sein …«

»Sheriff, bitte sparen Sie sich Ihre rührenden Erinnerungen für Menschen auf, die sich dafür mehr interessieren als ich. Meine Familie ist in diesem County nicht unbedeutend.«

Sheriff Talbots Lächeln verschwand von seinem Gesicht, als wäre es nie da gewesen. »Mrs Butler, in Clayton County ist jeder weiße Bürger von Bedeutung. Ich kenne die Jungs, die Sie mir genannt haben. Und es sind keine Engel. Aber das, was Sie mir da erzählt haben, würden die nie tun. Sie haben es mit ein paar unverschämten Niggern zu tun, und um die werde ich mich auf jeden Fall kümmern.«

Als Scarlett in den Sonnenschein hinaustrat, lehnte ein älterer, lederhäutiger Mann an ihrem Einspänner. Er tippte sich an den Hutrand. »Morgen, Miss Butler. Ich bin Isaiah Watling, und ich kannte Ihren Mann, als er noch der junge Herr auf Broughton war. Wie ich hörte, ist Butler in Europa.« Er schnalzte mit der Zunge. »Ist schon unglaublich, wie manche Leute herumkommen. Wenn Sie Ihrem Mann schreiben, können Sie ihm sagen, dass Isaiah Watling nach ihm gefragt hat.«

»Mr Watling, was treiben Sie hier eigentlich? Warum quälen Sie uns?«

Er lachte gackernd. »Es gibt Qualen und Qualen, Miss Butler, aber die schlimmsten Qualen sind die in der Hölle.« Er richtete einen knochigen Zeigefinger auf sie. »Archie sagt, Sie sind Isebel, aber Isebel stelle ich mir ganz anders vor.«

»Wenn ich Sie dabei erwischen sollte, wie Sie auf meinem Anwesen herumschnüffeln, lasse ich Sie auspeitschen.«

»Auspeitschen, Miss Butler?« Er überlegte. »Miss Butler, ich habe in meinem langen, langen Leben unzählige Auspeitschungen erlebt oder selbst Hand angelegt, aber ich kann Ihnen versichern, dass es nie auch nur einen Funken Gutes getan hat.« Isaiah Watlings streckte sich und wandte sich zum Gehen.

Als Scarlett den Blick über den leeren Platz schweifen ließ, überlief sie ein kalter Schauer. »Wo ist Sam? Er sollte auf mich warten.«

»Gehörte der große Nigger zu Ihnen, Miss Butler? Ich glaube, der hat das Weite gesucht.«

»Sam ist ein guter Neger. Er würde mich nicht alleinlassen.«

»Na dann tut es mir wirklich leid, dass er weggelaufen ist, Ma'am. Kann aber sein, dass der Junge erst aufhört zu rennen, wenn er weit weg ist.«

Kapitel 53

Ein Telegramm

Doch, meinte der Telegrafist der Georgia Railroad, er denke schon, dass er ein Telegramm zu Händen von Rob Campbell in London, England, schicken könne, schließlich gebe es das Atlantikkabel. Allerdings könne es ein bisschen dauern, er habe nämlich noch nie ein Telegramm nach London, England, geschickt. Er sah in seinem Buch nach und stieß einen leisen Pfiff aus. »Das macht einen Dollar pro Wort, Ma'am.«

Scarletts Bleistift drückte sich tief in den Notizblock, als sie schrieb: »Rosemary braucht Dich.« Sie reichte dem Telegrafisten den Block, riss ihn ihm aber gleich wieder aus der Hand und fügte hinzu: »Ich brauche Dich. Komm heim, Liebling.«

Kapitel 54

GLASGOW

Tazewell Watling hätte das verdammte Ding am liebsten zerrissen, doch er steckte es wieder in den Umschlag und gab dem Jungen ein Sixpencestück.

Der tippte besorgt an seine Mütze. »Sie werden das Mr Butler doch geben?«

»Wenn ich ihn finde.«

Als Rhett ein halbes Jahr zuvor in das Büro von Nicolet & Watling getreten war, hatte Tazewell ihn kaum erkannt. Seine einst so elegante Kleidung hing an seinem abgemagerten Leib. Sein Gesicht war das eines alten Mannes.

»Sir?«

Rhett drehte seinen Hut in den Händen. »Ich gehe auf Reisen, Taz.« Sein müdes Lächeln war trauriger als überhaupt kein Lächeln. »Die Kavalierstour. Museen. Historische Stätten. Kunst.« Er hielt inne. »Ich wollte fragen, ob du Lust hättest, mich zu begleiten.«

Es lag Taz auf der Zunge, zu sagen, dass der Oktober für die Firma der wichtigste Geschäftsmonat sei. An Nicolets Kai lag ein Schiff neben dem anderen, und es wurde so viel Baumwolle angeliefert, dass sie ein zweites Lagerhaus gemietet hatten. Taz blickte seinem Vormund in die leblosen Augen und sagte: »Natürlich, ich komme mit.«

Sie gingen noch am selben Tag an Bord des Postschiffs.

Belle hatte Taz von Rhett geschrieben. »Schatz, ich habe ihn noch nie in einem so schlechten Zustand erlebt. Erst Bonnie Blue und dann Miss Melly. Es wäre schlimm genug, wenn Rhett und

Miss Scarlett einander trösten könnten, aber nicht einmal das ist möglich. Ich fürchte, Rhett hat nur noch wenig, wofür es sich zu leben lohnt.«

Auf der Überfahrt sprach Rhett von alldem nicht, und erst als sie in den Bristolkanal einfuhren, erwähnte er zum ersten Mal Melanie Wilkes. Seevögel kreisten über weißen Kalkfelsen, stiegen auf und stießen wieder hinab. »Miss Melly konnte man nicht täuschen«, sagte Rhett. »Melanie Wilkes hat immer auf ihr Herz gehört.«

Tazewell Watling schaute weg, um die Tränen nicht sehen zu müssen, die seinem Vormund über die Wangen rannen.

Taz fragte nicht nach Rhetts Ehefrau. Allein dass Scarletts Name Rhett nie über die Lippen kam, sprach Bände.

Während der Hoteldiener ihres Londoner Hotels ihr Gepäck auspackte, saß Rhett mit den Händen zwischen den Knien da. Taz wollte gleich den Campbells einen Besuch abstatten, doch Rhett sagte, er sei zu müde.

Taz verbrachte einen schönen Nachmittag bei der Familie Campbell, die er so lang nicht gesehen hatte. Als er später ins Hotel zurückkam, war Rhett verschwunden. Der Portier sagte, Rhett habe keine Droschke genommen, sondern sei zu Fuß Richtung Mayfair gegangen. »Der Herr wirkte irgendwie bekümmert«, sagte der Portier. »Als läge ihm etwas auf der Seele.«

Rhett war weder bei seinem Schneider gesehen worden noch in den Spielclubs von London. Natürlich kenne man Mr Butler, hieß es dort. Er sei also wieder in der Stadt?

Drei Tage später kam Rhett in denselben Kleidern, in denen er das Hotel verlassen hatte, zurück. Er war schmutzig und unrasiert. Womöglich hatte er in seinen Kleidern geschlafen. »Es ist zwecklos, Taz. Ich kann nicht vergessen. Alkohol, Laudanum, Frauen … ich hätte nie gedacht, dass ich mein Gedächtnis einmal verfluchen würde.« Er betrachtete seine Hände. »Du kannst genauso gut nach New Orleans zurückfahren. Ich bin dir dankbar, dass du dich meinetwegen von deiner Arbeit losgeeist hast, aber …«

Taz sagte: »Ich lasse Ihnen erst einmal ein Bad ein.«

Rob Campbell besorgte ihnen die nötigen Kreditbriefe und versprach, die Post nachzusenden. Taz kaufte Fahrkarten für den Dampfer nach Dieppe. Er sorgte dafür, dass Rhett immer frische Hemden hatte, und versuchte ihn zum Essen zu bewegen.

Paris im Dezember war bitterkalt, und das berühmte Licht der Stadt war erbarmungslos. Rhett fror ständig. Draußen trug er manchmal zwei Mäntel übereinander.

Wie ein pflichtbewusster Sohn seinen gebrechlichen Vater, begleitete Taz Rhett in den Louvre, zur Kathedrale Notre-Dame, in die Opéra Garnier. Er setzte Rhetts Schweigen fröhliches Geplauder entgegen. Wenn Taz seinem einstigen Vormund eine direkte Frage stellte, beantwortete der sie höflich, doch darüber hinaus äußerte er sich kaum. Er schlug nie etwas vor und machte keinerlei Anstalten, irgendetwas selbst in die Wege zu leiten.

Eines Nachmittags kamen sie in der Rue de la Paix an ein paar jungen Balletttänzerinnen vorbei, die gerade freudig erregt eine *maison de couture* betraten. Taz lüftete den Hut vor den Mädchen und bemerkte: »Es gibt auch noch andere Frauen auf der Welt, wissen Sie.«

»Wie kannst du es wagen, mir gegenüber so eine Bemerkung zu machen!« Rhetts Augen loderten vor Zorn, und Taz trat unwillkürlich einen Schritt zurück.

Manchmal wachte Taz mitten in der Nacht auf und sah Rhett am Fenster sitzen. Sein Gesicht war bleich wie das winterliche Mondlicht.

Woche für Woche schrieb Rhett pflichtbewusst an seine Kinder. Er bat Taz, die Briefe zu lesen, bevor er sie abschickte. »Es sollen einfach die Gedanken eines ganz normalen Reisenden sein«, sagte Rhett. »Nicht dass sie Angst bekommen.«

In seinen Briefen beschrieb er Pariser Sehenswürdigkeiten, die er beim Vorbeifahren gar nicht wahrgenommen zu haben schien, in unterhaltsamer Ausführlichkeit. Das Wetter war durchweg schön. Rhett amüsierte sich über die für ihre Aufmüpfigkeit bekannten Pariser Droschkenfahrer und Kellner, die vorgaben, kein kreolisches Französisch zu verstehen.

Auch Taz' Briefe an Belle waren in einem fröhlichen Ton gehalten.

Rosemary ließ Rhett über Rob Campbell vermitteln, dass sie auf Tara bleiben werde, bis sie entschieden habe, »was ich mit meinem Leben anfangen will«.

Belle schrieb Taz: »Dein Großvater Watling ist schon zweimal vorbeigekommen. Vielleicht kann ich ihn eines Tages dazu bewegen, eine Tasse Kaffee mit mir zu trinken.«

Weihnachtsgeschenke zu kaufen war eine Qual. Obwohl die Temperatur unter dem Gefrierpunkt lag, schwitzte Rhett einen Tweedmantel durch. Nachdem er die Geschenke für die Kinder besorgt hatte, eilte er in den Laden einer Hutmacherin an der Place de la Concorde. Dort brauchte er keine fünf Minuten.

Ächzend sank Rhett auf den Droschkensitz. »So. Das wäre erledigt. Taz, ich bin am Ende meiner Kräfte. Würdest du dich um die Verschickung der Sachen kümmern?«

In dieser Nacht verschwand Rhett erneut aus dem Hotel. Er war eine ganze Woche fort und wurde von einem *Gendarme* und dessen *Capitaine* zurückgebracht. »Nein, Monsieur«, sagte der *Capitaine*, »Monsieur Butler hat sich keines Vergehens schuldig gemacht. Aber der Herr setzt sein Leben aufs Spiel …« Er hielt inne. »In Montfaucon, wo wir Ihren Freund aufgegriffen haben, wagen sich selbst die *Gendarmes* nur zu viert auf die Straße.«

»Rhett?«

Rhett hustete. Er konnte gar nicht mehr aufhören zu husten, doch als Taz ihm helfen wollte, winkte er ab.

»Vielleicht ist Monsieur krank?«, überlegte der *Capitaine* laut.

»Ja, das ist er«, sagte Taz und gab dem Mann zwanzig Franc.

War es in Paris schon kalt gewesen, so war es in Glasgow eisig. Taz und Rhett verbrachten die erste Nacht im Hotel Great Western, gegenüber dem Bahnhof Gallowgate. In dem riesigen Speisesaal saßen nur wenige Gäste: ein paar Handelsvertreter, die beim Essen lasen, ein altes Paar mit Enkelkind, die offenbar etwas zu feiern hatten. Die beiden Alten berieten sich ausgiebig und bestellten dann eine Flasche vom billigsten Champagner.

Rhett stocherte in seinem Essen herum und trank nichts. Am nächsten Morgen war er verschwunden.

Taz klapperte die Glasgower Krankenhäuser ab und fragte im Hauptgefängnis nach, wo man ihn an das Gartnavel Royal Lunatic Asylum verwies, die Irrenanstalt der Stadt.

Nachdem er Scarletts Telegramm erhalten hatte, gab Taz eine Anzeige im *Glasgow Herald* auf:

GESUCHT WIRD MR RHETT BUTLER, EIN HOCHGEWACHSENER, GUT GEKLEIDETER AMERIKANER MITTLEREN ALTERS, DER ZEICHEN GEISTIGER VERWIRRUNG AUFWEIST. WER ANGABEN ÜBER SEINEN AUFENTHALTSORT MACHEN KANN, MÖGE SICH BEI MR TAZEWELL WATLING IM HOTEL GREAT WESTERN MELDEN. EINE STATTLICHE BELOHNUNG WIRD GARANTIERT.

Vier Tage später fuhr ein besorgter Droschkenkutscher Taz zu einer Bierschenke im East End, einem der Elendsviertel von Glasgow. »Es ist ein bisschen riskant, guter Mann«, erklärte er Taz. »Es wäre sinnvoll, gewisse Vorsichtsmaßnahmen zu treffen.«

Der Kohlenstaub hing hier so dicht in der Luft, dass es schon um halb fünf fast dunkel war. Mietshäuser überragten eine schmale Straße, die nur von dem schmutzig gelben Lichtkreis einer Gaslaterne an der Ecke erleuchtet wurde. Taz sagte: »Sie kriegen Ihr Geld, sobald ich Mr Butler gesehen habe.«

Der Droschkenkutscher knurrte: »Ich will meine Moneten jetzt. Ich setz keinen Fuß in diese Kaschemme.«

»Wenn Sie Ihr Geld wollen, müssen Sie warten.«

Der Droschkenkutscher erhob sich und schaute die Straße hinauf und hinunter. In einer Gasse schrie eine Katze.

»Ich verdopple die Summe, wenn Sie warten.«

Der Mann setzte sich wieder. »Ich kann nicht versprechen, dass ich warten werde, aber ich sag auch nicht, dass ich nicht warten werde. Machen Sie schnell, Herrgott noch mal.«

Sobald er durch die unauffällige Eingangstür getreten war, begannen Taz' Augen zu tränen. Der niedrige Raum war von blauem Qualm erfüllt und stank nach ungewaschenen Leibern. Die Ausdünstungen vieler Jahre hatten die Decke braun gefärbt. Schwere Hocker waren am Tresen aufgereiht, an den Tischen standen Bänke. Die Möbel waren so massiv, dass man sie nicht als Waffe benutzen konnte.

Am Kopfende eines Tisches ganz hinten in dem halbdunklen Raum saß, in einer mit Nerz gefütterten Pelerine und mit goldenen Manschettenknöpfen am Hemd sowie einer dicken goldenen Uhrkette, Rhett Butler in Gesellschaft von fünf Raufbolden der übelsten Sorte. In ihren Augen glitzerte der Frevel.

»Hallo, Taz. Komm doch näher, ich stelle dich meinen Gefährten vor. Hast du mich nicht mal nach meinem Großvater Louis Valentine gefragt? Es waren ehrenwerte Herren wie diese hier, die einst Broughton erworben haben.«

»Gott, was der daherredet«, sagte einer der »ehrenwerten Herren« glucksend.

Rhetts Kleider waren zerknittert, und er hatte sich länger nicht rasiert, doch er war stocknüchtern, das Glas neben ihm unberührt.

»Draußen wartet eine Droschke, Rhett.«

»Die Nacht ist noch jung, Tazewell Watling, und ich diskutiere gerade mit einigen schottischen Philosophen über die Liebe. Mr Smith, hier zu meiner Linken, behauptet, regelmäßige Prügel halte das eheliche Bett warm. Mr Jones – der stämmige Bursche dort mit dem sandfarbenen Haar – ist ähnlicher Ansicht.«

»Sonst werden die Weiber nur übermütig!«, bekräftigte Jones.

»So ist es!«, pflichtete Rhett ihm bei.

»Rhett, ich habe dich überall gesucht.« Taz reichte Rhett das Telegramm.

Was dich nicht umbringt, macht dich stark, ging es Taz durch den Kopf, während sein Freund Scarletts kurze Nachricht las.

Rhett starrte auf das Schreiben, und ihm trat der Schweiß auf die Stirn.

Dann erhob er sich mit alter Geschmeidigkeit. »Tja, Gentlemen, leider hat alles Schöne einmal ein Ende.«

Smith protestierte: »He, Moment mal, wo wollen Sie hin?«

Jones stand auf und zog sich die Mütze über die Augen. »Wir wollten doch ordentlich auf den Putz hauen.«

»Ja« – Rhett lachte kurz –, »dass das Ihre Absicht war, hatte ich mir irgendwie gedacht.«

Jones ließ die Hand sinken, und als er sie wieder hob, hielt sie einen schweren Holzknüppel. In Smiths Hand glänzte etwas Scharfes. Der Schankwirt ließ seinen Lappen fallen, rannte zur rückwärtigen Tür und knallte sie hinter sich zu.

»Sie bleiben hier, Sir. Noch 'n Weilchen.«

Tazewell zog seinen Revolver aus der Jackentasche und richtete ihn beiläufig auf die Decke. »Es tut mir leid, Sie enttäuschen zu müssen, meine Herren, aber unser Kutscher wartet nicht.«

»Großer Gott«, spöttelte Rhett. »Dann müssen wir womöglich zu Fuß zum Hotel zurückgehen? Gute Nacht, Freunde. Vielleicht treffen wir uns ja irgendwann einmal wieder.«

Jones ließ seinen Knüppel baumeln. Er grinste. »Aye, Sir. Sie sind jederzeit willkommen. Wir werden nach Ihnen Ausschau halten.«

Der Droschkenkutscher winkte ihnen, sich zu beeilen, doch Rhett klopfte sich auf die Taschen und verzog das Gesicht. »Ich habe meine Handschuhe drinnen vergessen.«

»Um Himmels willen, Rhett, sind Sie wahnsinnig?«

Rhett dachte einen Moment lang angestrengt nach, dann erschien das einst so vertraute Lächeln auf seinen Lippen. »Die Liebe ist ein riskantes Unterfangen, Taz. Man setzt seine unsterbliche Seele aufs Spiel.«

Kapitel 55

DÜRRE

Clayton County war ausgedörrt. Die zarten Baumwollpflänzchen wurden von Unkraut stranguliert. Da Big Sam sie verlassen hatte und Ashley nach Twelve Oaks zurückgegangen war, begann Will schon vor Tagesanbruch mit der Feldarbeit und vertraute darauf, dass sein Pferd in den Furchen blieb. Statt Mittagspause zu machen, spannte er ein neues Pferd ein und aß sein Käsebrot, während er hinter dem Pflug herhing.

Doch Wills Pflug konnte weder Unkraut jäten noch die Baumwollpflanzen so ausdünnen, dass sie zwanzig Zentimeter auseinanderstanden. Zum Hacken braucht es Menschenhände. Nur Mammy, die zu alt, und Wills dreijähriger Sohn Robert, der zu jung war, wurden von dieser anstrengenden Arbeit ausgenommen. Zum hundertsten Mal an diesem Morgen schüttelte Scarlett Winden von ihrer Hacke. »Wade Hampton Hamilton! Du sollst das Unkraut weghacken, nicht die Baumwollpflanzen.«

»Ja, Mutter.« Obwohl er die Wurzeln des Pflänzchens durchtrennt hatte, drückte er es mit der Ferse sorgsam wieder in den Boden.

Scarlett schloss die Augen und betete um Geduld. Dilcey rief: »Alles in Ordnung, Miss Scarlett?«

Scarlett fauchte: »Wenn du weniger schwatzen und dafür mehr hacken würdest, bekämen wir dieses Feld heute noch fertig.«

Wade murmelte vor sich hin: »Wie soll denn das gehen?«

Das, so dachte Scarlett, ohne es auszusprechen, war eine gute Frage.

Hinter der kleinen Schar von Landarbeitern kümmerten spindeldürre Baumwollpflänzchen in der Hitze vor sich hin. Vor ihnen stand so viel Unkraut, dass man die Baumwolle dazwischen kaum sah.

Am Tag zuvor hatte Will Scarlett erklärt, dass sie die höher gelegenen Felder aufgeben müssten. »Bis wir mit dem Hacken dort angelangt sind, haben die Winden die Baumwolle stranguliert, Miss Scarlett. Es hat gar keinen Sinn, dass ich dort pflüge. Da kann ich mehr ausrichten, wenn ich hier mithacke.«

Louis Valentine Ravanel und Beau Wilkes bearbeiteten zusammen eine Reihe. Wade war eine ganze Reihe zugewiesen worden, so wie den Erwachsenen. Will Benteen übernahm zwei.

Gemächlich über den Himmel treibende Wolken warfen Schatten auf ihr kleines Fleckchen Erde.

Zwar fuhren sie nicht mehr nach Jonesboro in die Kirche, doch sie hörten sonntags schon am Mittag mit der Arbeit auf, und die müden, schweigsamen Kinder kletterten auf den Wagen. Die Zugriemen knarzten in der dunstigen Hitze. Will murmelte: »Los, Molly«, und die großen Hufe des Pferdes klapperten über den trockenen Boden.

Am Pferdestall stiegen die Kinder vom Wagen, und Pork, Dilcey und Prissy gingen zu den Negerunterkünften.

»Suellen, bitte sorg dafür, dass die Kinder sich waschen. Ich helfe Will mit den Pferden.«

»Ich glaub nicht, dass ich Hilfe brauche, Miss Scarlett«, sagte Will.

»Ich glaube doch«, sagte Scarlett.

Rosemary war einen Moment lang verwirrt, als sie die schwarze Kutsche vor dem Haus stehen sah. Die hatte sie doch irgendwo schon mal gesehen? »Ach, Belle Watling! Was für eine Überraschung!«

In ihrem bescheidenen braun karierten Kleid hätte Belle eine x-beliebige Landfrau sein können, die ihnen einen Besuch abstatten wollte. »Tut mir leid, dass ich Sie belästige, Miss Rosemary, aber ich musste kommen.«

»Ich freue mich immer, jemanden von Rhetts Freunden zu sehen, Belle. Ist es in Atlanta auch so trocken? Wir kommen hier schier um vor Hitze. Bitte kommen Sie doch herein.«

Belle zögerte auf der Schwelle. »Wenn das kein beeindruckendes Haus ist, was Miss Scarlett da hat …«

»Ja. Bitte treten Sie ein.« Sie führte Belle in das kühle Wohnzimmer. Rosemary war verschwitzt und fühlte sich klebrig. »Wollen Sie sich nicht setzen? Kann ich Ihnen etwas zu trinken anbieten? Wir haben frische Buttermilch …«

»Oh nein. Ich brauche nichts. Ich bin nur gekommen, um … um Ihnen und Miss Scarlett zu sagen …« Belle legte ihre Handschuhe auf die Armlehne der Causeuse, nahm sie wieder auf, fingerte daran herum. Sie holte tief Luft. »Miss Rosemary, Sie und ich, wir sind immer freundlich miteinander umgegangen, aber ich glaube, Miss Scarlett hasst mich. Was ich zu sagen habe, ist wichtig, und es wäre nett, wenn Sie sie holen könnten.«

Rosemary ging in die Eingangshalle und rief nach oben: »Wade! Bitte schick deine Mutter zu uns. Sag ihr, dass es wichtig ist.«

Belle ergänzte: »Sag ihr, es geht um Leben und Tod.«

Der Junge polterte die Hintertreppe hinunter. Rosemary ging hinaus, um Mammy zu bitten, ihnen Wasser ins Wohnzimmer zu bringen.

Als Rosemary das Zimmer wieder betrat, war Belle in den Anblick des Porträts über dem Kamin versunken. Aus ihren Gedanken gerissen, sagte sie: »Sie war wohl eine echte Dame.«

»Ich glaube, Mrs Butlers Großmutter war dreimal verheiratet.«

»Es tut mir leid, dass ich einfach so hereinplatze.« Belle beugte sich über die Rosen, die Pork nach wie vor jeden Tag schnitt. »Ich muss meine Rosen mit Brunnenwasser gießen. Das mögen sie gar nicht.«

Als Mammy eine Karaffe und Gläser brachte, war ihr Mund zu einer Linie zusammengepresst. Rosemary kam der lautstarken Äußerung ihrer Missbilligung zuvor: »Danke, Mammy. Die Kinder können in der Küche essen.«

Mammy murmelte: »Die arme Miss Ellen, die würd sich im Grab rumdrehn.«

Die dreckige, schweißüberströmte Scarlett löste die Bänder ihres Sonnenhuts, während sie ins Wohnzimmer trat. »›Leben und Tod‹, Rosemary? Ach, Miss Watling …«

»Missus Butler, ich hätte Sie nicht behelligt, wenn …«

»Sie müssen uns auch nicht mehr länger behelligen.« Scarlett trat demonstrativ zur Seite, damit Belle gehen konnte.

»Scarlett …«, protestierte Rosemary.

Scarletts Lächeln war stahlhart. »Liebe Rosemary, Louis Valentine ist schmutzig wie ein Schornsteinfeger. Solltest du dich nicht um sein Bad kümmern?«

»Scarlett, ich kann mir nicht vorstellen, dass Belle die ganze Strecke von Atlanta bis hierher gefahren ist, ohne einen wichtigen Grund dafür zu haben.«

Scarlett wischte sich die schmutzigen Haare aus der Stirn, trat an die Anrichte, entkorkte die Karaffe und goss sich einen Brandy ein. Sie kippte ihn und verzog das Gesicht. »Miss Watling, bitte entschuldigen Sie meine schlechten Manieren. Sie kommen … unerwartet.«

»Also, das ist nicht einfach für mich«, begann Belle. Sie trank ein paar Schlucke Wasser. »Das Wasser hier ist besser als das in der Stadt.«

»Belle«, sagte Rosemary, »was …«

Belle rollte das kühle Glas über ihre Stirn. »Miss Rosemary, ohne Rhett Butler wäre ich heute nicht mehr am Leben. Und auch mein Sohn Tazewell wäre vermutlich tot.«

»Miss Watling«, unterbrach Scarlett sie. »Ich war seit dem Morgengrauen auf dem Feld. Ich bin verdreckt und gereizt.«

Belle Watling legte den Kopf auf die Rückenlehne der Causeuse und schloss die Augen. Mit dumpfer Stimme sagte sie: »Papa macht Rhett für all seinen Kummer verantwortlich. Papa behauptet, Rhett hätte meinen Bruder Shadrach in ein Duell gelockt und dann erschossen, weil Shad diesen farbigen Schleusenmeister getötet hatte.«

»Was in aller Welt reden Sie da?«

»Papa schaut neuerdings regelmäßig bei mir vorbei.« Belle ließ die Augen zu. »Jeden Sonntag um Punkt zehn ist er da.«

Isaiah Watling ging durch Belles Garten, ohne zu bemerken, wie gepflegt ihr Rasen war, ohne die Rosen und die fröhlichen Petunien in den Blumenkästen vor dem Fenster wahrzunehmen. Belle hatte immer Kaffee und süße Brötchen auf der Veranda bereitstehen, falls er etwas zu sich nehmen wollte, doch das wollte er nie. »Morgen, Papa.«

Er kam immer allein. Archie und Josie blieben in Mundy Hollow zurück.

Er setzte sich auf die Schaukelbank, die Füße fest auf den Boden gepflanzt, damit die Bank nicht schaukelte. »Tochter.« Er sprach das Wort aus, als sei er sich nicht ganz sicher, ob sie es tatsächlich war.

Isaiah fragte nie nach seinem Enkel, doch er schien nichts dagegen zu haben, dass Belle ihm Taz' Briefe vorlas: seine Beschreibungen der Severn Bore, der Kathedrale Notre-Dame und der Rennbahn von Longchamps, wo Taz und Rhett Mr Degas, einen Maler, kennenlernten. »Denk doch nur, Papa«, sagte sie. »Die haben Rennbahnen in Frankreich, genau wie wir.«

Wenn Belle den kostbaren Brief zusammenfaltete, fragte ihr Vater sie jedes Mal: »Schreibt der Junge, wann sie nach Hause kommen wollen?«

»Nein, Papa.«

»Jetzt kann sich Butler nicht mehr hinter Miss Elizabeth verstecken.«

Sie saßen zusammen auf Belles Veranda wie ein beliebiger Vater mit seiner Tochter auf der Veranda eines beliebigen Hauses an einem ganz normalen Sonntagvormittag. Belle nahm sich ein süßes Brötchen.

Manchmal sagte Isaiah kein Wort. Dann wieder erinnerte er sich an die Farm der Watlings in Mundy Hollow, nannte jedes Pferd beim Namen, ja selbst den alten Köter, den ihr Bruder Shad so geliebt hatte. »Alle haben gesagt, eine so gute Holundermarmelade wie die deiner Mutter hätten sie noch nie gegessen«, erzählte Isaiah. »Ich für mein Teil habe mir ja nie etwas aus Holunderbeeren gemacht.«

Er, Josie und Archie wohnten nur ein paar Häuser von der alten Farm entfernt. »Unser altes Zuhause ist nicht mehr«, sagte Isaiah. »Haus und Stall sind eingestürzt – als hätten wir nie dort gelebt.«

Isaiah hatte versucht, seinem Sohn die Schlechtigkeit aus dem Leib zu prügeln.

»Shad war hartherzig«, sagte Belle.

»Das ist noch lange kein Grund, ihn zu erschießen.«

»Ich bin deine Tochter, Papa.«

»Darüber habe ich schon öfter nachgedacht.« Die Schaukelbank quietschte. »Hast du je erwogen, Buße zu tun?«

»Miss Watling«, unterbrach Scarlett sie. »Ihr Vater und seine Bande haben uns terrorisiert und unsere alten Feldarbeiter eingeschüchtert und vertrieben. Ich weiß nicht, was er gegen mich hat.«

»Oh, gar nichts! Archie Flytte hasst Sie, aber Papa sind Sie gleichgültig.«

»Miss Watling«, sagte Scarlett. »Sie sagten, es gehe um Leben und Tod …«

Belle stellte ihr Wasserglas ab. Sie griff wieder nach ihren Handschuhen und faltete sie zusammen. Leise sagte sie: »Ich hätte nie gedacht, dass das so verdammt schwierig werden würde.«

»Belle …«, half Rosemary sanft nach.

»Miss Rosemary, Sie wissen, was mein Vater von Ihrer Mutter dachte. Er hielt sie für eine Heilige. Und Sie kennen Papa: Wenn er sich erst mal was in den Kopf gesetzt hat, kriegt man es da nicht mehr raus. Miss Scarlett, Papa geht es nicht um Sie – er will Rhett umbringen, und zwar schon ewig, und seit Miss Elizabeth von uns gegangen ist und Papa sich mit diesem Flytte und Vetter Josie zusammengetan hat … es ist schlimm.«

»Aber …«, sagte Scarlett.

»Solange Rhett in Übersee ist, können sie nichts machen, und deshalb haben sie Sie schikaniert, damit Sie Rhett bitten zurückzukommen.« Belle war am Boden zerstört. »Was immer Sie auch tun mögen, Miss Scarlett, bitte schreiben Sie Rhett nicht, dass er nach Hause kommen soll.«

Kapitel 56

Drei Witwen

Obwohl das Telegrafenamt von Jonesboro sonntags eigentlich geschlossen hatte, unterbrach Scarlett den Telegrafisten beim Mittagessen und redete so lange auf ihn ein, bis er mit ihr zum Bahnhof hinüberging, wo er die Batterien seines Apparates auffüllte, sich die Ärmel hochkrempelte, die Signalstärke überprüfte und Scarletts verzweifelte Warnung über den Atlantik schickte.

Scarlett marschierte auf und ab, bis der klackernde Stift Rob Campbells Antwort übermittelte: »Rhett und Tazewell am Donnerstag nach New York abgefahren.«

»Alles in Ordnung, Ma'am?«, erkundigte sich der Telegrafist. »Wollen Sie sich nicht setzen?«

»Schicken Sie meine Nachricht an das Hotel St. Nicholas, das Astor House, das Metropolitan, das Fifth Avenue … Herrgott, schicken Sie sie an sämtliche Hotels in New York!«

»Aber Ma'am«, sagte der Telegrafist. »Ich kenne die Hotels in New York nicht. Ich war noch nie dort.«

Scarlett hätte dem Mann am liebsten mit Gewalt auf die Sprünge geholfen. Sie hätte heulen können vor Wut. »Schicken Sie die Nachricht an die Hotels, die ich Ihnen genannt habe«, befahl sie mit zusammengebissenen Zähnen.

Während sie nach Tara zurückritt, überschlugen sich ihre Gedanken. Was konnte sie bloß tun? Was konnte eine Frau überhaupt tun?

Irgendwo unterwegs hielt sie mitten auf der Straße ihr Pferd an. Der Himmel war blau. Im Gebüsch neben der Straße sang eine Grasmücke. Scarlett wusste plötzlich so sicher, wie sie nur je etwas gewusst hatte, dass sie, wenn Rhett umgebracht würde, auch nicht mehr leben wollte.

Diese harte Erkenntnis erleichterte sie seltsamerweise. Ihre Gedanken kamen zur Ruhe, und sie begriff, was sie zu tun hatte.

Als Scarlett vom Pferd stieg, lief Rosemary auf sie zu. »Hast du Rhett warnen können?«

Scarlett nahm ihren Hut ab und schüttelte das Haar. »Sie sind schon abgereist. Sobald Rhett nach Tara kommt, werden die Watlings versuchen, ihn aus dem Hinterhalt zu überfallen.«

Rosemary kniff einen Moment lang die Augen zusammen. »Diese verdammten Kerle!«

»Ja, einer wie der andere! Wo sind unsere stolzen Mannsbilder, wenn wir sie wirklich brauchen?«

Im Wohnzimmer brachte eine bedrückte Mammy den beiden Frauen heißen Tee. Es war still im Haus, die Kinder spielten draußen in der lang anhaltenden Dämmerung.

»Rosemary«, begann Scarlett, »wir sind in vielerlei Hinsicht sehr verschieden, aber deinen Bruder lieben wir beide.«

Rosemary nickte.

»Und wir würden alles tun – alles Nötige –, um zu verhindern, dass ihm Böses zugefügt wird.«

»Was hast du vor, Scarlett?«

»Ich habe schon zweimal Schwarz getragen für Ehemänner, die im Kampf für die Ehre der Südstaatenfrauen umgekommen sind. Ich hasse es, in Trauer zu gehen. Und ich werde für Rhett Butler kein drittes Mal Schwarz tragen.«

Scarlett schenkte ihnen ein, gab Sahne in Rosemarys Tee und Zucker in ihren. Als sie Rosemary die Tasse reichte, klirrte sie auf der Untertasse. »Rosemary Butler Haynes Ravanel, du bist, genau wie ich, zweimal verwitwet. Warst du froh, deine Männer in den Kampf ziehen zu sehen?«

»Was? Bist du *wahnsinnig*?«

»Im Gegenteil. Vielleicht mache ich mich nach all den Jahren endlich vom Wahnsinn der Männer frei.« Scarlett ging zur Karaffe und gab einen ordentlichen Schuss Brandy in ihren Tee. »Ja, ja, ich weiß. Anständige Damen trinken keinen Tee mit Brandy. Aber ehrlich gesagt, Rosemary, ist es mir mittlerweile völlig gleich, was anständige Damen tun oder lassen.«

»Scarlett, mir schwirrt der Kopf. Sag mir, was du vorhast. Bitte! Ich flehe dich an!«

Also erklärte Scarlett es ihr.

Am Montagmorgen machte Dilcey als Erstes Wasser heiß, und sie nahmen in der Küche ein Bad, erst Scarlett, dann Rosemary, derweil Scarlett sich abfrottierte und ihr Haar trocken rieb. Der Schmutz von der Feldarbeit trübte das Badewasser ein. Mammy bügelte ihre Unterröcke, während sie in Handtücher gehüllt nebeneinandersaßen und Dilcey ihnen Zöpfe flocht und sie hochsteckte.

Mammy war hin und her gerissen zwischen der Sorge darüber, was Scarlett wohl wieder im Schilde führte, und der Freude über ihre Verwandlung.

Die Männer hatte man aus dem Haus verbannt, und nachdem die beiden Frauen frisiert waren, wühlten sie, mittlerweile in Unterwäsche, in Scarletts Schrankkoffer nach den passenden Kleidern. Als Scarlett ein rosafarbenes Kleid aus Moiréseide auseinanderfaltete, flatterte eine Quittung zu Boden: »Mme Frère, Bourbon Street«.

»Meine Güte«, sagte Scarlett. »Das hat Rhett in New Orleans gekauft.« Sie hielt Rosemary das Kleid hin. »Die Farbe steht dir.«

»Aber das Mieder? Ich bin nicht so üppig ausgestattet, Scarlett …«

»Dilcey wird es dir abnähen.« Scarlett kicherte. »Hat Rhett dir je erzählt, dass wir in New Orleans mal auf dem berüchtigten Quadroon Ball waren?«

Während sich die Damen fein machten, zäumte Pork die beiden besten Reitpferde von Tara. Er striegelte sie, zupfte lose Härchen ab und kürzte ihnen Mähne und Schweif, ehe er sie am Pfosten anband, damit Prissy sie noch etwas verschönen konnte. In der

Sattelkammer fand er zwei verstaubte Damensättel, und er klopfte andächtig auf den kleineren. »Miss Ellen«, sagte Pork, »auf Tara is nix mehr, wie's mal war. Und besser isses nich geworden.«

Während sie den Pferden Mähne und Schweif flocht, plapperte Prissy vor sich hin. »Die wer'n aber hübsch aussehn! Ob Miss Scarlett un Miss Rosemary auf 'n Gartenfest gehn? Das könnt ich grad wetten, so wie die sich rausputzen. Meinst du, die nehmen uns mit?« Sie trat einen Schritt zurück, um ihr Werk zu bewundern. »Ich mach noch Bänder rein. Welche Farbe, Pork, was meinst du?«

»Für Miss Scarlett Grün«, bestimmte Pork.

Der Markt von Jonesboro teilte sich einen Gleisanschluss mit dem Schlachthaus und MacIvers Baumwoll-Lagerhaus. In der Erntezeit wurde hier die Baumwolle versteigert, und das ganze Jahr hindurch kauften und verkauften die Farmer von Clayton County auf diesem Markt ihr Vieh. Die Gatter und einfachen Unterstände grenzten direkt an das Gleis. Am südlichen Ende des Marktes wurden zum Verkauf stehende Tiere angeliefert, gewogen, nummeriert und eingepfercht, und wenn sie an der Reihe waren, trieb man sie durch die breiten Marktgassen zu einem Auktionsring von dreißig Meter Durchmesser, der von einem mannshohen, massiven Eichenholzzaun umschlossen war. An Markttagen hockten die Neger auf diesem Zaun, während die Weißen relativ bequem auf der offenen Holztribüne saßen. Unter der Tribüne nahmen zwei mürrische Frauen im Verkaufsbüro Zahlungen entgegen, zogen die Marktgebühr ein und stellten die Scheine aus, mit denen die erfolgreichen Bieter ihre Tiere abholen konnten. Neben dem Verkaufsbüro stand eine Holzbude, in der eine Farbige Maisbrot und Schinken verkaufte. Die Korbflasche mit Schwarzgebranntem bewahrte sie aus Respekt vor den Baptisten unter der Theke auf.

Der ganze Markt hallte wider vom Brüllen, Quieken, Schnattern, Wiehern, Gackern und Schreien der Tiere.

An diesem Montagmorgen knisterte verdorrtes Gras unter den

Füßen der Marktbesucher, und Vieh, Pferche und Tribüne waren von einer feinen roten Staubschicht überzogen. Die Hüte der Männer waren rötlich verfärbt. Der Staub roch nach getrocknetem Dung.

Auftragskäufer, die Lieferungen für Schlachter in Atlanta zusammenstellten, trugen Leinenanzüge und goldene Krawattennadeln. Die meisten Besucher jedoch ware unbemittelte Männer, die ein Schwein verkaufen wollten oder eine Milchkuh suchten, die es noch ein Weilchen machen würde. Einige trugen nicht einmal Schuhe.

Um ein Uhr mittags herrschte Hochbetrieb. Vieh wurde in den Ring getrieben, der Singsang des Auktionators erscholl, und der Staub hing wie roter Nebel in der Luft.

Als die beiden Damen erschienen, stießen sich die verblüfften Farmer gegenseitig an. Ein besonders einfältiger rieb sich die Augen und pfiff durch die Zähne. »Donnerwetter!«

Seidene Sonnenschirme mit Fransen schützten die zarten Gesichter der Damen, ellenbogenlange Handschuhe die zarten Hände.

Rosemary lächelte gnädig. »Oh, vielen Dank, Sir.« Der junge Farmer, der ihnen das Gatter öffnete, hatte noch nie eine so liebenswürdige Stimme gehört.

Sie waren der Inbegriff der Südstaatendame – die Sorte Dame, zu der die von harter Arbeit und unzähligen Geburten ausgezehrten Frauen der hier versammelten Männer niemals gehören würden. Natürlich waren sie nicht staubig – kein Staubkörnchen würde es wagen, sich auf sie zu legen. Und sie nahmen weder den Mann zur Kenntnis, der eine kranke Kuh prügelte, damit sie aufstand, noch die drei Tage alten Kälber, die nach ihrer Mutter brüllten, noch den Marktarbeiter, der einen widerspenstigen Bullen mit der Peitsche in einen Pferch trieb. Wahre Damen bemerkten solche Dinge nicht. Sie waren zu fein dafür. Die Männer, an denen sie vorbeigingen, lüfteten den Hut und lächelten.

Einer von ihnen, der in besseren Tagen Aufseher bei den Tarletons gewesen war, rief: »Tag, Miss Scarlett« und nahm ihr Nicken entgegen wie das einer Königin.

Die Nachricht von der Ankunft der beiden Damen verbreitete sich wie ein Lauffeuer auf dem weiträumigen Markt, und die Männer eilten zum Auktionsring, als sollte dort ein ungewöhnlich kostbares Pferd oder ein Preisbulle verkauft werden. Viehtreiber, die sich eben noch die Hufe einer Eselstute angesehen hatten, ließen sie laufen, und Neger, die gerade dabei gewesen waren, Abfälle an die Marktschweine zu verfüttern, stellten ihre Eimer ab.

Auf den gepolsterten Sitzen der Tribüne, dem Auktionator genau gegenüber, hatten die Käufer aus Atlanta Platz genommen. Hoch oben in der letzten Reihe döste Isaiah Watling in der Sonne, während sein Neffe Josie Ned Buntlines Groschenroman *Der Späher der Prärie* las und sich dachte, dass die Prärie doch der einzig richtige Platz für einen wie ihn sei. In Buntlines Geschichte erlegte Buffalo Bill eine feindliche Rothaut aus einem Kilometer Distanz mit einem einzigen Schuss. Josie Watling kratzte sich am Kopf. Aus so einer Entfernung hatte er noch nie jemanden erschossen.

Jesse und Frank James raubten Züge aus. Josie hatte das noch nie gemacht. Er befürchtete, womöglich schon zu lange wieder im Osten zu sein – vielleicht würde es ihm, wenn er in den Westen zurückging, nicht gelingen, jemanden aus einem Kilometer Entfernung zu erschießen, vielleicht hätte er gar nicht das Zeug dazu, Züge auszurauben. Wie machte man das überhaupt? Wie brachte man den Zug zum Stehen, damit man ihn ausrauben konnte?

Sein schnarchender Onkel Isaiah hatte eine Speichelblase im Mundwinkel. Meistens war Isaiah einfach nur ein gewöhnlicher alter Kauz. Das Einzige, was ihn in Bewegung hielt, war Rhett Butler. Wenn sie Butler erst erledigt hatten, dachte Josie, würde Isaiah wohl in Frieden sterben können.

Es war Archie Flyttes Idee gewesen, Mrs Butler so lange zu drangsalieren, bis sie ihren Mann nach Hause holte. Archie hasste die Butlers wie die Pest. Onkel Isaiah war zu fromm für das Fleischhaus gewesen, zu fromm, die Nigger zu verjagen, und auch zu fromm für diesen verdammten Kläffer; doch als sie das große

Haus in Atlanta abfackelten, hatte Josie den alten Dummkopf wegschleifen müssen. Er hatte in die Flammen gestarrt, als wären sie seine Bestimmung.

Josie wandte sich wieder seinem Buch zu. Buffalo Bill spazierte in den Saloon Comanche, wo böse *hombres* ihre Beute aus einem Überfall aufteilten. »Eine Schießerei lag in der Luft«, schrieb Ned Buntline.

Im staubigen Verkaufsring hetzte Archie Flytte Rinder herum, während der Auktionator schrie: »Einhundert, einhundert für Mr Bensons junge Ochsen. Ihr Gebot gilt für alle Tiere zusammen. Wenn die ein bisschen Fleisch auf die Rippen kriegen, sind sie Gold wert. Höre ich einhundert?«

Die nervösen Rinder rannten durch den Sand, von Archie auf Trab gehalten, und wurden für mögliche Käufer mal hierhin, mal dorthin gescheucht.

Staub hing in der Luft. Die Ochsen brüllten und stampften mit den Hufen. Archie schrie: »Los, ihr Viecher, los! Ho, ho!«, und der Auktionator spulte seinen Singsang ab. Die zwei Damen trabten auf ihren bändergeschmückten Pferden geradewegs in den Auktionsring.

»Archie Flytte«, rief Scarlett laut. »Wir möchten mit Ihnen und Ihren … Komplizen sprechen.«

Archie verzog das Gesicht, tat mit seinem Holzbein einen falschen Schritt und hätte um ein Haar das Gleichgewicht verloren. Da Archie sie nicht mehr plagte, verzogen sich die Ochsen an das andere Ende des Rings.

»Meine Damen!«, rief der Auktionator. »Bitte, meine Damen. Sie unterbrechen die Auktion.«

Über die Frechheit des Mannes amüsiert, erwiderte Scarlett: »Keine Sorge, Sir. Wir werden Sie nicht lange aufhalten. Uns ist übel mitgespielt worden, und Ihnen als einem aufrechten Christen wird zweifellos daran gelegen sein, dass die Dinge wieder ins Lot gebracht werden.«

Sie ließ den Blick über die Tribüne schweifen und scheute sich nicht, denen, die sie erkannte, zuzuwinken. »Viele von Ihnen kennen mich unter meinem Mädchennamen, Scarlett O'Hara, andere als Mrs Rhett Butler. Meine Schwägerin«, ihre Hand im weißen Handschuh wies auf Rosemary, »Mrs Ravanel, ist die Witwe von Colonel Andrew Ravanel, dessen Name jedem Südstaatenpatrioten ein Begriff ist.

Isaiah Watling, sind Sie das, der da oben lauert? Und Sie, Sir, müssen Josie Watling sein. Von Ihnen habe ich leider schon mehr gehört, als mir lieb ist.«

Von einem Sitz auf den nächsten hinuntersteigend, kamen die Watlings die Tribüne herab und kletterten über den Zaun in den Verkaufsring. Der Auktionator wollte protestieren, ließ es jedoch sein, als einer der Käufer aus Atlanta den Kopf schüttelte.

»Archie Flytte. Ich bin froh, dass Sie endlich eine passende Beschäftigung gefunden haben. Als Kindermädchen von Melanie Wilkes waren Sie eindeutig fehl am Platz. Mich schaudert bei dem Gedanken, jemanden wie Sie mit unschuldigen Kindern allein zu lassen. Isaiah Watling, wie haben Sie es geschafft, Big Sam zu vertreiben? Womit haben Sie ihm gedroht?«

»Isaiah!« Rosemary trieb ihr Pferd vorwärts. »Sie erschießen Pferde? Jagen Neger in die Flucht? Töten einen armen Hund? Was hätte wohl … was hätte wohl meine Mutter Elizabeth dazu gesagt … zu solcher *Erbärmlichkeit*?«

Als der alte Mann sich aufrichtete, fielen die Jahre von ihm ab, und seine Augen funkelten wie die eines Hühnerhabichts. »Ihr Bruder hat meinen einzigen Sohn umgebracht. Rhett Butler hat Shadrach Watling zum ewigen Höllenfeuer verdammt.«

»Sie sind ein Lügner, Isaiah Watling«, erklärte Rosemary. »Ihr Sohn hat sich mit Rhett Butler auf dem Feld der Ehre geschlagen. Das ist doch keine Rechtfertigung dafür, unschuldige Frauen und Kinder zu quälen!«

Scarlett wandte sich an die Menge. »Meine Herren, diese jämmerlichen Kreaturen haben zwei Mutterstuten erschossen, unsere Feldarbeiter vertrieben, unseren Besitz mutwillig beschädigt und – aus Spaß an der Freude – unseren treuen Wachhund getötet.« Scarlett streckte den Finger aus. »Lügen Sie uns an, Watling.

Beteuern Sie vor Gott und den Menschen, dass Sie unschuldig sind!«

»Machen Sie ihnen die Hölle heiß, Miss Scarlett«, rief ein Mann von der Tribüne. Als Josie sich umdrehte, um zu schauen, wer das gewesen war, sah er sich zahllosen Blicken ausgesetzt. Einige der Männer standen auf. Ihr Murren schwoll an, braute sich zu einem Sturm zusammen.

Rosemary ritt vor der Tribüne auf und ab. »Gentlemen, während meines Aufenthalts in Mrs Butlers Haus hat uns eine Verbrecherbande belagert und in Angst und Schrecken versetzt. Was sind das für Feiglinge, die sich dafür hergeben, Frauen, Kinder und Neger zu ängstigen? Was werden sie als Nächstes tun? Mein Kind ermorden – Colonel Andrew Ravanels Sohn?«

Zwei junge Farmer sprangen von der Tribüne in den Auktionsring.

»Mein Sohn Shadrach hat –«

»Aufseher Watling«, fauchte Rosemary, »Sie vergessen sich! Shadrach Watling war ein Leuteschinder und ein Grobian.«

»Sagen Sie's ihnen, Mrs Ravanel. Lassen Sie die bloß nicht davonkommen!« Ein kräftig gebauter Farmer kletterte in den Ring. Männer griffen nach Viehpeitschen und Stöcken. Josie Watling tastete nach seinem Pistolenhalfter.

»Ach!«, schrie Isaiah. »Ach! Sie sitzen immer auf dem hohen Ross! Die Butlers sind ja so viel besser als alle anderen! Sie ruinieren, wen sie wollen, erschießen, wen sie wollen, beleidigen, wen sie beleidigen wollen, und reiten davon, ohne sich um irgendwas zu scheren! Sie glauben, ihnen gehört die Welt.« Anklagend deutete er mit dem Finger auf die beiden Frauen. »Auge um Auge, Zahn um Zahn!«

In diesem Moment – auf Isaiah Watlings Lippen glänzte der Speichel und seine Augen loderten irr – traten Ashley Wilkes und Will Benteen in den Auktionsring.

Rosemary stockte der Atem.

Scarlett schrie: »Geht weg! Bitte! Wir kommen zurecht! Wir haben das im Griff!«

Ashley Wilkes marschierte über den harten roten Lehmboden, ganz der Major, der er einst gewesen war. Die Reitpeitsche schwang locker in seiner Rechten. »Schon gut, Scarlett«, sagte Ashley. »Wir regeln das.«

»Oh nein, Ashley, wir –«

Ashley schlug Flytte mit der Reitpeitsche ins Gesicht. »Du Lump. Du hältst dich ab jetzt von Tara fern, verstanden! Bei Gott, sonst werde ich …«

Archie blieb kaum Zeit, den Arm zu heben, als die Peitsche auch schon ein zweites Mal niedersauste.

»Du verfluchter Schuft! Du lässt uns in Ruhe!«

Die Peitschenschnur wickelte sich um Archies ausgestreckten Arm. Er presste den Arm an die Brust, und als Ashley die Peitsche losreißen wollte, riss er Archie mit, sodass der gegen seinen Angreifer prallte. »Du wirst nie wieder anständige Leute belästigen!«, keuchte Ashley.

»Ach halt doch die Klappe!« Archie stampfte mit seinem Holzbein auf Ashley Wilkes' Fuß, und als Ashley strauchelte, stieß ihn der alte Kerl in den Dreck.

Die Pferde der beiden Frauen versuchten, nicht auf die Männer zu treten, die sich zwischen ihren Hufen wälzten, doch als Rosemarys Pferd kehrtmachte, landete einer seiner Hinterhufe auf Ashleys Fußknöchel. Die in Panik geratenen Ochsen rasten durch den Ring, und die Farmer sprangen um ihr Leben.

Archie schloss seine harten Finger um Ashleys Hals.

Obwohl Ashley mit den Fäusten auf Flyttes Rücken eintrommelte, wurde dessen Griff immer fester. Als Ashley sich aufbäumte und versuchte, sich auf die Knie zu rollen, klammerte sich der Ältere an ihn. Währenddessen umkreiste Will Benteen die beiden und rief: »Ich jage Ihnen eine Kugel in den Kopf, Flytte. Lassen Sie ihn los, oder, bei Gott, ich erschieße Sie!«

Als Wills Schuss ertönte, bäumte sich Scarletts Pferd auf, und ihr Hut flog davon. Sie zog mit beiden Händen die Zügel an. Ihr Pferd wich völlig verschreckt zurück, bis es mit der Hinterhand gegen den Eichenzaun prallte. Männer schrien. Ochsen brüllten.

Josie sagte gedehnt: »Verflucht noch mal. Wenn der mal nicht gerade Archie Flytte umgelegt hat! Bei Gott, ich hätte nie gedacht, dass man Archie umbringen kann!«

Scarlett schaute zu Will hinunter, auf seinen schweißgetränkten Hut. Durch das Gebrüll der Ochsen hörte sie Will laut und deutlich sagen: »Um Gottes willen, nein! Ich habe zwei Kinder.«

»Vielleicht hat der alte Archie auch paar Kinder gehabt? Schon mal dran gedacht, ihn danach zu fragen?«

Der zweite Schuss war lauter als der erste und dröhnte in Scarletts Ohren. Will stöhnte, doch es war kein Stöhnen, wie es Lebende von sich geben.

Rosemary beruhigte Scarletts Pferd, als Josie sagte: »Ich mach mich aus dem Staub, Onkel Isaiah. Mit der Sorte Arbeit komm ich auf keinen grünen Zweig. Bei Jesse und Frank werde ich wenigstens bezahlt, wenn ich jemand erschieße.«

Kapitel 57

REGEN

Schwielige Hände betteten Will und Ashley behutsam auf Futtersäcke in einem Wagen. Über Wills reglose Gestalt wurde eine Pferdedecke gebreitet. Rosemary kniete neben dem bewusstlosen Ashley und wusch ihm das Gesicht.

Einige der Männer, die Scarlett und Rosemary nach Hause begleiteten, waren Farmer, die Will Benteen oder die O'Haras schon seit Jahren kannten, aber die meisten waren Herumtreiber, die nichts Besseres zu tun hatten.

»Nachdem er Will umgebracht hatte, ist dieser Josie mit rauchendem Revolver direkt auf mich zugegangen. Ich hab schleunigst Platz gemacht, das kannste mir aber glauben! Ich hätt ihm wohl auch mein Pferd gegeben, wenn er's gewollt hätte.«

»Die hatten doch selber Pferde, Charlie. Einen rotgrauen Wallach und eine kastanienbraune Stute.«

»Ich weiß, dass sie Pferde hatten, Hank. Ich war doch dabei, als Josie Mr Petersen die Stute abgekauft hat!«

»Na ja, dann hätten sie dein Pferd ja wohl kaum gewollt, oder?«

Ihr dummes Geschwätz hämmerte dumpf auf Scarlett ein, während sie fieberhaft nachdachte. Warum waren Will und Ashley gekommen? Scarlett hatte kein Wort über ihren Plan verloren, sie hatte behauptet, Rosemary und sie würden nach Atlanta fahren. »Zur Bank«, hatte sie gelogen. Weiß der Himmel, wie die Männer hinter ihre wahre Absicht gekommen und zu ihrer Rettung geeilt waren.

Als sie mit dem ganzen Tross in die Auffahrt zum Herrenhaus einbogen, kamen Suellen und Dilcey ihnen entgegengelaufen, und beim Anblick von Wills reiterlosem Pferd schrie Suellen auf: »Will! Oh nein! Nicht mein geliebter Will!« Sie rannte zum Wagen, hob die Decke vom Gesicht ihres Mannes und fiel in Ohnmacht. Wenn Dilcey sie nicht aufgefangen hätte, wäre Mrs Benteen zu Boden gestürzt.

Die Männer hörten auf zu brabbeln und halfen der zur Witwe gewordenen Frau ins Haus. Kinder und Bedienstete sammelten sich hilflos auf der Veranda. Prissy heulte.

Ein Hufschmied – er hatte in den alten Zeiten Geralds Pferde beschlagen – sagte zu Scarlett: »Dafür sollten die Kerle büßen. Sie müssen bloß ein Wort sagen, Miss Scarlett.«

Einen Moment lang erfüllte Scarlett eine rasende Wut auf die Idiotie der Männer. Mit Mühe presste sie hervor: »Danke. Danke für Ihre Freundlichkeit. Mammy, bring die Kinder ins Haus. Prissy, hör mit diesem Geheul auf. Prissy!«

Mammy scharte die Kinder um sich wie eine Henne ihre Küken.

»Meine Herren, wenn Sie vielleicht unsere Pferde in den Stall bringen könnten. Und könnten Sie vier bitte diesen Gentleman – Mr Wilkes – ins Wohnzimmer tragen.«

»Sein Knöchel ist zertrümmert, Miss Scarlett«, merkte der Hufschmied an. »Das tut bestimmt weh wie der Teufel.«

»Bestimmt«, fauchte sie.

Sie trugen Will zum Kühlhaus und legten ihn auf die kühlen Steine neben die Milchkannen. »Nein, meine Herren, nein. Wir brauchen keine Hilfe mehr, danke. Sie haben so schon zu viel getan.«

Unwillig, ihr Abenteuer so schnell zu beenden, trieben sich die Männer noch zwanzig Minuten in der Nähe des Hauses herum, bevor sie endlich verschwanden.

Scarlett und Rosemary bereiteten Ashley ein Bett auf dem Wohnzimmerboden. Rosemary sagte: »Prissy! Hol ein altes Leintuch und zerreiß es in etwa so« – sie hielt ihre Hände zehn Zentimeter auseinander – »breite Streifen. Dilcey, du holst warmes Wasser und Seife.«

Als Rosemary und sie allein waren, sagte Scarlett: »Was haben sie sich bloß dabei gedacht?«

Rosemary sagte: »Ein paar von Ashleys Rippen scheinen angebrochen zu sein, und seine Kehle ist fast zugeschwollen. Der Knöchel ist wahrscheinlich gebrochen.«

Nachdem Mammy dafür gesorgt hatte, dass Suellen etwas Laudanum nahm, und sie ins Bett gebracht hatte, wuschen sie und Prissy Wills Leiche und zogen ihm seinen Sonntagsanzug an.

Der junge Dr. Bryant war dabei, sich als Arzt zu etablieren, und er hob hervor, dass er zwar aus Georgia gebürtig sei, jedoch in Philadelphia Medizin studiert habe. Er richtete Ashleys Knöchel und machte ihm für den Hals einen Gaultheria-Wickel. Bei der Behandlung eher zurückhaltend, wurde Dr. Bryant sehr selbstbewusst, als er seine Rechnung präsentierte.

»Zehn Dollar? Gütiger Himmel. Wo haben Sie im Krieg gedient, Doktor?«

»Mrs Butler«, erwiderte der Arzt. »Ich war dreizehn, als der Krieg zu Ende ging.«

In der Dämmerung hob Pork auf dem kleinen Friedhof von Tara Will Benteens Grab aus.

Scarlett sagte: »Das ist nicht tief genug. Du bist jetzt der einzige Mann hier, Pork. Grab tiefer.«

Als Scarlett ins Haus zurückkehrte, wurde sie schon von Suellen Benteen erwartet. Die Augen ihrer Schwester waren rot geweint. »Als mein Will mir erzählt hat, dass du vorhast, nach Tara zurückzukehren, wollte ich, dass wir weggehen. ›Scarlett wird Tara in Besitz nehmen‹, habe ich gesagt. ›Es wird nicht mehr unser Zuhause sein.‹ Ich habe meinen Will angefleht, Tara zu verlassen. Ich habe ihm gesagt: ›Meine Schwester Scarlett hat mir immer nur Ärger gemacht.‹ Du hast mir nicht nur Frank Kennedy ausgespannt, sondern bist auch schuld an seinem Tod. Und jetzt ist wegen dir auch noch mein Will umgebracht worden!« Sie brach in herzzerreißendes Schluchzen aus. »Was soll ich ohne Will bloß tun? Großer Gott, was soll ich nur tun?«

Scarlett ging nach oben, wo sie in ihrem zerknitterten Staat aufs Bett sank und traumlos schlief, bis ihre Augen sich im harten Morgenlicht jäh öffneten und ihr mit einem Schlag alles wieder ins Bewusstsein trat.

An die folgenden Tage sollte sich Scarlett später nur noch bruchstückhaft erinnern: wie der Wagen des Tischlers, auf dessen Ladefläche der leere Sarg polterte, die Auffahrt heraufgerumpelt kam, wie die Kinder flüsternd an Suellens verschlossener Schlafzimmertür vorbeihuschten. Dass Nachbarinnen Essen vorbeibrachten, das keiner wollte, und Nachbarn Wills Arbeit übernahmen.

Hinter der verschlossenen Wohnzimmertür pflegte Rosemary Ashley, während die Trauergäste durchs Esszimmer zogen, wo Will Benteen aufgebahrt war.

Mit ausdruckslosem Gesicht nahm Suellen O'Hara Benteen die Beileidsbezeigungen derer entgegen, die sie gern getröstet hätten. Scarlett stand neben ihr und begriff, dass die wesentlichen Bande zerrissen worden waren – fortan würden Suellen und sie nur noch dem Namen nach Schwestern sein.

Es war heiß. Die Rosen, die verschwenderisch auf Wills Sarg aufgehäuft waren, vermochten den Verwesungsgeruch nicht ganz zu überdecken.

Will Benteen war ein vom Glauben abgefallener Baptist gewesen, doch da die einzige Baptistenkirche in Jonesboro die African Baptist Church war, wurde er von dem Methodistenprediger bestattet, der Scarlett nach der Beerdigung einlud, doch seinen nächsten Sonntagsgottesdienst zu besuchen.

»Ich bin Katholikin«, erwiderte Scarlett.

»Das macht gar nichts«, erklärte der Prediger fröhlich. »Bei uns sind alle Sünder willkommen!«

Nach der Beerdigung machte sich Suellen Benteen mit ihren Kindern auf den Weg nach Charleston, wo sie von nun an bei Tante Eulalia wohnen würden. Während der Wagen davonrumpelte, ging Scarlett in den Pferdestall, um die Tiere zu füttern. Mit dem ledernen Futtereimer, den Will und Suellen so viele Jahre lang benutzt hatten, kippte sie Futter in den langen Trog.

Schlanke schwarze Köpfe neigten sich herunter, Kiefer mahlten, als wäre alles in bester Ordnung. Scarlett flüsterte: »Wie soll Tara ohne Will bloß überleben?« Eines der Pferde hob den Kopf, als versuchte es sie zu verstehen. Es schlug mit dem Schweif, fraß weiter. Heiße Tränen strömten lautlos über Scarletts Gesicht, bis sie nichts mehr sah – aber auch gar nichts.

Als Ashleys Fieber sank, war er zu geschwächt, um nach Twelve Oaks zurückzukehren. Er antwortete leise, wenn man mit ihm redete, ergriff nicht von selbst das Wort und fragte nie nach Will. Rosemary saß in dem dämmrigen, stillen Wohnzimmer bei ihm und flößte ihm Brühe und dünnen Tee ein. Ohne zu wissen, warum, erzählte Rosemary Ashley aus ihrem Leben. Mit ihrer leisen, ruhigen Stimme schilderte Rosemary Butler Haynes Ravanel dem darniederliegenden Ashley Wilkes unter genauer Angabe des Monats und Jahrs, wie sie in Franklin, Tennessee, durch die Hintertür jenes kleinen Hauses getreten war, wohl wissend, dass es sich bei der gefrorenen Leiche im Garten um John, ihren Ehemann, handelte. »Ich habe ihn erst geliebt, als es schon zu spät war«, sagte Rosemary. Sie erzählte von ihrem kleinen Liebling Meg – dass Meg Pferde geliebt hatte, bevor sie unter Trümmern begraben wurde. Rosemary berichtete Ashley, wie es gewesen war, Andrews blutige Stiefel vorzufinden. Es waren englische Stiefel gewesen, einst Andrews ganzer Stolz. Sie erzählte dem schweigenden Ashley Dinge, die sie noch niemand anders erzählt hatte, nicht Melanie, ja nicht einmal ihrem Bruder Rhett. Sie erzählte ihm, wie einsam sie als junges Mädchen auf Broughton gewesen sei und wie sehr ihr Bruder Rhett ihr gefehlt habe. Sie erzählte Ashley von Jack, ihrem Pony.

Das Büro von Sheriff Talbot war eine kühle unterirdische Höhle.

Scarlett fragte: »Warum haben Sie sie nicht festgenommen?«

»Wen hätte ich festnehmen sollen, Mrs Butler?«

Scarlett war drauf und dran, dem Sheriff seine verbindliche Miene aus dem Gesicht zu schütteln. Zwischen zusammengebissenen Zähnen stieß sie hervor: »Die Watlings! Isaiah und Josie Watling haben Will Benteen ermordet!«

Der Sheriff rollte auf seinem Stuhl an die Wand zurück und legte den Kopf in den Nacken, um die von Fliegen übersäte Decke zu inspizieren. Er grunzte, beugte sich vor und spie in den Spucknapf.

»Also?«, drängte Scarlett. »Wann nehmen Sie sie fest?«

»Tja, Mrs Butler, ich würd mal sagen, man kann das auf zwei unterschiedliche Weisen betrachten. Sie haben Ihre Meinung, und andere Leute haben eine andere Meinung.«

Scarlett blinzelte. »Was soll denn das heißen?«

»Manche Leute behaupten, Mr Wilkes hätte diese Schlägerei angezettelt.«

»Diese Männer haben meine Pferde erschossen, mein Haus in Atlanta niedergebrannt und meine Feldarbeiter verjagt. Sheriff, sie wollten meinen Mann umbringen!«

»Ach ja? Ich hatte eigentlich immer den Eindruck, dass Mr Butler ganz gut auf sich aufpassen kann. Überhaupt – hab ich nicht gehört, dass Ihr Mann irgendwo in Europa ist? Ich wüsste nicht, dass die Watlings je in Europa gewesen wären, jedenfalls haben sie nie was davon gesagt.«

Sheriff Talbot zog einen ledernen Schlagstock aus der Schublade. Er stand auf, nahm seinen Hut vom Hutständer und drehte ihn in den Händen. »Mrs Butler, ein paar Leute behaupten – und ich sage nicht, dass ich das anders sehe –, dass Ashley Wilkes angefangen hat und dass Will Benteen auf Archie Flytte geschossen hat, als Flytte gerade die Oberhand über Wilkes gewonnen hatte.«

»Ashley hat Tara verteidigt. Diese Watlings –«

»Das haben Sie, glaube ich, schon erwähnt, Mrs Butler. Das haben Sie, glaube ich, schon mehrmals erwähnt. Aber Sie haben mir keine Beweise geliefert.« Er setzte sich den Hut so auf den Hinterkopf, dass dieser sein Gesicht wie einen Bilderrahmen umgab.

»Mrs Butler, ich will Ihre Gefühle nicht verletzen, aber ich neige zu der Ansicht, dass Mr Wilkes Archie Flytte aus heiterem Himmel angegriffen hat und dass Will Benteen Archie erschossen hat, als der sich wehrte. Und Josie Watling hat Benteen bei dem Versuch umgebracht, Archie das Leben zu retten. Zumindest sehe ich das so. Sie mögen das anders sehen.« Er ließ den Schlagstock in seine Tasche gleiten. »Und jetzt, Ma'am, muss ich nach Darktown. Mal wieder eine Messerstecherei. Ist das nicht seltsam? Wo die Weißen zur Pistole greifen würden, gehen die Nigger mit dem Messer aufeinander los. Ob das daran liegt, dass sie primitiver sind?«

»Die Watlings –«

»– werden Sie nicht mehr belästigen, Mrs Butler. Die Watlings haben Clayton County verlassen. Josie und der alte Isaiah haben sich nach der Schlägerei verdrückt, und seither hat sie keiner mehr gesehen. Und da von den Flyttes keiner bereit war, Archie zu beerdigen, hat das County das übernommen.« Er zuckte die Achseln. »Für mich als Sheriff ist alles geklärt. Archie ist tot, Will Benteen ist tot, und die Watlings sind weg. Josie Watling hat immer über Jesse James rumgewitzelt. Hat behauptet, er wäre im Krieg mit den Brüdern James geritten.« Sheriff Talbot öffnete die Tür, um Scarlett hinauszugeleiten. »Was meinen Sie – ob die Watlings wohl Zugräuber geworden sind, wenn wir das nächste Mal von ihnen hören?« Der Sheriff schloss die Tür hinter sich ab und spähte in den wolkenlosen Himmel. »Es ist wirklich verdammt trocken.« Er fügte hinzu: »Die Watlings waren mal 'ne gute Familie. Haben hart gearbeitet. Isaiah Watling hat sich schier zu Tode geschuftet, um mit dieser kärglichen Farm auf'n grünen Zweig zu kommen. Traurig, finden Sie nicht – welche Wendung die Dinge manchmal nehmen?«

Als Scarlett nach Tara zurückkam, ritt sie auf die Felder am Fluss. Die von Will gezogenen Furchen zwischen den schmalen Erhebungen, auf denen die Baumwolle stand, waren glatter roter Lehmboden gewesen. Jetzt waren sie grün vom Unkraut. Gräser wuchsen um die Baumwollpflanzen herum, die in einem Abstand von jeweils zwanzig Zentimetern standen und sich hoffnungsvoll der lockenden Sonne zudrehten.

Am nächsten Morgen war Scarlett noch vor Tagesanbruch im Pferdestall. Das Arbeitsgeschirr war so schwer, dass sie es über den Rumpf des Pferdes ziehen musste, und das Kummet war ein einziger mühsamer Albtraum. Sie riet, welche Riemen wie festgeschnallt werden mussten, und korrigierte, was ihr zu lose oder zu fest erschien.

Als sie ins Haus kam, saßen die Leute von Tara in der Küche, und die Kinder stocherten schläfrig in ihrem Frühstück herum. Scarlett nahm sich ein Stück gebratenen Speck und aß im Stehen. Sie sagte: »Jetzt, wo Will nicht mehr da ist, müssen wir ohne ihn zurechtkommen. Und es gibt weiß Gott genug zu tun. Mammy, du kümmerst dich um Ashley. Ella, Schätzchen, du bleibst hier und hilfst Mammy. Und nicht dass du wieder einen deiner Anfälle kriegst! Alle anderen gehen aufs Feld. Ja, Pork. Ich weiß, was du sagen willst: ›Aber Miss Scarlett, ich bin ein Leibdiener, schon mein Leben lang!‹« Scarlett hatte ihn so gut nachgeahmt, dass selbst Pork lächeln musste.

Zunächst war es noch kühl. Rosemary und die jüngsten Kinder bearbeiteten eine Reihe gemeinsam, Dilcey, Wade, Pork und Prissy jeweils eine eigene. Scarlett übernahm Wills Arbeit: Eine lange Reihe hinauf und dann entlang der nächsten wieder hinunter führte sie den Pflug, dessen dicke Holzgriffe vom Schweiß starker Männer gebleicht worden waren. Das Pferd wusste, was es zu tun hatte, und stapfte phlegmatisch vor sich hin, doch die Griffe des Pfluges ruckten und schlugen aus, und jedes Mal, wenn der Pflug auf einen Stein traf, knallten die Griffe schmerzhaft gegen Scarletts kleine Hände.

Die Sonne war ihr Feind.

Über Scarletts Schultern lagen Lederriemen, als wäre sie mit dem Pferd zusammen vor den Pflug gespannt. Auf dem unebenen Boden stolperte sie über ihre Füße. Schweiß brannte ihr in den Augen und blendete sie fast. Der vom Pferd aufgewirbelte Staub vermengte sich mit dem Schweiß und verklebte ihr Gesicht.

Mittags machten sie eine Pause unter den Bäumen am Fluss. Scarlett ging in die Knie und spritzte sich Wasser auf Wangen und Hals. Rosemary kniete sich neben sie. »Ihr Pflanzer in Georgia lasst doch wirklich den lieben Gott einen guten Mann sein!«

Irgendwann an diesem langen Nachmittag stimmte Dilcey einen Gesang an, den Scarlett seit ihrer Kindheit kannte.

»It's a long John«, sang Dilcey.

Prissy antwortete: »It's a long John.«

»He's long gone.«

»He's long gone.«

»Mister John John.«

»Mister John John.«

»Old big-eyed John. Oh, John, John …«

Während Scarlett hinter dem Pflug herstolperte und sich mit den ausschlagenden Griffen des Pflugs abplagte, atmete sie im Takt dieses uralten afrikanischen Rhythmus.

Sie setzten Ashley im Wagen von Twelve Oaks auf mehrere gefaltete Decken, sodass sein bandagierter Knöchel auf dem hinteren Brett hochgelegt war.

Ashley sah Rosemary mit seinen schönen grauen Augen unverwandt an. »Danke, dass Sie … mit mir geredet haben.«

»Auf dem Viehmarkt«, sagte Rosemary, »da haben Sie Ihr Bestes getan.«

Ashley Wilkes' Gesicht verschloss sich. »Will Benteen ist meinetwegen umgebracht worden.«

An dem Nachmittag, als sie mit dem Hacken fertig waren, zog es sich zu. Dicke Regenwolken trieben am Horizont.

Die staubigen, verschwitzten Feldarbeiter von Tara saßen auf der Veranda und tranken kühles Wasser, als am Ende des Zufahrtswegs zwei Reiter auftauchten.

Scarlett sprang wie von der Tarantel gestochen auf, rannte ins Haus und stürmte einem Schulmädchen gleich die Treppe hinauf.

In ihrem Schlafzimmer schleuderte sie die schweren Schuhe von den Füßen, warf ihr schweißfeuchtes Kleid achtlos zu Boden, tauchte einen Waschlappen in den Wasserkrug und wusch sich Gesicht und Oberkörper. Sie zog ein feines grünes Seidenkleid aus ihrer Chiffonniere und hakte es zu. Für ein Korsett oder andere Schuhe hatte sie keine Zeit.

Scarlett war noch barfuß, als sie wieder unten erschien und sah, wie ein grinsender Pork eben das Pferd ihres Mannes am Zügel nahm.

Er hatte neue, tiefe Falten an den Mundwinkeln und unter den Augen. Scarlett hätte sich am liebsten in seine Arme geworfen, aber so unbefangen war sie dann doch nicht. »Pork, das ist nicht die Wiederkunft Christi. Es ist nur Mr Butler, der nach Hause gekommen ist.«

Rhetts hungrige Augen verschlangen sie. »Ich dachte, du könntest vielleicht einen Erlöser gebrauchen.«

»Du siehst aus, als hättest du die Hölle auf Erden erlebt.«

»Ich hatte ein, zwei unangenehme Tage.« Sein Lächeln war so warm, so *wissend*.

Er schwang sich vom Pferd, hob Ella hoch und setzte sie behutsam wieder ab. Scarlett trat unwillkürlich einen Schritt auf ihn zu, doch dann begehrte sie innerlich auf. Wie konnte er es wagen, so zuversichtlich zu sein, sich ihrer so sicher zu fühlen! Scarlett warf den Kopf zurück. »Und, wie war Paris?«

Aus Rhetts warmem Lächeln wurde sein allzu vertrautes, empörendes Grinsen, und er lachte. Die Kinder – es war so lange her, dass er die Kinder hatte lachen hören.

Ein Regentropfen. Noch einer. Regentropfen sprenkelten den staubigen Weg.

»Dieser junge Herr ist Tazewell Watling. Vielleicht erinnerst du dich an ihn.«

»Mein Begleiter auf dem Quadroon Ball«, sagte Scarlett, während ihr Herz protestierte: Nein, nein! Was ist nur mit mir los? Ich sollte in Rhetts Armen liegen!

Regen tropfte ihr auf die Wangen.

Tazewell Watling wurde knallrot. »Ich war ein Dummkopf, Mrs Butler. Ich hoffe, Sie verzeihen mir.«

Dummkopf oder nicht, das war Scarlett völlig gleich.

»Du warst in der Sonne«, stellte Rhett fest.

Besorgt berührte Scarlett ihr gebräuntes Gesicht. »Mein Teint …«

»Lieber Bruder …« Rosemary küsste Rhett auf beide Wangen. »Du bist da, und jetzt wird alles gut. Das weiß ich einfach.« Rosemary wandte sich Rhetts Gefährten zu. »Mr Watling, ich bin Rosemary, Rhetts Schwester. Ich bin so froh – so unendlich froh! Kommen Sie, ich zeige Ihnen, wo Sie die Pferde absatteln können.«

Scarlett sagte: »Dilcey, sag Mammy, dass der verlorene Sohn heimgekehrt ist. Und steck die Kinder in die Badewanne. Sie sind schmutzig.«

Louis Valentine fing mit der ausgestreckten Zunge Regentropfen auf. Wade grinste wie ein Idiot. Ella klammerte sich an Rhett, bis er sagte: »Komm, Süße, geh dich waschen. Deine Mutter und ich wollen uns ein bisschen unterhalten.«

Regen rann über Scarletts Stirn und Haar.

Rhett sagte: »Scarlett, Liebes, zeig mir deine Hände.«

Scarlett schob ihre Hände unter die Achseln.

»Bei Gott, Mrs Butler. Es ist schön, Sie zu sehen.«

Die Erde unter Scarletts nackten Füßen war warm und nass. Ihr durchnässtes Kleid schmiegte sich an ihren Körper wie ein Nachthemd. Scarlett war so glücklich, dass sie dachte, sie würde gleich ohnmächtig werden. Also hob sie trotzig das Kinn. »So, ist es das, Mr Butler? Warum hatten Sie es dann so schrecklich eilig, mich zu verlassen?«

Kapitel 58

DER GLORREICHE 4. JULI

Am nächsten Morgen trat Scarlett auf die Veranda von Tara und blickte, die Augen mit der Hand beschattend, in den Sonnenaufgang. War das ein Pferd dort auf den Feldern am Fluss? Rhett kauerte in einer Furche und begutachtete die Baumwollpflanzen. Nach einer Weile stieg er wieder auf und ritt die kleine Anhöhe zu den Wirtschaftsgebäuden hinauf. Als er an Scarlett vorbeikam, tippte er grüßend an die Krempe seines Pflanzerhuts. »Guten Morgen, Mrs Butler«, sagte er. »Es scheint wieder ein schöner Tag zu werden.«

»Sieht ganz danach aus, Mr Butler.« Scarletts Lächeln war so träge wie durchtrieben.

Später besichtigte Rhett mit Wade Hamptons begeisterter Unterstützung den Schweinestall von Tara, das Fleischhaus, die Baumwollpresse und die von Unkraut überwucherten höher gelegenen Felder. Er sah sich jedes einzelne Pferdegeschirr an. Wade zeigte Rhett den Pfosten neben dem Melkstall, wo Ella Boos Kopf gefunden hatte, und sie besuchten zusammen Wills Grab.

Nach dem Mittagessen hockte sich Rhett auf den obersten Balken des Gatters, während Rosemary und Taz die Pferde von Tara eines nach dem anderen aus dem Stall führten.

Abends lud Rhett Wade Hampton ein, das Abendessen, das der strahlende Pork im Speisezimmer servierte, mit den Erwachsenen einzunehmen. Wade brachte vor lauter Wohlerzogenheit kein Wort über die Lippen. Tazewell Watling erwies sich als witziger, uneitler Anekdotenerzähler. Seine mit unbewegtem Gesicht dargebrachte Schilderung, wie die kultivierten Pariser auf das kreolische Französisch des *Américain* reagiert hatten, brachte alle zum Lachen.

Beim Kaffee, zu dem es Mammys Pecankuchen gab, fragte Scarlett Taz, was die Baumwolle diesen Herbst wohl einbringen werde.

»Sea Island, mittlere Qualität: dreißig Cent. Piedmont: dreizehn bis achtzehn.«

»So wenig?« Rhett stand auf. »Scarlett, Liebling, vielleicht könntest du mir mal die Bücher von Tara zeigen?«

Das Licht in Scarletts Arbeitszimmer brannte bis tief in die Nacht.

Scarlett erwachte aus traumlosem Schlaf, als sie Rhetts Schritte hörte, die vor ihrer Tür kurz innehielten. Sein Name stieg an die Oberfläche ihres schlafgetrübten Bewusstseins, und sie hätte ihn fast gerufen, doch er ging schon weiter.

Am nächsten Morgen fragte Rhett beim Frühstück alle, was sie aus Atlanta mitgebracht bekommen wollten.

»Ich begleite dich«, sagte Tazewell. »Ich habe ein paar Geschenke für meine Mutter.«

Scarlett holte tief Luft. »Mr Watling, bitte richten Sie Ihrer Mutter meine besten Grüße aus. Ohne Belles Warnung wäre mein Mann womöglich in einen tödlichen Hinterhalt geraten.«

Rhett schmunzelte. »Na so was, Mrs Butler … Wie vorhersagbar wäre mein Leben ohne Sie doch gewesen.«

Als Wade auch mitkommen wollte, sagte Rhett: »Dann sei in zehn Minuten am Pferdestall. Wir warten nicht.«

Wade polterte die Treppe hinauf.

Rhett wandte sich an Scarlett: »Rosemary sagt, die Watlings hätten das County verlassen.«

»Das hat Sheriff Talbot behauptet. Er hat gesagt, dass er dich kennt, Rhett?«

Nach Bonnie Blues Tod wie auch dem von Melanie hatte Rhett seinen Schmerz ganz für sich behalten, als wäre dieser Schmerz alles, was ihm geblieben war. Jetzt sagte er leise: »Eines Tages werde ich dir von Tunis Bonneau erzählen.«

Scarlett und Rosemary winkten den dreien nach, dann wandte sich Scarlett ihrer Freundin zu. »Mein Gott, ist Rhett wirklich erst seit zwei Tagen da?«

Rosemary sagte. »Mein Bruder kann ziemlich ... dominant sein.«

»Er hat sich verändert, Rosemary. Er ist der alte Rhett, und doch ist er ein anderer. Ich ... ich fühle mich wieder wie ein junges Mädchen.« Sie schwieg einen Moment und fügte dann mit leiser Stimme hinzu: »Hoffentlich ist das Leben diesmal gut zu mir.«

»Das wird es bestimmt sein, Liebes.«

»Glaubst du das wirklich? Oh bitte, sag mir, dass es so ist!«

Nur Louis Valentine, der bereits sechs von sieben Lehrbüchern bewältigt hatte, war enttäuscht, als Rosemary an diesem Tag den Unterricht ausfallen ließ. Beau wollte Rosemary nach Twelve Oaks begleiten, doch sie sagte, nein, er solle warten, bis es seinem Vater besser gehe.

Rosemary packte Maisbrot, Mammys Blattgemüse, eine Speckseite und die Reste des Pecankuchens vom vorangegangenen Tag in einen Picknickkorb.

Der Regen hatte das Land, die rote Erde erfrischt, und die Vögel zwitscherten. Rosemary musste lächeln, als sie an Scarlett und ihren Bruder dachte. Als hätten sie sich abgesprochen, gaben sie das lang verheiratete, glückliche Ehepaar, spielten miteinander und bauten Spannung auf, bis die Luft zwischen ihnen knisterte. Als Rhett Scarlett gestern Abend ins Esszimmer geleitet hatte, war das Rascheln ihres steifen Unterrocks geradezu elektrisierend gewesen.

Ashleys bescheidenes Heim war unerquicklich.

Ein Berg dreckiger Wäsche lag in einer Ecke, und im Waschtisch stapelte sich schmutziges Geschirr. Ashleys kostbare Bücher waren über den ganzen Raum verteilt, und das Bettzeug war freudlos zusammengeknäult.

Rosemary riss Tür und Fenster auf und summte beim Saubermachen. Als sie mit dem Ergebnis zufrieden war, pflückte sie eine Handvoll dunkelrosa Rosen, die sie in eine Vase neben den Picknickkorb stellte.

Sie setzte sich mit *Englands Gärten* auf die Veranda und lauschte nach einer Biene, dem Tschilpen einer Schwalbe, dem fernen Klopfen eines Spechts.

Die Sonne wärmte ihr das Gesicht, und Rosemary blätterte langsam die Seiten um, betrachtete jede einzelne handkolorierte Daguerreotypie. Gärtner übertragen menschliche Werte auf die ungeordnete Natur und sind sich dabei vollauf bewusst, dass die Natur letztlich obsiegen wird. Die Gärtnerei ist eine sanfte Form von Heldenmut.

Als Ashley eintraf, ließ er seinem Pferd die Zügel lang, band die hinter dem Sattel befestigte Krücke los, zog den versehrten Fuß aus dem Steigbügel und schwang ihn über den Hals des Pferdes, um sich an der Flanke des Tiers auf seinen gesunden Fuß und die Krücke hinuntergleiten zu lassen. »Wie Sie sehen«, sagte er, »bin ich nicht völlig hilflos.«

Auf die Krücke gestützt, humpelte er die Treppe seiner Hütte hinauf. Er war unrasiert. Seine Hose war mit roter Erde verschmiert.

Er warf einen kurzen Blick auf die Rosen und sagte: »Old Pink Daily ist keine gute Schnittrose. Die Blütenblätter fallen zu schnell ab.«

»Heißt das, ich hätte sie lieber nicht pflücken sollen?«, fragte Rosemary.

Ashley ließ sich in einen Sessel sinken und lehnte seine Krücke gegen den Waschtisch. »Es tut mir leid, Rosemary. Ich bin nicht gerade in bester Verfassung. Mose hat erzählt, Rhett sei wieder da. Das muss eine Erleichterung für Sie alle sein.«

Rosemary band sich ihre Haube unterm Kinn zu. »Im Picknickkorb liegt Pecankuchen. Vielleicht kann der Ihre Gemütslage ein wenig versüßen.«

»Ach Rosemary, bitte gehen Sie nicht. Es tut mir leid. Ich wollte Sie nicht vertreiben.«

Sie zögerte. »Es ist auch Maisbrot und eine Portion von Mammys Blattgemüse im Korb.«

Ashley sagte: »Ich liebe Maisbrot mit Blattgemüse. Danke, Rosemary. Wollen Sie nicht noch ein bisschen bleiben?« Er massierte seinen Unterarm, der vom Gehen mit der Krücke schmerzte. »Mir war nie klar, wie … wie praktisch es ist, zwei Beine zu haben.«

»Ashley, Sie haben versucht uns zu helfen, und dafür bin ich Ihnen dankbar. Sie haben Ihr Leben riskiert.«

»Ich habe Will Benteens Tod verschuldet.«

»Halten Sie den Mund, Major Wilkes. Sie dürfen sich keine Vorwürfe machen.«

Ashley zog eine Grimasse. »Rosemary, liebe, gute Rosemary … Sie sind nie Ihrer selbst überdrüssig gewesen. Sie haben nie um den Mut gebetet, Ihrem Leben –«

»Ashley Wilkes! Muss ich Sie daran erinnern, dass mein Mann sich das Leben genommen hat?«

Er verbarg das Gesicht in den Händen und stöhnte.

Rosemary klopfte mit dem Löffel gegen eine Schüssel und sagte etwas liebevoller: »Essen Sie, Ashley. Das Gemüse enthält viel Eisen, das können Sie gut gebrauchen.«

Er aß folgsam und brummelte: »Es schmeckt wie ein rostiger Fassreifen.«

Rosemary lächelte über Ashleys kleinen Scherz und dachte: Immerhin, es ist ein Anfang. Danke, lieber Gott.

Ashley würde sich nicht umbringen. Ashley hatte keine grausigen Geheimnisse, die in ihm aufsteigen und Besitz von ihm ergreifen würden.

Als Rhett und Wade aus Atlanta zurückkehrten, trug Wade seinen Hut so wie Rhett keck überm Ohr.

Taz war in der Stadt geblieben. »Belle und Taz haben sich viel zu erzählen«, erklärte Rhett Scarlett und fügte hinzu: »Belle sagt, die Watlings seien spurlos verschwunden. Sie glaubt, dass sie in den Westen gegangen sind. ›Der arme Papa hat ja kein Zuhause mehr.‹«

»Ich hasse diesen alten Irren«, sagte Scarlett.

»Ein Leben voller Enttäuschungen kann einen Mann gefährlich machen.«

Als die Kinder nachmittags mit ihren Schulaufgaben fertig waren, fragte Rhett: »Wer von euch will reiten lernen?«

Die kleineren Kinder versuchten sich gegenseitig zu überschreien. Rhett hob die Hand und sagte: »Wir gehen jetzt zum Pferdestall, und ich bringe es euch bei, aber nur, wenn ihr genau tut, was ich sage.«

Scarlett erbleichte.

Rhett berührte ihre Wange. »Süße, weißt du noch, wie sehr Bonnie Blue ihr Pony geliebt hat? Sie würde sicher wollen, dass wir diese Erinnerung würdigen.«

Rhett setzte die Kinder der Reihe nach auf ein zahmes Arbeitspferd, das er an der Longe im Pferch herumführte.

»Ella, halt dich an der Mähne fest!«

»Beau, du musst da hinschauen, wo dein Pferd hingehen soll!«

Scarlett verschwand wieder im Haus. Auf dem Schreibtisch in ihrem Arbeitszimmer lagen, mit dem für wichtige Dokumente angemessenen schwarzen Seidenband zusammengefasst, die Besitzurkunden von Tara und von Scarletts Grundbesitz in Atlanta. An den entsprechenden Stellen war vermerkt: »Darlehen zurückgezahlt.«

Scarlett ließ den Kopf in die Hände sinken und weinte.

Am nächsten Morgen machte Rhett sich auf den Weg nach Jonesboro und überquerte dort die unsichtbare Grenze nach Darktown. Vor dem bescheidenen Heim von Reverend J. Robert Maxwell, direkt neben der First African Baptist Church, hielt er an. Er band sein Pferd an dem Palisadenzaun fest und wartete, bis ein untersetzter junger Mann auf die Veranda trat. »Guten Morgen, Reverend Maxwell«, sagte Rhett. »Meinen Sie, es wird heute noch regnen?«

Der junge Mann schaute prüfend in den Himmel. »Wohl eher nicht. Ich glaube, es wird ein heißer Tag.«

»Wahrscheinlich haben Sie recht. Ich bin Rhett Butler.«

»Ja, Sir. Ich habe schon gehört, dass Sie auf Tara sind. Wollen Sie nicht hereinkommen? Meine Frau macht gerade Kaffee.«

Das Wohnzimmer des Reverend war mit einem Lesesessel, drei hochlehnigen Stühlen und einer Stutzuhr auf dem Kaminsims ausgestattet. Das Eichenparkett und die Fensterscheiben glänzten. Die Männer setzten sich einander gegenüber auf zwei der Stühle und unterhielten sich über das Wetter und die Ernteaussichten, bis Mrs Maxwell (die Rhett für eine Ehefrau sehr jung erschien) mit einem metallenen Tablett kam, das sie auf den dritten Stuhl zwischen die beiden Männer stellte.

Als Rhett ihr dankte, wurde sie verlegen und zog sich zurück.

Die Männer nahmen sich Sahne und Zucker. »Mr Benteen war ein anständiger Brotherr«, sagte der Prediger. »Ich wünschte, es gäbe mehr wie ihn.«

»Die meisten Pflanzer verstehen von der freien Arbeit nicht mehr als die freien Arbeiter«, sagte Rhett.

»Fürwahr, Sir. Fürwahr.« Der junge Mann nickte. »Es ist für uns alle eine neue Welt.«

»Ich hoffe, eine bessere.«

Der junge Mann neigte den Kopf und horchte nach einem etwaigen Unterton. »Nicht alle Weißen teilen diese Hoffnung.« Er betrachtete Rhett über den Rand seiner Kaffeetasse. »Ich habe von Ihnen gehört, Mr Butler. Der Reverend Fields Prescott hat in meiner Kirche gepredigt.«

»Reverend Prescott ist ein beeindruckender Prediger.«

»Gelobt sei der Herr. Fields hat mir erzählt, Sie hätten seinen Schwiegersohn erschossen.«

»Tunis Bonneau war mein Freund.«

Der junge Prediger stellte seine Tasse ab. »Das sagte Fields auch.« Er fuhr sich mit der Hand übers Gesicht, als wollte er unliebsame Gedanken wegwischen. »Ich bete zu Gott, dass diese schreckliche Zeit ein für alle Mal vorbei ist.«

Die Stutzuhr tickte.

Maxwell fuhr fort: »Reverend Prescott hat mir eine merkwürdige Geschichte erzählt. Er sagte, Sie hätten seiner Tochter ein Schiff abgekauft – ein gesunkenes Schiff.«

»Die *Merry Widow* ist in meinen Diensten gesunken.« Rhett

beugte sich vor. »Was hat Reverend Prescott über seine Tochter erzählt?«

»Mrs Bonneau ist nach Philadelphia gezogen. Sie muss an ihren Sohn Nat denken.« Maxwell stand auf und ging ans Fenster. Als er sich umdrehte, war sein Kopf von einem Strahlenkranz aus Sonnenlicht umgeben, und Rhett kniff die Augen zusammen, um seine Miene erkennen zu können. »Mr Butler, Sie wissen vielleicht, dass wir bei der gesetzgebenden Versammlung um die Einrichtung von Lehrerseminaren ersucht haben, damit unsere Kinder von farbigen Lehrern unterrichtet werden können.«

Rhett stellte seine Kaffeetasse auf das Tablett.

»Sie haben viele einflussreiche Freunde, Mr Butler. Sie täten mir einen großen Gefallen, wenn Sie mit ihnen reden würden.«

Nach einer kurzen Pause sagte Rhett: »Das werde ich tun.«

Der junge Geistliche legte die Fingerspitzen bedächtig aneinander. »Und wie kann ich Ihnen behilflich sein, Mr Butler?«

Im Morgengrauen wurde Scarlett von einem rhythmischen Singsang geweckt: »Long John. Long John. Be a long time gone.« Vor der aufgehenden Sonne zogen in einer langen Reihe die Arbeiter von Tara vorbei. Wie all die unzähligen Male zuvor, in guten wie in schlechten Jahren, gingen sie zu den Feldern am Fluss, verteilten sich und begannen mit ihrem Tagwerk.

Scarlett eilte in die Küche hinunter, wo Rhett und Rosemary bei einem gewaltigen Frühstück unter der Aufsicht der strahlenden Mammy saßen. »Rhett«, rief Scarlett. »Sie sind wieder da! Die Arbeiter von Tara sind wieder da!«

»Ja, meine Liebe, so ist es.«

»Aber wie kommt das?«

Ihr Mann zuckte mit den Schultern. »Wir haben jede Menge Arbeit, und sie haben Familien zu ernähren. Sie haben keinen Grund mehr, sich zu fürchten. Außerdem habe ich ihnen gesagt, dass wir etwas mehr bezahlen würden.«

Scarlett stand wieder auf. »Mehr bezahlen? Aber ihre Arbeit ist doch kaum das Geld wert, was wir bisher bezahlt haben!« Noch während sie das sagte, erinnerte ihr schmerzender Rücken sie an das Hacken und Pflügen und das ewige Bücken. Sie lachte über sich selbst und sagte: »Ich nehme mal an, dass Tara sich das leisten kann.«

Nachdem Taz aus Atlanta zurückgekehrt war, beriefen er und Rhett ein Treffen der Baumwollpflanzer ein. Tony Fontaine und sein Bruder Alex erschienen, und Beatrice Tarleton kam auf dem Hengst angeritten, der Wills nun verwaiste Fohlen gezeugt hatte. Mr MacKenzie, ein mürrischer Yankee, der ruinierte Plantagen für zehn Cent den Dollar gekauft hatte und befürchtete, noch fünf Cent zu viel bezahlt zu haben, kam in Begleitung des schüchternen Mr Schmidt, der Mrs Tarleton fragte, ob sie eine Ahnung habe, wem der rotgraue Wallach gehören könne, den er habe frei herumlaufen sehen.

Scarlett und Rhett führten ihre Gäste ins Wohnzimmer, und als alle Platz genommen hatten, stellte Rhett ihnen Taz vor. »Mr Watling ist Partner in einer Baumwoll-Kommissionsfirma in New Orleans.«

»Da hol mich doch der Teufel«, entfuhr es Beatrice Tarleton. »So lerne ich schließlich und endlich doch noch Rhetts Bastard kennen. Ich muss schon sagen, junger Mann, Sie sehen Ihrem Vater kein bisschen ähnlich!«

Beatrice' Nachbarn, die an ihre unverblümte Art gewöhnt waren, lachten. Die Yankees setzten eine unverbindliche Miene auf.

»Es tut mir leid, Sie enttäuschen zu müssen, Madam«, sagte Taz freundlich. »Aber mein Vater war Colonel Andrew Ravanel. Vielleicht haben Sie schon von ihm gehört?«

»Na da … da hol mich doch der Teufel.« Beatrice sank in ihren Sessel.

»Ob der wohl unhöfliche alte Frauen mag?«, ließ sich Rhett von hinten vernehmen.

Taz erklärte ihnen, dass ihre Baumwolle keinen guten Preis erzielte, weil der britische Markt darniederlag und die Spinnereien in New England nur gut verpackte, nach Güteklassen sortierte, sorgfältig entkörnte Baumwolle wollten.

Man gründete auf der Stelle eine Pflanzervereinigung mit Rhett als erstem und Tony Fontaine als zweitem Vorsitzenden. Tazewell Watling wurde beauftragt, für die Vereinigung Verträge mit Entkörnungswerken und Lagerhäusern abzuschließen.

Die Feldarbeiter hackten die Baumwollfelder am Fluss und säten auf den höher gelegenen Feldern Hafer aus. Tara begann wieder wie Tara auszusehen.

Rosemary verbrachte die meisten Nachmittage auf Twelve Oaks.

Eines Sonntags kam Belle Watling nach Tara, um ihren Sohn zu besuchen. Am Abend fuhr Taz sie zur Bahnstation, sodass Rosemary und ihr Bruder allein auf der Veranda zurückblieben. Die Kinder spielten auf dem Rasen Cowboy und Indianer, während die Glühwürmchen geheimnisvolle Botschaften aussandten.

»Es ist so friedlich hier«, sagte Rosemary.

»An Sommerabenden scheint dieses Land für die Ewigkeit geschaffen zu sein.«

Das Spiel der Kinder mündete in allseitiges Gekicher.

»Denkst du an Bonnie Blue?«

Rhett schwieg eine Weile. »Ich wüsste einfach gern, was für ein Mensch Bonnie Blue geworden wäre.«

»Ja«, sagte seine Schwester. »Meg wäre heute eine junge Frau, die sich den Kopf darüber zerbrechen würde, ob sie hübsch genug ist, um einen Galan zu finden. Das Leben ist so grausam, Bruder.«

Rhett nahm eine Zigarre aus seinem Etui. »Manchmal glaube ich, wenn es denn irgendeinen Sinn hat, dass wir hier auf Erden sind, dann besteht er darin, über diejenigen, die wir verloren haben, Zeugnis abzulegen.« Er zwickte das Ende seiner Zigarre ab. »Du hast dich mit Ashley zusammengetan?«

»Ashley ist ein guter, sanfter Mann.«

Als Rhett sein Streichholz anriss, wirkten seine Wangenknochen im flackernden Licht dämonisch. »Das ist er wohl. Aber ist die Welt gut genug für Ashley Wilkes?«

Rosemary stützte das Kinn in ihre Hand. »Ashley ist, wie er ist – genau wie du, Rhett.«

»Mag sein, Rosemary.« Rhett beugte sich über das Geländer und rief: »Kinder, genug für heute. Es ist Zeit fürs Abendgebet, Zeit zum Schlafengehen.«

Als sie am nächsten Morgen erwachte, streckte sich Scarlett wohlig. Die Bettwäsche streichelte über ihre Haut wie ein Geliebter. Darauf zu warten, dass Rhett endlich zu ihr kam, war qualvoll und genüsslich zugleich. Bald, ganz bald …

Nach dem Frühstück ging Scarlett mit ihrem Kaffee auf die Veranda, wo Rhett auf der Schaukelbank saß. »Deine Dahlien sind wunderschön.«

»Meiner Mutter haben sie nie gefallen. Ellen hat immer gesagt, Dahlien seien zu ›prunkvoll‹.«

Er lachte. »Ist das nicht die Aufgabe einer Blume?«

»Vielleicht. Rhett … ich …«

Er legte ihr den Finger auf die Lippen, und ein Schauer überlief sie. »Sch… Verdirb es nicht.«

Auf den Feldern am Fluss leuchteten die Baumwollblüten wie Schneeflocken aus dem Grün hervor.

Rhett sagte: »Ich würde gern ein Gartenfest geben. So wie früher. Wir werden alle dazu einladen. Erinnerst du dich noch an das Gartenfest, auf dem wir uns kennengelernt haben?«

»Das werde ich wohl kaum vergessen.«

»Da mache ich in aller Unschuld ein Nickerchen, und als ich mich aufsetze, fällt mein Blick auf das hübscheste Mädchen, das ich je gesehen habe. Und dieses Mädchen bewirft mich mit Porzellan!«

Scarlett schob ihre Hand in seine. »Ich habe es immer bedauert, dass ich nicht getroffen habe«, wisperte sie. Und sie lachten gemeinsam über diesen albernen Scherz.

Die Vorbereitungen begannen.

»Aber der 4. Juli ist doch ein Feiertag der Union!«, protestierte Scarlett.

Rhett erwiderte: »Liebling, wir *sind* jetzt die Union.« Rhett machte Pläne, als könnte kein Südstaatler etwas dagegen haben, am Jahrestag der Eroberung von Vicksburg und der Niederlage von Gettysburg ein Fest zu feiern.

Und offenbar hatte er die allgemeine Stimmung richtig eingeschätzt, denn niemand sagte ab, und Beatrice Tarleton fragte sogar, ob sie ihre Großnichte, die auf Besuch sei, mitbringen dürfe.

Mammy und Dilcey zogen durch den Hühnerhof wie der Sensenmann persönlich. Rhett kaufte mehrere Schinken. Frühe Tomaten wurden aus nahen und fernen Gärten requiriert, Salat und Stangenbohnen wurden geerntet, neue Kartoffeln ausgegraben.

Ashley bat den Fiedler, der die musikalische Zierde von Twelve Oaks gewesen war, die Kapelle anzuführen. »Ja, Sir, Mr Wilkes. So wie früher.«

Der Backofen von Tara war in Dauerbetrieb, und Mammy klagte, die Küche sei »heißer als Gehenna«. Sie und Dilcey buken Apfel-, Creme-, Pecan- und Rhabarberkuchen.

Rhett wies die Kinder an, Eiskrem zu rühren, die in großen Behältern im Kühlhaus aufbewahrt wurde.

Da sie seit Jahren nicht mehr zusammen gespielt hatten, übten Ashleys Musiker auf Tara, sodass die Vorbereitungen für das Gartenfest von den Klängen der Fiedel, zweier Banjos und einer Mandoline untermalt wurden.

Der 4. Juli brach kühl und wolkenlos an.

Pork fuhr mit dem Einspänner an den Bahnhof von Jonesboro, um auf den Mittagszug zu warten. Als sie hörte, wie Pork und Onkel Peter sich stritten, wer sie kutschieren dürfe, strahlte Miss Pittypat. »Ach«, sagte sie, »das ist ja wie in den guten alten Zeiten!«

Obwohl der Beginn des Fests auf vierzehn Uhr angesetzt war, kamen einige Gäste schon vor zwölf. Natürlich boten sie ihre Hilfe an. Und natürlich waren sie bloß im Weg.

Nachbarn kamen in ramponierten Farmwagen den Zufahrtsweg nach Tara hinaufgerumpelt. Die vornehmen Herrschaften aus Atlanta hatten sämtliche Gespanne des Mietstalls von Jonesboro mit Beschlag belegt.

Tante Pittypat war besorgt: »Lieber Rhett, glaubst du … ich meine … ist das denn wirklich schicklich? Es ist der 4. Juli, und viele von uns haben dieses Datum in sehr schlechter Erinnerung …«

Als Rhett sie auf die Wange küsste, vergaß Miss Pittypat, was sie noch hatte sagen wollen.

Falls irgendeiner der übrigen geladenen Südstaatler sich an dem Datum störte, sagte er es nicht, und die Yankeepflanzer, die Rhett eingeladen hatte, waren zu höflich, um die Vergangenheit ins Gedächtnis zu rufen.

Und so fand an einem heißen Nachmittag auf einem Gartenfest in Clayton County, Georgia, der Krieg wirklich und wahrhaftig sein Ende.

Um Punkt zwei erschienen Reverend Maxwell und seine Frau in einem schlichten Einspänner. Rhett empfing sie am Wendeplatz und lüftete vor Mrs Maxwell den Hut. »Wie schön, dass Sie kommen konnten, Reverend. Es ist uns eine Ehre!«

Der Reverend erwiderte: »Danke. Ich habe schon viel von Ihrer schönen Plantage gehört.«

»Sie kennen Dilcey natürlich. Sie wird Sie ein wenig herumführen.«

Das historische Datum, der farbige Reverend und zu viel Brandy brachten Tony Fontaine aus der Fassung, und er marschierte mit flammendem Blick zu Rhett. »Verdammt noch mal, Rhett!«

Rhett packte Tony an der Schulter und sagte: »Tony, wir sind alle hier, um einen schönen Tag miteinander zu verbringen. Ich würde es Ihnen sehr übel nehmen, wenn Sie uns dabei in die Quere kämen.«

Tony schaute an Rhetts Lächeln vorbei in seine kalten, intelligenten Augen. »Rhett! Verdammt noch mal! Ich kann einfach nicht …«

»Dann gehen Sie wohl besser. Es tut mir leid. Schön, dass Sie da waren.«

Tony Fontaine sagte: »Aber Rhett, verdammt noch mal!«

»Schön, dass Sie da waren.«

Und so verließen Tony Fontaine und seine protestierende Frau das Fest. Obwohl alle mitbekommen hatten, was passiert war, äußerte sich niemand dazu. Höfliche Südstaatler nehmen nicht wahr, was sie nicht wahrnehmen sollten.

Zu seinem eigenen Missfallen trug MacBeth Livree, und als Pork anmerkte: »Wird auch Zeit, dass die Nigger sich anziehn, wie's sich gehört«, wünschte ihm MacBeth die Pest an den Hals. Belle Watlings weites Kleid schmeichelte ihrer Figur.

Ashley Wilkes und Rosemary beschrieben den Garten von Twelve Oaks ausführlicher, als Onkel Henry es hören wollte.

Von den Grillfeuern zog der Rauch brennenden Hickoryholzes durch die Buchsbaumhecken, und eine leichte Brise vom Fluss hielt die Moskitos fern. Die Gäste stellten sich am Büfett an.

»Möchten Sie sich nicht etwas von dem Schinken nehmen, Reverend? Ein Endstück?«

»Danke, Dilcey.«

All diese Gaumenfreuden wurden durch Reminiszenzen an frühere, ach so lang zurückliegende Feiern noch gesteigert.

Als die Dämmerung sich herabsenkte und die Männer dem Alkohol eifriger zusprachen, ließ Rhett Reverend Maxwells Einspänner bringen.

»Mr Butler«, sagte Maxwell, »ich danke Ihnen für diesen unvergesslichen Nachmittag.«

Als die Sonne hinter den Hügeln verschwunden war, legten sich die Damen Schals um, und die Musiker stimmten ihre Instrumente. Rhett und Taz trugen Kisten mit fremdartigen Etiketten auf den Rasen. »Ihr bleibt auf der Veranda«, ermahnte Rhett die Kinder. »Ella, Beau, Louis Valentine: Wenn ihr auch nur einen Schritt auf den Rasen tut, müsst ihr von drinnen zuschauen.«

»Darf ich euch helfen?«, fragte Wade.

»Wenn du genau das tust, was Taz und ich dir sagen.«

Leuchtspuren nach sich ziehend, stiegen Feuerwerksraketen in den Nachthimmel über Tara, explodierten und fächerten sich zu bunten Lichtergarben auf. Bei jeder Explosion schrien die Kinder: »Oooh!« Ella hielt sich die Ohren zu, und die Erwachsenen applaudierten.

Nachdem die letzte Rakete abgeschossen war, rannten die Kinder auf den Rasen, wo sie die ausgebrannten Hülsen inspizierten und sich wunderten, dass etwas so Unscheinbares solch wunderschöne Sterne hatte beherbergen können.

Wohnzimmer, Eingangshalle und Esszimmer wurden zu dem Ballsaal, um den Ellen O'Hara Gerald einst gebeten hatte. Die Kapelle stellte sich auf der Treppe auf. Rosemary brachte die kleineren Kinder ins Bett, doch schon nach wenigen Minuten linsten sie wieder durch die Balustrade hinunter.

Im Sonntagsanzug mit steifem Zelluloidkragen heftete sich Wade an Taz' Fersen und hoffte, dass ihm keiner der Erwachsenen durchs Haar fahren würde. Seine Großtante Pittypat sagte: »Wade, du bist dem lieben Charles wirklich aus dem Gesicht geschnitten!« Eine Träne rann über ihre alte, runzlige Wange.

Unter dem Porträt von Scarletts Großmutter unterhielten sich Beatrice Tarleton und Alex Fontaine über ein frei herumlaufendes Pferd, das schon mehrere Leute gesehen zu haben meinten. Beatrice Tarleton glaubte ihnen nicht. »Ich kenne jeden Rotschimmel zwischen Tara und Jonesboro.«

Beatrice' Töchter waren irgendwo unterwegs. Ihre Söhne, Brent, Stuart und Tom – vor dem Krieg Scarletts glühende Verehrer – waren nur noch traurige Erinnerungen.

Scarlett seufzte.

Als hätte er ihre Gedanken gelesen, nahm Rhett ihre Hand. »Liebling, wenn heute Abend Gespenster unter uns sind, wollen sie bestimmt, dass wir glücklich sind. Darf ich um diesen Walzer bitten?«

Die Kapelle bot eine bunte Mischung von Walzern und Reels. Sehr zum Missfallen der älteren Gäste weigerten sich die Musiker, »altmodische Quadrillen« zu spielen.

Nachdem Taz mit seiner Mutter getanzt hatte, forderte er Beatrice' Großnichte Polly auf, eine schmale, schüchterne Brünette.

Belle Watling strahlte vor Freude. »Schaut euch nur meinen Jungen an«, flüsterte sie, an niemand Bestimmten gerichtet. »Himmel noch mal, schaut ihn euch nur an.«

Beatrice Tarleton neigte den Kopf zu ihrer Sitznachbarin. »Miss Watling«, sagte sie heiser, »die Zeiten haben sich geändert.«

»Ich …«

»Und ich finde, es ist gut so. Ich weiß nicht, was das damals alles sollte. Dieses völlig überflüssige, prüde Anstandsgehabe. Haben wir damals wirklich geglaubt, Gott interessiere es, ob ein Mann einen Blick auf unsere Beine erhascht? Sagen Sie mir, Miss Watling« – Beatrice sah Belle unverwandt an –, »sind die Männer eigentlich alle gleich?«

Belle hustete und klopfte sich gegen den Hals. »Gütiger Gott«, sagte sie. Dann beugte sie sich vertrauensvoll zu Beatrice hinüber. »Es gibt so 'ne und solche, wissen Sie.«

Ashley und Rosemary saßen auf der Schaukelbank, sprachen über nichts Bestimmtes und genossen ihr Geplauder sichtlich.

Das Dessert wurde auf dem Rasen aufgetragen, doch da sich der Wind gelegt hatte und die Moskitos in Schwärmen anrückten, nahmen alle ihre Teller mit hinein.

In ihrem hochlehnigen Ohrensessel dachte Miss Pittypat, glücklich und traurig zugleich, wie sehr dieses Fest der lieben Melanie doch gefallen hätte.

Als der Fiedler »Soldier's Joy« anstimmte, reichte Rhett Scarlett die Hand.

»Rhett, ich war so dumm.«

»Das waren wir beide.« Mr Butler führte Mrs Butler auf die Tanzfläche.

Als wir uns kennenlernten, dachte Scarlett, war ich noch ein Kind. Dank Rhett bin ich zu der Frau geworden, die ich heute bin.

»Liebes«, murmelte Rhett höflich, »das ist kein Twostepp, sondern ein Reel.«

Scarlett O'Hara Butler wirbelte herum. Wirbelte herum wie das Mädchen, das sie einst gewesen war, das Mädchen, das tief in ihrem Innern weiterlebte. Sie wirbelte herum wie ein Kind, ein junges Mädchen, eine erwachsene Frau, und ihr Mann war bei ihr, seine Hand stets bereit, die ihre wieder zu ergreifen. Aus den Augen ihres Mannes strahlte eine solche Liebe, dass Scarlett Butler zum ersten Mal in ihrem Leben keine Angst mehr vor dem Altwerden hatte.

Um Mitternacht packten die Musiker trotz zahlreicher Proteste ihre Instrumente ein.

Rhett hatte dafür gesorgt, dass in Jonesboro ein Sonderzug für die Gäste aus Atlanta bereitstand. Die Nachbarn verweilten noch etwas auf dem Wendeplatz.

»Vielen Dank, dass Sie gekommen sind«, sagte Scarlett immer wieder. »Wir werden das ganz bestimmt wiederholen.«

Als die letzte Kutschenlampe in der Dunkelheit verschwand, schloss Rhett das Haus ab.

Im oberen Flur begegnete Scarlett Belle Watling. Sie trug einen Morgenrock in einem unglaublichen Rosa.

»Das war der schönste Tag meines Lebens«, sagte Belle. »Vielen Dank, Miss Scarlett, dass ich hier nächtigen darf.«

Scarlett küsste das rosafarbene Geschöpf auf die Wange. »Gute Nacht, Belle.«

In ihrem Schlafzimmer zog sich Scarlett langsam und genüsslich aus. Heute Nacht würde Rhett zu ihr kommen, das spürte sie an dem Kribbeln auf ihrer Haut. Vor sich hin summend tupfte sie sich etwas Eau de Cologne hinter die Ohren und unter die weichen Rundungen ihrer Brüste.

Das hauchfeine Nachthemd, das sie anzog, kannte Rhett noch nicht. Scarlett fühlte sich wie ein kostbares Geschenk.

Durch die geöffneten Vorhänge strömte bläulich-kühles Mondlicht ins Zimmer.

Scarlett kniete neben ihrem Bett nieder und bekreuzigte sich. Sie dankte Gott für Tara und Ella und Wade und für alle, die sie liebten. Sie dankte Gott, dass er Rhett nach Hause geführt hatte.

Und dann roch sie den Rauch.

Kapitel 59

Meine Zeit ist gekommen

Scarlett musste immer wieder husten. Die dunklen Schatten am Fuß ihrer Zimmertür entpuppten sich als öliger schwarzer Rauch, der durch die Türritze sickerte, dann hereinquoll und an der Holztäfelung emporstieg.

Aus dem Kinderzimmer rief Rosemary: »Es brennt! Um Gottes willen, es brennt!«

Als Scarlett den Türknauf anfasste, fuhr sie mit einem Schreckenslaut zurück. Er war glühend heiß!

Im nächsten Moment stürmte Rhett herein, barfuß und ohne Hemd. »Das Feuer ist im Treppenhaus«, sagte er sachlich. »Hilf mir, die Kinder rauszuschaffen.«

Es ging alles so schnell! Als Rhett ihre Hand nahm, protestierte Scarlett: »Aber ich bin doch gar nicht angezogen!«

Rauchschwaden trieben durch das mondhelle Kinderzimmer. Inmitten verstreuter Spielsachen und Bücher saßen die Kinder um Rosemary herum, die Louis Valentine auf dem Schoß hielt.

Mit der gleichen eiskalten Ruhe wie ihr Bruder sagte Rosemary: »Tazewell kümmert sich um seine Mutter.«

»Braver Bursche.« Rhett kniete sich hin, sodass er auf Augenhöhe mit den Kindern war. »Ella, du solltest doch schon längst im Bett sein. Du willst wohl noch ein bisschen feiern?«

Ella schug die Hand vor den Mund, und über ihrem Kichern vergaß sie einen Moment lang ihre Angst.

»Beau, du bist ein tapferer Junge, stimmt's? Heute Nacht musst du tapfer sein.«

Beau putzte sich energisch die Nase.

Rhett sagte: »Wade Hampton Hamilton, wir zählen auf dich.«

Das Feuer draußen vor der Kinderzimmertür klang wie ein riesiges Tier, das durchs Unterholz brach. Schnell!, dachte Scarlett. Wir müssen uns beeilen!

Rhett wandte sich dem zitternden Louis Valentine zu. »Wie alt bist du, Louis?«

»Sieben, Onkel Rhett.«

»Du bist nach einem Seeräuber benannt. Wusstest du das?«

»Ja, Sir.«

»Rhett!«, drängte Scarlett.

Rhett drückte Scarletts Hand, wandte den Blick jedoch nicht von dem Kind ab.

»Dann musst du heute auch tapfer wie ein Seeräuber sein. Ja, Louis?«

Louis Valentine quiekte: »Ja, Onkel Rhett.«

»Gut. Denn wenn wir jetzt gleich durch diese Tür gehen, wird es da draußen heiß und finster und zum Fürchten sein. Wir werden uns an den Händen halten, damit niemand zurückbleibt oder verloren geht. Scarlett geht voraus, dann folgt Wade, dann Louis Valentine, dann Rosemary, dann Ella. Beau, du nimmst Ellas Hand – du darfst sie nicht loslassen! –, und ich nehme deine Hand, ich gehe als Letzter. Also, fasst euch alle an den Händen. Gut so. Haltet euch ganz, ganz fest, so fest ihr nur könnt!«

Während Rhett sprach, füllte sich das Zimmer mit Rauch, und Ella begann zu husten. Scarlett flehte zu Gott, dass Ella nicht einen ihrer Anfälle bekommen würde.

»Wir werden unter dem Rauch hindurch zur Gesindetreppe kriechen, die Treppe hinunter in die Küche und dann hinaus«, fuhr Rhett fort. »Ihr dürft nicht trödeln, und wenn ihr Angst habt, müsst ihr so tun, als wärt ihr tapfer. Vor allem dürft ihr auf keinen Fall die beiden Hände loslassen, die ihr festhaltet. Habt ihr das verstanden?«

Ein Chor wackeliger »Jas«. Ella unterdrückte ein Schluchzen.

In demselben ruhigen Ton sagte Rhett: »Scarlett, Liebes, nimm Wades Hand. Und nun los.«

Obwohl ihr die Zähne klapperten, sagte Scarlett: »Mr Butler, sind Sie sicher, dass es hier zum Honeysuckle Ballroom geht?«

Rhett schnaubte. Scarlett raffte ihr Nachthemd hoch und kniete sich hin. Als Rhett die Tür aufstieß, war der Flur von erstickendem schwarzem Qualm erfüllt, in dem träge gelbe Flammen züngelten. Scarlett kroch los. Durch die Helligkeit von unten war jede einzelne Bodendiele klar umrissen; die Decke hingegen war hinter wirbelnder Schwärze verschwunden. Scarletts Nacken glühte. Hoffentlich gingen ihre Haare nicht in Flammen auf! Bis zur Gesindetreppe war es weiter, als Scarlett gedacht hatte. Wades Hand hinter sich fest umklammert, kroch Scarlett durch den Qualm, und als ihr feines neues Nachthemd sie beim Vorwärtskommen behinderte, zerriss sie es. Das Feuer toste, es brüllte wie ein Bär. Der Fußboden versengte Scarlett Hände und Knie, und sie japste nach Luft. Wades Hand war schlüpfrig vom Schweiß. Rhetts Schrei drang durch das Tosen: »Lasst nicht los, Kinder! Haltet euch an den Händen, so fest ihr könnt!«

Ella kreischte: »Mama!«

»Ich bin hier, Schatz. Krabbel weiter!« Scarlett hustete heftig.

Das dunkle Rechteck weiter vorne im Rauch wurde langsam als das Treppenhaus erkennbar. Mit ihrer freien Hand tastete Scarlett nach der obersten Stufe und schrie: »Ich bin an der Treppe. Ich krieche jetzt runter!« Sie hustete, bis sie das Gefühl hatte, Teile ihrer Lunge kämen mit hoch. Wades schweißnasse Hand fest in ihrer, ließ Scarlett sich langsam die Treppe hinunter – zwei Stufen, drei. Von unten strömte kühle Luft herauf und schob den Rauch nach oben, über sie hinweg. Mit den Zehen nach den unsichtbaren Stufenkanten tastend, stieg Scarlett im Finstern die enge Treppe Stufe um Stufe hinab.

Weit hinter ihr rief Rhett. »Haltet euch fest! Nicht loslassen!«

Als Wade einen Fehltritt tat, entglitt ihr seine Hand, und sie stemmte sich ihm entgegen, damit er nicht stürzte. Wade sagte: »Entschuldige, Mutter«, und er klang genau wie Charles Hamilton.

Auf dem kleinen Vorplatz am Fuß der Treppe versuchte sich

Scarlett zu erinnern, ob der Riegel der Küchentür rechts oder links saß. Weiter oben rief Rhett: »Wir sind fast da! Louis Valentine! Seeräuber schniefen nicht!«

Als Scarlett die schmale Tür aufstieß, stand Mammy in Nachthemd und Kattunnachthaube da. Die alte Negerin sagte hilflos: »Scarlett, Schätzchen. Es brennt.«

Scarlett zog Wade in die kühle Küche.

»Ja, Mammy, es brennt. Läute die Glocke und weck alle auf.« Scarlett half Louis Valentine in die Küche, dann Rosemary und Ella, dann Beau und schließlich Rhett, der seine versengten Hände unter die Achseln schob.

»Dabei war es so'n schönes Fest!«, sagte Mammy benommen. »Seit Jahren ham wir's nich mehr so nett gehabt!«

Scarlett rief: »Oh Rhett! Deine armen Hände! Mein Gott!«

»Hab meine Handschuhe in Paris vergessen«, antwortete er leichthin.

Rosemary trieb die Kinder in den Hof, während Mammy mit aller Macht die Alarmglocke läutete. Die Wirtschaftsgebäude waren still und dunkel. Als Ella zusammenbrach, fing Rhett sie gerade noch auf und trug sie den restlichen Weg. Ellas pummelige nackte Füßchen baumelten über seine Arme. Neben dem Kühlhaus legte Rhett das Kind ins Gras und sagte: »Die arme Kleine. Sie war so lange tapfer wie nötig.«

»Ich bleibe bei Ella«, sagte Rosemary. »Wade Hampton, kümmer du dich bitte um die Jungen.«

Taz lehnte eine Leiter an Gerald O'Haras Balkon, wo Belle ganz unaufgeregt wartete. Hinter den Fenstern im oberen Stockwerk zuckten Flammen. Ellen O'Haras Fächerfenster und die bleigefassten Lampen wurden von innen grell beleuchtet. Ein leerer Kanister lag neben der Eingangstür. Trotz des Qualms roch Scarlett das Petroleum.

Die vordere Treppe von Tara, auf der die Kapelle noch vor wenigen Stunden Strauß-Walzer gespielt hatte, brannte lichterloh.

Rhett stützte die Leiter ab, während Taz hinaufstieg.

Das Gras neben dem Haus war leicht angekohlt. Als säßen Gespenster darin, schwang die Schaukelbank auf der Veranda quietschend hin und her.

Ihr rosafarbener Morgenrock so unversehrt wie ihre Würde, stieg Belle Watling vorsichtig die Leiter hinunter.

Mehrere Neger rannten auf das Herrenhaus zu. Dilcey schrie: »Tara! Wir müsssen Tara retten!«

Scarlett schrak aus ihrer Benommenheit auf. »Rhett!«, schrie sie. »Mein Gott, es geht um Tara!« Sie eilte auf die Haustür zu, als das Fächerfenster zersprang und Flammen von unten an das Vordach leckten.

Rhett holte sie ein, fasste sie um die Taille und hob sie hoch. »Nein!«, sagte er. »Es ist zu spät.«

Sie trat gegen seine Schienbeine. »Aber das ist Tara! Ich will Tara nicht verlieren!«

»Bei Gott! Ich will *dich* nicht verlieren! Nie wieder!« Rhett trug Scarlett weg, während die Flammen zum Dachfirst emporloderten.

Die Hitze war kaum auszuhalten. Rhett, Scarlett, Tazewell und Belle zogen sich auf den Wendeplatz zurück.

Scarlett schluchzte wütend. »Wir hätten es wenigstens versuchen sollen!« Sie trommelte gegen Rhetts Brust. »Wir hätten irgendetwas tun müssen!«

Das Feuer toste, und die Fenster des Herrenhauses von Tara leuchteten wie die Augen des Satans. Hufgetrappel auf dem Zufahrtsweg: die Nachbarn. Zu spät. Viel zu spät.

»Oh Rhett«, stöhnte Scarlett. »Tara!« Sie vergrub ihr Gesicht an seiner Schulter.

»Ja, mein Schatz. Das war Tara.«

Die Stimme übertönte das Prasseln des Feuers kaum. »Meine Zeit ist gekommen.«

Der abgerissene alte Mann hatte Zweige im Bart. Sein fettiges Haar war verfilzt. Er war dem Feuer zu nahe gekommen, und sein Hemd war vorn und an den Ärmeln versengt. Er hielt eine rostige einschüssige Duellpistole in der Hand.

»Rhett Butler«, sagte Isaiah Watling mit dumpfer Stimme. »Meine Zeit ist gekommen.«

Rhett schob Scarlett zur Seite. »Guten Abend, Watling. Es wäre wahrlich nicht nötig gewesen, das Haus meiner Frau niederzubrennen. Wenn Sie mich darum gebeten hätten, wäre ich herausgekommen.«

»Reinigende Flammen …«, murmelte Isaiah.

»Ich kann mich nicht entsinnen, reinigende Flammen zu benötigen«, sagte Rhett, »aber ich bin auch nicht sonderlich religiös. Sie wissen zweifellos weit mehr über reinigende Flammen als ich.«

Der Alte nahm seine letzte Kraft zusammen und richtete sich auf. »Sie haben meinen Sohn Shadrach umgebracht. Wegen Rhett Butler, dem jungen Herrn von Broughton, schmort mein Sohn in der Hölle.«

Mit klappernden Zähnen schrie Scarlett: »Verschwinden Sie! Sie erbärmliche Kreatur! Verlassen Sie Tara auf der Stelle!«

Rhett sagte: »Isaiah, wenn ich Ihren Sohn nicht getötet hätte, dann hätte es ein anderer getan. Das wissen Sie. Es war klar, dass Shad Watling nicht im Bett sterben würde.«

»Genauso wenig wie Sie, Sünder!« Mit zitternden Händen hob der alte Isaiah seine Pistole.

Belle rannte auf ihren Vater zu und rief: »Papa! Papa! Bitte! Das darfst du nicht tun!«

Es war kein lauter Knall, kaum lauter als das Zerbrechen eines Asts. Belle Watling erbebte. Ihren rosafarbenen Morgenrock zurechtziehend, damit niemand ihre nackten Beine sah, sank Belle auf den Aufsteigeblock.

»Armer, armer Papa«, sagte sie und starb.

Kapitel 60

Morgen ist auch noch ein Tag

Nachdem sie jahrelang wilde Vermutungen über das Chapeau Rouge angestellt hatten, besuchten Mrs Meade und Mrs Elsing Belles Etablissement schließlich. Es war ihre patriotische Pflicht.

Neun Jahre nach Kriegsende war die Ära der Konföderation zu einem pompös-romantischen Mythos erblüht. Gewisse schauerliche Vorkommnisse, die besagte Damen einst in größte Verlegenheit gebracht hatten, waren in den Legendenschatz ihrer Familien eingegangen. So erzählte Mrs Elsing ihren Enkeln: »Als die Yankeebesatzer in Georgia wahllos tapfere Männer henkten, hat Belle Watling euren Vater durch ihre List vor dem Galgen bewahrt. Ihr macht euch keine Vorstellung!« Jedes Mal, wenn sie die altbekannte Geschichte erzählte, staunte Mrs Elsing von Neuem über die Gutgläubigkeit der Yankees. »Die haben doch tatsächlich geglaubt, dass Hugh Elsing sich in einem Bordell prügeln würde! Was sagt ihr dazu?«

Doch Legenden sind eines, Bordelle etwas anderes, und als die Kutsche der beiden Damen vor dem berüchtigten Haus anhielt, hätten sie dem Kutscher fast befohlen weiterzufahren. Sie waren äußerst erleichtert, Bekannte dort anzutreffen, achtbare Bürger, die gekommen waren, um Atlantas berühmtester gefallener Frau die letzte Ehre zu erweisen.

Sie waren, offen gestanden, enttäuscht. Ihren Freundinnen erzählte Mrs Meade hinterher: »Also, Miss Watlings Haus machte einen geradezu respektablen Eindruck!«

Mrs Elsing, die französisches Dekor verabscheute, war anderer Meinung: »Zu bohemehaft, meine Liebe. Viel zu bohemehaft.«

Das Chapeau Rouge hatte sich seit der Zeit, als Offiziere der Konföderationsarmee dort ihr Vergnügen suchten, nicht verändert, und Veteranen kehrten dorthin zurück, um den jungen Männern, die sie einst gewesen waren, ihre Reverenz zu erweisen.

In unbehaglichem Miteinander warteten achtbare und weniger achtbare Bürger Atlantas auf dem Gartenweg, der von Belles duftenden Rosen gesäumt war.

MacBeth grüßte Bekannte und Unbekannte mit dem gleichen unpersönlichen »Morgen, Sir, Morgen, Madam. Nett von Ihnen, an diesem traurigen Tag zu uns zu kommen«.

Drinnen fanden die Sensationslüsternen statt bunter Kakadus und exotischer Flamingos Dohlen vor: Belles schwarz gekleidete Metzen.

Mehrere mittlerweile achtbare Matronen hatten während des Kriegs hier gearbeitet. Mrs Gerald D. war die lebhafte »Miss Susanna« gewesen, und »Die kleine Schäkerin« war jetzt Mrs William P. Die Metzen gaben weder durch Worte noch durch Gesten zu verstehen, dass sie ihre einstigen Kolleginnen als solche erkannten.

Die Männer des Leichenbestatters hatten die Möbel aus dem Salon in den ersten Stock geräumt und durch fünfzig hochlehnige Stühle ersetzt. Sie hatten den Sarg auf Sägeböcke gestellt, diese mit schwarzem Krepp drapiert und zahlreiche Kränze und Gestecke darum herum arrangiert.

Die aufgebahrte Belle trug ein graues Seidenkleid von entschieden altmodischem Schnitt. Ihr Haar lag offen auf dem weißen Seidenkissen, und ihre Hände waren fromm gefaltet. Sie sah aus wie ein Kind im Ballkleid seiner Mutter. Ein breites rotes Band, auf dem in schwarzer Schrift *Inniglich geliebt* stand, zog sich quer über den Sarg.

Der aschfahle Rhett Butler nahm Beileidsbezeigungen entgegen. »Ja, sie war eine wunderbare Frau. Belle war ein ausgesprochen vertrauensseliger Mensch. Ja, sie hat mir viel bedeutet. Danke, dass du gekommen bist, Henry.«

Mrs Butler stand neben ihrem Mann. »Schön, dass Sie kommen konnten, Grandpa Merriwether. Bitte nehmen Sie sich doch etwas zu trinken. Zur Küche geht es durch diese Tür dort.«

Scarlett stellte den jungen Mann vor. »Das ist Belles Sohn, Mr Watling. Mr Watling ist Baumwollkommissionär in New Orleans. Ja, ein Veteran der Konföderationsarmee.«

Vor Gram wie betäubt, nahm Taz die gut gemeinten Kondolenzen Fremder entgegen. Obwohl er sich jedes Mal höflich bedankte, bedeuteten sie ihm nichts. Tazewell trauerte um den Traum, der so leicht hätte wahr werden können: seine Mutter in seinem sonnigen kleinen Garten im Vieux Carré, endlich glücklich. Ach hätte er doch nur einen, nur einen einzigen der albernen, kostbaren Briefe seiner Mutter aufgehoben!

Zwar mieden die ehrbaren Bürger Atlantas den üppigen Leichenschmaus, doch die raueren Gesellen und ihre Frauen versammelten sich bei Roastbeef, Schinken und Whiskey in der Küche. Sie klagten über die Wirtschaftskrise und fragten sich, wann Atlanta wohl wieder auf die Beine kommen würde. Sie tranken auf Belle. Sie erzählten einander von den Gefälligkeiten, die Belle ihnen in schlechten Zeiten erwiesen hatte.

Der Reporter des *Atlanta Journal* schrieb:

In klirrenden Fußeisen und eisernen Handschellen wurde der Vater der Ermordeten von Oliver Talbot, dem Sheriff von Clayton County, zur Leichenfeier eskortiert. Die Trauernden wichen voller Entsetzen zurück, als der bärtige Patriarch, der seine Tochter getötet hatte, auf ihren Sarg zuging. Keine väterliche Zärtlichkeit milderte seine steinerne Miene, kein Laut des Kummers entstieg seiner Kehle. Seine Hand hatte den tödlichen Schuss abgegeben. Seine Tochter war vor seinen Füßen zusammengebrochen. Doch falls Isaiah Watling Reue empfand, ließ er es sich nicht anmerken.

Welche Gedanken müssen diese verstockte Seele gequält, welch hitzige Gefühle muss er mit der ganzen Willenskraft seines Stolzes unter-

drückt haben. Er beugte sich einen Moment lang über den Sarg seiner Tochter und legte unauffällig etwas hinein.

Sein Enkel, Mr T. Watling aus New Orleans, bemerkte die Handbewegung jedoch, nahm die Gabe des alten Mannes wieder heraus und gab sie ihm zurück, als er weggeführt wurde.

»Ich glaube, Sir, Sie haben etwas vergessen.« Taz legte das Neue Testament in die zusammengeketteten Hände seines Großvaters.

»Ich war nie …« Mit seinen entzündeten alten Augen musterte Isaiah das Gesicht seines Enkels. Er befeuchtete seine Lippen. »Ich war nie mein eigener Herr …« Er ließ den Blick sinken, und als Sheriff Talbot an der Kette zog, folgte der Alte gehorsam wie ein Hund.

Rhett hatte dem Pfarrer von St. Andrew die Einwilligung abgerungen, Belle Watling auf dem ältesten Friedhof der Stadt beizusetzen. Der Pfarrer wählte eine Grabstelle hinten an der Mauer aus, wo Belles Anwesenheit keinen Anstoß erregen würde. Rhett klopfte gegen den an prominenter Stelle platzierten Grabstein eines anglikanischen Bischofs. »Den alten Charley hat Belle ohnehin nie leiden können.«

Und so wurde Belle Watling an einem strahlenden Sonntagvormittag zur letzten Ruhe gebettet. Das Gras war von Tau benetzt. Kirchenglocken riefen die Gläubigen zur Andacht. Unter fröhlichem Gebimmel fuhr eine der neuen Straßenbahnen von Atlanta vorbei.

Wade Hamilton und Ella Kennedy standen rechts und links von Scarlett, Beau Wilkes und Louis Valentine Ravanel bei Ashley und Rosemary. Der Pfarrer las aus dem Gebetbuch der anglikanischen Kirche. Die Kinder waren tief beeindruckt.

Tazewell Watling weinte.

Nach der Zeremonie verschwand der Pfarrer, so schnell der Anstand es erlaubte. In angemessener Entfernung warteten bereits einige Neger mit Schaufeln.

Ashley Wilkes ging auf Rhett zu und reichte ihm die Hand. »Es tut mir leid, Rhett. Belle war eine gute Frau. Sie hat mir das Leben gerettet.«

Rhett ergriff die Hand des schmächtigeren Mannes. »Wie lange kennen wir uns jetzt schon?«

Ashley überlegte. »Seit 1861, wenn ich mich recht erinnere.«

»Dreizehn Jahre. Seltsam, es kommt mir viel länger vor. Wie geht es mit Ihrem Garten voran?«

Ashleys Miene hellte sich auf. »Ausgezeichnet! Ich habe den Springbrunnen wieder in Betrieb gesetzt. Kommen Sie doch mal vorbei und schauen Sie sich alles an.« Ashley nahm Rosemarys Arm. »Ihre Schwester entwickelt sich zur leidenschaftlichen Gärtnerin.«

Rosemary fragte: »Hast du je darüber nachgedacht, Bruder, warum Männer immer so tun, als sorgten sie für die Frauen, wo es sich doch normalerweise genau andersherum verhält?«

Rhett küsste Rosemary auf die Stirn.

Tazewell war seiner Firma schon zu lange ferngeblieben und begab sich zum Bahnhof, um nach New Orleans zurückzukehren.

Gemeinsam machten die Butlers sich auf den Weg zu Tante Pittypat. Dort angekommen, verließen Rhett die Kräfte, und er stolperte auf der Treppe. In Melanie Wilkes' einstigem Kinderzimmer half Scarlett ihrem Mann beim Auskleiden und brachte ihn ins Bett. Ihm klapperten die Zähne, und er zitterte so sehr, dass Scarlett sich auszog, unter die Bettdecke schlüpfte und ihn festhielt, bis er eingeschlafen war.

Spätnachmittägliche Schatten wanderten durch das Zimmer, und der Wind raschelte in der Ulme vor dem Fenster, als Scarlett in Rhetts Armen erwachte.

Tara, dachte Scarlett. Ihr war zum Weinen zumute, doch sie hatte keine Tränen mehr.

Sie setzte sich auf und rieb sich so heftig die Augen, dass sie Sterne sah. »Ach Unsinn, dummes Zeug!«, verkündete Scarlett O'Hara Butler.

Rhett murmelte etwas im Halbschlaf, und sie strich ihm das Haar aus der Stirn und küsste ihn auf den Mund. »Ich sehe besser mal nach den Kindern«, sagte Scarlett. »Wenn du herunterkommst, gibt es Kaffee.«

Mammy und Ella saßen auf der kleinen Veranda hinter dem Haus und zogen Bohnen ab. Pitty, Wade und Onkel Peter waren im Garten.

»Wir machen die Bohnen, ehe sie hinüber sin«, sagte Mammy. Ihre alten Finger flogen. »Is bei Mister Rhett alles in Ordnung?«

»Ich denke schon. Ich habe gerade überlegt, Mammy: Wann bist du nach Tara gekommen?«

»Gütiger Himmel, Kind. Ich bin mit deiner Mama gekommen, als sie geheiratet hat.«

»Kanntest du Philippe Robillard?«

Mammy presste auf ihre altbekannte Weise störrisch die Lippen zusammen.

»Mammy, die sind doch alle längst tot. Die Wahrheit kann niemandem mehr schaden.«

»Schätzchen, du bist noch nich so lang auf dieser Welt wie ich. Wenn die Wahrheit ausgesprochen wird, kann sie immer schaden.« Widerwillig räumte Mammy dann ein: »Ich hab Master Philippe nie gemocht. Er war 'n skrupelloser Bursche.«

»So wie Rhett?«

»Mister Rhett? Skrupellos?« Mammys fülliger Leib bebte vor Lachen. »Zu den Menschen, die er liebt, is Mister Rhett nie skrupellos.«

Alles hatte sich verändert. Alles, was Scarlett gewollt, sich einst so sehnlich gewünscht hatte – alles war anders gekommen.

Ob sie wie Ashley ein Abbild eines früheren Lebens wiedererschaffen könnte? Mit üppigen Azaleen und kunstvoll über die Trümmer drapierten Glyzinien? Scarlett schnaubte.

Vielleicht würden Rhett und sie Tara wiederaufbauen. Aber vielleicht würden sie auch einfach eine Weile reisen. Es gab so unendlich viele Orte, an denen Scarlett noch nie gewesen war. Vielleicht würden sie und Rhett in den Yellowstone Park fahren und die Naturwunder bestaunen: heißes Wasser, das zuverlässig wie ein Uhrwerk aus dem Boden schoss. Barmherziger Himmel!

In dieser Stimmung empfing sie Rhett, als er herunterkam. »Einen wunderschönen Nachmittag, Liebling!«, sagte sie.

Er hob die Augenbrauen. »So, ich bin also dein Liebling?«

»Das weißt du doch, Rhett. Bitte verspotte mich nicht mehr.«

Sein empörendes Grinsen verschwand. »Nie wieder, Schatz. Versprochen.«

Sie blickten einander ins Herz. Ihre Augen waren grün, seine grau.

Er sagte: »Das Leben hat uns wieder einen Schlag versetzt.«

»Einen schlimmeren als all die bisherigen?«

»Nein«, sagte er. »Das wohl nicht.«

Dann lachte Rhett Butler, er lachte lauthals, schwang Scarlett in die Höhe, tanzte in der Küche mit ihr Walzer und erstickte sie fast mit seinen Küssen – zu Ellas Freude und Mammys Bestürzung. »Mister Rhett! Mister Rhett, Sie bring' alles durcheinander!«

Rhett Butler lächelte sein vertrautes Lächeln und sagte zu Scarlett: »Meine liebe Frau, du bist das bezauberndste weibliche Wesen auf dieser Welt.«

Und Scarlett antwortete: »Barmherziger Himmel, Mr Butler. Ist das Leben nicht voller Überraschungen?«

Und das war noch lange nicht das

ENDE

Verzeichnis der wichtigsten Personen

Rhett Butler Sohn von Langston und Elizabeth Butler, wächst auf der Reisplantage seines Vaters auf

Langston Butler Rhetts Vater, Besitzer der Reisplantage Broughton bei Charleston

Elizabeth Butler Rhetts Mutter

Rosemary Butler Rhetts jüngere Schwester

Julian Butler Rhetts jüngerer Bruder

Louis Valentine Butler Rhetts Großvater, Freibeuter

Middleton Butler Rhetts Großonkel

Bonnie Blue Butler Rhetts Tochter mit Scarlett O'Hara

Meg (Margaret Ann) Haynes Tochter von Rhetts Schwester Rosemary

Louis Valentine Ravanel Sohn von Rhetts Schwester Rosemary

Onkel Solomon Haussklave auf Broughton

Herkules Farbiger Pferdetrainer auf Broughton

Will Schleusenmeister auf Broughton

Cleo Rosemarys Haus- und Kindermädchen

Tunis Bonneau Freier Farbiger, Seemann, Rhetts Freund

Ruthie Prescott Bonneau Frau von Tunis Bonneau

Belle Watling Tochter von Isaiah Watling, später Besitzerin des Bordells Chapeau Rouge, Rhetts Vertraute

MacBeth Belles Haussklave

Tazewell (Taz) Watling Unehelicher Sohn von Belle

Isaiah Watling Aufseher auf der Plantage von Langston Butler. Vater von Belle

Shadrach Watling Bruder von Belle

Josie Watling Neffe von Isaiah Watling

Constance Fisher, auch Grossmutter Fisher Freundin von Rhetts Mutter in Charleston

Charlotte Fisher Enkelin von Constance Fisher

Jamie Fisher Enkel von Constance Fisher, Charlottes Bruder

John Haynes Rhetts Schulfreund aus Charleston

Henry Kershaw Rhetts Schulfreund

Andrew Ravanel Rhetts Schulfreund aus Charleston, später Bürgerkriegsheld

Colonel Jack Ravanel Andrew Ravanels Vater

Juliet Ravanel Schwester von Andrew Ravanel

Cassius Banjospieler, Andrew Ravanels Sklave

Edgar Allan Puryear Rhetts Schulfreund aus Charleston, später Captain der Militärpolizei

Cathecarte Puryear Rhetts Lehrer und Vater von Edgar Allan Puryear

Didi Gayerre Rhetts kreolische Geliebte in New Orleans

Rufus Bullock einflussreicher Freund von Rhett, später Gouverneur von Georgia

Archie Flytte ehemaliger Sträfling, dem Rhett im Bürgerkrieg das Leben rettete

Scarlett O'Hara Tochter von Gerald und Ellen O'Hara, wächst auf der Baumwollplantage Tara in Georgia auf

Suellen und Careen O'Hara Scarletts Schwestern

Gerald O'Hara Scarletts Vater

Ellen O'Hara Scarletts Mutter

Prissy Scarletts farbiges Haus- und Kindermädchen

Mammy Scarletts Amme, Haussklavin auf Tara

Pork Haussklave auf Tara

Big Sam Vorarbeiter auf Tara

Ashley Wilkes Nachbar der O'Haras. Erbe der Plantage Twelve Oaks, Scarletts langjähriger Schwarm

Melanie Hamilton Wilkes Frau von Ashley Wilkes, Freundin von Scarlett

Beau Wilkes Sohn von Melanie und Ashley Wilkes

Charles Hamilton Bruder von Melanie Wilkes. Scarletts erster Ehemann

Wade Hampton Hamilton Sohn von Scarlett und Charles Hamilton

Frank Kennedy Kaufmann aus Atlanta, Scarletts zweiter Ehemann

Ella Kennedy Tochter von Scarlett und Frank Kennedy

Will Benteen Verwalter auf Tara nach dem Bürgerkrieg, Ehemann von Suellen O'Hara

Tante Eulalia Scarletts Tante, Schwester ihrer Mutter

Tante Pittypat Tante und Ziehmutter von Melanie und Charles Hamilton

Onkel Peter Haussklave von Tante Pittypat

Danksagung

Dieses ungewöhnliche Gemeinschaftswerk ist das Produkt der Vorstellungskraft zweier sehr unterschiedlicher Erzähler und der Geschichte jener so spannenden wie schrecklichen Ära, in der die Vereinigten Staaten zu dem wurden, was sie heute sind. Wie Margaret Mitchell habe auch ich mir bei der Darstellung historischer Ereignisse gewisse Freiheiten erlaubt. Bürgerkriegshistoriker werden feststellen, dass ich einige Heldentaten des Südstaaten-Kavallerieoffiziers John Hunt Morgan auf die Figur des Colonel Andrew Ravanel übertragen habe. General Morgan war nicht Andrew Ravanel und hat den Bürgerkrieg nicht überlebt. Ebenso datiert General Narciso López' Angriff auf Kuba einige Jahre früher, als in diesem Buch angegeben. Wie bei der Invasion der Schweinebucht und dem Einmarsch in den Irak verbargen sich auch bei López' Angriff hinter lauteren Motiven durchaus andere, wenn auch lässliche Motive, und ebenso wie erstere ist auch diese Invasion gescheitert. López wurde in Havanna garrottiert, und seine Filibuster wurden – bis auf einen – erschossen. Dieser eine Mann hatte den spanischen Kommandanten gebeten, einen Brief an den mächtigen Senator Daniel Webster weiterzuleiten, den er mit »Dein treuer Neffe« unterzeichnet hatte. Solch eine erfolgreiche List hätte für mein Dafürhalten perfekt zu Rhett Butler gepasst.

Ich bin allen zu Dank verpflichtet, die bei der Entstehung von *Rhett* mitgewirkt haben. Dies waren:

In Georgia:
Paul Anderson
Hal Clarke
Die Special Collections der Emory and Henry University
Das Atlanta History Center
Hofwyl-Broadfield Plantation State Historic Site

In New Orleans:
Penny Tose
Henri Schindler
Arthur Carpenter, Loyola University Special Collections and Archives
Louisiana State Museum and Historical Center
Die Howard Tilton Memorial Library der Tulane University
Die Historic New Orleans Collection des Williams Research Center

In Charleston:
Nick Butler
Dana und Peggy McBean
Dr. J. Tracy Power
Captain Randy Smith
Peter Wilkerson
Dr. Stephen Wise
Die Charleston Library Society
Die South Carolina Historical Society
Die Charleston Preservation Foundation
Die Mitarbeiter des Nathaniel Russell House, des Aiken-Rhett House und des Edmondston-Alston House

Andernorts:
Thomas Cartwright und das Carter House Museum in Franklin, Tennessee
Das International Museum of the Horse im Kentucky Horse Park
Die Alderman Library der University of Virginia
Die Leyburn Library der Washington & Lee University
Jennifer Enderlin bei St. Martin's Press

Und ganz besonders danke ich meiner geliebten Anne, die nie den Mut verlor.